我的人生杂记

WODE RENSHENGZAJI

个人作品集

李其林◎著

CFP 中国电影出版社

图书在版编目(CIP)数据

我的人生杂记/李其林著. —北京：中国电影出版社，2016.4

ISBN 978-7-106-04455-8

Ⅰ. ①我… Ⅱ. ①李… Ⅲ. ①散文集—中国—当代 Ⅳ. ①I267

中国版本图书馆 CIP 数据核字(2016)第 097281 号

责任编辑：贾　伟
策　　划：银川当代文学艺术中心图书编著中心
（当代出书网 http://www.csw66.com）
特约编辑：杜　哲　刘　娜　黄　娜　晏　子
封面设计：清　风
责任校对：晏　子　黄　娜
责任印制：庞敬峰

我的人生杂记　　李其林　著

出版发行：中国电影出版社（北京北三环东路 22 号）　邮编 100029
电话：64296664（总编室）　64216278（发行部）
Email: cfpygb@126.com
经　　销：新华书店
印　　刷：宁夏润丰源印业有限公司
版　　次：2016 年 5 月第 1 版　2016 年 5 月第 1 次印刷
规　　格：880×1230 毫米　1/32
印张/19　字数/400 千字

书　　号：ISBN 978-7-106-04455-8/I·1089
定　　价：60.00 元

人生如行船，逆水难，顺水易，青年时的难是为了老年时的易。

人生如过桥，桥上险，桥下平，一段险一段平才是人生的圆满。

前言

《我的人生杂记》是作者半路人生的真实记录，是一部内心灵魂世界的再现。作者通过对自己学习、工作及情感历程的回顾和总结，将读者带到当时的环境背景中去细细品味人生的酸、甜、苦、辣，体验情感的自然流露和生命的不断求索。

本书的内容正如书名，一个字——杂。书中的话题可以说是包罗万象，有工作中的记事，有学习中的体会，有生活中的感悟，有情感记忆的片断。虽然书中没有许多华丽的词汇和豪言壮语，但它是一个普通人的真实人生。

文章是通过片断的形式组织起来的，以时间为序自成章节。有缘的读者细细品味后能从字里行间中体会到作者的人生哲学和对人性的深入剖析。人生如戏，唱主角或饰配角，皆有因缘；快乐一生，傻乐一世，正本清源。

目 录

第一部分 成长篇

第二部分　生活篇

第三部分　情感篇

第四部分　诗词篇

第一部分　成长篇

有一种烦恼叫成长

忆童年趣事

童年是每个人一生中最快乐的阶段。天真幼稚的行为，无拘无束的嬉戏，是人生中最纯洁的记忆。当然，我童年时也帮父母做点力所能及的事情，但这些相比起快乐都不值得一提。

我的童年大部分时间同外婆生活在一起，没有劳作之苦，有时偶尔参与的劳动也是在自己强烈的要求下才得以实现的。虽然有时也要为考试发愁，学习成绩不好时，也会受到父母的呵斥和打骂，但时间稍过，也就像什么事也没发生似的，主要原因是我从来没把学习当一回事。我童年那个时候，不像现在的小孩学习任务重，除了完成老师每天布置的少量作业外，大部分时间都是在同小伙伴们玩。外婆那里属于山区，有很多好玩的地方。我带着弟弟经常同小伙伴们一起扒野地瓜、挖野葱、捉螃蟹等等，每个人的劳动成果都集中到我这里后再大家一起共享。由于我的年龄是最大的，他们大部分都同弟弟的年龄相仿，所以也比较遵守我的号令。从小我就没有自私的性格，因此能得到小伙伴的尊重，我完全就是一个孩子头。如果在整个活动过程中，我发现有人中饱私囊，则在一起分食的时候就罚他少吃点。所以我们一起玩的时候相互关系都非常和谐，很少有拌嘴斗殴之事，大人们也因此很少过问我们这些小屁孩。只是有时我的小伙伴们需要帮家里面做些农活，这时大人们就不怎么高兴我去叫他们玩了。我们长期在一起玩的小伙伴有6个,经常分成两派,玩得最多的是打仗游戏,还给每个人封一个官衔,当然,我和弟弟就是各派的司令了。说来也怪,他们居然都很服气,可能是觉得外婆的条件好,也可能我和弟弟先天就有领导一方的才能。时不时也有小伙伴把家里面好吃的东西拿出来给我和弟弟分享,我和弟弟真有点解放前的小地主味道。

外婆一般不允许我和弟弟去玩水,主要基于安全考虑。但我们经常以下河捞鱼为理由,外婆就允许了,因为外婆特别喜欢吃鱼。每次都能捞些小鱼,外婆就炸了来吃,以至于我长大后特别喜欢吃炸的小鱼。有时小伙伴放牛,我和弟弟也跟着去,主要目的是骑在牛背上觉得好玩。记得有次我站在一个高坎处,用力冲向牛背,结果一下就翻到牛的另一个侧面的地上了。当时摔得那个狼狈相简直无法形容,过了好一会儿才缓过神来。还有一次,弟弟骑在牛背上,我去打牛走,结果牛一提腿,就把弟弟从牛背上摔了下来,我看到弟弟的脸一下子就变白了,并且说不出话来,可把我吓坏了。还好,等了一会儿,弟弟就缓过劲来了,这也是弟弟在我记忆中最吓人的一次。有时同小伙伴们在一起也做些有意义的事情,比如捡桐子、挖中药材卖钱,换钱后就买些糖一起同小伙伴们吃。童年还有很多趣事,在此就不一一说开了,最终每件事情都离不开一个"玩"字。

快乐的童年,随着我年龄的增长,慢慢地远去,但每每回忆起过去那段美好的时光,心里面仍然有一种甜蜜的感觉。时隔多年,不知道当年一起玩的小伙伴们现在怎样了?但愿他们都健康快乐。

同表哥一起读书的日子

表哥是我远房五舅舅的小儿子，他年龄比我大一岁，但生理成熟度却要比我大上好几岁。跟他在一起，我就像个跟屁虫似的没多少主见。

初中一年级的第一学期我同他住在他父亲工作的银行里，由于吃和住都在一起，感情甚好。他在一班，我在三班，因为他的学习成绩比我好太多。说来也怪，我不会做的题却很少问他，我们在一起基本不交流学习上的问题，倒是生活上的问题他教我不少。由于我对很多事情都不太懂，道理也不太明白，他说我就做。记得有一次他郁闷，叫我替他去买烟，烟买回来了，他让我陪他抽，于是我俩就你一支我一支地将一包烟抽完了，他倒没多少事，我却为此睡了一整天。有次晚上睡觉，他非要让我同他睡一边，结果他让我玩他的生殖器，挺硬的，我当时还没有这个功能，所以也特别好奇，问他捏住痛不痛，他说舒服，我也不知道他为什么感觉舒服，有时觉得他有病似的。后来我嫌他那个生殖器臭，就不听他的了。洗衣服之事也是在表哥教我后才会的。小的时候，我喜欢玩水，估计这是男孩子的天性，我经常带着弟弟到我家附近很浅的小河沟里面戏水，为此，母亲骂过我，也打过我。当时我就读的中学旁边有条大河，经常有大人和小孩在里面戏水，看到别的小孩在河里洗澡很快乐的样子，也想去凑凑热闹，但我不会游泳，所以一直不敢去。有天，表哥说他会游泳，带我去，最初我还有点害怕，后来在表哥的怂恿和保证下，就跟着表哥到这条大河去了。开始我同表哥在一起玩水，后来表哥到另一个比较深的地方去了，我一个人在浅水区玩，也不知道是什么原因促使我移动了一下地方，结果一下子就滑到深水区了。这个地方是一个漏斗状的水域，在我刚滑下去时，就感觉到水下面的沙一层层往下沉，我突然意识到我已经来到了一个越来越深的陷阱边缘，还好没呛多少水，意识非常清醒，于是屏住呼吸，用两只手使劲往上爬，最后爬上来了。一会儿表哥就过来了，我没向他说起这次危险，但我记忆深刻。后来，表哥再叫我同他一起到河里面去洗澡，我死活不干了，也许他已经失去了在我心中的地位，我不再信任他了。

第二学期，我就没住在银行了，因为做饭的阿姨经常给我脸色看。住学校后就很少同表哥来往了，只是见面打打招呼而已。由于上次在河里面洗澡，危险比较大，我想在池塘里面应该好点吧，于是受同学的邀约就到学校附近的池塘去玩水。这又让我经受了一次生死考验。记得我刚下水的地方比较浅，另外的同学都会游泳，他们全都到另一边玩去了。我也想学着他们游泳，于是就游了几米，这时体力不行了，我想休息一下，结果我用脚去踩下面，下面是空的，完了，我又来到深水区了，我喊救命，可同学们离我太远了。这时清醒的大脑支配我只有自己救自己，于是我判断了一下我来的方向，就把头埋在水里面使劲往回游，终于游到岸边了。这时同学们也赶过来了，把他们吓得半死，这么一折腾，大家再也没兴趣继续玩了。时隔多年，我每每想起这两件戏水的事，仍心有余悸，如果我的大脑不清醒，如果我的方向判断是错误的，其结果都将是不可想象的，我为劫后余生感到庆幸。也许就是这两次人生的风险经历使得后来发生任何重大的事情时，我都能保持冷静的状态。

第二个初中一年级，我已经转学到另一个中学了。但开学后，居然发现表哥也转来这个学校读一年级，这件事连我母亲也不知道。因为我和表哥找的关系人不同，所以他在一班，我在四班，当时一年级的四个班中就数这两个班的学生成绩好。住宿的时候，表哥就跑到我所在班的宿舍同我挨着床铺住下了。这下好了，两个炒冷饭的又混在了一起，为此巧合，我母亲还唠叨了好一阵子，担心表哥把我带坏了。回想起同表哥重读初中一年级的这一年，是我学生生涯中最快乐的一年。因为这一年的课程以前学过，虽然学得不好，但重新学就轻车熟路了，学习上一点压力也没有。并且有表哥指引，吃得还算不错，过了一年的神仙日子。记得每次上完早自习，表哥就约我去街上吃包子或油条加豆浆，有时也偶尔同表哥一起下次馆子，吃点炒肉。为下馆子之事，我另外一个舅舅（表哥的幺叔）还说碰到我们时，要收拾我们，说我们不好好学习，只知道吃好的。同学间打架我也不怕，因为有表哥撑腰。有时晚上上完自习，我约表哥一起到我家去，我家离学校有 4 公里路，每次回到家，母亲都要为我俩准备点好吃的，第二天我们又一起到学校，或者当天晚上吃完饭就回学校。想起这一年，我们俩哪是来读书的，纯粹是来吃和玩的。人有时候特别怪，我另外一个堂哥也在这个中学读一年级，他在二班，我却同他很少往来，有时连话也说不上几句。一年级结束后，表哥考试考得非常不好，但他的自尊心又极强，索性就不读书了，从此离开了学校，再也没有分享到知识的快乐。我继续了我的学业，有时母亲还说，他不同我在一起，这样更好。现在回想起来，母亲的话可能有一定道理，表哥完全是个早熟的人，同他长此下去，说不定我现在也是无业游民呢。

1993 年，我读大学期间回了趟老家，同母亲在表哥家住了一个月，当时表哥在开中巴客车。后来听说表哥没开几年，就从车顶上摔死了一个人，这个人是他父亲好朋友的儿子，虽然事故处理还算顺利，但从此表哥不再开车了。再后来听说表哥结婚又离婚了，并在广东打工了一段时间。

自大学期间回老家那次以来，我就再也没有见过表哥，但愿他一切都好，同他一起读书逍遥的那段日子是我人生记忆的一笔财富，偶尔回想起来，快乐之情之景仿佛就在昨天。

艰难的求学过程

回忆起自己的学习生涯，充满着艰辛和曲折。天资浅薄的我做梦也没想到我能进入到知识的殿堂。

记得第一次我随父亲到攀枝花时才 5 岁多，父亲要上班，家里又没人照看我，于是父亲就把我插入小学一年级的班上读书。要知道，我可是从来没上过幼儿园的学生，没想到，学习成绩还不是最差的，主要归因于父亲平时的简单教学和严厉管教。一年后，我就回到了母亲所在的农村，又开始了小学一年级的学习，学习成绩在当时的农村学校算中上水平吧。二年级时我又随父亲转学到攀枝花学习了一年，回到老家我就转学到外婆那里的小学上学了，学习成绩也差不多中等偏上。五年级毕业升初中，只考取了职业中学，也就是本校。因为当时农村的教育普遍偏低，一个小学能考上普通中学的仅几个人，升学率高的主要集中在城镇小学。我儿时的伙伴很多人由于没能力考上中学，并且家里面支付学费也困难，小学毕业就直接跟随父母务农了，能读到中学的非常少，一个村也就几人。

我没考上普通中学，于是母亲就找到我的远房舅妈说情，因为她是中学老师，这样我才顺利地升入了一所普通中学。由于我是靠关系进来的，就插入了慢班（三班）。全年级一共三个班，每个班有学生50人，可想而知，一个镇能进入普通中学的人数之少。上中学一年级时，我记得有次老师在黑板上讲了一道数学题，第二天老师又重复了一下，可能是笔误的原因，答案不一样，看着我的笔记本，我居然不知道哪个答案是正确的。由于学习成绩不好，并且是插班生，自卑情节严重，也不情愿向老师或同学请教，这件事在我脑海中永远地成了少年学习时的未解之谜。平时上课我的注意力也极不集中，记得最搞笑的一次是前排有个女同学头发比较长，可能当时生活困难，长时间没洗头的缘故，我在后面看着她头上的虱子从头发里面爬出来又爬进去，然后索性在纸上画出了虱子的路线轨迹，一节课就这样混下去了，可想我的学习成绩差就不足为奇了。虽然当时我的年龄也不算小，可总觉得没长大似的，心理年龄和生理年龄极不相称。因为学校离家远，只能住读，但每次周末回家后我就不想去上学，经常是母亲骂了我，才哭哭啼啼地到学校去，这哪里把读书当成了一回事哟。就这样，初中一年级结束后，母亲又找关系将我转到另一个镇中学再读了个初一。这个中学的教学质量好，在全县中学教学质量评比中排名第二，并且离我家也比较近。由于是炒冷饭，学习成绩肯定就好了不少，但进入二年级，学习成绩就开始下降了，到三年级毕业考高中也只落得一个普通高中的名额，全县唯一的重点中学也就成了我一生中永远的遗憾。并且，我这个普通高中也来之不容，因为那时的我如果考不上高中，就只能在家务农了。父母希望我能读个高中，再去当兵，到时好找关系当个工人，曲线求国是父母和我的思想初衷。在这种思维意识主导下，我发愤图强了一年，最后才没有断送自己的学习生涯，且以牺牲视力为代价，戴上了200度的近视眼镜，从此眼镜相伴到现在。

进入高中，我的学习成绩又是一塌糊涂，初三毕业那年我家农转非举家迁到攀枝花。母亲和弟弟就到攀枝花了，我一个人留在了老家继续高中学习，美其名曰“老家教学质量比攀枝花好”，其实这是个天大的误区。攀枝花的教学质量肯定好许多，只是攀枝花的学生没老家学生读书吃苦，这就导致了老家的学生转到攀枝花时，学习成绩好于一般攀枝花本地学生，最后人们普遍理解为老家的教学质量好。这种固有的观念害得我在老家成了一名浪子，白白地浪费了宝贵的青春。父母还给了我一个光荣的任务——照看老家的房子，真可悲，好像我是后妈生的。因为平时都住宿在学校，周末才回家看看，也基本上是待一个晚上就走。每次回家，我家的狗就远远地摇着尾巴来接我，狗也成了一只地道的流浪狗。因此只要我回家，就煮很多饭，让它饱餐一顿。我这个人从小就有自强不息的精神，不到叔叔家蹭饭吃，自己搞点咸菜下饭就行了，这也恐怕是我多年来喜欢吃咸菜的一个重要原因吧。记得刚结婚那阵，妻子对我有此嗜好极为不满，她怎能理解这是我人生经历中的“收获”呢。记得有时候望着可怜巴巴的狗，我也会流下伤心的泪，每次离开家的时候，狗对我都是依依不舍，送我很远，不是我把它恐吓回去，恐怕它是不会回去的，这时候狗就像我，我就像狗一样，可怜。每次放寒暑假，我都坐火车回攀枝花，去倒高兴但走时就难舍难分了。记得每次我离开攀枝花时，母亲都要含着眼泪嘱咐我一番，父亲送我到火车站后，我就又开始了漂泊他乡的学习生活。现在每每想起这些点点滴滴都能让我凄然泪下，因为我的心理年龄远没有达到如此的成熟，却要做出大人般的坚强。很快高中阶段的学习就要结束了,由于我的户口早已到了攀枝花,就必须到攀枝花参加高考,于是我在最后一个学期转学到了攀枝花一个市重点高中。在这次去攀枝花的途中还发生了一件极其不愉快的事情，我在成都转乘火车,在出站口休息时,我的东西被小偷全部偷走了,值钱的东西倒不多，最值钱的也就父亲一件新毛料衣服（价值 100 多块钱,在 1990 年算值钱吧)。但我的书和笔记本及珍贵的相片全没了,战士枪不离手,学生书不离眼,现在的我拿什么去参加高考,我又怕父亲为此大发雷霆,当时我那种沮丧和无助真是不堪回首,我真想就这样永远地在外面流浪一生。记得回到家父母见到我第一眼时,看到我无精打采而两手空空的样子,他们就知道发生了什么,后来在母亲的问询下,我才将整个过程哭诉了一遍,那种伤心欲绝的情形现在还历历在目。

回到家休整了几天,父亲为我借来了一些主要的书,在父母的悉心照顾下我重又拾起书本开始了学习生涯。半年后参加高考的成绩只有 400 多分，这个成绩在攀枝花的考生中可以读一所中专学校(攀枝花的分数线较低)或者攀枝花学院,并且父亲单位(攀枝花市园林绿化处）在攀枝花学院建设过程中支持了不少苗木和花卉,因此园林处职工子女读攀枝花学院免收培养费。当我拿到攀枝花学院的通知书时,我已经在复读了。学校专门有个补习班,但高考成绩相对较好的就直接插入快班，由于我在补习生中的分数最高,就顺利地进入了最好的一班。当时高三加上补习班一共有八个班,每个班上 50 多人。既然有此殊荣,我也就没有再理会攀枝花学院的通知书了。不知什么原因,忽然一下子人的思想好像长大了好多年似的。居然,我同父母说,“人生能有几次拼搏,再试一次。”就这样，我进入到了紧张的复读过程，每天几乎只睡4个小时，其余时间全部都用在了学习上，一学期下来，我也瘦了不少，回到家，母亲看到我很是心疼，就劝道说，“如果吃不消，就别读了，当个工人不也是过一辈子”。记得那年12月份，刚好攀枝花举行招聘干部事宜，这次招干也为攀枝花历史上的最后一次。母亲问我去不去，我当时是一门心思再参加一次高考，就没理会母亲的话，后来才知道好多比我成绩差的同学都成了这次招干的幸运儿。

高考即将举行时，我户口所在地被划入到了另一个市辖县，于是我的高考地点就在远离学校和家100多公里的县城进行。记得每门考试结束后，我同室友们讨论答案，他们都面露惧色，而我却成了标准答案的发布者似的。由于是第二次参加高考，也没什么紧张，大家每次考完后除了对一下答案就是散心和睡觉。高考结束后，我才知道母亲生病住院了，等我急匆匆地赶到医院时，母亲的病情已经好多了。原来母亲住进医院是我高考前几天，父亲为了不影响我高考，就没通知我，这就是父亲作为一个男人最可贵的地方，知道孰轻孰重。一个月过后，学校通知学生可以看成绩了，于是有一天我同父亲去学校查成绩（这天刚好父亲到市里面办事），到学校传达室时，房间里面已经有了不少人。父亲站在门外，我一个人进去在一个大本子簿上查看自己的成绩。记得我跨进这个门时心里面极其紧张，这也许是我天生性格决定的，最担心失败。说来好笑，这次查看成绩居然上演了一幕短暂的人间悲喜剧，我用微微颤抖的手小心翼翼地翻看成绩，找寻那个记录着我名字和分数的地方，终于找到了，400多分，同我去年参加高考的成绩差不多，我的担心终于变成了现实，抬头望着门外的父亲，脸上一片茫然。本想就此怯怯地离开，后来也许是因为已经知道结果了，反而心情平静了不少。既然来了，不如再仔细多看几眼，于是又开始注目在我名字的那块地盘，怎么突然发现有点不对劲，再揉揉眼睛，这下大脑像突然充血似的，让人兴奋，还好我没高血压，不然肯定得来一个现代版的范进中举或者 120 急救，那可真就会成为千古笑柄而载入校史了，500 多分，最后我是用手指一点点从姓名移动到分数才确认这个 500 多分是属于自己的。或许是经过了先前的波折，我虽然内心极其狂热，但表情已经非常淡定了，只是小声地对父亲说了一下更正的分数就快步离开了这个是非之地，后来我才知道考了全校第六名。一路上，我的高兴劲就别提了，回家准备行装等录取通知书吧。根据自己的分数，盘算着到沈阳，因为我的第二批录取院校的第一志愿是沈阳工业大学，家里面也开始为我准备厚点的衣物。可是知道分数后没过多久，家附近有个同学通知我去学校拿录取通知书，初一听这个消息，着实惊讶，也感觉很纳闷，心想怎么回事呢，是不是搞错了。最后再一次问了通知我的那个同学，我才去学校拿的通知书，原来我被调配到第一批录取院校（定向），并且学校就在重庆，这下可把母亲乐坏了，因为在母亲的眼里，我属于计划外的，弟弟从小学习成绩好，母亲的希望全部寄托在了弟弟身上。这下可好了，我们家白白捡了个重点大学的大学生，我想我的这个奇迹应该可以载入我家的家谱中流芳百年吧。

进入大学又开始了我潇洒的学习生涯，学习成绩不怎么样，但喜欢泡图书馆，什么书都喜欢拿来读一读，典型的一个杂家，这也成就了我侃大山滔滔不绝的原始资本。大学四年学习成绩一般，在全班属于“中流砥柱”——排名不上不下的位置，体育补考一次，英语补考一次，辅修了一个《现代经济管理专业》，英语四级考了56.5分（学校要求45分才能取得学位证书），学位证和毕业证一个不少地都拿到了。1995年大学毕业那年国家开始进行双向选择，我本应该回攀枝花的，但攀枝花那时也不缺大学生了，更何况农业院校的毕业生毫无用武之地，后来找了个熟人没花钱就在人事局盖了一个不用回攀枝花的证明交回学校，我也就顺利地留在了重庆一个市级事业单位开始了我的工作生涯。学习生涯本该就此结束，因为我评价自己不是读书的材料，能读个大学已是我家祖坟开裂、祖先显灵的结果了。由于在单位工作比较轻松，我这个人爱好又不多，不喜欢打牌，追女孩又不愿意投入过多的精力，时间总得打发吧，于是开始下海进行原始资本积累，这也是为什么我的书架上有管理、演说、汽车修理、电工、财会、证券期货等书籍的原因。最终"海"没下成，"河"倒下了几次，也仅是打湿了一下脚背就上岸了。

时间到了2000年，由于年龄、精力和家庭的原因就不敢再去冒更大的风险了，"下海"就正式成为了我心中永远不能实现的梦。一个人除了轻松的工作总得做点其他有意义的事吧，基于这种理念，我重又拿起书本考研究生，也是这年全国的农业推广在职硕士正式招生。本来我可以直接参加这个考试的，因为刚开始招生，考试肯定比较简单，但由于需交16000元的培养费，就放弃了这个念头。直接参加了全国研究生统一考试，总分超过了点，但公共课英语、政治、化学都差几分。正准备放弃这条不适合我的艰辛之路时，我的大学同学极力劝道我一定去读一个，于是在同学的鼓动下我参加了2001年的农业推广在职硕士考试，就这样又开始了我的学习生涯。最值得庆幸的是这一年单位换了一把手，新来的领导比较支持我们进一步深造,我的培养费也因此报销了一半。边工作边读书也觉得轻松,于是开始了心中更宏伟的学习计划——博士,读硕士时我将我心中的这个想法告诉了我的导师。本来我没资格报考的,但想去感觉一下英语的难度,在导师的帮助下,我参加了第一次的博士考试,时间是 2003 年,几乎没怎么复习就上考场,结果肯定是预料之中的事,但英语成绩着实让我惊讶和寒心,只得了 10 多分,真丢死人了。不知怎么的,也许有时太让人不可接受的事实反而能激发起人的斗志,我开始认真准备了一年,参加第二次博士考试,这次考试我单位新来的这个领导也参加了,结果居然是他考上了,我英语差 2 分没考上,他的英语水平可差我好几个档次呢,有点让人不可思议,命运也太能捉弄人了吧。有了这次失败,并且在妻子的鼓励和支持下,更加坚定了我考取博士的信念,于是我参加了新东方英语短期培训班,天天晚上在家学习英语。

2005 年,我同时报考了浙江大学、四川大学和西南大学,由于浙江大学要考听力,我拿到准考证后就放弃了,最后参加了四川大学和西南大学的博士考试。功夫不负有心人,我的分数达到了这两个学校划定的录取线,四川大学的专业成绩还考了个第一。可是后来听说四川大学参加工作的考生必须交培养费 30000 元,同时,单位领导说,读四川大学就必须与单位完全脱钩,细想一下,觉得这种风险太大了,于是就放弃了读四川大学的念头。很遗憾,我也没收到四川大学的录取通知书,后来听说四川大学直接根据英语排名录取,也不知道这种说法是不是真的,因为博士只要上了录取线,主动权就在导师们手里,也可能同我没主动联系导师有关。反正我也放弃了读四川大学的想法,也没有太多的失望,只是在满足虚荣心方面稍有差池，毕竟没拿到它的录取通知书。西南大学这边导师熟悉，自费名额就让我的一位师兄弟占了，我就成了一名定向培养的公费博士生（选择定向的目的是我不愿意把档案提到学校去）。三年博士生涯也没花多少精力，只是毕业时让我紧张了一段时间，博士生的毕业论文需抽取 50%进行盲评，很不幸我成了其中的一位，带着忐忑不安的心情度过了那段人生学习生涯中最难熬的时间，2008 年 6 月初，我的盲评论文通过了，当然这里面也有导师的不少心血和努力。后来我顺利地完成了自己的博士论文答辩，成了一名农学博士，最终完成了自己完整的学习生涯。

回想起整个过程，觉得它就像我人生的一个缩影，失败、打击、担心、彷徨、喜悦……让人回味无穷。

经历最大的家庭风险

风险无处不在，就像幽灵一样环绕在每个家庭或者每个人周围，一次偶遇的风险可能导致整个家庭大厦的倒塌和人生的不幸。回忆起我的人生过程，风险也经常光顾我的家庭，母亲的几次生病住院，我小时候的病疾等等，数不胜数。但最大的一次家庭风险是父亲出车祸，因为父亲是家庭大厦的支柱。虽然这次家庭风险最终有惊无险，但它却成了我一生中难忘的记忆。

1994 年，那年我正上大学三年级。记得那是一个初冬的下午，我刚上完课后，正准备到食堂吃晚饭，忽然班上有个同学说有我的电报。同学给我看时一再要求我要镇定，看完电报后我大吃一惊，同学也没多说话，说来奇怪，我居然没掉一滴眼泪，只是心情非常沉重，难道我坚信父亲能闯过难关？于是叫同学帮我请假，我则急急忙忙地简单准备了一下就往火车站赶，因为重庆到攀枝花的火车是第二天早上 6 点 30 分开，当天晚上我必然从学校坐车到菜园坝始发站。就这样，一个人在重庆火车站候车室待了一个晚上，第二天就坐上了到攀枝花的火车。回到攀枝花直接就去了医院，记得刚到医院时，母亲见到我，抱着我是嚎啕大哭。毕竟我在家里面排行老大，母亲作为一位女性，此时终于见到家里面的男丁，有此举动也实属正常，这时的我突然间变得非常坚强了，俨然一个男子汉，一边安慰母亲一边鼓励她坚强。我这个人的性格有点怪，遇到大事反而变得非常沉着冷静，大脑中时常最先反应出来的是这条信息，事情出了，后悔沮丧也没有用，只能面对现实，着眼未来，慢慢想解决的办法和对策吧。在我的劝解安慰下，母亲也开始恢复了常态，带我到病房去看父亲，此时父亲在重症监护室，床边到处都是监护仪器，他已经神志不清了，头上缠着纱布和插着一个橡胶管。后来我听母亲说父亲过马路，车速很快，没来得及避让，被车撞了一下，后脑倒地，脑干骨折，昨天刚做完长达8小时的手术。

几天过后，父亲的病情仍不见好转，并且解大便时开始出血，当天晚上更是大出血，我急忙叫醒医生，紧接着大量输血。由于失血过多，手上已经不能输进血液了，医生采取了大腿深部静脉输血，我记得当时是四个管子输血，总算还有所起色。平静下来后，医生说如果是胃出血，就没有救了，马上开了第二张病危通知书。鉴于此种情况，我同母亲商议着准备后事，开始通知老家的两个叔叔来攀枝花，因为毕竟他们和父亲是亲兄弟，来看一下现状以免今后说闲话。最终我两个叔叔没来看他的大哥，这也是后来父亲对他的两个弟弟耿耿于怀的地方。并且也通知弟弟回攀枝花，弟弟这时正在成都上大学，晚我一年考入。过了一天，弟弟也来到了医院，记得早上我见到弟弟时在监护室外的过道上伤心地痛哭了一场，说来也怪，怎么突然我变得不坚强了，人的情感真是很复杂，也许是我又看到了一个依靠或者精神支柱，内心的松弛导致高度紧张的精神就像洪水决堤一样奔泻而出。医生知道弟弟是学医的，就单独把他叫到办公室，向他说明了一些情况，原来医生在输液中加入了进口止血药，如果能止住血，就有希望，如果还是止不住，就没办法了。又过了一天,父亲的肠道不出血了,这下我们才稍稍松了一口气,但父亲的神志依然不清醒,闹着要回老家,冥冥之中难道预示着什么?我内心变得异常紧张,因为平时在同父亲交流时,他多次说他死后要把他送回老家,落叶归根的思想在父亲的观念中根深蒂固,任何理由他都不愿接受,有时经常为这个问题我们之间还大吵一番。他一天到晚就折腾着要回老家,手脚也不安分,只要是母亲和弟弟去按住他的手,他就乱骂人,说我们不让他回老家是在害他。一旦我按住他的手时,他就不骂了,但不停地向我求饶,让我放开他。从这个小小的行为可以看出我同父亲之间的感情之深。我以为父亲是清醒的,于是我就问他,我叫什么名字?我们家有几口人?结果他一个问题也回答不出来,因此更加坚定了我在父亲心目中的地位和情感分量。从小父亲就特别喜欢我,也许我是家里面的长子,俗话说:“皇帝爱长子,百姓爱幺儿”,在我的印象中,父亲就俨然一位土皇帝,母亲就像一位善良淳朴的老百姓,在许多家庭重大决策方面这种角色的分工体现得更是淋漓尽致。又过了几天,父亲慢慢开始好转,神志也变得清醒了,面对着我和弟弟,我从他没有多少光泽的眼神中看到了欣慰和满足,他用没有多少力气的话语问了我们学习的一些情况,并要求我们尽快回到学校上课,说我已经耽误半个月了,弟弟也回来了一周,现在有母亲在他身边没有问题。

就这样,我和弟弟在父亲的嘱咐和期望下重又回到了大学校园。回到学校,同学们都很诧异,因为同学们估计我可能要休学,没想到这么快就回来了。虽然有时上课也想起在医院惊心动魄的场面,也担心父亲身体恢复得如何,也忧郁母亲身体是否吃得消等等，但大部分时间我还是保持了清醒和理智，不能让父亲的希望和嘱托化为泡影，学习是我唯一能带给父母宽慰的东西，在这种精神和理念的支持下，我顺利地完成了那学期的课程。快放寒假时，知道父亲还住在医院，病情也好了许多，只是身体虚弱，长期卧床导致臀部生了一个大疮，在医院主要是对这个大疮进行治疗。放假后，我下火车后直接来到医院时，看到父亲确实恢复得不错，只是精神略显不好，于是劝导父亲，“大难不死，必有后福”。弟弟比我晚几天放假，他也直接到了医院。在医院没待多久，春节就快到了，母亲同我们商议，留一个人在医院护理父亲，另外两个人回家收拾一下屋子，毕竟几个月家里面没人住了。同时，我建议父亲春节前出院，在家调理方便一些，并且也希望大家一起在家过一个简单而祥和的春节。就这么商定好后，问父亲愿意留下谁照顾，父亲说让我留下，于是我陪父亲在医院里待到了春节前一天才办理出院手续。

这个寒假，我的任务主要是牵着父亲在家附近走走，有时也帮母亲做点家务活。虽然过得平淡但却很真实，看着父亲恢复得一天比一天好，我的心情也比较高兴。我相信家庭经过这次大难后一定会变得更加祥和，就像雨过天晴，撩开乌云见到和煦的阳光一样让人惬意。

我的一位大学同学

大学是我一生中最值得回味的地方，那里有我蹒跚学习的窘态，有我瞎窜、瞎掰的娇小身影，有我情窦初开的情感世界，每每想起这些都让我思绪万千。大学同学间那种纯真的感情让我更觉它的珍贵。我这个人的自我意识比较强，不喜欢附庸于某个同学，但还是有在一起玩的时间相对多点的，其中最值得记忆的就是来自于四川同一地区的一位同学。

他是一个比较随和的人，容易相处。记得才到学校不久，发现食堂打饭菜的叔叔和阿姨们手有些颤抖的毛病，于是他就建议去买一个大点的饭碗，这也成为了我和他在同学间比较有特色的地方。我和他吃饭用的是一个比较大的饭钵，这样打饭菜的叔叔和阿姨们即使抖动，也能多少接点在碗里面。我的饭量一直都不大，只是有时候油太多了，下面的饭吃不下，才感觉饭少了点。“道高一丈，魔高一尺”，人民的创造力就是无穷大，我这个同学也算个人物吧。

他刚进大学时，比较腼腆，一见到女同学就脸红，为他的这种窘迫状，有位老师知道他毕业后将成为一名人民教师时，还调侃了一番。虽然我的同学有这点先天的不足，但对女孩还是有些爱慕之情，所以有时也表现出蠢蠢欲动之势。记得有个周末的晚上，大家在一起吹牛时，他说比较喜欢一个女孩。既然如此就赶紧追吧，可他又担心失败，所以只是在心里面暗恋别人。于是我们陪他喝了点白酒，并不断地鼓动他去找那个女孩。也许在酒精的作用下，他变得胆大了，反正喝了点酒，脸红也正常。于是他就到女生宿舍楼去找那个女孩了，可没过多久，他就回来了，问他结果如何，他说把女孩叫到操场旁闲聊了一会儿。后来我也没看到他同那个女孩交往，至今我也不知道他是否被女孩当场拒绝了。他人不高，也比较瘦，但却喜欢比较丰满的女孩，因他有此偏好，后来有同学给他取名外号“小胖”。为了改变同女孩说话就脸红的习惯，他经常同另一个同学周末去跳舞，慢慢地虽然见到女孩也脸红，但言语中却成熟多了。

他的上进心是我同学中少有的，毕业后经过自己的努力学习，没几年就拿到了硕士和博士文凭，为我们班上最早取得博士学位的人。我也是在他的不断鼓励和“怂恿”下才走进知识的殿堂。还有就是他对人诚恳，做事沉稳，这也是他后来能成为学校领导的重要原因吧。记得他在学校读博士期间，他对我说比较欣赏我在大学期间邂逅的那个小女孩。虽然当时我已经结婚了，既然他有此意思，并且我也认为那个小女孩不错，那就成全一下吧。于是我就厚着脸皮去学校找那个小女孩，因为小女孩大学毕业后直接保送读了研究生。记得那次我们一起在学校一个小卖部前喝酸奶，女孩轻声问他我结婚没有，听到此话我就知道他没戏了，感情这个东西有些玄妙，很多时候是想不通、道不明的。

刚参加工作时，他由于在广西工作，每次放假回家都要经过重庆，因此我那里就成了他的暂住地、过路站。虽然每次火车到重庆都是凌晨，多年来我也一直没有过怨言。记得刚参加工作半年后我俩的第一次见面，非常兴奋，我们在床上聊了一宿，主要是谈对新工作的感受和大学时的情感。2000 年评中级职称，我们都没有文章，于是就约定相互挂名，结果我写文章挂上了他的名，他却没挂我的名，为此事，我还责怪了他一番。说实在的，我真还得感谢他，不是他说写文章，我可能也不会走上现在这条求知大道。

他对人生的乐观态度也影响了我不少。刚来师大时，由于面对新环境有些不适应，他鼓励我笑对生活。有时我在想，一个人的一生中能有几个真正的朋友是多么美好的事呀。也许朋友的一句简单开导语，就是带给身处困境之人的一针强心剂，能让你体会到世间的美。同他在一起，我非常快乐，因为我们不仅是无话不说的同学，思想层面的共识更是能达到少有的心灵沟通。我们可以交流对社会的看法、对人生的态度、对感情的诠释等等。关于我与他的性格特点，互补性更强，我刚毅，他相对柔弱。记得第一次他到我家吃饭时，妻子对他拿筷子、夹菜的动作和讲话时的慢条斯理记忆深刻，妻子时常在我面前说我这个同学很有特色，属于搞笑版那类的。当然，妻子也经常批评我，说我在他面前说话的语气有些“霸道”，也许是因为感情到一定程度后就不再顾忌世俗吧，也许是我们互相间接受了对方的性格吧，也许他更懂得人情世故吧。总之，我与他之间思想的和谐是我朋友中少有的，每一次的简短交谈都成了我一生珍藏的记忆。

以前我们同居一个城市，也少有往来。现在我们分别在不同的城市工作，虽然职业相同，联系就更少了，只是时间稍长，他就会主动打个电话问我近况如何，我倒很少主动联系他，也许性格有别吧。但愿他的仕途和学术都能如日中天，成为我永远学习的楷模和前进的动力。

代 考

人的一生有时容易犯糊涂事。大学是人思想迸发、激进的年代，是走向成熟的分水岭，也是人生行为举止中最可笑、最可恨的年代，用“一失足成千古恨”来比喻一点也不过分，我的大学生活丰富多彩，这其中也包含了一些偷鸡摸狗之事、龌龊之举。

大学期间，有这么一件事情让我难以启齿，那就是代考英语四级考试。这件事情发生在大学四年级的上学期，班上有位同学英语成绩极差，如果四级考试达不到学校规定的 45 分要求，毕业时就没有学位证。由于学校出了这么一条政策，当时许多英语四级考试没有达到这个标准的高年级同学都成了热锅上的蚂蚁，到处找枪手，我也不小心成了班上那位同学相中的对象。其实，我的英语成绩不好，大学期间还补考过一次，四级考试的时候运气好，考了 56.5 分，也因此早早地就成了班上高枕无忧的同学之一，从此英语书就不再是亲密的朋友了，这就是应试教育下的典型求学心态。最初同学央求我时，我坚持不答应，一是自己的英语水平不好，二是已经一年多再也没有看一眼英语书了，至于考试承担的风险却没有过多地考虑，因为根据当时学校的考试规则问题不大，这也是许多英语差的同学能找到枪手顺利过关的原因。

考试在当时的年代是非常严格的，四级考试就更不用说了，只是学校的规则中有非常大的漏洞，规则中明文要求考生带身份证或者学生证参加考试，身份证做假对于我们穷学生来说根本不可能，但学校的学生证有瑕疵，学生证中间的页码是用线缝上的，很容易拆下来重新缝上。因此我仔细分析后认为代考没有什么风险，但毕竟这样做有悖于诚实守信的学生原则，并且我的英语水平确实不好，所以我一直没有同意同学的请求，希望他另谋高人。很快考试时间到了，他没有找到合适的人选，临近考试的前一天重又找到我，并且跪在我面前哀求我。

人在最困难的时候能得到别人的帮助会永生难忘，何况他是我的同班同学，并且也曾经仗义相助过我。就这样，我答应了帮他代考英语四级，仓促上场也不知道结果如何，但我能出手相助，他已是非常感激了，考试结束后他叫我去学校附近的小餐馆吃了一餐，也算两清了。最后考试分数 57.5 分，这个成绩可是在丢弃英语一年后取得的，还算满意，也对得起我的这次冒险相救。

虽然考试我超水平发挥，成绩不错，同学满意，但这件事情却成了我人生中最后怕的一件事情。因为听说有同学差点向学校检举我与那位同学间的苟且之事，原因主要是有同学对我的这位仁兄有些看法，还好我与他不是同路货色，不然我可就惨了。时隔多年，现在回想起这件事情，时常懊悔自己的冲动和不成熟，我的这个行为实在是有悖于自己“正义”的人生信条，并且代考行为严重违反了大学生的行为守则，以至于我从事教育工作后不想再提起这段“助人为乐”的往事。

今天把这段不光彩的历史记录下来其目的只是对过去人生的一种陈述和反省，也希望后来者引以为戒，别让自己既定的人生道路发生逆转,到时可就追悔莫及了。

一次冒险的经历让我一生后怕，我真不知道这是我人生中的喜事还是哀事,成就了他人,丰富了自己,却落下了永远的心结,就把这次不光彩的事情当作我成熟人生过程中的一次插曲吧。

大学英语四级考试

当年我读大学的时候，学校规定每个学生的大学英语四级必须过45分才能顺利拿到学位证书。别看就这么一道数字门坎，毕业时总能拦住一些人，使其产生终身遗憾。我的英语成绩一直不好，高考也才60多分，大学四年中除了体育仅有的文化补考科目就有一次英语，所以我也害怕毕业时拿不到学位证书，于是同许多同学一样，书包里面除了当天该上的课本以外就属英语最亲切了。大学头两年中英语书几乎从来没有离开过书包，我就是在这样的万般努力下才在大学二年级的英语四级考试中取得56.5分“佳绩”的，总算对得起英语书和书包结下的两年深厚友谊，之后英语书就再也没有在书包中出现过了。虽然不用担心学位证书的事，但英语四级没过心里总不是滋味，于是在大学三年级时我又参加了一次大学英语四级考试，英语书没认真看几天，碰运气的想法让我又经受了一次血与火的考验，结果考了个58.5分，离60分的最低通过线就差那么一点点，有点遗憾。参加两次英语四级考试，均以失败告终，或许自己就是这个命，或许心疼考试报名费，从此我就再也没有参加英语四级考试的冲动和激情了。

大学最后一次英语四级考试的前一天晚上，班上一位的同学来我宿舍，央求我替他考一次。开始不管他怎么说我都不愿意，因为学校规定抓住代考者一律开除。我也不知道当时他劝说了多久，只是他泪流满面、跪在我面前苦苦哀求的样子还依稀可见。最后我的怜悯之心战胜了我的理智，主要是基于两方面考虑，一是大学二年级体育考足球的时候，他替我过了关，这次算还人情吧；二是当时的学生证有瑕疵，很容易就可以将相片和姓名重新来一个组合。但就英语能力而言，说实在的我已经很长时间没有摸英语书了，能不能通过 45 分心里根本没底，既然难得同学这么信任我，就豁出去了，舍生取义一回，也借此再次检验一下自己。时隔两个月，英语分数出来了，我居然考了 57.5 分，我的那位同学自然是极度的兴奋，并且还自诩自己的眼光独特，看上了我这位名不见经传的落后小生。

三次大学英语四级考试，都差一点点拿到烫金字的英语四级证书，看来这个证书同我无缘，我只能认命了，这也是到现在有朋友谈起英语四级时我难以启齿的地方。

同一个哥们同居的日子

“同居”一词随着中国改革开放进程的不断深入,已不再新鲜了,它最普遍的意义变成了男女之间行“苟且之事”的代名词。但在这里我要说的是同性同居一屋之事,并且也没有香港片中的“男亲”之举。

刚大学毕业参加工作那两年,还没有进入婚姻的围城,一个人在外面漂泊了一段时间,认识了几个社会上要好的哥们。记得那是1997年,我已经回单位上班了,原先一起共事的那个哥们也同时离开了公司,由于长年在外面打拼,居无定所,所以就暂借我处,由此开始了我和他之间同居的日子。我这个哥们属于一个早熟品种,同他在一起,总感觉自己的社会阅历太浅。如果论年龄,他比我还小一岁,但他待人处事要圆滑得多,谈吐也让人钦佩,因此在我心中一直把他当成大哥看待。我这个哥们大学毕业后被分配到了一家医院,由于同院长发生点摩擦,一气之下就把单位辞了,从此成了一名自由职业者。当时单位分给了我一套二居室的房子,另外一间大的卧室我租给了楼下一位邻居,一个月100元,并且只是晚上来睡觉。由于哥们要来住,于是我就退租了,虽然一个月损失了100元,但能解朋友的燃眉之急,我想应该更有价值和意义吧。哥们仍在外面继续打工,我则在单位上班,只是晚上或周末在一起。哥们比较勤快，做的饭菜也挺好吃，因此在一起的时候我们经常自己做饭，有时他买菜，有时我买菜，没分个彼此，相处得还很融洽。记得每次换衣服，我看到他将衣服泡在桶里时，就趁他不在时赶紧换衣服，并将我的脏衣服放在桶的最下面。他将我的衣服一起洗了居然也没多少意见，估计是考虑到住我这里没交房租的缘故吧，因此有意让我占点做饭、洗衣服的便宜。

有时候晚上没事，我们也一起去看场电影或者黄色录像。慢慢地相处了一段时间，他在情场上的本事就显露出来了，同女孩没认识几天，就可以把女孩骗上床，当然做这种男女偷欢之事我倒没亲眼见过，因为我不允许他在我的房间里面做那种事，主要是怕单位影响不好，到时领导找我谈话挺麻烦的。我是一个洁身自好之人，虽然有时也想冲动一下，但自始至终我都没有下水，直到结婚前我还是一个处男身。每个人的思想观念和行为方式不一样，我对他的行为也表现出了极大的理解，毕竟他人长得帅，嘴上功夫又了得，女孩愿意受引诱也怪不了谁。后来，他正式谈了一个，经常出入我的住处，我就不再计较了。可能是他觉得晚上他们经常享受合欢之乐，而住在隔壁的我还是孤苦一人，过意不去，就开始到处为我张罗，连他的小侄女也介绍给了我，可见还是挺够哥们义气的。大概我们一起住了几个月，我也开始有了女朋友，他就搬走了。

后来，我们就很少在一起了，因为我们俩走的是两条完全不同的人生道路。有时也偶尔联系或者问候一下，听说他自己开了个公司，买了房买了车，日子过得挺舒坦的，但愿他的事业越做越大，有朝一日能富甲一方。

我眼中的一位同事

参加工作多年，身边的同事不少，但真正能让我记住的同事却不多见。一个人活在世上，不管好的或不好的行为举止能让人记住也不失为一种收获和满足吧。

让我记忆深刻的这位同事有近 185 厘米的高度，体重近 95 公斤，年龄 40 多岁。在他的办公桌上经常备用了三条毛巾，一条擦脸，一条擦手，一条擦桌子。他的这个细腻行为与高大粗犷的男人形象反差巨大，让我觉得好奇和新鲜。初次见面时，我觉得他心眼好、言谈随和，也许在基层做领导时间长了（县环保局副局长），有些儒雅的风范。由于新到我们单位，他不多言多语，工作积极认真，上班来得早走得晚，让我很是敬佩。他每天早上来单位的第一件事是做清洁，刚好他负责的实验室在楼梯口，单位领导和其他同事经过时都投来了赞誉的目光。时间长了，有同事说他在作秀，因为我是他的科长，我倒不这么认为，因为实验室清洁是保证分析数据准确性的前提条件，有如此癖好的部下何乐而不为。直到有一天，单位领导无意中给我说他经常下班离开单位之际去领导办公室汇报工作，领导很反感，我才有所认同其他同事对他的评价。世界之大，无奇不有，何况形形色色的人呢？但愿人与人之间多一份理解吧。

我的这位同事在工作上是一流的，省去了我许多操心。也正由于他工作的出色，来单位不久就被任命为副科长，做我的助手。但在性格方面我真不敢苟同，他走路慢悠悠的，好像生怕把地上的蚂蚁踩着似的，说话也慢条斯理的，一件事情能讲一大堆废话。同在一个办公室，有时他打电话时间之长和语言的黏稠让我有些受不了。记得有次我安排他负责起草实验室的清洁制度，一共写了5页纸，细细一看还真动了不少脑筋。内容中最深刻的地方是在组织检查实验室清洁卫生时，要求用卫生纸去擦拭桌面观察是否变色，这也太苛刻了，重庆空气环境质量本来就不好，时间稍长，灰尘就会同桌面发生亲吻之举，隔绝灰尘的可操作性有点难度吧。由此可见我这位同事做事的细心程度让人瞠目结舌。

有次我同他一起到成都出差，学习结束后，他约我去附近商店逛一逛。我本不想去的，因为他做事太细致了，肯定花时间，后来觉得一个人待在房间里面也没什么事，陪他去闲逛还可以增进彼此的感情，于是就陪他去了。走到一个饰品店，他一个个仔细地端详中意的饰品，我有些不耐烦，但又碍于面子没有直说，只是来回在店内和店外走动。忽然他手中拿着一个300多元的饰品，问我戴在身上有没有男人味，我差点儿把喝的水喷出来。如此定义"男人味"也未免太肤浅了，难道"男人味"仅是体现在外表的装饰上？也许不同人对"男人味"的定义不同，但我认为"男人味"更多体现在言行上。行动的坚毅刚卓，语言的铿锵有力才是男人的真正本色。

还有次记忆极其深刻的事是同桌吃饭。当时他已升任科长，坐在他旁边的是一位女性副处长，我刚好坐在这位女领导的另一边。这位女领导吐鱼刺，他见状后，急忙拿出一张餐巾纸放在桌上，示意领导吐在纸上。记得当时还让女领导尴尬了一会儿，还好，领导的适应能力强，欣然接受了。当时，我见到此状，真想呕吐，拍马屁也太没水平了，同作秀没什么区别。说实在的，下级向上级拍点马屁很正常，但总得讲究点方式和方法吧，让人觉得顺理成章或者天衣无缝才是上等佳作。

后来，由于我同他都是科长级别，并且负责不同科室，就少有往来了，但听他的部下反应，他最喜欢找人谈心，有时还找家属谈心。对他的此种爱好，我只能莞尔一笑，也许这是他的工作方式和官场之道，他作为一个领导或长辈关心部下及其家属也没什么恶意。有同我意气相投的同事跟我说他对部下是笑里藏刀，我也只能劝道对其理解和支持，谁让你是他的部下呢，中国的行政体制奉行的是“级别”，说不定他的这种行为在仕途上还有更大的作为呢。记得有次我同单位领导闹翻，他知道情况后到我家里来问候和关心，我知道他这是黄鼠狼给鸡拜年——没安好心，也就没理会他。拒他于门外之事成了单位的笑谈，有人说我有男人之气，有人说我太不近人情……

现在回想起不让他进门之事，还是有些过意不去，也许虚伪一点更符合社会游戏规则。后来我离开单位不久，听说他被提拔为副处级领导了，我为他感到由衷的高兴。在官场上终于修成了正果，实属不易。由此可见他的背景关系不一般，但愿他能有更美好的仕途远景。

追忆两位亡故的大学同学

前段时间，听同学说又一位同学即将升入天堂，我惊讶、彷徨、不知所措。生命对我们来说，为什么如此脆弱？上帝对我们为什么如此不公？大学同学，一共才 25 个人，就有两个人早早地在生命的曲线上画上了一个令人遗憾的句号。我仰望苍天，泪流满面，思绪万千。虽然毕业后我和大学同学间少有往来（主要是全国广泛分布，进校时 25 个同学有 10 个四川和重庆人，两个贵州人，两个云南人，其余 11 个人一省一个，包括江西、福建、广东、广西、湖北、江苏、山东、河北、甘肃、陕西、安徽），但终究同窗四年，也有些手足之情。回想自己的学生经历，大学四年是人生最值得回味和珍藏的章节，虽然后来我又继续读了硕士和博士，但比较起来，总觉得缺少点率真和纯情。

想当年，一起打双扣通宵达旦，一起侃大山耳红脖粗，一起谈女孩津津乐道，一起看黄色录像乐此及彼……经常回忆起这些点滴琐事，总是历历在目，偶尔也目视远方许久。我这个人不怎么善于表达感情，总喜欢直来直去，美其名曰提高生命的效率，实属性情懒惰、思想简单。毕业参加工作多年后很少主动联系同学，但心中的同学之情却时常爱独自翻出来细细品尝。大学期间总想给自己制造点波浪起伏的情感，可总是找不到方向。也许一直没有用心去思索和琢磨的缘故，现在回想起来，才真正体会到“感情需要经营，爱情需要创造”的深刻寓意。

最先去世的那位同学生命定格在 2007 年 7 月，在中国百年奥运梦快要变成现实之际没有成为一个历史的见证人，却在奥运火炬的传递和奥运脚步的长跑中倒下了，实属遗憾，令人感伤。我同这位同学亲密接触不是太多，因为他的仪态举止上总有一种让人觉得“清高”的成分。当然我的这位同学学业非常优秀，文字功底也浑厚圆润，外号“诗人”。也许是因为我的学业肤浅，无形中就产生了距离感吧。并且虽然大学的我也穷酸，但相比而言，在同学中还算得上“上等人士”，主要源于我的老父亲节俭一辈子，不愿花那点邮寄费，每学期开学离家前将我一学期的生活费悉数全给了我。说实在的，现在想起，当初也就一个 20 岁左右的孩子，钱带在身上坐火车硬座也挺危险的。还好，大学四年，在路上也没发生扣人心弦的一幕。鉴于这种情况，我也就成了班上典型的地主户，经常无息放贷给同学们，好像一个公子哥似的，其实也就一个下等土财主。清高的人肯定就不爱搭理我这种下三流人物。还有一个重要原因，我人虽然不高，可五官搭配还算和谐。在当时的环境中算得上一个小帅哥，也就不免有些艳遇之事，让同学们好生嫉妒。更有甚者，我就一个夸夸其谈的“黑油小生”，喜欢自吹自擂，这也是有些同学看不惯的地方。记得有位同学给我的毕业留言写道：“有时心情不好，烦你在宿舍神侃。”其实，我就一个“小白”——白痴，外看风光，实属无赖，连很多女同学的手都没拉过，纯属自慰男人的典范。当然，我同这位同学进校同属四川，也难免有些老乡情分，所以感情还算过得去吧，我只是有点不习惯他那种装出来的矫情而已，本是贫苦大众，却要装扮成贵族血统实在是有点别扭。他的忽然离去，虽没有太多的伤感，但心里面也隐隐不好受。毕竟人正当中年，却不得不放下男人的社会和家庭责任，独自到另一个世界去，可悲可叹，但愿他在天堂一路走好。

我的这位同学走后，估计时隔也就一个月，听一位成都的同学说起，我的另一个同学也正在医院接受化疗。当时我真不敢相信自己的耳朵，记得两年前我的这位仁兄路过重庆，我们还在一起吃过饭呢。那吃饭的场景还依稀可见，举止谈话间还是上学时那样，我提议说"同学难得一见，喝点酒"，可我的这位仁兄也就只来一点，付钱的时候还主动买单，也真是的，当时我还有点生气他的这个举动，尽地主之谊是我的本分呀。也许我没有他富有，但也不能让今后到此一游的同学们笑话吧。说起喝酒，我觉得男人适当喝点才能体现男人的阳刚之气。我经常说，同学之间喝醉了，也是一种感情的流露。由此可见我的同学情很不一般吧，只是表现方式有点另类而已。真没想到，我的这位仁兄也步前任同学之后尘，要去解我那先去同学的孤苦之身。要知道，他俩感情还没我俩感情好，也不多陪陪我这个经历世间沧桑之人，却想到极乐世界寻找另一份快乐，太没有兄弟情义了，我气，我怒。仰望苍天，直问老天爷为什么这么绝情，又要把我的一个好同学带走？思绪快速翻过同这位仁兄走过的大学四年，真有不少记忆的闪光点呈现在我眼前，历史的车轮又将我带回到了那个年少轻狂的年代。

我的这位仁兄原籍江西，学习成绩比我还差，高矮胖瘦同我差不多，或许从他身上我才能找到点自信，所以感情甚好。"物以类聚，人以群分"，小丑级别的也就只能身居小丑团了。他学习倒也勤奋，上课也不缺席，可就是好像脑袋没开化似的，学习成绩排在全班倒数几位，并且这种成绩也是经常考试时干些偷鸡摸狗之事才得到的。真不知道他是怎么考进重点大学的，莫非高考也露了几手“偷袭”绝活？比我这个平庸智商的人还要劣等一点，我有点想不通。鉴于他的此种状况，在老师心目中的形象也就很是一般了，有位慈祥的老太太教授还经常戏语这位“江西老表”。还好老师们都比较仁慈，不然，我的这位仁兄就可能早早地卷起被盖回家抱小孩了。终于，他总算在学业上平安度过了，毕业证和学位证一个不少，人生其实有很多说不清、道不明的地方，别看我这位江西籍仁兄人小丁点、学业倒数几位，但政治嗅觉堪与狗相媲美。记得学校重修大门，号召全校师生自愿捐款，班上就他和另一位同学捐了十块大洋，名字也就永远地留在了学校大门的募捐碑上。我每每到学校路过大门时，都会注目欣赏一下，佩服呀，要是他出生在革命年代，绝对一代枭雄——活生生的政治家嘛。

也许一件事情不能说明什么，我用另一事实来加以佐证，你不得不对我这位仁兄俯首称臣，叹为观止。临近毕业时，大家同学谈起每个人的政治前途时，才觉得有个党员的称号附在身上的分量。因为学院党支部书记曾经是我们的班主任，近水楼台先得月，最后毕业时的结果是我们班党员人数是全年级最多的。记得大一时，同宿舍每个同学都写入党申请书，唯独我自命不凡，不参与此事。后来发现了它的价值，但为时已晚。于是同我的这位仁兄商议，是不是也弄一个？当然我这位仁兄是早早交了申请书，并且也经过了党校培训，就差没成为预备了，估计与学业不思进取有关。结果我们俩一拍即合，就提点水果去找党支部书记。说起这位党支部书记，是位非常漂亮的女老师，我们进大学，她刚大学毕业留校就做了我们的班主任，冥冥之中感觉这个美女老师对我还挺不错。没办法，五官摆在那里，思想也多多少少具备城市人的素养和儒雅。由于我入党申请书都没写，党校也没培训，谈何容易，本想不去拜访的，可在我的这位仁兄的再三鼓动和恳求下就悻悻地来到了老师家。同老师谈话还挺愉快的，老师叫我写个申请书，日期落款写一年前，并马上给人挂电话插入党校班学习。可事与愿违，党校学习考试没抄到及格水平，这边毕业班最后一批预备党员也讨论了，我就成了竹篮子打水——一场空。而我的这位仁兄则顺利成为了预备党员，我又做了回不留名的活雷锋，人生也太有戏剧性了吧。

毕业找工作，我的这位仁兄也够大气的，直接坐飞机到现在的海南大学应聘，有政治头脑的人就是不一样，知道孰轻孰重，我还在傻乎乎地梦想着回攀枝花做一回钢铁人呢。平时我的这位仁兄比较讲究吃得好，不在意穿得体面。据说他家是农科院的，条件还算可以，但初一看形象，绝对一个十足的破烂王。因为平时在一起玩的时间多点，就难免提醒或教育他一番，买两件好的衣服又不是花不起这个钱，装起很穷酸的样子，让人心生反感。现在他经常在我脑海中呈现出来的就是一个穿一件很旧的外衣（很干净），里面一件体恤衫，从来不拉衣服拉链（身体好，经常冬天洗冷水澡），背一个黄布烂书包，脚穿一双塑料拖鞋和一双前面露脚趾的袜子的形象。就这样一个小小丑级别人物，面试却搞定了，回到学校见到他时，那神气劲就别提了，可有位老教授听此消息，担心地说，“别误人子弟，丢学校的脸哟。”

后来听说，我这位仁兄在大学还混得有模有样，也评上了副教授。并且找了个四川漂亮老婆，身高比他高点，还是一个大学生，因是他学生的缘故，也就留校了。再后来听说他老婆非常聪明，上了中科院的研究生，收到海外一个著名大学免费博士录取通知书，鉴于小孩仅2岁，没去读。我的这位仁兄也不赖，2006年考上厦大的博士。可就这样一个有志青年，美满家庭，却好景不长，当时听说住在医院已经化疗好几个月了，人瘦得像一根藤，估计生命时间屈指可数了。最后听说癌细胞全身扩散，化疗已无意义，医生建议回老家。

我这两位同学一个是肝癌，一个是肺癌。先走一步的同学学业和仕途也相当不错，2004年重回母校进行在职硕士学习，2005年年初评上副高，是我们班同学中升职最快的人之一，当科长也多年，并且现在独立负责一个新单位的组建工作。据说是2006年的年底单位体检查出肝癌来的，也就活了7个月就匆匆去上帝那里报到了。班上25个同学，就出现了两个癌症，这个机率也太大了点吧，难道我们生活的环境质量真的如此让人担忧？我们可是地球环境保护的卫士呀，这不会是环境给我们的另类报复吧？不过，有时候也自嘲，有两位同学已经自觉地站在了分数的分子上，我们这些作分母的同学估计就难以从下面翻到上面去了。但愿我的猜想是事实，人活着真好。

值得记忆的领导

人的一生中肯定会遇到许多领导，但能真正影响你，并值得铭记的领导不多见。在我的人生历程中，就有这么一位领导让我永生难忘。回想起同他一起走过的五年，有希望也有失落，但更多的是感恩，这五年的光阴是我工作经历中最值得书写的阶段。

那得从 2001 年说起。那年我正在学校读硕士，早就听说单位要换领导，因为原先的那位领导已经过了退休年龄了。可是迟迟没见新的领导到任，民间传言可多了，一会儿说是这个，一会儿说是那个，我作为一个普通的小老百姓，开始还有点好奇，后来也就没心思去打听这些“八卦”了。但凡领导都一样，“天下乌鸦一般黑”。但毕竟我也是有志青年，内心真希望来单位的是一位能征善战的领导，俗话说，“强将手下无弱兵”，“大树底下好乘凉”，我希望单位变得好，到时我作为普通职工的一员也有个好盼头。

当年的 8 月份，新的领导到任了，初一看，领导人长得倒挺帅的，就是不知道肚子里面有没有货。时隔不久，听其他单位的一位领导说，我的这位新任领导能力非常强，到我们单位来，是我们单位的福气。听到此话，我内心一震，终于盼到了一位德才兼备的领导了，也许我这个将才也有出头之日了，心里面一阵窃喜。我这个人不喜欢主动汇报，一是怕别人说闲话；二是自命清高，不愿阿谀奉承。因此新领导来了一段时间了，我也没主动到过他的办公室一次，倒是他开始到单位上班的几天，找我谈过一次话，估计是例行公事，因为我好歹也是一个大科室的科长。当然，我也不断地在观察他，时间长了，也没看出来什么高人之处，居然几个月了也没见什么新的施政纲领发布。因为我需要耽误一些时间到学校去学习，同他请假时，他倒表现出非常支持的态度，这让我感觉到了一些不同于以前领导的变化。尊重知识、尊重人才，这是党中央既定的方针政策，可真正落实到基层单位就不是那么一回事了，新任领导居然让我看到了这句话的实际价值，可喜可贺。突然有一天领导让我帮他写个材料，这个对于我来说，倒不是太难，于是欣然领命。只是当时觉得在他办公室里写影响他工作，并且同他也不太熟悉，于是就拿着他的笔记本电脑到我办公室写了。没过几分钟，就交与他，他一看，笑着说："看不出，你还有点才嘛。"我谦虚道："小才，不足挂齿，还需领导多多栽培。"后来，我才明白，原来是新领导在考验我的水平，还好没让他失望，当然知道这回事时已经时隔很久了。从他的嘴里我才知道，他第一天来单位上班，就同单位的前任领导和其他同事中了解到了我还算个人才，只是说话不怎么受人听。

虽然同他已经有了初次的交往，但他毕竟是领导，我做下属的，除了完成好本职工作外，也没有更多的机会同他接触。倒是有一次在学校我给了他一点小小的难堪，也让他领教了一下我性格中的"缺陷"。记得那是一个下午，我上完课后拿着碗到食堂去吃饭，刚好在路上碰到他开车路过，他摇下车窗叫我一起去吃饭。当时车上还有两个人，无意识地我随便说了一句，"吃啥子饭哟，我到食堂吃"，最后他也没再说什么，直接开车就走了。后来，我回单位才听同事说，他对我的这次行为极为不满，到处说我不给他面子。想来也是，领导最好面子，怎么当初就没想到同他一起吃饭呢？至少有两点好处，一是白食，二是有机会同领导套近乎。记得有位同是科长的同事对我说："这种好机会，很多人削尖脑袋都想往里面钻，你倒好，死猪不怕开水烫，只可惜我没有这种造化呀。"没办法，事情出了，就只有听天由命了，说实在的，我也不是故意不给领导面子，也许话语生硬了点，性格使然，谁想到领导会这么在意呢。后来也没见领导给我穿小鞋，也就依然我行我素地过起悠哉游哉的日子了。

很快时间来到了12月份，领导组织中层干部到天津的上级业务主管单位考察。这次的集体出行一共有6个人，最大的收获是增加了我同他的直观了解，也奠定了我同他以后良好关系的基础。一路上，我们集体坐火车，聊天、打牌，非常开心，时不时地他也参与其中，并偶尔挤兑我一下。也许我同他前世有缘，同他在一起居然没有一点下属和领导间的拘束感，想说什么就说，直言不讳，他也完全不在意我偶尔带刺的话语。到了北京，我们需要去参观学习一下同行单位，因此就下榻在这个单位附近的一个宾馆。提包上楼时，我正准备往里面的房间走，因为我同一个同事在路上商量好了"同居"。突然领导叫住我，叫我同他住，犹豫了一下，我还是提着包进了他的房间。我本想他应该同另一个副职领导住一个房间，有事情好商议。恭敬不如从命，就这样，我同他有了第一次"同居"。吃完晚饭，其他同事都来我们这个房间闲聊，也不乏许多对新领导的恭维之词。快到12点时，领导说今天大家坐车累了，早点休息，其他同事才悻悻地离开，离开时另一位副职领导说，"你们俩接着聊"，很是嫉妒的样子。同事们走后,我同他再聊了一会儿就睡觉了,睡到半夜的时候,我突然感觉有人为我盖被子,原来是领导起来上了趟卫生间,觉得天气冷,就帮我也加盖上了一床毛毯。我当时醒了,但没动一下,装着睡着了,心里面那种感动让我久久不能入睡,长这么大了,得到领导的关爱还是第一次,甚是荣幸,“士为知己者死”的念想油然而生。当然,也有同事说我只是领导利用的一颗小棋子,但至少我心里面的自尊得到了极大的满足,人活着为了什么?这也是我觉得活得有意义的一个方面吧。到天津时,另一个副职领导也来到了天津,我想换个房间住,还没等我开口,他就叫大家按原来的搭配住房间,于是晚上我又同他同居了一次。记得吃完晚饭后,天津的单位为他们三位领导安排到 KTV 唱歌,我和其他同事就各自回房间看电视了。大概 9 点多钟,领导从 KTV 溜出来到房间打电话,主要是向他的家属汇报工作,我心想,“领导再牛,后面还有领导”。为此事我还笑话了他,也太没男人的大气了,得向我学习,我一般出差不给妻子打电话汇报工作,最多来时说一声平安,回去时说一声什么时间到家,不管出差时间多长,就两个简单的电话。后来,他挂完电话说,陪他们的女士长得很丑,问我去不去唱歌,我说:“亏你想得出来,我又不是领导,并且陪你的女士让我去陪,这不是搞笑吗,再丑也是你的呀!”最后,他再也没去唱歌了,直接在房间同我睡觉聊天。回重庆的火车上,刚好是元旦节,我们一起乐,最后把餐车仅剩的啤酒都喝光了,这个元旦节也成了我工作中过得最有意义的一个节日。初次同领导深入地接触后发现他豪爽、自信、善解人意,不愧为一位好领导,并且同我有点臭味相投。这次的天津之行,也为我们单位在上级部门面前重新树立起了重庆人的光辉形象，以至后来，在他的领导下，我们单位工作一跃上升到全国省级同行单位中的前几名，这不能不说应该归功于他的领导胆识和领导艺术。

为了对得起他对我的信任，我在工作方面兢兢业业、勤勤恳恳，只要是他交办写的材料，哪怕是工作到凌晨3点钟，我也在所不辞，第二天准时交给他。由于我工作的努力，他越来越喜欢上了我这个部下。当然这也引起了许多副职领导和同事们的嫉妒和羡慕，这也为我以后的坎坷人生道路埋下了伏笔。一个人一旦得志，会忘记许多金科玉律，特别是我这样一个自信后就狂妄的人，不断地养成了自高、尊大的思想，总觉得为单位立下了汗马功劳，受到尊敬之礼实乃应当。后来失败后，我才明白，别人对我的尊敬是建立在领导权威的基础上，不是发自内心的敬重，因为我的人际关系处理得实在是很一般。这也许是我人生中最值得作为教训的事件，想想自己在单位又算得了什么，顶多一个认真做事的玩物，"山外有山，天外有天"，我就是一个典型的井底之蛙式的悲情人物。当时的我却一直没有觉察到后来人生的艰辛，以至于我的导师对我说，"工作十几年，连社会游戏规则都没搞清楚。"悲哀啊！其实早在同领导相处的后段日子，我已经有所感觉，但却没有放在心上，总认为我是人才，舍我又有谁。"谁敢横刀立马，唯我彭大将军"，又一个真实小人物的再现，可笑吧。

有一次，单位组织大家一起游小三峡，我虚荣心得到了极大的满足。记得在去的轮船上，他同另外两位领导斗地主，非要让我也参加，我这个人不喜欢成为别人眼里巴结领导的人物，极不情愿地参与了。打牌的水平在他们领导面前肯定是小巫见大巫了，没打多久，我就输了300多，这时领导们无论怎么用激将法，我都不参与了，在旁边当上了看客。我打牌有个习惯，每次输上300多块钱时，就不来了，不管是领导还是一般的同事，我从来没想过要赢回来，就当娱乐一下。领导说我输不起，我也认了，我本一个市井小民，钱也是我生存之物，你们爱怎么说就怎么说吧。来到目的地，第二天我们开始进入小三峡漂流，在去漂流地的船上，同领导们坐一只木船，尿憋得慌，只好到船尾行事。这时领导向前面的船喊话了："有人干坏事了，快掉头看呀。"还好，我排除外界干扰的能力比较强，不然可就苦了膀胱，且同领导的好事之举可能就没完没了了。到达目的地，漂流的橡皮船是两人坐一只，这时领导站在船前左顾右盼，估计是想找个美女一起漂流吧，美女们肯定也都喜欢同帅哥领导同船，可偏偏那时，没有一个美女大胆上去同他靠近。过了一会儿，他说话了，叫我同他一起，不给领导面子又觉得不妥，就硬着头皮上去了，这下引来了好多同事的羡慕和嫉妒。我倒无所谓其他人的眼神，乐在其中了。后来居然听单位有同事说我提前认识领导，这就太离谱了，压根儿没有的事。

贵州之行也让我思绪万千。开始领导坐在旅行车的前面，我从小就有尊老爱幼的传统习惯，喜欢坐车的后面，在后面我们一些年轻的同事们一起神侃。这下把领导也吸引住了，但他坐在前面，前排座位上都是些退休的老同事，他没敢开口，只听到我们后面嘻嘻哈哈，甚是快乐，他时不时扭头向后面看看。当然这里面少不了我的一份功劳，我经常自诩说："我就是一个小丑人物，能给别人带来快乐，自己也快乐。"下次上车时，领导居然坐后面了，这下更热闹了，他的荤段子也开始上场了，并且时不时地拿我开涮，我倒没什么意见，只要大家快乐了就 OK。晚上贵州的同行单位宴请我们，吃完饭后，各自回宾馆房间了，我则叫上几个同事一起出去吃夜宵了。由于白天在黄果树瀑布的喜剧表演赢得了 50 块钱，总得找个地方消费了吧，结果晚上我喝醉了，一首歌也没唱，在 KTV 睡了一个晚上，早上六点才回宾馆房间睡觉。第二天，领导问我到哪里去了，他怎么知道我不在房间呢？不会是有多事之徒向领导打小报告了吧！后来才知道，晚上看世界杯足球赛，有几个巴结领导的同事一直陪着领导打牌、喝酒、看球赛，领导叫一个同事到我的房间找我一起去喝酒，结果房间没人。并且，那天晚上我酒多喝了点，同住在一起的那个哥们在床上打了一架，我的脖子上有些印迹，领导见此状，更觉奇怪，于是让我老实交待。我就瞎编说到贵州大学找漂亮妹妹去了，并且大肆地描绘了一番。他还以为是真的，说："好哇，干好事的时候就不通知我一下，太不够哥们义气了。"我接着他的话戏说："原来领导也有此嗜好，实在对不起，下次一定叫上你，我还以为领导都是不食人间烟火的圣人呢。"这就是我美丽的贵州之行。

最后一次重庆的工作游也为我同领导间的快乐故事画上了一个比较完美的句号。当初我和他都没想到这是最后一次亲密地接触。前一段时间，由于我在学校读博士，同他的关系疏远了不少，回到单位我们之间的关系虽有所缓和，但也大不如从前了。也许是我有些事情太令他伤心了，也许人生注定了我同他只能是过程中的一段美好回忆。曾经他对另一个同事说过这样的话，"他，我是又爱又恨，爱的时候喜欢不得了，恨的时候恨不得给他屁股踹几下。"这句话最好地诠释了我同他走过的五年人生经历，我也深深地感受到了我性格中的残缺。这次出游发生在他正式离开单位前一个月，他说到区县去检查一下前段时间布置的工作。于是我同科室另一个女同事还有他和司机一共四个人星期一就出发了，到了九龙坡、沙坪坝、武隆、长寿、江津。检查工作不假，顺便出来玩也不假，因为我们沿途去了仙女山、长寿湖、四面山。记得在长寿湖住的那个晚上，我们一起吃烧烤兔、喝酒，我同司机一边，他同女同事一边，结果我和司机喝得是左脚踩右脚相互搀扶着才回到房间。从长寿到江津四面山，路过市区，我想回家，因为当时已经是星期五了，我有个朋友让我去见见一个单位的老总，说不定能做点兼职工作，可是他不让司机停车，我也没办法只好同他到了四面山。记得第二天中午吃完饭后，司机说送他们回宾馆后就去洗车，我也借此说想一个人走走路，就没有一同上车，自己独自在宾馆附近溜达。可是还没有一袋烟的工夫，领导的电话就来了，问我在哪里，叫我赶快回去斗地主。没办法，谁叫他是领导，我是臣民呢，我回到房间才打一个多小时就输了100多块钱，我说："不玩了，净叫我输钱。"领导说："娱乐一下，五块钱一次，主要是陪你玩，你以为我愿意打五块钱一次吗？"说的倒是，领导斗地主，一般都是20块钱一次，10块钱一次也是少有的，五块钱一次估计只有我能享受到领导的这种厚爱了。后来我调侃地说："我就是要念到你烦，下次就不找我打牌了。"能和领导混，那是我的福分，可是我就是不珍惜，也许生命中注定了我的失败。

其实，同领导关系融洽，也不一定全是正面的结果，至少在我的生命历程中是如此。记得2004年，重庆市农业局成立一家管理性质的事业单位（重庆市农产品质量安全中心），这个新单位有20

个编制,上级领导给这个单位的领导有5个自由名额选择,限定在农业局系统内选拔优秀人才。由于我所在单位同新单位属于业务完全对口部门,因此我就自然而然地成了那位领导眼中的红人。几番接触后,我就开始打算挪一下位置了,可是春秋大梦还没做多久就化作了泡影。领导知道这件事情后是大发雷霆,在单位职工大会上公开叫嚣有几位上了他黑名单的人想走没门,并且在会上说有人私下许诺给某某人科长位置也没用。听话听音,领导显然是在说我,只不过我们都不想捅破这层窗户纸。后来,也有同事建议我单独找领导谈心,但我自始至终没有找过他,直至事件平息。

现在回过头来总结这件事情,我不知道领导是害了我还是帮了我,我也不知道没同领导沟通执意离开是对还是错。既然领导在会上已经表明了态度,我只能知难而退,因为领导的个性是全农业局出了名的,他认定了的事情很难改变,哪怕厅长出面也没用,看上我的那位领导都能委曲求全,何况我这样的小虾米?能在不止一个领导眼里是人才,对我来说,也算一种收获吧。

还有我同他一起去考试的担惊受怕之感也是我人生中重要的财富。那是陪他考高级职称英语,职称考试监考还是非常严格的。没办法,谁叫我是他的部下加小兄弟呢,提前一天看了考场并商量好了办法。第二天,老师在考场上说没交卷不准请假上厕所,于是我只用了一个小时就交卷出考场了。我在厕所假装解大便等他,当时担心监考老师不让他出来,没想到他出来了,我于是将答案给他后又蹲了一会儿就离开了考场。后来才知道,监考老师开始不同意他出来,他装出肚子极不舒服的样子,监考老师一边同意,一边还说:“明明知道今天考试,昨天晚上却吃火锅,把考试当回事了吗?”

领导为此事的机智和沉着，还在我面前沾沾自喜了好几回。可最后我通过了，他没通过，这下傻眼了，原来我是B卷，他是A卷。后来经过他自己的努力，通过了重庆市自己组织的英语职称考试。本想让他欠我一次人情，最后我却没得逞，白白送了一次考试费。

俗话说，"祸从口出"，我深深体会到了这句话的价值，特别是同领导相处的日子。在中国现行的体制下，"伴君如伴虎"这句旧社会的言语在现实生活中屡见不鲜。记得伤害领导最深的有四次，一次是单位有位同事搬新房请客，我坐在他旁边吃饭时，他说："我认识的朋友多，我喝酒请你，你喝酒也请我。"我直接回绝道："你请我喝酒，我酒量不行，我请你喝酒，我钱不够。"要知道很多人想有此机会都没有，我倒好，完全把门给关闭了，是我真笨还是另有其他原因，我说不清楚。同时，在这次吃饭的过程中，领导说如果我喝酒牺牲了，家属由他来照顾。听到此话，我心里有点不舒服，本想就此打住，没想到另一位副职领导边笑边重复刚才那句话，我更觉不爽。还好，我正准备回绝领导时，领导补充了一句："我牺牲了，家属由你来照顾。"这时我才由怒变喜。后来回到家，我才觉得不划算，我老婆比领导老婆年轻呀，白白让领导占了个便宜。

第二次是上级单位点名要我到杭州学习及编撰《农业环境质量监测方法》一书，但却直接通知到了我本人。最后在我的要求下才通知单位领导，这下领导肯定不高兴了，但又碍于上级单位的意见不好直接推翻，就同意我去了。结果他在会议通知的批复上写了句"限坐火车硬卧"，本来当时我的级别也只能享受此种待遇，可每每看到那个"限"字，心里极不舒服。并且当时我也正在新东方培训英语，既然这样，就不去了，后来领导知道我没去，更是火冒三丈。

估计是上面单位怪罪下来,他有意把气撒在我身上。想想,我还不是顺着他的意思没去的,没想到,我成了替罪羊,有此过节,后来他基本不派我出远差了,领导就是领导,报复心极强。

第三次是实验室装修的事,领导召集中层干部在会议室讨论我的方案,开始同事们都觉得我设计的实验室布局比较合理。可是领导说不行,这下全部赞同我观点的同事都不发言了。但我仍然坚持我的观点,于是后来就只是我同领导在争论了。突然不知哪位同事说,让我坐在领导旁边解释得更清楚一些,这下领导火了,可能是觉得太没面子了,直接吼着说:“我懂他说的意思,把我当白痴了吗?”会场突然鸦雀无声,没有一个人敢说话了。最后领导说:“今天会议到此为止,下来大家再想想。”记得会议结束后,有位女同事对我说:“你非得坚持为哪般,领导说怎么做就怎么做,错了又不是你的原因。”最后定下来的方案基本上是领导的思想,只是相对于他最初的想法做了一点点修改。本来这事就这样结束了,可是有一天领导叫我到办公室,让我选实验台的颜色,居然领导要求桌面和立面一个色调,这也太不专业了吧。我对领导说:“如果一个人做实验时间长了,老眼晕花的,放试剂瓶直接放在地板上了怎么办。”后来领导觉得我说的有道理,就没有再坚持一片色的观点了。最后却在实验台搬进实验室时,发生了一次极为不愉快的事。那天刚好我在那里吩咐工作人员按我的计划摆放,他进来了,他说这样不科学,领导也管得太细了点吧。我却一再坚持我的想法,这下他火了,见此状况,我扭头就走,并丢下一句话:“你是领导,你说的都是对的,你想怎么就怎么。”当时我还没走多远,就听到领导说了一句话:“你这个人怎么是这样,不是同你在商量吗?”为这次争吵,我同他三天见面没说一句话。因为在单位，他是一个高傲、自信的领导，一般不与同事打招呼，但每次见到我，都要点头或者问候一下，这也是我同他相处几年，唯一得到的精神收获。为此收获，有个好哥们说我不值，跟领导关系这么好，一点物质上的好处都没有捞到。“我觉得非常知足.也许不同的人追求不一样吧！”我自嘲道。这次僵局最后还是领导来我办公室说一件工作上的事化解了，他找到我说：“哥们这样做不科学吧！”我同他才言归旧好。通过这件事，他在我心目中的形象无形中又高大了许多，这么强硬的领导，也能礼贤下士，难得呀。

第四次是有天单位来了一位处长，领导叫我一起去吃饭。在饭桌上，领导又开始拿我开涮，说我考川大的博士，英语能通过，专业课也过不了。这下把我气急了，于是当着所有的领导说：“也许我远不及领导的能力和水平，但我自信英语比你好点。”这下捅了马蜂窝了，领导极其不悦，半天也没说一句话。饭吃完了，另一位领导拉住我的衣服说，你怎么当着大家的面这么说，给领导多难堪呀。当时我就后悔了，可没办法，话说出去了又收不回来，最后为这句话我自责了好几天。

我同领导之间还有许许多多的故事，在此就不细说了。来昆明之前，他能为我饯行，我已是感激不尽了。也许多年后，回想起我们之间相处时发生的点点滴滴，我会为自己幼稚的行为感到可笑。但这就是我真实而平凡的人生路，我会永远珍视它。我为认识到他这样一位领导感到高兴和知足。他那精湛的讲话水平，也许我再也看不到第二个人能企及。他身上那种特有的男子汉气概也许会影响我的一生，但愿他仕途上一帆风顺。

“下河”三重奏

本文中的“下河”源于“下海”，只是经历太短，涉水太浅，不敢妄自尊大，戏称“下河”。回想起自己的“下河”经历，虽然没有物质上的更大收获，但却极大地丰富了我的精神世界，至今我无怨无悔。

一重奏：柜台销售员

记得1995年刚刚大学毕业那段时间，单位事情不是太多，虽然每天都按时上班，但大部分时间都是同事们一起吹牛或看报纸。时间长了，就徒生无聊，因为我也是一个血性青年、有志之士，可不能就这样浪费了人生的大好时光。别说对不起伟大祖国的培养之意和父母的养育之恩，实在是对不起自己的理想之情。因此总幻想自己能纵横千里、驰骋疆场，做一个铁骨铮铮的好男儿。但真正要将梦想变成现实却是难于上青天，我本是一个智商低劣之人，怎能经得起大风大浪？不敢做出断其退路、破釜沉舟之举，于是守着单位的微薄薪水苦度光阴，等待良机的出现。

时间慢慢地来到了1995年12月份，单位领导说现在工作比较清闲，希望后勤人员能出去为单位创收，也就是鼓励单位人员出去兼职或做点生意。对于出去的人单位政策一律开绿灯，只需将收入的50%交回单位，而单位的所有工资福利一分不少。政策还是挺优厚的，于是我有点跃跃欲试，但后来领导说，这个政策不针对专业人士，看来我不在这个政策的优待之列，只好老老实实呆在单位浪费青春了。如此好的政策，可是单位的后勤人员没一个愿意享受它，领导的政策成了地地道道的摆设。时隔没几天，领导说他有个机会——帮别人站柜台，问有没有人愿意去，结果没人接招。于是我自告奋勇地报名了，没想到领导同意了。估计有两方面的原因，一是前段时间领导出的政策没人理会，领导面子尽失，想借此机会挽回一点；二是这个差事是领导亲定的，有些渊源在里面（后来才知道原来这个老板是领导的熟人）。

就这样，我开启了我人生中的“下河”一重奏。说实在的，这个也不是什么好差事，一天老板给 10 块钱，时间从早上 9 点站到下午 5 点，地点在朝天门金巴黎电子城，具体内容就是卖晶体管、电表、电笔之类的电子元器件和电路维修工具等。虽然我不是学这个专业的，但胜任它也不在话下，于是就正式上岗了。开始几天倒还新鲜，因为在单位看报纸时间久了，闷得慌，借此出来透透气感觉还挺不错，只是每天很早挤公共汽车有点烦（公车单边 0.5 元）。虽然中午不能午睡和吃盒饭（盒饭每份 3 元），我也没觉得不舒服，因为我本就一个单身汉，哪里吃饭都一样。午睡也还没养成，也许刚刚大学毕业，精力充沛吧。记得有天在回家的路上，遇到单位的一个财务人员，她问，“站柜台怎么样？”说一个大学本科生站柜台有点好笑，从她的话语中明显感觉到了讥讽和嘲笑，当时我也没过多地同她争辩，只皮笑肉不笑地回答还可以。当售货员没几天，就开始觉得没意思了。不是我对工作没有钉子般的热情，而是来逛电子城的人实在是太少了，生意清淡得简直难以形容，更别谈实现自我价值的动力和激情了。估计长此这样下去,又是一个白白浪费光阴的举措,同单位也没什么两样,只是地点和内容有点区别而已。后来,老板知道我是一个大学本科生,也觉得亏欠我似的,于是我就趁机跟她说我不做了,老板欣然同意,还说,像我这种学历的人,一个月一千可能也很难请。

二重奏:片区经理

既然做不了柜台售货员,就得想点其他事情来做,总不至于又回单位喝茶看报纸吧。好不容易有此机会出来了,至少也得好好享受一下自我吧,反正一个月单位只扣 110 元的工资,划得来。于是我就再也没有回单位报到了,直接悄悄地收拾行装出门了,最初的目的地是攀枝花,希望在父母身边待一段时间再做打算。顺路到成都下车,去看一下还在读书的弟弟,他在成都中医学院读书。在他的宿舍呆了两天,他的一个室友问我为什么不上班,我将我的情况大致说了一下,并想着出来找份工作,但现在还没找到,就先回攀枝花休息一段时间。弟弟这个室友是个经商的材料,经常在成都边读书边帮别人做点短期销售的活。听说了我的这个情况后,就告诉我,有个福建做茶叶保健品的公司在成都有个办事处,正在招聘销售人员,叫我去试一试。我想,反正回家也闲着无事,不如先去面试一下,如果不行,再回攀枝花也不迟。

于是第二天我就到这个同学给我说的那个公司去了。结果没费多大周折就被聘用了,估计为什么能成功?不是在于我的学识水平有多高,虽然我大学辅修了个《现代经济管理专业》,那也只能骗骗外行。主要源于我的本科学历来做销售工作,在当时的环境条件下寥寥无几。应聘的职位也不错——片区经理，由于是新手，公司派我到成都市青白江区做了一个见习片区经理，一个月工资1200元，没有提成收入，一个月见习完后转正，就派我去开发一个市场。有这份工资对我来说非常不错了，要知道我在原单位一个月才420元。于是我就兴高采列地到见习地报到了，同那个片区经理相处得也不错，我学到了不少书本上无法学到的东西，知道销售保健品的渠道和作为片区经理的具体管理策略和程序。

一个月的见习期很快就结束了，正准备大展宏图之时，单位给我来电话了，追问我到那里去了，并且叫我马上回单位报到，否则后果自负。看来情况比较严重，没办法，我只好同这个公司说再见，还好，同公司的正式合同没签，没什么赔偿和纠纷，很快公司同意了我的辞呈。现在回想起来，觉得人的一生真是阴差阳错，说不清，道不明。设想当初我不回去，最多单位把我开除了，说不定我就成了一个大款，当然人生道路同我现在就完全不同了。回到重庆时，遇到单位一个比较要好的同事，他说我麻烦大了，全重庆市农业局都知道了我的事，说我组织纪律性差、社会气息重等，估计转正会延迟。这么一说，我倒是真的冒出了一身冷汗，晚上赶快向领导电话汇报，说我回到了重庆。第二天，首先是到领导办公室去谈心。人就这么回事，我没回单位之前，单位为我的事像沸水开了锅似的，一回到单位什么事也没有了。后来我才知道是因为单位站长和书记不和，拿我的事说事，书记还带人专门到电子城去看望我，明为慰问，实属调查我。当然站长也不想拿我的事说事，一是他同意我去的；二是我还算个可用之才，单位还需要我这种专业人士。领导对我的袒护，我甚是感激，工作就更卖力了。

时间很快又到了 1997 年 10 月份，忙了一阵的单位又开始闲了下来，是不是再去找份兼职的这种想法又浮现在我脑海中。天天在办公室看招聘广告，终于发现了一个适合的，于是悄悄地就去应聘了。应聘单位是重庆希尔安药业有限公司，应聘职位是片区经理，经过三次面试，过五关斩六将成功了。记得初试时两百多人最后留下来几个人，实属不易吧。估计成功的原因也有两点，一是我的本科学历，二是我成都公司的经验。正式通知到公司上班时，我才同单位领导谈了一下，单位领导觉得现在单位也没什么事，就欣然同意了。但前提条件是，只要单位工作需要必须无条件回单位。就这样，我又一次离开了那个让人郁闷无聊的场所。公司派我们新人到合川见习一个月，这一个月可开心了，吃的住的全由公司承担，我们就跟着片区经理转市场，见习期一个月工资 1200，没提成。一个月很快就结束了，公司派我到四川省乐山地区任片区经理，支持那里的地区经理工作。

公司的管理理念是不断地培养重庆本土经理去外地开发市场，管理当地招聘的人员，这也是很多销售公司的惯用伎俩。在乐山，我负责洪雅和丹棱两个县的市场，短暂的乐山停留，我独自一人坐公共汽车到了洪雅，先租旅馆，后招人，又同当地的工商部门衔接、勾兑，马不停蹄地发传单、拉条幅、产品上柜等。公司生产的产品为妇科用保健品，主要是放在药店代销，公司给我 50000 元的初期市场启动资金，包括做广告、人员工资、请客吃饭等。刚开始的几天是我非常郁闷的日子，工作基本做得差不多了，到药店一问，结果一瓶也没销售出去，要知道我们每个月有最低销售额的。这可把我急坏了，心里琢磨，难道我真的不是干这块的料？但 7 天过后，药店不断开始走货了，这个月我只用了 20 天销售回款 9000 多元，还不算太差，就这样，又是搞咨询又是吆喝，第二个月达到了13000多元。别看我成绩不怎样，要知道，我电视媒体还没上，人员也只有三个，成本控制得非常低，两个月的药品单价创下了公司所有市场回款中的最高。说到单价这个情况，也不是我有多大能耐，是因为我做人太实诚了。公司给我们片区经理的权力很大，只要货物单价高于公司最低价就行，有些地方的销售产品单价回款低，是因为片区经理把这段差价给中饱私囊了，我们是自己收钱自己做销售表，私营药店又不用开发票，所以很容易办到。为什么我没有这样做，是因为我觉得人得看长远点，别为了这点蝇头小利而影响了自己的发展，因为我今后可能会到更大的公司去，如果在行业内的口碑不好会影响自己的前途。现在想来，我完全一个傻冒。

第三个月正准备上电视广告扩大市场影响时，乐山本部出了问题。工商、医药等七家单位联合检查，说我们的产品没有销售许可证（主要是同政策部门勾兑不畅，并也有同行的从中作梗）。不过，很快重庆总公司把这事摆平了，但总公司花费了不少钱，并且鉴于先前的影响，准备放弃乐山市场，叫我们将销售款尽量回收后就撤出去。正在这时，单位领导给我挂电话了，说单位马上就要很忙了，叫我回单位上班，我给单位领导的回答是，我把这边的事处理完了就回单位。于是第三个月我也没怎么工作，在乐山市玩了一个月，虽然我人没在现场，但我的款全部回收，没有一瓶销售款落下，这主要得力于我的一个助手。现在想来，这个小伙子真的很不错，也不知道他的人生演绎得怎样——不知下文。反正春节也快到了，我的市场全部清理干净了，于是我就坐公司的五十铃货车回重庆了，这也是我目前一生中坐汽车最长的一次，从上午 11 点乐山出发到重庆时已经是凌晨 2 点。回到重庆后，我也没直接到单位报到，因为不想继续在单位待下去了。后来领导和分管领导都来劝我说，像我们这样的国家单位不要轻易放弃，放弃了会后悔的，其实当时的我也想得很简单，反正一个人，哪里都是家，一个人吃饱了全家不饿。

最后为什么我还是回原单位上班了，其原因并不是领导劝我起了多大作用，我这个人有时有点倔强，不撞南墙不回头，不见鬼子不挂弦。真正的原因主要来自于两个方面，一是 1996 年国家开始福利分房，我分了一套两室一厅 60 平米的房子，这可在当时我的大学同学中算最幸福的了。在重庆市主城区有套房子，让好多人羡慕和嫉妒，钱虽交了，房产证却还没下来，我担心我离开单位后，单位不给我房产证；二是公司开年终会，由于乐山市场公司损失不少，我们的提成没了，这完全没有一点道理，我负责的地方又没出问题，并且我把屁股擦得干干净净，公司一棍子打死，也太失公理了。于是我下定决心回单位上班，参加完公司的年终会没几天，我就把辞职报告递交给了老总，当时老总不同意，问我什么原因，我没多说，只说不想干了，最后老总同意了。就这样，我结束了我又一次短暂的片区经理生活，重又回到了那个偶尔忙碌的工作状态。

三重奏：寿险规划师

第三次“下河”，成为寿险规划师也是几方面原因促成的。2007 年我在单位边读博士边工作，重庆市环保局让我们单位做个项目，单位分管领导叫我牵头，没办法，谁叫别人是领导呢，官大一级压死人，国家单位就这样。有时候，人的一生会遇到诸多意想不到的事情，这很正常，只是没想到真实地发生在了我身上。开始环保局让我们写一个提纲，我想领导名字排在前面的，他是负责人，我仅是一个参与人，就去征求领导的意见，在领导的示意下我写了个提纲通过邮件发给环保局。过了两天，环保局领导说重新写提纲，于是我就按照我理解的意思改了，为了节约时间，也就没再交给领导看。后来听领导说，环境局同意了，于是我开始装填内容，大概写了三十多页，就向领导交卷了。不知什么原因，领导说我写得不好，叫我下区县调查。我也知道问题的症结在什么地方，可下区县就能得到真正的答案吗？我一直持怀疑态度，并且像我这样一个科长到区县去收集资料，能达到预期的效果吗？可能我说话的方式确实有点问题，导致领导极为不快，说我必须去，并且坐公共汽车去。这下把我搞火了，我直接回敬领导说，"你会不会当领导"。

要知道单位有五个车，却让我坐公共汽车，并且领导每天用公车接送老婆，难道这就是社会的公平。同时，材料我写，经费单位拿，领导排名靠前，于公于私也不该这样对待我呀，社会游戏规则让我很难懂，也无法懂。于是我就写下了辞去科长职务的报告，做个平头老百姓算了。很快，领导们讨论批准了，这也是我始料未及的，我也就想考验一下领导的气度和检验一下我在领导心目中的地位。没想到，我为单位立下汗马功劳之人就是这等下场，八年科长说没就没了，人生的悲哀呀。回到曾经是我的助手下面工作极其不爽，就把自己的简历往一个猎头公司投去，没过多久，有人打电话问愿不愿意到保险公司工作。我本不想去的，后来觉得反正在单位工作也不愉快，不如去试一试，并且支持我的这个举动的另一个重要原因是我的一个大学同学刚刚离开人世同上帝喝茶去了，反观我的家庭，给我的震动非常大，因为我的小孩才一岁多，老婆收入很微薄，一旦我有个什么闪失，我这个家庭可以说就彻底完了。既然有这么个好机会，不如去深入了解一番。

说实在的，我的保险意识是比较强的，老婆和小孩都买了保险，唯独我没买，也不是不想买，是因为没找到适合的保险。于是我就参加了保险公司招聘的说明会，不去不知道，一去吓一跳，原来这是一家美国最大的人寿保险公司——中美大都会人寿保险公司，创办于 1892 年，并且他的保险理念让我耳目一新，慢慢地我也接受了他的一些观点和理念。但保险工作我实在没有多少底气，主要是中国保险市场刚刚发展没多少年，保险公司的诚信、保险市场的外部环境、保险人的观念等都是困扰我的因素。后来一想，不入虎穴焉得虎子，只有亲身的体验才能真正了解保险的真谛，至少可以为自己设计一份适合的保险，也可给同学和朋友们带来一个好的咨询。带着这些目的，我参加了公司的几次面试，终于取得了公司的认可，进入公司的培训期。这个公司确实不同于一般的保险公司，集中培训一个月，并取得了国家保险员从业资格证书才能正式开展业务工作。还好，我都顺利地过关了，也就成了一位名副其实的寿险规划师了。

2007 年 9 月份面试，11 月份参加集中培训，12 月份正式上岗，3 月份离职，这就是我完整而简单的第三次“下河”，虽然做得不成功就草草收场了，但这段经历却让我永生难忘。特别是心的煎熬是局外人永远无法体会到的，当我身边的朋友知道我从事寿险这份职业时，忽然一下子就疏远我了，好像我是牛鬼蛇神似的。记得有位曾经教过我的教授讥讽我说,“好好的工作不干，做这个来骗人”,听此话后我是大跌眼镜,无语面对,真想上去抽他两耳光。保险可是金融行业的三大板块之一呀,简直不可理喻,枉做人民教师了。这次经历是我人生又一笔伟大的财富,回想起这段经历,体会最深的就是两句话,“当今社会,男人的责任感太差,女人的自我保护意识太弱”。

第一次北京出差

北京,中国的首都,是人人都向往的地方。参加工作后,我也希望有机会去天之骄子的地方神游一下,以此了却心中的梦想。

1998 年四月份,我终于有了这个机会,单位派我到中国农业大学参加农业部组织的培训学习。虽然一个人独自出差有些孤单,但内心喜悦的心情还是溢于言表。火车到达北京是晚上 7 点多钟,暮色下的北京没有给我带来更多激情,但大都市的繁华让我着实震惊。上了公共汽车,问售票员到中国农业大学怎么走,得到的却是满口的北京话,把我这个外乡人搞得摸不着头脑,没办法,只好就近一个站下车打出租。到了会议地点,报到的人说我早来了一晚上,现在没房间住宿,让我自己想办法,由此可见我心向北京的迫切心情不一般吧!

还好,我有个大学同学在中国农业大学读研究生,借此机会提前去拜访一下也好,经过几次的辗转才找到同学的宿舍。有点遗憾的是同学出差了,有点庆幸的是同宿舍的同学比较热情,在我说明缘由后,安排我住同学的床铺,这也免去了我重又找住处的尴尬,第一次出差、第一次到北京、第一次住宿就这样凑合着过了。

学习紧张而愉快,在会上认识了许多其他省市的同行们,特别是西南片区的同仁们更是亲切。有次吃饭,东北片区和西南片区桌上打擂台，比拼喝酒，东北片区坚持喝白酒，西南片区坚持喝啤酒，最后在啤酒的比拼中，西南片区大获全胜，我作为西南片区的一分子，也贡献了不少力量，那种自豪感油然而生，初出茅庐的我能为重庆人民争得一席之地可喜可贺呀！

几天的学习很快就要结束了，可心目中伟大的北京只是地图上的轮廓，总不至于就此离开留下遗憾吧。当时的我是没有自信的一个愣头儿青，脚下的人生路是一片茫然，所以总想抓住每一次难得的机会感受一下和学习一番。主意打定后，我一个人利用一天时间拿着地图开始了我的北京感悟。天安门广场成了我的第一站，经过两次转车才到达目的地。实地感受世界上最大的广场，让我雄心万丈，我为是中华炎黄子孙的一员感到无比自豪和骄傲。天安门城楼上的毛主席画像和醒目大字跃入我的眼帘，让我思绪万千，“世界人民团结万岁，中华人民共和国万岁”成了我永生的记忆。环视人民英雄纪念碑一圈，我默语良久，才从那个血雨腥风、战乱纷飞的年代回到现实中，现在幸福的生活真是来之不易，一定得好好珍惜，虽然我没有造福一方的雄心壮志，但至少也要对得起自己的良心和祖国的培养。紧接着是瞻仰毛主席遗体，排队了很长一段时间，才进入毛主席纪念堂，表情的庄重和内心的崇敬是整个瞻仰队伍的共同特点，由此我也看到了中国人民的伟大和历史车轮前进的坚定步伐，我也相信祖国的明天会更好。

王府井也是我的必去之地，因为它是北京繁华的缩影。王府井人头攒动、琳琅满目的商品让我欣喜万分，一派繁华景象让我心潮澎湃，中国改革开放的成果尽显其中。在商场转悠了一圈，虽有不少中意的商品，但苦于口袋里人民币有限，迟迟没敢下手。但总不至于空手回到重庆吧，最后在王府井书店买了两本书以此作证我的北京之行，有这点慷慨解囊也无愧于我这个道貌岸然的读书人了。

正准备打道回府，忽然想起有生以来还没见过地铁，不如借此机会去感受一番，于是又开始了我的地铁之旅。花两元钱坐了两圈也不觉得厌倦，地铁的舒适和快捷让我感受颇深。地铁代表了一个城市交通的发达程度，我以前不能很好理解，亲身体会后才真正觉得这句话的深意，但愿重庆也早日有地铁，至少能免去如我这般的好奇之人，只能利用出差专程进行地铁之旅吧。

这就是我第一次出差到北京的感受。时隔多年，每当想起自己的第一次北京之行，有些行为就觉得幼稚可笑，但这是我人生过程中真实发生了的事情，无法回避，更不可否认，点点滴滴都是情嘛。

最朴实的一次出差

刚参加工作时,单位业务比较萧条,出差对于我这种普通老百姓来说就成了一种奢侈享受。虽然我所从事的工作有很多机会体察民情,但真正落到实处却非常难,在城市待的时间长了,利用出差的机会亲近一下大自然就成了我的梦想。

时间很快过了两年,上班看报纸、喝茶成了我的常态,慢慢地我也变得懒散和不思进取了,但为了了却大学时入党的遗憾,我向单位党组织重新递交了入党申请书。单位的书记让我到市直机关党校学习,我也借此机会暂时离开了那个无聊的工作环境,虽然学习的时间仅一周,并且有每天签到的烦恼,但也乐在其中,学习还算认真。刚刚学习结束完正准备复习参加考试,以期取得党校学习结业证,却接到领导的通知说单位有事情安排。匆忙赶到领导办公室才知道领导安排周末出差进行野外采样, 本是一件非常高兴的事,但事又不巧,如果周末不参加考试,党校一周的培训就算白费了, 下次必须重新签到学习培训。为了减少自己又一周签到的劳苦,并且减少单位又一次培训费的支出,我同领导解释能不能安排别人去,得到的回复是否定的。这时候,单位书记却坚持要求我学习考试完后才能出差。当时的我由于涉世不深,全然不觉得我已经成了领导权力争斗的牺牲品, 天真地按照自己的想法坚持考试完后才出差。但在同领导的争辩过程中，我才深深地体会到在权力面前个人的渺小。领导听了我的陈述后非常生气，说“单位究竟是谁说了算”，没办法，我只好放弃自己的初衷，顺从地准备第二天出差，由此也产生了我经历中最朴实的一次出差记忆。不知出行前的“瞎折腾”是否暗示了后来的“清苦”，不经意间却丰富了我的人生。

这次出差的朴实之处体现在两个方面，一是采样地点离城市偏远，二是吃住在农户家。虽然条件艰苦，但对于我从小农村长大的孩子，也没觉得有什么不能接受，只是后来同事们在一起聊天的时候才知道我住的农户家吃的是最差的，三天下来连肉腥味也没闻到。同事们笑话我运气不佳，讨好人家的本事也没有，因为有的同事不仅骗到了肉，还骗到了鸭和鱼。时隔多年，每每回想起来这件事，我都觉得好笑。也许我太老实了，也许我太能理解农民兄弟们的难处了，虽然我们每天也算钱给农户，但能从我们的费用中节省一点也是人的本能。我见到的淳朴农民不少，但也为受市场经济熏陶的农民感到高兴，因为农民兄弟相对于我这个国家干部来说有更多的现实困难，我不能因为自己的清苦不适而过多地刁难吧！

后来我也经常到农村去采样，住过农民兄弟的新房，盖过农民兄弟的婚被，吃过农民兄弟的鲜特产，在野外寒风中为蔬菜上过肥……这些都是我人生中的美好记忆。三天没闻到肉香就仅此一次，如此算下来，清苦的概率其实很小，无形中它却成就了我最朴实的一次出差，我为有这次出差感到高兴。但愿农民兄弟们都能享受到中国改革开放的成果，可以天天用土鸡土鸭招待朋友和像我这样的不速之客。

高规格的一次出差

工作时间长了，出差也成了我常有的事，几乎每年我都会出一次远差。回想起自己出差去过的大城市，还真不少，包括北京、天津、上海、杭州、南京、合肥、郑州、广州、成都、贵阳。现在成了一名人民教师，出差居然是一种“天方夜谭”，反差实在是太大了，也由此产生了对过去出差的回忆。梳理自己的出差经历，享受高规格的一次出差地点定格在了郑州，时间是2006年的12月份。

单位换了领导，负责人暂时由一个局领导代管。临近年终农业部组织召开一年一度的工作总结会议，我本没资格参加这种会议，但由于单位领导都比较忙，抽不了身，后来经领导们研究决定让我去参加这次不合我身份的会议，由此也产生了我记忆中高规格的一次出差。坐飞机出差已不是第一次了，但还是有些激动，因为我是同农业局一位处长同行。在飞机上，我向处长询问了一下会议的规格，从处长那里才知道每年进行的年终总结会议就是让领导们异地放松一下，会议有位农业部副部长参加，主要程序有领导总结讲话、先进单位代表发言、实地参观学习、举办地名胜古迹游览等。

飞机降落到郑州机场后，河南省农业环保站的同志用专车将我们接到住处——四星级宾馆。下榻宾馆的自助餐非常丰盛，只可叹我的肚皮太小，有些菜只能饱饱眼福了。实地参观学习更是空前盛况，前面有警车开道，有电视广播台实况转播，沿途有警察站岗，这种场面以前也见过，但亲身体验却从来没有过。一路上我东张西望，无比兴奋，自尊得到了极大的满足，也由此想到了为什么中国人都喜欢当领导的另一个原因。全体参会人员集体会餐的晚上，一边看表演一边吃饭的滋味让我有些不适，同桌有人问我是不是新提拔的领导，我更觉得尴尬，只好低着头一个劲地猛吃菜，其中滋味只有自己能体会。回到宿舍也梦想着自己有一天能成为一位领导，名正言顺地享受这种高规格的待遇。后来的事实证明当初的这种想法是多么的幼稚，在中国现有的行政体制下，实现这种梦想对于我来说是多么的困难和无助，它成为了我人生中永远的伤痛。

逃避现实不是我的本能，仕途上的辛酸让我更多的是无语面对自我。但愿这次高规格的出差享受只是我人生历程中的一个记忆亮点，而现实生活中环境的改变能让我有另一番美景去欣赏和驻足。

工作中与死亡擦肩而过

“常在河边走哪有不湿脚”，随着参加工作时间的增加，我们肯定会遇到这样或者那样的问题和困难，这也是我们成熟的基石。但有些事情却能产生深刻的记忆和现实的胆怯，在我的工作经历中就有这样的一次事故让我心有余悸。

事情发生在 2000 年，我从事的原子吸收仪分析项目需要带一名徒弟，其实就是单位的一名同事跟我学习，这名同事属于非专业出身，但比较踏实和勤奋，我也乐于接受这样的人做我的助手，当然最终还是希望他能接替我，因为借科长的身份我也想做个甩手掌柜。刚开始我的这位徒弟谦虚谨慎，学习也比较刻苦用心，鉴于他是新手，我经常给他讲解操作仪器的危险性和关键环节，其目的就是希望他能充分认识到安全的重要性，每次分析样品的时候，我均亲自参与，大概过了两个月的时间，我也没让他单独操作过一次。有一天，他觉得自己掌握了该仪器的使用步骤，想单独操作，但我一直没有松口，因为这个仪器需要用到乙炔气体，我担心出安全事故。又过了一段时间，在其他同事的怂恿下，他又向我提出来单独操作仪器，其实他的心思我大致可以猜到几分，一是他觉得自己已经完全掌握了该仪器的使用，二是他想在领导面前证明自己的能力，三是他认为长期给我做助手处理一些后续工作不太舒服。

我想了几天，觉得他既然不想做无名英雄就放手让他去做吧，是骡子是马总得牵出来遛一遛，如果他真能出师也减轻了我的工作量，于是我同意了他单独操作之事。他独自操作的那天，我仍在办公室，只是没到实验室而已，不一会儿，他突然跑到办公室对我说听到仪器嗤嗤响，我赶紧跑到实验室查看原由，原来他犯了一个经验性的错误，将减压阀的开关反向操作了，这可是我一直对他强调的地方，减压阀的操作同我们的水龙头开关正好相反。不知道当天他在想什么，把减压阀扭得紧紧的，好像怕没有关好似的。试想在总气阀完全开启的情况下，压力多大呀，肯定会嗤嗤响了。当我检验完仪器后，没有明显感觉到有乙炔气味时，于是重新进行正规操作，就在这时，我犯了一个非常低级的错误，错误主要是没有仔细思考他的这个误操作产生的后果就开始点火，开始时火焰燃烧还挺正常，于是我同他就离开操作台继续探讨刚才误操作后的危险，其实这时候危险已经悄悄来到了我们身边。忽然轰的一声巨响，仪器爆炸了，我同他已经被这声巨响惊呆了，两个人呆若木鸡似的站在那里没有语言、没有表情，当同事进来问发生了什么，我才回过神来赶紧关掉乙炔总气阀。真是危险，整个仪器上部的铁盖子被掀翻在操作台前的地板上，这可是我们经常操作时必须站立的地方呀，还好是有惊无险，不然可能就早早地陪上帝喝茶去了，成了革命事业的早死鬼。

后来仔细分析此次事件的整个过程，才发现是自己思考不够透彻，当时他跟我说嗤嗤响的时候不是总阀这里的问题，而是仪器管道系统在高压下发生了破损和泄漏，仪器已经用了 10 年，内部塑料管道早已经老化，维修工程师来单位检查后说管道系统早就应该更换了。这次事件发生后,以至于我后来操作该仪器时非常的小心,索性将仪器气路室的外铁板拆开后放置一边才进行点火操作,真是“一朝被蛇咬,十年怕井绳”呀。

到了2001年单位换了一台日立的原子吸收仪,我的这种担心才完全消除了,因为国外仪器的设计把安全性放在了一个极其重要的高度,电脑可以自动检测管道系统是否出现漏气,如果检测出漏气时,仪器自动关闭点火装置并提示。

时隔多年后我来到师大,见到的却是更加古老的仪器,出厂日期为1986年、1989年,有位学院的老先生居然还用得安然自在,每次看到他操作时我都提心吊胆,害怕哪天仪器重复我过去那件可怕的事情,这可不得了,陪葬的可是祖国的花朵、未来的栋梁呀。刚来到师大时,学院交给我两台这样古老的原子吸收仪,说让我修一修看能不能用,我犹豫了大半年时间也没敢去动它,不是不想动,实在是害怕呀!

“巧妇难为无米之炊”的现状让我的研究难以开展,我的博士文凭估计就此浪费了,经常梦想自己如果有钱了,一定买一台精度和安全性都极高的进口仪器,一方面可以做些科研以谢祖国的培养,另一方面也能让学生见识一下科学技术进步的日新月异。八年一代仪器,可想而知师大欠下了多少个八年,在这种环境中能成为学者型人才吗?我一脸的茫然。但愿这种让我后怕的事件能早日从我的心底抹去,旭日东升的朝霞能早点照到我的心里。

惊心动魄的一次失窃

失窃在人生中属于平常事，我想每个人都有此小小的厄运，只是记忆的深刻不同而已。回想起我的过去，也不止一次失窃，但有一次却让我永生难忘。

时间发生在2004年的冬季，由于准备考博士，我开始到新东方进行英语短期培训学习，每天晚上坐2个小时的公共汽车往返于江北观音桥和沙坪坝杨公桥之间，生活过得充实而又劳累。白天上班、晚上学习的长时间持续让我有些招架不住，放弃上课的念想时常浮现在我的大脑中，但最终还是鼓励自己坚持，其主要原因不是因为对理想的执著精神有多么强烈，更多的是来自于付费学习的无奈。如果这种上课是免费的，我想我的身影不会始终出现在明亮的教室中和黑夜的大街上。人的惰性是与生俱来的，只有外动力的作用下才能使其弱化和改变，当然这也与我后天的成长环境有直接的关系，传统的节俭固化了我付出成本就需要有所回报的思想，哪怕这种回报只是精神上的一种寄托，至少能让我灵魂深处得到一丝安宁。至于上课的这种方式到底能提高我的英语水平多少，至今我也没有确切的答案。就这样，我一直在矛盾中煎熬，每天拖着疲惫的身心坚持了再坚持，一个月的短暂学习时间就快结束了，但此时的我已经变得机械和麻木了，每天晚上11点钟回到家就想呼呼大睡，最好是一觉睡下去就永远别醒来，当时的我实在是太累了。

有一天晚上，我照例回到家将书包放在小卧室，简单地洗了一下脸和脚就准备上床睡觉，突然发现一只大老鼠从我的面前一晃而过，这下惊醒了我的睡意，开始捉摸如何将此不速之客捉住，因为平生我最怕也最痛恨老鼠，虽然成年后的我不再担心老鼠吃人之类的邪说，但老鼠经常在屋里面跑过来跑过去、叽叽喳喳地让人极其生厌。当天刚好妻子值夜班，我一个人在家折腾了好一阵子也没见到老鼠的踪影，最后只好将粘鼠板放在老鼠必经之地的客厅和饭厅之间，以期第二天来捡死耗子。睡觉前我将卧室的门都关上，以防止老鼠逃到另外的房间里面去，躺在床上很快我就进入了梦乡，突然听到沙沙的声响，我想肯定是粘鼠板把老鼠粘住了，老鼠在挣扎时发出了声音，终于逮住了你这个死耗子，于是我将床头灯打开，迷迷糊糊睁开双眼准备去收获胜利果实。

奇怪了，我睡觉的卧室门怎么开了，心想这个老鼠的力量还挺大的，居然把我睡觉的门都撞开了。紧接着，我小心翼翼地起床并将卧室的吸顶灯打开，眼睛死死地盯着地板上寻找我的猎物，可什么也没有发现呀。我弯着腰、低着头想，这个老鼠也挺有能耐的，不知道拖着粘鼠板到什么地方了，于是我接着打开客厅的灯继续寻找，借着客厅的灯光，我突然抬头发现防盗门打开了，这下心里的疑惑更大了，难道我睡觉前忘记关门了，心想不可能呀，再仔细一看发现门前放了一双鞋，不好，一定是贼进屋了，我猛然醒悟过来。

这时候的盗贼可能也慌神了，没想到我一步一步走到了他的跟前，他慌不择路从窗台蹿出去，我追到窗台看到他一溜烟地跳下去，此时的我反应有点笨，本可以顺手拿些东西砸向这个盗贼，可最后还是眼睁睁地看着他离我远去。一路上盗贼提着我带钥匙的裤子边跑边响，我当时也不知道哪里来的勇气，直接跑下楼找到守门的老头追了出去，主要是想找回钥匙。我寻觅了好一阵子最后还是无功而返，回到家仔细检查是否丢失了什么东西，结果除了裤子和一把水果刀外没有其他损失，放在书包里面的手机安然无恙，裤兜里面就几百块钱，也没什么大碍，只是防盗门的钥匙没有了，苦闷需要重新换一把新锁。

当天晚上我再也没有了睡意，细想发生的整个过程，有点戏剧性和后怕，戏剧性的是没想到粘住了一只大大的“硕鼠”，后怕的是如果发生搏斗，我可就惨了，因为我的个头注定将成为他的手下败将，并且我又没有思想准备，他手上却拿着我的水果刀呀，真是万幸。同时，我追出去的那阵子，万一盗贼有同伙守在楼道口，我不就成了瓮中之鳖或者中了调虎离山之计吗？遭此一劫，只是一点惊吓，可喜可贺。

第二天上班，同事问我是否害怕，我想当时的我一直认为是晚上睡觉前看到的老鼠发出的响声，害怕从何而来，只是后来发现是一只大“硕鼠”才觉得后怕，一次有惊无险的人生经历，值得记忆，但愿这种记忆今生仅此一次。

工作变故

人到中年的我做梦也没想到会发生工作变动，是福是祸，现在我无从知晓，既然选择了，也只有迈着艰难的脚步往前走。

回想起这次的工作变故，有失落也有欣喜。离开自己热爱的工作和熟悉的环境实属无奈，心也不甘，自己在单位积淀下来的成绩说没有就没有了。当然现在抱怨也没有什么用，也许这是我人生中注定了的劫难，我必须去接受和面对它。离开重庆时，许多朋友、同事为我惋惜。想想也是，我在重庆生活了18年，在人生的历程中不算短，在单位从团支部书记到副科长再到科长，一路走来本已不容易，现在却不得不把这些全部放弃。我估计任何人面对此种选择时都会极其艰难。记得痛下决定的前几个晚上，我是夜夜不能眠，思前想后，因为我将离开家人和朋友到一个陌生的城市重新创业、白手起家，未来的路在我脑海中一片空白。虽然最后还是勇敢地走出来了，但我仍然无比地怀念过去，重庆的山、水和人已经深深地融入到了我的血液中。以前经常同朋友开玩笑说，大学毕业时重庆选择了我，我选择了重庆，这是命中注定我的性格中有重庆这座城市的个性——坚毅、执著、干练、率直。我喜欢重庆的快节奏，言行的铿锵有力。在重庆工作14年，我的性格也没有太多的改变，可能主要源于我个性和重庆的默契吧。

离开重庆是我无奈的选择，我也为自己的言行后悔过，但已经于事无补了，自己酿成的苦果也只能自己咽。事情的经过是这样，我负责单位一个项目，实属一个傀儡，材料完成后交给分管领导，分管领导说写得不好，就叫我坐公共汽车到区县去调查。这下不知道触动了我的哪根敏感神经，我直接回绝领导，“你会当领导吗？”为这个偶发事情也许我永远也想不明白，项目负责人是领导，单位有五个车，并且领导自己上下班都是开公车，为哪般让我坐公共汽车？领导也是人呀，任何领导也不可能永远是领导，也有退休的时候。“勤政为民”，领导也在勤政为自己呀，为什么到了我这里成了“让马儿跑，又不让马儿吃草”的悲惨世界。一怒之下，我写了辞去科长职务的报告，申请调动到一线科室工作。此举动发生在人到中年时，成熟的我怎么能做出这种不成熟的决定？其实，当时我也是在进行一场赌博。一是一把手领导找我谈话，我肯定收回申请报告；二是将我调到另一个科室，科长继续；三是将我调到另一个科室，科长保留察看。结果却大大出乎我的预料，一个月后领导们开会直接免去了我的科长职务，并调到另一个科室做一般职员。我可是为单位立下了汗马功劳之人，没想到得到如此下场。并且，听领导们讨论说，要杀鸡给猴看，我的人生是多么悲哀，十几年为单位工作鞍前马后的我最后落得一只任人宰割的鸡。也许我太把自己当个人物看了，实属也就一个跳梁小丑。

当今中国社会，领导眼里的“人才”才是真正的“人才”，我的实践告诉我这是一条颠扑不破的真理。当我辞去科长职务一个月后，上级部门来考察领导人选，我入围的资格也没有了，后来提拔了一个比我参加工作时间晚、学历低、业务能力比我差的人。当然，如果我有资格入围估计也属于陪衬的命运，中国行政体制决定了提拔领导不仅仅是看你的业务能力,公关能力也极其重要,谁能被提拔在很大程度上更决定于这个人的背景因素。但这次却深深地触动了我那可怜的自尊,单位我是不会再待下去了,即使到街边擦皮鞋我也义无反顾。于是一边学习,一边满世界找工作,那段时间是我人生中最灰暗的时期，面对妻子每个月微薄的工资收入和一岁多的女儿,男人的自尊得到了极限挑战。本来我在三月份就可以到另一个平级单位工作,效益比我原单位至少要好一倍以上,并且是那个单位领导主动找我谈的。如果真想继续和原单位领导赌下去,我就去了,但思考很久后,我还是选择了放弃,生命的意义耗在个人恩怨上实在没有太多价值。我不愿意继续待在这个让我伤心流泪的地方,我想走得更远。

继续在家煎熬到五月份,师大通知我面试,我一个人坐火车第一次来到了这个陌生的城市。刚下火车,看到的是矮矮的城市建筑物,我有些心灰意冷,难道这就是我想要的结果？既然来了,至少也得面试一下,说不定师大还不要我呢。面试结束后,师大的领导和老师对我感觉不错,招待我和另一个面试人员吃完中午饭后,让我们回去同家人商量一下,然后一周内给答复。就这样,我通过展示自己又一次获得了成功。这时的我最需要得到的是别人的认同,虽然我寄出去了很多简历,但基本上没有回音。也许我自身条件太差,也许有更多其他的原因,但如果能让我有面试的机会,我相信我也不会一无所获,生活阅历的丰富和语言的魅力是我自信的资本。

回到重庆的一段时间里我晚上经常辗转反侧，因为我还没有博士答辩,并且我的论文抽中盲评,论文不断地修改经常工作到凌晨3点钟左右,心里面的矛盾和担心让我心力交瘁,这段时间也是我头发掉得最快的时期。答复了师大后我集中精力修改论文并怀着忐忑不安的心情等待着盲评的结果。六月份盲评终于通过了,心里稍稍松弛了一下,但又开始等待师大的调动手续,虽然没有多少悬念,但没见到真金白银还是不能完全放心。7月份师大的商调函寄到了我手里,到单位去办调动手续,单位领导很快就同意了。但到了人事处却犯难了,处长说全系统也在招人,高学历的我要离开必须厅长签字才行,反馈给我的信息是以前找我谈话的那个单位给人事处打了一个要我的报告,并且处长还说,“听说我这个人很能干,就是同单位领导关系处理得不好”。听到这些话,至少也安慰了我这颗受伤的心,无形中增加了我的社会存在感。

经过一番折腾,最后厅长同意了,下一步就等师大的正式调函了。当我的导师和师兄们知道我凭自己找到师大后,也投来了赞许的目光。记得毕业前我很想到重庆的高校,导师也说了帮我推荐一下,最后还是化成了泡影,也许我的导师没有这个本事,也许他碍于面子不情愿。总之,我没有为了工作的事麻烦导师,没做到一个好学生已经够给他心里添堵了,我不愿意再去伤他的心。虽然同导师在有些看法方面不完全一致,但他对我的好我会永远记住的,也许我这一辈子也无以报答。所有的事情都朝着我预想的方向发展,但真正让我痛下决心来师大的另一个重要原因是我觉得没有通过任何关系取得了成功,自身价值得到了充分体现,也许这种价值一文不值,但至少它满足了我的那颗受伤的虚荣心。记得当年大学本科毕业时,我也是凭着自己的能力留在了重庆,现在又一次人生中最大的工作变故完全靠我自己实现了,生命中或许暗示了些什么,这只有等许多年过后才能准确诠释。

刚开始来到师大时,我迷茫过、后悔过。但最终还是在朋友的开导和家人的支持下坚持了下来,也许这种坚持只会定义在一段时间内。我慢慢地适应了学校的生活节奏,思想不再浮躁,心情也变得平静了。虽然实验室、食堂、宿舍三点一线比较枯燥,但站在三尺讲台上偶尔的睿智和幽默让我找回了自己,生命的价值在我身上重又找到了它应有的位置。一个月的收入虽然比以前少了许多,但看到学生的认同和自己思想闸门的开启,我也慢慢地接受了当初的选择。

我没当老师前,总觉得做老师轻松、快乐。但当我在学校待了几个月后,才发现原先的想法是多么的幼稚。表面的轻松掩盖下的是心的重负,作为一名大学老师,茫茫求索永远没有止境,选择了大学老师这条路就等于选择了人生没有尽头,说不定哪天我还没有到达终点就永远地休息了。从中我也真正体会到了做科学的艰辛与无奈,也许人生中注定了我是一个永无止境的陪葬品,会被命运捉弄得体无完肤。

说来也怪,离开家人已经好几个月了,居然没有一点思念之情,是我对感情太麻木了还是工作压力太大了,我不得而知。我最担心两件事,一是家属的工作调动问题,二是科研仪器问题。总不能一直这样逍遥自在吧,家庭的责任可是我作为一个男人的本分。还好,来师大三个月后学校人事科主动找我谈家属调动的事,内心的感谢和感动难以用一句话来表达,我做梦也没想到这么快。本计划在此地工作两年,再另谋打算,短暂的教师生涯就算作丰富我的人生经历吧。现在看来，我可能将会成为永远的师大人和昆明人了，人算不如天算，有时候意想不到的事情会改变整个人生的轨迹。也许生命中注定了我这次的悲喜人生剧,只是希望未来的喜剧色彩更多一些。

仕途梦的破灭

“仕途梦”是中国人骨子里面的本性，古有星夜赴考场，今有千军万马奔公务员。在古代中国人的思想中，忠君报国、为朝廷效命是光宗耀祖的事情，人人都梦想着金榜题名、衣锦还乡，以至于为考取功名不惜牺牲一生的时间，长期与书、灯相伴。现代文明社会的仕途道路已经变得复杂多变了，既受年龄、伯乐之限，又需社会、经济地位之托，不再是单纯通过科举考试而博得功名。

多年来，我一直在思考为什么中国人喜欢做官？也许得从中国的国情说起，中国是一个拥有众多人口的泱泱大国，集权制是中国历史上各朝各代都奉行的行政体制，“不成规矩无以成方圆”，要将人的行为束缚在一定制度下不仅仅需要倡导儒家思想，权力制衡、中央集权也是统治阶级巩固政权的必然选择，这也是中华民族能生生不息、屹立在世界民族之林的一个重要原因。千年封建社会皇权为大，真命天子的戏说不断地纯化了人们的思想和灵魂，既然权力至高无上，普通老百姓毕其一生追逐它也就能理解了。虽然现今是人民民主专政时期，一切权力属于人民，但社会主义初级阶段的政治模式还不够完善，监管体制还不够健全，权力有时就成了某部分人手中的指挥棒，为虎作伥、滥施淫威的现象在坊间普遍存在。

我认为从思想层面上剖析这种“人人为官、人人唯官”的现象是来自于自我虚荣心的满足感，特别是男人的自尊，面子观在某种程度上得到了极大的体现。我作为男性中的一员，也希望有朝一日能实现这种满足感，梦想着出行视察或者朋友聚会时能车水马龙、人团簇景，会堂上一言九鼎，饭桌上觥筹交错时满是赞许之词。

说起我“仕途梦”破灭的主要原因还是因为我的心理年龄成熟晚，当时大学毕业时一心只想着发财，压根儿没想过对权力的追逐。因此日常行为中长期我行我素，给同事们造成清高、目中无人的印象，给领导们造成不谙世事、不识官道之意，特别是说话口无遮拦、直言快语，导致了不少人对我产生误会，以至于仕途磕磕碰碰，难以修成正果。其次是外部环境不够扎实，没有良好的家庭环境和经济基础，俗话说“朝中有人好做官”，出生于半工半农家庭的我先天不足，只能靠自己打拼了。最后是难有伯乐的赏识，因为不同的领导对人才的标准理解不同，并且庸才和良才也没有明显的界限，也许领导需要、为领导服务的人才就是人才，我想这种观念在官场上不是个别现象吧。

由于以上多方面原因，我大学毕业工作了 3 年才弄得一个副科长的头衔，并且还要受制于一位刚参加工作不久的科长管辖，心中的憋气就不言而喻了。又过了 2 年，单位要通过国家计量认证，领导才想起我这个埋没多时的“百里马”，重新启用我，名曰“代理科长”。想起这个“代理”二字就极其不舒服，于是有一天冲到领导办公室向领导示威，不当这个科长，最后在领导好说歹说的情况下，才平息了心中的怒气，勉为其难地履行了科长之责。

中国基层领导的水平和能力也太次了，用人不疑人的道理都不懂，还大言不惭地说副科长到科长中间的代理是组织程序，把我当三岁的小孩给忽悠了，当时要不是看到领导赌咒发誓的份上，我才懒得理这个代理之职呢。又过了半年，从代理转为正式，没想到仕途就此永远定格在了科长的位置。虽然中途也有2次提拔机会，但终因各种原因戛然而止。一次是我在科长岗位上的第4个年头时，上级主管部门考察后备干部，表也填了，民意调查也搞了，然后从2名候选人中提拔1名副处级领导，最后张榜公布出来的名字不是我。为此事我郁闷了很长一段时间才回过神来，原来我只是过程中的一名陪客，组织上早已内定了。另一次是一位关系不错的领导想调我到他单位工作，由于我是事业编制，所以转成公务员编制需要提拔一格，仕途上上一个台阶也就顺理成章。可是天有不测风云，本来没什么问题的，后来由于我要去的单位一把手不同意，我的美梦也就泡汤了，我还开玩笑似的对欣赏我的领导说是否研究（烟酒）没到位，他说不是，估计说的是真话。因为为了我的这次调动事情，领导（副厅级）还独自郁闷了一段时间。

随着我年龄的不断增长，我也逐渐认识到仕途离我越来越远，于是在人到中年时换了一个城市、一个工作继续自己漫漫的人生路。与钱无缘、与权无缘，甘愿落得一生清贫做了一名光荣的人民教师，“仕途梦”也正式成为了我今生永远的遗憾。

他的离去谁之过

突闻他死了,我无语和伤感。为什么生命就如此脆弱?我找不到答案。

他是我以前单位的一名同事,同我毕业于同一所大学,晚我两年来到单位。他是湖北人,也像我一样独自一人留在了重庆。他的形象在我的脑海中永远定格在刚参加工作时的情形。虽然他性格内向,但也不是完全封闭对所有人的交往。他的文笔很好,在那个时候比我可好多了,我打心眼佩服他。记得他刚参加工作不久在集邮杂志上发表一篇文章得到30元稿费时,还请我一起去看了一场电影。当时我们都是单身汉,平时也经常在一起玩。我们一起玩扑克——“双扣”时,我喜欢选他为合作伙伴,共同对敌。也许由于个性差异的原因,他同其他年轻同事不怎么合得来,但同我还算相处比较融洽。记得刚到单位那年,他们三个年轻人暂时住了一段时间的招待所,有次我去他们那里玩,看一个电视剧正津津有味时,另一个年轻人进来问也没问一下,就直接换成了体育频道。虽然当时我和他心里面极其不爽,但也没说什么,后来他给我说他同另外两个人合不来,爱好和性格差异吧。通过一些观察和自身体会,我比较理解他内心的感受,因为我是一个具有强烈正义感和同情心的人,有些人天生就霸道,有些人时常以本地人自居,谁叫我同他是外乡的弱势群体呢。

记得他才参加工作时我们一起出差，每次他都喜欢坐在司机旁边的前排位置，他的这种行为引起了很多人的不理解和领导的不满,难道这种的行为有错吗？每次出差他都喜欢像个领导似的，虽然我是他的师兄,有时他安排我工作,我也觉得没什么。他同单位同事在语言上有些交流不畅，但我同他在一起交流时没有这个感觉,我觉得他说话吐字很清楚,也不知道为什么单位很多同事感觉他说话听不懂。对于他表现出来不同于一般人的行为我能理解，因为在我眼里他属于“智者型”。但我一个人理解他又有何用呢,毕竟我们生活的社会环境是很复杂的,一个人只能适应社会,不可能让社会来适应个人吧。个人在社会中只是一个小的细胞,但凡小细胞都渴求社会更多的关爱,但“关爱”对于普通民众也许永远是一个陌生的词汇。为什么当今社会就没有更多关爱之声和理解之情呢？尊重个性也就是尊重生命,我现在真正体会到了这句话的分量。

我结婚后就没同他有更多的来往了。后来他借调到机关工作，听说由于个人的行为有些异类导致领导不悦，最后在机关待了几个月就被退回原单位了。这件事可能就成了他人生的一个重大转折点,因为人都喜好面子,再加上性格使然,他变得越来越沉默寡言,不再喜欢搭理人了,包括我在内。后来,他慢慢地养成了不上班的习惯,整天自己一个人待在房间里,也不知道做些什么。听说发生一些恍惚之事后,单位就把他送到了精神病医院,在医院待上半年就出来一段时间,上班持续时间不长又一个人待在家里了。就这样,反复几次,最后单位为他也伤透了心,给他家里人挂电话,家里人开始还比较关心，接回老家休养一段时间，不知什么原因他自己经常独自一个人又回到重庆。我经常想，反正单位工资每个月都打在卡上，自己在家乡生活应该更习惯，并且同父母在一起也能相互照顾一下，为什么一定要回重庆？难道父母兄弟姐妹对他漠不关心？听说他哥哥还是财大毕业的高材生，并且工作条件也不错。难道他真的大脑有问题？这也是我永远没解开的谜。这次听说他从老家回重庆一个月左右了，家属院看门的人开始还经常看到他出来买东西。最近几天没见他出门了，就叫了110，警察进入房间发现他已经命丧黄泉了，是饿死还是自杀，我无从知晓，也没人想知道。

这是一个典型的社会悲剧和家庭悲剧，生命还没有绽放出更多美丽的色彩就永远地停止了跳跃。可惜呀！一个大学生的悲惨命运就发生在我身边，发生在同我一起共过事的同事身上，是他的错还是社会的错？我无语……但愿他在天堂能少些人间的烦恼，过得舒心一点，也许生命得到解脱也是一种释然。

师大的电影

刚来到师大，就听说有1元钱的电影，心里嘟囔道，“还有这等好事”，可把我高兴坏了，至少闲暇时有去处了，并且成本低廉。我是一个爱好不多的人，平时就喜欢看看电视，电影虽然也很喜欢，但在重庆看一场也得至少10元，如果新片则30或50元不等，像我这种收入不高，还得承担家庭开销之人，成本就是我经常掂量的因素，每次碰到心仪的大片，产生去看的冲动也只能持续几分钟。没办法，劳苦大众，生计为本。这下可好了，总算找到了来师大的一点欣慰和平衡点。可是来了一段时间，也没付诸行动，其原因是刚来师大，心里面的失落感浓厚，心情不好，也就更没此雅兴了。不知不觉，也来师大一段时间了，看电影之事也慢慢淡忘了，可每次经过学校张贴栏，看到1元钱的电影广告，心里面总是痒痒的，真是应验了一句老话，“不怕贼偷，就怕贼惦记”，看来不解心头之快不行。

又过了一段时间，还是迟迟没下手。主要原因是前段时间，被外语学院忽悠了一回，心中余怒还没消失殆尽。事情是这样的，开学不久的一个星期五，在学校张贴栏看到一则广告板上写着外语学院在语音室免费放映原版英文片《灰姑娘的故事》。由于我英文听说水平极差，总想提高，这倒是一个好机会，一来可以学习，二来可以放松，关键的是不花一分钱。吃完饭后，我兴致勃勃地来到了外语学院大楼，怎么大楼门是关上的，难道消息有假，或者自己看错地方了，于是又回到广告牌前仔细阅读，没错，就是那地方。这下心里底气稍足，直接推门进去了，守门的一个老大妈，问我“做什么”，我说“不是放录像吗”，还没等老大妈反问，就一鼓作气地先介绍了自己一番，说我是新来的老师，看到老大妈欲言又止的状态，心里面窃喜，看来我这个先入为主还挺管用的。直上六楼，发现一个人也没有，时间也刚好7点正映时。敲了一会儿门，没回音，再贴着门仔细听听也没动静，怪了，难道放鸽子了。正欲离开，忽然见到几个女同学也上来了，我想恐怕这才开始吧，免费的午餐不准时也可理解。可是她们的遭遇同我没两样，看来今天注定是英雄白跑路了。但我心里还是有点不理解，就又跑去张贴栏，结果广告牌没见了，连个理由或者道歉什么的都没有。此时的我心里极不平衡，外语学院这帮人也真是的，不放了就通知一下呀，外语学院有什么了不起的，也就比我多懂点外文，连外国人的基本礼仪都忘了，这也太欺负我等这样的国人了吧。“士可欺不可辱”，中国人的骨气受到假洋鬼子的挑战，世道也太不公平了，这可是21世纪了呀，但愿这只是师大的偶有现象。

我也就一个“小丑级”人物，也不必太在意人生偶尔的得失，师大的正宗电影还没去欣赏，还是得去瞧一瞧。虽然前面看录像有一些不愉快，但时间稍长，心中的不平和愤怒也就减少了许多。电影是生科院和电教部放的，至少也是国人待遇吧，并且如果今后同朋友介绍师大的一元钱电影，也好有亲身体验和感受，达到话语有其肉朋友信其真的目的。于是先选择生科院的看，进入电影场才发现，原来一元钱的电影也就是教学用的多媒体，师大还真会想办法，物尽其用，一是丰富了大学生的生活，二能提供低成本谈情说爱的地方。当天的电影内容一般，人也不算太多，只是一个人坐在那里心里总觉得不舒服，因为许多同学成双成对的一边看电影一边嗑瓜子，完全像一个下流社会人的聚集场。也许另一个电影场不一样，第二天又去了另一个电影场，主要是想多了解一下师大人是不是都是这般素质。虽然在这里比生科院稍好，但也就那么回事。

我可是受过高等教育的人呀，怎能长期在这种环境下生存，也太对不起国家的培养了，师大电影也许我就只能享用这两次了，由此也可窥见当代中国大学生也就这般文化境地，但愿这只是个别现象和历史阶段性产物。

“幸运之屋”的不幸

获悉美国“幸运之屋”乡村乐队赴云南师范大学访问演出，我有幸成为学院学生带队老师亲临会场，实乃学院负责学生工作老师的厚爱。

由于天生艺术细胞的缺失，内心强烈地希望有机会通过后天来弥补，以显我这个“伪学者”的品格魅力。但由于学院组织的庆祝祖国60华诞之节目——观看电影《建国大业》也在同一天的下午4点40分开演，音乐会又在另一个校区（龙泉路校区）的体育馆举行，时间是晚上8点正式演出，学院安排我带领学生们晚上6点30分在校本部坐校车前往，因此两项事件的时间安排上肯定有冲突，本想放弃这次音乐会，但心又不甘，于是思量许久后欣然接受了这个带队之职，成了19个同学的“孩子王”。

电影进行到6点10分时，我就提前退场开始了新的征程，没想到6点30分在集合地点只见可爱的学生们却不见车影，也许时间还早，臆想司机朋友可能还在吃饭之类的托词。此时的我可是饿着肚皮呀，于是调侃似的对同学们说我是享受精神食粮为主、物质粮食为辅。就这样，我饿着肚皮和同学们伫立在等车地翘首盼望车的出现，可是半个小时过去了，仍不见车的踪影，急忙打电话询问负责学生工作的老师到底是怎么回事，这时候也有同学建议坐公共汽车去。同学们焦急的心情我可以理解，担心错过进场时间，我又何尝不是如此，艺术临幸普通民众实乃不易，机会失去一次也就少了一次。不一会儿，负责学生工作的老师挂电话说学生处取消了此次活动，但没有通知到我所在的学院，因此同学们和我被放“飞鸽”了，看到同学们脸上无奈的表情，我也无话可说，作为带队老师，只能遗憾地对同学们说明原由，请同学们各自回去，我也只能悻悻地离开上车地点回宿舍吃了一包方便面充饥，这次发生在我身上的不幸真是应了一句古话“偷鸡不成蚀把米”。

“幸运之屋”与我们擦肩而过，不幸之命却永远留在了我和同学们心中。“人生游戏、游戏人生”，可笑又可怒，要知道我可是提前结束电影的呀，更没法分享电影结束后学院工会组织的云南米线餐，饿着肚皮匆匆赶赴下一场盛会，却来了个现代版的“英雄白跑路”。

师大食堂的二则杂记

一

第一次来到师大食堂，看到琳琅满目的菜品，喜悦之情溢于言表，这样也想吃，那样也想尝，只可叹肚皮太小，消化能力有限。不过几天下来，已将大部分菜品收入腹中，其滋味还没细细品尝，就穿肠过肚，回归自然了。时间稍长，感觉有点奇怪，怎么这么快就来了个生态循环，这也难免太浪费了吧，要知道其中还有很多高级蛋白原没吸收呢，着实让人心痛和惋惜。分析缘由，不得其解。怪哉！居然把我这个善于思索的人也难住了，经过几天晚上的辗转反侧、冥思苦想，终于找到了答案——菜太生了，再又细想，云南这个少数民族居住的偏远地区，可能由于历史原因，进化不够彻底，喜欢吃生。既然找到了问题的关键，并又有合乎逻辑的解释，也就没有再深究了，只怪自己长期身处中国腹地，祖先进化的进程快了点。有一天，一个偶然的机会，同几位老师谈起此事，其中一人说，真正的原因是食堂为了增加利润，降低成本。说来也挺有道理，菜生一点，水分的损失就少一点，同样体积下份量就多一点；同理，菜生一点，其硬度的支撑作用就更强一点，菜的空隙空间就大一点。经过他人这么一点拨，我方才恍然大悟，原来其中自有隐情。晚上再将白天的话细细品味一番，油然而生一种感叹——师大的学术气氛真浓,连食堂也做起学问来了,科技转化为生产力可见一斑呢,呵呵……

二

早听说师大有教工食堂,却不见招牌,由于初来乍到,不敢贸然前行,时间长了,也就没太在意了,一个月后忽然听说教工食堂开伙了,窃喜之余有点庆幸——没有四处寻觅它。好不容易才将饭卡办下来,因为教工食堂卡需实名制,学院统一办理,所以颇费周折。怀揣两张卡,开始还真有点不习惯,其中一张写上了 xxx 的大名,这就是标有身份象征的教工卡。新卡办好了几天,也没去消费,不是不想去消费,一个人总有点胆怯,心想“教工卡”肯定有别于“学生卡”,消费方式有些区别吧,也许规则多点,同时盘算着饭菜味道好点、费用低点、服务态度和蔼点等等之类的遐想。一天正逢周末,心想反正见到老师或熟人的机会少,出现点尴尬之事也不易察觉,就兴高采烈地拿着饭盒去梦寐以求的教工食堂了。还别说,教工食堂在学生食堂的楼上,可见对老师的地位体现得不错嘛。殊不知当脚跨进食堂的一刹那，我就发现怎么这么多人，心里挺纳闷,周末还有这么多教工工作,想必日后师大欣欣向荣的好日子指日可待了。同时,也提醒自己,一定得好好工作,不然将来成了师大的落后分子,多没体面。可后来再仔细甄别,发现人群中不少年轻幼稚的面孔,不对呀,心里嘟囔到不会是走错地方了吧,重又在整个食堂转悠一圈,也没发现有一个窗口是年龄同我相仿的人群,也许师大的教工本来就很年轻嘛。

就拿今年来说,师大就进了 90 多号人呢,想必也没什么出格。

于是就在菜品面前顿足了一会儿，正准备下叉，忽然抬头发现学院一副院长带着一个人进来了，为了不在他们面前闹笑话，就赶快三步并两步跨出食堂下楼了，最后还是在楼下学生食堂打好饭菜回宿舍了。星期一下午遇见一位也是今年新进来的老师，同他闲聊时，将昨天的见闻和盘托出。他的一席话才解开了我昨天的谜团，那是因为教工食堂周末也对学生开放，星期一至星期五的中午专对教工开放。我这人有个小毛病，不到黄河心不死，不撞南墙不回头。星期二中午我又专程去了一回教工食堂，怎么还是这么多人，其中也不乏年轻人士，由于有先前同事的解说，就确信是师大年轻教工了，也没多想，就开始排队打饭了。忽然听到后面有人叫我李老师，回头一看，原来是我上课班的同学，“怎么回事？你们也来这里做客”。由于人多拥挤，也没多说，只是听她说学生也可以在这打饭，忽又看看自己手上的教工卡，摇头苦笑，教工卡呀教工卡，你又自作多情了。临走时听另一同学说学生凭什么不能来这里吃饭，说来也有些道理，教工和学生本是一家人嘛，呵呵……

鸡(机)缘

说起吃鸡，太平常了，因为这是大家经常干的事。中国经济的快速发展，物产的极大丰富，带来了人民生活质量的翻天覆地的变化，吃鸡已不再是一种奢侈的事。但我今天要说的不是普通的鸡，它具有非凡的意义——校庆鸡。

师大70年校庆，你想人生能遇到几次，下一个校庆鸡又不知得等到猴年马月了。既然人生难有此鸡(机)缘，就一定得品味一下吃校庆鸡的感受和感悟，但也得有鸡呀，随便到菜市场买只鸡，我想其意义就不可同日而语了，但愿上苍保佑我们几个哥们至少套上一只鸡。“套鸡”那天，我费了九牛二虎之力，勇敢+脸皮+运气终于套住了一只鸡(排了三次队，也没套住，最后一次是在白送鸡的前提下，才得以成功)。当时心里别提多高兴了，原先就商量好了，几个哥们一起吃鸡宴，我也仅是完成了自己的基本任务，不值得炫耀，但心里面盘算着吃校庆鸡肯定别有一番情趣。但事又不巧，偏偏晚上有课，要不就等到周末吃鸡？可毕竟自己也就只套住了一只鸡，有两个合伙的哥们可是每人套了两只呢，鉴于此种状况，我怎么好开口，于是就自嘲，看来只能吃点鸡毛了。虽然我等市井小民，为吃一只鸡，也不应该表现出如此俗气来，太失师长的礼仪了。但你可要知道，这不是一般的鸡呀，是校庆鸡，并且有我等劳动人民的成果包含其中。

后来,听说吃鸡宴散伙了,我油然而生一种伤感,多有意义的活动,怎么说散伙就散伙了,简单的生命元素又失去了一次丰富的机会,人生的记忆又失去了一次美好的回味,可惜,可悲。既然如此,我就只有独自品尝我的那只校庆鸡了,可屋漏偏逢连夜雨,我的鸡没了,看来人生历程中注定没有此次追忆,这辈子与师大70年校庆鸡只能擦肩而过了。

老天爷就这么爱捉弄人,心里想着时没有,没想着时却又出现了,人生就这样具有戏剧性。第二天,有个哥们说我的鸡回来了,这可怎么办,吃吧,又失去了当时的激情,不吃吧,又不知道鸡怎么处理。要不就送给别的老师,可这也时过境迁了呀,当时及时送给别人顺理成章,现在才想起,别人怎么想,这年头,又不是吃不起鸡的年代。昔日的欢心鸡对我来说成了地道的烦心鸡,左思右想,找不出处理鸡的最好方法,另一哥们说“先放着,到时咱们自己吃了”,也好,只有如此下策了。可是两天都过去了,那个哥们也没行动,他倒不急,我可急呀,明天又是星期一了,鸡不能这样总放着吧,要知道,我的烦心鸡两天没进食了,鸡就像我,我就像鸡一样,可怜(据研究表明,人与鸡的基因重叠率比较高)。今天必须把鸡处理了,人民教师得为人民的后代负责,可不能一直养着鸡呀,祖国的未来到时不就让我等鼠辈之人耽误了,我那里负得起这般重责。现在摆在我面前的就两条路,要么送人,要么吃了,事情有时就这么巧,跟我一起的那个哥们拉肚子,不能吃。这可咋办,我一个人吃一只鸡也太没意思了,并且也吃不下这么多呀。只有送人了,挂电话前犹豫了好半天,总得找个冠冕堂皇的理由吧,免生尴尬,可电话一挂出去,要么没人接,要么接了死活不肯要,回头再看看我的烦心鸡,直摇头,自言自语道,烦心鸡,我拿你怎么办呀,你给我出个主意吧。

事已至此,只有一不做二不休,自己吃了。于是同另一哥们抬着我的鸡到菜市场,边走边想,还是得找几个陪衬的,不为别的,就为这难得的70年校庆,得与人分享一下,予人乐,其乐融融。于是就拿起电话拨通了我上课班的同学电话, 可是两个男同学都说有事。这年头,请客吃饭也变得这么困难了,男同学不行就女同学,反正豁出去了,一定得让人来分享这人生难得的鸡(机)缘。奇怪了,接电话的这个女同学说她联系的几位同学都吃过了, 真是孺子不可教也,难道真是想来填饱肚皮。这年月,填饱肚皮容易,填饱精神难呀,看来思想初级阶段的人怎能同我等这种高级进化的人相比。接着又挂,我就不信没人接招,总有思想脱俗之人,功夫不负有心人,有个女同学吆喝了几个同学来赴宴,虽说宴厅餐桌简陋(实验室进行的),但我们享受的可是人生中最值得回忆的精神食粮呀。

在此,我想说,与我共享此次鸡(机)缘的同学们,一定会在你们一生中留下深深的烙印和美好的回忆。正宗的师大70年校庆鸡,不是人人都能品尝到的,或许我们经过慢慢人生路,迈着年迈的脚步再回到师大, 会不由自主地感慨, 我为曾经作为一个师大人骄傲,因为师大的70年华诞,我用心品尝到了她的甘露和美丽。

半途而废的舞台表演

来到学校,意想不到的生活情趣层出不穷,也大大出乎我的意料，登台进行舞蹈表演就是其中一件让我啼笑皆非而又满怀记忆的一件事情。

2009 年是中华人民共和国建国 60 周年，值此举国欢庆的日子,我所在的学校为了表达对祖国 60 华诞的深情祝福,特在国庆节前举行大型歌舞晚会,要求每个二级单位出一个集体节目。我所在的学院组织了几位年轻男女教师进行彝族舞蹈表演,名曰“彝乡情”,其内容就是表现少数民族青年男女谈情说爱的故事。没想到的是五音不全、人到中年的我也名列其中,真有些受宠若惊和难为情,但碍于新来学校工作不久,不好明确提出来不参与此事,只好顺应组织者的安排勉强应承了下来。记得第一次的碰头会上,我发现好几位老师都是强拉硬拽进来的,心情略为宽松了一些,并且有几位老师的舞蹈天赋也比我好不了多少,彼此彼此,就当一次人生难得的“群魔乱舞”“小丑现形”吧。教练开始安排我们每个参与者的角色时,让我同另一位美女老师搭档,且第一个出场,此语一出,在场的男老师们既羡慕又嫉妒,我的心却乐开了花似的,只是不便显露而已。至于什么原因让我有如此艳福和礼遇,我却无从深究,只知道教练说我表情比较丰富,能担此重任。

正式排练那天，没想到学院领导安排我临时有事，结果我的“美女缘”成了“镜中花、水中月”。我原先的角色成全了另一位领导，真是“一夜春秋梦、醒来近黄昏”，有点遗憾！接下来的排练，同事们个个都极其认真和努力，效果虽然比不上正规的演员，但也可圈可点，时不时也有些搞笑的动作和语言出现在排练场，气氛甚是热烈和谐。有位老师亲临排练场，大加赞誉，说我们这帮博士、硕士们悟性高，更有位老师拿着摄像机在我们排练场胡乱瞎拍，美其名曰“花絮”。

整个剧情演练下来，还真有鼻子有眼的，音乐同舞蹈交相辉映、相得益彰。有老师说这段剧情就像小时候玩的“躲猫猫”游戏，由此我联想到前段时间在云南发生的监狱“躲猫猫”事件的始作俑者是否源于此种灵感。云南这个多民族地区，其创造力还真不可小视，这段“彝乡情”把我带到了那个高山草原上、蓝天白云下男女私情的画面，爱情表现得是那么的自然和纯洁，让我这个身居都市的已婚者遐想联翩、流连忘返，久久不愿回到现实生活中。通过这次的表演不仅滋生了我身上些许艺术细胞，更让我心灵深处得到了净化和思索，“情为何物”这句千年难解的谜团，也许一段少数民族的舞蹈就能给出答案。舞蹈结束前的一幅“化工学院祝福祖国60华诞”的条幅将整个剧情同现实紧密相扣，由此也可察出我们这群高学历兼“舞蹈人才”的创造力，但愿这段“彝乡情”能引起观众的共鸣。

可是，排练还没有进行多久，由于“甲型H1N1流感”肆虐昆明，所有大型活动暂告停止，我们的“彝乡情”也就胎死腹中、无缘观众了。虽然这次我还没有正式穿上民族服饰登台表演，也许今生将从此无缘舞台,但经过这么一番排练,记忆也极其深刻。

人到中年的我压根儿没想到会登上三尺讲台做一名光荣的人民教师,这次的舞台之缘,虽不算完美,但也非常可喜。真不知道在人生大舞台上,我这个小丑还有多少次失败和惊喜的表演机会,但愿每次的表演多一些精彩,少一些失落。

蹭 课

“蹭课”也许是应该发生在大学年少的时候，可现在发生在我身上，却是人到中年，有点离奇可笑吧。

由于工作调动的关系，我来到师大做了一名人民教师。早就想借此资源优势提高一下自己英语的听说能力，可总是找不到机会。时间很快到了11月，有个也是今年新进来的漂亮女老师过生日，邀请我们几位新来的老师一起去玩，并听说还能见到其他几位漂亮的女性，这下可把我乐坏了，既能饱餐又能目睹美女的风采，何乐而不为。于是我就赴宴了，初一见面，果然不同凡响，个个都是绝色美人，艳福啊！我这个人有个小毛病，一见到漂亮女孩，话闸一下子就不请自开，滔滔不绝的一番话让整个饭桌的气氛活跃了不少。我们也开始慢慢变得熟悉起来，吃完饭后的品茶和玩扑克节目就更加柔和温馨多了，有我这个小丑级别的人物，再矜持的场面也能改变。后来，知道其中有两位漂亮妹妹在外语学院读研三，并且正在给本科生上英语课，既然有此难得的机缘，就问清楚了上课的地点和时间，做着“蹭课”的春秋大梦。

一个人去听美女老师的课，容易引起误会。于是同另一哥们商议，一起去听英语课，那哥们极其爽快地答应了。如此爽快，哥们不会是另有不可告人的目的吧？嘿嘿。星期一早上，我早早地起床就准备开始进行我的第一次蹭课，平时一般都没起这么早，因为我上午没有课，来师大几个月养成了早上睡懒觉的习惯。可是当我给那个哥们短信，“蹭课去”，他居然没有回复，估计有事或者还在被窝里面做美梦呢。于是我一个人在上课前几分钟准时来到教室门口，美女老师居然没到，我只能在那里尴尬地来回走动。终于等到了美女老师，还好，她能认出我来，不然又得一番自我介绍了，原来美女老师是踩着时间来的。美女老师也没想到我居然真来听她的课了，还以为我说着玩的。她在教室察看了一下有没有空位后，就叫我进去了。毕竟是蹭课，我肯定不能把正座给挤了。当我刚要坐在那个位置时，有个同学说耳机是坏的，最后没办法我只能尴尬地离开教室。心里想，今天真要尴尬两次才算结束，美女老师也不先检查一下设备就叫我进去，这不是非要让我难堪吗？想来，也值得庆幸，如果没有那位好心同学的提醒，我坐在那里，傻乎乎地东张西望，不知道的同学还以为我有病呢。就这样，第一次满怀激情的蹭课还没开始就悻悻地结束了，我就像被泼了一盆凉水似的，郁闷了好一阵子。

又过了一周，美女老师通知我们星期三去，星期三的那个班人数比较少。于是就正式开始了我的蹭课行为，美女老师对人不错，还为我们准备了书。人生第一次进入现代化的语音教室，我有些茫然而不知所措，还好，在旁边同学的帮助下，我渐渐熟悉了门道，也开始装模作样地听了起来。一次课下来，比滥竽充数的南郭先生好不了多少，面对那些优秀的大学一年级学生，我作为中国教育环境下培养的博士，甚是汗颜。下次课还去不去呢？这个问题一直在我的脑海中盘旋，最后还是脸皮战胜了那点可怜的自尊心。几次听课下来，慢慢也知道了一些要领，但成绩却时好时坏，最坏的时候正确率居然才10%，这比抓阄还差了不少，英语呀英语，为什么对我如此刻薄？

本来想借此机会也欣赏一下美女的美姿，可是每次一坐到座位上，就俨然一副学生模样，不敢抬头，生怕老师看见自己似的。回想自己过去的上课情形，也只有英语课才如此这般没有自信。没想到，时隔多年，自己成为了一名教师还是这副德行和丑态，真是不可理喻。

这样的成绩和心态长此下去，我真担心蹭课结束后，美女没多看上几眼，自己仅有的一点自信也一扫而光了。做老师难，做学生也难，做一个好学生更难呀！

西山之行

开学以来，已经在学校呆一个多月了，总想出去走走，到哪里去呢？后来同今年新来的一位老师商量，他建议爬西山，这个主意倒不错，但总得找几个人吧，人多好玩。酝酿了好一段时间，但还是没有成行。

忽然有一位新来的女老师提议大家今年来的同事一起聚聚。聚就聚吧，可是总不能简单吃吃饭就结束，大家合计，最后临时决定去西山。出发前的晚上我就有点兴奋，因为登高望远，心情肯定别有一番情趣。由于我的年龄不能同其他几位老师相比，也担心爬不动时，给他们平添许多笑料，但细细一想，我们一行中有个老师M有点大，我肯定比他行，还盘算着怎么看他的笑话呢。第二天说好早上8点出发，我准时到达了集合地点，可不见其他人的踪影，心想这些人也太不准时了，有愧于人民教师的称谓，看来还需要继续教育和改造。大概过了一刻钟，终于见到这次活动的主心骨，经他联络，结果胖子不去了。不去就算了，我们还是上路了，只是有点遗憾，因为这一年来的老师本就5个，活动的议题也是新来的老师一起玩玩，结果一开始就少了20%。

西山离昆明市区挺远的，坐车大概花了1个半小时。在山脚下我们下了车就开始今天的主要行程，一路上边走边聊，不一会儿就到了半山腰，看到一个小女孩在经营打气球生意，就凑过去问怎么一个打法，她说打中不算钱，没打中一枪 0.20 元。另一哥们看来比较喜欢玩枪，就开始打起来了，打得也挺不错的，引起我们一行的女同事的阵阵喝彩声。我想我也来试试吧，反正大家也有点累了，不如给小姑娘做点贡献，因为这个小姑娘看上去比较诚实(旁边有一做这生意的小男孩说没打中一枪 0.30 元，小姑娘马上就纠正为 0.20 元)。结果还真有点喜出望外，我打得比那个哥们还好，几乎是 95%的命中率，最后给钱的时候我也没叫小女孩找补。时间快到 12 点时，大家就到一个农家乐吃中午饭，菜点好后，我提议斗一会儿地主，他们居然说不会，真是奇怪，全国人民都在斗地主，他们居然还是另类分子。经过我稍微传授一下就斗起来了，我的手气真好，只玩两次，当地主的我都赢了，当然他们不怎么会是重要原因。

吃完饭我们又往高处攀登。在一个次高点的凉亭处休息时，放眼望去，昆明城和滇池尽收眼底，昆明城倒也算错落有致，滇池却泛绿一片，让人心里极其不悦。滇池可是我国有名的高原湖泊，过去明镜可鉴人影，现在已经声名狼藉了。虽然早闻滇池污染严重，但从没见过，只是凭空想象，今日一见，顿感伤心。继续前行，是一段乱石丛林，小心翼翼地走在石灰岩上面，浮想联翩，人生的路不正像这乱石之道，时而险象环生，时而如履平地。看到身边的女士们个个如猴子状匍匐前行的景象，忽又想起我等矮小男人的雄伟和价值，重心低的优势尽显英雄本色。我想谈朋友之男人同未来的妻子走走这段路肯定别有一番情趣，这段路绝对是男女之间增进感情的催化剂和抚平创伤的良方，心里暗暗想下次有机会一定带妻子来此地玩玩。

下山就快多了，当我们下到半山腰时看到了聂耳墓，既然来了，也去看看吧。毕竟云南没出多少仁人志士，去瞻仰一下，也略表我这个新昆明人的一点敬重之意。但刚要上去，忽然看到一个售票小亭，上面明文规定参观聂耳墓、音像、墓地一元人民币，心情突然变得极为不爽。我们不就想看看死人的墓吧，还得收钱，岂有此理，云南边疆地区落后就在这些地方，聂耳可是云南人民的一面旗帜和骄傲啊，怎么还不希望别人来朝拜一下。收取一元人民币也未免太小瞧我们聂耳先生了，聂耳在人们心目中就值区区一元钱的门票，那可是无价之宝呢，至少对于云南人民来说是如此。

西山之行，最后却给我心中画了个问号，未免有点伤感。

海埂公园之行

一个人在学校待的时间稍长，就想出去走一走，也许我骨子里面就有一种亲近大自然的欲望。星期五的中午同一个哥们吃完饭，看着风和日丽的天气，心中的冲动油然而生。忽然想起前两天这个哥们给我看的海埂公园美景，于是同哥们商议是否下午去此处亲自体验一番，当然能叫上两位美女，就更爽了，因为此景此人甚是情嘛。

我这个哥们一听说邀约两位美女做伴，就开始寻思挂电话了。哥们将电话接通后说了一阵突然把电话交给我，说有人同我说话，还好，我比较老练，将此次唐突应付过去了。现在就等另一个女孩是否同意了，像我们这种临时约人的成功机率理论上说应该很小。没办法，谁叫天公作美呢，但愿人也作美吧，以了我的心愿。记得首先挂电话的这位女孩没有拒绝时，我那哥们表现出来的神态比中大奖还高兴，我倒还不能完全确认这次是否有鲜花陪衬。过了一会儿，哥们说她们同意了，真是天好人好心情更好。哥们开始重新换了一身便装，我们正准备出门时，我说先上个卫生间，没想到，那哥们也要上，我还调侃地说，难道是见美女紧张的缘故？不可思议。

也许我来昆明的时间长了，没真正见到几个美女，这次有美女相伴，难免激动一下，那哥们打的可能就是另一种如意算盘了。记得上次哥们邀约其中一位美女到他住的宿舍吃牛肉，结果美女有事，为了哥们的美事，我也怀着忐忑不安的心情发短信去力邀那位美女，结果也是美梦一场，也许美女没骗我那位哥们，真有事。这次终于达到了目的，甚是高兴，虽然我不能有半点杂念，但能近距离地目睹美女风采也能为我亲近大自然增添一份绚丽。来到约定见面地点，我去买水和扑克，哥们去买水果，当我们见面时，哥们心仪的那位女孩说为我们每人带了一瓶水，可是她给我挂电话没听见，只能画蛇添足、点多此一举了。

在公共汽车上，我是一路侃侃而谈，让两位美女同我们一下亲近了不少，很快我们就来到了目的地——海埂公园。放眼望去，一大片水域让人心扉豁然开朗，远处群山跌宕，水天相接，一幅美丽的画卷呈现在我眼前，美不胜收。走进水边才发现水质浊劣，茫茫一片绿色，这就是已经严重污染的高原明珠——滇池。第一次近距离地观察到它的水体让我深深感受到了污染的严重性，也无形中加重了我这个环保卫士肩负的责任，但愿在我的有生之年能看到滇池水恢复到它原来的美丽模样。在公园里，我们边走边聊，心情非常愉快。来到一处红嘴鸥聚焦的地方，哥们去买了两块面包，于是我们也加入到了嬉戏这些昆明尊贵客人的队伍中，一会儿将面包高抛，一会儿远抛，无比兴奋。哥们拿着一个摄像机一边拍美女一边嬉闹，那个高兴劲就别提了，像捡了个金元宝似的。

走了一阵后，我们就在一个方桌前坐下了，先天南海北地神侃了一会儿，接着就开始打扑克。四个人打双扣，我那哥们不怎么会，让她们两个女的选对家，结果女孩还没开口，哥们就说让他心仪的那位女孩同他一伙，最后争执了一下，还是按原来坐的位置进行扑克较量。听我这哥们的话，我想心也太急了，司马昭之心路人皆知。我真担心哥们的行为引起女孩的反感，到时可就苦了我这个帅气的哥们了！最后我和漂亮女孩顺利地给他们戴上了帽子，同我那哥们一伙的漂亮女孩遗憾地说她在真理的路上被拒绝回去了，这话有点经典，我听来也高兴，因为我就是牵着真理一头的人呀。玩扑克的过程中，还另外有两句经典的话也成了我当天的美丽收获。一是哥们说两位漂亮女孩是土著人，我差点被雷倒；二是同我打牌一伙的女孩说记忆本是对往事的回忆，没有“过去的记忆”之说。不知道是否有“过去的记忆”和“现实的记忆”之别，我的语文水平比较差，没想到闹了个清淡的笑话。同我那个哥们打牌做搭档的那个女孩说今天出来沾了我的光，在昆明读书七年，今天是第一次来海埂公园玩。看来这次海埂之行真是意义非凡，不经意中了却了一位漂亮女孩的“七年之痒”，我不愧为给别人带来快乐的小丑人物，真有点佩服自己的远见卓识了。

说起我这个哥们，说话损人的水平倒不错，也算一种灰色的幽默吧。这次海埂之行至少他损了我三次。一次是在去的公共汽车上，因为人多有点挤，我只好用手拉着车上方的横杠，哥们见此状况就对我说，“另一个地方的扶手矮点”，这不明显说我人矮手短吗，哥们心好但话不中听。第二次是我们四个人走在一起时，他指着我衣服上一团油污说，“没老婆在身边的人，衣服脏了也不换”，我无言以对。第三次是我刚上完卫生间，他又叫我去，这不是羞辱我吗，我大发雷霆。后来，我对哥们调侃说，如果我谈女朋友叫你跟我一起出来，好事也要变成坏事，哥们的语言真有水平，我不得不叹服。我知道哥们也是无意的，但通过这些表现至少可以看出哥们的成熟度还需要修炼。不知他心仪的那位女孩是否对这些行为不以为意,但愿我那哥们能心想事成。

晚上吃完饭后,我们又去打了一会儿麻将,坐的位置同我们下午打扑克时差不多,但是我的运气却来了个乾坤大转移,真应了那句古话,“三十年河东,三十年河西”。由此我也想,“人生得意时千万别忘行,人生失意时千万别忘本”,生命的周期性决定了有高峰和低谷,只是不同的人其频率大小各异。但愿我们每个人在低谷时都能保持一份清醒和理性,坚持到下一个生命高潮期的来临。

第一次带学生毕业论文

从事教育工作的我，第一次带学生毕业论文，有些迷茫和不知所措，学院系主任要求我们每位老师写 8 个毕业论文题目，因为学院毕业生 200 多个，教师 30 多个，平均每个老师要带 6~8 个毕业生。我由于是新兵，肯定是满额写 8 个题目，过了大概两个月时间，也就是 2008 年 11 月份，毕业论文工作正式开始，我也就顺理成章地收了 8 个弟子，唯一有点遗憾的是我的弟子全是女性，多多少少让我有点吃惊和不可思议。据说今年学生挑选指导教师是通过抽签形式产生的，照理说应该比较公平，只是方式原始了点，可也不至于 8 个全是女性呀，至今我也没想明白，难道真是我的艳福不浅？从内心来说，我可不喜欢这样的结果，毕竟这是做毕业论文又不是选美大赛，有点不爽，还不知道最后论文结局是什么样，我郁闷又彷徨。没办法，木已沉舟，既成事实，我也只好接受这个心里极不情愿的现实，就当是缘分吧。

开始来报到的两个女生长得还算过得去，虽然算不上绝对标致，但在云南这个边疆地区，也难能可贵了，至少算个中等偏上档次吧，后面来报到的就只能是中等的水平了。一次学院召开全院职工会议，领导为此次毕业生抓阄的形式极为不满，细细想想，也确实有点不妥，老师名字就这样让学生抓阄，也太失师长风范了，若将此事传出去，也是对中国教育的一种讽刺，我想这就是典型的看似公允却不能拿到桌面上见阳光的那类模棱两可的事吧。还好，虽有纠错，我的学生一个也没变动，因为我已经同她们见过面了，也不想在此事上再折腾。

同学生见面后，我就将我的想法和时间安排说了，我这个人虽然没有更多的教师经验，但懂得先制定游戏规则、再来玩游戏的简单道理，其目的就是为了减少事情进行中不必要的麻烦。记得我来师大第一次上实验课时就对同学们说，“我希望我的讲授能吸引你们，但如果你实在没兴趣，也可以不来，只要将实验报告交了，我保证能让这部分同学得到 70 分的成绩”。我不喜欢强人所难之事，大学讲究的是民主自由，并且我所在的大学可是抗战时在昆的西南联合大学留下来的唯一遗脉呢，就让我成为尊重人权的实践者和西南联大学术氛围的继承者吧。说实在的，现在的大学本科教育已经变成了通识教育，学生中也不乏鱼目混珠之人，既然不愿意尊重别人的劳动成果，就尊重自己的选择吧，别到时成了一只死耗子坏了一锅汤之人就太失中国人的人文礼仪了。

带毕业生论文可不是一件轻松容易的事，听学院前辈们说，学院给每个老师的经费少得可怜，学生的认真程度也不尽如人意，估计我可能要受得一身剐了，因为我有 8 个“女”学生呀。经过过来人的指点，我在 8 个学生中选出一个联络官，以备良好管理。记得第一次同她们见面时，我调侃地说，“将你们几个学生带毕业，估计老师一天只能三餐做二餐吃了”，这也是我从另一个角度体会到做老师的清贫之苦。

2008 年 11 月 29 日，我开始了第一次带毕业论文的万里长征第一步——采集土壤样品。采样地点定在滇池附近的农用地,采集样本数为 10 个，采样方式为土壤的上下两层，即 0~20cm 和 20~40cm 土层。当天早上我 6 点 30 分钟起床,吃完早餐,7 点 30 分出现在实验室等学生们,近 8 点钟来了 5 位同学,于是我们在预先商定的 8 点钟准时出发了。一路上，经过三次转车终于到达了目的地,此时的时间已经是上午 10 点 30 分左右了,为了完成今天的既定任务,我们紧接着开始了采样过程,大概下午 1 点钟左右,我们完成了 3 个点的样品采集工作。这时肚皮有点咕咕叫了,我就叫同学们休息一下吃完午餐再进行剩下两个样品点的采集。午餐是简易的干粮,出发前我已经让联络官通知下去了,要求每个人自带一瓶水和一点干粮,以备野外午餐所需。我首先拿出了自己准备的小馒头慢慢吃起来,后来她们每个同学也相继拿出了自己的粮食,她们准备的比我可高级多了,属于面包或饼干之类的东西,于是我调侃她们说,“你们吃面包，我吃馒头，外人肯定认为我是你们的劳工,而非你们的老师”,她们都相视而笑了。后来我们在下午 3 点钟左右结束了全部样品采集工作,准备打道回府,看到一个个同学虽有疲惫之感,但还能坚持住,甚为高兴和欣慰。有点遗憾的是在回学校的途中有些堵车,耽误了不少时间,并且到转乘最后一段路程时,发生一点小小的插曲让我记忆犹新。

我们计划坐 111 路公共汽车,刚下车时,一辆 111 路车刚好起程,时间就差一点点,没办法就只能等下一辆了。后来看到刚才过去那辆车由于红绿灯原因停在了车站口，于是有个同学叫我们赶快过去,可真到了车门边,司机不开门,只好无趣地往回走。忽然又看见一辆 111 路车开过来,就飞快地走上前去,结果门还是不开,离车关门启动就差一点点时间。真是奇怪，今天的运气也太不爽了，我们简直就成了一群来回奔跑的小丑，司机也真是的，开一下门不就结了，并且车还没开出站台呢。真难理解昆明人的死板，虽然早有耳闻，也没能真正体会一次，这次可算深刻领教了一番。昆明人太能恪守规章制度了，难怪昆明的经济不发达，这也许是其中的一条主要原因吧，此时的我，作为一个新昆明人不知是感到高兴还是悲伤……

一次野外采样，居然还有额外的收获，不容易，从内心来说，我希望没有这种不和谐的收获，不知我的这种奢望何时才能真正变成现实？

第一次监考

从事教育工作，监考是每个老师的应有职责，我有此“殊荣”也不例外。但师大监考费一次仅30元，相当于一个小时15元的劳务费，因此有些老师不情愿承担这种低酬劳之事。我由于属于新人，此种“好事”就义不容辞了。记得有次几个老师聊到监考之事，有位新来的老师对此报酬极为不满，很是不情愿承担这事，我还调侃地说，监考所得到的收获不能单从物质上来衡量，精神上也有不少满足。因为当学生多年被监督的滋味受够了，早就想转换一下角色享受一番呢。

监考时间很快到了，我负责监考的学生是大四的毕业班，早就听说师大的高年级学生，学习的自觉性极差，考试常干点偷鸡摸狗之事，没想到第一次期末监考的第一场我就遇到了硬骨头。试卷发完后，我发现不少同学动不了笔，真是应验了很多老师的观点，估计今天有好戏看了。考试时间进行了一个小时，虽然我也发现有些不良的苗头，但碍于面子，不想揭穿，但又担心同学们目无老师、肆无忌惮的行为愈演愈烈，于是我在黑板上悄悄写下了两行字，“别冒风险，别做雷锋”。时间又过了一阵子，发现许多同学对警告无动于衷，于是我对部分同学将手机放在桌上的行为提出了严厉批评，要求这些同学将手机收起来。本来刚开始时，我对用手机看时间的行为就不太认可，但鉴于主考老师对此现象也没认为不妥，就睁一只眼闭一只眼了。但后来发现一个同学一边看手机一边答题，我估计他将答案存在了手机里面，为了对这个同学的提醒，我要求所有的人将手机收起，考试时间老师会向同学们通报，这个要求和义务也属于我作为一个监考老师的应尽职责。

监考进行了一段时间后，我主动同主考老师聊了一会儿，主考老师对我说一定要严格要求，不能手软，我真不知道主考老师说的是不是真话。又过了一段时间，怀疑用手机作弊的那位同学又将手机放在桌上，我走到那位同学的旁边，要求他将手机收起来，并警告说这是第二次了，别不识抬举，挑战老师的权威。这个时候，我想起了我的一个大学同学，他在四年大学的最后一门考试中作弊被监考老师抓住，取消了学位证书，临毕业离校时，我的那个大学同学借我的学位证书去复印了一份，这也是我大学生涯中有违社会规范的"雷锋行为"，现在想来有点内疚。难道今天又会再现过去的记忆，但愿这只是我的一种担忧。

考试时间快结束了，我一颗悬着的心开始慢慢下沉，第一场监考希望能平静度过，这也是我最大的希望，千万别另类增加我的记忆。忽然，主考老师径直走到一个同学身边，将他的纸条和试卷收了，证据确凿，这个同学傻眼了，拉着主考老师求情，连声说对不起也无济于事，主考老师是给同学上课的老师，如果不是非常生气不会不给情面的。后来这个同学又走到我面前请我给主考老师求情放他一马，我没有答应他的请求，因为作弊也是我非常痛恨之事。虽然我的大学成绩只是中等水平，但作弊行为从来没在我身上发生过。现在我面对的可是未来的人民教师呀，我更应该严格要求他们，职业道德素养的培养尤为重要。对于老师这个特殊行业，我认为“德”与“才”相比，前者分量更重。但愿同学们能以此为鉴，做一名真正的师范生，一位德才兼备的人民教师。

后来我从另外老师的口中得知这位主考老师非常正直、能干。从主考老师在考试结束后同那位作弊同学的对话及我们之间的闲聊，我也能体会到主考老师的伟岸。问：“你是不是这个班上的，我上课怎么没有印象？”答：“我生病了很长一段时间。”由此可见那位同学冒风险作弊也属情理之中，但愿那位同学通过这件事情吸取教训、引此为戒，人生的路还很漫长，偶有的犯错不可怕，可怕的是永远犯混。

离开重庆的第一个春节

我在重庆从读书到工作生活了 18 年，中国人浓重的春节情在我的记忆中也与这个特大城市息息相关，结婚 10 年几乎都在重庆过春节，可想重庆的春节情在我心目中的分量。2009 年的春节是我离开半年后回到重庆过的第一个春节，也许今后还有许多次同重庆共庆春节之“美”，但这毕竟是第一个，在记忆中的印象也就未免深刻一些。

虽然重庆在我伤痛的记忆中慢慢变得模糊，我不再刻骨铭心地思念和向往它，但重庆有我的家人，尽些晚辈孝道和续接兄弟姐妹情义也属情理之中。在这些理念的支撑下，农历三十这天早上我重又回到了曾让我伤心的重庆。记得那天天刚蒙蒙亮，我下了火车坐在出租汽车上，一路是繁华的霓虹灯快速从车身闪过，有种说不出的伤感涌上了心头。

说实在的，撇开感情因素，仅从都市的繁华相比，昆明就小巫见大巫了，用一个乡村的穷小子和城市的大姑娘作比也不算过分。为什么我的命运会如此不尽如人意，多想为重庆的城市建设和父老乡亲贡献自己微薄的力量呀，也许只有来生了。因为今生注定了我只是同它有一段美丽而又伤感的情怀，2008 年离开重庆时，我鼓起勇气斩断了自己的退路，将位于重庆繁华地段（观音桥）的房子卖了，让我对重庆的牵挂不再强烈，死心蹋地地往前走。这次重又看到重庆满目的高楼大厦，反观我在昆明一间20平方米的房子，忽然想起杜甫的名句“安得广厦千万间，大庇天下寒士俱欢颜”，居然在我这个现代人身上有所体现。从卖房这件事情中，我也真正体会到了近年来中国人对住房的追求，居者有其屋在某种意义上更能体现一个城市人的主人翁意识，自从我变成无产者那天开始，我就潜意识地同重庆划清了界线，今后的重庆仅是我一个走亲访友的地方，它的美丽将离我越来越远。

自从参加工作以来我第一次离开重庆才半年时间，但在心里面仿佛过去了许多年似的，再也没有了往日的激情，天天待在岳父母家里无所事事，却不愿汇入重庆的人流感受大都市的热烈气氛，也许重庆真的离我远去了。昔日的哥们好像都人间蒸发了似的，变得没有音信，本想主动挂电话找他们叙叙旧、寒暄一番，但始终没有勇气拿起电话，也许真应验了导师的一句话“人生的游戏规则我没懂”。“人走茶凉”这句话让我体会到了真实，但我始终没弄明白为什么人的思想如此狭隘和世俗，人与人之间除了利用和被利用关系之外，就没有更多别的情感吗？功利的社会造就了功利的一代人，可是一个人的生命相对于历史长河毕竟是短暂的，为什么我们就不能将短暂的人生变得更加富有情义呢？过去口口声声的哥们难道真的只是一种游戏的道具吗？再联想自己离开重庆时的情形，真为自己的人生捏一把汗，世俗难懂呀！因为我离开重庆时没有几个哥们主动为我饯行，还是我主动邀请他们吃了一顿散伙宴。当时的我没太多想法，主要是因为我属于被单位领导扼杀的对象，也许他们同我划清界线是不想遭到连坐诛杀，情有可原，可是时过半年，我遭此冷遇，只能说明我的幼稚和单纯，对人世间情为何物理解得太肤浅了。对人豪爽、真诚、不畏权势的我却有如此下场，真不明白是社会的错还是我的错，但愿今后的人生少些虚幻的遐想。

说起这次重庆之行，也不是全无收获，至少让我对岳父有了更多的了解，特别是他对我这个女婿的偏爱之情体会颇深。岳父是一个非常有思想和传统礼仪的人，由于身为男儿，对下一代的关爱不便于表达，但我通过他的一些行为举止感受到了他对我的厚爱有加。虽然以前也有所体会，但由于同居一个城市，相处时间不长，记得过去每次回岳父家待一天就回自己家了，更多细微的关怀无处体察，这次我大概同他们一起待了 20 天，因此也享受了较长时间的厚爱。另外，岳父喜欢同我交流，包括他身体方面的不适，也许在他的眼里我还算个顶天立地的男子汉，也许他对我有一种更深的理解，也许……记得半年前独自一人离开重庆时，他们为我举行的饯行宴上有一道菜“鸽子汤”，我边吃边半开玩笑地说，今天这道菜有些特别，鸽子飞行千里也能找回自己的家。也许两位老人有此含义但又不好明示，让我这个自作聪明之人一语道破了天机。虽然偶尔我也会同妻子——他的女儿闹点小别扭，但我对岳父的崇敬之情始终留在了心底，但愿我能有机会让他在昆明享受到更多美好的晚年生活。

离开重庆的第一个春节就这样草草收场，有些期许变成了永远解不开的谜，有些感悟却来得非常真实，但愿我们每个人都有美丽丰富的情感世界去细细品味。

第一次专题讲座

公开课对于教师这个职业来说司空见惯、不足为奇。但我作为一名新的人民教师，没想到一年教龄刚过去就将接受同事和镜头的检验，有些迟疑和紧张。任务推脱不下，我也只好接受了，好好准备了几天，幻灯片做了几十张，就只等正式登场献艺了。

2009 年 11 月 26 日中午 12 点 30 分，我正式站在了一个大的阶梯教室前台准备开始我的专题讲座，讲座的题目名为“分析化学中的质量保证与质量控制”。根据讲座精神，联系样品分析工作中的实际问题是我的主要授课内容。组织者简单介绍后我就正式开始表演了，没想到一气呵成，14 点 20 分准时结束，中途也不时有些妙语脱口而出，最后散场前的一位教授谦虚地说自己只能纸上谈兵，我的讲授才是实实在在的，更是把我吹捧到了一个新高度，于是大家再次鼓掌对我表示感谢。虽然这次意外的公开授课还不尽善尽美，但回顾整个过程自我感觉还不错。即使不能让听者受益匪浅，至少这次另类的午休物有所值，只可惜现场的听众不够爆满，领导缺场，也许当天的海报张贴时间太晚，也许同学们有更值得学习的机会，也许更多人需要午休，一场自我感觉精彩的表演没有让其价值最大化着实有些遗憾。

讲座结束后我同系上的老师们交流时，也感觉到了教授们对我的赞许，虽然时间短暂，教授们对讲授内容听得似懂非懂，但对于我绘声绘色的脱稿表演还是有几分敬意。三寸不烂之舌是我的天赋，有此机会展示也不失为一种物尽其用，这也是我人到中年之际走上教师岗位的一个重要原因，“狗熊”终有了用武之地，可喜可贺。记得来师大前我心里面还有些打鼓，虽然朋友们都说我有做教师的天赋，但毕竟没有站在学生面前表演过，不敢妄自尊大。这次的专题讲座也算正式对我天赋的检验，结果还算满意，无形中也增添了我的自信，相信在师范大学这个天然的教学磁场环境中会发挥出更大的价值。

一次短暂的授课，拉近了我与职业的距离，也拉近了我与同学的距离，更让同事们了解了我的实践水平和语言能力，真心希望在以后的职业生涯中有更多精彩的授课表演来回馈给喜欢我的学生和同行们。

第一次做班主任

“主任”一词如果是指科长级别,我已经有8年的经历了。回顾8年的“主任”经历,有辛酸也有喜悦,辛酸的是作为中国行政级别的最底层,对上对下两头受气,喜悦的是有时偶尔也能体会到领导的权威和虚荣心的满足,更重要的是由此台阶就有机会更上一层楼正式成为国家领导干部序列中的一员。只可惜命运同我开了一个天大的玩笑,曾经我的部下都被正式了,我却落得一个平民百姓,索性改头换面,匆匆来到象牙塔里面从事“误人子弟”的职业——人民教师。

“主任”之词开始慢慢地在我的头脑中淡化,突然一天的下午6点钟,我接到一个同事的电话,说学院分管学生工作的领导有事找我,同领导见面后才知道是让我接手“主任”之职,只不过它已经不是过去我头脑中的概念了——“班主任”,我也深深地体会到此“主任”的责任重大,因为我将面对的是祖国的未来、社会的栋梁,丝毫不能马虎,否则我就真的愧对含辛茹苦、望子成龙的人民群众了。经过一夜的辗转反侧,班主任的形象也慢慢地在我头脑中变得清晰起来,因为我有做此“主任”的最大优点,那就是以宽仁之心待人。第二天上午,是我人生中少有的失态的一次,也是我来师大最匆忙的一天,上午带学生做毕业论文的实验时,我上交的“省基金项目”材料有些问题，于是我放下实验重新去修改和打印材料，这样一去一来，两个回合下来我已经筋疲力尽、心力交瘁，居然在处理材料的过程中将自己的优盘和实验服都丢在了院办公室。遗忘症在我的人生中第一次来得这样突然和直白，我感叹衰老的岁月悄悄地爬上了我的心头——真的老了。直到12点学生实验才以失败告终，回到宿舍吃完饭躺下就不知不觉睡着了，休息半小时后又起身到教室参加教师资格证的授课测评，还好授课测评的专家们没有更多刁难，只是说我的幻灯片准备得有些草率需要加以改进，总算不是太困难地走过了这个过程。测评完后接下来又得准备与同学们见面，正式进入我的班主任生涯。

下午与同学们的见面会是程序化的过程。首先分管学生工作的领导讲中途换班主任的原因及一些中肯的要求，其次是以前的班主任讲话，最后是我这个新班主任的出场。每个人的讲话都言简意赅、切中要害，我也秉承前者，简单地对同学们表达了两层意思，一是非常高兴认识大家，希望我们既是师生，更像朋友；二是希望在以后相处的日子中，我们之间能相互理解和支持，为我们这段人生经历留下美好的回忆。最后我同两个班的班委干部进行了简单的相互认识和闲聊，也算我这个新班主任对班委干部的重视和支持，记得闲聊中我阐明了为什么我对全体同学说“作为你们的新主任”中故意漏掉“班”字，因为我非常清楚现在从事的“主任”之职的内涵——那就是更好地为同学们服务。

第一次当班主任，就这样在完全没有思想准备的前提下走马上任了，也许在班主任生涯中我会遇到很多的困难和不解的难题，但我相信在我心中的这片爱心驱使下一定能取得满意的结果。记得有句歌词喝得好，“只要心中充满爱”，在我的眼里，同学们就像我的小弟弟和小妹妹们，虽然他们有时表现出来的行为显得幼稚，但看到他们的今天就让我回想起我曾经同他们一样年少时的无知，也许有过之而无不及。每个人成熟的既定人生阶段，我能理解这些看似缥缈的东西，只是希望在我的引导和关怀下，他们的人生能演绎得更加完美和绚丽多姿，虽然不能为他们提供更多物质上的帮助，但愿精神上的财富能同他们一起分享。我非常愿意成为他们这段人生路程中的引路人和指明灯。

“缘分”这个抽象而又深奥的词汇在我的眼里却是如此的简单，记得第一次同其中的一个班上课时我说过的话，我不由自主地感叹我的这种预见性能力，没想到这种缘分将从另一个层面上来继续和诠释。人生中每个“第一次”都是我记忆的亮点，我希望这次班主任的“第一次”也能让我有许多收获和喜悦。

参加拓展训练

拓展训练，又称外展训练，原意为一艘小船驶离平静的港湾，义无反顾地投向未知的旅程，去迎接一次次挑战。这种训练起源于二战期间的英国。当时大西洋商务船队屡遭德国人袭击，许多缺乏经验的年轻海员葬身海底，针对这种情况，汉思等人创办了“阿伯德威海上学校”，训练年轻海员在海上的生存能力和船触礁后的生存技巧，使他们的身体和意志都得到锻炼。战争结束后，许多人认为这种训练仍然可以保留。于是拓展训练的独特创意和训练方式逐渐被推广开来，训练对象也由最初的海员扩大到军人、学生、工商业人员等各类群体。训练目标也由单纯的体能、生存训练扩展到心理训练、人格训练、管理训练等。

虽然我在电视中经常看到拓展训练的场景，但亲身体会却在大脑中从来没有想过，没料想正式荣升“主任”就迎来了一次观摩拓展训练机会。在原班主任的联系和组织下，包括我接手的班级在内的整个年级的学生在周末参加拓展训练，原班主任问我是否有事，我想也没有什么重要的事，并且这也是难得的一次与同学们近距离接触的机会，于是就爽快地接受了邀请。星期六早上 6 点 50 分，我准时来到学校侧门，虽然看到不少同学已经在此等车了，但由于同他们不太熟悉，不敢贸然前去同他们打招呼、套近乎，一个人傻乎乎地站在那里东张西望，可能是由于同学们对我不太熟悉的原因，我所在的两个班中没有一个同学前来同我这个新“主任”寒暄，由此也注定了我在后来的活动中所表现出来的局外人姿态，也许这样的行为更符合中国传统礼仪吧。

经过半个小时的车程，我们很快就来到了拓展训练基地，简单照相留念后就开始了一天的拓展训练项目。第一个项目是组队授旗仪式，全部参加训练的同学被分成了8个小队，每队都有自己的口号，每个人都有自己的外号，什么白菜、蝌蚪、蒋介石等外号让我时不时地笑一笑。每个小队在台上即兴表演的一段节目让我大开眼界，展现出来的青春活力和演讲才华让我不得不折服，他们真不愧为时代的弄潮儿，能融入到这群新时期的大学生中，我无形中也感受到了青春的涌动、脉搏的跳动。接下来是风火轮比赛，每个小队在规定的时间内利用有限的材料制作一个风火轮，人站在这个风火轮里面不断地向前滚动直至到达山顶。虽然最后大部分小队的风火轮惨不忍睹，但他们之间的团结协作和永不放弃的精神让我记忆深刻。第三个项目是每个小队穿过电网，虽然游戏简单，但男女同学间的协调和大方也让我惊喜，回想起我的大学生活，男女同学间连说话的机会都很少，更不用说肌肤的接触了。时代在变，人们的观念也在变，特别是体现在我们新一代可爱的大学生们身上更是鲜明。

时间很快就到了下午1点钟，开始吃盒饭休息，我同另外一个班主任老师坐在草地上一起吃盒饭，虽然饭菜和形式都极其简单，但也还是值得记忆，人生这种风餐露宿的机会也没有几次，更何况有这么多可爱的大学生们一起共餐更是难得。在吃饭的过程中，另外那个老师班上有几位女同学也端着饭盒走过来一起席地而坐，边吃边聊，由于我对她们不熟悉，也不敢多言，只是偶尔插上一句话。说来也怪，我班上的同学没有一个人过来同我闲聊，也许在他们眼里，对我这个“空降主任”还有些不适应，也许他们长期习惯造成的结果，因为我接手这两个班的“原主任”是一个回民，吃饭自然是开小灶了，也许同学们长期接受和认同这种吃饭方式而造成了今天的局面，当然这些仅是我找不到答案的猜想，但愿同学们能慢慢地将我纳入到他们的视野中。

吃完午饭休息了一会儿，同学们就开始随着教练和音乐进行了一段娱乐操，由于人多和同学间的良好配合，整个场面比较壮观，这也引来了不少局外人的围观。紧接着的是单人高空跳、双人高空走钢丝、集体翻越毕业墙等节目。在我印象中最深刻的是集体翻越毕业墙，由于同学们的个人主义等因素导致每个小队的领队受罚的现象时有发生，第一次几十个、第二次一百多个，让表演者不堪重负、旁观者眼泪纵横，以至于最后翻越成功后的激动、喜悦、感悟都让人深深体会到了团结的力量，“众人拾薪火焰高”，班级的荣誉、个体的作用体现得淋漓尽致、相得益彰。最后我看到了相拥在一起的部分同学脸上的眼泪，我想这是他们发自内心的真实独白，我也为他们的行为深受感动，希望这次极有意义的活动真正地能帮助他们在接下来的一段大学生活中有更多的收获和感悟。

训练活动由于天公不作美让人心情跌宕起伏，时而艳阳高照、时而乌云密布的天空让我这个新“主任”平添几分忧虑，真担心能否同这些可爱的小弟弟、小妹妹们同舟共济，度过这段美好的大学时光。突然一阵疾风暴雨倏然而至，正独自琢磨着怎么办时，一把雨伞送到了我的跟前,我有一种莫名的喜悦和感激,当我说出感谢之词时,这位同学随口回答:“作为B班的每一位同学都会这样做。”他的这个回答让我惊讶并由此思考了很多,其实我并不是想这句话的真实程度到底有多大,而是想作为这个班上的每一位成员是多么的荣幸和幸福,因为他们有一位心胸如此宽厚的班长。虽然听到的是一句非常简单朴实的语言,但它对我内心的震动和冲击非同一般,也许这句话将伴随我终生的记忆。

有同学邀请我去参加一些项目,都被我回绝了,不是我不想去,只是内心的苍白让我鼓起不了这种勇气,看到同学们的朝气蓬勃再反观我自己,岁月的痕迹让我的激情难以再现,真希望他们中的一位就是我,多么有意义的活动呀,但愿能在遥远的梦乡去感受一下那份热烈。最后在一位教练的极力劝说下,我还是参加了一次高空跳,以此表示我从内心希望融入到这股洪流中的愿望,由于年龄和心理的因素,我表演得不是尽善尽美,有失师者的风范。记得刚站在高台上,腿直打哆嗦,真想放弃,最后还是理智战胜了胆怯,完成了这个不算完美的一跳,跳下来后明显感觉心跳仍在加快,说话也有些颤抖,恢复了很长一段时间心才平静下来。

快速回忆起自己整个有惊无险的过程,最害怕的环节就是刚刚站在高台上的那一刻,心中总有一道坎,难以逾越,当真正跨过去了,也就没什么可怕的了。这就像人生路上的一些羁绊,破釜沉舟、背水一战绝对有其现实道理。当初如果我在高台上真的放弃了,且不说师长的脸面丢失殆尽,至少也没有后来内心难以平静的感受。为什么作为一个男人的我会表现出如此畏缩的行为,有些恐高症呢?估计与我经常做同一个可怕的梦有关,我经常梦见爬垂直陡峭的山坡,在山坡上向下一望,惊出一身冷汗从睡梦中苏醒,但愿通过这次极限挑战,我能从此不再有从山坡上摔下来的梦醒。

随同学们第一次参加拓展训练,有惊喜也有伤感。惊喜的是自己也能接受一些极限挑战和身临其境地感受那种热烈的场面;感伤的是自己不再年轻,如果时光能倒流,再回到那个年少轻狂的年代那该多好呀,这只能是我思想中的奢望了。虽然这是我的第一次拓展训练,但愿它不是我人生历程中的最后一次,同时也希望每次都有新的进步和感悟。

高雅艺术

高雅艺术对于我这种普通民众来说，几乎是可望而不可即的奢侈品,因此这种享受也只是偶尔在脑海中闪现一下。虽然我没有多少艺术细胞,但作为穷知识分子的一分子,茶余饭后谈到此话题时也略为表达一下自己的观点,其目的是不希望让同僚们耻笑,被打上文化粗人的印象。

现代高雅艺术最大众化的形式包含交响乐团、芭蕾舞、钢琴之类的音乐会,由于经济条件和地域的限制,普通民众真正有机会享受却极其困难,也许大家只能在电视上偶尔享受一番,其形式属于典型的自娱自乐。究竟是否能从电视媒体上体会到高雅艺术的魅力,我无从考证,也许不同的人有不同的心得体会,至少我由于没有身临其境的感觉,观看一会儿后其兴趣就荡然无存了。也许我这种人真不是那块料,只能享受一些低俗的市井文化,但内心向往有一天真能坐在大厅里跷着腿、眯着眼陶醉。

纵观社会上的追星族,他们为了一睹明星们的风采,不惜通宵达旦地守候，经济上的开销且不说，仅是精神上的折磨也足够消受,时不时还可能出现一些悲剧的色彩,这又到底为哪般呢？我无法理解此种社会现象,也许永远想不明白,这可能就是大千世界奇妙无比的原因吧。但对于一些追星族的极端行为,我不敢苟同,他们的行为不能简单地解释为欣赏或者爱慕吧，更可能是来自于精神世界的空虚或者精神错乱。虽然我没有追星的嗜好，但对于艺术的推崇还是有的，只是艺术的高雅与否不敢妄加评论，只能人云亦云了。回顾当代青年人身上所表现出来的“高雅”寥寥无几，仅存的一些艺术智慧也几乎被明星和网络游戏所淹没，艺术人生仅限于少数出类拔萃的人类精英，我不知道这是不是人类的悲哀？虽然我等一介草民无力走进艺术的殿堂，但时常欣赏一下高雅艺术来陶冶情操也不失为一种积极向上的人生态度，同时也能或多或少提升一下自己的人格魅力，总比成天在酒吧、歌厅混上档次。

来到师大这座知识的殿堂，观摩高雅艺术的机会就接踵而来。记得刚来师大就迎来70年校庆，西南联大的话剧在昆明市艺术剧院表演，我作为联大后裔的一分子很想去通过这种艺术形式了解那段过往的历史，只可惜表演的当天晚上有课，只好遗憾地将此机会残留在脑海中了。今又听说中央芭蕾舞团来我校表演，其目的是提升大学生的艺术品位，让高雅艺术走进当代大学生中，我也有幸成为观众，可事又不巧，我当天晚上又有课。难道艺术真与我这个五音不全的人没有缘分？但愿今后还有机会身临其境地感受到高雅艺术的魅力。

同新同事们的第一次出行

来昆明已经半年多了，虽然新单位的同事多少有些耳熟，但真正的接触却不多见。教师这个职业性质决定了同事之间很少有机会见面闲聊，如果不是一些例行的行政学习会议，有些老师恐怕一生也见不了几次，因此许多老师更谈不上熟悉，相对熟悉一点的也就是一个教研室的同事了。我所在的化学学院居然连年终老师们聚餐之事都免去了，可想而知同事之间的交流更无从谈起。据说学院的老师们小集体主义严重，虽然我这个新来的外来户感受不深，有些言语只能算是道听途说的小道消息，但辛苦一年的老师们也不在一起联欢一下，可想某些传言的真实性。

人生总得寻找点记忆的东西吧，同事们一起游玩就是一种不错的方式。我本一个小丑式人物，也喜欢凑热闹，只可惜仅有的这点本事没市场发挥，可叹。2009 年三八妇女节，学院工会组织爬山比赛，听说需要男同事参与，于是我也想借此热闹一下，想报名却又担心多此一举。后来才知道事情原委是学校组织各个学院进行比赛，想想我这等身材和年龄，也只能望而却步了，最后学院工会组织了一批身强力壮的年轻人参加比赛，我就正式成了被人遗忘的角色。

“三八节”的不愉快在我心里的起伏很快就过去了。一周后，学院为了祝贺妇女节日快乐，组织全院的老师周末到澄江抚仙湖玩，于是我也正式参加了由学院组织的第一次云南之行。虽然谈不上兴奋，但也着实高兴，因为毕竟这是我到新单位后的第一次集体出行，不能期望饱览目的地的优美风景，至少可以在全体学院老师面前露露脸，免去处理有些工作时的尴尬之情。

星期五下午 2 点 30 分，我准时到达学校侧门的乘车点，看到不少老师也集聚此处等候，女老师们脸上露出了久违的灿烂笑容，看来走出象牙塔去感受和领略大自然的美丽不仅是我小丑似人物的想法，但愿这次抚仙湖能满足不同人的初衷，满意而归。过了一会儿，车身印有云南师范大学字样的校车停在了我们面前，依次上完车后，我们就朝着目的地出发了。我由于长期养成尊老爱幼的习惯，上车坐在了最后一排，还好有几个新来的年轻哥们也有此嗜好，一路上我们之间有说有笑，甚是欢快。平生第一次享受师大的校车，有点主人翁的感觉，但真正能有多少发自内心对师大的爱却无从谈起，因为它对我来说太生疏了，半年多的学校生活没有让我有更多憧憬和向往，只觉前途渺茫、心力交瘁。从直辖市来到祖国的边疆，本来就不对等，出于生活所迫和无奈，我来到了这个陌生的城市、陌生的学校从事很多年前厌恶的职业，能不让人伤感吗？

车很快来到了师大新校区，一排排新楼将我从回忆过去的思绪中拉回到现实，开阔的视野、宽敞的公路、宏伟的建筑群让我看到了一些新的希望，这就是我今后即将工作、生活一辈子的地方——师大呈贡校区。虽然新校区还没有完全竣工，但已经突显出了它的魅力，希望我能在此默默奉献，为国家培育更多优秀的人才。看完主体工程完工的化学化工学院大楼,我们重又上车向更远的目的地进发。一路上虽也有短暂的欢声笑语，更多的是沉默寡言,路况也变得颠簸起来,不时有一辆重型卡车呼啸而过,大概又过了两个小时，我们终于风尘仆仆地来到了最终目的地——抚仙湖。由于已经是晚上了,我们吃完饭就各自回房间休息了,美丽的抚仙湖也仅是在车上目睹了一下模糊的远景。晚上的活动主要是唱歌跳舞,我对此雅兴不高,就躲在房间同几个年轻同事玩扑克,虽也有些输赢,但总体来说我的牌技和运气略胜一筹,大家输的钱就用来买啤酒喝,因为晚上吃饭没酒喝,想解解馋。玩到最后我真正演绎了一下小丑角色的“光辉形象”,为了少喝一杯酒,主动钻了一回桌子。酒喝完后,我们各自回房间休息了,由于酒精的作用,我睡得倒挺踏实,第二天早饭也没吃就到会议室了。学院的领导们真不愧为双重身份的良好扮演者,出来玩也还不忘发号施令一番,还好我准时到了会场,不然给领导们留下一个灰暗的印象,日子就难过了。会议主要内容是关于教学及学院日常工作的通报,我没有发言,别人的发言也没听清楚,也许学校的工作本来就如此,也许领导们的讲话水平就如此,就这样,稀里糊涂地度过了一个上午。会议结束后，学院的领导安排下午到抚仙湖玩，吃完晚饭就打道回府,所以这次出来玩准确时间就一个下午,有点匆忙,也有点搞笑。

抚仙湖属于云南省第三大高原湖泊,仅次于滇池和洱海,位于澄江、江川、华宁三县间,距昆明 60 多公里。湖面积 212 平方公里,最深处为 155 米,是云南省第一深水湖泊。除东北长白山火山口湖——天池外,抚仙湖是我国已知的第二深水湖泊。抚仙湖属淡水湖泊,湖水呈蓝绿色,含磷量高,透明度一般 4 至 5 米,有的可达 7 至

8 米，蓄水量达 185 亿立方米，等于云南省第一大湖滇池和第二大湖洱海总蓄水量的四倍。明末徐霞客在他的滇游日记中写道："滇山唯多土，故多壅流成海，而流多浑浊，唯抚仙湖最清。"据说抚仙湖也是我国海军潜水员训练基地。

由于时间仓促，我们仅是在湖边走了走，登上湖边高处的楼亭，抚仙湖的全貌尽收眼底。眺目远望，群山环抱，山树倒影清晰可见，真不愧为高原璀璨明珠。虽然我没有更好的心情为它抒情吟诗，但我相信抚仙湖之游一定不会是最后一次，也许有一天我真能为此美景豪情一番。生命中注定了我将与云南的秀美山川结下不解之缘，作为一个新的云南人，希望我能以满腔的热忱去热爱它、熟读它，让我在享受它的美丽之时，开启我智慧的阀门，为祖国的边疆建设做出一点贡献。

参加环保宣传活动

环保专业学习多年的我，却从来没有在学校参加过环保宣传活动,有些遗憾,也有些惭愧。这次虽然在学校参加环保宣传活动扮演的角色有所变化，但能与同学生们一起参加这项有意义的活动也极为高兴。

环保宣传活动本应该安排在6月5日世界环境日开展，但由于发起这次活动的老师这个时间没空,因此最后确定在6月21日举行,地点在昆明市海埂公园。海埂公园我已经去过一次了,当时主要是想近距离目睹一下滇池水污染的程度，时隔半年多又需此行,只是目的和内容不同而已。

乘坐校车1个小时车程就来到了公园大门口，由于组织者没有落实好开展活动的批文,也没同上级领导打招呼,一行的尴尬境遇就可想而知了。在公园大门口的遭遇就是一例,由于同公园管理人员交涉未果,我们只好拿着行装下车步行进入公园,一个环保公益活动落得如此下场,我又一次深深体会到了云南人民的特色,也无形中感受到了人民教师的渺小。场地铺开后就正式开始了我们的宣传活动,有老教授用滇池水做现场处理试验,有同学讲解,有同学发送传单,有同学组织人进行签名留念,预先设计的流程井然有序地进行,现场的宣传条幅和展板等同整个场面相得益彰。

放眼望去，滇池水一片泛绿，臭味扑鼻而来，让我陡生许多伤感。昆明人引以为自豪的高原明珠就是这般惨景，这次目睹到的滇池水质其恶劣状况更甚，也许是夏天更适宜于蓝藻的“生儿育女”。当我走在滇池的大堤长廊上，看到许多昆明市民举家来此休闲和娱乐，我不免疑问，难道他们就感觉不到这个难闻的臭味，简直就是吸毒却还乐此不疲，我分不清到底是人类的悲哀还是大自然的悲哀。四季如春的昆明缺少了水的灵性，吸引力就大打折扣了，试想如果初次来到昆明的人见到的就是这一汪汪绿得碍眼的臭水，能在此安居乐业吗？至少我不敢肯定作答。

遥想祖祖辈辈生活在这片土地上的人们，亲身体验到了这个现代文明的恶作剧，又作何感想？也许现代文明和远古文明会发生一场大辩论，环境与经济协调发展让我陷入了沉思。山清水秀的时代真不知何时能让我们这些现代人真正拥有，但愿不再遥远。滇池的治理工作已经开展多年，国家投入了大量的人力和财力仍不见好转，难道科学技术真正在滇池面前变成了科幻小说？今天亲眼目睹了老教授们的现场说法，我对科学在当今现实社会中的浮躁心有余悸，虽然教授们的絮凝处理方法还需完善，但千里之行始于足下，只要我们各行各业真正严于律己、齐心协力，拿出愚公移山的精神来治理滇池，滇池的水变清也不是完全不可能。可事实是，许多科研经费犹如石沉大海，真正有学识又有良知的科学家又有多少呢？大家心知肚明，也许滇池的治理就是科学家和政客们的一种恶性生态链的体现吧，我想科学界腐败的冰山一角通过滇池多年治理仍不见起色就可见一斑。

一天有意义的活动很快就结束了，但引起我深思的问题却永远留在了心里，但愿在我的有生之年能享受到高原明珠远古时代的恬静与美丽。

升旗仪式

升旗，对于“生在新中国，长在红旗下”的炎黄子孙来说都有过亲身经历，只是记忆的深浅有所不同而已。我出生在 20 世纪 70 年代初，虽然当时正处于红色海洋的时代，但记忆却极其模糊。

读小学时，红色激荡的岁月慢慢变得平静起来，中国也开始从十年浩劫中走向正轨，通过升旗仪式对学生进行爱国主义教育是学校普遍遵循的规则和思想。我也在这种受教育的过程中进行了无数次的升旗仪式，虽然那时并不知道更多关于红旗的历史和升旗的内涵，但站在红旗下庄严地举起右手行少先队队礼时心中无限的崇敬之情却从来没有消失过。

后来升入中学，升旗仪式也经常参加，这时候对升旗的特殊意义有了更深的理解，对伟大祖国也有了更多的憧憬和祝福，以至于每次写作文的时候，拐弯抹角也要在最后落上一句“祖国啊母亲，我爱你”，好像是有了这句话，就能得到高分似的，现在想起这些事情来就觉得滑稽可笑。

参加工作后，升旗仪式就只能经常在电视上看看了，虽然没有身临其境的感觉，但嘹亮的国歌声在耳边回响时仍能震撼我的心灵。一种莫名的豪情壮志油然而生，“我为祖国生，祖国以我为荣”的思想时刻伴随着我，虽然在我成长的人生道路上也遇到一些荆棘和绊脚石,经常重重地摔倒在地上,心灰意冷,但清醒后我对国家的责任和感怀始终没有放弃,这也是我不断前行的动力和理由。记得每次出差到北京,我都想亲眼目睹一下五星红旗在天安门广场上冉冉升起的时刻,但我却没有抓住一次机会,以至于每次步行在天安门广场或者坐在公共汽车行驶在长安大街上,我都会不由自主地向迎风飘扬的五星红旗行注目礼,默默祝愿祖国国泰民安、繁荣昌盛。

没想到时隔多年,我又一次将要站在五星红旗下庄严肃穆地参加升旗仪式,心中那份激动和感慨难以言表。记得参加升旗仪式的头一天晚上,我基本没有很好地入睡,时不时看看时间,生怕自己睡过了头,误了人生又一次精彩的记忆和心灵的洗礼。早上5点40分,我就早早地起床洗漱,穿好衣服来到学校田径场,此时时间刚好6点30分,比预先规定的时间提前了15分钟到达,这时的田径场上仅有几个上了年纪的老人在进行晨练,我也是学院最早一个到达操场的人。由于时间还早,我就围着田径跑道小跑了三圈,慢慢地也有些学生陆续来到操场上了,开始我就站在学生队伍的后面,后来组织此次活动的老师通知我们所有班主任站前排,由此也拉近了我同五星红旗的物理距离。7点钟准时进行升旗仪式,我们学院全体师生在国歌声中庄严肃穆地目送着五星红旗冉冉升起、迎风飘扬,随后学院分管学生工作的领导和学生代表讲话,激扬的文字中寄语了全体师生对祖国60华诞的祝福和为中国之崛起而读书的豪迈誓言。

虽然升旗仪式很快就结束了,但值此祖国60年华诞之际,我同学院全体师生们一起举行的这次升旗仪式,其现实和历史意义非同凡响,至少在我的人生记忆中重重地写下了一笔。但愿全体师生们也同我有一样的感受和理解，在此我祝愿祖国的明天更加美好,学子们的未来更加宽广。

聆听爱国奉献模范事迹演讲

学院领导安排大三的学生聆听全国爱国奉献模范事迹巡回演讲，我由于身居“主任”之职，亲自督导就成了分内之事，由此我也进行了一次心灵的洗礼。第一次走进师大的大礼堂，虽然座椅有些陈旧，但庄严肃穆的气氛仍然深深地感染了我，8 位报告人员和 1 位主持人走上讲台，雷鸣般的掌声响个不停。正式报告开始前全体人员起立，国歌声奏响，激扬的乐曲震撼我的内心，报效祖国的念想闪现在我的大脑中，“为中华之崛起而读书，为中华之发展而育人”是我的职责和义务，我将珍惜我的职业，演绎出更完美的人生。

随着报告人慷慨激昂的演讲深入地进行，我的心情也随着他们的话语跌宕起伏、浮想联翩。他们中有工人、士兵、学生、法官、教师、领导，虽然扮演的角色和从事的职业有差异，但孜孜不倦、刻苦钻研的精神却让我深受感动，创新、爱心、忠心等字眼贯穿整个报告始终，掌声时不时地在整个会场响个不停。虽然我已人到中年，没有学生们的青春激扬，但内心仍为台上的演讲者折服，他们都是社会的精英，属于智慧和能力金字塔的顶尖人物，我等鼠辈人物自然不能相提并论，只能远远地仰望和敬佩，但愿我的学生也能明白这一层道理，激动崇敬之余不忘千里之行始于足下的浅显道理。

回想起两个小时的报告，最让我记忆深刻的是清华大学一位老教授的演讲,也许是因为职业相同的缘故吧。老教授从教 49 年,坚持给本科生上课,这一点就让我很是敬佩,记得前不久在网上看到一篇关于教育部明文规定教授必须给本科生上课引发思考的文章让我想了很久,教授上课是天经地义的事情,却需要用制度明确规定,说明当今社会上不上课的教授不在少数,名义上是在从事科学研究工作,实则是在为自身利益创造价值。

现在我也身为人民教师,虽然没有教授们的日理万机,但教学工作仍是压在我心头的大事,教书育人是我的饭碗,我希望将这饭碗捧在手上更结实、更心安。老教授在台上的一句话深深铭刻在了我的心中,"得天下之英才而育之是何等幸事",虽然我所在的是一所普通大学,学生不都是英才,但至少也能同我这个师者相匹配,但愿我能真正为学生们传道、授业、解惑也。

聆听化学精品课讲座

自从我进入象牙塔后，听课“洗脑”便是家常便饭，不同课程和不同老师均有不同的授课风格，虽然不能完全复制，但一些体会和感悟还时而有之。

这次有幸参加华东师范大学陆靖教授的化学精品课讲座不仅完成了党交代的政治任务，也着实让我大开眼界、耳目一新，至少是目前我听课中少有值得记忆的一堂。课堂上陆教授风趣幽默的语言、缜密的逻辑思维不得不让我佩服，虽然他所讲的《结构化学》对于我来说属于门外汉，但语言的风采仍深深地吸引了我，以至于让我犯了一个极其低级的错误，实属有些难为情。

过去我一般喜欢在听报告或者开会时关闭手机，对别人的尊重是我多年养成的良好品格。来到师大后我喜欢将手机调到震动状态，因此这次我的手机也不例外，听课没一会儿，有学生给我挂电话，我直接挂断了，后来想不接别人电话也太不礼貌了，并且也不符合我为人师表的身份，于是索性将手机关闭，结果没想到手机在关闭的时候发出了铃声，情急之下我赶紧将手机的电池取出，虽然铃声短暂，但估计也造成了一定的不良影响，很不好意思，居然弄巧成拙了，也许这次事情的经过和不良记录将会警醒我一生。

转眼间，一个半小时的精彩授课就结束了，接下来的座谈更让我佩服陆教授的个人魅力。比如他在谈话中不拘小节、直言不讳的性格深深打动了我,唯有遗憾的是我提的问题他没有正面回答,感觉有点新闻发布会上的答记者问，也许他对实验教学没有更多的亲身体会吧。“严谨”和“宽松”本就是矛盾统一的一对,因人施教才是教育的根本所在。同时,因环境施教也不容忽视,但愿我从事实验教学工作一年来的相对“宽松”教学理念更适合云南特色,学生在实验过程中真正能有所收获和满意。由于接触时间短暂,不能了解更多关于陆教授人格魅力的闪光点，至少陆教授从事领导岗位后仍然坚持给本科生授课而不拿取报酬的这种行为让我由衷地敬佩。在当今物欲横流的社会,“钱”也成了知识分子追逐的对象,其中不乏一些有名气的大教授和学者们,“科研腐败” 就是最好的例证。当然,陆教授高风亮节的行为也许是因为他对仕途更远大的志向,也许他更愿意追逐名誉,不管怎么说,他的现实行为还是值得我这位新上岗教师的深思和效仿。座谈时间在不知不觉中就到了终点,虽然不能完全记住谈话的所有内容,但陆教授长期始终坚持的“老师心中有学生”这句话深深地镌刻在了我的心里。

“没有教不好的学生,只有不会教的老师”这句网上流行语忽然响彻我的耳根,虽然这句话也有些片面性,但至少让我对教师的责任有了更深的理解和领悟。相比起陆教授这样的人类精英,我虽不应妄自菲薄,但绝不敢相提并论。我与他的学识差距甚远,但用心扮演自己的职业身份,充满爱心地对待同学们却是我的本分而不容置疑。

“一名教师不在于学识的渊博与否,人格魅力更是难能可贵。”但愿我能在以后的职业生涯中彰显出无穷的人格魅力，为祖国的人民教育事业贡献出一份微薄的力量。

观摩授课比赛

授课比赛对于我这个初到师范大学的老师来说，陌生而又新奇，有幸作为学院的评委之一亲临这次授课比赛现场实属意外，抱着学习的态度我观摩了整个授课比赛过程。

同学们在台上的二十分钟表演着实让我大开眼界，端庄大方、侃侃而谈地将中学化学课程讲得绘声绘色，坐在台下的我禁不住啧啧称羡，真不愧为师范院校培养出来的学生，遥想当年，如果我能在这些小老师门下学习，化学成绩一定好于当时。虽然有些同学的授课经验和课程设计有些欠缺，但相对于我这个非师范专业毕业的学生来说，已经足够让我受益匪浅了。通过这次授课比赛，至少有两点让我记忆深刻，一是同学们的授课能力，二是师范院校培养出来的教师水平不得不让我叹服。

化学作为一门实验科学，其教学形式和内容丰富多样，同学们在台上时不时地展示壁画、实验演示、小黑板等，用“十八般”武艺来形容也不算过分，课程的引入、启发性语言、师生的互动、课程设计的缜密、语言的逻辑等都表现得相得益彰，他们应该是费尽了脑汁。“台下十年功，台上一分钟。”由此可见同学们的热情和认真，毕业后他们如果真能学有所用，我相信人类的教育事业会飞速地发展。

虽然我坐在评委席上，也就一个滥竽充数的角色，学习经历和教学经验都无从谈起的我真有些汗颜。俗话说："外行看热闹，内行看门道。"比赛结束后一位长期从事教法的资深老师的点评更是让我如获至宝，隔行如隔山，我算真正明白了自己作为一名大学老师的不足和羞愧，真担心自己误人子弟、愧对人民教师的称号，学无止境又涌上了我的心头。

记得上课时经常对学生们说，"我自信不是师大讲课最差的老师"。通过这次身临其境地聆听同学们的表演才发现我说这句话的幼稚，因为我面对的同学们中就不乏授课的佼佼者，他们可是能比较和掂量出我这个老师的水平的，但愿不要成为同学们背后经常窃窃私语的那种"道貌岸然"的角色就好。

诚然有些低年级的同学表演得不太尽善尽美，但我看到高年级同学展现出来的老练教态、简练语言、娴熟动作，我没有理由不相信经过大学四年的学习，他们一定会像这些学长们一样成为一名合格的师范生。也许有很多同学认为师范生前途渺茫，但纵观我国的广大农村教育仍然是人才匮乏，只要同学们树立起了正确的人生观和价值观，立足教育，扎根基层，还是有很多岗位等待和需要同学们去填补和奉献的。

演绎精彩的人生不完全在大城市，贫瘠的山村也有值得追寻的地方，相信上帝是公平的，它为我们打开了一扇门，同时也关闭了一扇窗。扬起理想的风帆，驰骋在广阔的乡村田野上也是一道美丽的风景，但愿同学们能早早地为自己定好位，真正为那些渴望知识的孩子们创造出一片蓝蓝的天。

教师节片言

又一个教师节来临之际，总想写点什么，可又无从着笔，反复思量，最终还是写下了这段记忆，就权当作是只言片语的罗列吧。

不知不觉中人生就要享受第二个教师节了，也许命中注定我今后还将享受 N 个教师节，真心希望每一个教师节都有不同的心灵收获。从理论角度讲，人生第一个教师节应该有更多的感想，可在我的记忆中，第一个教师节不知不觉在无意识中就烟消云散了，也许是新工作还没有进入角色，新环境还没有适应，学生的认同感不强……

非要说第一个教师节在我记忆中留下的痕迹，那更多的是伤痛。因为我带着美好的憧憬不远千里来到昆明，一心想为祖国的边疆教育事业奉献青春年华，却没想到的是当头一棒让我不知东南西北。学校宿舍管理科的忽悠、学院领导的冷漠等等让我陡生许多苍凉，真像街头的流浪狗，感慨人世间的悲凉。当时的复杂心情就像醋坛子打翻在地上不是滋味，很想一气之下重又回到那个熟悉的环境，哪怕是在大街上擦皮鞋了此余生也不愿受这等窝囊气。最后在领导多方协调下，才算勉强安顿下来开始神圣而陌生的教师职业生涯。

教师节本是教师最庄重的节日，由于我先前经历的波折，也没有更好的心情来品味它了，祸不单行，学院发给我们新来老师每人的节日慰问金又要折半，着实让我惊讶和不可理解。难道此时我们这些新人只能过半个教师节，既可气又可笑。据说这是学院长期形成的传统游戏规则，由此让我联想到"与时俱进""科学发展观"等耳熟能详的字眼在这些学夫子身上也只能是摆设的花瓶，没有一点实际意义。虽然第一个教师节给我的尽是一些烦恼，但也有一小点清凉剂让我稍许宽慰，那就是我上课的两个班中有一个班的学生送给我的小小卡片和片语深情。

第二个教师节，虽然也有些遗憾和不尽如人意的地方，但兴奋点明显增加了不少，至少不会再为享受折半的节日慰问金苦恼，半天而无语了。遗憾的事情是因为我想出一本专业书，大概需要近3万元的出版费，想找点赞助费，结果是满怀希望而去，满载失望而归。当然我也不是完全出不起这个钱，只是一下子拿出这么多来有些心痛，毕竟我的工资收入甚是微薄，只能勉强养家糊口，并且我也不想一个人署名独著，吃独食在我的人生记忆中极其少有。一是想写上我的导师，算是我给他的一个教师节礼物吧；一是写上我曾经工作单位的领导，没想到他们这些生活在中国上层的社会人士却不愿慷慨解囊，让我这个囊中羞涩之人只能摇头苦笑、无语面对。高兴的事情是我荣幸成为化学学院教师代表参加由学校组织的教师节茶话会，由于名额有限，我能列在其中，可见学院领导们的一片好心，只是我觉得有些受宠若惊、难以消受，但碍于领导的决定不好推辞，就只能勉为其难、欣然领命了。

说实在的，我虽然已经为国家鞠躬尽瘁多年，但来学校为教育事业奉献心智也才仅此一年，有何德何能来享受如此高的礼遇呢？

就算作人生中的一次惊喜吧。另一个值得高兴的事情是我上课的学生给我送了一个小小的蛋糕和卡片，以此表达对教师节的一份情意。蛋糕之举，我是不太赞同，毕竟学生现在还处于父母的养育之下读书，没有自食其力，虽然花费不大，但至少节省下来也可以买好几只笔和练习本。我也是从农村出来的，深知父母供养子女读书的艰辛和不易，学生对老师只要有这份心就足以，何苦在乎于形式的不同，小小卡片和片言祝福就足够老师们欣喜和感激了，至少我作为一名新上岗不久的人民教师是这样想的。

对于我来说，教师节也许还将有许多个，不太奢求每个教师节都能有新的收获，真心希望能收到学生们的小小卡片和深情祝福，借此让我在人生的记忆中能读到学生们发自内心的独白，并以此来鼓励和鞭策我在神圣的人民教师岗位上默默耕耘更久、更纯。

参加学校运动会开幕式

运动会开幕式是运动会的前奏曲，也是重要的观赏节目。由于地理、经济等因素的制约，大多数普通老百姓只能通过电视来欣赏这项重大的人文艺术结晶。近年来发生在身边的运动会开幕式不少，如2008年的北京奥运会，2010年的南非世界杯足球赛。虽然我是一个对体育运动不太热衷的人，但开幕式还是想一饱眼福。2008年由于人生重大的变故，举家来到陌生的城市重新开始艰难的人生征程，新安居的20平方米房屋不容我有电视的非分之想，校园网络天生的缺陷也让我望而却步。因此，以上这些精彩的开幕式都与我擦肩而过，成了我生命中永远的遗憾。

2010年学校举行冬季运动会，本以为与我毫不相干，突然接到通知，要求所有班主任参加开幕式活动。虽然，开始我有些抵触情绪，但又细想，也许通过此次活动能多多少少弥补我已经错过的那些盛大开幕式，小人物就由小事件来丰富记忆吧。

11月11日，云南师范大学2010年冬季运动会正式在呈贡新校区拉开帷幕，各个学院的代表在田径场外排成一字长龙。标语、条幅、服装各具特色、交相辉映，据说这也是学校近20年以来规模最大的一次校运动会，以前由于学校人员分布在三个校区，每年的运动会只能同时在各个校区分别举行，今年学校整体搬迁的完成促成了这次规模空前的运动会，有幸参加这次运动会也不失为一次重要的人生历程。紧接着，一个个方阵整齐划一地走过主席台，响亮的口号、矫健的步伐、精彩的“人文秀”让我目不暇接。我所在的化工学院的创意毫不逊色，走在最前面的是狮子表演，接着是亚运会的吉祥物和祝福标语，这种形式将中国的传统文化与明天开幕的亚运会、今天开始的校运动会有机地联系在了一起，既富有现实意义又不失幽默风趣。在我眼里它是一种比较完美的表现手法，说明理科学院学生们的文化品味和思想深邃也不赖，我作为他们的老师由衷地为这群富有创意的同学感到欣慰和高兴。还真没想到，我们的狮子表演不仅在走过主席台前得到了领导们的微笑和同学们的热烈掌声，下来后还受到了许多学院的邀请参加拍照合影留念，在运动场上成了一道绝美的风景线。

运动会的开幕式简洁流畅，最后在一片国歌声中结束。虽然这次的开幕式比不上其他大型运动会雄伟壮观，但我身在其中的切身感受却是以前在电视机前从来没有过的。简洁的形式、简单的参与丰富了我的人生，至少多年后，我会自豪地说云南师范大学在新校区举行的第一次校运动会有我的身影和微笑。

人的一生最重要的是过程，即使最简单、最朴实的一点点经历也是人生的重要财富。人文韵味和底蕴极其丰富的云南师范大学给我带来了意想不到的精神收获，但愿这种精神食粮层出不穷。

代课的连锁反应

代课在学校是一种经常发生的事情，没什么值得奇怪或者大书特书的地方，但这次发生在我身上的代课事件却多多少少值得回味。

呈贡新校区投入使用，我所在的学院整体搬迁到新校区，日常的教学工作在新校区，而学院的实验大楼内部实验台的安装工作却临近期末才完成，因此实验课程都集中在这短短的一个月时间需要完成。我暗自庆幸这学期没有实验课程的教学任务，不然又得增加来来回回在交通车上的无聊了。坐交通车单程 60~90 分钟获得每课时 35 元人民币的酬金实在是没有什么激情，不是灵魂深处没有净化到位，而是时间价值的效率太低了，一个政策得不到大多数人的认同，我认为这不是灵魂的问题，也许外部环境更值得思考。老师也是人，“春蚕到死丝方尽，蜡炬成灰泪始干”，人类灵魂的工程师在现实生活中也许只是外在标榜的善意口号。

“天要下雨，娘要嫁人”，说不准的事情经常在日常行为中发生，实验台刚好安装完毕就听说我所在教研组的实验老师腿扭伤了，估计我将难逃厄运了。几天忐忑不安的心情写在脸上，心里默默祈祷这位实验老师早点康复，重新走上让我头痛的实验教学岗位，“司马昭之心路人皆知”，虽然这位年轻的实验老师是我的一个好哥们，但也不想为这种低效率、低价值的上课事件心甘情愿地“雷锋”一下。

“幸福的人总有幸福的理由，不幸的人总有不幸的原因”，他的不幸传导给了我，我也只能认命了，谁让我们是一个大锅里面吃饭的兄弟、同事呢？由于是突发事件，所以课程时段的安排就只能临时决定了，第一次课是带领学生们看分析实验操作录像，因此需要找一个教室，但又不知道哪个教室是空的，因此我通知班上的学习委员在下午2点30分正常的上课时间进行，因为此举就容易区分出哪个教室没有课。可是后来另有一位带有机实验的老师要将晚上的实验课提前到下午3点30分进行，因此我只好将原定的时间提前1小时，但此时还没有进行正常上课，选教室就是一件不太容易的事，除非到学校教务处去排查，而此举就有点兴师动众了，也是我极不情愿走的程序，于是我在教学楼前仔细琢磨了一阵，选定在308教室，带一个“8”，应该会有好运吧。当课程进行到2点20分时，教室外面传来一阵嘈杂声，探出头一看才知道坏了，原来这间教室有课，担心的事情真的发生了，只好向这间教室的主人说声对不起，然后怯怯地带领同学们另寻教室，刚好隔壁的一间教室没课，当同学们刚坐下不久，我就发现这间教室的多媒体不能识别优盘，捣鼓了一阵也不见效果，只好带领同学们更上一层楼——408，同学们安坐下来后就继续我们的课程内容，大概在3点钟左右，教室门外又来了一批学生，原来这间教室也名花有主，经过同这位“正份”老师商议，只好让这间教室的主人暂时到隔壁教室去委屈一下了。因为我的课马上快要结束了，再换教室就有点耽误时间，并且可能影响学生们的下阶段实验。最后我诙谐地与同学们说，这次代课真值得记忆,因为同学们不仅偶遇了一位新老师,也折腾到了一些生活囧途,一连串的偶然事件居然不是在文学作品中看到,而是在我们身边真真切切地发生了。

一件普普通通的代课事件居然有这么多值得书写的地方,真是应了一句古话,“塞翁失马,焉知非福”,不经意中我的人生记忆又丰富了一小点。

第一次分析化学教学

说起《分析化学》,化学专业的学生一定不会陌生,因为它是化学专业四大基础课程中的重要一门。现实社会环境中它的作用也不容小视,大到各类食品检测、环境监测部门,小到家庭清洁、洗碗等都有它的踪影。

《分析化学》对我来说既爱又恨,爱的是它培养了我缜密的逻辑能力和严谨的思维方式,恨的是今生我将成为《分析化学》这门课的继任者和传播者。记得正式跨入师大的那一天起,我就一直在思考这个问题,如何理解、怎样讲授这门课程一直在我脑海中徘徊,虽不能说有胆怯之嫌,至少忐忑不安的心情还是多少有一些。虽然在20年前的大学学习期间,我也学过《分析化学》这门课程,但离现在已经时间久远了,工作中又不用到这些繁琐的计算,忘记的也差不多了,并且我又非化学专业,当时所学的《分析化学》其难度也远不及当前所面临的教材。

2010年9月,我正式接任《分析化学》的教学工作。开学后正赶上学生们军训,我又被安排作为这次学生军训的带训老师,因此就有机会提前认识我上课的班级成员是何方神圣、哪般人物了。记得军训的整个过程中,我都有意无意地同我上课班级的学生接触,同他们坐一辆公共汽车,找机会活跃气氛、推销自己,同他们心与心地交流，借此希望在感情上得到他们的理解和支持。

第一次上课我即与同学们敞开心扉，谦虚为本，既希望同学们能学好这门课程，我又能圆满完成此项艰巨的教学任务。工作多年的我练就了一张厚脸皮和口若悬河、张口即来的本事。就这样，边学边教、按部就班地依照教学进度展开，我人生的这段囧态经历也就正式登台上演了。

不知不觉中课程就进行了一半，这段期间上课时我一再强调同学们有什么建议或者需要我改进的教学内容，课后直接当面向我提出来，来自重庆的我性格绝对豪爽、耿直，最终的目的就是让这门课的教学效果能让同学们满意。但上了这么长时间的课也不见同学们提出中肯的意见，我还以为我的这种教学方法还不算太差，没想到期中教学检查反馈给我的意见给了我当头一棒，比如“语速快、不写黑板、重点和难点不突出、不点名”等。期中考试的结果也让我彻底失望了，全班及格率仅 10%，相对于同年级的 A 班和 B 班差了很大一截。究其原因，估计我的教学方法是一个不可忽视的因素吧，因此我不断地检讨和反思自己，希望在后半段的教学工作中有所改进和提高。有时候事物的发展方向不以人的善良意志为转移，后来同学们反馈的意见更是离奇和不可思议，“什么改进不大、越听越糊涂”等不断地从领导的渠道反馈出来，系主任找我谈话，给我开小灶、纠偏，最后不得不让我换个班进行下学期的教学工作。人到中年的我遭到如此境遇实属意外，后来听说学院的一名“海龟”老师被学生们嗤之以鼻、丢进“垃圾箱”里面了，我的心情才稍微轻松了一点。师大如此这般人文环境，我这个“土鳖”更不值得一提，估计只配“垃圾箱”里面最臭的那种角色。

话说回来，老教师们肯定经过多年的积累，教学功底扎实，经验丰富，但社会发展的历史规律永远是“长江后浪推前浪，一代新人换旧人”，只有保持一颗宽容的心态理解新老师，我们的社会才能得到长足的发展，何况我们未来的“小”老师也将有第一次走进人民大众的洪流呢？“人非圣贤，孰能无过”，只要我们多一份理解和包容，新老师也会变成经验丰富的老教师，从而赢得后来者的尊敬和爱戴。后来，据我多方了解才知道学生们抵触新老师这种现象是师大的传统时尚，各个学院均存在这种现象，各个新老师均会遇到这个问题，因此我这个沧海一粟就更不值得自己作践自己了，明天的地球照样自转、太阳照样升起。只是偶尔回想起这个现象和对我的纠偏经历让我不寒而栗，什么是大学？“自由、民主、开放，不拘一格降人才”才是理想的大学，统一的教态、呆板的模式能教出一批批各具特色的有用人才吗？难道大学的教育要回归到中学时代？我纳闷不得其解。如果那样，人类生态系统的多样化将不复存在，中华民族倡导的“百家争鸣、百花齐放”将成为永远的过去时，师大的学子们将成为克隆时代的批量产物，就像迎宾时站成一排的空姐们，有着统一的着装、身材、脸蛋和笑容，难道在新时期的大学校园重现这样的景象，不觉得好笑吗？

但愿我这种担心是多余的，未来的师大有更辉煌的明天和众多的优秀学子们。我也从自身的原因上多找些问题和改进的措施，努力完成人民教师职责赋予的内涵和精神。因此我结合班级制定了一个“60分计划”，起初不到一半的同学举手附和我的雄心壮志让我寒心，不得不又一次要求他们抬起高贵的手，刚好超过一半的举手率才勉为其难地开展起了我这次“伟大而又伤感”的补课计划。我从头到尾将整本教材梳理了一遍，考点是一而再、再而三地强调，希望期末的考试不让我的脸面又一次尽失而无颜面对江东父老。说实在的，我真有点“热脸贴冷屁股”，想起这事就直摇头。没办法，谁让我是长者、人类灵魂的工程师呢？尽人事听天命吧，只要做到内心无愧也就心安理得了，做最坏的打算办当前最紧迫的事是我一贯的思想和做法。通过这次教学事件，我深深地体会到了做一名光荣的人民教师真难，也又一次领悟到了大学教师苍凉的内心和无穷的压力。

但愿这段演砸的经历能让我有一个清醒的自我认识，收获更多人世间的喜、怒、哀、乐。“苦尽甘来，百尺竿头”，但愿我能更好地在师大这块土地上书写自己残缺的人生。

第一次接新生

新生是大学教育延续的重要环节，新生接待工作也是大学日常工作的重要事项。每年的金秋九月，人、车、各形各色的广告和商家汇聚成了校园一道道独特的风景线，每次穿梭于其中，别有一番感受。但由于没有深入其中，没有身临其境的感觉，只是通过表面现象觉察到了中国老百姓望子成龙的迫切心情和喜悦之情。

也许上帝偏爱我，今年我有幸成为新生班主任之一，有机会亲临第一线来感受中国教育的成果和普通民众的疾苦。虽然"主任"工作我已经有了一些经验，受到同仁们的好评，但说喜欢却谈不上，只是较好地完成了党组织交给我的任务而已。多年的科长经历和实践，"主任"之职也算不上困难之极、痛苦之至，但近两年的亲身实践才发现同我以前的岗位有较大的区别。

我现在面对的是一群将要在思想上发生蜕变的学生，他们的身体和心理都处在重要转变的关口，因势利导、循循善诱是贯穿整个工作的法宝，除此之外就得靠运气了。班主任工作的优劣更多的定义在上帝是否怜悯你，如果你是上帝的宠儿，你的工作就会相对轻松和满意。也许我的"二进宫"是学院的又一次创新，"人尽其才"的拙劣之笔吧。才出虎口又入狼窝，刚下岗又上岗，美其名曰"工作能力强"，实乃没有接手之人，对于我这个院龄仅二年的新人，领导的安排又不好拒绝，只好硬着头皮接下了这个在大多数人眼中的苦差事。

根据学院统一安排,2010 年 9 月 3 日我背上行囊住进了呈贡新校区老师的临时宿舍。上帝真喜欢捉弄有着不平凡经历的人,正式接待仪式前给我安排了一个小插曲。记得登记临时宿舍时,其他几位老师都已经“成双成对”了,我只能单独要一个房间,没想到走进第一个房间发现冲厕所的开关坏了，走进第二个房间睡觉前发现灭蚊器没电,检查结果是房间线路有问题,空开自动跳闸,后来就没有第三个房间让我折腾了,只好委屈自己,将被褥搬到另一个房间同其他两位老师上演了一幕“三角恋爱”。

9 月 4 日早上 8 点我们准时来到新生接待点,紧张而重复地工作了一个上午我也没接到多少新生，而另外的 4 个本科制班人数都已经过半了,一天吆喝下来,嗓子都嘶哑了,我所在班的人数才刚过半,而另外的 4 个班每个班只剩下寥寥无几的 2 到 3 个人了。“出师未捷身先死”,第一天就让我感受到了“主任”工作的挑战性,一同接新生的志愿者们看到我“门前冷落鞍马稀”的现状还时不时地挤兑我,我也只能苦笑着说也许老师的魅力不够吧,但愿今后的“主任”道路上少一些烦恼,多一些愉快。

第二天任重道远的工作还将继续进行，我丑陋的表演不知能否笑迎八方来客。上午的工作还算有点成效,又一批新同学断断续续地来到报到现场。学院领导的视察和体恤让我这颗受凉的心多了一丝温暖，虽然坐在那里除了卖点嘴皮没有其他更多实质性的创举,对一些学生的现实困难也只能用语言委婉地表示一下同情。也许同学们对我的同情不屑一顾，但同学们享受到的高规格新生接待工作却是我平生第一次见证，想当年我上大学的时候，班主任老师影子都没见到，只是进校一段时间后才能目睹“主任”的风采。而今天在座的5位班主任中除1位为硕士外，其余4位全为博士，于是我还调侃地对领导说，作为化学化工学院的10级新生们都应该感到非常幸福和值得记忆，因为他们亲历了高学历老师们的“坐台接客”。

9月5日晚上，我在学院大本营睿智2楼号召开了第一次班会。在会上，我主要进行了四个议题，一是互相认识，二是安全的重要性，三是近段时间的安排，四是临时班委的产生。一个小时的会议内容很快就结束了，虽不能保证他们都满意，但我相信我幽默的语言、直率的性格、热情的行为一定会留下深刻的印象。随着会议的结束，整个难忘的第一次新生接待工作就消失在了夜晚的暮色中和残留在了我的记忆中……

富民小水井之行

时逢周末，学院组织“主任们”到富民小水井游玩，主要内容就是观摩小水井有名的“唱诗班”、垂钓、吃农家菜等。

早上 8 点 10 分，三辆学院自驾车从学校准时出发。这次行程中颇有特色的是清一色的领导驾车，并且我还带了一个小“拖斗”，由于孩子她妈今天监考，我只好既当爹又当妈了，小孩幼稚的行为无形中也增添了一些快乐。出发时，天空中下起了小雨，本以为云南多变的天仅是出发时同我们开的一个玩笑，没想到雨下了一整天，这也无形中增添了心情的压抑和不快，记忆倒是深刻。

首站观摩的“唱诗班”，据介绍是云南极具特色和颇有名气的“合唱队”，在全国多次拿过奖。由于全村 70%的苗族人信奉基督教，周末祷告成了他们既定的事情，这也为村民贫乏的精神生活增添了不少乐趣和寄托。当我们走进教堂时，正看到一群男女老幼在专心致志地唱歌，我们静静地坐在教堂后排聆听他们美丽动听的歌声，显然意思我没听明白，以至于苗语的歌词让我听出一句“团结就是力量”的笑话，但音符的跌宕起伏、错落有致仍让我陶醉。

第二站就是垂钓和吃农家菜。垂钓对于我来说，不太在行，只有欣赏的份了，没想到其他“主任们”都同我一样做了个“袖手旁观”，究其原因也许是本身无此爱好，也许是碍于面子羞于同领导们为伍，最后只好落得一个看客的份。几位学者型领导同台竞技，神态举止也彰显着学者的风度，让我想起另类版本的“姜太翁钓鱼——愿者上钩”。最后还是领导我们这群“主任”的领导胜出，也许是给主持这场活动的东道主面子，也许是我们这些“主任们”心中多了份私心祝愿，也许是他身上的鲜艳衬衣对“美人鱼”的吸引，垂钓就像一场闹剧随着雨越下越大而草草收场。紧接着的吃农家菜让我第一次感受到了云南农家特色也不过如此，虽然每道菜都很新鲜，但放在桌面上的视觉和味觉却平淡无奇。看到他们一个个都吃得欢快，对菜品赞美之词也许是肺腑之言吧，可我这个四川人就不敢恭维了，也许云南菜和四川菜本就不在一个档次上，但农家菜相对于昆明城市菜还是略显亲切，至少生态无污染。

第三站的全民健身运动将此次活动推向了高潮。乒乓球、羽毛球、游戏足球，大家一会儿这个球、一会儿那个球在场上来回地穿梭，汗流浃背，欢声笑语，同室外哗啦啦的雨声相得益彰。我那个“小拖斗”更是乐此不疲，在运动场上同他的徐叔叔玩得疯狂，这下我可省心了，一门心思地玩起游戏足球来，童年的乐趣也随着进球和失球涌上心头，虽然几十年前我的童年生活不能同现在相提并论，但心情的收获却有异曲同工之妙。

一天快乐而兴奋的小水井之行随着夜幕的降临而归于结束。吃完饭后我们乘坐领导的高级轿车返回昆明，途中除了感受到领导高超的驾车技术和周到细致的服务外，几次“迷途知返”的小插曲更加增添了此次出行的不平凡，无形中也加深了我人生的记忆。

改高考卷

一年一度的高考又结束了，考生和家长们忐忑不安的心情又将成为现实生活中“憧憬—惊喜—失落”的一道风景线。虽然中国教育的大众化已经让高考失去了不少神秘感和美丽光环，但在当今各种考试中最能体现知识公平竞赛的高考仍然不失为浮躁与繁杂现实社会中的一面优秀旗帜,因此受到社会各界密切的关注。如北京市今年要求改卷的老师具有博士学历,可谓一大新闻,真有点“谋虎皮,扯大旗”的感觉。

今年我已经是第二次参加高考改卷了,这套程序轻车熟路,报到、开大会、培训、分组、试评等流程井然有序、按部就班。走进神圣的阅卷场,看到电子牌上显示公平公正,为孩子着想,让家长放心等标语,油然而生一种责任和重托。6 月 12 日正式进入评卷,紧张而繁重的脑力+体力工作就这样无声无息地开始了。这次改卷的成员中,有一些是去年已经认识的熟面孔,特别是改卷效率超高的两位美女更是记忆深刻,当然也有一些不太熟识的新人,主要是各地抽调的中学老师和我所在学校的新同事。第一天上午刚开始改卷大约 1 个小时后,由于我们对评判标准的理解不够透彻和熟悉,进入三评(2+1+1 模式)的试卷明显高于管理者认可的标准,于是管理者要求增加评卷的有效率、降低三评卷的数量,否则就清空已改试卷,重新进行一评和二评。这个信息着实让我们紧张了一阵,如果不尽快达到管理者认可的“无效率”,我们的劳动就将付之东流,信誉也将摇摇欲坠。大约2个小时后,我们就进入了状态,但无效率还是不太理想。主要原因是我参加评卷的这道题属于化学实验题,方程式书写和文字描述难免不清晰而引起不同人判卷的差异,重要的是答题者“龙飞凤舞”的笔迹更是“功不可没”。

枯燥的电脑屏幕和键盘声音随着时间的延长变得越来越没有生气和激情,唯一带给我兴奋的是考生们文字描述的万紫千红。这可得感谢中国方块字的博大精深、奥妙无穷,其中有写错别字的,有语意不通的,有前后意思矛盾的……真是应了一句话“没有做不到的,只有想不到的”,也许这种惬意只能在高考试卷中方能享受到,这也算得上我在极度无聊和繁重的改卷工作中感受到的一点点精神慰藉吧。第一天工作下来,我的改卷数量位居中游水平,无效率处于上游水平。第二天,我的速度开始快速提升,到了第三天,改卷数量已稳居前三甲,无效率名列榜首了。这也是我人生中的又一个意外惊喜,不敢相信居然还能在这个平凡的工作中获得如此好的成绩,近年来失败的人生经历总算找到了一点聊以自慰的东西,当然这还得感谢组织者的慧眼识“宝”,让我这个“倒霉蛋”终于有了一个展示的平台。

在这次改卷的过程中,也有不少值得记忆的亮点。首先是两位“超人”美女,她们的速度让我们所有人都啧啧称羡,坐在他们旁边的两位“凡人”男士,更是崇拜得五体投地,记得一位男士调侃自己说,“拖拉机的零件不能追求宝马的速度,否则就散架了”。这位仁兄的自知之明让我佩服,“花有百样红,人有百不同”,也许此处的劣势正预示着别处的伟大，上帝的公平性教导我们不用为了一处的不足而懊悔和自毁前程，我相信我的这位仁兄是一位优良品种，但我也真心希望他仅此一次地感受高考改卷的“魅力”，自毁自信终究不是明智之举，功利的社会让我们这些凡夫庶子很难找到自信的地方了，有此想法也许是因为我的挫折感远大于成功感吧。

其次是我的一个好哥们的“滑稽”表演，他也是第二次参加高考改卷了。由于第一次的失败经历在他心中种下了“复仇”的种子，彻底改变一下过去那个“不光彩”的形象估计是他今年的一大追求吧。于是刚开始改卷时他又是坐垫又是靠垫，真是武装到了牙齿，让一个高大男人的形象突然变得貌似矮小起来，由此却让我这个同桌的“小男人”无形中高大了不少。他的行为让我想起了多年前记忆中的一句话，男人的标准不在于“形”而应是“行”。他在形式上的努力还真没白费，速度和无效率都比去年有大的改观，照此下去，不久的将来他一定会超过我这匹“小马”。“江山辈有人才出，一代新人换旧人”，历史发展的规律注定了我们只是匆匆的过客，只是我觉得他夸张的行为总感觉有些美中不足罢了。

发生在这个哥们身上的另一件事就是大比分的改卷错误更是让我“暗自窃喜”。因为在去年的第一次高考改卷中，由于我的疏忽导致了一张试卷少给了 4 分，其结果就直接进入了三评，也许我的这个哥们由于速度落后我许多的缘故，就大肆地宣扬我的这个错误是草菅人命、误国误民，搞得我脸面尽失，良心的谴责和内疚让我好一阵子都坐立不安。最后还是厚着脸皮、鼓起勇气、怀着忐忑不安的心情去组长那里查询了我的无效率，方知其结果并不是想象的那么糟糕透顶。其实，我的无效率非常低，去年那次全部试卷改完总的无效率统计中，我是 18 人中排名第二的优胜者，仅 0.32%。这次由于我这个哥们的一个电脑按键错误导致一个考生的 0 分变成了 15 分，真是有过之而不及呀！虽然我内心很高兴，报了去年的“一箭之仇”，但我还是在言语上极力地安慰他。他的错误引起了组长的重视，最后查找原因是锁定了满分键，由此也减少了我犯同样错误的机率，这也印证了任何事物都具有两面性，不一定全是坏事，前车之鉴是后事之师嘛。还有就是离改卷将要结束之际，他把键盘摔地上了，估计是年轻人丰富的夜生活和几天的超负荷劳动让我这位哥们有些招架不住了，可喜的是终于离胜利的彼岸不远了，否则我这位哥们的“洋相”就要大发了。

总结这次我的高考改卷，最有成就感的就是无效率在小组中最低，速度也很不错。由于这个成绩，我赢得了不少赞誉之词，什么“双优生呀”“标准答案的制定者呀”等等。说实在的，这些都是一些恭维之词，我只不过是站在为人民负责任的立场对标准答案的理解和把握更胜一筹，脑、眼、手的协同能力略显一致吧。记得那两位“超人”美女知道我的无效率最低后笑着对我说今后可不要沾沾自喜而目中无人哟，我调侃地回敬了一句“本人一贯礼贤下士”，最后大家其乐融融地结束了这次愉快而有意义的改卷活动。

两次参加高考改卷，纵观学生的答题可以说是百花齐放，有时让人惋惜，有时让人啼笑皆非，也许这就是人在高度紧张状态下的真实写照，没有矫揉造作和修饰。如果从另类的角度去发现人才，还真会有不少收获，有简洁正确的，有思维严谨的，有突发奇想的，新时代的年轻学子们表现出来的幽默睿智也能从化学答题中细细体会到，我油然而生一种敬意和会心一笑。

蜀南竹海之行

旅游是人生中最美好的时光，但我对它的热情却远远低于大众的预期值。虽然工作十几年也借出差之机去过一些景色宜人的地方，但脑海中的记忆却是零零散散，偶尔能清晰浮现在眼前的也只是一些人情世故，这让我深深地理解了“旅游的收获不仅来自于景点的美丽，更重要的是一行人的融洽有趣”。“景不醉而人自醉”，静止的美景没有人物情趣的点缀和衬托也只是一幅静态的山水画而已，山美、水美、人美的和谐一处才是让人流连忘返的世外桃源，当然不同人的境遇和缘分各有千秋，这也由此诞生了每个人行走在山水美景之间有不同的心灵感受和思想源泉，进而出现了同一景色不同文人墨客脍炙人口的妙语横趣。

我的这次蜀南竹海之行虽然没有永生难忘的记忆，但沿途风景也着实让我欣喜，更重要的是这是我同新同事们的第一次远足。人生每一个不同的第一次都有些令人难忘的地方，我想这次也不例外。记得刚开始这次行程之时，我还有些犹豫和矜持，因为我担心饱经沧桑、不谙人世的我是否真正能融入到这群清一色由知识分子组成的团队，“一朝被蛇咬，十年怕井绳”，过去失败的经历让我不敢贸然前行，自诩“小丑”似的人物本想给他人和自己多带来一些快乐，但又担心会适得其反。随着蜿蜒道路的不断延伸，我的紧张或者担心也随着前辈们的言谈举止变得轻松，戒备之心荡然无存，言语在我的嘴上细数珍珠，慢慢变得多起来，居然落得又一雅号“李二吹”，可喜可贺。

第一个让我欣赏的美景是大海草山，连绵起伏的草山让人心情豁然开朗，远处的高山和近处的牛羊构成了一幅美丽的南方草原图画，这也是我目前见过的最大草原，虽然北方无边无际、广阔的草原我还没有机会亲眼目睹，但能想象出它们之间的不同和别致，此时呈现在我眼前的草原随着山势的险峻和起伏让我的心也随之此起彼伏，正像我过去人生轨迹中的波浪线，使我思绪万千。记得刚参加工作不久，借工作之余游览了重庆有名的仙女山大草原，失望之极的心情仍历历在目，屁股大小的一块草地也能算作草原，未免也太让人费解了。虽然我们在草山停留的时间极其短暂，但草原的广袤深深地留在了我的记忆中，一路上也引起了我们这群学者们的第一个争论或者思考，那就是为什么这么大面积的土地上只长草而不长树？

第二个项目是观瀑布。瀑布在南方山区可以说是处处可见，只是大小壮观不同而已，但在我眼里至少有一些独具匠心之处的瀑布，才能开发成景点让游人观赏，但眼前的瀑布却让我不敢苟同，全然一个山涧小溪，居然拿出来忽悠我等一介书生，亏得出云南人民的想象力。对于同行的感叹，我只能低头嫣然一笑，这也称得上瀑布？也许这个称得上瀑布的景点只是组织者以解我们坐车疲惫之苦的善意之举吧。说实在的，南方的大小瀑布我也领略了不少，但最值得记忆的却只有一处，那就是黄果树瀑布，它的气势磅礴可以说堪称一绝。瀑布虽然没有多少心情去领略，但不经意中却又让我感受了一次英雄救美的壮举，“四川小男人”有时也能艳福不浅，这也许是上苍对我的眷顾吧。

第三个项目是泡温泉。泡温泉对于我来说算不上什么新鲜事，重庆的北温泉、南温泉、东温泉我都有肌肤之浸，但这次的温泉位于山顶之颠，紧邻西部有名的大峡谷，并且距宜宾市区仅32公里，四川美女一定不少，肯定能让我们这些身居云南的男人们遐想一番，唯独有些遗憾的是晚上泡温泉。到达此地吃完晚饭后，我同几个哥们就早早地来到露天池塘，转悠了半天也没见到几个美女，扫兴之极难以言表，最后只好随便找了一个安身之处享受热泉环抱，四肢舒展、仰望天空，只能联想古代四大美女在皇宫里浸身的场景了。

第四个项目就是我们的终极地——蜀南竹海。身为四川人的我却从云南远道而来享受这处人间美景着实有些可笑。记得在重庆工作时，单位组织了一次蜀南竹海之行，但由于工作原因我没有成行，这次算是一种弥补吧，自然景观没变，人却焕然一新，但愿有好的心情。一天的竹海游览，并没有多少值得我兴奋的美景，究其原因可能是因为身为四川人的我目睹竹海的机会太多了的缘故吧，已经见惯不怪了，但看到同事们的高兴劲，我也受到了不少感染，以至于我自始至终没有游离于集体之外。纵观所有景致，奥运会万龟拜寿取景处和西游记的拍摄现场倒值得留恋，但都因天公不作美，雾气太大而作罢，连一张到此一游的见证也没有留下。说到西游记的经典画面，我想起游览九寨沟之时，也听导游说起此事，至于哪个才是事实就无从考证了，也许是不同时期拍摄的取景点不同吧，这可是旅游景点的重要卖点之一哟。另外就是我们坐上竹筏在湖上游弋的情形值得回忆，身处湖心，周围是青山竹叶做伴，城市的繁杂烟消云散，浮躁的心灵得到了短暂的净化，这种幽静是我长期身居都市后多次梦寐以求的仙境，只可叹游弋的时间太短，很快又让我回到了现实之中。

这次美丽的蜀南竹海之行随着最后云雾的消散而结束了，回顾整个行程，也可圈可点，山美、水美、人更美，但愿这种美好的记忆能在人生中多留下几次。

学生军训带训感悟

一

军训是现时代中学生和大学生的必修课程，许多高等院校视军训为入学教育的第一课，我所在的云南师范大学也不例外。根据学校要求和学院安排，我有幸成为了2010年学生军训带队老师，也由此经历了人生第一次的军训生活，虽然没有亲自走入队列，但作为学生带训团队的一名成员，体会和感悟颇多。

回想起自己年少时对军人的崇拜和对军旅生涯的向往仍历历在目。我出生于20世纪七十年代初，生在新中国，长在红旗下，对军人的理解只是通过看战争年代的一些文字记录和影视剧，最直接和最深厚的军人情怀是来自于八十年代中越边境老山前线中国军人的风采。当时正是我小学到中学这段美好时光，歌曲《十五的月亮》《血染的风采》，电影《高山下的花环》《铁甲008》，电视剧《凯旋在子夜》《黑豹突击队》，是当时所有热血男儿的钟爱。自从那时起，我对军人就有了一种特殊的感情，梦想着有一天能穿上绿军装，扛上钢枪，英姿飒爽地站在同龄人的面前。

记得小时候的一次春节，我死缠硬磨着一位现役军人的亲戚送了我一副领章和帽徽，当时能有这些真品也算得上凤毛麟角了，因此时不时拿出来在同学们面前炫耀一番。另一次深刻的记忆就是1986年我上初中一年级时，学校组织所有学生抽血，说是验证血型，可一直没有下文，后来听说是为了老山前线的将士们献血，但愿后者的传说是真实的，至少也让我这个一生难圆军人梦的人有些许安慰，因为我稚嫩的血液就此溶入到了中国军人的血脉中。初中毕业后就想去报名参军，由于多方阻拦，我暂时放弃了从军的念头，升入高中继续学习，其中支撑信念最大的理由是高中毕业后从军可能更有前途。天有不测风云，高中毕业时我眼睛近视，已经不适合报考军校了，最后阴差阳错地上了一所全国重点农业大学，从此离军人梦的距离越走越远。由于农业院校属于免训行列，我连起码的军训也没参加过，直到现在，我也没想清楚，为什么学农的学生不军训？难道战争、国防建设不需要“科技农民”的参与，想当年，秋收起义可是团结了大部分农民朋友呀。

二

随着云南师范大学的军训队伍列队完毕，我也正式开始了我的带训生涯，十二天全封闭的军训生活对于学生来说是苦或累的代名词，而对于我一名带训老师来说更多的是有机会置身军营感受这种特殊的氛围或者近距离目睹军人的日常训练和飒飒军姿。车队整齐划一地排列在学校的大操场旁边，学生们争先恐后地上车，我也紧跟着上了一辆公共汽车，提着大包小包行李的我，居然没有一位同学主动上前为我减负，在公共汽车上也没有同学主动让位于我这个带队老师，“出师未捷身先死”的悲壮情怀涌上心头，真不知是学生的悲哀还是教育的悲哀？张伯苓老先生的话“研究学问固然重要，熏陶人格尤其根本”又回响在了我的耳旁，当前大学教育的缺失、师范教育的本真不得不引起我的深思，“尊师重教”难道真成了高悬明镜前的一句空话？

我视线范围内有座位的男同学坐得理直气壮，一旁站着的女同学是一脸茫然。车行的一路上，没有人搭理我，只是我偶尔发表一些谬论、笑谈，我倡导的尊重妇女儿童理念也成了车厢里的杂音，随着沉闷的气息戛然而止。好在我在国家事业单位参加工作多年，练就了一副厚脸皮和一双厚嘴唇，强烈要求我附近的一位男同学让位于我，这位同学居然还大言不惭地说坐车头晕，不管真假，其实就是不想让位，最后还是在我狂风暴雨似的挖苦、讥讽重压下起身了。联想到现在的教育问题，我这个非师范专业毕业的老师，在短短的 2 年教师生涯中体会到了因人施教、因势利导的现实意义。当代青年学子们对社会、世俗等有自己的理解，无可厚非，但主流价值观一定不能缺失，他们可是未来的人民教师啊！

三

走进军营，严肃、庄重的气氛弥漫在整个空气中，让我有些惶恐和不安。从下车的那一刻起，我隐隐约约地感觉到这次军训生活一定会给我留下深刻印象，我庆幸今生有此机会同军队结下一段不解之缘。军队、军营、军人虽然在我的潜意识中有千种不同的形态，但也比不上一次的亲身体验。这次的承训部队是昆明陆军学院，它是一所具有近 60 年光辉历程的军事院校，坐落于昆明市郊，占地方圆 1 公里，校园绿树成荫，各具特色的军事设施一应俱全。学生们下车后就被军训团各级指挥官列队接走，我们老师也开始安顿下来，没想到住的条件十分简易，10平方米的房间里面摆放有三架高低床，没有电视，没有梳妆台，不能上网，厕所也简陋无比，门不上锁，安全倒绝对放心，只是担心晚上意识朦胧时男老师别走错了房间，给女老师带来心理负担。

学生的住宿条件更是艰苦，一个房间的地铺上多的住上70人，少的也有10人，公共卫生间，二次水洗漱等等不胜枚举，吃的是10人一桌，四菜无汤，菜品饭量只够填饱肚皮，也许这就是军训生活所要达到的真实目的。同学们的叫苦、怨言随着军训进程的深入也慢慢变得温顺、适应。只是我们带训老师查房时走进男生宿舍的那股刺鼻臭味难以消受，不知道学生们是如何去享受这番“美味”的，也许他们每天训练后疲惫的身躯躺下就进入了梦乡，也许他们的嗅觉早已失灵了，但愿这种失灵只是暂时的。

四

进入军营的第四天就迎来了中华人民共和国第26个教师节，虽然这已是我人生的第三个教师节，但在军营中度过纯属意外，不经意中又为我丰富的人生留下了一个记忆的亮点。走在军营的不同角落均能感受到洪亮的“老师节日快乐”声响，尊师重教在这一刻变得无比隆重，没有鲜花，没有掌声，但同学生的齐声同响让我真正感受到了教师职业的神圣和伟大，至少短时间的心灵冲击是震撼的。晚餐时教官和我们老师的共同举杯把这个教师节推向了高潮，我们也因为这个节日变成了一个事业的整体，共同为祖国的未来培养政治合格、军事过硬的优秀人才。

记得每个教师节前，学生们都会以不同的方式表达对老师的尊重之情，比如以班为单位给老师送上一束鲜花或一篮水果。虽然这次军营的教师节由于种种原因让同学们不敢想，也免去了这些俗套，但仍有部分艺术学院的同学们想尽办法为这次带训的老师们置办了一个蛋糕。艺术的确是想象力的代表，它总能寻找到绽放的时机，品尝到他们想象力的果实时，我真心祝愿他们在艺术的殿堂里能够展翅飞翔、硕果累累。

五

军民联欢是体现军民鱼水情的重要形式，虽然经常在影视剧中看到锣鼓震天、秧歌起舞的欢快场面，但真正在现实生活中实地感受却不多见。这次难得的军营之行，让我近距离目睹了军人的风采，杯盏交错中体会到了军民一家亲的另一种表现形式。一天中午吃饭，几杯红酒下肚让我有些忘形，为了表示对军人的崇敬，我举起酒杯，敬各位长官一杯酒，没想到，话刚出口就遭来一片反驳，罚酒声此起彼伏，原来是“长官”一词惹的祸，这词有国民党时代的遗风，不符合人民民主专政下对军人的称谓。几经周折，酒是赖不掉了，祸从口出，我不得不为自己的冒失买单，还好团长出面解围，我喝完，他们意思一下，团长还说这是在陆军学院从没有过的，不管是否属实，总算为我挽回了一点面子。简单的军民饭桌情让我收获了一个教训和一个喜悦，教训来得既突然又深刻，“长官”必须换成“同志”才更符合时代的主旋律，不知隔海相望的宝岛台湾是否早已改口？

篮球友谊赛从另一层面上体现了这种军民鱼水情。随着哨音的拉响，一场酣畅淋漓的比赛呈现在了我眼前，攻防节奏有张有弛，拉拉队的助威声响彻整个球场，精彩的扣篮、远投赢得了阵阵掌声，最后是教师队以微弱的优势胜出，53:49的结果是一个多赢的结局，既让教官队没有失去太多脸面，又让教师队在同学们面前树立了威信，唯有遗憾的是没有篮球宝贝的即兴表演。记得双方队员战得正酣时，我身后有几位男同学窃窃私语，说男同学作为教官队的亲友团实属无奈，“无近忧必有远虑”，因为他们担心军训结束后回到学校考试会挂科，两者取其利弊，只能暂且先过了教官这一关。说实话，同学们多虑了，老师是公平、公正的化身，师生之间怎么会有利益冲突呢？

一场精彩的文艺晚会更是将这种军民鱼水情推向了高潮。中华武术、琵琶独奏、舞蹈、魔术、小品……一个个精彩节目让我目不暇接、流连忘返。纵观整台晚会，唯有遗憾的是艺术的再现同环境的协调性有些欠缺，体现军营氛围的特色不突出，军民一家亲的纽带不紧密。虽有这些不足但也不影响观赏，师范院校真是人才辈出，多才多艺的同学让我从心底里佩服和大开眼界，但愿他们的学习、做人同样优秀。

六

12天的军训随着汇报演出的来临即将结束，同学们从不适应变得适应，对伙食反馈的不良意见也趋于平静，病号人数从刚开始来的高峰骤然下降。我的心情也由兴奋、激动变得平淡，眼看快要离开了，却又有些留恋，不是留恋绿色的军营，而是留恋我们带队老师这个团体在一起的默契和欢快。饭桌上老师们的趣味话题、诙谐幽默语言，饭后路上的悠然自得、窃窃私语，宿舍里的双扣大战、吆喝一片，夜深人静时的查宿舍、问候……在我人生记忆中留下了不可磨灭的印记。

正式汇报演出的场面气势如虹，学生方队迈着矫健的步伐一个个通过主席台接受校方领导们的检阅，不时赢得掌声一片。男生军体拳表演干净利落、喊声如雷，女生军体操表演赏心悦目、别开生面，最后在领导们的感谢致词中落下了帷幕。纵观整个表演过程尽善尽美，只是在领导的讲话过程中一位同学不幸晕倒留下了一点小小“遗憾”。晕倒事件或许对领导的长篇论述是一种讽刺，但在我的记忆中却是一次美丽的点缀，“残缺也是美”，幸福完美的人生也许正因为过程中的一点点瑕疵而变得更人性、更真实。

一次狼狈的"选秀"

"选秀"两字乍看还真以为是什么形象代表或者模特之类的选拔工作,其实不然,我在这里说的是我人生经历的一次别开生面的"优秀党员"选拔过程。为了庆祝中国共产党建党 90 周年,学校下发文件给予我所在的学院 3 个优秀党员名额,学院差不多有 20 多个党员,在其中产生 3 个优秀也不是太难,因为我认为学院的党员教师个个都非常优秀。我自从 2000 年加入中国共产党以来,虽然在以前的工作中也遇到过表彰优秀党员之事,但由于当时我的党龄短、工作还不是很突出等原因与之擦肩而过了。2008 年,我来到师大,虽然各项工作做得不是尽善尽美,但至少也是勤勤恳恳、任劳任怨,特别是支持学院的日常工作还算得上一个"小人物"吧。

记得那天学院教师党支部书记通知我有这样一次"选秀"之事,并在电话上鼓励我报名参选,当时我还有些犹豫是否报名参加这次"选秀",后来分析自己近两年在学院做了不少工作,并且没多少人报名,于是硬着头皮报了一个名。正式评选那天才发现不是这么回事,报名者共有 6 名老师,其中有 3 名是领导,包括通知我的书记也在被选之列。选拔的程序也让我对共产党的一贯行为有些诧异,中国共产党从建党开始,历来是主张民主集中制,没想到这次学院来了个全民主,象牙塔里面的领导有时就爱别出心裁,至少让我这个有着10年党龄的党员别开生面了一回。程序是这样的,先是自己报名,然后进行简单陈述自己参选的理由,最后由到会的全体党员无记名投票选举产生。说实在的,我也算一名老江湖了,一看有不少领导参与其中,程序没开始就知道了结果,只是既然报了名,又不可能当场不给领导脸面而直接撤出阵地,于是也正儿八经地全程陪同了一番。

最后选举结果出来一点不让我意外,前三名得票多者是清一色的领导,如此的民主气氛,我真为学院今后的发展前景忧心忡忡。一个部门或者一个集体,不可能所有工作都是领导冲锋陷阵吧,具体的事务还需要下面的一些虾兵蟹将来完成,如此的结果,难道就不让人寒心吗?不集中的民主还需要领导干什么呢?后来,从另外的老师那里才了解到这是学院的一贯做派,由此可见学院领导的水平也太让我不敢恭维了。如果领导都想做好人和利益的获得者,最后领导只能落得孤家寡人的境地,拥有权力而不知道怎么来使用,最后权力也只能是一种摆设,人人不屑一顾。长此以往,一个部门就会是一盘散沙,集体的凝聚感和荣誉感更是无从谈起。

以上的一番感慨并不是因为我的落选所至,而是真心希望当政者能清醒一下自己,真正能权衡各方的利弊,使一件看似不起眼的事情能尽量地发挥其作用和价值。回想起整个事情的前因后果,我不得不为我的又一次天真而苦笑,也许是因为我身居这个知识、正义浓烈的氛围中,以为会有另一番的景象,没想到"天下乌鸦一般黑",让我这个老江湖又一次被别人当猴耍了一回,可笑又可悲!

后来我静下心来想，这次事情也不完全没有意义，虽败犹荣吧。至少通过这次的“选秀”工作有两点收获，一是领导也是人，也有切身利益的驱使；二是年轻的党员们眼睛永远是盯着领导，高校也不例外。

参与领导干部竞聘

2011 年是中国政府各级基层单位的换届年，我所在的云南师范大学也不例外，年初的校级领导干部调整，年中的处级领导干部换岗，年终的副处级领导干部竞聘。12 月 20 日学校正式发文公开竞聘副处级领导干部，21 日下午 4 点钟前接受竞聘材料，根据文件要求，我也积极投身到了这场副处级领导干部的“海选”中，我报的岗位是学院副院长和图书馆副馆长。22 日下午 1 点 30 分接到学校组织部门的电话说我符合竞聘条件并且要求我在 4 点 30 分到校本部进行抽签。

学校下午的校车有 1 点、3 点 40 分、4 点 30 分、5 点 20 分的班次，从新校区坐车到校本部至少需要 1 个半小时左右的车程，因此坐 3 点 40 分的校车肯定不行，正愁怎么办时，突然想起学院还有其他老师也参与了这次竞聘大会战，于是厚着脸皮急忙挂电话，希望能坐他的车一同赴会，还好以前同这位老师的关系有些铺垫，否则真有点不好意思给别人添麻烦，毕竟我们属于同台竞争的角色呀。

自从 2008 年我工作大变动以来，“仕途梦”早已离我远去，没想到今年学校会进行公开竞聘，当然这段时间的传言也颇多，估计都属于民间版本。我这种无根基的小树苗基本不属于大家视线范围内的人物，但基于两方面的原因，我还是积极地参与了这场游戏的角逐，一是表明自己是一个积极追求上进的青年，二是表示对学校新书记和学院新院长工作的支持。人到中年的我，对这种事情已经看得很平淡了，虽然不能完全说“淡泊名利”，但也再没有年少气盛时的激动了，结果无所谓，也许过程更重要。

学院副院长岗位共有5位老师竞聘，他们均属于我的同事，虽然表面上大家都比较平和友好，但内心各自都较着劲，因为5人中最终只会有1人是主角，其余4人都只是搭台唱戏的配角。5个人中男3女2，其中有2位年龄稍大者，如果严格按照国家副处级领导干部的年龄要求，他们均不符合，但由于这次学校的竞聘条件在年龄方面放得比较宽，出于何种原因，我这种小角色就不太清楚了，也许是为了照顾一下有经验的老同志，也许是为了更大范围的选拔优秀人才。正式抽签前，我们坐在一起闲聊时，我才知道有的老师由于报名时间晚于4点而被拒之门外，也有报名后审查条件不合格的，也有报名后改变岗位的，看来这次学校竞聘要来点真格的了。记得那天我同学院一位年轻同事一起交材料时，我就觉得他的工作年限不够(要求满5年)，但看到他的积极态度和自信程度，我也不好戳穿而挫伤他的自尊，他准备的材料让我啼笑皆非，典型的学者形象，因为他将发表的论文编辑成了整整一本书，精美的封面上再印上“云南师范大学副处级领导干部竞聘材料”的字样，既庄重又严肃。论文可以同领导能力划等号吗？百思不得其解，也许这是中国高校的一种普遍现象吧！“领导即专家”，“专家亦领导”，中国教育的悲哀，我不敢苟同。突然想起前不久在网上看到的湖南大学新任校长的承诺，即在任期内不招收研究生和不从事科研工作，他的事情为什么能受到众多网友的追捧而引起轰动，这就是目前中国教育极需改变的现状。我非常赞同这位校长讲的一句话，“大学校长不仅是一位科学家，更应该是一位教育家”。另外，当我问起两位女同事为什么不去竞聘学院副书记一职呢？她们居然都是同样的回答——“没时间坐班”，我笑着对她们说，你们也太自信了，竞聘还没开始，就想到成功后的事，“倒推论”让我对她们的动机和目的堪忧。

抽签结果下来，我抽到5，即在这组中最后一个出场。23日10点钟左右开始了我们这组的竞聘演讲，第一位同事下来说他有些紧张，感觉不是太好，我安慰他说结果不重要。我由于丰富的工作经验和坎坷的人生经历，心情极其平和，让我自己都觉得有点奇怪，走进竞聘会议室，面对5位考官，先是对他们笑笑后点头坐下。接下来，专家组组长(副校长兼任组长，考评专家组共5位，除了组长其他4位我都不认识)开始对我宣布竞聘规则，每位竞聘者有8分钟时间，包括回答桌面上的3个问题，可以单独回答问题，也可以综合回答问题及自我介绍。我采用了前者方式，因为这种程序的层次性强，也许更能让专家们在短时间内清晰地了解我。1分钟的简单自我介绍后，我用6分钟时间回答了桌上的3个问题，最后还剩下一分钟时间，马副校长笑笑对我说，为了公平起见，临时给我提一个问题，即让我回答对目前学院的看法。

回顾我的整个竞聘演讲过程，可以说是一气呵成，介绍自己重点突出、内容详实，回答问题针对性和逻辑性强，其中记忆最深的是个人认为领导的重要职责是“组织、协调、分担、解忧”，“众人拾薪火焰高”，部分一把手领导更需“两有一无”，即有主见(正确的价值观)、有担当、不自私。整个演说过程中时不时引起专家的共鸣而频频点头,时间的控制、语速的把握、语言的丰富等让我自己都佩服自己,完美到了一种极致。演讲结束后我正准备下楼时,刚好遇到一位工作人员上卫生间,他对着我微笑,胸前树起了大拇指,我轻轻地说了声"谢谢"。一位从来不认识我的人,能听了我的演讲对我啧啧称羡,我想如果不是发自内心深处的敬意,很难看到他这样的表情和举动,虽然这并不代表我就能胜出,但多年后回忆起这段经历也会让我自豪和满足。

竞聘演讲就这样结束了,参与的每个人都在等待结果,我相信他们同我一样优秀,不管我是否能进入下一个程序以及当选,我都会珍惜这次难得的展示机会和现场收获,因为人生的过程比结果更有意义。

夭折的竞聘

“一场游戏一场梦”，我竞聘副处级领导干部被中途下马实属意料中的事，但人有时就有点犯贱，明知山有虎偏向虎山行，还“阿Q”似的安慰自己，过程比结果更重要。

竞聘演说第一，民主投票不过，是喜还是忧，我无言以对。中国的官场，世事难料，也许没有趟这趟浑水还不能真切地体会到民间的许多传说是真的，男人的脸面又尴尬了一回。

就事论事，最让我没想明白的是民主投票居然推翻了竞聘演说的成绩，与其如此，又何必当初请专家考评呢？这不完全是浪费国家资源吗？或者真是一场冠冕堂皇的“走秀”。当时演说结束时，我就被我的表演所折服，结果也让我不虚此行，五个人中排名第一，脱颖而出。面对如此骄人的成绩，虽然表面上的我仍然平静，但内心的狂妄、自负让我有些找不到北了。我的成绩同时也出乎许多人的意外，特别是一些老革命更是刮目相看。本想按程序，投票应该集中在出线的前两名身上，但事实却给了我当头一棒，第二名和另一位不知多少名次的老师胜出，后来听说上层领导发现两次结果有差异，最后研究决定以投票结果为准，我对这种说法不敢苟同，如果真是这样，那不直接进行投票多简单呀，何必劳神进行又抽签又答辩呢？这不是自己打自己耳光吗？又如向海外公开招聘时,难道还需得考查国外单位其他人的意见?何况投票就能真正代表公平吗?

后来那两个人继续PK,我也表达了自己的观点,如果组织上需要两位,我都同意,如果只是一位,我同意年轻1岁的那位男老师,理由是按现行政策男性退休的年龄比女性晚5年,有更多的机会为社会服务。其实这两位老师的年龄都不小,一个现年48岁,一个现年47岁,如果严格按照副处级领导干部任职年龄要求,他们都属于淘汰之列。云南这个边疆地区,不仅仅经济落后,人的观念落后才是最可怕的事情,通过我所在学校的领导干部换届就可见一斑。老人政治在中国是一种普遍现象,也不足为奇,但历史的车轮滚滚向前,一代新人换旧人是亘古不变的定律,没想到我这个从重庆中等发达地区过来的新人却换不了旧人,不知是我的个人悲哀还是社会的悲哀?

再后来,在学校偶然碰到现场答辩时的一位工作人员,他问我是不是叫李老师,我说是呀,他说怎么张榜公布没有我的名字,我说民意测评没过。他说太遗憾了,“你知不知道你的专家打分多少?”我说,“不知道呀!”他说我得了师大最高分——92分,80分以上的老师都寥寥无几,许多老师仅60多分。对于这个分数我一点不意外,但对于这个第一有点吃惊,因为一共竞聘副处级领导干部的候选人高达90多位,对于落榜就更有些莫名其妙了。

“天生我才无用处,只缘身在此山中”,我的管理才能也许就因为群众的不认可和领导们的出尔反尔而永远埋没了,“千里马好找,伯乐难遇”,但愿我这匹“百里马”能很快地从这次失败的阴影中站起来,继续在自己的坎坷人生路上蹒跚前行。

第一次音乐会

“音乐会”这种字眼出现在每年的新年来临之际是常有的事，但真正能身临其境地感受到它的魅力，对于普通老百姓来说却如“蜀道难，难于上青天”。2012 年的新年到来之际，我所在的学校将举行一场“新年音乐会”，接到学院通知，我属受邀之列，于是饶有兴致地去观摩了一番。

“希望越大失望就越大”，这是千古不变的定律。初看节目名称——“心灵居住的地方”，还真引起了我莫名的激动和感怀。随着中国经济的快速发展，人民生活水平的日益提高，文化的繁荣、精神生活的丰富是中国目前需要切实解决的问题，特别是知识分子集中的群体，更需要心灵深处的交流和关爱。再细看节目单更是让我震撼，“心灵之火——耕耘篇，心灵之根——乡恋篇，心灵之光——向往篇，尾声（彩云之南，心的向往）”。唯有遗憾的是副标题让我有些失望和失落，作者为学校的一位校级领导、知名教授、作曲家，全然一场作品演唱会，如果没有行政头衔，也许我的好感会多一些。

走进学校体育馆，仔细搜寻同事及座位，居然不见踪迹，收到的短信是我所在的学院被安排在 6 区，可是大厅里面怎么找也没有 6 区的影子，于是问礼仪小姐，她也不清楚，让我看指示牌。大厅里面确实有些指标牌，其中一块牌子上面写着中层领导干部和教师代表的字样，由于不知道自己是否属于教师代表之列不敢贸然坐下。后来想，是不是6区在上面，于是绕出大厅重上二楼，当我找到6区时，这里已经坐满了不少学生，前两排中有我熟悉的同事，这下终于找到了组织，可以安定了。可是刚坐下一会儿，就有人说老师应该坐下面大厅，于是挂电话给通知者，他说学校的通知上没写清楚，在他旁边还有一个空位叫我到大厅。当我坐在座位上擦亮眼睛定神一看，原来学院的领导们都在，没想到这次在新校区举行的新年音乐会能吸引他们的目光而不着急回城，也许他们是想激发一下自己的高雅艺术细胞，也许是对学校新书记的无限敬畏……

7点30分，音乐会准时开始，首先是学校新书记的简短讲话，接下来就按照节目单依次进行，临近尾声时，本次作品音乐会的作者上台讲了几句话，没想到荣誉满载、久经沙场的人物说到"在2010年的到来之际祝福各位老师幸福安康"，有点搞笑吧！难道是想重温旧梦、留住青春？纵观整个节目，没有一个节目让我记忆深刻，由于我的音乐细胞匮乏，加之大屏幕上没有歌词呈现，我是听得云里雾里、不知所云，不知道各位老师和同学们是否有我同样的感受。左右环顾发现我身边的领导们一个个还装模作样地点头、鼓掌，也许他们是真正地被高雅音乐所陶醉了，但愿这些化学家领导能从中听出化学分子式来，明天的"IDEA"就一定会络绎不绝了。

一场期待的高雅音乐会，一场别开生面的晚会形式，让我这个普通民众有一番别样的感受。人生的第一次音乐会就这样杂乱地留在了我的记忆中，但愿今后有更多的机会欣赏类似高雅的音乐会，也更希望自己的音乐细胞能慢慢地活跃起来。

一次好事之举

“好事”之词有多种解释，百度百科上说的意思有：(1)指君王施恩于亲族的事。(2)值得称道、于世有益的事。(3)喜庆事。(4)特指男女欢会或婚配。(5)指打醮、超度、祈福消灾之类宗教法事活动。我在这里记载的好事之举应该属于第二种意思，算得上一种善举吧。

“大学”，在许多人眼里应该是人性化措施相对丰富的地方，但我所在的师范大学却在许多事情上的做法有些出格，有不少让人难以理解的地方。就拿我这次好事之举的主因来说吧。新校区刚刚开始运转，交通车是老师们出行的必要条件，但站点的设置却让人费解，因为在新校区的起点站居然没有一处建筑物，学校也不愿意出钱搭建一个临时站棚，在此等车的老师不是顶着烈日就是迎着暴风雨，虽然老师们向上级部门反映过多次，但这个现象却持续了一年多时间也没有改观，这就是教书育人的“天堂”，我真不知道路过此处的学生们看到老师们一个个窘态该做何想？如果学生再多一点联想，也许心中憧憬的新大学校园就将打折扣了，梦还没开始就将坠落，有些可怕。“以人为本、构建和谐社会”在知识和思想的传播地也成了一句空话，我不知道构建美好的社会主义大厦还需要多长时间。我在迷茫，许多老师在迷茫，更多同学也在迷茫。

在老师们不断的呼吁下，站点的调整终于见到了曙光，我同许多老师一样接到一条温馨的短信提示，“雨季将至，为方便教职工候车时休息避雨，在广泛听取教职工和职能部门意见基础上，决定从 5 月 4 日起对呈贡主校区交通车乘车点作相应调整。交通车乘车点调整后，从呈贡主校区始发的所有时段的交通车均按新路线行驶”。

5 月 7 日晚 7 点，我同一些老师在调整后的新起点站等车，没想到的是 7 点差 5 分钟时，一辆校车从离我们等车点 50 米处的一条道路上飞驰而过，我和等车的老师追在车的后面一路小跑，最后在调整前的起点站才上了车。当车行驶到下一个站点后就掉头向西门而去，坐在车上的我为此车的行为纳闷，今天可是新线路执行的第三天了呀，难道我收到的短信对此车不适用，当车刚要出学校西门时，我提醒司机可能在其他站点上还有老师在等车，因为我接到的信息是所有车辆执行调整后的路线。这时候司机将车停下，说他没接到这样的通知，学校的上传下达真够通畅的呀！还好司机打电话给车队的队长问询，最后在电话确认后才将车调头按新线路在校园内行驶，连续两个新站点没有人，这时候我心里面也开始打鼓了，因为如果没有接到人，我的这次好事之举就可能属多此一举了，同时还会遭人白眼，至少车上的人会埋怨我的多嘴使其在校园里面兜圈耽误了时间。当车行驶到最后一个站点时，真还有几个老师在等车，最先上来的一位老师我认识，她说有些老师等不及就走了，她强调自己再坚持一分钟，如果再没车来也去坐公交，没想到终于等到了。后来，我对她开玩笑说，“你应该向学校写篇报道，表扬我这种好事之徒，如果不是我多长了一张嘴，你们就去挤公交倒车吧。”她说“你是大好人”，我回敬她说，“你的坚持也救了我，免去了我的尴尬。”说实在的，车上坐了这么些人，只有我勇敢地站出来说了一句公道话，难道我真的与众不同？也许是我的善良本质还没有被环境异化吧。

在我的思想中，世上好人总是多数，可没想到的是我所在的群体中并没有让我体会到多数的魅力，知识分子的麻木性从这个鸡毛蒜皮的小事上就可见一斑，所以曾有一句非常有分量的话，“知识分子是革命最不彻底的一群”，但愿我骨子里面最优秀的品质——正直和善良不会随着岁月的流逝而改变太多。

西双版纳之行

自从我2008年来到云南工作以来,已经整整3年了,云南的秀美山川却仍是画中感、语中音,知之甚少。西双版纳、香格里拉、大理、丽江等这些著名的自然或人文景观仍停留在“道听途说、梦幻泡影”的层面。由于工作压力等多方面原因让我是有心无胆、难以成行,也许这些美丽地方还需时日才有机会亲自去考证它的传说、鉴别它的真伪,暂且划入我的“奢侈品”行列吧!

今年暑期,听说学院领导为了体恤我们这些另类的“主任”们,准备组织到西双版纳一游,美其名曰“关心和看望一位基层挂职锻炼的同仁”。不管居心如何,对我也算幸事,至少提前圆了我的“云南美梦”。

8月20日,正式开始我的“美丽”之行。没想到的是,这次难得的出行机会却没有得到更多“主任”们的青睐,一行中除了领导就只剩下我们几个陪衬的小角色了。坐在豪华大巴上我不知道领导们作何想,也许学校的领导思维方式有别于我以前工作中的上级,但愿他们能开心愉快地完成这次开始不太完美的旅行。

我曾经在网上看到一句比较认可的话语,即“景色再美也不如人美”,其意思是说再好的自然或人文景观,没有“美人”的衬托都将枉然。也许是出行前的残酷现实,也许是我心情不够轻松,让我对这次的“美丽”二字打上了引号，但愿结局不太让我失望和苍凉。

车在路上行驶，一段艳阳天，一段风雨路，坐在车上的我，舒畅与沉闷的心情也随着这种天气不断交替。第一天下来就让我的心情滑落至冰点，在车上整整坐了近10个小时，最后住在没电视、公用卫生间、多蚊虫的傣家楼。住宿条件虽然不够豪华，但也不完全“原生态”，着实让我亲身体验了一回“现代版”的傣家寨，真得感谢改革开放后社会主义物质条件的极大丰富、人民生活水平的极大提高。条件的简陋也许是行程安排者的有意而为或者埋下的一个伏笔，目的是让我们这些长期居住在城市中和工作在象牙塔里面的知识分子“忆苦思甜”或者“先苦后甜”吧！

第二天是考察基诺山、植物园。据说基诺山族是在中国共产党领导下直接由原始社会进入社会主义社会的典范，墙上领导人的留影让我对这种说法的真实性不容置疑，讲解员走马观花似的解说也没引起我更多的注目和聆听，只有这个民族的借物陈列件和生育观引起了我的深思。展现在我眼前的借据虽然原始，但它折射出了人们的智慧，一件竹条或木条上刻上不同的刻度代表不同的交易量和将此物分成两半让借贷双方各据一半用于以后交割，这种简单实用的方法不比现代科技的字据和手印逊色多少。生育观虽然听起来极其残忍和不人道，但它却遵循了优胜劣汰的自然法则，达尔文的“适者生存”这一进化论观点其实在中国的古老文化中早已存在，只是没有形成文字和系统吧！这也断送了不少值得后人敬仰的伟人。

植物园既是物种的乐园，又是中国科学研究的瑰宝，更是云南人民的骄傲。走进这片神秘地方让我心旷神怡，抑郁的心情也开始慢慢舒展，满园春色盎然、一片生机，各种名目繁多的植物种类在这里竞相争艳，好像在开胜利大会师似的。虽然不同植物都有身份识别，但我也没记住几个，唯有戴季陶老先生的名字历历在目，也许是我发自内心的敬重，也许是想吸收点灵气。“前人植树，后人乘凉”，戴季陶先生是我国著名的植物学家，西双版纳植物园的创始人，不仅他的学识值得我们仰慕，他的身体力行更让我们这些子孙后代真正享受到了这片美丽的植物世界，功在千秋万代啊！

第三天是游览望天树景区。望天树是一种高大乔木，一般达30~50米。据介绍这种树在亚洲极其少见，西双版纳给了它湿润的土壤和适宜的气候条件，它也给生活在这片土地上的人们带来了无穷的遐想。走在根据望天树而搭建起来的树冠空中走廊上，真有一种“通天”的感觉，惊险又刺激的穿行，让我思绪万千。

第四天是参观边境口岸。从来没有跨出国门的我有点兴奋，站在国门前看到老挝国截然不同的公路，心中的爱国情怀油然而生，中国人民终于站起来了，我不由自主地挺起胸膛眺望远方。界碑前的留影成了当天最值得记忆的事情，“中老人民的友谊不断地在界碑前闪现”，“同志之间的情谊不断地被界碑见证”，我真想借用领袖的话高呼“人民万岁”。

第五天回程，由于心情愉悦，我也打开了封闭的心扉，一路上滔滔不绝、笑语连篇。

短短的五天版纳之行，我的心情从低谷到高峰，从失落到兴奋，来回长途坐车的疲惫被一串串美好的记忆所掩盖，也许这种愉悦对我来说只是暂时的，但能暂时地感受到大自然的亲切也让我不虚此行，愿下次的版纳之行山美、水美、人更美。

学生请吃饭

学生请老师吃饭在学校虽然不能说普遍存在，但偶尔也会发生,因为某些老师的日常行为还是能得到一些学生的敬重和爱戴，在这些认同度高的学生中就可能有学生通过请吃饭这种形式来表达对老师的纯朴之爱。

本文讲述的是我从事教育工作近 3 年来，我所教的学生中第一个参加工作后请我吃饭之事，饭吃过之后，总觉得需要记录一下,因此写下了这段简短文字。

6 月 3 日,我在新房子里面做清洁,忽然接到一个陌生电话,电话里面问我在哪里,我说在新校区,她说她在校本部,晚上请我吃饭。开始我真有点摸不着头脑,谁还能想起我这位“落魄老师”呢?后来多听一会儿声音,才知道是我曾经教过的一个已毕业的学生,最终确认是不是我想起来的这位学生还需要见面来证实，因自从毕业后就从来没有联系过。由于地点和时间的不凑巧,我开始在电话中婉言谢绝,可是这位学生一定要坚持请我吃饭,既然这样,就恭敬不如从命了,也难得学生的一片热忱之心和有心之举,还是给个面子吧。

我匆匆坐上下午 4 点 30 分的校车，回到校本部时是 5 点 30 分,她已经早早地在学校等候了,见面后确认了我先前的猜想,简短谈话后才知道她是应学院的邀请回学校给今年的毕业生做一场“怎样当好一名村官”的报告。真没想到曾经在我眼中的一位文静女孩如今走上了官场这条道，仔细询问才知道她在去年毕业前就参加了村官考试，最后以全县第一名的身份出线直至走上现在的岗位。“巾帼不让须眉”，让我不得不佩服，只可惜错过了聆听她报告的机会。

吃饭闲聊的过程中，我问她为什么非要请我吃饭，她说在学校的时候，他们请我吃饭而我付钱，并且重复了我曾经不止一次说过的话，“你们现在是学生，还在父母的养育下，肯定是我出钱了，如果你们参加工作后，有机会请我吃饭我一定会欣然接受你们的结账”。原来她是为了报答我当初的友爱或者同情，真是难能可贵，居然要实践我这句话。她的坚持，成了在我从事教育工作以来的第一个毕业学生请我吃饭，当然对我来说也是一次值得铭记的饭局。虽然“桃李满天下”对于我来说是一个极其遥远的事情，并且我也不知道自己的未来人生是否还会遇到重大变故，但有这次开心的人生记忆着实让我舒心和满足，但愿我的个性和行为能赢得更多学生的拥戴和发自内心的敬重。

一次朴实的会面，一次朴素的吃饭，一次愉快的交谈，让我终生难忘。但愿今后有更多不经意的事情发生在我的人生过程中而留下美好记忆的痕迹。

小人物的“乒乓外交”

人的社会属性决定了人的群居性，但许多时候在许多地方人的群居只是表面现象，人与人内心的距离和孤独才是当今中国转型社会的真实写照,特别是身居象牙塔里面的学究们更是悲哀。也许是高校的特殊环境造就了一批批不谙世事的大小人物，也许进入高校都是些性格扭曲的个体，也许是人性长时间脱离社会后的约定俗成,也许……

高校,许多人梦寐以求的职业和世外桃源,对我来说,却越来越觉得陌生和压抑。人与人之间外热内冷的现象处处皆是、随处可见,水面上的平静和风和日丽可能意味着水下的暗礁险滩、激流汹涌,因此对于许多“八字没有一撇”的事情最好淡定了再淡定,否则出现始料不及的结果会更让参与者一时难以接受和倍受煎熬。比如高校中许多说得热火朝天的合作最后都是流于形势的作秀,仅是为了工作的开展而蒙蔽一些不了解内情的人，这种假戏还真能博得他人的信赖从而使始作俑者得到一些实惠。比如高校最常见的项目申报,大部分情况都是借名而已,我想其中的各方利益体都心知肚明吧,只要利益达到一种平衡或者默契就没人关心“实”与“虚”了。坊间曾经流行的话,“出来混,得先做孙子后做老子”,此话听起来很有哲学道理,可是天底下哪有一厢情愿的事呀！想做孙子也还得别人有这个需求，知识分子起码的廉耻和脸面又不容我等低三下四、委曲求全，因此只能随遇而安、得过且过了。

回忆自己久居此地不能借鸡下蛋的原因估计是开始寻觅的对象就有些错位，凭什么别人要帮你呢？一切还得从自身做起，找一位志趣相投、起步对等的或许是一个较好的解决办法。寻寻觅觅三年，终有一点曙光，虽然同他接触不多，但性格的爽朗同我有些相似，不矫揉造作，待人诚恳，偶尔有点豪放和资产阶级自由化思想倾向。至于能否深入交往下去，暂时我还没有十足的把握，因为目前综合权衡多方面因素，我同他还不在一个档次上，从他"海龟"而我"土鳖"这一点就可以看出我俩的差距和不可相提并论。

知识分子的特有属性和同处一个生态位就决定了人与人之间不能一见如故，有些事情怕说出来引起不必要的尴尬和难堪，因此我也只能投石问路看看是否对方也有趋同的需求。这也就是我命名的"小人物的乒乓外交"，并且我形象地比喻他是美国佬，我是中国人。说起运动，我不太擅长，虽然大多数球类都有涉足，但也仅属于入门级别，凑热闹玩玩倒还可以，而我这位仁兄就不一般了，也许是国外优雅的生活养成了一种锻炼的嗜好或者乐观享受生活的态度。记得有次我请他和几个朋友吃饭，他居然为了看完一场学校级别的乒乓球比赛而迟到 30 分钟，我想他的痴迷如果遇上世乒赛这种顶尖级比赛，估计我这餐饭请的时间就一定有问题了。

人与人之间距离的拉近真还得借助一些辅助平台，运动不失为一种极好的方式，特别是对于我们这些小人物而言更是一种良策，更何况中美两个大国都能通过乒乓外交而使其长期冰冻的关系正常化，我们为什么不能呢？通过与他切磋球艺，我更加了解了他的为人和品性，至于是否能走上合作的道路产生双赢的结果，我现在还不敢提早下结论，只是有次我说到我的现状和苦恼时，他说可以帮我。既然他如此爽快，我想我们合作还是有一定的基础，将来也许会有一些小的收获。

但愿，在以后的人生道路上，随着时间的积累我不仅能同他在事业上取长补短，更能在人生、人性方面有更多的交流和收获。

一次有意义的暑期生活

教师这种职业在许多人眼里比较令人羡慕，其核心是每年有两个假期可以“天马行空、为所欲为”,因此经常能看到不少老师们利用假期游山玩水,过得有滋有味。我现在从事这个高尚的职业已经4年了,但假期的诱惑或者美妙并没有体会到,反而是一到放假时,孤独和空虚弥漫心头,分析原因估计与这两方面有关。一是自己还没有完全融入到这种惬意的生活和工作中，二是没有金钱支撑和“贪玩”基因。其实,许多外人根本体会不到做老师的辛酸和煎熬,特别是大学老师更是“金玉其外、败絮其中”,高级知识分子的光鲜难以掩盖内心的悲凉和凄楚。大学老师除了上课的压力外,还有更多科研的累赘,而做科研的条件需要自己去创造和争取,有时还真需要点运气，年年的科研项目申请可能换来的是次次的失败和打击,所以大学老师出现跳楼等“一了百了”的现象太过正常了。因为他们承受的压力是很多人无法体会和理解的，这也是我进入这个行业才算明白的一个道理，因为自己正在时时接受这种折磨和煎熬。

4年了,7个假期，我除了看望老人应尽的责任外就只是待在学校“自娱自乐”,祖国的锦绣山河也只是在电视、网络上偶尔窥视一下，更何况我现在身处秀美山川的云南居然也没有一丝冲动去亲身感受一番，怪哉。人总不能消极厌世到天天望着天花板发呆吧，但凡有正常思维的人总得做点事情以期忘掉暂时的烦恼，并且成天无所事事也不是我的性格。前面几个假期虽然我也做了点事情，但都不值一提，今年的暑假有了一种另类的举动和收获，那就是在实验室自费、自力地待了一个月，白天和晚上都在计划和行使科学研究的本能，其工作量的饱和程度让我自己都难以想象，差不多达到了一个博士论文的要求，有时自嘲是否可以去申请一个“环境化学”博士学位的头衔。一整套完整的科学研究思路和计划，日复一日地实验、分析、重复，一张张眼花缭乱的数据……既辛苦又欣慰。

下一步就是对这些基础数据进行分析、加工后整理出几篇科技文章或者一本专业书籍，既是对这次特别假期生活的纪念又是对我职业身份的一个交待，或许这次另类的暑期生活在一生中仅此一次，希望它能给我艰难的科研道路上增加一点厚重的记忆。

一次尴尬的免费午餐

得益于学校新领导的“亲民政策”，老师们可以享受到难得的免费早餐和中餐了。一年多时间下来，从最初的兴奋到现在的无趣，从狼吞虎咽到食欲不振，从精挑细选到将就凑合，老师们的怨言慢慢增多，如果不是免费吸引住了大家的心思，恐怕没有多少人真正愿意长期享受这种“人文关怀”。也许是老师们的收入太低了，也许是老师们灵魂深处的自私，在自助餐现场总有一些不堪入目的现象映入我的眼帘。比如有的人拿着菜勺在菜盆里腾云驾雾，有的人拿着汤勺在汤缸里翻江倒海，每当想到这些场景，不得不让我对“人类灵魂工程师”的称谓产生怀疑。听说免费餐饮开始的那个早餐，有位老师居然一次性要了 7 个煎鸡蛋，这件事情传得沸沸扬扬，因为这个人的行为引起了不少排队老师的公愤，以至于后来再也没有见到“煎鸡蛋”这个项目了。一次早餐中的一个免费项目引起了我的思考，或许这位老师太想享受煎鸡蛋的美味了，或者他是代人受过（接受其他老师的委托），由于我不在现场，真实的原因无从考证。但不管是哪种原因，这位老师的行为都有点过分了，因为一个煎鸡蛋的完成至少需要 1~2 分钟时间，“时间是生命”，因此大部分老师肯定不能容忍这种行为的存在，另外提供免费早餐的食堂也不能放纵这种行为的持续发生，成本和利润权衡下来无以为继呀！

虽然经常会遇到一些让我难以理解的行为和事件，但随着眼睛的疲劳和思想的麻木，慢慢地我也习惯了，老师也是人嘛，人性的自然流露，实乃太正常不过了。至于饭菜的口味肯定不可能同自家相比，既然是免费，就得接受免费的现实吧！每当我想到没出钱就能填饱肚皮时，所有的不如意和烦恼都能化为乌有。

上面说了这么多免费餐的负面现象，有一点却是值得正面称颂的，那就是通过这种形式无形中给老师们提供了一次难得的见面和交流机会。教师职业的最大特点是人与人之间交流非常少，人际关系既单纯又清淡，大部分老师的大部分时间都在教室和家庭两点一线上。虽然长期的教育工作让老师们养成了闭关自守、清高孤傲的性格，但“免费”二字还是有不少的吸引力，从而无形增进了老师们之间的“表面友谊”。

我的一次尴尬的免费午餐经历也在这种“表面友谊”中发生了。一天中午我早早地来到食堂刷卡、自选、找座，“津津有味”地享受着我的免费午餐，刚吃一会儿，突然对面来了一位副校长。领导的突然“造访”，让我有些不知所措，是走是留在脑海中闪烁，短暂的失意后，我抬头向领导问好，并继续我的“吃相”。紧接着，又来了几位年轻老师，估计他们同领导熟悉，所以围着领导有说有笑、自然娴熟。食堂的服务员送来一叠餐巾纸，有位老师赶紧起身给领导和其他老师递送，这时领导发话了，叫发纸的人给我也发一张，我说了声谢谢就心安理得地受用了。又听到一位老师说跟领导一起就是好，有免费的餐巾纸，领导赶紧解释原因，我也跟着附和，但内心却是希望快快结束这顿记忆深刻的午餐。吃完后，我起身给领导和在座的老师们打了一个招呼就急匆匆地走出了用餐点。

回想起整个用餐过程，虽然有一点尴尬，但总算应付过来了。我同这位领导其实有个一面之缘，那就是在学校公开招聘副处级领导的答辩现场，他是主考官，我是应聘者，或许他对我没有印象了，但作为同属午餐免费者，我的主动示好至少表明了一个普通老师和部下对领导起码的尊重，但愿这种尴尬的场面在以后的用餐中不再发生。

别开生面的一次全校会议

2012年春季开学之际，接到学院通知，学校将在新校区体育馆召开加快建设高水平大学动员即表彰大会，通知上明确要求全体教职工必须参加，同时为了加强会风会纪要求按时到指定区域集队，准时列队进入会场，并在指定区域就座，会议期间要求关闭手机等通讯工具（或者设置为静音状态）、不准喧哗、不准起哄、不准交头接耳、不准阅读书报杂志、不准打瞌睡、不准随意走动、无故不准提前退场等等。会场内还专门设立会风监督摄像岗，拍摄场内不文明、不守纪的行为，并在适当时候进行通报。参会人员还包括离退休领导和学生代表，差不多3000人。

通过这一系列程序和繁琐的要求就知道这次会议水平的高规格，只是不知道这是否就意味着能建设出高水平的大学。曾记得梅贻琦老人说过这样一句至理名言，"所谓大学，非谓大楼也，而谓大师也"。套用他的话，我想"所谓大学者，非谓人会也，而谓人杰也"。真亏领导们想得出来，开学报到的第一天就举行这样隆重热烈的会议，浓烈的行政色彩和领导的本位主义十足。当今正值社会变革的时期，媒体上经常有关于大学去行政化改革的讨论，身为大学教师队伍中的普通一员，我真不知道这次会议是改革的尝试还是时代的退步，也许众多的老师们更有一番真知灼见的评论或感想。

开这么一次会议，到底能起到多少良性的结果，我不敢妄下结论，但至少在人财物方面的铺张浪费不敢苟同。并且，开学第一天就对全体教师进行政治教育和宣传鼓动，不知是否会引来广大教师们的反感。在我的印象中，教师这个群体与行政人员有极大的区别，他们自由散漫惯了，举止行为也不按常理出牌，真的能在会场上专心致志地听领导们的宣讲和咆哮吗？平心而论，步调一致的行为其实也有悖于教师这个职业特性，千篇一律的教学根本培养不出个性鲜明的学生，一成不变的思想也激发不了科学创新的灵感。也许将开会的时间推延几天，会议的效果会更好，因为教师们刚刚结束愉快的假期生活，还没有真正回归到职业范畴的要求中，突然就想把大家的心收拢到一个中心上来明显违背了客观事物的自然规律，但愿师大的教师们个个都是社会的精英，我的担心纯属多余。

后来听说为了筹备这次盛大的会议，各级相关部门已经召开了多次协调会，包括交通工具、用餐、安保等等，会议上也发生过不少的争执与讨论，但这种劳民伤财的会议为什么仍然风雨无阻呢？其中肯定少不了主要领导的坚持和其他领导的附和。虽然中央三令五申多次要求各地减少会议次数、缩短会议时间，但真正在下面执行的各级行政官员却又是另一番景象，“好讲话、好排场”的领导比比皆是，这种普遍现象的核心是“功名思想”在从中作梗。建设高水平大学召开一次轰轰烈烈的会议固然重要或者必不可少，但会议只是一种形势，更重要的是要求各级领导的身体力行、各项规章制度的与时俱进、各种处事行为的开拓创新。记得师大校长在不同场所讲过这样一句话,“来师大的人愿意走的就走，学校不强留”,也许说者无意,但从一个校长之嘴说出就有些怪异了,听起来有些骄横,典型的本位主义思想。细细一想,真正能走的人一定是人才,一个个人才都不加挽留或者心酸地离开了，如何建设高水平大学呢？为什么我们的领导就不能从自身原因找问题,创造出更适宜的环境留住人才呢？虽然我才来到师大三年多,也不属于人才之列,但看到眼里的一些现象着实让我惊讶和不可理解。我认为大学存在的前提首先是学生,其次是教师,最后是领导和行政后勤,作为大学的主要领导一定需要沿着这条从下而上的思维方式来思考问题进而提出解决问题的方法，传统的由上而下的宣贯和命令也许更适合那种纯粹的行政部门。

“思想决定高度,行动决定出路。”但愿中国能有更多优秀的管理者出任大学主要领导岗位，并且能将中国的大学真正建设成为一个个让世界赞叹、世人敬仰的高水平大学。

合 唱

合唱,在中国乃至世界都是一种比较流行的群众性娱乐。大型歌剧表演,单位或者部门的节日庆典,都离不开这种排排站、齐声唱。

虽然合唱是我们喜闻乐见的大众娱乐形式，但对于每一个个体人来说,亲身参与过的仍不多。在我的记忆中,除了学生时代相对多一点外,参加工作后仅有两次这样的记事,一次是 1997 年的香港回归,重庆市农业局组织下属单位的“庆回归”合唱比赛,一次就是这次师大组织的“校庆日”合唱比赛。

2015 年是师大 77 周年,从简单数字的角度看,我找不出组织这次合唱比赛的信服理由,或许是新的校长到位,需要给学校和师生增添一份存在感吧！合唱内容是每个学院或者部门唱两首歌曲,一首是必唱的校歌,一首是自选曲目。我所在学院选唱的是《团结就是力量》,这首选唱歌的歌词简单,且朗朗上口,很快就学会了。而校歌就有点不伦不类了,唱起来不仅拗口,还有些悲情。

师大校歌是 1938 年编唱的,当时正值日本铁蹄疯狂践踏中国的时候,战火燃遍了大半个中国。虽然当时白话文在中国已经开始普及,但校歌的歌词却属于文言文格调,我不知道这是文人的骄傲还是时代的烙印。还有校歌是西南联大时期传唱的,正式名为“西南联大校歌”，不知为什么会沿用为师大校歌，我百思不得其解。云南师大与西南联大相距实在是太遥远了，可师大就是抓住西南联大不放，连校歌也懒得自创，且歌词白话一下都省了，有点神奇，不知师大的校训（刚毅坚卓）和校风（学高身正，明德睿智）是否也是延用联大时期的，我不想去考证。西南联大校歌是历史的杰作，为什么就不让它陈列在历史馆呢？试想，如果有人说起现在的师大校歌就是原来西南联大校歌，国人会对此作何评价？难不成是古人的复活？

第一次看到校歌的歌词，我有些茫然，因为众多词汇让人匪夷所思，很难用现在的思维去解读。如“绝徼移栽桢干质”，最初我理解为长沙的柑橘类植物，后来有人翻查校史才知道是“杰出人才”的意思。还有老师问我“尽笳吹弦诵在山城”的“尽笳”什么意思，我直接白话为使劲吼，导致颈部动脉血管暴露，即青筋直蹦的状态。另外大家理解的“山城”也是大错特错，这里的“山城”非指重庆，而是指昆明。最后一句“还燕碣”意思是回北京了，可云南师大在昆明呀，有点名不副实吧！

关于悲情的歌词，我有一种说不出的心酸。可对于师大人，我不知道是永远沉浸在这种悲伤的历史中还是抓住现在、展望未来、只争朝夕更有现实意义。一首曾经的歌曲让我浮想联翩，思绪万千。

没办法，既然合唱是政治任务，我也只能随遇而安、悉听尊便、滥竽充数了。像我这样天生五音不全的人，唱好类似文言文格调的歌曲实在是太难了，想好好表现一下估计都困难。1997 年那次糟糕的表演仍历历在目，我一个人的引吭高歌把同事们全带偏了，领导不得不对我的激情及时泼上一盆冷水，让我压低点声音，否则我就真成了“一只死耗子坏了一锅汤”的角色，不仅荣誉难争取，还会让领导的颜面尽失，多可怕呀！当然，这次我肯定不会再出丑了，因为我已不再年轻，过了激情燃烧的岁月，铿锵激昂的丑态就让后来者继任吧！

为了更好地完成这次合唱任务，学院请了艺术学院的一位研究生作教练。可这位可爱的小老师就是不把现实放在眼里，用专业的精神要求我们达到专业的水平，我不知道他是对艺术理解得不够深厚，还是对“因材施教”理解得不够透彻。我认为，不管是多么有才华的专业老师，想要在短时间内把我们这帮五音不全的“乌合之众”培养成艺术高人，恐怕太难了。第一次小老师要求每位老师的试音就引来了满堂大笑，因为老师们的歌喉和乐感实在是不敢恭维，一些老师比我这个左声部的还要左，一些年轻女老师直接用儿歌来应付，我的几句国歌也成了摇滚型。接下来就是排练，每次的反复发声练习使我和一些同事极不适应，也不太感冒，好端端的时间就这样无聊地被打发走了，最后歌词仍然是半生不熟。就这样，一天又一天的练习，一遍又一遍的歌唱，总算把这些拗口的歌词记下来了，音调准不准就只能留给上帝去评判了。

11 月 12 日，正式开始了我们的登台表演，练习时的三心二意和不努力，这下现原形了，好在女老师卖力，否则脸就丢大了。几分钟的工夫，我们就灰溜溜地滚下了台，最后得了个“优秀奖”中的第一名，可喜可贺。

聆听北大教授的讲座

11月 18 日，北大刘虎威教授来学院讲学，我饶有兴趣地聆听了他的授课，幽默诙谐的语言让我醍醐灌顶，受益匪浅。

一个即将步入 60 岁的学者，不远千里来到云南，为边疆的学子们上一堂《仪器分析》课，这种精神的伟大让我发自内心的崇敬。在课堂上，他时不时的调侃性语言让我感受到了“大家”的风范，也让我不经意间领略了一下北大的教育氛围。至少多年后，我可以自豪地说，我也接受了一次北大的洗礼。

在这个听课的过程中，除了专业知识外，我深深地感受到了一位知识分子的修身与良知。在讲课中，刘教授坦诚北大学子也有逃课现象，65 人的选课能到 50 人就不错。对比这次报告厅的满座，他甚是高兴，并时不时提醒同学们可以打断他的讲话，欢迎随时提问。

对于北大学生的逃课现象，我认为不能与我们这些“三流”大学相提并论，我始终坚持高中毕业能考上北大的学生在遗传基因方面有先天的优势，其自主学习能力一定超强，因此来不来教室听课就同我们不是一回事了。对于课堂的及时提问，或许只有在北大才有滋生的土壤，因为我们习惯性思维是不允许学生打断老师的课堂教学的，授课中主动者与被动者关系明确。同时，我估计我们学生的活跃程度也远不及北大，至少在我的教学过程中，我深刻体会到了学生们的腼腆与憨态，“半天不出气”是常态。

北大真不愧为“自由、民主”的象征，这让我想起了半个多世纪前的“五四运动”。回到当前的社会现实中，我不知道北大的魂还在不在，中国知识分子能否再次扛起社会进步的大旗和引领民主法制的先锋。

知识分子是先进文化的代表，但思想道德涵养未必真的先进，就拿我周围的知识分子来说，我总觉得他们有时候的言与行并没有那么伟大和光鲜，最直观的就是喜欢“一根筋”，对事物的看法缺乏整体逻辑性和辩证观。记得有次同一位海归同事闲聊“民主”的话题时，他非常推崇国外的民主，我则坚持民主具有时代烙印，在社会发展的某个阶段，适当地集中或许更有现实意义。我认为民主一定是建立在思想意识形态全面提升的基础上，试想中国有这样的国民素质吗？我深表怀疑。如果在现行阶段强推西方的民主，中国一定是一盘散沙，但我的这位同事不这样认为，他认为民主就是要畅所欲言，哪怕最后形成的决议是错的也执行。对于这种允许试错的民主，我极不认可，也感到后怕。精神与物质是完全不同的两个层面，物质形态的研究允许试错，但意识形态的试错就可能大大地延长社会进步的进程。近期，“伊斯兰国”极端组织发动的多起恐怖事件就是现实的反面教材，反人类的行为就不能有试错，全世界爱好和平的绝对多数人是不会同意的，我相信正义一定会战胜邪恶。

民主是需要各个主体充分表达诉求，但前提是人们的思想水平达到了高度的文明化，绅士风度特征明显。否则，民主就可能会被一些别有用心的人利用,最后违背了民主的初衷。11 月 15 日,韩国首尔爆发了 7 年来最严重的一次反政府游行，反对朴槿惠的劳工政策,7 万人参与,要求朴槿惠下台。我想任何政策或者事物的进程很难做到两全其美,满足所有人诉求的民主没有,民主在某种程度上只能是损害少数人的利益而照顾大多数人的利益，且多数人的利益符合大众的价值取向和社会的进步方向。朴槿惠总统一生独身,没有丈夫,没有子女,她的支持者称她为“嫁给了韩国的女人”。这样一位伟大的女性,仍然会有反对者,可想有时候民主的偏见。

一次讲座引发了我对民主的思考，不知是来源于北大的金字招牌还是刘教授的讲话内容，或许两者兼而有之吧。毕竟北大是“五四运动”的发源地,身居北大的教师更是民主、自由的传承者和实践者。

七年工作之“痒”

“七年之痒”是一句民间口头语，意思是说七年是一个重要的坎，事物的发展可能出现超出想象的变化。

在此，我说的“七年之痒”或许只是数字的巧合而已。来师大工作已经7年了，回顾自己走过的这些年，工作上少有光鲜的记忆，更多时候就一个字——混。明年是我服务教育工作满8年的时间，在“卖身”协议即将完成之际，闲暇之余的我想是否需要继续这样浑浑噩噩过日子。虽然现在的日子还能勉强进行得下去，但心的煎熬超出了许多人的想象，总觉得对不起国家和人民，对不起自己的学识和良知。

如果真的放弃这个来之不易的铁饭碗，我又能干什么呢？会不会是夜郎自大？年龄、能力、家庭等多方面权衡后，除非另一个铁饭碗呈现在我眼前或者大型民营企业的CEO，否则我很难有勇气走出象牙塔，随心而动。今天搜狐新闻网上有一篇文章，题名为“‘看世界女教师’今天结婚，无婚戒无家人到场”。文章中的主人翁原本是一位平凡的女子，因提笔写下一封十字辞职信：世界那么大，我想去看看，成了备受关注的名人。距离她提交辞职信，仅仅过了180天，10月10日，寓意“十全十美”的日子，顾老师迎来了人生中另一个大事：在成都街子古镇真武街95号，在她和爱人共同开办的远归客栈里，举行了一场特殊的婚礼。面对记者，顾老师感慨道，“我这辈子做得最正确的一个决定，大概就是这样的吧。”“做出这样的决定，也难，也不难，那就是——勇敢面对自己的内心，听从内心的真实想法，无所畏惧，勇敢爱。”

不忘初心，方得始终。同样身为教师的我，肯定没有她那样的豪迈，因为我们的价值取向完全不同。我是希望能换一个更有作为的工作环境，不再为虚度光阴而闷闷不乐，对自己和社会有个更好的交代。

当然，我“为人民服务”的梦想能否真正实现，还需要天时、地利和人和。但至少从我的思想层面上看，换工作的强烈程度有了很大的提升。现在仔细想想，我的这种转变离不开环境的变迁和某些事物的触动。比如官场环境的大为改观为我这种刚正不阿的性格提供了契机和舞台。

今年暑期，我参加毕业二十年同学会时，听说有位同学被选派到村里做第一书记，我不知道我这位可爱的同学是如何想的，但至少他的这个行为让我敬重。试想人到中年的他还有此举动实乃不易，家庭、世俗等观念都会带来不少的压力。记得电视剧《马向阳下乡记》热播时，我一集都没落下，从头到尾看完了，虽然演员们诙谐幽默的表演让我记忆深刻，但农村的巨变更让我欣喜。如果中国广大农村能出现更多有为的带头人，我想社会主义事业的大厦一定会越来越牢固和漂亮。当这部电视剧播出后不久，我国就出台了鼓励有志之士报名参加村第一书记的事情，且没有年龄和单位的限制，多好的政策呀，我不知道这项利国利民的政策是否真正得到了落实，我也不知道最终会有多少人参与到这项伟大事业中，我更不知道人与人、人与事能否有电视剧中的圆满结局。

回想起我今年思想的变化,可以说是来了个180度急转弯。几个月前在资本市场上的辉煌，我天真地以为自己找到了一条通向成功的康庄大道,可“股灾”的重创让我彻底放弃了这种刀尖上过日子的幻想,也让我思想有了更接地气的理由,产生了想让“指点人民币”的数字游戏转变成“指点江山”的实际行动。我不知道是否有这样的机会,我也不知道我是否有能力造福一方百姓。

艰难的出书过程

出书，对于普通老百姓来说是一件很不容易的事情。出书就意味着出钱，“钱”与“名”在普通工薪阶层面前，不用太多考虑都会选择前者，因为生存才是第一位的嘛！当然，名人就不一样了，他们不用出钱，也有人主动找上门来邀约出书，还给稿费。因为名人的书可以给出版社带来利益，即使书没有赚钱效应，但凡有学术价值或者普世教育意义，也仍然有出版社为之吆喝，因为国家有这项为国民提供精神食粮的义务。

我既不是名人，也不是大家，因此出书的艰难程度就可想而知了。名与书就像鸡与蛋的关系，很难说清楚先后。有的人有了书就有了名，有的人有了名就有了书，我估计是那种有书也没名的人，书只是我的一种调侃和自慰吧！

人到中年的我，已经淡泊了名利，为“博名”而出书的热情大大减退了，或许给自己人生的一个交代更符合逻辑。人的一生总得为这个社会留下点什么吧！实现物质回馈难，留有精神享受也不错。虽然我作为一名教育工作者，出书在职称晋升方面能带来实惠，可十年副教授生涯，我的工资等级仅是副教授六级岗，去掉“副”的名分更是渺茫，因此书与职称划上等号就有点牵强了，我也不敢奢望。本想等到退休后才将出书之事纳入议事日程，可又担心时过境迁，书的价值大打折扣，于是才有了现在的迫切心情。

本来我关于股票投资方面的这本书两年前就可问世的，一方面是我坚持不出钱，一方面当时的股市行情低迷，最终出版社不了了之了。现在想来，或许书的价值真不大，不出钱的方式纯属我的异想天开，高估了自己的实力和读者的青睐，看来还得自己出钱才是可行的办法。可出多少钱又是摆在我面前的现实问题，不同的出版社要价大相径庭，高的达6万余元，低的也要2万余元。另外，我还写了这本《杂记》，也想一同面世，两本书如果都由我自己出钱，可能差不多6万余元，而我一年的工资收入也就这么多，相当于我一年不吃不喝将收入全部贡献给了出版社，下定决心还真需要点勇气。妻子听说我要同时出两本书，甚是惊奇，她惊的不是我的才，而是白花花的银子，看来她对钱的认识还没有摆脱世俗的观念，没我超凡。

当然，现在是信息时代，网络媒体高度发达，我完全可以把自己写的东西挂在网上，免费供人阅读，但由于没有名人效应，浏览者寥寥无几，以至于我的博客也长时间懒得更新了。“以话博眼球，以书博名”，对于普通人来说，我认为是一场胜算概率极小的赌注，除非“语能惊人，书能骇世”。

今年经历财富“得而失”的剧烈阵痛后，我好像突然大彻大悟了，钱就是一个数字，瞬间就会过眼烟云，因此就有了自己出钱出书的原始冲动。接下来，就是找出版社，大的知名出版社肯定就不在考虑范围了，因为我只是想给自己这段教育工作留下一个记忆的符号，只要相对便宜，出版社的名分就不过多地计较了。记得两年前，我联系了科学出版社这样的大家名范儿，其结果不用想就能知道答案，最后是石沉大海，杳无音信。信心受到打击后，我也只能放下身价，联系一些地方出版社。可真正行动起来，我才发现没有名气的出版社一样有范儿，出钱也不是件容易的事，有时候出版社的编辑长时间不给回复，有时候直接玩失踪。看来出版社的改革，还是大多流于形式，或许还得几年的等待，才会迎来文化发展的大时代。目前出版社的编辑们在我眼里还是以前的太上皇，爱理不理的，我真不知道出版社是门庭若市还是皇粮不断，这就是中国文化领域的改革现状，我必须接受这样的现实，出钱出书或许是我唯一的出路。

细数自己曾经联系过的出版社还真不少，包括科学出版社、北师大出版社、浙大出版社、西南大学出版社、云大出版社、西南财大出版社、重庆出版社等。这些出版社还是拐弯抹角找了点关系的，咨询得知一本书至少得 2 万多元，且出版社对我这样的书没多大兴趣，他们主要关注教材和专著的出版。后来我在网上海量搜索出书代理机构发现，价格同出版社差不多，且出书方式的选择余地大。当价格差异不大的情况下，自己能解决何乐而不为，还能少欠个人情，最后多方比较后敲定了宁夏银川的一家文化传播公司。据了解，现在自费出书有多种选择方式，比如单书号、丛书号、香港书号，代理发行和自销，不同的形式价格差异巨大。如果采用香港书号自销，只需几千元人民币就可以搞定，只是这种书号在国内许多单位不被承认，读者是否认可就更难说了，自娱自乐倒还可以。鉴于财富观念在我大脑中彻底发生了改变，索性就用单书号和代理发行这种价格最高的方式解决，也算是我为促进中国文化企业发展的另类奉献吧。

其实，大家对出版行业的游戏规则都心知肚明，许多人都是利用项目经费出书的，羊毛出在羊身上，真正自己出钱出书的憨人憨事估计不多见。或许我的行为就是一件奇葩，如果不小心真出了名，这件事可能反而会成为佳话。一个草根能为文化事业的发展做点小小贡献，可歌可泣，可敬可佩。

第二部分 生活篇

有一种体验叫生活

追忆2008年

2008年随着岁月车轮的前行慢慢远去，回望过去，一系列重大事件好像就发生在昨天，让我此生难忘。

2008年1月的南方雪灾，3月的拉萨骚乱事件，5月的汶川大地震，8月的百年奥运，一连串事件像放电影似的呈现在我眼前，我的心情也随之起伏不定、忐忑不安，温家宝总理的“多难兴邦”、胡锦涛总书记的“英雄的中国人民是不可战胜的”话语时常回旋在我的脑海中。“我为祖国悲、我为祖国荣”，虽然这仅是我赤子之心的表白，但发生在我身上的变故足以让我没齿难忘。若将发生在祖国母亲身上的整个事件同我的个人变故联系起来，就像舞台上的大角色和小角色，演绎出了一幕短暂的年度悲情剧。

2007年8月，一件偶然事情的发生，彻底改变了我既定的人生轨迹，同单位领导赌气，停薪留职离开多年工作的环境，放弃自己喜爱的专业，从事在世俗眼中难以理解的保险职业。单位的业务尖子一下来了个180度转变，当时的悲壮真是无法回想，也许只是为了应验那句话“士可杀不可辱”。经过一个月的保险知识培训，2008年1月我正式走上新的岗位，成为西装革履、手提资料袋、走街串巷的保险经纪人。虽然这个职业并不低贱，但在国内一片怀疑、逃避的氛围中，其内心的压力可想而知，“一个救世主”成了许多朋友眼里的“瘟神”，成了一夜之间绝大部分朋友闻其声、听其言都惧怕的角色，人生可悲呀！为了生计或许证明自己存在的价值，我夜以继日地学习保险知识，不辞劳苦地四处奔走，总希望为别人带去一份温馨的保障，可得到的回报却让我心酸和心寒。真是不堪回首的一段人生经历，一夜之间再好的朋友也变得陌生，不敢相认，“忽如一夜风雨来，不识君安何处真，古有知面难知心，今用保业试情深”，世态炎凉呀！

保险作为人类社会文明的产物，绝没想到在国人中引起如此的鄙视和畏惧，记得有次在学校遇到一位教授，他调侃地对我说保险都是骗人的，还说我不务正业，我真是无言以对，我汗颜这句话出自于高级知识分子的口中。有时偶尔同我的导师谈到保险这个话题时，他黯然的神情和抵触的情绪让我有一种莫名的悲哀，我也从此不再在导师面前提及我所从事的“不光彩”职业。但通过这些亲身感受，让我从心底里看不起这些位居知识高层的“伪道士、臭老九”们，虽然我的学识远不及他们，但我的人格魅力却一点不比他们差。由于一系列的碰壁和失望，改变了我的人生哲学，对于发生在我身边朋友家庭中的不幸，我由同情、怜悯、热心变得不近人情、漠不关心。经过这个职业的洗脑，我更加坚定了“四海皆朋友，朋友之情皆为过眼烟云”，寄希望于别人的恩赐不如坚实地计划自己的未来，用自己的行动为家庭风险撑起一把伞才是我这等“小男人”的壮举和可爱之处。

“未雨绸缪”“居安思危”等响彻古今中外的成语一旦同“保险”联系起来，就变得如此苍白无力，但凡一些高级知识分子灵魂深处的忧患意识也不过如此平淡无奇，让我难以理解和发自内心的尊重。短短几个月下来，我是举步维艰、如履薄冰，脸皮非但没有厚多少，却对肮脏的人性多了几分质的领悟。既然这份神圣而伟大的职业与我无缘，我也只好另谋出路，还好凭借自己的一张文凭和工作阅历收到云南师大的面试通知，从来没有到过祖国西部边疆的我怀着一颗赤诚的心来到了这个四季如春的昆明，阳光明媚的天气让我一颗潮湿发霉的心重又焕发出了应有的朝气，我认定了这才是我人生的归宿。2008 年 9 月，人到中年的我不顾亲人、朋友的反对，正式离开了那个熟悉的生活和工作环境，义无反顾地踏上了云南这片红土地，成为了高原上的一名人民教师，这份勇气也许不会有更多人的效仿和推崇。

当然，初来乍到的失落、彷徨、懊悔、伤感时不时地在我现实生活中表现出来，最艰难的三个月还是坚守下来了。人生苦短、低谷终将过去，一轮希望的朝阳在心底缓慢升起，渐渐地我也将自己融入到了淳朴的云南人民行列中，为边疆的教育事业奉献自己仅有的力量。

但愿时隔多年后，回想起 2008 年这段人生重大变故，我演绎的角色能对得住云南人民的信任和期望。

昆明的夜生活

夜生活是现代上流社会人必不可少的生命元素，夜生活的丰富程度体现着城市经济发展水平和人们生活状况。

昆明的夜生活如何？在我心中一直是个疑惑，总想去探个明白，可初来乍到，人生地不熟，不敢贸然前去试水的深浅，只好从侧面渠道了解。据身居昆明多年的哥们说，昆明的夜生活非常丰富，别看这个城市不大，经济欠发达，但人们的生活情趣却很有一些小资情调。如此说来，还真得找个机会去瞧瞧，以便日后好同来昆明的重庆朋友们介绍，借以彰显我这个新昆明人的优越感。

有一天，有个同事说，她在一个酒吧里面还存有酒，问我和另一个哥们愿意去不，我那个哥们天生就是个爱玩的胚子，听说还有这等好事，就一口答应下来了。开始，我本不想去的，因为时间已经是晚上9点多了，可那个哥们说，时间正好，夜生活才刚开始，看到他的兴致如此之高，我也不能太失礼仪、扫了雅兴，就一同去了。说实在的，从内心来讲，我也想去，主要基于两点，一是不用付费，二是有向导带路，免去许多担心和胆怯。说起来，我可能有点俗不可耐，身居重庆大都市18年，真要让我介绍重庆的夜生活，我也只能只言片语，因为取材主要来自于当地报刊和朋友之嘴。偶尔由于工作原因深入实际体验一下，也只是蜻蜓点水，毫无真正的感受，其行为同重庆大都市的称谓极难相衬。自己掏钱去享受之事在记忆中就更没有了，也许这就是我等劳苦大众的普遍现象吧，另加一条原因是我长期工作在农业战线，小农意识浓厚，不愿为中国的第三产业舍本逐末。现在想来，有点失落感，因为重庆的夜生活可能将是我一生中永远解不开的疙瘩和挥不去的情缘。既然人生失去了一次追忆，总得抓住一次吧，于是昆明的夜生活就成了我心中总想去揭开的面纱。有此机会，也就求之不得了。

我们去的地方是昆明的夜生活集散地——昆都。走在大街上，霓虹灯闪烁，车水马龙，两边的酒吧、夜总会一个接一个，层出不穷，不时也有一些漂亮的导服小姐映入眼帘，心里默想，今天真来对了，到时重庆那帮有此雅兴的哥们来昆明就有去处了。很快就来到了目的地，边喝酒边看节目表演，挺有一番情趣的。特别是一个小品节目，让我记忆深刻，心想，如果让我去演那个小丑，也一定不会逊色太多，设想在我屁股兜里放一个博士证书，其渲染效果如何？不知不觉中，两个小时就过去了，打道回府之时，心想也没什么出格的，挺健康的嘛，生活有时放纵一下自己也不错。有了这次行为，我对昆明的夜生活至少多了一点感性认识。

时隔不久，此同事过生日，邀请我和几个新入职的同事及她的朋友一起吃饭。晚上吃完饭后，这个同事说大家一起去打会儿扑克，反正周末也没什么事，于是我就一同前往了，你还别说，这次至少让我对昆明夜生活又多了一份理性的认识。我们来的一个地方属于比较清闲的一种消遣方式，店面挺大，桌椅不高，有三三两两小声交谈的，有打扑克的。我们几个人来到一个相对大的桌子旁边，每个人先来了点果茶，接着就玩起扑克了，玩的是一种云南特色，叫“干瞪眼”，由于我们之中有几个同事同我一样属初次来昆明工作的，不知道怎么玩，既然云南人在一起经常喜欢玩的方法，肯定得学会，入乡随俗吧，更何况我们也是新昆明人了。于是在一个云南本地人的教导下，大家很快就会玩了。说真的，云南人发明这种玩扑克的方法挺不错的，不管多少人都可以参与，免除了现在扑克流行玩法中的几家玩几家看的尴尬局面，并且还极其简单，省去了许多思考。我发现云南身处中国的边陲，物质生活相对匮乏，但精神生活却很有档次，至少云南人的自娱自乐精神值得许多地方借鉴。

由此，我对昆明夜生活的一点体验可窥见昆明人生活的质量，作为一个新昆明人，心里不免有些惬意。

一票难求

我来昆明已经近半年了，寒假后打算回重庆顺便看望一下过去的好领导和同事,但车票却成了心头之痛。“一票难求”让我深深地体会到了中国人的过年情结和个人的无助。

学校 1 月 14 日正式放假,我计划 10 日去火车预售点买 15 日的火车票,按照惯例早上 8 点前来到预售点,却被告知从 1 月 7 日起所有昆明预售点不出售省外火车票。于是急匆匆地坐公共汽车到火车站,到达火车站时已经是上午 9 点多钟了,刚排队一会儿,就听到广播说到重庆的车票已经售完，并且最多只能买到 14 日的,原来我理解的售 5 日内车票犯了一个常识性错误,有点可笑。第二天早上 6 点钟起床坐车再次到火车站,在外面排了两个小时,终于可以进入临时售票大厅了,于是快速地往前跑,不料此时的另一位买票人沿着我的右边从后面冲上来,刚同我并排跑着时,警察就示意他往左靠,结果他的脚绊在我的脚上,让我来了个“饿狗扑食”,那种狼狈相就不提了,戴在手上的一只手套也被蹭破了。万幸的是当时人比较稀少,不然我可能就成了肉饼,安然地同上帝喝茶去了。进入大厅饿着肚皮又排了一个小时,前面只有十几个人的时候突然听到广播里面说到重庆的车票已经售完，挂电话问妻子站票要不要,妻子说小孩太小肯定不行,于是我只能遗憾地走出排队的行列准备回家。出了临时售票厅,我又到正式售票大厅门口转悠了一圈,发现电子显示牌上到重庆有软卧车票,不知是不是属实。如果真有此事,我应该坚持排队买两张,虽然价格贵点,总比没有车票强,现在又重新排队是不可能的了,只好坐车回家。回家的路上,给上课班上的一位同学发短信问有没有铁路部门的熟人帮忙买两张车票,收到的回复是没有,后来又给我在昆明的大学同学发短信能不能搞两张车票,第二天同学的回复仍然没戏,由此我也深深感受到了作为普通人的无助和无奈。既然如此,索性就等几天再去火车站排队购买,最坏的思想准备就是过了年三十再回重庆。

由这两次排队的波折,我寻思着为什么昆明市各个预售点春运期间不卖火车票,难道这就是有效防止“黄牛”的举措。同时,我也不明白为什么增设的40个临时售票窗口不标明车次方向,又一个“黑箱”操作出现在了昆明市的春运火车售票中,作为一个新昆明人的我感到汗颜。人性化为什么在实际行动中变得如此艰难,如果分乘车方向售票,至少可以节约许多购票人的时间,有位哲人说过“浪费自己时间的人可悲,浪费别人时间的人可恨”,也许明年昆明的临时火车售票窗口能更人性化。“官为民”才有“民维官”,但愿昆明市的父母官能少些本位主义,多点换位思考,和谐社会的创造不仅仅是一句口号和做点表面文章那么简单。

小孩来昆的入学

小孩将随她母亲一同来昆明。小孩上学之事虽纳入了议事日程,但我对此事没有更多地上心和担心,因为师大有附属幼儿园,并听说此幼儿园是昆明市最好的幼儿园。作为一个师大人,肯定是近水楼台先得月了,这也是我当初选择师大的一个因素,据说小孩可以免费读到大学。

一天,我们一家三口按计划来到师大幼儿园了解情况,经过几番询问和穿过几条大街小巷终于找到了师大幼儿园的大门。从距离来看离我们住处还比较远,并且小孩喜欢让大人抱着,这无形中增加了我们心中的负重感和排斥感。经过向幼儿园园长了解,才知道小孩只能读小小班,这也意味着小孩需要交纳半年的教育服务费 1000 元。因为师大幼儿园只在秋季招生,规定截止到 2008 年 8 月 31 日以前,满三岁不足四岁的幼儿报名入小班;截止到 2008 年 8 月 31 日以前,满两岁不足三岁的幼儿报名入小小班。但我们小孩的出生日期为 2006 年 2 月 2 日,而上幼儿园是 2009 年 3 月份了,因此我们想让她直接读小班,这样不仅仅能免去 1000 元的附加费,也能让小孩同大一点的小朋友相处。经过一番理论,园长说不行,并且园长说她丈夫也是化学学院的老师,既然同处一个部门,本想大家交流起来顺畅一些,可是结果却不尽然,也许是云南人对政策理解的死板，也许自居一个"长"字，有些盛气凌人。说到小孩必须进入小小班就读时，我们心里面有一种说不出来的不快，原来师大小孩的免费读到大学之词纯属一种误解。只怪当初理解的版本不同，既来之则安之，就当生活同我开了的一个小小的玩笑。可是后来园长的一席话却让我陡生不快，她居然说我不懂国家教育政策，说我所说的免费之词是义务教育，难道义务教育我不懂？这也太小瞧她丈夫的同事了。并且她说师大校长的小孩来读也没有免费之说，我心想如果现在师大的校长们有上幼儿园的小孩，要么是孙子辈的，要么是小蜜的，有可比性吗？考虑到今后小孩入园可能受她管辖，对于她的上述表述，我也没有更多的争辩，谁叫我自投罗网于师大呢。但愿我的这个小小的不愉快不影响我同她丈夫的同事关系。

回到家里，我同妻子商量将小孩送到附近更近的幼儿园上学，于是就去云南大学幼儿园和昆明理工大学幼儿园咨询了一下，结果大失所望，云大幼儿园虽有秋季和春季招生，但一个月生活费710元，昆工幼儿园的大门紧闭，门卫也没有一个，去了一趟连多少费用也没知晓就悻悻地离开了。后来，我在网上也查询了附近的幼儿园，但终究没有付诸行动去实地考察一下。时间又过了几天，离师大幼儿园报名时间也到了，我取了1500元钱准备到师大幼儿园报名，走在路上突然想起第一次来找师大幼儿园时有位路人说的另一小巷里面有一所幼儿园，于是就沿着上次那人说的路找寻去了。没费多少工夫，真找到了一个幼儿园，比师大幼儿园还近些距离，名叫昆明市第二十幼儿园。进入幼儿园一番仔细侦察后发现设施还不错，并且墙上挂有昆明市一级幼儿园等荣誉牌。来到三楼的园长办公室,园长对人比较和蔼,了解后知道该幼儿园属于普通话示范幼儿园,小孩入园一个月的费用是330元,并且小孩直接读小班。园长的许多亲戚在重庆工作,这或许增加了我们之间的亲切感,相互聊得也比较愉快。综合所有因素,我们决定3月份让小孩在此幼儿园上学。从小孩的行为举止发现她也比较喜欢这个幼儿园,至少比上次去师大幼儿园表现乖多了。

真是应了一句老话,“山重水复疑无路,柳暗花明又一村”,此番折腾得来却全不费工夫,甚是欢喜,但愿小孩在此幼儿园能快乐健康成长。

小孩上幼儿园

小孩3岁了,正当上幼儿园的年龄。同天下所有父母一样,我也将我的小孩送到师大附近的幼儿园上学。小孩上的是一所公立幼儿园,据园长介绍它属于昆明市普通话示范幼儿园,这也是它的办学特色。我让小孩上这个幼儿园,也不是因为它的特色所吸引,主要是想免去读师大幼儿园的1000元附加费。因为我认为幼儿园对小孩真正能起多大作用还值得怀疑, 在我的潜意识中只是有专业人员看护小孩而已。

第一天上学,我同妻子带着小孩上幼儿园就遇到了一件让人烦心的事。幼儿园每天早上有老师在大门口检查小孩喉咙,如果不太正常就发一个红牌,正常就发一个绿牌,其意思就是提醒各班的老师注意,并鼓励红牌的小孩多喝水。当我们将小孩送到老师(保健医生)面前时,这个老师奋拉着一张没有生气的脸,说小孩怎么这么瘦,责问我们的小孩是不是有什么病或者营养不良,在我们的反驳下,老师说了一句实在话,我家小孩会影响幼儿园的整体体质达标考核,原来这才是这位老师反感我家小孩的真正原因,由于小孩将在她的手下学习,我们也没敢同她有更多辩解。平心而论,小孩体质好还是不好不能简单地用高矮和胖瘦来衡量吧, 这就是我们国家在许多方面同西方发达国家的差距, 非以人为本的又一典型事例。说真的，别看我家小孩个头小，自从出生以来长到现在这么大，只有几次小疾，吃药打针几天就康复了，其体质的瘦小可能同父母身体单薄的遗传基因有关吧，这也是我们无力改变的现状，要怪只能怪我们没有“胖”的基因。由于此次事件的不愉快，导致以后早上这位老师多次给我们难堪，最后索性我们尽量不给这位老师检查了。

小孩才开始上幼儿园的那几天，天天口中念着妈妈怎么还不来接我，由此也让班上的一位生活老师听烦了，弄得每次妻子去接小孩时，老师说起我家小孩都是一肚子的苦水。为什么小孩表现如此差，不得其因，分析很久后得出的结论是小孩成长过程中太腻母亲了，因为我和妻子的父母年龄都比较大，并且身体也不太好，妻子工作相对比较轻松，因此小孩主要由妻子抚养，也许长期同母亲生活在一起，依赖心强，自我独立能力差。小孩来昆明前在重庆上幼儿园也有些不情愿的举动，但表现出来没有现在这样强烈，也许还需要一段时间适应新的环境。一周后小孩就不再整天唠叨了，但每天早上送小孩去幼儿园的路上她总是板着脸，一言不发，并且需要一直抱着，临到教室时她还要哭着、闹着不上幼儿园，一个月下来，也没几天早上没哭过，估计这学期就这样下去了。但每次放学去接她时，可高兴了，一路上自己蹦蹦跳跳走回家，强烈的反差让我觉得小孩厌学情绪极重，真担心以后上学是否会延续这种不好的状态，但愿这仅是我个人的不切实际的猜想。随着小孩可爱的天性慢慢表露出来，老师们开始喜欢我家的小孩了，给她取名“小四川”“小重庆”。我的小孩有个突出的特点，一旦熟悉起来后就再也没有了师长之尊，敢说敢做，有时逗得对方哈哈大笑。记得在重庆带小孩逛商场，多逛几次后，她就对售货阿姨嬉皮笑脸，在衣服后面躲来躲去，扯着衣架上的衣服说这个漂亮那个好看，也时常爬上顾客休息的凳子上直躺，有时弄得我们也不好刻意制止她的这种行为，小孩的天性嘛。由于小孩同老师之间的缓和与融洽，我们在老师面前也不再属于“白眼”的另类，有时也同老师交流一下小孩的情况。

我分析为什么老师能记住小孩，一是小孩几乎天天早上的哭闹，二是小孩同老师在一起表现出来的可爱言行。听妻子说，小孩刚开始在这个幼儿园上学的那段时间，经常给老师说以前在重庆育儿坊幼儿园时，什么好吃，什么好玩，后来老师听烦了，就直接回敬小孩，“以前的幼儿园那么好，那你就回重庆上幼儿园吧”。我想小孩肯定是不知道老师的话中有话，小孩也真不懂事，当着老师的面说过去幼儿园的好，不是明显不满意现在的幼儿园吗？我想小孩是不会这么聪明的，只是童言无忌吧，但愿老师不要将小孩的话放在心里面去。

小孩每天上完幼儿园回到家，我们问她今天老师教了些什么，几乎一成不变地说“不知道”，也许小孩真没记住一天做了些什么，也许幼儿园根本没教什么，我无从考证。小孩在重庆上的是私立幼儿园，并且一个班上只有二十几个同学，而现在上的幼儿园班上有五十个同学，可想而知其教学质量了。听妻子说在重庆每次问小孩都能说一些老师教学的内容，比如做游戏、唱歌，而现在一问三不知，但愿不是小孩变得笨拙了。通过妻子对比现在的老师和重庆的老师，明显感觉其责任心的差距，我想这也不难理解，公立幼儿园和私立幼儿园有着本质上的不同，这也是为什么我国农村土地改革时需要包产到户的原因,人性弱点的固有属性。有天小孩在上幼儿园期间,将大便留在了裤裆里,老师居然没发现,这也是小孩上幼儿园以来第一次的不光彩行径,也许小孩出于面子观念,不好意思向老师汇报,但如果是细心的老师,我相信应该能发现的,至少不至于让小孩穿着有大便的裤子呆上一整个下午,直到放学回家后才免遭其苦吧。第二天,妻子将此事告诉老师,老师的表情上没有一点惊讶之举,我真怀疑老师知道内情而不愿意去为小孩换(每天我们专门在小孩书包里面放了一套干净的衣服)。后来,小孩屙尿打湿裤子也有几次,还好这种显而易见的事让老师发现了,不然小孩不生病才怪呢。每次问小孩为什么有如此不端行为,小孩回答说是自己不小心,当然这种事情在小孩年龄阶段是经常发生的,但愿发生的次数少些,以免引起老师的不悦和我们同老师间的误会和猜忌。

说起这个幼儿园的普通话特色,我也从小孩的身上体会不多。我想要求说普通话和真正会说普通话是有不少距离的,虽然我的普通话说得很不标准,但相比云南话,“川普”还是略胜一筹,但愿小孩长期生活在云南别说出一口“云川普”就万幸了。

还有次我接小孩从幼儿园穿过师大的草坪,看到她高兴极了,原来她手里面有一颗糖,但又不知道怎么撕开,就连纸放在嘴里咬,结果被我看见了,我从她嘴里拿出来,问糖是从哪里来的,她不说,我以为是幼儿园老师给的,因为有时幼儿园老师会给她一颗(也许是她厚着脸皮索要的,因为听妻子说有次她去幼儿园接小孩,小孩在教室里不肯回家,原来离小孩不远的桌子上有糖,最后还是老师懂得了小孩的心思,给了小孩一颗,小孩这才高兴离开了),于是我就将糖纸撕开后,送在了她的小嘴里,这时小孩说糖是刚才在草坪里捡到的,我的第一反应是想从她嘴里面将糖掏出来,因为担心糖有问题,很显然掏出来是不可能的了,后来细想也没什么,因为糖有一层塑料纸包裹,并且我撕开糖纸时看到了阿尔卑斯字样,如果当初我问清楚这颗糖的来历,糖的命运就肯定进垃圾筒了。小孩喜欢吃糖是与生俱来的,记得离开重庆后的第一个春节期间,我们一家三口逛商场时,遇到一位姐姐,她觉得我家的小孩非常可爱,就逗小孩,“叫一声姐姐”,小孩死活都不肯叫,我们正为小孩不大方的行为不知所措时,姐姐重又对小孩说,“叫一声姐姐后姐姐给糖吃”,没想到小孩脱口就叫了声姐姐,这下把这位姐姐搞慌了,因为姐姐身上没糖,最后姐姐向小孩道歉说,“下次给糖吃”,由此可见糖果对于小孩是多么的具有诱惑力,这就是本能的表现,忽又想起毛老人家著名的“糖衣炮弹论”是何等的睿智。

幼儿园是小孩成长过程中的必然阶段,回想起我的童年生活却没有这段难忘的记忆,因为身居农村的我在逝去的那个年代没有更多的物质条件去感受它,现在的小孩真是幸福的一代,但愿他们能真正从幼儿教育中有所收获,同时也希望我的小孩在幼儿园的学习阶段有更多值得我思考和回味的地方。

祖国 60 年之随想

60 年一甲子，对于我来说，人生能遇上中华人民共和国成立 60 周年不容易。总想在这个特殊的日子里做点什么,可作为普通民众的我又不知道能做什么,无奈之下只好写下这段文字以表心迹。

中华人民共和国成立到现在的 60 年间,有欣喜也有辛酸。欣喜有目共睹,辛酸也历历在目,如成立之初的百废待举、帝国主义侵略、三年自然灾害、十年浩劫等等,虽然有些事情我没有亲历过,但从记载的文字和父辈的言谈中可以感知祖国成长过程中的艰辛和曲折。中华民族不屈不挠的千年史也能在这 60 年中寻找到踪迹,60 年一个轮回是一面镜子,值此举国欢庆之时希望有更多人能静下心来思考中华民族的未来。“居安思危”是祖宗留下来的遗训,“饱暖思淫欲,富贵知廉耻”,中华各族人民必须深刻理解其真谛才能在人类的历史长河中走得更稳健、更睿智。

回归到如我这般普通民众身上,又如何来反思自己呢? 虽然不一定非得有“先天下之忧而忧,后天下之乐而乐”的理想境界,但至少也得有“自扫门前雪”的基本意识吧。

就拿我个人来说吧,本打算借国庆长假回重庆游玩一次,但考虑到甲型 H1N1 流感有可能肆虐春城昆明,我又身兼“主任”之职,为了服务好莘莘学子,在精神上做好他们的坚强后盾,不得不取消了此次的外出。虽然我的举措仅是小事一桩，不值一提，但从中也可窥见我的人生信条和思想本能，能为祖国60华诞献上一份薄礼颇为高兴和满足。

回想自己的人生历程，虽然曾经的“宏图大志”已经换成了现在的“漫步人生”，但为人民服务的思想却牢固心中，一点儿也没有消亡；虽然没有成就丰功伟绩的能力和机会，也愿能俯首甘为孺子牛，为人民的教育事业贡献微薄的力量；虽然没有高深的学问，但愿人格魅力能影响到一代青年学子，为树立正确的人生观指明方向。

岁月如梭，祖国60年的苦难经历就像我过去人生的缩影，但愿60岁的我也能苦尽甘来，有今天祖国60华诞时的国泰民安和欣欣向荣。

我眼中的优秀男人

什么样的男人才能算作优秀的男人？不同的人有不同的理解，在女人的眼里恐怕差异更大，因为“情人眼里出西施”的情感因素更容易左右女人的正常思维，同时物欲社会的现实也将改变不少女人的评价标准。我作为一个男人，简单地从男性角度来甄别和评判一下，也许更有参加价值和客观性。

我认为优秀的男人应该至少具备坚毅果敢和成熟睿智的品质。男人的社会角色赋予了男人必须做到顶天立地，充当妇女儿童的保护伞、家庭社会大厦的脊梁。优秀的男人不是一蹴而就的，随着岁月的流逝、阅历的丰富，其优秀的品质才能真正体现，这也促使要成为优秀的男人，都必须要经过人生历程的洗刷和磨砺。当然男人的基因本质和成长环境也是重要的因素，为什么有些人始终摘不下“小男人”的帽子，很大程度是来源于天性的弱点，胆小怕事、优柔寡断、自私自利、不思进取是这类男人的真实写照。男人的伟大之处不在于形象的高大，有些形象伟岸的男人初看着实让人踏实和安全感，但经过长期的接触后就发现其不过一个花架子，内心的苍白和虚弱让人诧异，这也是为什么大街上总会出现一些看似不协调的美女挽着矮个子男人的画面。

我有个同事，一米七八的身高，五官端正，家庭背景殷实，人见人爱的热心肠帅小伙，在许多女性眼里属于梦寐以求的终身伴侣，却也会遇到情感"滑铁卢"事件，有点惊讶吧。分析其失败的原因，我认为他遇到了一位睿智的女性，短暂的接触就被发现了其内在的简单和无趣，当然随着社会阅历和人生经历的增加，也许我说的这位帅小伙会成为真正意义上的优秀男人，但真正等到那个时刻的到来也时过境迁了，现在只能遗憾地落入有缘无分的境地，与心仪的女孩失之交臂。

坚毅果敢的性格也许对于许多男人来说更容易具备，因为它同先天的遗传基因关系密切，但成熟睿智的品质却难于速成，它必须经过人生风雨的洗礼和吹打，坎坷的人生也许更能让男人有此殊荣。这也可以解释为什么有些夫妻能在婚姻的长梯中越走越紧密，估计主要的原因是因为男人在岁月的痕迹中表露出了更让人钦佩的成熟和睿智。

在许多现代人眼里也许认为金钱、地位才能证明男人的优秀，但我认为它仅仅是外在的一种表现形式，更准确地说这种男人属于成功的男人，而非优秀的男人。也许有极少数男人既有外在的光环又有内在的涵养，这种男人就属于男人中的极品，处于金字塔的顶层，是我等普通大众不容易邂逅和偶遇的。而更多具有内在优秀的男人才是需要我们去发掘和发现，因为精神世界的追求才是我们人生的终极。

也许优秀的男人还应该具备更多优秀的品质，但"人无完人、金无足赤"，太完美的男人就会成为不食人间烟火的圣人，也许男人身上的少量"坏习惯"和"肮脏之举"更能体现男人的粗犷和野蛮。男人如果过多地表现出女人的举止行为也就失去了上帝造人的初衷和人类繁衍的角色分配，这也是我多年来最不喜欢和反感“同性恋”的原因。所以在我的理念中,男人的喝酒抽烟之举是必须兼备的,只要你不经常眷恋它就行,特别是喝酒更是男人的专利,有时在酒精的作用下才能更加展示一个男人的坚强，这也是我朋友聚会时喜欢喝点小酒的原因。男人偶尔的放纵更能衬托男人的本色,但这种行为却更需要女性用智慧来调和与化解,不然一颗定时炸弹不知在什么时候就引爆了,伤及无辜暂且不说,给自己带来不愉快也实不可取,快乐人生需要轻松的智力,只要男人的放纵没有原则性问题就放其一马吧。

我想男人想成为真正优秀的男人需要男人自己的修身养性、饱经风霜，女人想寻觅真正优秀的男人需要女人敏锐的双眼和智慧的大脑,但愿聪慧的女人都能找到优秀的男人,缔造一段美满和谐的婚姻和传世佳话。

我梦中的女人

女人是一个正常男人生命中的重要角色，每个男人都希望自己心爱的女人漂亮、贤惠、知书达理。但事实上并不是所有的男人都能如此幸运，这也是世间造物的客观规律决定的，试想如果天下所有的女人都是漂亮和贤惠的主，那么世界物质的多样性又从何谈起？因此对于许多男人追求的女人就有了另一种说法，不漂亮但温柔、不贤惠但巾帼，各取所需吧。

随着男人的年龄增长和阅历丰富，男人对女人的漂亮有了更深的理解，漂亮一词的外延和内涵也发生了质的变化，内在心灵的美在男人心目中越来越占据重要的位置，从此男人不再把外表长相漂亮作为追求的首选，也许贤惠的女性比漂亮的女性更能得到成熟男人的青睐。

作为一个中年男人的我也经常思考这个问题，我梦中的女人到底是什么样的？也许温柔贤惠、知书达理的女性是一种答案。这“八个字”看似平常简单，但真正要在一个女性身上完美体现，我认为非常困难，也许这类女性只是属于我们心中的理想状态吧。通过对身边朋友们的多年观察，我发现女性温柔但不贤惠、知书而不达理屡见不鲜，仔细分析其原因，可能来自以下两个方面。一是圣人般的女性根本不存在，女性也有七情六欲、喜怒哀乐，长期贤惠状态下会是一种对心力的极度挑战，时间久了就没有更多温柔的表现手法和形式来宽慰男人；二是知书的女性有自己的思维和主见，对某些事物的看法不一定能符合普通世俗的观念，有些封建礼仪也就成了解放思想、寻求自由的枷锁。由此让我想起中国古代官宦家庭中的女性可能属于我梦中的女人，因为她们既有良好的教育又有封建礼仪的教化，堪称世界一绝，现在可能只有日本人和韩国人中还有些踪迹可寻吧。

从另一个角度思考，梦中的女人真正变成了现实的女人，男人也不一定能受用，事物的双重性决定了这是个必然现象，这也是为什么说残缺也是一种美的原因。恋爱和婚姻生活过于平淡就会让人乏味，生命的精彩就在于过程中的波澜不惊、起起落落，偶尔的小疾能让人终生难忘和倍加珍惜，情感的历程中需要酸甜苦辣来点缀，记忆的美妙或许就来源于事物发展得非常理性、偶然性，这也是多年来我追求完美而实现不完美的人生哲学观，以至于得到和失去都成了我人生的一笔财富。

也许随着时间的推移，我梦中女人的轮廓会发生变化，但生活中的帮衬、事业中的桥梁将会长期残存在我的思想中，这也算是我对现实女性的一种追求吧。同时，我也希望天下有思想的男人都能像我一样，尊重现实并且好好把握现实，在人生情感的历程中写下值得回忆的篇章。

反观我的妻子，虽然无法达到梦中的理想状态，但现实生活中绝对是伴侣的上佳之选，漂亮贤惠集妻子于一身已经让我惊讶万分了，虽然偶有老虎发威，但也不伤大雅。随着我们婚姻历程的不断向前推进，我与她之间的共识与默契越来越多，或许真有那么一天达到知书达理的高级模式。

我等待着这一天的早日到来，也相信这一天一定能到来。

我眼中的老师

人的一生会遇到很多老师，他们在人生的不同阶段扮演着传道、授业、解惑之职。但随着社会的变革和经济的发展，老师在人们心目中的地位和形象也发生了悄然的变化。人类灵魂的工程师、春蚕、蜡烛等对老师崇高的比喻已慢慢褪色，老师不再变得那么神圣。但却没想到时隔多年后，我也成了一名光荣的人民教师，如何更好地扮演这个角色成了一道摆在我面前的“奥数题”难以解答，也许从我记忆中的老师中能找到一些答案和解题的方法。

我从小学到中学一共读了七个学校，经常转学的经历让我很难记住同学和老师的名字。但对班主任老师还是有一些比较深刻的印象。记得我读第二个小学一年级的时候，那时是在农村同我母亲生活在一起，班主任老师是位漂亮的年轻女老师，并且同我家有点远亲关系，她对我特别好，经常叫我从家里面拿些咸菜给她，她说我母亲做的咸菜好吃。后来读到二年级我转学到攀枝花同我父亲一起生活。在攀枝花读书的时候，一次课间休息我将一只腿放在凳子上写字被老师发现了，老师说我写字没有好的姿势，就直接拉着我的小耳朵将头往桌子上磕，当时把我嘴都磕出了血，也许太小很怕老师，也许自知错误，我既没哭也没告诉父亲。但一个同班的好事女生将此事告诉了我父亲，在父亲严厉的追问下，我才将事情的整个过程复述了一遍。父亲第二天找到打我的那位老师，狠狠地说了老师一通。后来才知道这个老师和父亲关系特别好，因为我这次被打之事，从此父亲与老师断绝了朋友来往。还有一次就是老师不允许我们用圆珠笔写字，把班上所有的圆珠笔收了后直接扔进了厕所，我还和几个同学去捞上来了，拿回家被父亲训斥一顿后扔垃圾桶了。

小学五年级升初中时，我在外婆那里上学，虽然成绩不太好，但在班上还是位于前几名的角色。临近毕业时班主任数学老师为我们几个有希望考上中学的学生补课，经常很晚才回家，有时就直接住在街上一位同学家里。但老师却没收我们一分钱的补课费，相对现在学校想方设法地收取补课费的情形不知伟大了多少。虽然后来我也没有直接考上普通中学，但老师的行为却在我幼小的心灵中留下了美好的烙印。

通过关系进入中学读第一个初中一年级时，我的班主任语文老师脾气不好，经常看到他当着我们学生面打老婆。当时我非常想不通，老师应该是有知识和文化的人，怎么像社会“流氓”似的。老师的这种行为让我感到害怕，因为我的成绩不好，经常担心老师把怨气撒在我身上，这种心态导致了我在学习上的恶性循环，以至于后来经常同母亲说不想读书了。还好一年后我就转学到另一所中学重读初中一年级，远离了那种整天上课提心吊胆的日子。

进入另一所中学后这个班主任数学老师陪我走过了初中三年，老师给我的印象是严肃认真，特别是对也在一个班读书的他的小儿子非常严格，经常要求他的小儿子考全班第一，否则就是一顿篾片炒肉。老师对我和同学们虽然严肃但从不出手打人，偶尔也骂几句。由于我进这个学校是找亲戚通过他才进来的，所以对我也比较好，我做不出来的题目问老师总都能得到满意的解答，这也是我中学以来一直喜欢数学的重要原因。

初中毕业没有考入重点高中，就读了一个普通高中，是我初中所在的学校。高中班主任是原先读初中另一个班的语文老师升上来的。由于我从小不喜欢语文，所以对老师的教学水平不敢妄加评论，只觉得老师对人和蔼可亲，慈祥般的关爱之情经常沐浴到我们每个学生身上。我上大学后有次回老家还专程去看望了他一次。

高三最后一学期我转学到了攀枝花，因为我的户口早已在攀枝花了，我必须回攀枝花参加高考，由于只有一学期，并且备战紧张的高考，对班主任语文老师印象不太深。但对第二个高三的数学班主任老师的印象非常深刻，因为这个数学老师是个秃顶，说话比较幽默。他有时在教室摸着自己的头顶笑着说至少 1000 瓦的电灯泡，即使停电我们也不用担心。由于我在插入这个班的补习生中的高考分数是最高的，所以老师对我也比较好，并且我的几何学学得极其好，有时也能帮老师出点主意。但由于我学习偏科，并且属于补习生，老师也不太管我，很多事情都是靠自己去努力。考上大学也从来没有同老师联系过，只是 2008 年到师大我也成了一名老师后，才想起去看看他。毕竟大学是人生起步的重要阶段，他是送我进入大学最后一位值得记忆的老师，我应该去看看他。国庆节我回攀枝花时，就约上了一个关系比较好的同学一同去看望这位老师，从同学那里才知道老师得了脑溢血做过手术，现在说话走路都不利索了，鉴于这种情况我更要去看一下了。来到老师的家，我才深深地感觉到老师的变化让人难以想象。曾经在我心目中诙谐幽默的老师已经变成了痴呆傻气的人,连我叫什么名字也记不起来了,我可是高考分数在全校400多人中第六名的人物呀。世事沧桑,难以预料,面对老师妻子的眼泪我更是感伤和无语。

进入大学的第一个班主任老师是位漂亮的年轻女老师，刚留校任教的。她对我比较好，进校不久就问我愿不愿意为同学们服务,我当时虽然年龄不算小,但行为同心理年龄极不相称。我直接拒绝说,“我自己服务自己还服务不过来呢”。到大学四年级的时候换了一个班主任老师,毕业实习也是班主任老师带我的。他对我也比较好,能留在重庆工作也是在他的举荐和帮助下才成功的。记得我第一次到重庆的单位面试后,领导比较满意,但不知道我的写作水平如何,因为单位需要一个能做实验又能写材料的人。后来,单位领导专程到学校来了解和考察我，由于不同老师的欣赏角度不一样,我的学习成绩仅是中等水平,难免有些老师提出质疑。于是班主任老师提议让我写一个个人简介来看看。后来才知道,我现场赶制的个人简介里面还有错别字,在这种情况下,有一位老教授开脱说由于时间仓促,个别错别字很正常,这样我才有惊无险地顺利留在了重庆。后来,我的这位亲密班主任老师挂职锻炼去了,再后来听说他离婚又结婚了,生了一个大胖小子,现在听到他成为了一名县处级领导,彻底脱离了大学教育环境。记得,他离婚郁闷的时候,我曾经买了点水果去看望他,他一个人待在家里生闷气,我还开导了一番。另外,听说他喜得贵子,我还专程送上了1000元的红包贺喜。

参加工作好几年,也没想过再继续读书,后来在同学的鼓励和感召下才重又拿起书本。2001年开始读硕士,2005年开始读博士,导师也是同学建议和自己权衡下选择的，于是我同导师相处了7年，也算我最亲近的老师了。老师治学的严谨态度让我终身受益，对我也是倍加喜欢，他让我成为了一名国家计划内的博士生，免去了三万元的培养费之苦，我不胜感激。只是我作为一个学生学习不太认真，最后毕业时让老师极其失望，这也是我觉得最对不住老师的地方。硕士学习比较简单，老师也没怎么管，但读博士时，老师开始想认真培养我，说我是可塑之才。当时老师也没多少项目，我只能依托单位项目做博士论文，这也导致我同导师经常在一起的时间比较少。我这个人有个不好的习惯，没事不喜欢挂电话，经常是导师打电话找我，最后导师也有点不耐烦了，说我比温家宝总理都忙，从来不主动给他打电话。

快毕业时，由于我的论文抽中盲评，我着急，老师也着急。论文寄出去前，老师叫人帮我修改英文摘要，并对我的论文进行几次讨论修改。记得有次讨论到数据时，老师让我改，结果下次讨论时我没改，他说我犟得很，如果不改过来就不让我答辩。还有就是说我参考文献近两年的太少，让我重新加一些近期新的参考文献，为此事我在实验室电脑前工作了整整一宿，没合一眼。第二天老师知道我一晚上没睡觉，也安慰了我几句。就这样，前前后后折腾了一个月才修改好了论文。论文盲评结束后，老师要求预答辩，我开始的论文PPT质量做得不好，老师又一次当着我的师兄师妹面前冒火了，叫我回家修改后第二天单独进行预答辩。第二天老师看到我修改后的PPT，比较欣慰地说，“这才像你的水平，看来必须重压下才能出成绩”。同时也说在第一次预答辩时，他对我的话语重了点表示歉意，我还笑笑说，老师的严格要求学生感激还来不及呢。为重新换个工作，我同导师也提过几次，导师说我在单位不好好干，心气太高，我自己造成的后果他不管。我看出他有些力不从心的样子，也就没有再提及。但有一次导师提到让我把简历给他，他说找一个当年毕业的博士后联系一下重庆师范大学，因为这个博士后以前也是他的博士生，后来我想别人也才找工作，我怎么好意思添麻烦，并且到地理学院，我也不太熟悉，最后我简历也没给老师，这件事情就这样不了了之了。

导师希望我留在重庆，但后来的事实证明偌大的重庆却没有我的栖身之地，我只能遗憾地离开那个让我热爱伤感的地方来到另一个陌生的城市。导师知道我执意要到云南师范大学后，也没有更多的话语了，只是希望我在新的环境中重新改变一下自己，不要太自我。我想我会永远记住导师的一句话，“人随着年龄和阅历的增加会变得越来越谦逊”。但愿我在新的环境中能“痛改前非，重新做人”，希望自己更能适应社会的游戏规则，做一名“名副其实的人民教师”。

我对学生逃课的看法

“逃课”是学生时代的固有现象，小学、中学可能仅限于学习成绩不好、贪玩的学生，到了大学就不仅仅局限于“坏学生”了，许多“好学生”也加入此列。纵观学生逃课的历史，也不是什么新鲜事，古也有之，在我看来这是一个极其正常的现象。

回忆起自己的学生生涯，小学、中学没有此种恶习，大学由于我不算学习好的学生，因此偶尔也有逃课的行为。逃课发生最多的时间是上午的第四节课，因为12点钟下课的学生特别多，每次在食堂打饭需要排很长的队伍，因此经常在11点30分左右就从教室的后面溜出来直奔食堂了，美其名曰“提高时间效率”，其实节余的时间也大部分花在睡觉和闲聊上了，自欺欺人吧。

现在我作为一名大学教师，“逃课”现象就更是耳濡目染了。记得初次当上班主任，一天在路上遇到班上的几名同学，拦住他们通知一件事的时候，突然一位路过的老师对我说，“你的班上有几位逃课的学生，你是班主任，去管管，我作为任课老师比较忙”，当时完全把我搞蒙了，因为这个老师姓啥名谁我都不知道，最后还是勉强地在脸上堆出一点笑容回答道“行”。后来我在简短的班会上就此事将同学们说教了一番，其意思是虽然我清楚同学们逃课有种种理由，但我希望同学们掌握好这个“度”，别时不时地有老师向我反映此种事情，毕竟同学们和我都是要脸面的。在班上，我也没有过多地批评学生，因为在我的思维中大学生逃课的现象司空见惯、不足为奇，用辩证的观点来看，事情的发生本来就有两面性，也许同学们厌学，也许老师们的讲授不中听，当然我强调同学们去听课是对任课老师最起码的尊重，希望同学们在没有特殊的情况下尽量去满足老师这个内心的渴望。从老师的角度出发，老师知道有些同学们没去上课，说明老师在关注同学们，这样的老师授课，同学们应该感到非常荣幸，至少老师的心是充满热情的。其实上课也没什么坏处，说不定不经意中就得到了老师的衣钵。理解和支持老师的良苦用心也是每一个大学生应该具备的基本素养嘛。

对于老师严格要求学生上课的这个行为，我持中立的观点。为什么如此说，因为在当今这个信息化时代，知识更新速度极其快，获取知识的方式和渠道也非常多，课堂授课已不再是学生增长知识的唯一方式了。知识不仅仅来自于课本，这是众所周知的事情，只要学生不做一些出格的事情就睁一只眼闭一只眼吧，说不定有些遗传基因好的同学自学能吸取更多的知识、时间效率更高呢。因此师生之间相互多一些理解，营造一个良好的学习氛围或许更重要，就让师生之间的理解从这些小事做起吧。不拘形式的“教”和“学”才是大学真正的需要，孔夫子的“一心只读圣贤书，两耳不闻窗外事”的时代一去不返了，传授知识更应尊重和培养个性化的人才。

我上课在缺席10%以内的情况下基本不点名，即使发现有些逃课的学生，也不胡乱猜测或者横加指责。当代的大学生从生理和心理已经走向了成熟,相信他们,也许这些逃课的学生在自己感兴趣的方面贪婪地吸取着知识呢。教育的作用是:一个人在受教育的过程中发现自己的长项,并不断强化这种自信,最终走向成功。但愿我的这种想法和做法不是特例,也真心希望逃课的同学们没有虚度光阴。

我对学生赌博的看法

说到学生赌博，许多人不予认同，但根据国家对赌博的最新定义，很多时候学生参与的赌博算不上“赌”，仅是一种娱乐性质。不管人们对赌博有何等的看法，“赌”字却始终伴随男人的成长过程，平时只是人们很少意识到而已。

记得我读小学的时候，经常和同学玩赌自制的纸三角板、四角板、烟盒，有时还同玩伴争吵得面红耳赤，有时还为输赢怄气好几天。现在想起这些陈年往事都觉得可笑，因为小时候输的根本不是可以用钱来计量的，完全是一些放错了地方的垃圾，但为什么当时的小朋友们会乐此不疲，分析其原因可能主要是一种心里面的满足感和自豪感吧。男人都想寻求刺激，总想以胜利者的姿态出现在大庭广众之中，就像动物世界里面的雄性为赢得雌性所发生的群体斗殴事件一样，一旦某个雄性取得了绝对的胜利后，那种昂首挺胸、耀武扬威的神情真是让人可敬又可笑。男人间的赌博虽然形式有所不同，但其心态却极其相似，除非职业性赌徒那就另当别论了。

上述赌博形式没有一点实际意义，只是男人间的一种争艳或者猎奇吧。小时候在农村经常参与的另一种赌博形式则要实际得多，那就是小朋友一起出去打猪草时的赌博，赢了的人至少能减少劳动的付出而收获的猪草又多，回到家还可能得到父母的口头嘉奖,从而得到心情和实物的双重丰收。

随着年龄的增长，学习的重负让我很少有机会参与到儿时喜欢的赌博中去寻找快乐。进入大学后,学习的自主性和环境的优雅性驱使我重又参与到这种活动中,最流行的赌博方式就是打双扣,大部分时间也没有输赢的惩罚,只是一种牌艺的切磋,但玩的时间长了,同学间就觉得纯粹娱乐太没兴趣了,于是就加入点惩罚性质融入其中,比如让输的人出钱去食堂买份菜或者洗碗,现在我仍对这些事记忆犹新、津津乐道。参加工作后我也时常参与同事间的赌博,由于有了经济基础,物质体现就更明显了,但我有个原则,一次输上三百多块人民币就退场了，由此原则也经常造成领导们的不悦,有同事说我不懂人情世故、不会阿谀奉承,其实也不是不给领导面子,实在是囊中羞涩,技不如人,不敢恋战呀。并且我对棋牌兴趣不浓,总觉得它是一种浪费生命的活动形式,还不如看看电视、闭目养养神、静心思考一番。

现在忽然想起这个话题,是一名同学问我对学生赌博的看法。对有此赌博行为的同学我也不敢说对或者错，只是告诫同学们做任何事情一定得掌握一个度，只要度掌握好了适当参与一下也不全是坏事。男人嘛,有两大追求,一是金钱,二是美女,如果这两者都没有条件去实现,一个男人偶尔参与一下赌博也何尝不可,因为赌博也是男人的劣根性所在。但作为当代的大学生们,首要的任务是学习知识,其次才是陶冶情操,并且同学们都是处于父母的养育之下，没有直接的经济来源，因此惩罚的方式就更需要简单而不“伤筋动骨”,最好不直接用金钱来展示。细想一下,同学们的生活费用本来就很节俭,一方赢了,也不忍心看到另一方吃完上顿没有下顿,难得的同学情嘛,这可是人生最大的一笔财富呀!

当然如果你参加工作自食其力了,在经济条件允许下,适当参与这种财博活动也无可厚非,特别是有此嗜好的人,在不伤及个人或者家庭经济大厦的情况下,也许还能从中寻找到点精神上的快乐和松弛。当然我倒觉得长期沉迷于其中不足可取,因为普通的工薪阶层,业余玩伴长期也就那几个熟悉得不能再熟悉的朋友了,朋友间交流感情也未必长期采用这种方式。其实,战斗的时间长了,也没有多少输赢,不外乎钱从一个人的口袋里暂时转移到另一个人的口袋里存放了一段时间而已。如果你同参与的朋友间牌技水平差距太大,我想输的时间长了,你自然参与的次数就少了,一是对钱的心痛,二是对自信心的打击。

在我看来,大千世界为我们提供的赌场和方式有很多,没必要把眼光仅仅局限在牌桌上,还有更多更好的方式值得男人去一试身手、显山露水。如果你的经济条件能足够承受,比如炒房产、股票、基金、债券、期货、黄金,这些都能满足男人的这种劣根性需要。记得 2007 年我国首次开通了炒作实物黄金,如果你有足够的保证金,也不妨小试一把,说不定收获殷实后的某一天高兴了,还可以将黄金从金库里面提出来掂量一下或者显耀一番。

总之,赌博是男人天性所具有的特质,也不必为此懊恼,只要你能在人生的进程中掌握好这个度和载体,也许时隔多年后你会发现自己在某方面的独特天赋,不仅能获得物质利益的回报又能获得精神世界的丰富,何乐而不为呢。但愿天下所有优秀的男人都能另辟蹊径在自己人生"赌场"上增添绚丽的色彩。

我对大学期间谈恋爱的看法

谈恋爱是人生中的重要过程，也是一生中的美丽时光。即景生情，一个优美的环境更能使浪漫的爱情具有珍藏意义，大学就是一个不可多得的理想恋爱场所，一是有两耳不闻窗外事的清闲，二是有鸟语花香的优美环境，更重要的是有形形色色的对象供选择。

大学生谈恋爱这个话题随着时代的进步和社会的开放变得越来越平民化了，最新的《婚姻法》规定大学生可以结婚，新法规颁布的出发点主要是基于人的生理和心理成熟了，也符合社会倡导以人为本的精神需求。我认为从另一个非主流的角度默认或者鼓励大学生谈恋爱才是真正的以人为本的思想，大学这个天然的自然和人文环境更适合年轻人心灵的碰撞。“众里寻他千百度，此人正在校园处”，鼓起自己的勇气真诚地向心仪的女孩或者男孩表达爱慕之心吧，也许她或者他就是你今生中的理想伴侣和终身依托。

“花有多样红，人有多样想”，心灵的感应是一种微妙的变化，稍纵即逝就会造成永远的遗憾，最可怕的是没有勇气向对方表达，以至于时隔多年后重复一句经典的台词，“为什么当时你没有向我敞开心扉、坦白心迹？”作为顶天立地的男子汉更应该主动些，即使失败了，也是一种心中情感的释怀，因为感情需要双方用心去感受，一厢情愿的单相思长期困扰自己不如早早地将它结束，至少你又可以寻觅下一个钟情的她(他),两情相悦的情感世界没有最好,只有适合与不适合。只要我们心中树立起人的思想是千差万别、千奇百怪的观念,一拍即合的现象是小概率事件,我们就能经受住打击重新站起来,继续在慢慢寻觅的过程中探索和追求,最后才能真正找到属于各自的爱情精灵。为什么大学提供了更多的选择机会,因为组成大学的主体是来自五湖四海的青年学子，有共同的理想和憧憬,思想层次在大的原则下没有更多的差异,这是我们相识、相知、结为连理的情感基础,并且也少了许多世俗的观念和物欲的掺杂。

回忆起我的大学生活，虽然最终没有真正享受到恋爱的浪漫和苦涩,但情感经历却是我人生中最重要的财富。记得刚进大学的时候,如哥伦布发现新大陆似的,突然觉得女同学极其可爱,这可是大学前读书时没有的感受,也许是情感的释放有相宜的空间吧。同女同学交往不再羞涩和腼腆，有时眼睛注视着对方都不知道东南西北了,等对方远去后才回过神来摇头莞尔一笑。对异性的吸引和向往已不再遮遮掩掩，晚上睡觉前躺在床上同宿舍的哥们都要进行一段既定的女性话题讨论,比如哪个女孩的打扮赏心悦目,哪个女孩走路的姿势好看，哪个女孩的笑容可爱……慢慢地也有同学早早地买了船票登上了自己心仪的客船遨游在碧波荡漾的爱情河中,在先驱们的示范下,我也蠢蠢欲动,可真不知道怎么谈,于是晚上没事就专门坐在恋人的后排位置上观察和学习经验，几次下来也没什么收获,只是看到恋人同一张桌子看同一本书,有时吃点零食或者耳语一番,很长时间过去了,书一页也没有翻过去,这就是我梦寐以求的恋爱生活？我找不到答案。

后来我也经常见到食堂里面有情侣坐在一起吃一碗饭，你喂一勺我喂一勺的场景，这就是我大学时代眼中的恋人形象？以至于多年后我也没想明白，纯洁的大学生恋爱怎么变得这么庸俗。大学是思想极度活跃的年龄阶段，每个人都需要在知识的海洋中不断吸取和消化，恋人间的思想碰撞、人生哲理探讨、学业知识分享才是我们应该提倡和遵循的价值观。如果仅仅是一些异性间的卿卿我我、妖娆缠绵，它离我心中伟大、崇高的大学恋爱观就相距甚远了，这也是我迟迟没有选修大学生恋爱课的重要原因。

也许我的心气太高，理想主义色彩太浓，但我真心希望当代的大学生们能好好珍惜这个美好的时光和优雅的环境，让学业和爱情取得双丰收，让大学这个恋爱的天堂真正能为人生过程增添绚丽的篇章。

农夫山泉和统一的饮料产品不合格之想

据报道，农夫山泉和统一的三种饮料产品总砷含量超标，初一听到这个消息，着实吓了我一大跳，全国的知名企业居然发生这种不顾公众健康的事情。有着强烈责任感的我深感忧虑，近年来发生在国内的食品安全事件又涌上了心头，苏丹红、三聚氰胺等等事件让人不堪回首，难道我们国家的食品安全真的就这么糟糕吗？

三氧化二砷又名砒霜，是一种剧毒的化学物质，人食用极少量就可以致死，因此各个国家对食品和饮用水中总砷含量都有严格的限制标准，也是日常监督其质量安全的必检项目。2007 年发生在云南阳宗海湖泊水体砷含量大幅度增加的事件直到 2009 年还在法庭上辩论，是企业排污还是地震原因各说其辞，没想到一事未了又一砷污染事件见诸报端，太不可思议了。可是没过几天，农夫山泉和统一的产品复检完全合格，"农夫山泉成现代版窦娥" 的醒目标题出现在报纸和网络上。整个事件的戏剧性变化让我不得不联想到我国检测机构的检测水平和监督体系的完善程度，前几天刚刚在学校做了一场分析化学中质量保证和质量控制的专题讲座，作为一名已经从事基层检测工作十余年的我，对基层检测单位存在的问题可以说了如指掌，只是在学生面前不好将丑陋的一面抖落出来而已。

报纸媒体对这件事情的发生提出检测人员和检测仪器或者人为因素的多种猜测，根据我多年实际检测工作经验来看，估计80%是来源于前两者的原因，主要基于以下理由。一是我国的检测单位基本上属于国家行政直属的事业单位，离真正意义上的第三方检测相距甚远；二是我国的检测单位专业人员比例严重失调，近几年许多检测单位专业人员缺失的现象虽然有所改观，但还不能完全满足检测工作的需要；三是有些检测单位虽然通过了国家计量认证，但在实际工作中，严格执行质量管理手册的单位很少，最后导致检测过程中的质量控制和数据的审核疏漏。

目前，测定总砷的国家标准方法有经典的分光光度法和现在流行的原子荧光法。分光光度法测定过程繁杂，数据的重现性差，但一些长期从事此方法的检测人员出具的数据也非常可靠，而原子荧光法虽然能减少很多操作的环节，但对使用原子荧光仪器的人员专业素质要求较高，特别是酸度的控制，否则容易出现数据严重失真这种情况，经验不足的检测人员更易出具一些错误的检测报告。笔者曾经多年身居检测科科长之位，有时也偶尔发现原子荧光仪器测定的砷、汞原始数据有问题，质控数据达不到要求，因此只有通过复检和对比实验才能获得真实可信的数据。

纵观我国检测机构的发展，虽然检测仪器等硬件得到了快速地发展，但检测人员等软件却远远跟不上现代仪器的步伐，当然这也是中国的国情所决定的。中国的绝大多数检测机构都属于国家拨款的事业单位，在很多人眼里都是铁饭碗，梦寐以求的好单位，这也无形中成了少数官员敛财的途径或者解决个人家属的后花园,因此对于这些非专业人士如果单位没有及时的培训,其检测水平就可想而知了。同时,如果各级审核人员又走过场,最终就极有可能导致错误的报告。

基于检测人员业务素质的参差不齐，原始报告完成人后面的校对人、审核人等就显得极为重要,这也是质量管理手册明确规定签发报告最后一个人的签字所肩负的责任最大的原因。在我过去的长期实践工作中,我认为检测科科长、质量负责人、技术负责人是关键,如果这些人员也是滥竽充数之辈,数据出问题的可能性非常大,特别是检测科科长一般都要求专业出身,后面的负责人基本上就属于国家管干部了(副处级),他们为非专业人士在日常管理中极为常见,这也是通常所说的外行管内行。就拿我以前的检测单位来说,我从事检测工作十年后调到管理科当科长,单位的检测数据每况愈下,为此单位还专门召开了几次讨论会,最后也不了了之,还好没有什么风险发生,只是数据对不起国家的专项经费而已。

这次的海口事件，国家有关检测单位和海口工商行政管理部门的脸丢大了,一些官员也因此丢掉了乌纱帽。但愿这次事件能为我国的各级检测机构敲响警钟，提高各级行政官员们对检测人员建设的重视程度和检测报告的法律意识，避免类似出尔反尔的事情再度发生。

饺子宴

“吃饺子”对于我这个南方人来说不是太多，主要源于我不太喜欢。这次的饺子宴也是在主人的盛情邀请下才参加的。主人是我的一个同事，对人非常热情，听说我们几个外省的老师还没走，就极力邀请我们几个去她家吃饺子，当她得知我的家人也来昆明了，就特别邀请了我妻子和小孩一同前往。

这天傍晚，下着蒙蒙细雨，我们一家人去买了点水果就同其他两位同事赴宴了。来昆明到同事家吃饭还是第一次，并且带上家人，感觉有点不好意思，鉴于主人电话里面的再三叮嘱，我也变得落落大方了。到主人家后，我们就开始动手包起饺子来，一边包饺子一边闲聊，其乐融融，甚是家的感觉。由于我们都不太会包饺子，因此包出来的饺子形状各异，还好不是招待贵宾。在包饺子的人群中，有一位年轻的山东同事比较卖力，不然这餐“饺子宴”就不知会推迟到什么时间了。大概过了一个多小时，我们就开始正式吃饺子了，边吃饺子边聊天，气氛比较融洽，几杯红酒下肚，话也变得多了起来，其中不免聊一些情感的话题，一位年轻男同事谈到他女朋友对婚姻的现实性时有些伤感和无奈。

在当今物欲横流的社会，男女间对婚姻的现实要求也不难理解，只是作为过来人的我有些不同的看法，我始终相信社会上也有一些淡泊名利、专注情感的少男少女们。男女之间的感情是平等的，如果一对男女没有把感情放在一个比较重要的位置上，而专注的是“门当户对”或者外界因素，那么我认为最初的认识就是一个错误。婚姻也是有时间成本的，勉强恋爱走在一起也是一种浪费生命的行为，如果恋爱的双方当事人执迷不悟地走向婚姻的殿堂，那将会后患无穷，这种行为属于典型的“行苟且之事，做齷齪之举”，社会的悲哀，双方当事人的悲哀。我认为真正能达到思想交融、行为默契的婚姻也只能在小说或电视剧中存在，因为思想和行为随着年龄的增长是不断变化的，何况两个不同个体的人怎能达到共发展呢？“一见钟情”也需要在后来的成长过程中相互理解和宽容，婚姻的现实性注定了感情的平民化，我认为男女双方只要觉得对方的优点能欣赏、缺点能容忍，这样的情感就值得追寻和珍惜，这样的婚姻就值得欣赏和回味。一位老师的话更是经典地概述了婚姻永恒的哲理，“共苦的女人是好女人，共甘的男人是好男人”。但纵观婚姻世界的人们，许许多多的女人能同男人共苦，而更多的男人却不能同糟糠之妻共甘，这是人类社会的固有现象，也是女人的悲哀，我为质朴的女人鸣不平，为花心的男人羞愧，但愿天下有责任心的男人都能与结发之妻共患难、同富贵。

一次简单的“饺子宴”引起了我这么多的思考，这是我始料未及的，我为能共享这次物质和精神之宴感到高兴，也许它将成为我人生永恒的记忆。后来，我才知道主人请的男人都是省外的，女主人已经离婚多年，吃饺子的目的是想让大家有一个家的感觉。

回想整个晚宴，家的感觉烘托得活灵活现，主题非常鲜明，大家真正提前过了一个愉快而祥和的节日宴、团结宴。同时，我也有些伤感，为这些独自带着小孩的中年知识型女性感到悲凉、悲愤。但愿天下所有的男人都能找到理解和支持的女人，所有的女人都能找到称心如意的男人。

“5.12”大地震一周年想到的

汶川大地震一周年之际，总想写点什么，但又不知从何说起，因为需要感怀的地方太多了。

这几天在网上搜索拜读了许多关于汶川大地震后感人的只言片语，内心一阵阵酥麻、透心冰凉，仿佛这个巨大的人类悲剧就发生在昨天。虽然没有身处地震核心区域感受的强烈，但那天地震发生时的情景仍历历在目、永生难忘。

记得当时我穿一条短裤正端坐在家里的电脑面前看新闻、八卦，妻子和小孩在床上午睡。14点28分钟时，忽然电脑开始晃动并愈演愈烈，玻璃窗户明显哐哐响，我站起身来走向窗台，这时已经明显感觉到有些头晕，但根本没意识到是发生了地震，边走边我还自言自语地说，这风也太大了，把房子都吹得晃动了。突然发现窗外的树并没有大幅度地摆动，这才意识到发生地震了，于是赶紧跑到卧室叫醒妻子和小孩，妻子抱起只穿着内裤的小孩就往外跑。当我穿好裤子找钥匙准备出门时，发现钥匙没有，于是焦急地在屋里转来转去，这时地震的冲击波接踵而来，房子晃动得更厉害了，我在屋中央都有些站不住了。我边找钥匙边想，如果生命就这样结束了也太可惜和不值了，大概过了几分钟才在一个柜子上找到钥匙，于是锁上门慢慢走出宿舍大楼，此时大门口已经聚集了许多人，我成了最后一个从房间出来之人。

分析当时我漫不经心地出来就回想起著名电影《敦刻尔克大撤退》中描述海滩上的一幕，人们拥挤恐慌后平静麻木地排队上船，任凭空中的飞机轰炸和扫射。妻子责怪我为什么出来这么慢，我调侃似的苦笑着说，“你把我的钥匙又挪了个地方，如果真去见了上帝，你也有部分责任哟”。这时我看到相识的和不相识的人们聚在一起有声有色的阔论，人们对生命的坦然和在即将发生的灾难面前泰然处之让我肃然起敬。说实在的，在重庆这个高楼林立的城市中，从房间跑出来不一定是应对地震这种危险的最好举措，随便抬眼望向楼顶一下，帽子都可能掉在地上，有生存的希望吗？也许只能眼睁睁地看到谁先倒下、谁先站到上帝面前领取天堂的钥匙吧。

大地震一周年之际，为什么智慧勤劳的人们在自然灾害面前变得这么脆弱，眼睁睁地看着亲人的离去而束手无策呢？生命在大自然面前就这么渺小，活着的人除了向死去的亲人们寄托哀思更应该做些什么呢？看到极少数人选择自缢的方式来逃避，我感到非常痛心，我也不能完全理解这部分人的极端行为，因为只有树立起生活的信心和勇气，更健康快乐的活着才是对死去亲人的最大凭吊和怀念，也只有这样才能使九泉之下的亲人们瞑目和安心。相反，我看到的是更多人选择接受挑战，重新繁育新生命，对这部分人我由衷地敬佩，人类社会的繁衍不正是由于有许许多多对生命充满希望的这些平凡人们的无私奉献吗？“不经风雨怎能见彩虹”，美丽的人生不也正是在这些风雨中不断坚强所创造的吗？大地震一周年纪念之日，我相信地震灾区的人们已经从那个世纪噩梦中苏醒。在全国人民的关心和帮助下,灾区的人们一定能重建美好的家园,过上幸福的生活。

人类社会在发展进程中经历的这个巨大磨难，一个人短暂的一生能经历和感受到大自然的狰狞，我不知道这算是有幸还是不幸,也许温总理的四个大字是最好的诠释——多难兴邦。纵观人类的历史长河,自然灾害何其多,但我们都顽强地挺过来了。人类历史前进的车轮虽然短时间会陷入泥潭,但终究会从泥潭中走出来,逝者如斯,从这些失败和挫折中总结出经验和教训,去迎接下一个更大的挑战吧。

我的昆明新家

“家”对于普通老百姓来说，意味着温馨和安全，我的昆明新家虽然仅一间20平方米的单间，但它却是我精神的慰藉和支柱，特别是妻子和女儿在我离开重庆半年后一同来到昆明，我的昆明新家真正回归到了它应有的本色。从2008年刚开始一个人到昆明来时的一张旧床、一个简易衣橱、一张破烂书桌和几张凳子到后来的一张宽大新床、一个新衣柜、一张新饭桌和锅碗盆炊具样样俱全，“家”也在我眼里面初具特色，我也由此结束了去学生食堂吃饭的历史。这一切来得这么快，还得感谢党的光辉照耀我心，让我有了一个完整的家。

我是一个非常念家的人，因为我的爱好不多，花天酒地少有往来，经常像个小男人似的窝在家里，因此“家”对于我来说具有极其重要的地位。记得有次同妻子争吵，妻子说我成天待在家里，没有几个朋友，事实确实如此，后来细想，做女人不容易，做男人也不轻松。一个大男人经常待在家里无所事事是有些违背男人的社会角色，从我内心来说，我也希望能像铁骨铮铮的男儿驰骋疆场，可社会不是想象的那么简单，人生不得志是我的宿命。不管从思想上还是能力上来考证，我觉得我并不比许多同龄人逊色，“为人民服务”的精髓我理解得也不比当今许多官老爷们肤浅，只可惜命运中注定了我只能为自己服务、为“家”服务。

从辩证的角度来说，长期固守家庭的男人也不是一无是处，他们也有可爱的一面，至少我作为一个守家的男人，给温馨的家庭增添了不少绚丽的色彩。由此引申到男女组成家庭时，一定得认真思考各自角色的定位，特别是作为弱势群体的女性，一定得想清楚你需要什么样的男人，需要的是男人在外面风光带给你虚荣心的满足感还是男人在家里面忠诚老实带给你的踏实感。“鱼和熊掌不可兼得也”，但愿走进婚姻殿堂的女性们都能想清楚这个问题后再在神圣的上帝面前宣誓。

“家”不论大气豪华还是狭小简陋，只要我们每个人有一片赤诚的心来关爱它，我相信天下所有有情人组成的家庭都值得百般珍惜和爱护，因为家将伴随我们快乐或忧伤一生，它是我们成长过程的见证者和日常琐事的记录者。我的昆明新家在许多现代人眼里不能完全称为真正意义上的“家”，因为人均 6 平方米的地方着实让人窒息和郁闷。时间长了，我也能从中感受到它的不适和不快，有时想安静下来思考一些问题都没有空间，有时想躺在床上休息一下都没有机会，因为 3 岁的小孩，还不懂得理解和关爱他人。记得有时心情极其不爽时就对着小孩大吼一番，虽然暂时能得到一丝内心的平衡，可最终还是以失败告终。

因此，我是多么想换一套大点的房子，至少心情不好时可以隔离小孩的喧闹声。据说这种美好的幻境不日即将实现，学校在新校区正在修建教师住房，并且房子面积都不小，我想至少我需要一间安静的书房，让我独自有思考人生和品味世态的空间，到那时“家”不仅仅是供我吃饭和休息的地方，更会赋予我生命一些其他精彩的元素，我也将更加热爱我的家，但愿这一天能早日到来。

2010年的春节之行

从事教师职业以来的第二个春节，我早早地计划回攀枝花同父母过。由于岳父母身体欠佳，所以这个春节的安排是先到攀枝花同父母待一段时间后就转回重庆。1月26日我们一家三口乘坐火车来到了攀枝花，一行中还有学院的一位女同事，她家也是攀枝花的，因此我们的关系还算可以。俗话说："在家靠父母，出门靠朋友"，我这个从重庆来昆明工作的人什么都得从零开始，人脉关系的建立需要同学、老乡等的介绍和引荐，因此只要能搭上一点关系，我都厚着脸皮套近乎。下火车后她有一个朋友开车来接，我们一家人也就搭了个顺风车。

攀枝花火热的太阳比昆明还厉害，明晃晃的很是刺眼，老父亲和小侄儿在路口接我们，第一眼看到不修边幅的老父亲又苍老了不少，心里有一种说不出的心酸，老父亲接过我手上的一袋东西就领着我们往家走，虽然一路上老父亲言语不多，但通过他的举止行为我能感受到父亲的欣喜。来到父母的家，虽然没有几件像样的家具，但井井有条的布置仍让我眼前一亮，这是目前我看到的父母最漂亮的家。我的父母在攀枝花一共搬了三次家，他们辛苦操劳了一辈子，住房从10平方米到40平方米，再到现在的70平方米，这次终于还算比较满意的一个家了。在我脑海中，家是父母节俭和朴实的真实体现，虽然我住在这样简陋的家里时间短暂，但却从来没有一点不适感，真是应了一句老话“儿不嫌母丑，狗不嫌家贫”。

长年身居重庆山城的妻子对攀枝花没有多少好感，结婚十几年她也只是随我来过两次，今年是 8 年后妻子同我和孩子重回攀枝花，但在妻子的脸上我却仍然没有看到一丝的喜悦，也许是因为这里只是我父母生活的地方，她只是为了完成媳妇的孝道而已。接下来的几天里我都能隐隐约约地感觉到了妻子的不快。终于在一天晚上，我们一家人在一起闲聊时，她开始诉说对我的不满。女人的心思永远是那么让人捉摸不定，“东边日出西边雨”，让我经常不知所措，也许这就是真实的夫妻生活吧。也许是因为她对我的成就不满，也许是因为她对自身的差距不满，也许……

大学老师在许多人眼里都是非常安逸舒适的，但这只是局外人的看法，我的亲身体会截然不同，知识分子成堆的地方更讲究脸面和个人成就感，因此无形中每个人心里的压力就非同一般，特别是我这个戴着“博士”光环的人就更不能例外，除非做一个不闻世事、“装在套子里”的人。内心强烈自尊的我肯定做不成上述活神仙类人物，因此出人头地是我内心的企盼，但很多时候上帝安排的结局都不令人满意。

做男人真的很累，真担心有一天承受不了这种折磨而早早地归天。这次真没想到妻子当着我的家人数落我学术上的不足和失败，也许大学里流行的“夫贵妇荣”在她心目中潜移默化地起了作用，但愿她能超脱世俗的观念，理解我、支持我走完人生既定的路程。

一次迂回的春节行程安排，收获了一点曲折的人生感悟，实属意外。但愿随着年龄的增长，我与妻子间的不和谐能少一点，生活的欢声笑语能多一点。《红楼梦》中的一首诗词引起了我的思考："世人都晓神仙好，惟有功名忘不了！古今将相在何方，荒冢一堆草没了。"

成年人找乐

目前的中国正处于时代大变革的敏感时期，各种新思潮、新理念充斥整个社会，浮躁、不安、压力等在人们的日常行为和思想中不断沉淀和显现，以至于有调查显示，70%的中国人处于亚健康状态。

成年人这个群体正是时代的中坚力量，工作、生活等方方面面的压力最有代表性。20 世纪 60 年代人的下岗，70 年代人的婚姻危机，80 年代人的情感危机，90 年代人的就业危机等等是当今社会的真实写照，时不时看到和听到的自杀事件也均来自这个群体，房奴、车奴、卡奴在这个群体中是普遍现象。由于这一系列客观事实的存在，成年人的快乐也就无从谈起了，即使人们在一些公众场所的喧哗与放纵也仅是表面上的一种发泄。记得有句话很有意思，什么是快乐？快乐就是强烈掩饰自己内心的悲痛而对人微笑，这个解释虽然有些牵强，但却很符合当代人们的主流思想和意思表达。因此，我们作为成年人，在实际工作和生活环境中需要来寻找快乐、制造快乐，将内心的愤恨和伤感宣泄一下，否则真的就会走向失落、消沉、厌世，以至于发生大众都不情愿看到的人间悲剧。

“予人快乐，自我快乐”，这是我思想中存在已久的观念。人活在世上，究竟是为什么？不同的人有不同的答案，我的理解不外乎两种,一种为物质,一种为精神,只是所占比重不同而已。比如广大农民的理解可能更多倾向于前者,日出而作,日落而息,长年在土地上打转,周而复始地代代繁衍、生息,为了生活而生活,没有更多思想层面的追求和梦想,其实这也是一种良好的生活方式。

物质的体现形式最直接的就是钱,但钱达到多少才是标准恐怕无法界定,这个问题也困扰了我多年而不得其解,也许本来就是一个伪命题。随着我年龄的不断增长,基本生活自足后,更多精神层面的追求或者想法涌入了我的大脑,如何能使自己的人生快乐而有意义成了一个真命题。每当夜深人静之时,我都会为这个问题而思索、遐想,但精神的享受形式却如百慕大三角,让我无法捉摸,也许偶尔的找乐就是一种解题思路。

成年人找乐,说难也不难,说易也不易。因为成年人的思想和行为在许多场合会受到道德和法律的约束,总不能为了乐趣而有伤大体、有失大雅吧。但现实生活中太循规蹈矩也就无法找寻快乐了,因此如何协调两者的关系就是成年人必须面对的问题。我是这样理解的,只要不违背大的原则,偶尔的放纵一下自己也何尝不可。在我的记忆中就有这样两件找乐的事情。一次是学生军训期间,我作为带队的老师之一,几天的封闭生活着实让我有些压抑和无聊,一天晚饭后我背上一个大行囊走出军营悄悄地买了一打啤酒,因为军营不允许喝酒,小卖部也不卖酒,于是只能偷偷摸摸地到外面买酒。深夜12点,我吆喝了几位同行的老师一起在宿舍喝酒、闲聊,第二天起床的第一件事就是将空酒瓶提到垃圾桶,消灭罪证。回想起整个事情,除了行为有些不端外,没有对社会公共安全产生什么危害,喝酒聊天却增加了老师们之间的了解和友谊,功过是非对等,无形中却制造了一些快乐。另一次是学院的几个青年老师周末晚上约在一起吃饭,吃完饭、喝完酒后提议一起逛一逛翠湖,大家正玩得兴致时,有位老师说要上厕所,由于我们几个老师都是外地来昆明工作的,厕所一时不好找,于是大家就异口同声地说就地解决,话刚说完,齐刷刷地几只"小水龙头"就对着湖水了,叮当的水声和溅起的水花给翠湖的夜色增添了不少妩媚,此次翠湖的夜景也给我留下了深刻的印象,也许这次的恶作剧将是我今生在翠湖的最后一次"儿童"游戏,人到中年的我有此童心实乃不易,我倍加珍惜,或许将永远珍藏在我的记忆中。

以上发生在我这个成年人身上的两件小事,说出来虽然有些不雅,但它确实给我苍白的内心世界带来了丝丝快意,让我在重压的生存环境中保持了一颗健康的心态。不求奢望人活得多精彩,但愿努力前行的过程中有一些快乐相伴,足矣。

打 靶

“打靶”对于男人来说是极其向往的,驰骋疆场、金戈铁马是男人的固有属性。和平年代的男人要么在商场上一展身手,要么在官场上逐鹿中原,但现实社会中能在商场和官场上占有一席之地的人毕竟是少数,因此大多数男人也只能通过对“打靶”的憧憬来显示男人没有消亡的本性。

打靶最常见的形式是气枪对气球,但凡旅游之地均能见到此等人文风景,并且在气球前裹足不前的多为男性。真枪实弹地打靶对于普通老百姓来说就不容易了,正因为这是小概率事件,所以更能勾起大多数男人的好奇心,时常遇到男人们聚会时,只要一提起实弹打靶就兴趣盎然、滔滔不绝。2008 年我刚来到学校工作时,听说一年级学生军训时老师可以前往营地打靶,别提多兴奋了,于是再三告诉带训的老师打靶时通知我,可是每到关键时候那位带队老师就掉链子了,让我由兴奋变得失落,由畅想变得无语,以至于第二年的军训打靶之事只是在脑海中一闪而过、无心过问。从事教育工作的第三个年头,即 2010 年,受学院领导安排,我成了学生军训带队老师的一员,打靶之事也就顺理成章了。

记得打靶那天,天公作美,无风无雨,太阳时隐时现。来到靶场,映入眼帘的是学生们一个个正趴在草地上进行射击,每个学生旁边有一位现役军人指挥，军训办还专门为老师们准备了一些简易小凳子。我们坐在凳子上一边欣赏学生的“优美”姿势，一边低声闲聊，时间就随着一批批学生每人5发子弹“啪、啪、啪”而流逝。差不多过了1个小时，也不见教官示意老师打靶，近距离的子弹声音让我有些不安和烦躁，如果不是为了过一下枪瘾，恐怕我早已溜之大吉了。终于守得云开雾散、瓜熟蒂落，教官安排我们在下一队学生没进靶场的间隙时间打靶，我根据指令趴在地上，肩托枪柄，扣动扳机，15发子弹眨眼工夫就没了，问我旁边的教官才知道全部脱靶，堂堂七尺男儿居然上不了靶，真丢死人了，又一次心灵遭受到了无情的打击。后来听说绝大部分老师都不上靶，心情才稍微有些放松，人生就如打靶，世事难料呀。

第二天，听说又有一批老师将来到军训营地，美其名曰看望学生，“此地无银三百两”，其最终目的不外乎打靶，因此我也通知了学院的一个好哥们。同时，我也有幸来了个“二进宫”，又一个15发子弹被我一扫而光，没想到结果仍无改观——全脱靶。我的那位哥们估计也好不了多少，因为让学生们打靶用枪的准星都调高了，为了防止近距离跳弹。估计这种说法是真实可信的，因为几年前我在重庆的一次实弹打靶，5发子弹还中了个22环呢。这次没有报靶环节，所以不小心“上靶”的老师也没有成就感，学生就更不用说了，教官按住枪柄，不用瞄准就把子弹打出去了，因此许多学生后来说一点感觉都没有就完了。

我人生的第二次实弹打靶就这样以“零蛋”交卷了，虽然脸面有些不光彩，但人生的记忆又增厚了一些，但愿在以后的人生战场上有更多意想不到的收获和喜悦，“上靶”的次数多一点。

第一次亲临云南特色婚庆

"婚庆"是中国传统礼仪中重要的一个喜庆节目，不同地区的婚庆习俗不同，庆祝方式也有所差异，云南是中国少数民族聚集最多的省份，其婚庆特点多少应该有点民族特色吧，这也是我有此好奇心的原因。虽然身居大都市的汉族或者少数民族已经对婚庆的形式有所改变，但一方一俗的根源仍还在，比如昆明人结婚正宴在晚上举行，这是我所没听闻的。自从我记事开始就只知道结婚正宴在中午举行，没想到昆明人却将此良辰美景移到了晚上，重庆人晚上举办的婚宴一般指"二婚"。

2010 年开年就迎来了一次亲身体会云南特色婚庆的好事情，不知这是否预示着今年我人生的风调雨顺、心想事成。学院有位年轻小伙苦苦寻觅的爱情终于修成正果，邀请我去为他服务，身在异乡为异人，同情心驱使我不能回绝，于是满口应承了下来，没想到《分析化学》课程需要集体改卷，更没有想到我会成为系主任心目中不可或缺的角色。解铃还需系铃人，我只好请这位年轻同仁同系主任商议。说内心话，我非常乐意为他的婚庆服务，因为他来自于外省，学校毕业后落户昆明，无亲无故，婚姻又是人生大事，此时有求于我，我作为他们中的"大哥"形象理应出力，虽然不敢奢求今后同他有多深厚的友谊，但至少也能彰显我这位重庆人的豪爽和乐于助人的品性。

婚庆当天，我早早地随几个朋友一起坐车来到花店，原以为帮忙贴花，结果是来欣赏花店老板贴花的手艺。由于主婚车迟迟未到，我们这些接新娘的人也无所事事，闲聊成了打发时间的最好办法，等到主婚车的花环全部贴完已经快到中午了，原以为我能出多大的力气帮忙，结果只是感受了一下昆明冬季大街的丝丝凉意。

紧接着，我们一行八辆花车穿梭在大街小巷向新娘家的住处进发，来到新娘家的住处吃完午饭就正式开始了我们接新娘的程序表演。我们一路举着礼花炮排成两队在小区里吆喝甚是搞笑，昆明的特色娶亲也就此拉开了序幕。到了新娘家的门口只见铁门紧闭，里面的人要求新郎口述一些爱慕的甜言蜜语方才开门，“郎才女貌”的文字形式在这个纯朴的地区还有其用武之地，甚是欣慰。新郎拿出早已准备好的诗词歌句念叨了一番后，门终于开了，没想到刚上几步台阶，又有一道门关着，刚才的表演又得重复一遍，多少有些让我们这些亲友团不解和茫然，后来在新郎的再三恳求下门才打开了。接下来的程序有亲友团帮新郎找新娘的鞋、新郎和新娘跪拜父母、接亲友的人吃汤圆，这一系列既定内容完成后新郎就背着新娘出门了，一路上要求不能歇气，还好新郎比较壮实，当然，此时背着自己漂亮的妻子心情肯定轻松。接下来就是车队载着新郎和新娘到风景秀丽的滇池旁照相，我们几个陪同的哥们闲着无事聊天时还说，今天完全成了新郎让我们这些长期居住在象牙塔中的学夫子亲近一下久别的大自然，服务根本谈不上，只是吆喝了几声而已。

回到婚庆的主婚场已是下午 5 点了，新郎和新娘开始准备晚上的隆重登场，我们也闲来无事，就开始玩起扑克来。斗地主是重庆人的本色，虽然我的牌技水平远不如重庆人优秀，但相对于云南人民来说还是略胜一筹，打得对手们不得不啧啧称羡我这个“孬”重庆人的水平高，无形中又自信了一把。

晚上7点钟婚宴准时开始，一切仪式都是那么地熟悉和老套，只是新郎的保证书颇有些新意，听到此言后我想新郎不再是一家之主而是新娘的仆从。男人被刻画得言听计从、唯唯诺诺，好像社会重又回到了远古的母系时代，女权尊大。当然，这个保证书也只是形式上的玩物，在现实生活中切不可当真，否则家庭的大厦将随之倾覆，灰飞烟灭，男人主宰世界是当今社会的主流，如果夫妻双方就像周瑜打黄盖，一个愿打一个愿挨，那就另当别论了。新郎父亲的安徽话也让我记忆深刻，正宗淳朴忠厚的家乡音响彻整个婚庆场，安徽人民养育出来的男儿终于在祖国边陲安营扎寨实属不易，虽然我不是安徽人，但今天我代表安徽人民迎娶新娘，有些亲切感。

紧随其后的仪式就是新郎和新娘向各位来宾敬酒，当他们走到我这桌时，我才仔细端详了一下新娘的容貌，不看不知道，一看吓一跳，新娘的美丽着实让我吃惊，原来我的这位同事谈女朋友“走马换灯”是事出有因，美貌是男人骨子里面向往和追求的东西，但愿此女子外表的美能同内心的善相辅相成、完美统一。

一天的简单忙碌随着宴庆的结束也慢慢变得平淡起来，我正准备随同大部队离开，突然有同事叫住我一同去闹洞房，本想不去凑这个热闹，碍于我是安徽人民的特邀代表也就一同前往了。原来昆明人闹洞房安排在KTV，有些新意，也许这是现代城市人婚姻的一种普遍形式,借此机会去探究个明白也不枉做个新昆明人。到了KTV现场,除了喝酒和听歌也没什么特别的,由于来此地的新郎和新娘双方朋友初次谋面无甚言语,现场气氛大打折扣,随着人的陆续撤离更显单调和乏味,最后我同另一个同事也在10点多钟离开了,一场闹新房的"丑喜剧"就这样无声无息地结束了。

第一次参加昆明人的结婚庆典由新奇到搞笑再到平淡,有点小时候玩的过家家味道。但愿我们每个人每天都在"新婚"的喜悦中,多一些生命的精彩,少一些生活的平淡。

观 2010 年世界杯足球决赛

足球对于我来说，基本属于可有可无的状态，因此历年的足球赛我都没有认真去体会过，只是偶尔为了打发一下时间看上一场或两场，即使是四年一次的世界杯足球盛宴也激起不了我多少兴趣。

2010 年的南非世界杯足球赛虽有些心动却难以行动，一家人蜗居在 20 平方米的房子里，没有电视，仅有的校园网络也由于网速每秒几个 KB 而无法浏览，本想去酒吧欣赏一场或两场赛事，却又苦于没有志同道合之人。就这样，一场场球赛的结果就在脑海中一闪而过，没有更多的记忆。临近决赛的几场球赛本不想错过，却又由于集中带实验课而不敢奢望，7 月 11 日晚 10 点左右，有个哥们敲我房门，说请我去看最后一场决赛，由于第二天又是一整天的课，本不想去，可是哥们的盛情又不好拒绝，只好舍命陪君子了。

凌晨 1 点我们几个同事一起来到酒吧共同享受了这次的巅峰之战——西班牙 VS 荷兰。正式比赛后，我发现足球的观赏性大打折扣，双方都比较保守，0 比 0 维持到 90 分钟的赛程结束，最后只有通过加时赛来决出胜负。我的激情也随着沉闷的足球而消沉，瞌睡虫开始找我谈心了，还好，由于大家偶尔的调侃才让我的意识形态没有完全被转移。记得有个哥们说保罗这次预测西班牙胜，前几届的世界杯它全部预测准确。保罗何许人也?我询问后才知道原来是一只章鱼,我这个假球迷着实闹了一个大笑话,我还以为是一位顶尖级球星呢。

虽然这次的足球决赛场面上没有更多值得记忆的地方，但这位哥们搭建的这个平台让我的人生平添了一次难得的记忆。说起我的这位哥们,绝对算得上一个人物,人不仅长得帅气,家庭殷实又热情大方,如果有哪位女性青睐,肯定是幸福之至,“钱”“色”兼得也。

开心的一次生日 PARTY

人到中年的我，生日过了近 40 个，绝大多数都是过眼烟云，时间稍长，差不多都忘得一干二净了，唯有对小时候母亲每到生日的那天给我煮一个荷包蛋还记忆尤深。长大成人后，由于工作和学习的压力和忙碌，我对生日的情怀更是无暇顾及，抱着得过且过的态度，一些繁文缛节能免则免，因此多年来在记忆中就没有吃生日蛋糕和唱生日歌的美好景象。

2010 年是我的 39 岁生日，突然收到学生和妻子的两个生日蛋糕，意外之喜，欣喜若狂。俗话说“男做九，女做十”，今年也就是我 40 岁的大庆之日，真应该好好享受和庆祝一番。上帝好像也特别眷顾我这个不平常的生日，生日这天发生在我身上的偶然事件层出不穷，记忆多多。

学院 7 月初将搬迁到新校区，根据整体安排，我马不停蹄地投入到了实验室的整理工作中，6 月 29 日成了我最忙碌的一天。上午一个人清理装箱，中午卖掉清理出来的书和纸，下午与同学们一道腾挪转移，干得是热火朝天、汗流浃背。特别是下午的大型仪器转移耗费了我们九牛二虎之力，还好同学们个个都任劳任怨。中途休息时我让一位同学到菜市场买了 3 个西瓜犒劳这帮学生勤杂工，小小年纪出此大力实属不易，听说他们还是响应学院的号召、自告奋勇报名参加的，他们的精神和热情让我由衷地敬佩。快 6 点了才初步结束战斗，本想请学生们一起吃吃饭，慰劳一下他们，但由于晚上我另有饭局，只好拿出卖书的 100 元人民币叫他们自己去乐了。

由于突然收获两个蛋糕，短时间内肚皮肯定消纳不了，于是同送蛋糕的学生们约定，我吃完饭后大约九点多我们一起来分享这份难得的快乐。没想到的是除了我和同学们，还有分管我这个“主任”工作的领导及一个美女和一个帅哥老师参加了我这次别开生面的生日 PARTY。领导本来是找我有事，没想到给他来了个惊喜，我还调侃地对他说“来得早不如来得巧”。帅哥老师是我的一个好哥们，他正好在实验室加班，我主动邀请了他，没想到他正好带着个相机，于是我强烈要求留下他们分享蛋糕的“罪证”，就这样，大家乐呵呵地来了个实验室生日聚会合影。回到家中，妻子和小孩还等着我分享另一个蛋糕，于是又是唱生日歌又是吹蜡烛，一家人其乐融融，最后也摆了几个 POSE 以示纪念。

40 岁的生日发生在我身上的偶遇和快乐随着深夜的临近而结束了，躺在床上细细回想起这一天的过程，其乐无比。虽然没有亲人和更多的朋友参与，但内容的丰富却超乎了我的想象，遥想再过 40 年后带着老花镜重温这些旧照片一定会有另一番情趣和感怀。

看 房

学校将在 2010 年整体搬迁到大学城,教师住房已经进入收尾阶段了,选房交钱也摆上了议事日程。学院组织全体老师看新房,我本不想去凑热闹,由于例行监督实验大楼的装修,搭个顺风车也就容易接受了。说实话,对于普通老百姓来说,房子是人生中最大的一笔投资,“看房”则是慎重投资的一种前瞻性举措,大众的行为也不难理解。

车到“雨花毓秀”小区已是下午 5 点钟了,下车后老师们各自向目的地进发,我由于是第三批购房户,没有确定户型,所以不知道看哪种,于是就在小区里面瞎溜达了一阵子就出来了,看到许多老师们马不停蹄地穿梭在高楼林立间的背影颇有感触，房子在老百姓心目中的地位可见一斑。

“民以食为天,民以房为生。”当今社会,住房已经成为人们生活息息相关的物品了。现在普通老百姓茶余饭后谈论最多的就是住房问题,这也是拉近人与人之间距离最适合的话题。我们先期出来的几位老师也开始聊起房子来，虽然都有一些不尽如人意的地方,但总体还算满意,只是一提到需要交钱时,大家不约而同地觉得房价贵了点,因为普通老师也没有多少积蓄,这次估计需要倾其所有了。工作时间长点的老师能拿出一些还算好的,刚参加工作的新老师们可就困难多了，最后也只能伸手向父母索取或者向亲戚朋友暂借。

另据可靠消息，现在“雨花毓秀”的房子转让费是每平方米1000元，远远高于最先开始的每平方米500元。最近，我经常在网上看到中国许多大城市“地王”频频出现，房子售价节节攀升，短短一年时间，房价就来了个“V”型反转，排队买房的现象又悄然兴起，不可思议。这次身边现实的例子让我不得不相信房价泡沫的又一次急剧膨胀过程，我真不知道这是来自于房屋开发商的策略还是老百姓们急于将手中的钱兑现到实物上？纵观中国这几年的房价，真让我瞠目结舌，一浪高过一浪，有点像我国20世纪60年代期间粮食亩产万斤的浮夸风，也许更像20世纪80年代的家电抢购潮，这些事例的最终受害者可能还是中国的普通老百姓，这是由商品经济规律的本性决定的。

仔细分析当今房价“大跃进”的现象，我认为可能基于以下几方面的原因。一是普通老百姓对房价政策放开后，总想拥有“一己私产”，房子就是最具个人财富的体现，这也是中国人几千年以来长期固有的传统习惯。二是普通老百姓对未知风险认知能力的不足，总认为房子是永远会涨的，因为中国人多地少的谬论长期固化在人们的大脑中，可是看看我们的邻国日本，其人多地更少，现在的房价不也远远低于中国吗？也许日本曾经的房产泡沫让日本人心有余悸、不堪回首，为什么我们的普通民众都不能引以为戒、引以为鉴呢？难道中国人的智商都这么低吗？我认为这不是单方面普通老百姓的原因，当地政府、开发商、舆论氛围等都难辞其咎。三是中国人特有的赌徒心理作祟，在中国市场上任何商品只要将价格造出一种上涨的趋势后，老百姓都会争先恐后地加入到这个价格追随的行列中，像击鼓传花似的一棒接一棒，回想建国以来的商品经济，哪一次物价上涨不是风声鹤唳，最后还不是得益于政府的强力调控才算平息。

因此，对于这次购房的老师们、同事们，我真心希望他们都能冷静地思考房子到底是用来投资还是自住，如果是自住的情况，房子太大了也是浪费，并且有限的钱放在房子上面牺牲时间成本是肯定的，不如来个折中，选购既无太多心理负担又无太多成本的面积。如果是投资，就另当别论了，但我要提醒的是投资一定要有时效性，千万别让房价永远向上的观念占据大脑，近的不好说，远的至少有政策风险，比如物业税、资源税、遗产税等等，并且中国的土地属于国有，老百姓所购买的房子在其产权证上标注仅有 70 年的使用权。

“看房”活动急匆匆地结束了，没有“房物”收获，精神上倒收获了一些，至少思想层面上又引起了我的一次发现，后来的食堂大餐更是弥补了“房”的缺憾，让我饱了口福。总之，房产对于普通老百姓来说是一笔数额不小的投资，不管是自住还是投资，都需慎重决策，愿所有的老师们都能选购到称心如意的房子，自住起来舒心，投资起来开心。

未来的中国是什么样

未来的中国会是什么样？这是一个非常大的命题，不同的角度会得出不同的答案。我从浅显的经济现象说一定是“国强民富”。

乍一听这四个字，许多人会嗤之以鼻，举出N多反对的理由，比如当前的社会矛盾激化、官员腐败、城乡二元经济结构等等。我不否认当前社会上的一些弊病，但它仅是人类历史发展中的伴随现象，历史的车轮一定向前，人类会用智慧不断地修正和完善崎岖的足迹朝向正确的方向前行。而中国共产党正是这群人类中的精英，遥想中国共产党建党100年或150年之际，中华大地一定是一派繁荣景象、蒸蒸日上。以上仅是从历史发展规律来说，以下从现实经济条件谈谈我的个人看法。

首先，近段时间中国领导人强调国有资产的证券化。自从关注证券市场十余年以来，我认为这个理念是一个伟大的创举。中国证券市场从无到有，摸着石头过河，一步步走过了近二十个春秋，从为国企解困到全流通都无不凝聚了中国领导人的智慧和高瞻远瞩。国有资产证券化举措就是经济领域的可持续发展，无形中为我们的子孙后代留下了一笔巨大的财富。因为中国融入世界经济的汇率自由兑换是迟早的事，证券市场由此将成为全球资本进驻的重要平台，国有资本的升值必将浩浩荡荡、雄伟壮观。以目前中国的银行股为例，其股价才几元人民币，而国外的银行股上百元，难道中国的银行不是银行？中国的银行可是承载了十三亿人口的物质交换货币量呀。

其次，近几年中国房产市场的高歌猛进，人民怨声载道。虽然中国的房产市场发展还需要在制度设计上不断完善，但房产私有化为国家GDP的贡献是不争的事实。当然，这项政策也受到了不少的抨击，各地政府的“土地财政”首当其冲。对于中国的房产市场全面放开的利弊，我在此不敢妄加评论，让经济学家们去研究和评说吧。我从非经济学人士的角度谈谈其中的优劣，首先房产市场的全面放开是绝对正确的，这也是计划经济走向市场经济的重要方面，中国十年的房产市场化虽然在房子价格上有些“大跃进”的味道，但从目前各方面的政策来看，这种“大跃进”已经引起了最高决策层的重视，泡沫破灭之前的消气环节已经是层层加码了，我也相信中国领导人的智慧一定能解决好这个事关国际声誉、国内民生的问题。经济的快速发展离不开土地的流转，一段时期遭受争议的土地财政政策会随着土地的可供应量减少而慢慢淡出人们的视线，紧接着是拥有土地的人们(暂且定义为先富起来的人)继续为国家GDP做贡献。我从现阶段人们财富的拥有量将中国人分成三部分，一部分是极富裕的人，拥有财富量80%的20%人；一部分是中等富裕的人，也就是通常所说的城市工薪阶层，占40%；一部分是贫困人，也就是城市打工者和农民，占40%。中国的城乡差别随着城市化的进程将会慢慢消失，紧接着是城市中的先居者和后来者在经济方面的不平衡将上升为社会的主要矛盾，因此如何让他们在同一屋檐下平等享受中国经济发展的成果成为了摆在决策层面前的难题。开征物业税或许是一剂良药，通过它不仅能解决土地财政后续匮乏的现象（耕地保有量红线限制），也能解决房价快速上涨导致的民生怨言，真正实现居者有其屋，进而让先富起来的人为国家多做点贡献，最终达到共同富裕的目的。极富裕的这部分人可以效仿国外发起“遗产誓言”，倡导正确的社会价值观。

中国共产党的伟大之处就在于其前瞻性，毛主席的“星星之火可以燎原”的理论在解决现实社会矛盾方面仍然有其价值，城乡平等、共同致富是全心全意为人民服务宗旨的平民化体现。民间常说的共产党“秋后算账”，虽然字面上听起来有些不太舒服，但正因为这种“秋后算账”才体现了共产党的高明和伟大。

我的十五年证券投资简史

2010年是中国证券市场的二十周年庆，网络上出现征集见证中国资本市场二十年发展历程的心得体会。虽然我作为证券投资的小散户之一，没有完整地目睹它二十年的成长过程，但十五年的股票投资经历也算是忠实的伙伴了。仔细回忆起自己走过的这十五年投资生涯，喜、怒、哀、乐可以说是一言难尽。十五年的心路历程，从无知时的胆大到思想成熟时的缜密，从仅凭运气的小赚到完整的因果关系分析，从基本面的认识到盘面技巧的洞悉……十五年来，虽然个人财富的积累不甚理想，但知识的积累和经验的丰富是我当初做梦也没有想到的，它不仅激活了我大脑中的投资细胞，而且从另一条途径充实了我的生活乐趣。

1990年中国证券市场正式登上历史舞台，从当初的摸着石头过河到今天的蓬勃发展，其中不乏千千万万像我这样的小股民的参与和奉献。虽然随着时间的不断延续，当年的许多小股民已经被证券市场的洪流淹没而不存在了，但正是这一代又一代可爱又可敬的小股民们不断地加入到这个市场中，才有了今天证券市场上有目共睹的壮大和生机。想起我1995年第一次进入证券市场时的善良愿望就觉得单纯幼稚，希望在这个市场中能赚点小钱贴补家用，但资本市场上赚钱的难度超乎想象，不经意间就可能成为永远的牺牲品。

我出生在一个半工半农家庭，从小与母亲和弟弟生活在农村，骨子里养成了胆小怕事的性格，遗传基因也不够聪明，从上小学起成绩一直都不太好，磕磕绊绊地读到中学，只是快到20岁的时候幡然悔悟以前的生活，“人生难得拼搏”的意识突现脑海中，于是复读一年奋发图强，终于迎来了我人生的重大的转折点——有机会进入高等学府进行学习深造。1991年正值我20岁的生日，我带着偶然、怀着梦想来到了现在的西南大学进行我的大学四年生活。刚开始的两年大学生活我好像又回到了浑浑噩噩的中学时代，不思进取，考试只求60分万岁，成绩在班上排名长期居于中游的位置，还自我感觉良好、逍遥自得。进入大三，才慢慢开始思考我未来的人生之路，做老板开公司是当时我最大的心愿和梦想，因此盘剥父母辅修了“现代经济管理”专业，经常泡在图书馆阅读经济、管理等方面的书籍，这些行为由此也打开了我通向资本市场的原始积累和机会。债券、基金、股票等极富投资色彩的词汇进入了我的视野，有时还饶有兴趣地对股票K线图等技术参数做些读书笔记。

1995年毕业后幸运地分配到一个省级事业单位工作，虽然工作轻松、收入稳定，但对我来说没有一点激情，上班没事情的时候就跑到证券大厅里面去观摩和感受一下投资气氛，时间稍长，心就痒痒了，好不容易在1995年年底省吃俭用加连蒙带骗父母的一共积攒了3000元人民币就去开了一个户头，由此我正式成为了中国股市中广大散户中的一员。刚开始对个股的基本面不太在意，只是根据大势试探性地投资了几只股票，包括彩虹股份、青岛啤酒等，基本上是拿在手上一周就换了。记得有次持有彩虹股份一周的时间也没怎么涨，最后在星期五的下午收市前只赚了 1 毛多钱就卖了,周末享用这种赚钱的滋味还挺高兴的,没想到星期一早上跑到证券大厅一看就傻眼了，彩虹股份几分钟就涨停了，后来连续上涨,从我卖出的 11 元多涨到了近 20 元,那个后悔情形现在还历历在目。

总结经验接着再战,这时正值年报公布完的 5 月,我在证券大厅门口买了一本印刷不算精美的年报读物，回到家天天晚上独自坐在台灯下研读,最后选中了一只股票——湘火炬,它是中国第一家生产汽车火花塞的企业,业绩亏损,价格在 4 元左右。我当初买的理由主要有以下几条:一是今后汽车肯定是发展方向,汽车上重要的零部件——火花塞不可缺少；二是它现在亏损不代表未来亏损,正因为它现在的亏损,价格才如此便宜;三是在彩虹股份上的失算,我打算做中长线投资,俗话说长线是金嘛;四是我不希望自己经常跑到证券大厅去瞎掰,浪费光阴,也不符合我的性格。以上多方面的因素促成了我全仓持有湘火炬这只股票,大概 600 多股。我买进后,它也没怎么涨,我也没管它,又过了几个月,我抓住了一次"变相停薪留职"机会,主要是趁自己年轻想去感受一下市场经济的魅力。离开单位前,我将我的证券交易卡和密码交给了我相邻单位的一位同年毕业的校友，告诉他等我电话通知卖。记得有一天,我在报纸上看到湘火炬已经涨到了 9 元多,我电话告诉那位校友帮我卖了，电话通知完的接下来几天湘火炬一直在 9.40 元附近徘徊,紧接着就是中国证券市场上著名的"12.27"事件。中央电视台在晚间 7 点钟的新闻联播中播了一条证券市场的风险大，告诫股民要冷静。没想到第二天股票全部跌停板,连续几个大盘跌停后,所有的股票都急速向下运动。我庆幸自己躲过了一劫，回到重庆的路上还美滋滋地感谢上帝给了我灵感和先知。当我回到重庆问起股票之事时，我的那位校友说没卖掉，当时气得我差点吐血，他还美其名曰“听说湘火炬要涨到 10 元以上，想让我多赚点”，财运啊财运——命也。后来冷静下来问他为什么没卖掉，才知道我的这位同仁不会划卡操作，他只会在柜台前填单，而填单需要写股东代码，我又没给他。事后分析这也许是托词，压根儿他就没去证券交易大厅，也怪我为了节省点长途电话费没有多打几次电话敦促一下。转眼间，我的湘火炬就回到了 2 元多，后来几个朋友聚在一起闲聊起股票的话题时，他们都说我这个是垃圾股，今后一分钱也不值，早点卖出去还可以拿回点本钱。人有时候就是奇怪，思想容易被左右，我也真正体会到了为什么股神巴菲特要长期居住在小镇上的重要原因了。又过了一段时间，湘火炬回到了我的买入价附近，于是我全部卖了它，结束了这次不愉快的投资之旅。后来湘火炬成了历史上有名的牛股，到 2001 年的最高复权价是我买入价的 200 倍，想当初如果我持有它几年，3000 元就变成了 60 万呀，人生可能就是另一个版本了。

从 1997 年到 2001 年期间我又投资了一些股票，记忆最深的是投资金荔科技（原名飞龙实业），我最先买进的价格是 12 元左右，后来每年将年终奖都换成了它，买入价格区间为 9~14 元。到 2001 年它的最高复权价是 30 多元，记得在 2000 年，它在 15 元附近时，我建议我弟弟买它，结果他买了四川长虹，我的股票不断上涨，而他的却不断下跌，差不多套了 7 年才解放。到 2001 年时，我持有金荔科技 2 年多时间资本金就翻了一倍，这时我姐夫劝我卖了，我却固执地说等它涨到50元才卖，没想到，这时的大盘开始持续向下运动，我的金荔科技也随之下跌，当它跌破20元的时候，我动摇了，结果妻子说了一句，“30多元没卖，20元卖不就亏了”，我想她说的也是，于是就想等个反弹再卖，没想到，中国证券市场从此进入了长达4年的漫漫熊市，一次小反弹后接下来就是一次深幅调整，当我的金荔科技价格回到了我的成本线附近时，我的心里实在承受不了了，于是全部清仓了。几年的时间坐了一次标准的直升飞机，重又回到了原点。还好，我及时地出来了，不然我将会永远地离开资本市场这个伤心流泪的地方，因为金荔科技已经退市到三板了，现在的价格仅1元左右，想想都可怕，当时我是全仓它呀。当初为什么买它并持有它几年的主要原因是因为广东金荔集团借壳上市，真金白银去买壳不折腾一下实在说不过去，只是没想到借壳企业不搞好经营而是利用重组等消息自己坐庄炒高股价从中盈利。

2003年我开始在9元的价格附近全仓买进冠农股份。持有时间没多久，它就连续涨了2个板，我坚持长线投资没有卖，结果它利空消息不断，并且大盘也没有丝毫好转，我就没把心思放在它上面了。当时间来到2005年，年初上证综指跌到1000点附近的时候，冠农股份跌到了3元附近，我的资金损失近70%。2006年，大盘指数和个股均有一些起色，可我持有的冠农股份没什么动静，这时候不知哪根神经犯傻了，我在相同价位全仓换成了玉源股份。没想到的是刚换两天，玉源股份就出了一个公告说追述前年业绩亏损，由于它已经连续两年亏损了，根据交易所的规定带上了“ST”，而冠农股份虽然业绩也大幅下滑，但由于钾肥题材的预期一路凯歌向上，最高点时涨到了90多元的价格。

2005年6月，这个时刻开启了中国证券市场有史以来的大牛市，大盘蓝筹股波澜壮阔的上涨，而我持有的小盘股却原地踏步，直到2006年年底我才解套出来。我一直以来都不喜欢大盘股，因此这段美丽的财富增长机会就这样错过了。解套后我操作了几只股票，但都只是吃到了点鱼头，重要的鱼身部分基本都与我擦肩而过了。2007年上半年的一次经典操作是全仓买入重庆路桥，理由是6月17日是重庆直辖10周年庆，身居重庆十几年的我，亲眼目睹了重庆的城市化进程，而在这个进程中最直观的体现就是重庆的桥，不仅多，而且各式各样、各具特色，重庆也因此号称“桥都”。我想随着庆典活动的陆续展开，媒体的宣传和镜头都将注定重庆的股票会有一波行情，而重庆路桥更应该是首当其冲。于是我在5月29日下午收盘前全仓买入了重庆路桥，没想到上帝真会给我开玩笑，5月30日中国证券市场发生“半夜鸡叫”——提高交易印花税。可想而知，这个政策对证券市场的冲击，连续几天大盘暴跌，几乎所有个股跌停，我的重庆路桥也从17元跌到了10元附近，几天下来资金就损失近半。虽然如此大跌，但并没有动摇我的持股信心，我坚信重庆路桥会有表现，果然不出所料，大概几天后，重庆路桥随着大盘的反弹就开始了凌厉的上攻。记得这次最得意的伏击战是鼓励我单位科室的一位小同事全仓在10元附近买进重庆路桥，一个月后重庆路桥涨到23元左右的时候，我们全部清仓了，我小赚了一笔，我的那位同事是新股民，在我的指导下短短一个月时间资金就来了个翻倍，她倒是乐呵呵了，我只是有点劫后余生的感觉。

记得上证综指到4000点时,国家的主流媒体都在不断地提醒广大股民股市有风险,只是倔强的牛头不以为然,仍然阔步向前,国家出于多方面考虑才不得不出台提高交易印花税的政策。其实我在政策出台前就已经非常小心了,只是想借重庆直辖10周年庆再赚一笔,没想到有些操之过急、鬼使神差地早进去了1天。后来上证综指继续涨到6000多点时,我已经全部先后换成了没怎么涨的小盘股——北矿磁材、德赛电池、旭飞投资,只是始料未及的是全球经济危机的突然到来让所有的投资者都大跌眼镜,大盘一路狂泻,不到一年的时间上证综指从最高点的6000多点跌到了最低的1600多点,跌幅70%多、创下全球之最,我的旭飞投资也不例外,从当初的9元多进去一直跌到3元左右,2年大牛市翻倍利润又被我全部拱手让出了,资金又回到了原点,只是这次坐的是大盘直升机。

2005年以前我基本上很少短线操作,长线持有一只股票可以几年不进行一次交易。2006年解套后才开始进行有限的短线操作。其中操作最失败的是莫高股份和威远生化。莫高股份我是在14元进去的,进去后差不多三个月横盘,最低时它跌到了9元多,我一直持有没动,因为我坚信红酒中的茅台——莫高股份一定会在大牛市中有所表现,只是几个月的坚守太磨人了,看到其他股票涨得好心里着急,于是在它回到成本线附近时就走人了,结果是刚卖出一周后它就启动,最高涨至复权价30多元。由于我一直吹捧它,我的岳父大人相信了,并且坚持到了最后,半年的时间在它上面实现了资金翻倍,我成功地做了一次活雷锋。另一只股票威远生化,我最先买进了1000股,没想到第二天它开盘就直接大单封死涨板,我想是不是上帝可怜我多次时间节奏没有把握好，这次特意眷顾我，于是第三天早上平开时我全仓买进，没想到，当天它就不涨了，接下来的一段时间就是横盘整理。我将买入它的理由告诉了我姐夫，他在一个月后也进去了，买入的价格比我低，又过了一个月，它回到了我的买入价格附近，我实在是没有耐心了，结果是小亏了一点就全卖了，后来它就开始涨到高出我的买入价格10%左右，这时大盘不行了，我姐夫也赚钱出来了。姐夫出来没几天，它随着大盘的下跌连续跌了几天，接着就开始停牌，出来后连续7个涨停板，标准的黄金坑呀，我又做了一次好人，只是没想到姐夫也没有坚持住。再有就是ST双马和重庆港九，进去赚了点小钱出来本想做个T+0，结果我前脚出来没几天它们就停牌出消息了，关门出来后都是连续2个涨停板。股市就这样，预先想到的结果却由于时间切入点把握得不够火候，而错失了短时间暴利的机会。

2008年9月，我由于工作调动来到昆明，新的城市空气和阳光让我静下心来重新审视我的投资经历，同时新的职业特性也让我有了更多的时间进行盘面观察和短线操作，经过我不断地努力和总结，我的资金开始慢慢地回笼了。截止2010年，在2年多时间内我一共先后短线操作了几十只股票，包括浙江震元、丰华股份、综艺股份、大连热电、大成股份、中国武夷、中国一重、汉商集团、天兴仪表、龙头股份、开开股份、力合股份、复旦复发、大像塑、金山股份、金山开发、惠天热电、万象德农、兰州民百、时代万恒、ST零七、迪康药业、金德发展、ST双马、中卫国脉、吉林森工、贵糖股份、重庆港九、上海金陵等。

股市的奥妙就在于不可预见性，事件预知准确但时间错误也等于白搭,并且大势随时左右人的判断和事件的结局。十五年的股票投资经历让我对人生、财富等有了更多的思考和理解,但愿这些失败或者成功的个股投资经历能给我一双慧眼，在这个眼花缭乱的市场中发现一些埋没的金子，也衷心希望以后的投资过程中不仅能增长我的财富,更能激发出我提前预知的潜能,使我的人生更加丰富和优秀。

选 房

自从来到昆明工作后，一家三口蜗居在20平方米的房子里面，实在是不好受，大房子在我心中的地位与日俱增，期盼和安想贯穿了我的整个2009年。

终于等来了选房之日，却又变得茫然和紧张起来，因为不知道是否能选到称心如意的房子。正式选房前几日，除了正常的教学工作外，主要任务就是对房子的考察、比较，做出一个比较细致的方案以备正式选房时派上用场。全校两千多教职工排队只允许每人3分钟的考虑时间实在是有些短，因此前期工作就显得格外重要，每个老师都把它当作一次重要工作来抓。每每看到老师拿着小区图纸又是沙盘模型又是实地调研，总让我突生很多感慨，老师们到处奔波、忙碌的目的就是为了有一处自己心爱的房子，由此可见房子在普通老百姓心目中的地位，伟大诗人杜甫的"安得广厦千万间，大庇天下寒士俱欢颜"突然呈现在我的脑海中。学校老师们辛苦了一辈子终于迎来了一次住房改变的机会，实属不易，自住也好，转让也罢，一次多年难得的年终红包让不少老师笑开了颜、乐开了怀。但好事情总有不协调的因素伴生，比如怎样确定选房名次、转让价格等等都让和谐的大学校园环境充满污垢和敌意。领导的公信、教师的诚信等等都在此次事件中得以体现和发挥，让我更深层次地理解到了社会公平公正的相对性，教师个人人格魅力的局限性。

只要有利益主体存在，就没有绝对的公平公正，所有政策导向都将为利益集团服务、为统治阶级服务。就拿退休人员的排名来说，坊间流传多个版本，最后是让退休人员同第二批人员一同排名选房。典型中国社会利益均衡的结果，成就了一部分人的利益就得损害另一部分人的利益，因为退休人员工作年限长、职称高，排名的分数肯定靠前，如果放在第一批的选房队伍中，就直接损害了领导集团的利益，就其利弊，只好委屈第二批这些新来的博士、硕士们了。这也许是孔夫子教导下的中庸思想的最好体现，来一个“半”尊重。说起这个“半”思想，在学校的不少事情上都能寻觅到它的踪迹，如学院给新来学校工作的人发“过节钱”必须折半，难道新人只能过“半个节”，不可理喻。此次选房排名政策还有一点我是极其不明白的，用工龄长短和职称高低来打分排名固然可以，因为分房这种复杂和容易引起矛盾的事越简单越好，但如此两条也未免太简单了点，难道文凭在学校就没有用武之地了？引进人才、重视人才是学校领导们制定的长期方针政策，可具体到选房这件事情上就成了一句空话，可苦了这些高学历的博士、硕士们，也许这就是边疆地区欠发达的原因之一吧。

透过这次选房政策，我隐隐地感觉到领导们的管理水平还需提高，可持续发展的思想还需不断地加强，从房子完全产权和多职工多套这两方面就可以断定领导层的目光短浅，“为官一任为己一利”的思想体现得淋漓尽致、裸露无疑。“十年树木，百年树人”，如果没有可持续发展的传道授业者能行吗？但愿我这个普通老师的担心是多余的。

经过几次的张榜公布排名，我成了第二批选房者的113名，好房子肯定是没有了，只能退而求其次，在剩下的房子中来选购自己相对中意的房源，唯一好处是少去了我许多的思考和决策时间。这次全部供选购的房子套数多、户型多，前批的老师们肯定在选购上花费了不少心思，学校和开发商还真想得出来，借此顺带也考察了老师们的学问研究水平，我无语。我的本意是不选到一楼就万事大吉了，最高奢求是能选上三楼，后来选下来的结果是二楼，总算勉强过得去，一块悬在心中的石头终于尘埃落定，紧接着就是交钱、按揭、办手续了。

但愿开发商能如期交房，让我早日住上大房子，让我有更好的心情教书育人。

由“网传房地产崩盘时间表”想到的

网上流传“房地产崩盘时间表”显示中国地产走势与1991年日本崩盘前颇为相似，由此预示着中国的房地产崩盘时间在2011年。时间的准确性我们暂且不论,但中国房价到顶是可以预见的,至少在我的有生之年将会见到这个“伟大”时刻的到来。记得1998年中国老百姓的住房正式由福利分房过渡到市场购房时，重庆的房价是平均每平米1000多元,工资收入差不多一个月可以买一平米,到2010年重庆的平均房价每平米达到5000多元,最高的房价已经每平米上万元,一个月工资收入已经买不到一平米了。作为普通市民的我发现一个奇怪的现象，房价年年涨，租金却并没涨多少。记得以前住的单位旧房,2000年可以卖到10万元,2007年可以卖到20万元,2009年更可以卖到30万元了，而租金在近10年间每个月仅由400元涨到了600元。由此让我想到为什么人人都愿意排队去购房,而不愿租房子住呢？唯一的差别就是财产的所有权属不一样而已,难道中国人都有钱了？或许中国人更爱面子？城市人的观念怎么跟农村人似的，房子着实成了城市人身份贵贱和地位高低的象征品。

记得这个时间表刚传出来不久，就有专家出来说中国国情不一样,不可能出现日本似的走势。我在想,如果专家都能说准的话,中国的百年强国梦可能要提前实现了。在我眼里的专家其实只不过是多喝了一些墨水的书呆子而已，预测之类的事可能民间的八卦更具有前瞻性和可信度。由此我想到2007年中国股市在6000多点时,专家们的一致看法是中国的股市不会大跌,因为台湾股市出现大跌是市盈率到80倍以上的事，而当时中国的股市才50多倍，因此一部分狂人说中国股市短暂的回调后将高歌猛进并站上万点大关。后来的事实又如何呢?几乎所有专家都被市场无情地扇了一巴掌。

对于城市房价不断攀高的趋势，我们也有些一叶障目的现象存在,因为房价的地域性极强。即使是同一座城市,位置的不同导致房价差异的现象也普遍存在，核心区房价明显拉高了房子的均价,因此我们作为城市人是否可以改变一下选房的思维,既然不能挤进富人阶层的核心地段,何不退而求其次呢?如果一个人真正一辈子做了房奴,那也就失去了人来到世界上的本源性了。

据调查,近二十年来中国大面积的农村新建楼房是人去楼空、房门紧锁,这是中国的城市化进程中的必然现象,农村的低文化人实质上成了中国城市化的牺牲品，白白浪费了一代普通老百姓的原始资本积累,反观高文化的城市人,为什么不能有前车之鉴呢?近期的中产阶级追逐高房价也许又将是一次农村人的悲哀缩影,财富的破灭只是时间问题吧。农村人资本的丧失,对中国的经济也许不会伤筋动骨,但是城市人资本增值梦想的破灭,也许会给中国经济的快速发展或者安定和谐的环境带来毁灭性打击，中国的经济和政治安全将会面临严峻的挑战。

我对于“中国人口众多,土地资源有限,因此房价将永远上涨”

的观点一直不敢苟同。因为在中国的城市中真正将房子用于自住或者改善性居住的并不十分普遍，主要原因是有需求的农民工或者城市新落户者没钱购买，一部分房子被公务员或者国家企事业单位的职工们用于了投资，更大部分房子是被一些先富起来的人用于投机攥在了手里。可想而知，一旦房地产市场发生了变化，比如土地政策、税收政策等发生根本性的改变后，这些用于投机或者投资的房子就会蜂拥而来，房价就会像多米诺骨牌一样倒塌。另外从资产价格与价值的变动关系上讲，也不会有只涨不跌的商品，只是这种波动的时间规律长短不同而已。

因此，可以肯定地说房地产崩盘是不容置疑的，只是时间预计的准确性无法把握吧。但愿今天的工薪阶层们希望用房产来实现资本保值和增值的良苦用心能跑在时间的前面，真正成为投资或者投机的大赢家。

云南教育落后的肤浅认识

边疆地区的文化教育落后早已耳闻，但究竟落后到什么程度却不尽知晓。人到中年的我不幸来到云南从事教育工作，亲眼目睹和亲身感受让我对边疆地区的文化教育现状有了更深刻的直观认识。

第一次站在三尺讲台上，看到学生们一个个睁大眼、张大嘴的求知欲望让我不寒而栗，虽然他们憨态可掬，但成效却不显著。一个个在教室里充满稚嫩的举止并没有开动起大脑，他们的反应能力和接受能力实在让我有些不敢恭维，以致于期末考试一些简单的题目都不会做。有时我真怀疑是不是云南地域的特殊环境导致了人的大脑细胞活跃程度受到了一定的限制，比如高原氧气长年稀薄，小孩的成长过程中的大脑发育受到一些影响等等。当然这只是我个人的猜测，目前没有这方面的科学研究报道。我认为，更重要的原因可能是整个边疆地区的基础教育落后，边疆地区的贫穷、不发达造成许多先进文化传播者不愿意进来，从事基础教育的老师大部分是本土文化培养的成果，本地区少部分优秀者也在高考的选拔中“孔雀东南飞”了。长此以往，就形成了本土教育者占据领导地位，他们既不愿看到外来先进文化者们的冲击，又不愿失去自己手中的宝贵权力，这样就形成了一种恶性循环，最后受伤的还是这片尚未完全开发的土地和生长在这片土地上的人们。

初次踏上云南这片高原红土地，我的不适应让我怀疑是否真的踏进了“世外桃源”。人们行为的淳朴和思维方式的简单让我有些吃惊，人类文明进化到了21世纪的今天，居然还有这样的一些行为和事件让我觉得不可思议、不得其解。公交汽车到站只开一次门，菜市场买菜少了不卖，买卖商品不讨价还价……这种种现象都折射出了文化思想的落后，也许我作为云南人民的一分子，时间长了，就习惯了，可能我自己在将来的日常行为中也将潜移默化地参照执行。

中等教育既然这样，高等教育又如何呢？虽然没有更多毕业学生就业和工作的情况作为直接证据，但身居高校的我有着切身的感受和体会。比如2009年购房，我所在的学校终于盼来了住房商品化以来的第一次优惠购房，选房的政策让我百思不得其解，排名就依据两条——工龄和职称，而学历这个重要因素却不在政策之列，听传言说许多领导干部的学历不高，如果加入这一条，则影响领导干部选购位置、朝向、楼层等均比较好的房子。这是一种典型的本位主义，在许多领导眼里的“重视人才”也只是大小会上的说辞。另外双职工一人一套也有些让我摸不着北，“十年树木，百年树人”，这次的一次性“分光政策”让我深感不安，随着有房族们不断地由于年龄增长而退出历史舞台，补充的新鲜血液又长时间得不到制度的保障和领导的关注，可想而知，未来高等教育的发展又将怎样进行呢？“教育是百年大计”这句话真正落到实处任重道远，至少在云南这个特殊地区是如此。还有就是近期退休的教师也有资格选购，而他们更多的是将指标卖出而赚取一点政策的福利，但

2009年新进的研究生们却只能成为冷落一旁的可怜虫。更搞笑的是新引进的博士们虽然有机会挑选剩下的房源，但前提条件是一次性付款。政策的制定者们真能想出这种“妙招”“晕招”，博士们含辛茹苦地不断学习，虽不能说负债累累，但至少也不见得有多宽裕，一套房子全额付款至少得30~40万，恐怕没有几个人能一次性拿出这么多现金吧，我所在的学校就是这样美其名曰地“引进人才”，着实让我吃惊。同时又听说本地另一所211大学有少量存量房，不知何原由，在短时间内集中处理，打分排名靠前的优先购买，这不是明摆着让一部分老人先富起来的政策吗，可怜那些青年教师了。同时我又想，难道这所学校就不进新人了？老前辈们永不离岗？

“人不为己天诛地灭”，也许只有当政者最有解释权。其实用这种方法是路人皆知，只是普通民众没地方申冤而已，这就是我们心目中伟大而神圣的高等教育，也许这只是云南的特色现象，属于“个例”，但愿我们的教育环境能少一些这种“个例”，多一些人文关怀和长远目光。

通过以上我的亲身体会和感知，我隐隐约约地感觉到云南教育事业蓬勃发展的任重道远，但愿今后有更多的优秀者来到这片高原红土地上为提高和发展本地教育出力献策，也希望当政者能多一份远虑，为子孙后代的可持续发展而改变一些思维方式和政策导向。作为云南人民教育队伍的成员之一，我衷心希望有生之年能看到更多让我欣喜和欣慰的地方。

我的大家庭

近段时间关于“家”的电视热播剧激增,《回家的诱惑》《家的N次方》《我家的那些事》等等。回想起我的大家庭也有一本难念的经、难算的账,既让我欢喜又让我忧虑。

我的大家庭中成员主要是我从能记事起的直系亲属，包括我的外婆、二叔、幺叔、大姑、二姑、舅舅、父亲、母亲、弟弟、媳妇、小孩等。

结婚前除了父母和弟弟,与我感情最深的就属外婆了,因为我从 3 岁起就同外婆生活在一起,直到小学毕业,长达 12 年的童年生活也只有 2 年同父亲在一起。父亲由于长年在外工作,每年只是春节见上一个月,母亲农闲时也经常到外婆家看我和弟弟。由于长期同外婆和母亲生活在一起,男儿性格中多了些胆小害怕、害羞腼腆,以至于在许多亲戚眼中我都属于“老实人”。

外婆留给我的印象是能干、热情,人源广、关系融洽,当地的人都尊称她“金书记”,退休后管理的敬老院井然有序、蒸蒸日上,得到了各级领导的好评和群众的拥护,由于她的强腕政治和影响力,敬老院即使在 20 世纪 70 年代生活困难时也有饭吃、有衣穿。在我印象中最深的是每逢春节，敬老院的老人们一起炸麻花、包饺子等,场面热闹又温馨,俨然一个大家庭。周围十里八乡的,只要有人来敬老院讨口水喝、讨碗饭吃，外婆都会尽其所能的给予帮助，外婆的美名可以说是传遍了大街小巷、山里山外。由于外婆面子大，我和弟弟在无形中也得到了不少礼遇和爱护。外婆膝下就两个子女，一个是我舅舅，一个就是我母亲。舅舅是20世纪60年代的大学生，从哈尔滨工业大学毕业后就在兵工企业工作，后来在中国科学院成都分院光电所退休。我母亲由于从小不爱学习，小学毕业后就在家务农，同我父亲结婚后就离开了外婆，长年不分日夜地奔波在农田中，农闲时才有机会照顾一下外婆、我及弟弟。后来我才听说外婆解放初就参加工作了，曾担任过土改工作队队长、乡长、乡党委书记等职，是一位既能吃苦耐劳，又懂管理思想的女性干部，口才非常好，唯一遗憾的是不识字，否则外婆就不至于永远在基层工作了。也许长年的工作、生活习惯养成了她工作第一、儿女私情第二的思想，以至于60岁后退而不休，承担起敬老院的日常管理工作。由于外婆每个月有退休工资，再加上敬老院有地种，粮食自给自足，因此虽然我小时候正值中国经济困难时期，但我和弟弟生活得还是比较富足，至少吃穿从来不用担心。外婆虽然生长在旧社会和新社会变更期，但思想一点不守旧，吃穿从来不亏待我和弟弟，以至于在许多小朋友眼里我和弟弟属于“红旗下的地主”“大哥大”。同时，外婆在教育方面非常重视，记得我读小学时外婆就通过邮局订阅了三份杂志，它们分别是《红领巾》《儿童时代》《少年文艺》，只可惜当时我和弟弟年少无知，平时只知道贪玩，仅对杂志中的图画感兴趣。外婆在我上中学时就离开了敬老院到成都儿子处享福去了，最后是福没享到，病情越来越严重，一年后送回我家病逝，享年79岁。

我的舅舅属于典型的知识分子，平时寡言少语，他们一家人长年生活在成都，我同他的接触时间非常少，次数可以用个位数来计。在我印象中最深的就是那次他将外婆送到我家，他还帮我母亲干农活，一个大知识分子能有此举动让我萌生敬意。由于舅妈比较势利，所以弟弟在成都读大学五年也很少到他们家去串门，我们两家的关系松散得有点让我怀疑舅舅和母亲是否是亲兄妹，也许是由于我们所处的阶层和环境不同，虽然血液里面有些共同的基因，但骨子里面有互不相同的元素，随着我们两家来往的次数减少，感情也就自然而然地生疏了，只是听母亲说每年舅舅年底春节时会寄点钱给他这个农村妹妹。

二叔和幺叔同我家相邻，他们的农民气息很重，除了做农活就是为了一些鸡毛蒜皮的事争吵得没完没了，有时还大动拳脚。有时他们也同母亲争吵，特别是二婶不是省油的灯，喜欢干些顺手牵羊的事情。总之，我们之间的关系不太融洽，也许这是农村生活环境所迫，穷得让人窒息。“亲兄弟打破脑袋都合得上”这句古语让我亲身地感受到了它的真实性，虽然我母亲同二婶和幺婶有时会争吵，但当母亲重病时，最后还是二叔和幺叔送到医院就治。回想起我同他们一起相处的日子，真是又爱又恨，爱的是他们对母亲和我们的亲情关怀，恨的是他们为了蝇头小利对母亲恶语相加。在我们迁家后，同他们就基本没有来往了，平时也没什么电话。只是父亲在60岁出车祸时，我们发电报叫他的两个弟弟来攀枝花看看他们的大哥，但二叔和幺叔借口农活忙脱不了身而拒绝出行，以至于多年后父亲在这件事情上对他的两个弟弟都有些看法。父亲作为长子，从小为二叔和幺叔操了不少心，直到他们将媳妇娶进门才稍稍放心。

在我的记忆中，父亲每年春节回家母亲都要求父亲上交工资积蓄，因为父亲经常背着母亲给二叔和幺叔钱。

大姑和二姑也是农民，但由于同我们不住在一个地方，所以很少来往，只是过年过节大家相互走动一下。父亲喜欢大姑不喜欢二姑，家里面的女性在父亲的眼里都没有地位，对大姑好是因为父亲小时候大姑带过他，另外大姑比二姑能干，估计这也是父亲嫌弃二姑的原因吧。我小的时候几乎没有去过二姑家，所以记忆中的二姑也比较模糊，大姑家倒去过几次，大姑比较疼我，在她们家时，她经常给我做好吃的，以至于几年前她到攀枝花父母家玩还知道我小时候什么菜不喜欢吃。

我的父亲是一位普通的干部，做财务工作，性格孤僻，不太会处理人际关系，主要原因是父亲家太穷了，穷得让他把钱看得比命都重，即使求人办事也舍不得花钱，以致于许多事情都办不成。父亲虽然视钱如命，但对我和弟弟的学习、生活方面的开销从不吝啬，望子成龙的心情迫切。

我的母亲是一位普通的农民，勤劳能干，能说会道，在农村曾经从事过生产队会计、妇女主任等职，是一个不服输的女性，性格大方，人际关系处理得非常好。记得当时在农村只要母亲说一声，愿意到我家帮农活的人比比皆是，当然这也是母亲从来不亏欠做事的人的良心回报。父亲和母亲多年来都非常节俭，平时吃和穿都不太讲究，节省下来的钱全是为了我和弟弟。由于母亲的精明能干和精打细算，另加外婆的接济，我和弟弟在农村虽然生活不算顶好，但也比一般的小孩生活富足，白米饭几乎没断过。

我的弟弟比我小 2 岁，性格好，心地善良，小的时候小脑欠发达,偶尔由于大小便留在裤裆里招来父母的打骂。但他大脑比较发达,从小成绩好,小学升中学直接从五年级升到了初一,比我强多了,我当时小学正常考中学连个普通中学都考不上,最后还是找亲戚开了个后门才上的中学。一直以来,父母都把希望寄托在弟弟身上,在母亲眼里,我就一个普通工人的智商。弟弟不仅人聪明,学习也刻苦,还特别上进,从小学到中学都属于老师喜欢的对象,特别是数理化更是游刃有余,以至于我复读高三时还向他请教物理题。由于他偏科严重,导致高考成绩总分不甚理想,最后只考了个成都中医药大学。我复读一年一梦睡醒考了个重点大学,母亲常对我说我是我们家捡来的一个大学生。说起弟弟的上进,用一件事情足以证明,那就是他初中毕业时,学校保送他去读中专学校,当时我们家只有父亲一个人工作,并且母亲风湿病严重,生活比较拮据,于是家庭商议他去上中专学校,结果他死活不干,并对父母说,“哥哥上高中,我也要上高中”,最后父母也深明大义,尊重了他的选择。

我的媳妇同我一年出生,并且老家与我家是邻县,他的父亲早年读书出来后就留在了重庆工作,媳妇属于地地道道的重庆人。我大学毕业后就落户重庆,工作 2 年后找不到媳妇,后经朋友介绍认识了她,第一次见她就觉得她模样俊俏,于是展开强有力的爱情攻势,4 个月就同她领了结婚证。现在我们已经在一起生活了 10 多年,并且育有一个女儿。我同媳妇的婚姻是属于典型的先结婚后恋爱型,我经常形容的是两个男女偶然间认识了后觉得双方年龄都不小了,于是就结婚了,至于对结婚后的憧憬我想谁也没有去细想,没想到后来感情与日俱增、和谐美满。我媳妇不仅长相好看,更是心灵手巧,家里面操持得是井井有条、一尘不染,我取得的所有成就都离不开她的默默支持和无私奉献，因为我很少操心家里面的日常琐事。记得小女儿出生时，她为了不影响我工作，就独自一人带着小孩睡觉，让我当了“厅长”，几年下来我晚上基本上没有为小孩兑过奶粉和施过尿。媳妇有一手好厨艺，这也是长期锻炼的结果，因为她说我做的菜不好吃，机会就只能全让她了，慢慢地我就基本不下厨了，这也养成了我做家务的懒惰和漠不关心。有时候媳妇生气时，说我这种的人不适合结婚，或许她说的有些道理，我这个人心比天高，对“大家”的忧虑远甚于“小家”。

自从我结婚以来，每年买菜、洗碗、洗衣、拖地的次数都屈指可数，搞得我好像是生活方面的低能儿似的，要怪只能怪我媳妇太勤快了。印象最深的一次是在重庆工作时有天周末的早上，我在床上睡懒觉，媳妇早早地起床出门打豆浆和油条时碰到了单位的一位同事，同事问媳妇我在做什么，媳妇说我还在睡觉，这个事情后来传遍了单位，以至于单位上至领导下至车夫都非常羡慕我找了一位又漂亮又能干的好媳妇。虽然我同媳妇的学历差异大，偶尔也会为了一些小事争吵生气，但我们之间从来没有动过手，并且我们对许多事物的看法具有一致性，思想层面的差距小，这也是我们能平稳地度过婚姻的 3 年之痛和 7 年之痒的重要原因。还有就是我媳妇明事理、大度，只要有朋友在，她绝对不拆我的台。另外，在重庆由于我的工作性质有时免不了一些应酬，她基本上不干涉，还经常同我开玩笑说“只要能找到回家的门就 OK”。重庆的女性非常有个性，既温柔又泼辣，有时候媳妇发起火来我也需要退避三舍、洗耳恭听，因此也有人把重庆男人比作“耙耳朵”，我不知道自己算是还是不是。

我女儿出生于2006年，生她实属不易，因为媳妇前面流产了3个。她的到来为我的平淡生活增添了不少乐趣，她既聪明乖巧又口齿伶俐，偶尔的不懂事、不听话和调皮让我和她妈妈是又急又气。作为父亲的我也许不是很称职，但我相信通过我的努力一定会在她的心目中树立起一个高大的父亲形象。

以上就是我这个大家庭的简单介绍，大家庭中的成员关系松散，但愿小家庭中的成员能相互帮衬、其乐融融。

见证一位严重风湿病人的康复

目前,常见的风湿病有两种,一种为自身免疫性风湿病(如类风湿性关节炎);一种为代谢性风湿病(如痛风)。本文所说的风湿病人为前者,她就是我的母亲。

我母亲是一位普通的农民,善良纯朴、勤劳能干。由于父亲常年在外工作,农活、家务全落在了母亲一个人身上,长年累月的日夜劳作使得母亲在40多岁时就患上了类风湿性关节炎。记得那会儿我刚上初中,母亲有时候痛得整夜不能入眠,特别是冬天对冷水更是恐惧,但由于当时我和弟弟年龄比较小,做农活肯定指望不上,家务活倒可以帮忙解决一些(这也仅此放假的时候),于是也有了我做饭、洗衣的记忆。母亲每每疼痛难忍时就吃一颗保泰松,这药的瞬时效果很好,吃一颗可以管上一段时间,现在这药由于副作用太大,已经被列入了淘汰药,市面上很少见了。就这样,母亲靠吃这种药支撑起这个家,记得当我初中毕业时,母亲的病严重到双手都不能自由弯曲,穿衣需要别人帮助,睡在床上还需要人拉才能起来。可想而知,母亲的风湿病严重到什么程度,离上帝可能也只是一步之遥。

值得庆幸的事情是正值我初中毕业这年我们搭上了进军城市的班车——迁家,从此也开始了母亲风湿病的慢慢治疗和康复之路。风湿病是以累及骨、关节及其周围组织如肌肉、肌腱、滑囊、筋膜、韧带、神经等部位，以疼痛为主要临床表现的一大类疾病的总称。因其与自身免疫有关，多数疾病缠绵难愈，有的患者需终身服药治疗。目前尚无根治此类疾病的药物，西医治疗主要为非甾抗炎药、免疫抑制剂及激素，但长期用药的副作用非常明显。中医认为是阴阳失调，百病丛生。风湿病属痹症一类，指风和湿两种病邪结合所致的病症。痹病的病因很多，但不外乎外因和内因。《素问·痹论》中精辟地指出："风寒湿三气杂至，合而为痹。"因此中医中药在风湿病的治疗上日益显示出其独特的优势，蕴藏着极大的潜力。中医中药也就成了母亲治病的首选，于是在1987年到成都中医药大学附属医院请专家会诊后开始煎中药吃，这一吃就是好几年，每次从成都寄回的中药都是用麻袋装，可想量有多大。记得这个药方里面有一味药叫草乌。草乌别名百步草、毒公、断肠草等，有毒，所以用时一定要有医生的指导，一般是要先煎30分钟到一小时后，药汤没有麻口时为度。我母亲的药中草乌用量非常大，如果不是病人吃它肯定会出事。记得我读大学期间，有次父亲炖肉时误将草乌当百合，结果父亲吃后出现食物中毒，还好母亲吃后没事才有机会送父亲到医院救治而躲过生死一劫。

另外一个重要原因是母亲后来生活的攀枝花市的自然气候条件非常适宜风湿病人的康复。攀枝花属南亚热带为基带的立体气候类型，旱、雨季分明，昼夜温差大，气候干燥，降雨量集中（全年815毫米），日照长（全年2443小时），太阳辐射强，蒸发量大，小气候复杂多样。年平均气温20.3℃，是四川年热量值最高的地区，日照时数是四川盆地的2~3倍，最热月为5月，最冷月为12月或1月，

6~10 月为雨季，11 月至翌年 5 月为旱季，无霜期达 300 天以上；海拔低于 1500 米的河谷地带，全年无冬，无霜期长（全年达 300天以上），被誉为天然的“大温室”；最冷月 1 月平均气温高于 13℃，接近热带气温与热量水平；夏季气温不高，最热月平均气温约 26℃左右。总体而言，攀枝花气候具有春季干热、夏季湿热，秋季凉爽、冬季温暖、四季不分明的特点。

内因和外因的综合作用下，母亲的风湿病发生了奇迹般的变化，从最初的自理到现在的基本康复，前后大概经过了 10 年时间，现在母亲再也不用吃风湿病方面的中药了，身体行走也变得硬朗起来，记得 2006 年母亲回了趟老家，许多亲戚都不敢相信母亲的风湿病会好得这么利索。真是一个奇迹，只可惜我不是从事医学科学的，否则也许不仅只是这点文字的见证就打发了。

母亲辛劳一生，儿子现也已经长大成人，她终于可以在无风湿病痛的情况下安享晚年生活，真是苦尽甘来别有一番幸福和祥和。

学　车

"学车"在中国各大城市都是一个热门话题。回想中国改革开放以来在社会经济各方面取得的成就，唯有没想到中国汽车工业的发展会如此迅猛以及老百姓对汽车的消费会如此热衷。短短十余年时间，汽车在人们心目中已不再是一种奢侈品，而是一种代步工具和生活质量提升的标志物。

记得十几年前，我刚参加工作那会儿，谁的家里面有自己的小车就是一种财富显赫的象征，在中小城市可以说是凤毛麟角、屈指可数。我们经常见到在路上跑的车大部分都属于官车或者单位车。开车的师傅在普通人眼里既尊敬又惧怕，因为方向盘的掌控代表着一种权力和地位。在我的记忆中，有一次单位出差租用上级部门的车，开车的司机是一位混江湖多年的"老油条"，行程中他遇到路况不好时就发牢骚，我们一路上是小心谨慎地用"烟"伺候着，生怕他老人家一不高兴还没到达目的地就停滞不前了。并且，我们每到一站，他都要求住当地最好的招待所，吃饭的地点也由他来决定（司机天生是找吃的主），吃完饭后还要去 KTV 小玩一下，当然最好有个"小姐"陪伴，否则第二天上路就闷闷不乐，给我们脸色看。由于这些记忆深刻的事情发生在十五年前我刚参加工作那会儿，当时单位经济条件比较窘迫，出门前领导再三交代一定要节俭行事，因此我们每次去唱歌时，就只要一位小姐来陪司机尽兴，而我们几个同事只是唱唱歌而已（我和同事既没兴趣也没胆量同流合污）。吃和住就没办法节约了，只能顺从司机的意思，回去报账时只要说是司机的要求，领导签字时虽然极不情愿也只能哑巴吃黄连——有苦说不出，最后只能对我们象征性地发发牢骚。我们出差人倒没觉得有什么不妥，因为至少能沾司机的“光”睡一个好觉和慰劳一下长时间清苦的肠胃，以至于后来养成习惯了，我们还希望有这样刁钻的司机一同出差。那时候的司机文化程度普遍不高，大部分只有初中文化水平，思想和语言在我们这些文化人看来就比较“肮脏和落后”了，一些行为也让我们难以理解，坊间流行的一句话是“十个司机九个坏，剩下一个偷油卖”。

也许司机这个职业留在我记忆中不太好的印象仅限于我当初工作时的特殊环境，机关单位的司机长期受计划经济和领导行为的影响难免其自身行为有些怪异，可以理解，这也正是中国特色社会主义在特定时期的特殊现象嘛！

一

转眼间，时间来到了 2011 年。随着汽车进入普通老百姓家庭，司机这种“高贵”的职业也开始平民化了，“学车”成了一种时尚，受这种时代气息的感染我也加入到了学车大军的队伍中。虽然暂时我还没能力和打算成为有车一族或者“车奴”，但学会开车是迟早的事。宜早不宜迟，于是我在 2010 年 6 月来到昆明有名的云大驾校报名学车。其实，早在我大学快毕业时我就有学车的冲动，只是限于当时机动车驾驶证的管理不能跨行政区域自由转移而没有成行。报名后直到2011年7月我才被通知正式上车，前后历时一年的时间，可见驾校的火爆和学车人的热情很不一般。昆明只是全国的一个缩影，中国其他城市也不例外，一个家庭多位成年人都来学车拿驾驶证，真有点“全民学大赛”的景象。

中国目前的学车程序是报名后进行科目1考试（理论考试），然后进行科目2考试（倒库和9项）、科目3考试（路考）。我是在2010年8月份进行理论考试的，记得当时报名后驾校没给我发书，我也忘记了主动索取，理论考试前半个月我突然接到电话，这时才匆匆忙忙在网上做了一下考试题。正式上机考试时，我心里都没有多少底气，以至于在计算机上做完最后一道题后是否提交还犹豫了好一阵子，最后豁出去了，点击鼠标，刚好90分，有惊无险、着实幸运。

学校刚放假我就接到驾校通知7月15日上车，有个好心的同事听说我要上车了，主动提出来让我用他的车先练习一下，实际感受一下汽车的方向盘、档位、离合器、刹车、油门这“五大操作机械”，以免上车时什么都不知道而遭受教练的白眼和痛骂。因为我这个哥们也是在这所驾校学车的，虽然过程有些曲折（两个实作项目补考），最终还是学成归来，他的不甚理想的成绩估计被教练骂了不知多少回，以至于体恤我这位对车完全陌生的人，真是一位热心肠人，简单的行为让我深思，人生难得几个真心朋友，也许他值得我今后继续深入交往下去。

由于上车前有些铺垫，正式上车那天，我的心态比较平稳，不慌不忙地接受教练的教导做一些初级动作。记得在练习使用方向盘时，我的两只手总有些不协调，教练对我的操作非常不感冒、嗤之以鼻，完全不把我这个“高智商”的人放在眼里，也许全国的教练都这样，进驾校就当是来找骂、摧残自尊、考验自我吧！后来在一位同车漂亮小师妹的耐心帮助下才领会到了教练的意思，萍水相逢能得到别人的帮助真是感激不尽，也许是她天生心地善良，也许她对我的行为颇有好奇，也许……

说起我的这位小师妹，人不仅漂亮，行为举止也大方得体，远看就像金庸小说中练九阴白骨掌的“梅超风”，另一位师妹送她一个雅号“爽歪歪”。后来才知道，她是江苏扬州人，随老公来到昆明安家立业，现在昆明一家大型零售药业公司做秘书工作。或许是因为她的天生丽质和职业素养让我第一次就对她产生了好感，或许是因为她对我的善举，或许……

我虽人到中年，人生经历坎坷、波折，但天生性格豪爽、豁达，在行为处事中仍然不乏激情和年青，以至于给许多人留下一个“愤青”的形象。早期我就耳闻了驾校教练的不端行为和紧张氛围，但亲自走进来后还是希望能通过自己的友好行为而有所改变，其目的就是希望营造一个宽松、愉快的学习环境，使教练的教与我们的学达到最佳效果。事物有时就不按人既定的思维行进，“剃头挑子一头热”——没用，我的教练时常表现出凶神恶煞的态度，稍有不慎，他就是一阵狂叫，让我们这些学员心里哆嗦，“狂躁症”也许是教练身上的普遍现象吧！慢慢地，我们开始疏远教练了，只是机械地重复、受训，大气不敢出，小气不敢哼。我这个活跃分子也慢慢开始沉静下来，不闻不问，俨然一个木偶人或者没思想的僵尸。后来听说教练对我们这车人非常不满，说我们的想法多，他最喜欢的学员是憨憨的、没有自己想法的人，一车 6 人中也只有 1 人符合他的心思。

说到我所在的这车人，真是个性鲜明、聪明有加。我们来自不同的地方和生活在不同的环境中，由于学车的共同目标而走在了一起。但性格的截然不同使得相处起来极其不协调，导致一些事情难以达成共识。也许这个现象是因为教练的“变态”引起，也许本来一行6人就不属于一路人。俗话说得好“物以类聚，人以群分”，既然如此，就希望相安无事地结束这次短暂的相处吧！突然想起诗人徐志摩的著名诗句“轻轻地走，正如我轻轻地来，挥一挥衣袖，不带走一片云彩”。3位同车的女学员中除了那位外地的，还有两位本地的，长得也算漂亮吧！一位属于完美主义者，剪了一个近似的男式头，戴个黑边眼镜，坐在小凳子上的姿态很像个青蛙，因此得名“小青蛙”。一位属于安分守己，平时话语不多，偶尔一句不经大脑思考的话又会让你不敢苟同。喜欢完美的那位吃饭时非要用饭盒，我们都用瓷碗，我们说瓷碗是经过消毒的，饭盒没有，并且食堂为了追求利润的最大化使用的饭盒质量未必上乘。结果好心没好报，她说我们又不是她的父母和老公，管得宽，真是不可理喻。并且，这个女孩在学车过程中的行为让我们这些凡夫俗子难以接受，她每做一个动作都要仔细斟酌、反复考究，以至于教练多次说开车又不是造原子弹，需要这么精细吗？一个人的行为违背了大众的观念，这个人不是天才就是疯子。另外，这个女孩的许多举措也让我感觉幼稚，比如刚被教练骂了，还要去问教练、撒娇，等等。后来才知道她的年龄不小(30岁)，并且现在还没有男朋友，我想她有如此不同世俗的行为，有谁敢做她的男朋友、娶她呢？不出意外又将是“剩女”中的一员，网上说大部分“剩女”是有着“三高”的人，即高学历、高收入、高品位，她的现状可能只能划入“剩女”群中的那小部分了，不知是可悲还是可喜，说不出来，建议我的这位师妹去看一看最近在网上点击排名靠前的一本书《女人的成熟比成功更重要》，也许对她今后的人生有些帮助。安分的那个女孩就是教练比较中意的，她常常表现出一种憨憨的姿态，经常跟在教练后面端茶送水。我本想她同教练走得最近，不会受到教练的责骂，可事与愿违，教练的狂怒在她面前一点也不见收敛，不知道她内心的真实感受如何，但愿同我们的不一样。

男学员中除了我还有两位，一位绝顶聪明，一位憨厚老实。聪明的这位车感非常好，一学即会，倒库动作流畅，从不拖泥带水，一般只用3~4分钟即完成整个流程、一气呵成。由于他在这方面的遗传基因到位，教练虽然对他偶尔的失误也大呼小叫，但在成绩面前也只能听之任之。老实的那位平时话比较多，但由于文化程度受限，说出来的想法都是一些没有深度的问题，他也是受教练PK最多的人，但他脸皮厚、不计较，教练刚骂完，他就笑着上前递上一支烟，并且在这个过程中一点也不觉得尴尬。有时候我对其他学员开玩笑说，我们都应该向这位仁兄学习，教练的叫骂就当风吹过，左耳进右耳出。“任凭风吹雨打，我胜似闲庭信步。”一个人如果能达到如此境界也不失为一种高超的修炼。分析他的这种心态和行为，最大的原因可能是因为他受教育的程度比较低，还不能体会到自尊、人格的真实含义。知识的丰缺带给人的烦恼各有千秋，我如果能有他的一半心态就足矣，“世上本无事，庸人自扰之”，但愿通过这次学车能在人生境界方面有一点收获和提升。一车6人，唯有他给我们枯燥的练车生活增添了不少乐趣，我发自内心地喜欢他。虽然他生存的环境处于中国社会阶层中的底层，但他的积极向上和乐观主义精神值得我学习和思考。闲聊中知道他来自贵州的一个偏僻小地方，已经来昆明打工10余年了，找了个云南媳妇，第一个小孩是女孩，为了要个男孩生了第二胎，结果一不留神下了两个崽。我曾经开玩笑对他说，“你的基因不错呀，一炮双响”。在他身上最大的缺陷就是烟抽得太频繁，我多次建议他少抽点烟，一是为了自己健康的身体，二是为了3个小孩，他笑笑说：“人生难得享受一下，酒一点不能喝，因为喝酒容易误事，烟一定要抽。”估计这辈子他的烟是戒不掉了。我的这位仁兄的可爱之处主要体现在他的举止行为上。有一天，我第一次看到他带个太阳帽（小红帽），居然帽檐上的9元商标历历在目。在食堂吃饭时，他经常端着碗吃并且猛如虎，看着他的吃相，我就不由自主地想起在建筑工地上蹲着吃饭的广大农民工兄弟，同情和爱护之情油然而生。还有一次更搞笑的事情。教练模拟考试时要求先报告老师说我是某某驾校学员某某某，结果第一次的时候他真举起右手报告，虽然军礼姿势不太标准，但举动让我们在场的教练及学员都捧腹大笑，由此可想我这位车友算是一个人物吧！还有就是考倒库那天，教练带我们进考试场地时不见他的踪影，我到候考厅去叫他，开始我叫他的名字一点回音都没有，后来另一位教练说让我叫“武昌鱼”，真没想到，一叫就灵。“武昌鱼”是教练给他取的一个绰号，教练也还算有点文化，知道毛老人家的“才饮长沙水，又食武昌鱼”的诗词。

接下来简单地说说我们的教练。教练外号“妖怪”，据一位师妹打听到是因为教练的耳朵里面长了一小点毛，我倒没发现，不知道是不是这个原由，也没必要去考证它。教练的水平我们都没话说，不是高一点点的事情，这也许是他高傲和对我们这些文化人不屑一顾的资本吧！但这种资本也没必要事事或处处都表现一番，“因人施教”，对于我们这些自尊心强的人留一点面子也许教学效果更好。另外他的教学方式让我们有些难以理解，什么时候不用上车也不提前通知，除非我们多方打探，或者有好事之徒厚着脸皮问他；教学过程中也经常朝令夕改，也许他是让我们从另一个层面去悟出一些开车道理，也许他是有意编排我们，总之有些让人捉摸不透，他的这种漂浮不定的行为方式直接导致了我那位追求“精细”师妹的唐突和自讨没趣。另外，我们感觉教练的社会人际关系不错，熟悉当今社会的一些游戏规则，说白了就是有点“杂”。当然教练给我们的也不全是负面的印象，最让我记忆深刻的一句话是我们正式考倒库的前一天，他对我们说不用紧张，我们每个人只紧张1回，他却要紧张6回。也许是他在利益的驱动下或者自尊的召唤下不得已而为之，也许他真是一位不可多得的好教练，不管他的真实想法如何，我作为他的一个学员，为他的这种行为发自内心的感谢。

二

上车练习的第一个动作就是走直线，车下看似简单的直线上车后就不是那么回事了，一天的练习下来才有些感觉，由于每次上车的人有7到8位，因此1天1个人的有效时间还不到1小时。直线结束后的第2天我们就开始学进库、移库、出库，2天下来我们就对整个过程有了了解和感悟，虽然倒得不算标准，但基本也不会出什么大问题。接下来又是几天的练习，我们几个学员倒得都不错，偶尔出点差错也可以理解,但教练却要求严格,一小点差错就会招致一阵狂吼。我是越往后面练习越谨慎,以至于不该出错的地方出错了,当然免不了被教练训斥。训斥多了,我也就不当回事了,后来不知道什么原因教练开始对我不感冒，并且我感觉同车的学员每个人心里面都有一个小九九,自私的心态开始显露。鉴于这两方面的原因，我的话也慢慢少了起来，大部分时间就是坐在场地里傻看。说实在的,我的阅历和思想同他们完全不在一个层面上,本想通过闲聊让他们更清楚地认识社会而早早地适应社会，没想到交流多了反而让我身心不愉快,与其这样还不如做个和事佬、人云亦云落得轻松，完全没必要在他们面前证明自己的价值或者炫耀自己的“优秀”。“枪打出头鸟”,也许就因为前几天的活跃让我在教练眼中成为了“肉中刺、眼中钉”。本想大家在一起是一种缘分,融洽相处、愉快交流肯定对学车和人生有益,不经意中也许能遇到和发现一个观念一致的人而成为朋友，不是更好吗？但短短的几天相处,我没有感觉到有这种思想上同我一样出类拔萃的人物,也许学车结束后大家就各奔前程、杳无音讯了。

本来我们的倒车考试时间原定在 31 号,不知什么原因车管所通知提前到 29 号。接到通知时离正式考试仅有 2 天时间,我是越练越小心,失误频出,以至于有天教练说教不了我,让我向驾校提出换教练。主要原因是我在倒车的过程中经常使用刹车来控制速度,不会使用离合器来控制,其实我是刹车和离合器同时使用的,也许是两者的配合不好,也许是还没有熟练掌握离合器的使用。我们练习的场地有点坡度,如果不带刹车,则点位控制不准确,记得那次模拟考试移库时我就由于只用离合器控制而导致失败，最后被教练狂吼下车。说实在的，如果教练觉得我笨或者不好教，也应该是他向驾校提出来呀！怎么会是我提出来呢？“道不同不相为谋”，不能板子全打在我身上吧！驾校对学员分配教练是随机的，我也不是非要跟水平高的教练，俗话说“师傅领进门，修行靠个人”，并且我自己觉得虽然不算绝顶聪明，但也不至于划归愚笨的行列吧！开车不外乎是手、脚、脑的协调而已，我从事分析实验工作多年，自认为手还算灵巧，脑也不残，只是脚还没开发不得而知，但总体来评价至少属于中等偏上的水平吧！回想自己多年的工作经历，只是对新事物的初次感觉有些欠缺，心里需要一个适应过程，只要把这个适应期度过了，接下来算不上一条龙，那也肯定不是一只虫，居然教练看不上我这样的“人才”，有点想不明白。猛然想起我的那位“海龟”同事学车的遭遇很是同情和理解，“海龟”如此，我这个“土鳖”受些嘲弄就更属自然了。

临考的前一天，教练让我们练习一下“9 项”中的必考 1 项内容，即定点停车和陡坡起步，没想到我每次陡坡起步时都会熄火，失败次数多了，感觉天要塌下来似的，真如“学车”前辈们说的，“学车”的过程是一次心路历程，彷徨、失败、恼怒、灰心贯穿始终。在多次失败面前，我突然有放弃继续学习的念头，这可是 9 项中的 1 项呀，太难了。但静下心来又一想，难道我不如那些学成了的老太婆，开车在国外也就是一个简单的技术活，几乎人人都会，复杂的技术活我都能应付，区区这点挫折就被打趴下了，这也不是我的人生信条和个性特点。那种放弃的念头虽然只是一闪而过，不过多多少少还是影响了我在下午驾校组织的模拟考试中，第一把我的车尾出线了，第二把我调整好心态比较完美地通过了（用时 6 分 20 秒）。

这天晚上回到家心情不是太好，我跟女儿说，爸爸明天考试通不过怎么办？女儿说明天带她一起去，她给我加油，后来又说她变成“巴拉巴拉小魔仙”。听了女儿的一席话，甚是欣慰。

7月29日，我们早早来到车辆管理所，9点30分开始考试，我被教练安排在最后一个出场。第一个出场的就是我们6人中最出众的那位仁兄，仅用时4分钟就完成了全部过程，陆续5个人都通过了。就看我了，说不紧张那肯定是为了掩人耳目，但说很紧张也不是，毕竟我经过的大小考试次数不计其数，大风大浪都走过来了，这点也算不了什么。只是因为同车的6人中前面5人都顺利通过了，如果我没通过，则更让教练看不起，也无脸见江东父老，毕竟我在许多人眼里还算一个“聪明人”。走出候考区，小师妹们都为我祝福，那位漂亮的小师妹更是希望我放松，通过她的眼神我也看出了一些担心和害怕，短短的几天接触能受到她的礼遇实属不易，如果我失败了就意味着我将离开她而同下一批学员同车，就看上天是否嫉妒我们之间的这种缘分了。教练摆好车后，我上车发现车的靠背比较斜，教练让我坐好后，就将垫子放在了我的后背上，平时凶神恶煞的他有这样的一个温柔举止，我真不知道是出自什么原因的一种关心，我正准备起步时，他看到我的挡位挂错了，赶紧给我指出来，也让我少犯了一次低级错误。同为教人的职业，教练这些小的举动让我感同身受，感激之情油然而生，先前我们之间的不和谐在这个时间点都化作了空气，让我体恤和谅解教练的一片苦衷。“人无完人，金无足赤”，也许他常年面对一批批学员养成了不凶人就不习惯的行为，也许整个驾校的环境就是这样的氛围，也许……我终于一把过关了，给教练撑足了脸面，教练也比较高兴，在一起同他离开考场的时候我提议中午请大家吃饭，不知出于什么原因他没同意。见到我那位漂亮的小师妹时，她对我说，作为最后一个出场的我肯定压力不小，真替我担心，我通过了，她也非常开心。难得她的这份情意，我从心底里感谢她，人生何处不相逢，但愿她的这种善良能有更多的回报。

三

倒库考试结束后，我们马不停蹄地回到训练场地进行 9 项练习，包括必考 2 项（定点停车和陡坡起步、侧方位停车）和选考 7 项（直角弯、起伏路、S 弯、单边桥、百米加减档、限宽门、大饼）。这天练习结束前教练让我们每人做三把定点停车和陡坡起步，虽然我昨天在这个项目上失败的阴影还没有完全消散，但最后一个出场的我居然在教练的威严监视下三次都没有熄火，最后教练对我这个不想教的学生也无话可说了。回想前面练习的 4 个项目，我应该属于这车人中的中等水平，成功率在 50%以上，第一天我就有这种成效，自我评价也不算太差，希望后面的练习能找到更多的感觉。

接下来，我们这车人集体休息了一周，主要原因是教练需要带下一批学员进行倒库练习。休息结束后我们又开始了漫长的煎熬，虽然这段时间我们是三天打鱼两天晒网，但对于 9 项中的必考 2 项大家都掌握得不错，选考项目中除了百米加减挡、限宽门、起伏路没学外，其余项目基本知道了其中的一些要领。

8 月 12 日，我们在师大附近的联大路进行百米加减挡的练习。传说中的恐怖项目在我们仔细领会教练的精神和反复的练习中慢慢变得轻松起来，原先我们都担心百米的距离太短，又加挡又减挡时间会不够，结果并不是这么回事。教练反复示范后，我们发现居然在 100 米内可以进行 3~4 次的操作。开始练习时由于我们不熟练，紧张和急促是每个人的普遍现象，这样的直接后果就是脚和手有些慌乱，有时候有同手同脚现象，导致离合器分离不彻底、档位挂不到位的诟病。其实，只要不先在大脑中预设距离和时间概念，慢慢操作下来都没什么问题，70 米内可以完成整个操作。经过半天的练习，我们每个人对这个项目都掌握得不错，在教练眼里它是我们这车人中最拿手的项目。临近中午吃饭时间，我想既然在我工作的单位门口，我这个为人师表者就表示一下重庆人的热情和地主之谊吧，于是请大家去食堂吃饭，没想到来到食堂，菜已经卖完了，我只好请大家到附近的餐馆吃饭。吃完饭，我买完单后，教练问我多少钱，我说 181 元，我让老板少了 11 元，共支付了 170 元，突然教练来了一句每人 20 元，因为我们除教练有 8 个学车人。开始我执意不要，他们非让我收下，鉴于教练发话，我只好遵命。其中那个受教练宠信的女孩仅给了我 12 元，我也没多说什么，因为今天我是真心请客，不知教练出于什么目的，让我们平摊，也许是他的职业习惯，也许是他不愿欠我这个人情，我也管不了这么多了，能省钱何乐而不为呢？

8 月 14 日，学车生涯中灰暗、痛苦、难熬的一天。为了适应考试场地和考试车，我们每人出了 160 元买了 3 个小时的训练时间。车管所真能挣钱，营业外收入着实不错，如果能成为车管所的一名职员，日常的福利待遇肯定不赖，垄断行业就是天之骄子，我等普通公民只能是羡慕的份了。早上 7 点钟，我们就开始向目的地——9 项考试场地(团结乡)飞奔前行，这天也是我练车过程中起得最早的一天。8点钟正式开始我们的实地训练,3个小时用8个人来分摊,每人只有20多分钟,所以每个人也只能用考试车对每个项目(限宽门和大饼两项没做)做一遍。考试车两辆,我们只练了11号车,因为时间不够不可能两个车都熟悉,11号车相对于10号车的离合器高、重,操作起来更困难。记得当时第一个人练习下来就直摇头,多个项目均以失败告终,他感叹先前的练习白费了,练习过程中他也招来了教练的不少骂声,面对我们,他的心情极其沉重和无语。“百闻不如一见”,这个车或者场地到底如何?也只能通过自己的亲身感受才知道它的险恶和恐怖之处。我上车后进行第一个项目的练习(侧方位停车),车还没开始往库里面倒,电脑就提示考试不合格,一下把我搞蒙了,我看看坐在旁边的教练,他也是一脸无语,叫我继续进行,接下来是单边桥、直角、S弯、百米加减挡、定点停车和陡坡起步。在定点停车和陡坡起步时,我才真正感到这车离合器的恐怖,到达定点停车点时,我慢慢松抬离合器,然后松刹车,结果发生后溜,于是又踩住刹车,开始重新找离合器的接触点,没想到这次又松多了,车一下子就熄火了,坐在我旁边的教练是一脸的茫然。接下来就是“武昌鱼”表演,后来听一位车友说,他在整个过程中被教练骂得最惨,什么脏话都让他一个人消受了,对他的遭遇和不幸我只能表示同情和无助。3个小时很快就结束了,我们如霜打的茄子,一个比一个郁闷。下午我们开始用自己的车在场地练习,虽然足足一个下午,但每个人的有效时间也非常有限,因为场地练习的车太多了。下午我用自己的车补练了考试车没有练习的那两项,都通过了,特别是限宽门,它是我有史以来的第一次,居然没有撞杆,只是方向盘的把握有些凌乱,教练说我这样会导致考官害怕强行踩刹车而判定不合格,后来教练听说我先前没练过,就没有更多的责备了。回顾整个下午的练习,我们8个人不是在这个项目上不行就是在那个项目上不行,总体水平比较好的就只有百米加减挡。回家的路上,教练问我们明天是否继续到教练场练习,不管他说不练的举手还是说练的举手,我都没有举手,因为我知道他是试探我们,明天肯定要练,因为后天(16日)就是我们正式的9项考试时间。

8月15日的早上,居然有1人没来,教练在车上说,如果她考试通不过就将被冷冻半年。来到教练场,我们进行的第一个项目就是限宽门,第一个上阵的我没有一次成功,教练只能对我放弃,一轮结束后,他又叫我做了一下这个项目,我也只有少量的成功次数。这个项目是我们集体中掌握得最差的一个,练的时间短,恐惧感始终布满我们心头。下午我们继续复习了其他几个项目,虽然每个人在不同项目上都有些失误,但总体感觉还不错,回家的路上,我们一致认为明天考试千万不要抽到限宽门,七分之一的概率,估计抽到的可能性小吧!

四

8月16日,决定我们9项生死的一天。"几家欢喜几家愁、几人哭几人笑",这是大自然不变的法则,只希望自己不是哭或愁的那位吧!我们来到考场时发现已经在考试了,但没过多久,就听说10号考试车坏了,只有11号考试车一辆进行考试,因此考这辆车的人都得向后顺延,大概10点多钟,10号考试车才修好。我们排在第5组考试,11点钟我们开始进入考场,其中10号考试车有3人,我被安排在11号车。直到我们这组的第一个人上车后，我们才知道选考项目是限宽门，最怕的1项偏偏就“幸运”地降临到了我们头上，“黑天鹅”事件终于发生了，我们一个个心情紧张得不行，特别是“爽歪歪”，她上车前脸色煞白，我预感她比较危险。她也是我们这组考11号车的第一人，我排在第三个上车。这时10号车有2人考下来说通过了，紧接着我开始上车，第一个项目就是限宽门，虽然心里面没底，但现在木已成舟，只能豁出去了，上车扣上安全带，打开起步灯，加油，离合器踩到底，几十秒时间，一根杆没撞到。考试场上的这个项目跟我真有缘，仅做了两次，都没问题，真是幸运。接下来是定点停车和陡坡起步，考官让我加油前进，很快就来到了第二个考试项目前，考官给我说第三道，我不知怎么听的，将挡位挂在第三挡，考官看到我这个行为很茫然、不解其意，我也停在那里想怎么让我挂三挡呢？迟疑片刻后，考官重复说了一遍第三道，我才回过神来，原来考官是说进入第三道考试。接下来我挂上一挡，打开起步灯，慢慢松抬离合器，锁定目标爬行，定点停车，再打开起步灯，松抬离合器，松开刹车，完美地完成了整个过程。来到坡上，考官让我加油，我不得不听，于是下坡我是加油直下的。最后一个考试项目是侧方位停车，没想到，刚通过读卡器，电脑就提示设备故障，考官让我倒回去，我不知其原由只能慢慢操作，考官嫌我慢，就叫我加油，他一只手撑着方向盘几下就倒回到了起点。接下来，考官下车到场地上对每个杆摇动了几下，然后上车叫我前行开始考试，这个项目比较简单，我的整个过程中也没有出现纰漏，最后挂空挡，拉手刹，打开起步灯，没过一会儿，电脑就提示考试合格的声音。随后考官叫我下车，我又没理解到他的意思，我下车后就小跑准备出考场，结果考官叫住我，问我跑什么，我连声说对不起，原来他是让我下车等待，后来我上车坐在后面，他将车开到我最初上车的地方，给了我身份证和考试单。怎么出去呢？我想起上车时，车友下车后往前走被考官叫住，于是我下车后就往后走，考官又叫住我，问我往哪里走？再往后面就是栅栏了，我笑笑对考官说，我又搞错了，连声谢谢。一次紧张考试就这样结束了，虽然过程中闹了不少笑话和尴尬，但结果还算完美，三个项目没有一点失误，取得了 100 分的成绩。今天我们一车 8 人考试，6 人通过了，并且 4 个男的都是满分通过，2 个女的 80 分通过，“爽歪歪”真的挂了，她一个人坐在车里伤心流泪，多么聪明和善良的女孩，老天爷却不给她面子，“天妒英才，红颜薄命”，但愿这次只是老天爷开的一个小小玩笑，下次补考她能一次顺利通过。

五

科目二结束，就意味着我们的学车生涯将接近尾声。本想能尽快结束这次不愉快的历程和煎熬，教练却说暂不进行科目三（路考）训练，我不知道教练是怎么想的，也许他对我们失望了，也许他有意编排我们，也许他真忙不过来……但我们这车人中有 3 位老师呀！离开学的时间越来越近了，开学后我们这几个人的练习时间肯定保证不了，对教练的这种计划我无语。虽然我心里面有十万个不满和愤恨，但自从教练对我有意见那天起，我就有意无意地同他拉开距离，不发表自己的观点，不问过多的问题，不做出格的事，作个顺民吧！我从不奢望他对我仁慈和体恤，反正早拿或晚拿驾驶证对我来说没有什么实际意义，只是长时间纠结在这个“学车”事情上心情极其不爽。“人在屋檐下，不得不低头”，认命吧！

8月31日终于等来了9月3~4日进行长途训练的通知，休息了整整半个月，不知车感是否减退，做好正式上车接受教练的谩骂吧！当天早上我来到出发地点，发现少了两个旧人、多了两个新面孔，由于不熟悉，也没同她们搭讪，后来才知道她们是教练的另一批学员，倒库刚考完。这么快她们就跟着来跑长途，估计又是教练喜欢的那类吧！我们出发时就迎来了一阵倾盆大雨，3位女学员先开始练，虽然她们的技术各有千秋，总体还算不错，教练也只是偶尔吼上几句。6个学员中我排在第5个练习，开始上车时我还是有点紧张，担心一不小心操作失误就招来教练的不满。上车前左右检查、扣上安全带、发动汽车、挂上1挡、松手刹、打开起步灯、按喇叭等一系列过程有条不紊地进行，车开出去一段时间后就基本适应了，自我感觉开得还不算差，主要的问题是踩离合器和加减挡不协调、急促不柔和。教练坐在我旁边大部分时间没出声，只是偶尔指点一下，教练也许在想我是不是私下里拿别人的车练习过，其实这段时间我根本没有摸过车，也许天生车感不错吧！

这次我们的长途目的地是楚雄彝人古镇，刚开始我听到这个名字时还以为它是一个远离城市的人文风景区，结果到了才知道它就坐落在楚雄市区。100元的住宿和晚餐及节目欣赏还不算贵，估计是因为驾校与此单位的长期合作、集团消费的缘故吧！住宿条件可以，晚餐虽然比较简单，但可以观看彝族歌舞表演，也算是精神食粮对物质粮食的反哺吧！吃完饭后换了个地方免费观看和参与彝人最隆重的火把节，由于一车人中只有我们3个男同胞捧场，所以大家就“只看没动”直到节目结束，多少有点遗憾。通过这次的彝人古镇之行，我才对彝人的分布有了比较全面的了解，因为在我的记忆中就只知道红军二万五千里长征期间在通过四川凉山时同彝人结下了深厚的感情。原来彝人主要分布在四川、云南、贵州、广西等地，传说彝人祖先有6个儿子，为了发展壮大本民族，每个儿子各执掌一个部落开始沿金沙江和澜沧江寻找适宜的居住地并建立本部落的势力范围，6个部落的信物分别为龙、虎、牛、羊、竹和葫芦。彝族在中国少数民族中属于比较剽悍的民族，彝人性格火爆、豪爽耿直，也许是性格同我有相似之处，许多年前我就对彝人有一种莫名的亲切感。

第二天早上8点我们就开始回程，出发时又是一阵倾盆大雨，老天爷真会悲情。回程的路上我开的是一段翻山路，崎岖的山路让我车技大有长进，教练的一句话也铭记在心，“上坡时用油门来控制车速，下坡时用刹车来控制车速”。当我们离昆明只有几十公里时遇到前方堵车，于是教练让我们原路返回后上高速。教练在高速路上一路狂奔，结果没走多远就发现车的后轮冒烟，原来是车的轴承齿轮抱死，于是教练只好低速走走停停，30公里路程用了一个多小时，下了高速路，在教练的同意下，我和另外几个学员打车走人了。一次难得的跑长途，一次难得的彝人情，最后的结局却出乎意料，不知道是老天爷的有意安排还是对教练过度自信的打击？但愿不是对我们路考的预示。

在这次长途跑车中，不得不说说我的那位可爱的师兄——“武昌鱼”，他真是我生命历程中的调味品。记得教练将两张房卡给他时，他居然拿着卡迟迟不给同车的女学员，而是准备给我一张，也许他以为一人一房间，也许他以为一人一张卡，后来教练调侃似的说，“武昌鱼，你难道想同女学员一起住？”进房间时，他不知道怎么开门，于是拿着卡左插一下右插一下，我看到他的这种举动忍不住笑了，最后还是我拿着卡才打开了门。教练本来是安排我同他一起住，我嫌他抽烟太频繁，并且他的脚也比较臭（后来才知道他晚上打鼾，庆幸我的明智之举），于是让他同另一个师兄（云大研究生）换一下，因为同另一个师兄一起住的那位外车上的学员也是一位老烟囱。没想到，“武昌鱼”拿着另外一个房间的卡进去后又给我们开了一个国际玩笑。不一会儿他跑回来说那个房间没电，我的那位师兄说不可能呀！刚才还有电呢！后来发现是“武昌鱼”进去后没有将门卡插上，当然没电哟，这下我是捧腹大笑。我调侃似的对他说，“武昌鱼，你真不虚此行，不仅练车了，还知道怎么住宾馆了，收获多多。”后来才知道他以前从来没有住过比较高档的宾馆，基本上就住 20 元左右一晚的“民间草屋”，真不愧为新时代最可爱的人。

在这次长途过程中还有一个小插曲，那就是教练买的鸡纵菌被路边的小贩坑了，2 市斤算成了 2 公斤，白白多支付了 50 元。说来也怪，2 公斤拿在手上同 2 市斤肯定是天壤之别，教练居然没感觉，并且一起买的其他人都这样上当受骗了，难以理解。云南昆明用公斤计量，没想到有人会钻这个空子，这次事件给了我一次深刻的教育，至少预防了我这个新云南人犯同样的低级错误。总结这次事件起码有两点值得我反思，一是路边店不可信，部分云南人民也不憨厚了；二是仔细斟酌东西的分量或者亲自过秤验证一下更可靠。

9 月 7 日晚上 11 点多钟，我突然接到一位车友的电话说教练通知明天上午练车，本来明天我没课可以练车的，但由于住在新校区，通知的时间太晚了，没有车回主城区，只好作罢。教练也真是的，完全不站在学员的角度思考问题，随心所欲，把我们当自由市场上呼之即来、挥之即去的小贩了，学车学得真够憋屈。

9月17日开始到团结乡练习考试路段，教练让我们早上8点钟在云大驾校等，可是时间过了也不见我们的教练车，后来另一位教练对我们说，我们的教练已经带着另一批考9项的学员上团结乡了，而他的车上只能再坐下3人，剩下的需要自己坐车去团结乡。听此安排，我们6人面面相觑，不知如何是好，最后我说2个女的再加1个男的去这个教练车上，这时“武昌鱼”站出来说他去。就这样，我同另外2个男学员一起坐公共汽车去了，在路上我们牢骚满腹，对教练的这个行为难以理解，不是怨他没接我们，是怨他不提前通知我们。6元的车费不算什么，时间白白浪费了不少，但愿我们3位高风亮节的绅士能得到补偿，顺利通过考试。上午9点多钟，我们人聚齐后开始了全天的练习，同车6个学员均有不同程度的驾驶问题，比如直线行驶歪来歪去、转弯压中线、停车不到位、熄火等等，虽然男学员相对女学员好一些，但都不同程度地受到了教练的阵阵嚎叫与痛骂。9月18日我们6人中的4人又在农大路上练习了一个下午，这条路上人多、车多、路窄，驾车环境极其恶劣，对于我们初学者来说是一个极大的考验。记得刚开始练习的时候，先开车的3个人在驾驶途中都被教练吼了下来，唯有我是例外，究其原因主要是他们3人的车感差，这也是我学车生涯中唯一的一次受到教练的当面口头表扬。练习到下午5点钟的时候，我们基本上都能独立驾驶这段路了，接下来我们将车开到修车行进行安全带和座椅的维修。40分钟后也只是修好了安全带，座椅的滑动根本没解决，当我们坐上车1分钟时，教练就将车停在路口对我们说，“我不送你们回驾校了，旁边就是公共汽车站，你们坐公交回去吧！”真晕，我们又被教练活生生地耍了一回，平心而论，我们坐公交回家也没什么，教练的确这几天也很辛苦，只是难以理解的是他为什么要牺牲我们每人 40 分钟的时间呢？也许在他这种没多少文化的人眼里，我们都是一群无时间价值观的“庸人”吧！

9 月 19 日，考试抽签结果是我们一车 6 人中有 1 人夜考，夜考的是经常练车时“多吃多占”、受教练宠信的那位在云大超市工作的女孩。她受教练的委派通知我们是否同意给考官送 2 条烟，每条 400 元，并且她说我们 6 人中如果有 1 人不同意就不送，我当时接到电话时就对她说送烟倒没什么，关键是能起多大作用，她说送总比不送好，于是我同意了。

9 月 20 日正式路考那天，早上 7 点 30 分我来到驾校时，听那位倒库只用了 4 分多钟的车友说，一条烟只需 350 元，凭什么收我们 400 元，后来在他的激愤下，那个超市女孩说她可以拿进价 340 元一条，真是江湖险恶呀！由于“小青蛙”所在学校搞 60 周年庆典，她今天需要去接一个人，因此早上不与我们同行。我们 4 个男人坐在车上一言不发、表情沉闷，教练还调侃地对我们说今天几个大男人怎么了？又不是上刑场，一场考试有什么大不了的，劝我们不用那么紧张。我们来到团结乡没过多久，就见到“小青蛙”风尘仆仆地赶到，胸前挂着一个大的云南财经大学校庆工作牌和一个小的云南财经大学校徽，外加一个长长的蓝色围巾，真够“宝气十足”。本想善意地提醒她一下，后来想也许她是有意而为，想吸引别人的眼球，当然最好是考官的认可或者“带色”。回想当年我挂上一个西南大学的校徽都觉得没什么意思，更何况我现在的工作单位——云南师范大学,云南财经大学也不过一个三流大学,并且她也就一个小小本科生,值得这样炫耀和张扬吗?真是“大千世界无奇不有”,但愿她的另类能收到奇效。考试顺序是我排在这车5人中最后一个出场,第1位上车的“武昌鱼”由于停车不当被判定不合格;第2位上车的“小青蛙”刚要被判定不合格时突然冒出一位同校的教练在考官面前通融了一下而侥幸逃过一劫,她的脸也由阴转晴,居然摇着教练的肩膀一个劲地笑,行为弱智了点吧,如果是再大点的喜讯不会“以身相许”吧;第3位上车的是云大研究生,他80分通过了;第4位上车的是那位倒库神人,由于压路边行驶而被判不合格。我上场时明显感觉比较紧张,咽喉干燥、手脚麻木,因为我将要驾驶的这段路有一个大转弯。上车前我先开车门才报告的程序就给考官带来了不满,接下来平稳开了一段路后发现前面转弯处停了2辆车,于是停车等在后面重新挂上1挡(如果死等也许就没有后面的悲惨结局),观察了一会儿发现前面的车没有启动迹象,于是打开左转向灯准备绕到前面去,当我的车与那2辆车平行时,他们也启动了,我不得不减速慢行等他们通过,这时转弯的最佳时机已过,我慌忙地打开右转向灯转弯,由于弯度比较大,并且有一定的坡度,眼看车就走不动了,慌乱中我没有控制好离合和油门的关系而导致熄火、后溜,然后重新点火来了个坡上起步,接着又开了一小段路就靠边停车了。考官对我的驾驶技术极其不满,我坐在车上也对自己刚才的拙劣表现极其郁闷,考官对我谈了很长一段时间,我基本没什么反应,也许凭我的口才借机表现一番会是另一种结局,但我始终只是机械地点头。预感自己的结果不理想,我居然下车后没有按程序给考官报告请求小结。考官对我打分前,教练和我的同事都围了过来，教练顺着考官的意思教育批评我，希望考官能手下留情，没想到考官犹豫了一下还是给了我 70 分，意味着我下次将继续接受考验。另一车 4 人属于同一考官考试，只是车换成了他们自己的，第 1 个开车的被判定不合格，其余 3 个人连靠边停车时都没打开右转向灯居然也通过了，我们跟车在后面看得是清清楚楚、明明白白，评判标准是没开灯扣 20 分，难道他们其他的操作都很完美？未必吧！后来听教练说，2 车共 9 人，已经有 4 人不合格了，50%不合格的指标已经完成，考官只好判定剩下人员合格，早就耳闻“路考”靠运气，今日所见果不其然。碰到什么样的考官需要运气，行驶什么样的路段需要运气，遭遇什么样的特殊情况需要运气……虽然运气不待我，但多一次实践并不一定是坏事，对自己和他人的生命负责才是开车人的大事，但愿这次不完美的学车考试能给我以警示，“慢和忍”将是我今后开车生涯中需要牢牢谨记的信条。

在回家的路上，教练说我们的这位考官是所有考官中最严厉的一位，教练请人打招呼和送烟，他都不领情，对于“小青蛙”的通过完全是考官“变态”的结果，因为在教练眼里，她实在是驾驶得不怎么样，甚至还不如“武昌鱼”。教练对我们失败的表演也没有更多的指责，因为我们毕竟只练习了 2 天，他还宽慰我们 3 位没通过的大男人，说只用再交 10 元场地费就可进行下次考试，而他今天由于我们没通过而损失了 600 元，因为驾校实行的是每项考试通过 1 人奖励 200 元的政策。教练还说大约一个月后我们进行补考，补考前再练习一天就不会有什么问题，也许这只是教练为了抚慰我们受伤的心而说的一句空话。下午教练需要对明天 9 项考试的人进行考前训练，中途接到“爽歪歪”时，教练笑着说，我们没通过是因为想同她一起，特别强调我是因为没有她的同行心情格外紧张，当然这完全是一句玩笑话。

回到驾校，我们没有通过的3个人每人交了10元补考费就悻悻地离开了，这时我看到“小青蛙”在那里逢人便眉飞色舞、夸夸其谈，于是丢下一句话“历史是为成功者书写”，然后快步地离开了这个无语的环境。正走在路上，一位同病相怜的车友挂电话给我说，“小青蛙”叫我们回去交烟钱，烟没送出去，我们又没过，凭什么我们也得交钱呢！真亏她想得出来，完全是在我们伤口上撒一把盐嘛！这个“云南剩女”，傻得真可笑，穿的是名牌，用的是苹果手机、超薄电脑，不会是这点钱也出不起吧！还想让我给她介绍师大的帅哥认识，她的如此稚嫩行为即便不让我倒胃口，也只会让我望而生畏，唯恐避而不及。没想到学车会遇到这么多势利、阴险的小人，悲哉！

回到学校，同事和学生见到我，问我通过没有，我苦笑着说，“下次通过”。一颗希望之星划过天际变成了陨石，让不少驻足的观众多了份遗憾，也让星星的闪亮成为了过去的记忆，但愿由星星变成的这粒陨石不会因为一次的失败而永远沉默。

六

纵观整个学车过程，至少有两点让我深思。一是人性的考验和心志的磨砺。在我看来，学车不仅是技术的学习，更是人性的考验，全过程我都是在教练的谩骂声中度过，没有自尊，没有自我。想起自己工作十几年，人生经历坎坷、丰富，却为了学车又一次经受打击、折磨，心情难以平和，但愿我的学车经历只是许多人中的特例吧！或许老天爷真的疼爱我，为了让我的人生有更多值得回味的地方。但从另一个角度想，人与人相处是一种缘分，我们为什么不能友好、和睦呢？教练与学员、学员与学员本可以在一个愉快的环境中度过，制造出一种紧张气氛的目的是什么？难道真如教练所说的锻炼我们的心理素质？至少这个出发点用在我身上不太合适，千篇一律的教学不是一个智慧的方式，也达不到预想的结果。虽然从事教育工作时间不长的我没有更多经验可以佐证，但良好的沟通和和谐的环境肯定会激发出人的优秀潜能。人与动物的最大区别就在于人有思想，但愿有更多的教练能真正理解到这种区别的真实含义。其次是应试教育的毒瘤无处不在。应试教育对炎黄子孙的毒害从古到今，古代的科举制，当今的中考、高考、职业资格考试等等，我们是耳濡目染、见怪不怪。在现行的教育体制下，我们除了深恶痛绝外没有它法，只能去适应它，“南科大”的教育改革步履艰难就是很好的例证。没想到中国的机动车驾驶证考试又是一个应试教育的典范，倒库、九项这种纯理论下的产物不知会让多少人深受其害，真佩服游戏规则制定者的智慧。既然是纯理论的东西，就一定能找到解题的方法，这就是教练每天教我们的看点操作、按程序出牌，我们就如同一个没有思想的木偶人一样、机械重复地严格按照教练的方法练习。每个人倒库和九项的时间加起来也就十多个小时，这样的方法和时间通过考试，可以想想其开车水平高还是低，由此让我想起中国的道路杀手与日俱增的事实，看来根本不足为奇。

对于这些理论下的产物，在此简单举一两项说明之。比如倒库,在实际过程中不可能树几根杆来让你找点。又如限宽门,难道实际遇到这种情况我必须限速通过嘛?我为什么不可以慢速通过或者绕道走?再如大饼,我为什么不可以下车来看看情况后再通过呢?……中国的悲哀、学车人的悲哀,但愿这种现状能早日结束,更希望学车人能少一点自信的打击和自尊的摧残。通过了的人不要妄自尊大,没通过的人也不要消极沉默,保持一颗良好的心态来正确对待这个应试教育下的怪胎,牢记安全常识和安全行驶才是开车人的本质和宗旨。

艰难获得驾照

2011年11月4日随着路考的补考通过，历时近一年半的机动成驾驶证学习终于全部结束，从此以后不仅我是有证一族，更重要的是结束了噩梦般的学习与等待过程。回忆我的整个学车过程，除了痛苦之外还是痛苦。

倒库、9项、路考，没有哪一样不是经过忐忑不安的心情走过来的，第一次路考的失败让我深深体会到了运气的重要性，如果不是因为我考试的路段前面有两辆车停在转弯处，如果不是我过于小心，如果不是考官变态，就没有后面的一个半月的等待，就没有无脸见江东父老的尴尬，就没有……因为在许多人眼里，我还算一个聪明机灵人，没想到同期学车的学生和同事都相安无事，唯有我需要炒冷饭、丢人现眼，遗憾之至无以言表，只能怪自己技不如人。当然任何事物都具有两面性，特别是路考多一次又何尝不是好事，因为这是对自己和他人生命的尊重，虽然在等待第二次补考的过程中，并没有更多的练习驾车机会，但它至少给了我消化和思考的时间。鉴于目前我没有经济实力进入买车程序，驾照早拿和晚拿并没有实质意义，只是长期纠结在这个学车事情上偶尔心情有些不爽。考试前一天半的学习，虽然驾车水平明显好于前期，但时不时也会犯一些低级错误，当然这些错误免不了教练的一阵阵狂怒。临考前的一天，教练考虑到同车考试的学员人数较多，于是将我和另一位补考的车友挂在了另一位教练车上，不知道教练出于什么目的，我们只能照办，只是有些担心对那辆车况的不熟悉。最终我也只是在当天正式考试前才有幸实际感受了一下另一辆教练车的性能，没想到的是第二个上场的我大脑非常清醒，一系列操作做得天衣无缝，最后下车请求考官点评时，考官一句话也没说就给了我80分。总结这次顺利通过的因素真是天时地利人和，一是考试的路段好，二是驾车的思路清晰，三是考官的心情也不差。后来听说同我一起补考的另二位车友(外号“车神”和“武昌鱼”)都没通过考试，“车神”是因为考官嫌慢、催快的情况下靠边停车时没有打开右转向灯，“武昌鱼”是因为考试过程中遇到会车熄火三次，说实在的，他们开得并不比我差，只能归结为他们的运气太差了，我为他们的又一次失败感到无语和难过。

11月7日我到驾校拿到了我的机动车驾驶证，虽然没有一次性通过的那种兴奋，但终于结束了这个不堪回首的经历，心情轻松了不少。于是邀约几个同一战壕的哥们第二天晚上吃饭，了却这次迟到的庆祝。我将地点和时间发给这几个朋友时，收到的短信回复让我记忆深刻，因为4个人的回复都不一样，它们分别是“谢谢”“好的”“中”“收到”，简短的几个字体现在不同人的回复中，可见中国文字的博大精深和人性的差异。6点时，居然只来了一个人，没想到请客吃饭也会让人心神不定、忐忑不安，过了半个小时，又来了两位，有一位哥们说有饭局临时改变了主意。说实在的，在当今社会经济条件下，请客吃饭已经不是什么新鲜事了，吃与不吃就一念之差，我也是很久没有同他们聚在一起了，找个理由聚聚而已，庆祝或者汇报仅是一种托词。边吃饭边聊天的过程中，我笑笑说，为了庆祝这个来之不易的证书，我借此机会请大家分享一下伤感的过程。同时，为了对得起这个证书，我在当天拿到它时，就去买了一辆车，他们听我说马上就买车了，甚是惊讶和好奇，我接着说是一辆二手自行车，搞得他们哄堂大笑。后来没想到这个自行车没骑两天，后轮就爆胎了，最后我不得不再花40元人民币换胎。

吃完饭后，一个哥们提议去KTV唱歌，虽然我的歌喉不爽、音调极左，但为了让这次艰难地驾照获得多增加一点记忆的分量，我欣然同意了。在KTV中，我们几个人是豪情满怀、歌声激扬，在我学车过程中的许多阴霾都淹没在了大家不太动听的歌声中，但愿以后的人生经历相对容易一些，也期望每位学车人都有一颗宽容和理解的心去看待驾校、教练、考官和车友，牢牢地记住开车的六字方针“开、控、鸣、盯、停、禁”，真正做到安全驾驶。

我的得意之作

“装修”，每个家庭都将会面对。如何装修？怎样装修？这一系列的问题将引起我们的深思，最好的结果是花钱不多而满意度又高。回想起自己的这次装修，还颇有心得和得意之处。最让我感到意外的是装修结束后，房间布置的整体效果不错，每间屋、每件物都彰显出了一种温馨和协调。

这次是我人生中的第二次装修，想起十几年前我在重庆的第一次装修就让我不寒而栗。那次装修失败的阴影仍然让我记忆犹新。“一朝被蛇咬，十年怕井绳”，“前车之鉴是后事之师”，这次装修我完全摒弃了以前的观念和做法，来了个“轻松装修”。有此心态和实践不仅是因为前次失败的教训，经济条件的宽裕和思想观念的变化也是重要原因，花钱买轻松和愉快不失为一种积极的人生态度和前卫的消费方式。

得意之作之一就是选择装修公司。我这个人喜欢冒险，成熟的大公司固然让人放心，但钱却不怎么亲热，小公司虽然风险高，但钱实惠。任何大公司都是从小公司一步一步走过来的，公司大了，各项费用必然增加，成本就提高了，最终羊毛出在羊身上，需要消费者来买单。基于我现在的经济条件，大公司也不是请不起，只是觉得没这个必要，颇有经济头脑的我喜欢追求利润最大化，因此几经比较和分析，最终我选择了一家极不起眼的小公司。记得我第一次将5万元装修款交给这家公司的老板时，心里还是有些担心和紧张，因为来昆明的时间不长，许多行业不甚了解，这家公司的老板也只是萍水相逢。但风险和利润永远成正比，只有采取非常规出牌才能在当今这个竞争白热化的经济社会中立于不败之地，最终的事实证明我当初的选择是正确的、明智的。

得意之作之二就是材料全通过装修公司购买。虽然某些材料比自己直接从材料商处购买稍贵，但多项总体下来也不算贵，至少我个人的劳动成本大幅度地减少了。能落得个轻松自在，何乐而不为？比如我与一个同事同时选择这家公司装修，她的洁具是利用元旦假日促销订购的，全款6.5折，而我在3个月后通过装修公司订购同样的品牌同样的型号只需6折。当然装修公司拿货肯定比给我的6折还低，这无可厚非，因为所有的装修公司和材料商都有一定的商业合作，装修公司属于集团消费嘛！还有个好处是我不直接同材料商打交道，如果由于质量或者衔接等方面的问题，我也不用过多担心，因为有装修公司为我把关和实施监督。

得意之作之三就是购置厨房电器。购买电器最好是利用节假日，因为每逢这些特殊的日子，商场和厂家都会进行促销活动。因此我选择在装修前的元旦节来到苏宁电器购买了煤气灶、抽油烟机、消毒柜、电热水器、煤气热水器等五样电器。最让我自豪的是购买前三样电器，它们均属老板电器公司产品，当时标价9千多元人民币，最后我用5700元成交，并且该送的东西都送我了，由此可见我的三寸不烂之舌和议价能力不一般吧！当然这还得感谢当时有个主管正好在卖场，她的慷慨相助让我这辈子也无法忘记。俗话说:“话不投机半句多,话一投机千句少”,我同她是越交流越流畅,最后她出面给我买的后两样电器(海尔)又便宜了200元。说起议价,这是商品经济中的一个普遍现象,但不知什么原因,我所在的学院有些同事听我说起此事后居然惊讶地反问我苏宁还可以讲价?满脸质疑和怀疑的眼神让我既好笑又好气,云南人民真是实在得不能再实在了,我无言以对。任何商品在任何地方都可以议价,不然就不存在大客户和小客户之分了,也不存在大经理和小经理之别了。

得意之作之四是选购窗帘。房子装修得差不多的时候,我就着手窗帘事情。没有到市场实地考察前,有人说需要2万元左右,有人说至少需要1万元。经我到窗帘市场实地调研后发现并不是这么回事,虽然确实也有贵的,但明显是属于漫天要价、欺行霸市的那类。最后我用6000元搞定,布料的质量也不是太差,并且还双罗马杆呢。

以上四点是我在这次装修过程中的满意之作,虽然没有做到尽善尽美,但相对我的上次装修和周边同事吃力不讨好地穷折腾不知好了多少倍。并且我的总造价也不算高,性价比可观,20万元的装修在重庆至少30万元以上,以至于有同事说我太能砍价、太精明了,我均笑纳之。

“五一”劳动节

国际劳动节又称“五一国际劳动节”“国际示威游行日”，定在每年的五月一日，它是全世界劳动人民共同拥有的节日。虽然我今年已经是人生的第40个“五一劳动节”，但对它的理解和体会仍然非常肤浅，除了放假的时间长短有记忆外，其他的几乎没有什么印象。我是一个不太喜欢运动的人，虽然旅游是一种非常好的亲近大自然方式，但由于精力和财力的有限，我最多只是在节假日期间走亲访友进行一些室内或者城内活动，今年这个“五一节”也不例外，只是感觉它同我以前经历过的“五一节”有稍许不同，因此写下了这段文字以表记忆。

今年的“五一节”最大的特别之处是因为我们三口之家过了一个真正与劳动挂钩的节日。三口之家来昆明住在20平方米的房子里面已经2年多了，生活起居的烦恼可想而知，如工作时小孩一边又唱又跳，睡觉时小孩要看网络动画片……新校区的教师住房经过三年建设，今年年初终于竣工了，为了早日改变我现在的窘境，2月底接房后我就着手装修，为了节约成本，找了一家小公司装修。两个月后，现在装修已接近尾声，因此我们一家人“五一”这天在新房子里面过了一天有意义的劳动节，虽然体力劳动有些辛苦，但毕竟是自己的家，劳作起来的心情就大不一样，外表的疲劳被内心的喜悦冲淡了不少。记得在房子里面，我的5岁女儿见我们大人做清洁，她也拿起扫帚和毛巾到处涂鸦，行为和举止让我既感动又好笑，她在幼儿园学的“劳动最光荣”的童音不时回荡在我的耳边，让我遐想万千。

当今这个快节奏的社会让许多人没有时间来思考“劳动”的真正涵义了，除了每天劳作后盘算收入的多少外再也没有其他，不知道这种行为是社会造成的还是人性本质的固然属性。人如果不仅能通过劳动增加收入，而且还能达到身心的愉快那该多好呀！这也是我长期思考而没有得到答案的问题。这次“五一”的劳动虽然没有给我带来直接经济收入，但想到自己即将住上漂亮的新房，心中的愉悦就不是简单能用金钱衡量的了。劳动累了后坐在地板上小憩一下，看着自己房间中的每一样物件都有一种“爱屋及乌”的感觉。现代简约是我新房的主要装修风格，钱花费不多，房间的整体协调和饰物的搭配相得益彰，简单别致的整体效果让我这个世俗之人对自己也油然而生许多敬意。

正在劳动时，一位不知姓名的老师走进我的新家，参观过后是啧啧称羡，不管他是出于恭维的目的也好，还是发自内心的感受，但从客厅中空不隔这点来看，我们之间还是有不少共同语言。记得装修前，我身边的许多老师都赞同将中空隔层，我为他们有这种想法感到诧异和不解，与其这样，不如选房的时候要一个平层，隔出一层来不外乎增加了几十平方米的空间而已，但这种做法的最终目的又有多少价值呢？如果家庭人口多、房间不够住，或者将来房子出租等，有这种想法倒可以理解。但目前许多家庭就三口之家，何况今后的小孩在什么地方工作更是一个未知数，隔出来又有何用呢？通过这件小事，我也从一个侧面看出知识分子骨子里面那种"小农"意识的浓烈，真是不会享受和不可理喻的"臭老九"。一件小事、一个行为折射出人思想上根深蒂固的一些东西也不容易，让我更加清醒地认知了我身在其中的这个满是秀才的群体到底是些什么货色。"满腹经纶、行为幼稚"是我对这个群体的总体评价。老师们如此不能与时俱进，怎能让我们的新生一代有创新意识呢？老师讲台上口口声声的创新之音，难道就仅停留在学术上？也许以身作则、以事为导是最好的教育方式，但愿如我这种开明、现代想法的人能在这个群体中慢慢多起来，为社会和未来的变革起到先期的思想启蒙，真正不愧为人类灵魂的工程师。

一次"累并快乐着"的"五一节"就这样随着日落结束了，而带给我的思考和回味却永远在脑海中回荡，但愿代表先进文化者的教师队伍中能涌现出更多名副其实的"灵魂人物"。

我对云南企业的一些浅显感知

来到昆明,深居“象牙塔”的我对云南企业知之甚少,如果不是这次新房装修,也许云南企业的管理能力和服务质量对我永远是一个未知数。虽然新房装修接触的企业不多,但至少可以通过其行为略知一二,比如企业的管理水平、服务意识等等。我请的装修公司是一家刚成立仅 2 年的小公司,最后下决定给他们装修,主要是觉得他们人还算可靠,价格相对比较优惠。但通过短短两个月的接触感觉他们做事的计划性差、随意性大,虽然他们工作也很努力,但效率不高。刚开始时,我想他们毕竟年轻,公司还不够成熟,运行还在不断规范过程中,但接触时间稍长,就觉得不是这么回事了,表面上看主要缺点有公司人员分工不够明确,工作条理不够清晰,工作流程不够严密等。比如我的橱柜装修,厨房电器我早已买好,其中有个嵌入式消毒柜需要与橱柜的柜体配套,这个事情我很早就同装修公司说过不止一次,后来消毒柜放在厨房,他们来我的房间也不止一次,但他们好像不当回事、视而不见,还好我多了个心眼,及时地又一次提醒和强调有个消毒柜,才没有酿成最终的悲剧。

另外我买的浴室柜,定好的红色,拉到家里面的却是米黄色,最后没办法,他们只好又拉回去。其实这个问题只要员工稍微用心一下就可以避免,如果是当时销售人员没有准确记下颜色,可以在货拉出仓库之前同客户再次确认一下不就解决了，或许一个电话就可以搞定的事情为什么要等到客户发现后才补救呢？这不是明显给公司丢脸嘛,很多事情如果把预防措施做在前面,最后在客户心目中起到的效果可能就是成倍的差距。同时,我买的淋浴房也出现类似的事情,一是卫生间的尺寸不合也不同我们提前沟通一下,二是老板亲自量的尺寸但送的货却有问题,又不得不重新跑一趟。

还有一件事情就是封阳台装玻璃，我找的这家据说在小区已经装了几十套房子了,有些老师反映也比较好,就是这样一家经验和口碑好的公司,居然将我的阳台玻璃尺寸测量错了,直到最后安装的时候他们才发现这个问题,可笑不？自己酿成的苦果只能自己咽下去，多花去的成本不说，客户的心理也无形中增加了一些阴影,难道他们有丰厚的利润值得这样不断折腾,真不知道他们是怎么生存下来的？后来听说做门的企业也发生了一件哭笑不得的事情,一个员工上门量尺寸的时候正好遇到厨房墙砖不够,于是在门的这面墙就没有贴墙砖,这位可爱之人居然想当然的认为没有,结果量出的尺寸导致门料安装不上的问题,真有云南人的“憨包”形象。这就是我所接触到的云南企业,但愿他们仅占云南企业的极少部分,否则云南经济的腾飞又不知还需等上多少时日了。

以上仅是我的一些点滴和感知,还有许多更可笑的事情,在此就不一一陈述了。总结其问题的本质是企业的管理水平低,工作人员的责任心差并且缺乏有效的沟通,个人的主观意识强,喜欢“想当然”。

我对昆明公交的看法

公交车是城市的主要交通工具，也是我等小市民经常光顾的场所。由于城市发展水平和地理特点的差异，不同城市赋予公交车的内涵和外延有所不同，就拿我以前长时间生活的重庆来说，公交的作用和重要性就明显强于许多其他城市。重庆属于山城，道路经常会有爬坡拐弯，因此自行车和电动车就基本没有用武之地了，公交车在市民出行中占有绝对的霸主地位，线路多、车次多是其主要特色。另外公交车还有一个优势就是便宜，一元二元就可以到达目的地，对于大多数普通市民，公交车肯定是首选。

2008年来到昆明，虽然出门的次数不是很多，但对公交车的印象却特别深刻，因为昆明公交有太多让我不可思议的地方。主要包括以下几个方面。一是城市规划及发展阻碍了公交功能的良好发挥。昆明的旧城改造明显落后，与省会城市极不相称，“城中村”的历史渊源和固有形态使公路改道、路口增多，在昆明市中心地带几乎很少见到立交桥（包括人行天桥也不多），取而代之的是红绿灯和交通警察，这无形中增加了车辆的停留时间和减小了车流速度，以至于经常在公交车站等车时，要么长时间不见车影，要么就是同线路的几辆车同时而至，一些车人满为患，一些车乘客寥寥无几。二是公交车线路单一、车次少。虽然在昆明的城市道路中，有单独的公交线路,但由于线路的重叠性差、车次少,导致为了到达目的地必须只能坐一条线路的车。如果目的地远,转乘是不可避免的,也还可以理解,但有时短距离行程也需几个站的转乘就有些让人难以接受了。为什么线路不重叠一下呢?在昆明出门前计划在哪里乘车、乘哪路车是必不可少的程序。另外就是单独的公交车道虽然增加了畅通,但在道路中间设置公交专用线路给乘车人带来了诸多不便,最主要的还是安全无法保障,我经常在车站看到人车争道的现象,电单车与人亲吻的事件时有发生。三是公交车的定位和功能与城市经济发展水平极不相称。在昆明的公交车上经常听到刷卡机发出“爱心卡”的提示,有时候一车人几乎是清一色的爱心卡群体,在重庆生活多年的我虽然在公车上偶尔也能听到这几个字眼,但不至于如此频繁,后来才知道在昆明办一张“爱心卡”只需年满 60 岁即可,在重庆及许多城市则需要 70 岁呀。

初来乍到,我还觉得昆明政府能干,为人民服务的思想不赖,但时间稍长,就觉得这件事情办得不怎么地道,有些拍脑袋不假思索的成分。昆明的经济发展能与重庆相比吗?恐怕是一个在天上、一个在地下吧,既然如此,为什么要打肿脸充胖子呢?另外昆明的气候是出了名的好(四季如春嘛),很多外地的老人都喜欢来昆明养老、休闲,这不是拿昆明纳税人的钱为政府脸上贴金嘛,不会是政府官员的“七姑爷、八姑婆”都来昆明了吧?呵呵,政策的制定者真有些异想天开和不切实际。四是昆明公交司机的行为有些不可理喻。云南人憨厚诚实不用说,但现在已经是 21 世纪了,人的行为需要和时代的进步相一致,因此在具体的事件或者行为中应该因地而异、因时而异。昆明的公交司机到站基本上只开一次车门,没有零钱不许上车，上车后也不许在车门口站着收钱，从后门上车的乘客必须重新从前门上车投币才允许……这些现象只能说明昆明的司机太死板、太制度化了，思想还处于计划经济时代。由此死脑筋引起了我的思考，人为什么被定义为高级动物，不外乎人有思想。但愿随着社会的不断进步和发展，昆明人也能与时俱进、百尺竿头更进一步。

2011年，我走在昆明的大街小巷中，突然发现在昆明公交身上有一个可喜的变化，即“特色公交”的出现，“特色”不外乎就是车窗上多了一层遮阳布，最主要的是“爱心卡”不管用了。虽然上车一人一次2元，比普通车翻了一倍，但对于上班族也算得上一件好事，一方面可能不会太拥挤，也许还能捞上个座位；另一方面不用为了让不让位给老人而心里忐忑不安。后来，我又在想这么一个问题，如果老人出门错开上班高峰时间，也许政府就不用出尔反尔、出此下策了。由此现象可知我们制定政策时必须同经济发展和人的思想水平相协调，否则就会得不偿失、好心办错事。但愿今后的昆明市政府能从公交这件事上有所反思，出台惠民政策前能多一些思考和民情调查，真正做到全心全意为人民服务。

宝贝我想对你说

宝贝，当爸爸听闻此话题时，真想对你说点什么，可是提起笔来，又不知道从何说起。“纵有千言万语，难以字里成行。”也许是想说的太多，也许又担心空话连篇不着边际。作为你的爸爸，虽然为你撑起了一片蔚蓝的天，但日常生活中的关心却少之又少，细节之处完全有愧于“爸爸”这个称谓。也许爸爸的身份特征决定了这一不太和谐的局面，也许是你妈妈扮演的角色太完美了。记得偶尔几次来幼儿园接你回家，你见到爸爸的第一句话就是“怎么是爸爸来接呀？”以至于幼儿园的老师也满腹疑惑，反问你“难道他不是你爸爸吗？”你用小书遮住脸、满脸惆怅、姗姗走出教室这一系列表情和举动让我这个爸爸有说不出的酸楚和无奈，现在每每回想起这一幕幕都让我这个爸爸汗颜。

新学期开学后的第一次家长会，爸爸“不幸”参加。记得来到你学习生活的教室里时，老师要求我们每位参会的家长做一个小卡片给自己的宝贝。看到许多妈妈做出漂亮的剪纸和贴画，我却木讷地不知道给你做个什么样的卡片才合你的心意，最后也只是简单地在一张小小纸片上画了一个公主，因为你太喜欢公主了。同时，写上了爸爸的希望，“天天开心，快快长大”，这也是我和你妈妈对你最想说的话。

转眼间,你就来到了大班。在此转折阶段,我希望你慢慢地调整好自己,记住三年幼儿园期间快乐的每一天,心怀感恩地进入下一阶段的成长,真正理解和懂得“三生”的真实含义。“快乐学习、学习快乐”这 8 个字能贯穿你受教育的全过程是我们最大的心愿。

还有一个话题是好爸爸与好妈妈的标准讨论。“什么样的爸爸好,什么样的妈妈好”,仁者见仁,智者见智,在小朋友的眼里更是五彩缤纷、多姿多彩。我想每个完整的家庭都会有一个好爸爸、好妈妈,更有一个好宝贝,存在即合理。简单总结好爸爸和好妈妈的定义,我认为好爸爸至少应该是一个责任感极强的人,这种责任感不仅有对家庭的责任,也包括对社会的责任;好妈妈应该是一个爱心极强的人,这种爱心包括对自己孩子的爱也包括对生活的爱。

不同的家庭有不同的特质,也许好爸爸和好妈妈身上还有更多优秀的品质。“幸福的家庭都有幸福的理由,不幸的家庭都有不幸的原因。”但愿天下所有的孩子心目中都有一个好爸爸和一个好妈妈。

宝贝趣事

宝贝在成长的过程中，有许多让我们啼笑皆非的事。一个小小动作，一句不谙世事的话语都让我们记忆深刻。打开记忆的闸门，一次不太优雅的亲子游戏事件浮现在了我的眼前。

一家三口长期生活在20平方米的蜗居中，视觉空间的狭小并没有影响宝贝的情绪，无形中却给家庭带来了一种融融的暖意。平时，房屋中间的一张大床就成了宝贝的主要活动平台。

记得有次吃完晚饭，我躺在床上跷起二郎腿，这时宝贝发现“人体玩具”出现，急忙上床坐在我跷起的腿上荡起秋千来。小孩真有创意，她越玩越起劲，不断地要求我荡高点、再高点。这个游戏玩腻了，干脆叫我趴在床上让她“骑马马”，鉴于她热情高涨，又有她妈妈的怂恿，我这个当爸爸的只好就范，做了一次地地道道的“马具”，小孩骑在我的背上，边吆喝边拍我屁股催我快走，这时她妈妈拿出相机不断地拍照，说这种姿势非常优美，其实质就是她们娘俩拿我的“丑态”开心。

我的一个简单举动、一次不经意中的“丑行”却给家庭带来了一次难得的记忆和快乐，实属难得，一家三口的笑声荡漾在小小的房间中是春意盎然，至今回味无穷。

参加小孩的运动会

我的小孩6岁多，正在幼儿园的大班学习，小孩就读的云南师范大学附属幼儿园是一所比较好的学前教育机构，由于1952年建园及背靠云南师范大学，因此在云南省的幼儿教育领域颇有名气。所以昆明市的许多家长千方百计地找关系都希望自己的小孩能进这所幼儿园，我的小孩由于具备教职工第一代直系亲属的资格，因此可以低成本地顺利进入这所幼儿园进行学习和生活。说起幼儿园的硬件设施也不算特别好，但软件却不一般，幼儿园的许多老师都具有本科学历，特别是这几年的毕业生想进入这所幼儿园执教更是难上加难。另外幼儿园的伙食水平和卫生条件也不错，一天三顿正餐加二次临餐，每天的营养搭配也比较科学。最让我新奇的是幼儿园每年都将举行一次趣味运动会，并且要求家长陪同参加。因此在我的记忆中，今年参加小孩运动会已经是第三次了。

运动会这天，我同小孩的妈妈带着小孩早早地来到运动场上，看到无数的家长们陪着自己的小孩在运动场上快乐地玩耍，我真羡慕他们这一代小朋友，有这么良好的学习生活环境。回想当年，我同他们一样年龄的时候，还不知道人的学习成长过程中有一个幼儿阶段，同时经济条件的制约也让我无法享受到父母的甘甜雨露。上午9点，领导们热情洋溢的一段讲话后运动会就正式开始了。运动会的开幕形式同成年人的运动会没什么两样，首先是小朋友们穿着各式各样的服装排队走过主席台，并在主席台前进行一段即兴的表演，由于小朋友的思维能力有限，队列的整齐性和纪律性不是很好，走在前面的大班明显好于后面出场的小班，特别是幼班的小朋友们还必须由家长拉着手走过主席台。接下来就是小孩集体表演广播体操，老师在队列前面表演，小孩跟着老师做各种动作，虽然场面不是特别具有观赏性，但通过小朋友们优雅的肢体表达也能让人体会到教育的成果。最后是各个班上组织的游园节目，大部分节目都需要家长的配合才能完成，其目的是营造出一种家庭和睦和其乐融融的气氛。时间过得很快，不知不觉就到中午了，随着游园项目的结束，家长和小孩也开始陆续离开运动场，开始他们新的快乐旅程。

通过小孩幼儿阶段三次规模宏大的运动会，我有几点感想。一是中国经济和社会的巨大变化，幼儿园的运动会不仅是小朋友的聚会，更是家长们展示优越条件的机会和场所，因为每次的运动会都会发生车满为患的场景，好车层出不穷，也许这也是声誉满钵的师大幼儿园的另类优秀吧！二是声势浩大的运动会也是对家长们的一种检验，检验家庭的融洽，家长与小孩之间的默契及与幼儿园之间的配合，因为开幕式各个班级小朋友的出场都需要家长的出场，大班和中班的家长们紧跟小朋友之后也需要列队通过主席台及与小朋友同台表演。三是幼儿园通过这种方式来树立良好的形象和美誉，以此引起社会的关注和正面反响，达到各方利益多赢的局面。

不管目的和出发点有多少，这种从幼儿就开始重视的素质教育在中国的教育体系和教育环境中需要大大的提倡，否则中国人的创造力培养和中国经济的可持续发展真让人担忧。但愿有更多的幼儿园能加入到这种素质教育的洪流中，当然不一定非得举行这种大型运动会,形式可以多种多样,正如小朋友在这次运动会上提的口号,“我运动,我快乐;我健康,我幸福”。

参加女儿的幼儿园毕业典礼

不知不觉中我的女儿就将结束幼儿阶段的学习，回想起她的整个幼儿生活，既丰富又单调，幼儿园的丰富与家庭的单调反差明显。我这个作父亲的几乎很少给她关怀，更谈不上一起交流，真有些不称职。“不称职”的原因主要来源于两个方面，一是她有个非常称职的妈妈，二是我牵强的工作借口。记得 2008 年一个人独自来到昆明工作的半年时间里，女儿跟妈妈生活在重庆，居然她一点都不想我。也许从女儿呱呱坠地起，我都没有完全尽到一个父亲的职责，以至于她同我的感情仅停留在称谓这种层面。

女儿的幼儿阶段学习历程倒还算丰富，在重庆上了半年的私立幼儿园，2009 年年初又在昆明二十幼儿园上了半年。2009 年 9 月份开始就一直在师大幼儿园从小班读到大班，完整地学习和生活了三年时间，今年她将告别这所历史悠久的幼儿园，正式进入小学阶段的学习。面对这种质的转变，我这个父亲真有点缓不过神来，每当看到她弱小的身躯，我都难以想象，我的女儿在今年 9 月份就将正式成为一名小学生了。1.1 米身高、15 公斤体重的小学生，让很多人都难以置信，真有点索马里儿童的模样。虽然我的女儿身体娇小，但从她生下来到现在基本上没生个什么大病，感冒也比较少，在我的记忆中也仅有两次到医院输液的经历。女儿在肠胃方面完全继承了我的基因，身体吸收功能不好，一旦多吃了点，一天内上厕所解大便就肯定不止一次，我真有点担心女儿长此下去真成了小人国人，但愿遗传基因能在后天的弥补中能有些改变，我的期望值不高，希望女儿成年后身高能超过1.55米。

当我听说女儿的幼儿园将在6月28日举行毕业典礼，我想不管什么原因也不能错过这个见证女儿成长的时刻，于是我推掉了28日下午的监考和晚上的2012届毕业生毕业典礼，早早地来到幼儿园等候。下午3点钟时，女儿的毕业典礼正式开始，我同她妈妈坐在观摩台上认真地欣赏她们毕业班表演的节目，拍照、录像与掌声、笑声交替进行，小朋友稚嫩的表演和天真可爱的表情给我留下了深刻印象，转眼间两个小时就过去了，女儿同其他所有毕业的小朋友们在最后一曲毕业歌中结束了整个毕业典礼。最后我同许多家长一样，来到了女儿学习和生活的教室中，同小朋友们一起见证贴在墙壁上的话语和她们的作业。当我看到有些小朋友抱着老师嚎啕大哭的时候，我的女儿却没有一丝泪水，我好奇地问女儿，为什么不哭呢？女儿回答说："哭不出来。"看来我的女儿有些许长大了，不再是人云亦云，有些独立思考的成分了。但这个脱离大众的行为，我真不知道是好还是不好，但愿多年后再同她说起此事，她能有另一番说辞。

还有最后一周时间，女儿就要同她完整的幼儿教育和老师们说再见了，虽然我无法去证实和了解更多关于女儿在幼儿园里面的学习和生活情况，但我相信她肯定有不少收获。因为她所在的幼儿园不仅有先进的幼儿教育理念，更有许许多多充满爱心的老师们，在他们的辛勤耕耘下，我的女儿和所有一起成长的小朋友们一定会有美好的未来和美丽的人生。

走下神坛的"茅台"联想到的

据记者"五一"期间从市场上了解到，53°飞天茅台的价格已经跌到每瓶800元左右，而在2013年春节，该茅台的价格还在每瓶2000元以上，短短一年多时间，茅台价格跌幅就高达50%以上，让许多人没回过神来。

茅台的下跌固然有外在的原因，如"禁酒令""塑化剂"等的影响，但我认为本质是由于茅台违背了基本的经济规律而酿下的苦果。既然是商品，就一定具有商品的属性，价格终将会回归到价值的附近，企业的扩张经营、人为热情追捧过后的冷静都会在某一天将价格打回原形。虽然为了止跌，去年底茅台集团曾出台"限价令"，要求经销商不得擅自降价，但随后在国家发改委的介入下，茅台集团在今年1月不得不取消所谓的"限价令"政策，茅台酒脱下贵族的身份回归平民是必然趋势，只是大多数人没有想到它会跌得这么快。

纵观我们所熟知的大众商品，如原油、煤炭、有色金属、黄金白银等的走势无不让我们警醒和反思，下一个下跌的商品又将是谁呢？

众目睽睽下的中国房地产业进入了我的眼球，全世界的外国人都知道中国的房地产泡沫严重，破灭是早晚的事情，唯有绝大部分中国人还坚信房价会一路高歌猛进，半信半疑的也只是极少数。在我身边的人群中，无论是老人还是青年人，都极力推崇房子的保值和增值，在这种一边倒的看多声音中，我无语之极难以言表，好像我就是中国人中的另类似的。难道中国的房子真会颠覆商品经济规律？目前的现实让我找不到答案，但我仍然坚信用资金堆起来的漂亮大厦一定会有倒覆的那一天。

会不会如前几天黄金的暴跌一样，一夜之间，中国的房价就来个巨幅跳水呢？房价的暴跌在中国不是没有发生过，或许许多人已经忘记了在20世纪90年代海南和广西北海发生的那一幕。鉴于目前中国的政治环境，我想房价出现暴跌的可能性还是比较小，温水煮青蛙似的缓慢下跌终将会成为现实。2014年6月前建立起来的全国不动产登记信息可能就将成为中国房价转折的事件推手，但愿中国上层的智慧能解决好中国房价与经济规律背离的现象，房价平稳过渡，经济重回上升通道。

另一个问题同时也涌进我的心头，资本都是逐利的，从这些炒高的商品中退出来的资金下一个逐猎场又会在哪里呢？思来想去，中国低迷的股市或许是重要的场所，国家主席习近平在五四青年节之际同各界优秀青年代表座谈时的讲话更加坚定了我的这个观点。“中国梦是历史的、现实的，也是未来的；中国梦是国家的、民族的，也是每一个中国人的；中国梦是我们的，更是你们青年一代的。”

轰轰烈烈的中华民族伟大复兴梦一定会在资本市场上体现，因此我劝解已深陷中国股市泥潭的股民们多一份坚守、多一份清醒，没有进入中国资本市场广大青年们多一份热爱、多一份豪情。

股神沃伦·巴菲特5月4日在伯克希尔哈撒韦公司召开年度股东大会上说“美国和中国在未来一段时间会成为最强大的两个国家”,因此我们更没有理由怀疑中国资本市场不会迎来春天。作为中国人,只要我们众志成城、身体力行,坚信“两个一百年”的奋斗目标一定会实现。

一次特殊的“六一”节

“六一”儿童节是孩子最高兴的日子，自从2006年女儿出生以来，儿童节就成了我重要的记忆点，虽然陪伴女儿走过了6个儿童节，但都没有给我留下深刻的印象，唯有今年这个儿童节值得书写和记忆。

今年的儿童节刚好是星期六，女儿正在学古筝的老师联系了昆明市儿童福利院，计划在儿童节这天带着几个小朋友去表演一个节目。儿童节这天，我们早早地驱车来到目的地，女儿将自己的一些玩具和看过的书籍捐献给了福利院。然后我们随着福利院的老师走访了福利院的儿童，听老师介绍，这些看似健康的小孩身体都有些残疾，脑瘫、心脏病儿童居多。儿童福利院的环境非常好，孩子们的生活起居都得到了工作人员的悉心照料。据资料表明，昆明市儿童福利院于1987年恢复建制，以收容社会弃婴和孤儿为主要业务，占地4.7万平方米，现有儿童650余人，是云南省一级福利院。1992年开展跨国送养，至今已有千余名孤残儿童被国际家庭收养，先后被民政部中国收养中心授予“涉外收养工作爱心奉献奖”“涉外送养工作先进福利机构”。昆明市儿童福利院建院以来，多次受到民政部和云南省政府表彰，是“设施一流、队伍一流、服务一流、管理一流”的儿童福利机构。

上午9点，表演大厅座无虚席，有民政部门的领导、慈善总会人员、爱心企业和社会各界爱心人士，简短的领导讲话和爱心表彰后，“六一”儿童汇演正式拉开序幕。节目组成中主要以福利院的儿童为主，我女儿她们表演的节目是少数外来节目中的一个。虽然这些残疾儿童们的表演缺乏生动，但观众们的掌声依然不断，身残志坚的主题在整个节目过程中发挥得淋漓尽致。

这次儿童福利院之行随着节目的曲终人散而结束，但它留给我的记忆却始终回旋在我的大脑中，留给快乐成长的女儿又是什么呢？或许女儿太小，还不完全明白她这个儿童节的深远意义，但我相信在她的人生记忆中一定会留下一些痕迹，多年长大后，也一定会为这次特殊的儿童节鼓掌喝彩。

昆明南博会印象

2012年10月，国务院批准在昆明举办了五届的南亚国家商品展升格为中国—南亚博览会，从2013年起每年在中国昆明举办一届。这意味着，云南省政府翘首以盼的“国字头”会展将形成长期稳定的机制，国际和区域论坛带动的会展经济和休闲经济肯定能为昆明GDP做出贡献。2013年6月6~10日南博会如期在昆明举行。

首届中国—南亚博览会举办地在昆明市国际会展中心，上个世纪90年代建成的玻璃结构单层无柱式展厅的承载容量远远落后于社会经济的发展，步履艰难、仓促上马依稀可见，与国际性会展平台极不相称。几天的展会期间，国际会展中心被热情似火的参展商和蜂拥而至的市民挤得水泄不通，仿佛“春运”期间的售票大厅展现在人们眼前。

6月10日，会展的最后一天，我鬼使神差般地前往凑热闹。当接近目的地时，我就开始为自己的草率决定懊悔了。虽然有“高速不免单”的端午小长假和不给力的天气叠加，但丝毫没有影响到昆明人的热情。由于人流量、车流量的大幅增加，国贸中心周边区域成了堵车“重灾区”，环城南路、春城路、国贸路、永平路等路段十分拥堵，停车场的私家车爆满，附近多条道路全天几乎都成了露天停车场。我临时决定让老婆和小孩先下车，我则在车上继续耗时了3

个多小时也没有找到停车位，最后只好逃离了这片苦海，将车开到了师大一二一校区，独自躲到书店里打发时间了。

通过电话，我了解到妻子她们排了很长时间的长队才购得门票。在购票点，她们遇到多年前出现的倒票现象，好像进入展会大厅就能得到免费好处似的，真有些不可思议。后来，我听妻子说，在展厅里面没有休息区，方便面桶、碎纸、饮料瓶处处皆是。她们逛了一个多小时几乎空着手就出来了，因为展会上的商品没有特色，人员混杂，鱼目混珠，不乏假货销售，“200 元的红宝石、800 元的紫色玉髓、100 元的红木合影……”即使南亚国家的展品也仍以低端产品为主，简直就像 20 世纪 80 年代改革开放初期时的集贸市场，还好我没有掏 30 元人民币去受罪，不幸中的万幸呀！

开车回家的路上，当我看到沿途处处鲜花的景象让我浮想联翩。据报道，昆明人为了迎接南博会、展现新昆明形象，从长水机场到会展中心铺设了一条美丽的鲜花大道；27 条道路完成综合整治焕然一新；744 万盆鲜花造景，1300 多万株绿色植物装点了整个城市；……鲜花满地、绿树成荫、春意盎然的春城笑迎八方宾客，这些光鲜的外表更加反衬了商品内在的不足，引起我不少的反感。

首届南博会最后一天，“5 月一掷千金狂扫黄金的中国大妈”的身影再次显现，昆明大妈们让世界又一次看到了中国人的购买力，会震惊南亚和世界吗？对于市民的这种热情，我真不知道是褒扬还是贬低，是昆明人真有钱还是太淳朴，我不知道答案。

见证昆明内涝

7月18~19日，昆明12小时降下了超过190mm的雨水，这也是四年来单日的最大降雨量，偏偏让我亲身体验了一回。

今年暑假我们计划回重庆，同时带老人和小孩去北京旅游。19日早晨，我们一家三口出门坐公共汽车去火车站，这时的雨下个不停，虽然昨天晚上下了一整夜，但我对于出行并没有太多担心，在等公交的时候，我不敢确定C85线路是否能到火车站，于是挂电话问一位刚坐过这条线路的同事，同事见我在等公交，就说他也要去城里办事，顺路捎带我们去火车站，鉴于雨越下越大，我建议他改天去办事，我们自己乘坐公交也挺方便。或许是雨太大，或许是他极度热情，我们坐上了他的自驾车，此时的时间是8点50分，而我们的火车时间是12点02分，3个小时对于这段路程非常充裕（正常情况下1小时车程），因此开车的同事和我并没有怎么着急，每小时60公里的时速安全前行。

当车行至菊花村立交桥时，出现了大塞车的场景。车几分钟才能挪动一步，时间一分一秒地过去，我们的心情也慢慢变得焦虑起来，同时我又出现尿急，真是“屋漏偏逢连夜雨”。开车的同事既着急又内疚，我一边安慰一边张望，默默祈祷时运好转，换位思考，我也会同样感到不安，真是应了“好心不一定办好事”的哲理。1个多小时的时间，车移动几十米后，在我眼前出现了一片汪洋，幸运地是靠左则有一条道路通畅，车勉强能通过，缓慢通过后时间已经是11点30分了，离我们乘坐的火车开车时间越来越近了，还好通过这段低洼路段后没有再见堵车和路面积水。基于车需要绕行，我们临时采取在离车站最短的直线距离处弃车步行。下车后，我们拖着行李一路冒雨狂奔，在一偏僻处，我实在忍受不了尿胀的难受，灵机一动，采取了不文明的就地解决，一泡尿足足排泄了几分钟。最后在火车站取完票的时间是11点40分，这时候我们才松完一口气，稍稍调整了一会儿，接着检票上车。上车后，当时间来到发车点时，我并不见火车开动，问询列车员才知道，由于昆明今天严重内涝，火车推迟始发昆明站，粗略估计，每辆火车比准点晚开10分钟。虽然我们并没有因为这晚开的10分钟才没错过上车，但我从内心还是感谢列车的人性化，或许真有不少乘客由于这宝贵的几分钟时间而没有错过一次愉快的旅行。

后来，我在电视和网络上才知道19日昆明城区出现大面积内涝，无意中我亲身体验了一次难忘的出行。对于昆明这次严重的内涝事件，新华社新华视点官方微博发布了用词严厉的微评："南博会刚过去一个月，春城昆明就成水上威尼斯。一夜大雨后全城被淹，市民工作生活受到影响。近年来昆明多次投入巨资进行的景观改造，大雨却让他们现出了原形，是否为形象工程已不言自明。"省长李纪恒在实地查看灾情时说，"这次暴雨暴露了城市规划建设管理中的一些问题，例如排洪管道比较小，这几年大规模搞城市建设，排水管道被淤塞等情况也有所出现"。昆明市委书记张田欣更是在不同场合提到，"暴雨暴露出了城市规划建设中的问题"。

大雨对于长时间干旱的昆明来说是一场喜雨，却又是一场晦雨和警示雨。集中的暴雨造成了交通拥堵、道路被淹、城市积水的尴尬情况，这不得不让人质疑昆明市的规划哪些地方出了问题？一座城市的规划，与城市的发展理念和政府的决策理念密不可分。昆明这几年城镇化脚步发展太快，市政建设上却无法紧跟城市发展的速度，市政设施投入相对薄弱，不可避免地出现内涝现象。与其做面子工程，不如多投些精力在基础设施方面，为老百姓实实在在地解决公共设施存在的问题。“容我一些时间，还你一条坦途。”这是在昆明北京路某施工围挡上的温馨标语，没想到坦途尚未等到，一场暴雨就让标语下的北京路变成了一条缓缓流淌的“黄色河流”。

作家龙应台的一段话在网络上被热转：“检验一座城市或一个国家是不是够现代化，一场大雨足矣……或许有钱建造高楼大厦，却还没有心力去发展下水道；高楼大厦看得见，下水道看不见。你要等一场大雨才看出真面目来。”也有网友质疑，正是这些前赴后继的市政改造、东挖西填才让排水系统受影响，一个 4 年连旱的城市，为什么逢雨必淹？这就是投入数十亿、最大规模雨污分流排水管网改造的结果？几十年来最大的一场雨，之前已经有种种迹象，气象预警为什么还是常规发布？淹水从夜间就已经开始，为什么早晨政府连条提醒市民出行的短信都没有？……这一系列的问题不仅仅反映出自然的不和谐，更折射出人文的不和谐。但愿今后能有更多的事前和谐，而不是火车延时的事后和谐，我爱自然优美的昆明，我更爱人文优秀的昆明。

2013年的北京之行

北京，中华人民共和国首都，中国的政治、文化中心，中国经济、金融的决策和管理中心，祖国的心脏，天之骄子的地方。“人人向往北京”是一句响彻中华大地的时髦“口号”。

北京曾为六朝都城，是中国“四大古都”之一，拥有6项世界遗产，是一座有三千余年建城历史、八百六十余年建都史的历史文化名城，拥有众多历史名胜古迹和人文景观。北京旅游资源丰富，对外开放的旅游景点达200多处，有世界上最大的皇宫紫禁城、祭天神庙天坛、皇家花园北海、皇家园林颐和园和圆明园，还有八达岭长城、慕田峪长城以及世界上最大的四合院恭王府等名胜古迹。

我们来到北京，虽然不能对历史文化和自然景观一一游览，但至少天安门、故宫、颐和园、天坛、长城、鸟巢、水立方等肯定会驻足欣赏的。虽然我已经去过北京多次，但不同时期都会有不同的感受，比如世纪坛、鸟巢、水立方等现代建筑。这次的北京之行，不仅仅是一次故地重游，更是一次心灵之旅，因为这次我将完成对父母养育之恩和女儿抚育之情的挥洒。上辈和下辈的时间接点做到了无缝衔接，因为父亲正值80寿辰，女儿正当小学一年级。这种对父母的感恩和对女儿的鞭策都将在我的人生中留下难忘和美好的记忆。

简单的筹划和协调，我于7月22日带着父母、妻女等一行8人从重庆出发，7月30日结束北京之行回到重庆，来去双飞，全部行程共9天8晚。

第一天，游览的是天安门和北京故宫。天安门主要是目睹城楼、广场的宏伟，瞻仰毛主席遗体。由于时间不凑巧和人员思想的不统一，我们错过了瞻仰毛主席遗体的时间点，为了满足父母的心愿，我只有另选时间再次陪他们光临此地。年轻的一代没有兴趣可以理解，但老人的执著也无可厚非，因为我的父母与毛老人家近乎同时代的人，并且他们的翻身做主人与毛老人家的丰功伟绩密不可分，不管出于什么目的，来到北京一睹真容势在必行，也实属不易，因此这项内容就成了必选项中的重中之重。

接下来是游览北京故宫，这项内容意见统一，从天安门徒步行进半小时后，我们就来到了故宫入口处。北京故宫，清明时叫紫禁城，住过24个皇帝，建筑宏伟壮观，完美地体现了中国传统的古典风格和东方格调，是中国乃至全世界现存最大的宫殿，是中华民族宝贵的文化遗产。在参观故宫的过程中发生了一次父亲走失的事情，这也是北京之行的第一次意外，记得当时我们在御花园休息的时候，母亲上厕所之际，父亲怕母亲走丢，就跟随了过去，结果母亲回到了原处，父亲不知去向。还好父亲手上拿着电话，几经周折，我终于在仁寿宫中将其找到，虚惊了一场。

第二天，游览的是长城。八达岭长城位于北京市延庆县军都山关沟古道北口，驰名中外，誉满全球。八达岭长城史称天下九塞之一，是万里长城的精华，在明长城中独具代表性。它也是万里长城向游人开放最早的地段。该段长城地势险峻，居高临下，是明代重要的军事关隘和首都北京的重要屏障。八达岭长城为居庸关的重要前哨,古称“居庸之险不在关而在八达岭”。八达岭长城典型地表现了万里长城雄伟险峻的风貌,作为北京的屏障,这里山峦重叠,形势险要。气势磅礴的城墙南北盘旋延伸于群峦峻岭之中,视野所及,不见尽头。依山势向两侧展开的长城雄峙危崖,陡壁悬崖上古人所书的“天险”二字,确切地概括了八达岭位置的军事重要性。毛泽东提笔的“不到长城非好汉”字碑醒目矗立在长城脚下。这天的天气比较热,温度达 36℃,但酷热的天气并没有阻挡我们的热情和登长城的勇气。我们坐地铁来到市区到八达岭长城的直达公交车站,坐上 919 路车,一个半小时的车程,我们就来到了长城脚下。顶着烈日,我们沿着左边的长城不断往上爬,最陡峭处近乎 90°垂直,没想到,老人和小孩一个都没拉下,或许是他们本身的身体健朗,或许是心中的一种信念。父亲直接走到了游人止步处才折返回来,记得父亲从陡峭处下来时,一群年轻人向他树起了大拇指,啧啧称羡道,“老爷爷真厉害”,我们都相视一笑。虽然我们只登了长城的一边,但看到老人干劲冲天,身体硬朗和身躯矫健,我由衷地高兴,但愿他们能有幸步入百岁老人之列。

第三天,游览的是颐和园。颐和园,原名清漪园,始建于清乾隆帝十五年(公元 1750 年),历时 15 年竣工,是为清代北京著名的“三山五园”(香山静宜园、玉泉山静明园、万寿山清漪园、圆明园、畅春园)中最后建成的一座。它是中国现存规模最大、保存最完整的皇家园林,中国四大名园(另三座为承德避暑山庄、苏州拙政园、苏州留园)之一。颐和园位于北京市海淀区,距北京城区十五公里,占地约二百九十公顷。利用昆明湖、万寿山为基址,以杭州西湖风景为蓝本，汲取江南园林的某些设计手法和意境而建成的一座大型天然山水园，也是保存得最完整的一座皇家行宫御苑，被誉为皇家园林博物馆。颐和园内可供观赏的主要有苏州河、万寿山、长廊、昆明湖等。由于许多地方需要二次购票，我们就没有再购票了，只是站在远处眺望了一番。另外，小孩们极力推荐船游昆明湖，因此我们一大家子人租了一艘脚踏船在昆明湖中游览了一个半小时，虽然当天的天气比较炎热，但坐在船上，阵阵凉风袭来，无限惬意。立在船头，放眼望去，湖面碧波荡漾、烟波淼淼，西望山峦起伏、北望楼阁成群，湖中一道西堤，堤上桃柳成行，十七孔桥横卧湖上，小孩偶尔的双脚戏水、喂鱼……一幅美丽的画面呈现在了我眼前，昆明人异处昆明湖，自然与人的和谐让我触景生情、流连忘返。

在颐和园里面，有许多卖北京老冰棍的小贩，当我们看到一个小学生在吆喝时，就上前给每人买了一只，或许是真想品尝一下老冰棍的滋味，或许是出于对小贩的同情心。我在吃的时候想起了儿时听着小贩的声音追逐冰棍的情形，一只冰棍到手后的满足和喜悦之情浮现在了我的眼前，有一种说不出的惬意，反观现在的小孩，他们肯定没有当年我的那种美好感受，因为时代变迁，一只冰棍在他们幼小的心灵中已经起不了多少涟漪和欣喜了。

第四天，游览的是天坛。天坛以其布局合理、构筑精妙而扬名中外，是明、清两代皇帝“祭天”的地方。天坛位于故宫东南方，占地273公顷，天坛建筑布局呈“回”字形，由两道坛墙分成内坛、外坛两大部分。最南的围墙呈方形，象征地，最北的围墙呈半圆形，象征天，北高南低，这既表示天高地低，又表示“天圆地方”。天坛的主要建筑物集中在内坛中轴线的南北两端，由南至北分别为圜丘坛、皇穹宇、祈年殿和皇乾殿等;另有神厨、宰牲亭和斋宫等建筑和古迹。来到天坛,第一印象是空旷、博大,建筑的设计巧妙和色彩调和堪称高超。印象最深的是一处小门,据文字记载,这扇门是为了乾隆皇帝祭祀时进出方便而开,乾隆为了防止子孙后代都走这个门而带来对“天”的不敬,特别立下规矩,只有年有“70”的皇帝才能用此便道,可惜后来的帝王没有一个人的寿辰超过70,因此这道门实际上只为乾隆打开过一次。

天坛结束之后,我们又来到天安门,本想完成父母第一天没有瞻仰毛主席遗体之事,结果发现瞻仰毛主席的时间为每天上午的9点至11点,于是我们临时决定去国家博物馆瞧瞧。中国国家博物馆是历史与艺术并重,集收藏、展览、研究、考古、公共教育、文化交流于一体的综合性博物馆。中国国家博物馆丰富的收藏和陈列,展现了中华民族祖先开创至今的五千年悠久灿烂的文明史诗,是一座以历史与艺术为主、系统展示中华民族悠久文化历史的综合性博物馆。该馆文物收藏极为丰富,陈列展出十分精彩,是进行爱国主义教育的重要课堂。我们换取免费参观票、进入国家博物馆后,几层展厅让我们有些不知所措,最后决定从上面往下面看,上面的几个展厅中分别陈列的是近现代藏品、古代藏品、艺术作品、复兴之路等,下面的几个展厅分别陈列的是中国古代史、古代钱币等。3个小时的参观,我们只是走马观花似的一晃而过,因为它的展示内容太丰富了。在国家博物馆里也发生了一件我无法理解的事情,有些展厅不能拍照,有些展厅可拍照,但不能摄像,但这些规定均没有显而易见的告示牌,而只是工作人员的口头警告和劝解。我想在此代表国家形象的地方,面对世界各国的游人、友人,为什么我们不能做得更细致和人性化呢？同时，我实在想不出拍照和摄像有什么本质的不同，或许只有专业人士才能得出合理的答案。

游览天坛这天比较轻松，晚上妻子提议到北京大学去实地考查一下，于是我们坐上地铁来到北京大学参观。可惜不巧，北京大学对游人的开放时间是每天的上午和下午各 2 个小时，经过多次交涉，保安也不让进，最后我们不得不只能在北京大学的校门口照了几张相片草草收场。本想让小孩实地感受一下北京大学的气氛，没想到只是在围墙边上溜达了半圈。中国第一学府——北京大学的高深莫测让小孩幼小的心灵受了一次难得的失望教育，我想北京大学也没什么值得炫耀的资本，学子的今天并不代表明天，中国的人文大厦中不乏众多其他非知名学府的莘莘学子。

第五天，小孩们去参观中国科技馆，我借此机会带父母重游天安门，主要目的是瞻仰毛主席的遗体。由于进出天安门检查严格，父母的穿着有点“寒酸”，安检人员误判为上访人员，好在有我这个“落魄”的儿子在身边，才免去了许多不必要的盘查。进入天安门广场，我们排着队时，听执勤人员说“包和水”不能带进纪念堂，于是我拿着父亲的包去寄存处，没想到寄存地点在马路对面，存完包后又得重新进行安检，鉴于比较麻烦，我就没去存包，自动放弃了这次同父母一起瞻仰毛主席的机会，其实我在十几年前第一次来北京时就瞻仰过他老人家，多一次和少一次也没什么割舍不下的。正当我驻足在队伍外面张望父母时，父亲急匆匆地赶过来了，原来身份证在父亲的包里，听说要持有效身份证才能进入纪念堂，当父亲拿到身份证时，母亲却不见了，望着密密麻麻的排队长龙，我和父亲来回折腾了几个回合也不见母亲的身影，后来由于瞻仰的最后时间临近，我不得不放弃继续寻找母亲的念头，让父亲独自拿着身份证赶紧重新排队。我想如果执勤人员将母亲挡在门外，只要她站在入口处，父亲的身份证一到也不会有什么问题。就这样，我站在天安门广场足足等了3个小时，直到所有瞻仰的人都出来了，也不见父亲和母亲的身影，着急是肯定的，还是怪自己同他们分手时太大意了，没有强调我们分手时这个地方的前后左右特征。又过去了1个小时，我终于看到了父亲，原来他已经沿着毛主席纪念堂转了一圈。

天安门方方正正，如果没有说好具体方位，还真不好找，可惜我发现这个问题的时候已经晚了，为了保险起见，瞻仰结束前我就已经沿着纪念堂转了一圈。找到父亲后，我让父亲待在原地，我去找母亲。天安门广场这么大，从哪里找起呢？想了一下，我决定去存包的地方看一看，当我正准备过马路时，听到了对面母亲喊我的名字，原来母亲已经在存包处等候几个小时了，她正打算到广场来看看。母亲在给存包处的工作人员解释后逐个查看了存放的包，没有发现一个包是父亲的，失望之后也不知道该怎么办，有人建议母亲到最近的派出所报案。还好，母亲也算个识字的人，心想即使走丢了，大不了自己坐车回住处，报案就有点丢脸了。后来听母亲说，她沿着队伍外边沿走到了纪念堂的入口处，执勤人员问她为什么站在这里，她解释说儿子存包去了、身份证在包里，执勤人员见她一个老太婆，只是为了瞻仰一下毛主席，就叫她赶快进去，结果母亲既没身份证又没排长队，“巧取豪夺”了一次。我和父亲听完母亲的唠叨后，直夸母亲聪明，否则就留下遗憾了，但对于母亲自行坐车回住处的想法我不敢苟同，北京如此之大，母亲能坐车回到宾馆吗？我深表怀疑。

下午，我带父母逛了一下王府井大街。在王府井我给父亲买了几件衣服，给他们俩分别买了一双北京布鞋。正准备回宾馆之际，接到妻子电话叫我们坐地铁同她们汇合，因为鸟巢和水立方就在科技馆附近，于是我们倒了两次地铁来到国家奥体中心，近距离地感受现代建筑艺术的魅力。鸟巢和水立方在灯光的映射下格外妖娆，鸟巢以红色为主基调，水立方以蓝色为主，广场上游人如织、人头攒动，不知这些人群中有多少像我们这样借旅游之际来凑热闹的呢？

在进入国家奥体中心时发生了一件让我刻骨铭心的事情。事情的经过是这样的，小孩远远地看到有一只“米老鼠”不断地向过往行人挥手，兴致勃勃地跑过去合影留念，一张不够味，米老鼠又热情地同小孩摆了另一个造型，我本想照一张意思一下就行了，但又不忍心打击小孩的好奇心，就没有过多地干涉，记得当时小孩还热情地招呼其他小朋友也来同“米老鼠”照相。事情本来就可以这样愉快地结束了，可是没想到米老鼠扮演者用哑语的方式要求收取5元一张的合影费，当小孩知道有这么一回事后，先前的热情一下子就变得无语了，小孩前后表情的反差让我无以名状，至少说明她已经明白上当受骗了。本来收取一定的辛苦费无可厚非，但为什么不事先告知呢？为什么要利用小孩的天真无知呢？真是应了“大千世界，无奇不有”这句老话，皇权下的北京也不例外。

第六天，小孩们去海洋馆玩，我就带父母去天津看看。说起天津，真没什么可看的，基于北京到天津很近、很方便，又在父亲的强烈要求下，我不能让他老人家失望，于是仓促出行。倒了一次地铁来到北京站，购票时才发现根据手上的北京交通地图犯了一个极大的错误，因为所有北京开出的动车始发站都改在了北京南站，而北京南站离我们住的宾馆只需一站地铁路，这个冤枉路亏大了，没想到 2013 版最新的北京地图也这么坑人。这时，我不可能倒回北京南站去坐动车了，有什么车就坐什么车吧，排队购票，售票员告诉我 40 分钟后有一辆北京开往唐山的慢车经过天津，于是我毫不犹豫地买了它，每张车票 18.5 元，两个小时的路程，如此便宜的价格，心里的不快一下子就烟消云散了。12 点 50 分，我们准时到达天津，下了火车后，我真不知道去哪里，问父亲想看什么，他说不知道，把皮球踢给了我，我思考了一下，最后决定坐公共汽车到南开大学和市政府看看，感受一下周恩来的母校和城市的面貌及市政建设，有点到此一游、应付了事的味道。命运就喜欢这样开玩笑，时好时坏，当我们坐上去南开大学的公交车时，在站牌上看到有一站为周邓纪念馆，于是我们逛了一下南开大学主校区重又坐上这路车到周邓纪念馆看看，车到周邓纪念馆时，我们刚好赶上 3 点那场免费参观时间，一个小时的参观让我们的天津之行增添了不少色彩，看到父母脸上露出的笑容，我为我的灵机一动感到欣慰和自豪。

接下来我们就坐车到天津市政府看了看，然后打车去火车站，开始我给出租车司机说去天津南站，这时正值出租车交班时间，由于天津南站离市区比较远，司机不太愿意去，后来司机听我说是回北京，就说始发北京的动车都在天津站，打车到天津站只需 15 元的车费，而去天津南站单边至少 90 元车费。开始我还有点坚持始发北京的动车在天津南站，因为早上的失误，我让弟弟在网上查了一下天津的乘车地，弟弟查询的结果是天津南站始发，并且下午6点过后只有三趟列车。还好，遇到了一位心地善良的天津出租车司机，否则我这个冤屈就无处申诉了，后来弟弟说是在百度上查的，属于过时信息，我还质疑他为什么不在铁路官方网站12306上查呢。来到天津站，买到最早到北京的动车的时间是晚上9点20分钟的，虽然间隔10分钟就有一趟车，但前面时间段的车票已经全部售完，我不得不接受现实。此时，我看表时间才下午5点过一点，我们又不得不在候车室等上4个小时了。如果当初弟弟的信息正确，我肯定下车就把回程的车票买好了，好事多磨吧！车到北京已经接近晚上10点了，本可以坐一站地铁就到住处，或许是已经晚太多了，或许是想感受一下北京马路的夜色，或许是为了节省一点车钱，最终我们选择了步行回宾馆。大概徒步走了40分钟，我们才回到住处，草草地找了一家小饭馆，父母吃了一碗米线，我喝了一瓶冰啤(燕京啤酒)吃了一碗炒饭。回到宾馆时已经快晚上12点了，一天的天津之行大部分时间花在了车上。天津之行虽然只是北京之行的附带，但至少了却了父母的一个心愿，记得在公共汽车上，母亲说了一句，“天津的城市不怎么样呀”，说明天津之行很有必要，至少有人问起天津啥样，父母能说出天津的“寒酸状”。著名的“天津大麻花”和“狗不理包子”，我们没去品尝，因为这两样东西在任何一个中小城市都屡见不鲜，我们也吃过它们不止一次，何况在荟萃的中华名吃中，它们只是一般般。

第七天，女性们去王府井大街购物，我和父母由于去天坛的那天已经去过，就没有同行。没想到几天下来，父亲的精神依然抖擞，于是我将父母带到附近的陶然亭公园休闲，让他们独自在里面溜达了几个小时,我则待在宾馆里面好好休整了一天,因为我的脚实在挪不动了。同时,我又在思考回到重庆后,如何完成曾经来重庆三次同我们生活了三年的父母没有完成的心愿,即欣赏山城的夜景和参观渣滓洞。

北京之行随着最后一天的松弛而结束。回想起整个过程,吃、住、行都没有什么值得特别留恋和不舍之处,反而一路的“囧途”让我记忆深刻。北京之行是我成年之后带父母和小孩远行的第一次,或许对于年迈的父母来说是最后一次,但愿他们的记忆中都是一些美好的回忆。记得在回重庆的飞机上,母亲对我说,他们非常满足了,感谢我这个儿子的一路辛苦陪伴。对于这次我对父母的照料,我自打 10 分,妻子戏称父母享受的是“VIP”服务。

回顾整个行程,不同的人可能有不同的感受,老人、中年人、小孩的心情和角度迥异,无可厚非。但对于年迈的父母来说,我想说这次的北京之行创下了多个“第一”。第一次坐飞机,在中国民航领域主要的两种机型(波音 737 和空客 320)都享受了,第一次坐地铁,第一次坐动车……

父亲八十寿辰

父亲 80 寿辰之际，总想留下一点记忆的亮点，什么方式最好又最有意义呢？这个问题一直困扰了我许久。根据父亲的特性，他最想的是回农村老家庆祝一番，因为“落叶归根、光宗耀祖”的思想在他的脑海中根深蒂固。

最初的打算是在父亲 79 岁之际回老家操办一台寿宴，我们两兄弟出钱，让附近的亲朋好友免费吃喝一顿，这样父亲脸上有光，我们也尽了孝道之意。同时，我们也想借此机会感谢一下在农村的两个叔叔和两个姑姑及同村人。计划不如变化快，我们两兄弟好不容易把时间商定好，父亲老家的两个弟弟却不怎么待见，没想到回家送钱还没人给脸，与其这样，不如缓行或者另辟蹊径，改用其他方法来纪念这个特殊的日子，于是才有了后来的北京之行。

弟弟首先提出这种旅游方式，基于多方利好原因，我采纳了这个意见，于是计划两家人一起带父母去北京游玩几天。北京之行就这样按部就班地进行着，购买机票时，弟弟刚刚升职为科室主任，恐难同行，于是重任自然就落在了我的肩上。其实，勇挑重担，我义不容辞，谁叫我是家中的长子呢！更何况弟弟已经陪父亲旅游两次了，一次云南石林和一次安徽黄山。

7 月 22 日正式开始了我们的北京之旅，重庆飞机场的聚首让我隐约地感觉到了这趟旅行的不易，因为出行的人员中相对关系复杂，有父母、弟媳、侄儿、姨子女、妻子、女儿共8人，我必须协调好父子、婆媳、夫妻等多方面关系，任务艰巨可想而知。成年人好协商，老人和小孩就不容易打发了，吃、住、行的众口难调就是一个极大的考验。鉴于很难将这些错综复杂的关系处理妥当，我的宗旨是尽量做到让父母不虚此行，因为年迈的父母或许今生就此一次在我的陪伴下远行了。

22日这天晚上9点10分的飞机，由于空中阻塞，延迟了2个小时才起飞，当飞机到达北京南苑机场时已经是凌晨1点多钟了，下了飞机后，北京的天空中飘起了细雨，排队打车的人不少，黑司机时不时穿梭在人群中吆喝。本想打出租车去提前预订的宾馆，当我们排队到最后时发现出租车越来越少，于是临时决定改乘一辆私家别克商务车，一车8人刚好受用，200元的车价，用时不到半小时就来到了下榻的宾馆。据提前做的功课表明，白天打两辆出租车不会超过60元，出门旅游真是活受罪，北京之行的第一天就让我们有所体验。

接下来的几天，我们分别游览了天安门、故宫、颐和园、长城、天坛、鸟巢、水立方、王府井等，其中有一天我单独陪父母到天津走了一趟。北京之旅，9天8夜，既高兴又疲惫，但愿在父母的脑海中留下的都是一些美好的回忆，30日我们安全回到重庆。

为了给父亲的80寿辰留下深刻的印象，也给我不留下遗憾，我劝父母在重庆逗留了一晚，一是休整一下，二是补上重庆夜景和渣滓洞两课。当天晚上，我开车送父母到南山一棵树观景台目睹了美丽的重庆夜景，第二天母亲身体稍有不适，于是我只带上父亲去渣滓洞重温了一下革命年代的血雨腥风。

7 月 31 日下午，我送父母回泸州弟弟家，父亲的 80 寿辰的庆祝就此划上了句号。整个过程，我始终陪伴在父母身边，让他们享受到了无微不至的关怀，妻子调侃我对他们履行的是“VIP”服务。

夫妻间的经济因素与个性特色

“经济基础决定上层建筑”在婚姻家庭中具有重要的现实意义。随着中国经济的快速发展,人们生活水平的不断提高,作为夫妻双方中的个体经济独立性增强和个性意识快速膨胀，婚姻的牢固性受到了极大冲击，这也是目前中国社会出现离婚率高的重要原因之一。

在经济与个性这两方面中孰重孰轻呢？我认为在婚姻的不同阶段有不同的结论。婚姻初期,个性的比重大一些,这也是为什么社会上出现结婚不久的小两口为了一句话可以分道扬镳的现象。当婚姻经过几年的磨合后，则夫妻感情出现破裂的原因更多地要归结于经济条件的变化,俗话说:“夫妻本是同林鸟,大难临头各自飞。”家庭经济条件宽裕后,人更注意个性的张扬,特别是男性更具明显。一方面男性的私欲更容易自我膨胀,另一方面更容易受到外界的诱惑,这时候男性也有经济能力为婚姻的解除付出成本代价。另外,作为弱势一方的女性经济独立后,也会更注重自己个性的展示，一旦夫妻双方在经济和个性达到双方都能接受的平衡时就容易产生婚姻解体的念头,最终走出婚姻的围城。

因此，我认为如何让经济与个性相互和谐是研究婚姻家庭的学者们的一个重要课题。在此,我作为一个非专业人士提出一些不着边际的看法,希望能给众多在这方面有潜在矛盾的家庭提供参考。

首先,我认为夫妻双方应该摆正好心态,金钱、地位与容颜都是过眼烟云。经济收入的丰缺只是生活质量高低的条件,个性也只是遗传或者后天的一种习惯。俗话说:“一日夫妻百日恩”,日常生活行为中,夫妻双方应该多站在对方的立场设身处地地想一想,或许出发点都是好的,只是行为的方式欠妥,一天到头来掐来掐去也没什么意思。

其次,随着年龄和阅历的增长,我们应该有更高的思想境界和宽广的胸怀,山珍海味与粗茶淡饭没有多大区别,或许后者更利于健康长寿。遇事平和,夫妻之间更应该多一份理解和宽容,即使性格有较大差异,我想双方已经相处了这么长的时间,都应该能知根知底了,既然结果能一目了然,那就没必要在事件的过程中较真了。

总之,在当今社会中,男性越来越强势、女性越来越独立之际,如何更好地处理夫妻之间的经济地位与个性特色是我们众多家庭必须正视的问题。夫妻双方一旦想开了,经济和个性其实都不重要,婚姻已既成事实,如何白头偕老可能才是所有家庭应该遵循的上上策。

观云南石林有感

我已经成为“云南人民”5年了,居然连离昆明很近的云南石林都没去过,有些汗颜“昆明人”的称谓。今年暑假闲来无事,我开车带上妻子和女儿于8月11日满怀期望地来到了云南石林风景区,即使早晨的雨下个不停,仍然没有打消我们的冲动和热情。还好,当我们来到目的地时,虽然天空中仍然有不少乌云在头顶上盘旋,但不再有雨滴落下,正因为这些乌云,让我们少去了高原烈日的炙烤,非常庆幸今天是个观光旅游的好日子。

云南石林风景区坐落在石林彝族自治县境内,景区由大小石林、乃古石林、大叠水、长湖、月湖、芝云洞、奇风洞7个风景片区组成。云南石林世界地质公园是世界唯一位于亚热带高原地区的喀斯特地貌风景区,素有“天下第一奇观”“石林博物馆”的美誉,是首批中国国家重点风景名胜区,与北京故宫、西安兵马俑、桂林山水齐名,成为中国四大旅游胜地之一。石林也是一个香烟的品牌和一名演员的名字。虽然门票费高达每人175元,但看到来自全国各地的游人,我的疑虑瞬间就被打消了,或许景色壮观迷人、物有所值吧!

购完门票后,仔细阅读位于售票大厅门口的告示牌,我才发现景区大门远在3公里之外,这也是为什么景区管理者强烈建议另外购买 25 元的电瓶车费前往的原因。175 元的高额门票费已经让我们大出血了，按理说也不应该在乎这 25 元的车费，不知当时是出于什么原因考虑，我们坚持没有购买这额外的车费，而是徒步前往，事后想或许是真想节约这笔额外的开支，或许是为了借机锻炼一下身体，或许……

走在通往景区的柏油路上，看到一辆辆满载游客的电瓶车风驰电掣，我油然而生一种感慨，旅游在人们心目中的世俗化和利益最大化暴露无遗。或许对于我们这种不合大众的行为，不少人会发出一声怜悯的感叹，投来一束诧异的眼光，但我们自得其乐，因为一家三口有说有笑地走在人烟稀少的洁净大道上其乐融融，何尝不是一道美丽的风景线呢？

步行差不多 1 个小时，我们来到了景区大门口，验票进入景区后，展现在我面前的景象并没有给我震撼的第一视觉，平淡出奇的石头和草坪没有什么特别之处，继续前行，景观有石林胜景、石屏巍峨、幽兰深谷、狮子亭、望峰亭、剑峰池、莲花池、阿诗玛等等。让我记忆深刻的是曾经的云南省主席龙云亲笔的“石林”题字，这个地方也是游客留影最热闹的地方；另一处就是幽兰深谷，因为在这个上下穿行的石林小道迷宫中，我们差点迷路了。实在没什么好看的，但又不甘心如此昂贵的门票，我们还是在景区逗留、闲逛了好几个小时才扫兴而回。或许几十元的门票费，我内心的失落感就不会这么强烈，但愿这只是我的个人行为，否则云南的旅游经济就将大打折扣了。

在回家的路上，我联想到曾经在重庆工作时去过的万盛石林，两者相比，大同小异，只是规模和知名度不同而已。万盛石林景区位于重庆万盛经济开发区的石林镇，规划面积4.7平方公里，也属喀斯特地质公园类自然风景旅游区，现在的门票费为每人50元。万盛石林是在距今4.65~6亿年期间，在海洋环境中沉积下来的，比云南石林形成时间早2亿年左右，是我国目前考证最为古老的石林，也是中国第二大石林，被喻为“石林之祖”。万盛石林由香炉山、刘公墓、情侣石、踩山坪、石鼓坪、千塔城、天门洞等几部分组成，共有207个景点。这些景点中，其石扇、石龟、石墓、石峡、化石、石鼓、石塔、轿歌并称为万盛石林“八绝”。

云南石林和万盛石林，一个“AAAAA”景区，一个“AAAA”景区；一个中国第一，一个中国第二；但门票费却相差甚远，我想慕名而来的游客更是天壤之别吧！但愿这些远道而来的游人无论是身处云南石林还是万盛石林，他们都能有一个好心情，“石由心生”嘛，或许一个好心情就能看什么像什么，不留下后悔和遗憾。

2013年国庆节攀枝花之行

2013年的国庆节，开启了我的第一次驾车远行。多方消息打探到昆明到攀枝花的高速路已经通车的情况下，我产生了自驾车回攀枝花的念想，一是可以看看年迈的父母，二是可以欣赏沿途的风景。

10月1日正式开始了我们一家三口的攀枝花之行，车上还有位搭顺风车的同事。上路后才知道昆攀高速并没有完全通车，差不多一半的路程需要走老路，路况不尽如人意就理所当然了。几经颠簸，我们来到了元武高速上，我们正饶有兴致地谈起我的爱车是如何地好时，突然听到声音异常，观察后视镜，发现浓烟滚滚，停车后才知道右后轮爆胎了。由于发现晚，速度快，车胎已经完全报废，我不得不思考怎样换上备用胎，几经咨询和思量，差不多1个小时，我才换上了备胎重又前行。这是我人生的第一次换车轮胎，记得几个月前，我还同朋友谈起我不会换轮胎的话题，在压力之下，我终于掌握了这门简单技术活。

原计划6小时的车程，我们花了9个小时。第一次自驾车远行就给我留下了深刻印象，难能可贵。第二天我不得不找维修店换新轮胎，咨询4S店需要2800元，于是我先试试非4S店行情，当车行至一家米其林轮胎专营店时，我下车向工作人员试探价格，最后

1500元成交。由于我的车公里数才7000,爆胎有点想不通,购车的4S店工作人员说如果是轮胎质量问题,他们换新的给我,但需要专业轮胎鉴定部门出具证明。如果是轮胎质量问题,我就担心其他三个轮胎,如果不是,我又得自掏腰包,真有些矛盾。后来在维修处工作人员的详细讲解下,我才知道不是质量问题,而是因为轮胎被铁钉扎了一个洞导致的爆胎,我既庆幸又失落,庆幸的是在高速路上没有酿成车祸和不用担心其他三个轮胎了,失落的是自掏腰包。说来也怪,我始终无法回忆起爆胎的细节,居然时速达120公里爆胎没感觉,难以想象。并且当时坐在车上的其他人同样没有感觉到四个轮胎的不平衡,我还振振有词地说这车多稳,不断地在同事面前炫耀,既搞笑又神奇。

第三天,我驾车带上妻子、女儿和父母参观了二滩水电站并重游了红格温泉公园。二滩水电站位于四川省西南部的雅砻江下游,坝址距雅砻江与金沙江的交汇口33公里,距攀枝花市区46公里,系雅砻江梯级开发的第一个水电站。水库正常蓄水位1200米,发电最低运行水位1155米,总库容58亿立方米,调节库容33.7亿立方米,属季节调节水库。电站装机容量3300兆瓦(6台55兆瓦的混流式水轮发电机组),多年平均发电量170亿千瓦/小时,保证出力1000兆瓦,年利用小时5162小时。二滩水电站创造和打破了世界纪录协会多项世界之最、中国之最。电站的主要建筑物包括有高240米、坝顶弧长775米的溢流式双曲拱坝,该坝坝高在同类坝型中居亚洲第一,世界第三;二滩水电站地下厂房、主变室、尾水调压室组成的地下洞室群为亚洲之最。站在二滩大坝上,我领略了中国水电事业的辉煌,目睹了泄洪孔喷出的巨大水龙,天空下起的毛毛细雨也丝毫没有影响我的参观兴致，由此我联想到三峡大坝，或许更加壮观和雄伟，但愿我的有生之年能去亲临一下“高峡出平湖”的壮观景象。

红格温泉位于攀枝花盐边县红格镇境内，距市中心35公里。红格温泉有“攀西名泉”之称，是全国少有的氡气矿泉，水温57度，日流量240吨，可供千人浴用。温泉周围群山环抱，芭蕉绿树成荫，附近即是热带植物园，各种热带植物繁茂，成片的芒果、荔枝、油茶、菠萝构成一派南国亚热带风光。温泉水质优良，其中含有氡、氟、氢等各种微量元素60多种，其指数达到全国医疗矿泉标准，对治风湿症、关节炎等病症有显著疗效。2010年已建成各种浴池57个，同时建有与之相配套的温泉疗养院——翠泉别墅、垂钓池以及附近的少数民族村寨，是一个融医疗、浴用和观光游览为一体的景区。红格温泉，曾经是我父亲工作多年的地方，带着他们两位老人故地重游，别有一番感慨。虽然我们没有泡温泉，但散步在公园内，多年前的一草一木浮现在了我的眼前，十多年的巨大变化，物是人非，功能设施的日新月异反衬的是我与父母的慢慢变老。

第五天，我们一家三口和同事返程回昆明。经过武定县狮子山风景区时，我们决定前去游览一下，可惜天公不作美，既雨又冷的天气让我们只游览了一小块景点就打道回府了。武定狮子山风景区距昆明88公里，主峰海拔2419.8米，年均气温13.2°C，冬无严寒，夏无酷暑。是一个以一山一湖一箐为主体，融山水风光，文物古迹、人文地质、民族风情为一体的风景名胜区。景区总面积166平方公里，分为4个片区。据说狮子山风景区有名的是观赏牡丹盛开，由于非牡丹花开季节，我们观赏到的是满园的菊花，看到小孩拿着相机在花丛中游戏，我想也不虚此行吧。

攀枝花之行，短短5天，值得记忆的地方不少。不仅了却了儿子对父母的感恩之情，也感受了二滩、红格温泉、狮子山风景区这些自然与人文之美，更是领教了高速路上的爆胎和换胎之事。

民主与集中

民主与集中是一对双胞胎，在不同政治形态的国家，民主与集中的比重截然不同，西方发达资本主义国家，民主发达，而社会主义国家，则有更多的集中要求。

以中国为例，我认为民主的进程一定要渐进式，而在特定的历史阶段更需要集中。因为中国的国情和历史渊源决定了我们必须牢记中国特色的社会主义道路的正确性。中国从半封建半殖民地国家直接过渡到社会主义的时间跨度太短，虽然国民经济得到了长足的发展，但人们思想水平的提高却是一个极其漫长的过程。经济和思想就好比硬件和软件，硬件容易满足，软件的完善谈何容易。

任何一个完善的社会体制都离不开人，面对中国13亿人口，要想思想水平达到一个高度至少需要几代人的努力。中国很复杂，这是我们无法回避的事实，如国有经济与民营资本的矛盾，贫富悬殊与共同富裕的矛盾，“民粹主义”与爱国主义的矛盾，合法不合理与合理不合法的矛盾，城市发展与拆迁户的矛盾，贪污腐化与民众期望的矛盾……

当今社会科学很发达，但流行的社会科学理论基本上是西方发明的，然后再传入中国。这些社会科学理论基本上是对西方人群的集体行为和集体心理的一种描述和总结，很难在中国的土壤中生根发芽，如果一味照搬，必将适得其反，最终与人类历史发展的前进方向背道而驰。中国太大了，社会太复杂了，中国既是世界上最强大的国家之一，同时又是世界上很落后的一个国家。因此，在日常行为中会产生很多棘手的问题，要解决好这些问题和冲突，需要更大的智慧、勇气和耐心。但目前社会上却盲目流行个人主义和自由主义，原因是中国社会和平了、安定了、稳固了，每个人不用去关心国家的事情，而是把注意力集中到了个人的兴趣和利益之上，崇尚西方发达国家的民主政治。其实，全世界各个国家都有自己不同的问题，任何一个超级发达的国家都存在缺钱的老百姓，都存在抱怨的国民。只有实事求是地看待中国，才能更客观地对比中国与世界的不同，也才能形成更加健康的自我认识，这对中国未来的发展至关重要。

“早产”的民主超越了国家的经济和社会发展水平，必然导致社会难以承载，埃及的“民主之殇”并非个案。8 月 14 日，埃及前总统穆尔西被军方罢黜引发的政治动荡终以“硬着陆”收场。军政府的“清场”行动酿成了数百人死亡、数千人受伤的“尼罗河惨案”，有着“城市之母”美誉的古城开罗成了尸首遍地的“人间炼狱”。回顾埃及两年多以来的民主化进程并没有让埃及人民享受到“民主的红利”，甚至连社会稳定和人身安全都成了奢望。因民主化导致的社会分裂在世界民族之林中也不乏事例，如在埃及表现为教俗矛盾，在泰国表现为城乡对立。

民主是一个系统工程，选举只是程序层面上的民主。民主的要义不仅仅是“一人一票”，更是以包容和妥协精神为内核的文化。民主化需要一个“准备期”，发展中国家应在此阶段注重发展经济，培育有利于民主的经济力量、社会组织和公民，这对民主的建立和扎根至关重要。不顾国家和社会实际情况，不加改造地照搬西方民主，往往会患上各种严重的“民主不适症”，甚至走向反面，中国尤其是这样。

为人师表

最近在网上看到两篇报道，让我对“为人师表”有了一番思考与反省。

据报道，在某大学校园内，一对夫妇驾车不小心擦挂了正在军训的大学新生，本来一件不大的事情，可是在学生与这对夫妇理论之时，从车上下来的“窈窕淑女”居然口出狂言，大声叫嚣，说出撞了也白撞的混账话，这下激起了在场学生们的集体公愤，后来才知道这位出言不逊的中年略显发福女士是本校的一名老师。虽然最后这位老师受到了学校的处分，迫于舆论压力出面进行了公开道歉，但这件事情在网上引起了不小的反响。

另一则消息是关于北京大学的廉价馒头事件。在北大多个食堂里张贴着这样一则公告，“2 毛钱一个的馒头，是学生的低价权益，源自教育部、财政部 2008 年初出台的《关于落实高校学生食堂补贴措施的通知》。《通知》旨在下达补贴资金，用于稳定学生食堂饭菜价格。因此，主食每个品种限购 3 个，请自觉遵守。”9 月 23 日，网名“孤鸿影过”把名为《农园一层主食被抢》的帖子发表在了北大校内论坛上。他讲述一位老爷爷拿着夹子，有条不紊地夹走了小半筐发糕，放进了他装着十来个馒头的塑料袋，然后掀开了花卷的垫子……限购令形同虚设。同时，这位仁兄还措辞强烈地说：“趁学生没下课，吃学生的主食，让学生无主食可吃，还有一点点为人师表的样子吗？"这件事情发酵后，餐饮中心工作人员称，限购令主要是针对教职工家属因便宜抢购主食而出，进而更好地保障学生权益。但公告却招来了两方部分人士的不满，一是教职工家属不理解、不听劝；二是有令难行，让多位学生发帖质疑。该负责人给记者粗略算了笔账，"一斤面粉价格为 1.8 元，能做 10 个馒头，每斤面粉运费约 1 元钱，每个馒头的人工制作成本约 0.2 元，三项相加，一个馒头的成本约 0.48 元。这只是最低成本，还没算上水、电、工具等费用。"在我国最知名学府上演的这幕"人为财死，鸟为食亡"典故，着实可笑。

上述两者消息风马牛不相及，但从"为人师表"的角度看，它们之间又有着本质的联系，简单的事件折射出了让人深思的道德讨论。多亏了网络信息时代，让我们有机会"欣赏"到这些人类灵魂工程师们的"丑态"。对于这些违背社会基本道德规范的行为，我已经从惊讶过渡到了见怪不怪、习以为常。因为我现在正身处大学校园，对这些知识殿堂里面衣冠楚楚的所谓"大师们"有了更近距离的接触和了解，特别是一些个别人的个别现象颠覆了我从小心目中神圣、伟大的师者形象。当然，平心而论，老师也是人，也有七情六欲、喜怒哀乐，在某种特殊环境下做出一些出格的行为也可理解，只是我们希望这种极端行为能少之又少，否则我们身处的精神世界就该认真反思了。

在我的脑海中，我始终坚持中国物质层面的丰富难掩精神层面的匮乏，中国社会的完美和谐更大程度上需要中国全体国民思想素质的极大提高，也就是我们常说的"共产主义社会"，作为一名多年的中共党员，我从来没有怀疑过共产主义思想在意识形态领域的存在意义。但要真正实现这种人类大同的政治远景，恐怕需要无数代人的共同努力，或许直到人类历史的结束也难以呈现出这种空前盛世。因为物质极大丰富容易实现，思想极度“无欲”很难做到。

目前的中国正处于第二次经济革命高潮，在物质文明的进一步升级换代过程中，精神文明建设一定要紧跟时代步伐，与经济建设齐头并进，否则中国经济转型一定会遇到不少困难，社会稳固的基石会发生动摇。作为普通中国公民，我们一定要时刻反省自己的言与行，使之更加符合人类社会前进的方向，努力成为中华传统美德的实践者、传播者。

我的岳父

岳父名王德仁，出生于1938年的四川宣汉县芭蕉乡，在一个穷苦人家中长大，自幼学习刻苦，初中毕业时考取了重庆煤矿学校（现更名为重庆工程职业技术学院）。中专毕业后留在重庆市化工研究院工作直至退休，先后担任过车间主任、工会主席和副院长等职务，一生光明磊落，为人正直和气，深得普通群众的拥戴和好感。虽然我同岳父没有长期生活在一起，但通过多次的交流和偶有的相处，我发现岳父算得上男人中的“极品”。

多年来，通过观察平日里他的一些日常行为，我深切地体会到了他作为一位普通民众的“伟大”。他从不计较个人得失，不贪图小利，对同事、朋友、亲人友善，特别是对犯严重心脏病多年的老伴不离不弃，几十年如一日地悉心照料，这种举动在周围许多人的眼里都觉得不可思议。岳母是一位有着几十年心脏病史的患者，虽然走过几十年风雨飘摇活到现在与自身的顽强生命体征分不开，我想更离不开老伴无微不至的照料。只要岳母身体稍有不适，岳父就急忙将她送进医院救治，没日没夜地守候，虽然他们老两口膝下有三个女儿，但毕竟女儿们成家后都有自己的工作和家庭，偶尔到医院照看一下肯定不成问题，但长时间浸泡在医院绝对不现实，因此最终能解决问题的只能是夫妻双方中的另一方，这或许就是中国文字中关于“老伴”的真实写照吧！在我的记忆中，医院同一病房里的病人无人不夸岳父的伟大与无私。听岳父说，他的父亲在当地就是一位大善人，“王善人”的外号响彻周边村寨，或许岳父继承了这种“善”的基因吧！

工作时，岳父兢兢业业、吃苦耐劳，最危险的时候总是冲在最前面，从来不计较个人的得失，单位同事尊称他“王铁人”。虽然多年从事领导岗位工作，但从不占公家便宜，公私分明，以至于1998年我同他女儿结婚时，岳父一家人仍居住在一套50多平方米的房子里面。听岳母说，有一次单位给领导们集体换稍大一点的房子，岳父没征得家人同意就直接把房子让给了另一位更困难、更需要的普通群众，以至于后来岳母经常拿这件事情数落岳父。

退休后，岳父勤俭持家、乐于助人，买菜、做饭、照顾生病多年的老伴成了他的主业，家事忙完后还不忘看报、看电视、上网等，不仅关心国家大事，更关注身边的民生琐事。有时候，同他交流时发现他的观点新颖、紧跟时代的步伐。近两年，他居然动笔写下了一些脍炙人口的打油诗，虽然无文人墨客的豪迈与精辟，但字里行间透露出了一种平实与真情。一位70多岁的老人能写出这些文字真是难能可贵，让我这个做晚辈的打心底里佩服。(如《乡恋》:村后一座山，巍巍纱帽尖。低头观云海，远望万群山。竹木蔓藤绿似海，鸟语花香醉人酣。村前一石板，长宽半边天。左嵌冰臼洞，右镶弯弯田。两沟三梁五谷丰，猪牛羊鸡肥满圈。一条小溪向东流，瀑布水潭连成串。冬春涓水潺潺声，夏秋洪流滚滚翻。白昼日公孪兄会，月夜嫦娥镜对脸。一副石链水口穿，小猫大虎拴两端。护佑客人上天梯，跨过门坎美田园。主人奉上深泉水，宾客畅饮乐欢颜。《赞重庆》:城中一堡垒,胜利解放碑。广场人如海,商家百万千。高楼林立入云端,美女俊男看残眼。城东一座门,宏伟朝天门。北观嘉陵翻,南赏长江腾。三边临水四面山,座座彩虹连山川。一脉山脊城中延,古迹人文连成片。鹅岭巴蔓夫归石,重庆掌故摆不完。桂园红岩渣滓洞,英烈精神代代传。八方宾客纷沓至,跨过两江尽游览。晨曦山水美如画,夜月江景似梦幻。火锅美食诗仙酒,美景佳肴忘回返。)

2006年,在岳父居住的地方出现废旧品回收、加工小作坊企业,每天一到晚上,烧焦的刺鼻味道就弥漫在整个居民区,让人无法呼吸和睡眠,长期以来,无人管理,居民怨声载道。岳父身体力行,打电话进行环保投诉,多次向主管部门反映,这些非法小企业终于得到了整治和搬迁,当居民知道是岳父的多方奔走呼吁才最终得到彻底解决时,他们都对岳父竖起了大拇指。

2008年,在中国汶川地区发生了8级特大地震,全国各级单位发出募捐支援灾区建设的通知,岳父作为一名退休多年的中共党员,积极响应党和国家的号召,自愿捐献了1000元人民币的特殊党费给灾区人民,中共中央组织部还给他寄来了一份荣誉证书呢!

2010年,他突然对我们做子女的宣布一个重大决定,即死后遗体捐献给医学事业。对于这个突如其来的事情,我们大家都是一头雾水,惊讶、不理解的情绪充斥了整个房间。后来,我同他仔细交流才真正理解他的举动与根源。他对我说,他出生于一个穷苦人家,是新中国给了他上学、工作的机会,而现今人已古稀,无以回报这个美好的社会,听说医院急缺死尸进行医学研究和教学,于是签署了这份自愿捐献遗体的文书。

在日常生活中,他始终如一地坚持以宽容的心态对等周围的人和事，最让我感同身受的是他对待家乡的亲戚朋友及我们三位女婿的态度及方式。只要是家乡的人来重庆，他都非常热情地款待，即使七八十年代生活非常紧张时也是如此。由于有这样的好客行为和待人之道，2000年我们一大家子回到宣汉老家时得到了亲戚朋友们的盛情款待，让我从灵魂深处感受到了他的为人之美。再就是对我们三位女婿，他从不计较短暂的怨与喜，始终从维护家庭和睦的大局出发，鼓励我们以工作为重，时常教育自己的三个女儿多在家庭方面给予男性支持和包容。我作为最后一位走进这个大家庭的女婿，更是体会到了他在家庭观念方面的鲜明特色。记得有次单位年终聚餐，我多喝了一些酒，晚上在他家住下时非常难受，他半夜起床给我递开水，并语重心长地对我说，“今后一定要少喝些酒，身体健康才是第一位。”一个简单的动作、一句简短的话语让我记忆深刻，也让我感动终身。或许因为我是最后一个女婿，或许我同他有更多共同的观点，或许我个人的人格魅力……我隐隐约约地感觉到他对我的关怀胜过另外两位早早进入这个大家庭的男性。他经常做我喜欢吃的东西，并且时常提及哪种菜或哪种方式我不喜欢吃。另外，有时正做着好吃的饭菜时，他主动拿上一块让我张嘴尝尝味道，对我像他亲儿子这般热情，让我着实有点不好意思，但时间长了，我也就慢慢习惯了，或许是我真正融入到了这个家庭中。

以上是我对岳父的记忆点滴，虽然不够全面，但在这些少许的事例及平凡的言谈举止中，我深深地感受到了岳父的“伟大”，但愿他的行为能多多少少影响我，让我在人生过程中能焕发出更多的爱。

我与岳父母相处的点滴记忆

我与岳父母相处的时间不多，因为我们没有住在一起，只是周末和节假日才小聚一下。2008年我工作变动到昆明后，更是难得一见，不过从时间数量上来看，同以前在重庆工作时差不多。因为每年的春节我都回了重庆，一待就是十几天。

对于每年春节回到岳父母身边，也许外人有些微词，因为中国人的传统思想中最重视的是春节，它代表着家人的团聚与美满。自从我结婚以来，春节期间同父母待在一起的次数就屈指可数了。不是不想自己的父母，是因为岳父母更需要我们的关爱和孝敬。对于这件事情，好在我的父母很能理解，这也免去了我的内疚之情。

回忆结婚十几年以来，我同岳父母相处的日子，记忆中几乎全是温馨的画面，特别是岳父的人格魅力更是让我永生难忘。当然，我自身的行为在岳父母心目中也起到了加分作用。"一个巴掌拍不响"嘛，有时我与朋友交流关于尊敬老人的话题时，我常说自己的父母容易得到理解，而对方的父母却需要用自己的行为来得到尊重。自己的父母偶尔大呼小叫一下，时间稍长就烟消云散了，而对方的父母却需要更加注意自己的言与行。

相对于岳父，虽然岳母没有那么"光鲜"，但同岳母偶有的交谈中，我感觉到了岳母对我的信任和信赖。岳母是重庆本地人，年轻时非常漂亮，也非常讲究，只可惜早早地患上了风湿性心脏病，不得不长期与病痛抗争，顽强地走到了2016年，在春节期间不幸与世长辞，享年74岁。生前在岳父的反复开导下，岳母同意自愿捐献遗体。因此，这次岳母去世后，我们完成了她生前的愿望，眼角膜很快就被移植到了患者身上，多么伟大的女性呀！这就是发生在我身边的亲人和亲事，我相信他们的行为一定会感染我。

我这个人没有多少惊天动地的本事，但嘴上功夫了得，以至于我与妻子发生口角时，妻子挖苦我全靠这张嘴赢得别人的赞许。对于妻子的气话，我有时候想，有这张哄老人开心的甜嘴总比没有强，哄老人高兴是我们作晚辈的必须具备的一种本事，否则怎么说老人是“老小孩”呢。

其实，不是自夸，我自身的行为也并不逊色，有时候的言与行更是绝配，就拿两件事情来加以说明吧。一件事情是发生在我与妻子刚结婚不久的时候，岳母生病住院，我到医院看望她，她在病房解大便，鉴于我在场不好意思，于是我说，“你是病人，不要不好意思，解完后我去倒，就当养了一个儿子嘛。”后来，一位护士进来看到这个场景，以为我是他们的儿子，岳父说我是女婿，护士对我更是肃然起敬，当着岳父母的面直夸我优秀。岳母在这个小医院住了几天，病情仍不见好转，岳父就同我商议是否转院，我直接回答转，因为岳母是多年的老病号，小医院的医疗条件有限，如果发生并发症时，抢救就是一个大问题了。后来，岳父又同姐夫通电话咨询了一下，姐夫同我的意见不谋而合，于是很快我们就转院到了重庆医科大学附属医院。事后，一大家子对我当时的决断能力竖起了大拇指，没想到我这个进门没多长时间的最后一个女婿如此的果敢，由此可见我能堪大任吧。

另一件小事是我春节回到重庆的岳父母家，一天早上岳父出门买菜，我跟了去，在付钱时，我争着给钱，岳父说他自己有钱，我紧跟着说，“女婿一年才回来一次，难得替你付一次钱，这个光荣的机会就让我了。”同时，我对收钱的人说，“女婿替老丈人付钱天经地义，接收年青人的钱更符合道义。”在场的人听到了我的这席话后，向我投来了赞许的目光，我想恐怕不是我的几十块钱起的作用，更多的是因为我的言与行搭配赢得了喝彩。后来，学院一位同事同我闲聊，他说自己的岳母不怎么待见自己，于是我将此事向他传授了一遍，一个小小的行为就可能改变对方的看法，为什么我们不可以在日常生活中多加运用呢。但愿我的这个故事能引起同事的思考，以至于改变他与丈母娘之间的僵持关系。

我与岳父母相处的日子中，还有许多值得记忆的光彩事情，在此就不一一述说了。同时，我说出这两件小事也并不是想标榜自己有多么的伟大，我只是想说，在人与人的相处中，小处能见真情，小事能折射出大道理。

我对昆明PX项目的看法

PX的中文名称为对二甲苯，外观与性状无色透明液体，有类似甲苯的气味，熔点13.2℃，沸点138.5℃，不溶于水，可混溶于乙醇、乙醚、氯仿等多数有机溶剂。它属于低毒类化学物质，具有可燃、有毒、有刺激性的特性。PX对眼及上呼吸道有刺激作用，高浓度时对中枢系统有麻醉作用，吸入较高浓度的二甲苯甚至会出现急性中毒。PX广泛用于聚酯的生产，胶片片基、磁带片基、电容器膜、光盘、磁卡等电子信息产品；是生产涤纶（的确良）和塑料的重要原料；PX的下游产品PET（聚对苯二甲酸）塑料可以取代铝、玻璃、陶瓷、纸张等材料。

目前全国有13个PX项目。分别为扬子石化PX、辽阳石化PX、青岛丽东PX、宁波镇海PX、金陵石化PX、天津石化PX、上海石化PX、齐鲁石化PX、洛阳石化PX、乌鲁木齐石化PX、四川石化PX、九江PX、漳州PX。海外有美国、欧盟、日本、韩国、新加坡等地。如美国休斯敦PX工厂（距城区1.2公里）、荷兰鹿特丹PX工厂（距市中心8公里）、韩国釜山PX工厂（距市中心4公里）、新加坡裕廊岛埃克森美孚炼厂PX工厂（距居民区0.9公里）。

2004年以来，经过反复科学论证，多方比选项目地址，依法履行项目审批程序，项目最终落户在安宁市。2010年12月项目获得云南省卫生厅职业病危害预评价批复。2011年3月获得国家安监总局危险化学品建设项目安全许可意见书,8月中国国际工程咨询公司组织专家对项目申请报告进行了评估论证并获得通过。2011年7月和9月，国家环保部环境工程评估中心组织专家对项目环境影响报告书进行了两次技术评估，出具了项目环评技术评估意见。2012年7月,环保部批复同意该项目。2013年1月,项目可研获得国家发改委核准批复。该项目建设厂址选择在安宁市工业园区(草铺镇),距离安宁市主城区7公里,距离昆明市区40公里。项目环境保护设施在设计上遵循国家有关环境保护的法律、法规,采用了目前行业最先进的工艺、最先进的设备、最严格的标准,对项目周边地区和昆明主城区环境空气质量影响很小。在废气排放控制方面,采用国际上先进的UOP公司炼油工艺,烟气脱硫脱硝采用美国贝尔格公司的技术，废气中主要污染物排放量均达到国内先进水平;在污水处理方面,采用法国得利满技术,污水回用率、废水排放总量、COD、石油类排放总量均达到国内领先水平。

PX的毒性国际上有剧毒和低毒两派争论。工业机构及其支持的科研机构认为是低毒，环保机构及部分科学家认为是剧毒。PX急性毒性可能并不明显,但低毒不代表无毒,长期接触PX的人具有致突变(畸形)作用,不排除导致身体器官癌变的可能性。另外，PX易燃易爆,如果管理不善,容易发生爆炸。

PX的合成方式包括苯歧化反应和最新的甲醇甲苯合成两种，后者合成率达95%,但这两种反应过程均会产生苯和间二甲苯。化工专家表示,作为一个石油化工企业,产生污染毋庸置疑。比如在生产对二甲苯的过程中就会产生邻二甲苯和苯，其毒性要远高于对二甲苯。众所周知，目前控制污染主要依赖于政府监管和企业自觉。但在GDP和利润的主导下，实际的情况要比理论糟糕得多。故在环境法规执行不到位的国家引入PX工程存在一定风险，民间对这种项目有抵触也实属正常。

从生态环境角度考虑，石化项目肯定弊大于利，因为石化项目不是单纯的一种产品生产，它会延伸出许多中间产物及下游产物。因此对大气、水、土壤环境都会带来诸多不利影响。纵观人类的历史，经济发展与环境保护属于矛盾的两个对立体，虽然近年来，我国提出经济发展与环境保护协调发展的思路，但在目前的政治、经济、人文环境条件下，现实中很难做到和谐统一，只是利弊的比重不同而已。

单就昆明的PX项目，我认为短期的利与弊很难说，长期肯定是弊大于利，因为昆明在中国是为数不多的一块“净土”，生态环境的破坏将会付出高昂的代价，高原的蓝天白云将承受巨大的考验。同时，昆明发展重工业的致命因素是水资源的极度匮乏，仅靠人工水库难以满足生产和生活的双重需要。另外，当地政府的管理能力和水平也值得商榷，比如滇池水的污染治理多年不见起色，新建长水国际机场的选址问题……

春节自驾车回重庆

昆明到重庆有两条路可走，一条是昆明—昭通—宜宾—泸州—重庆，一条是昆明—贵阳—遵义—重庆。后者的路程多200多公里，但路况相对较好，前者虽然距离少了不少，但不是全高速，且昭通段的路况极差，如遇路面结冰或者堵车，车行更加缓慢。

鉴于走昭通这条路，可以到泸州弟弟家歇歇脚，且还可以看看年迈的父母，我们最终选择了回重庆走昭通，春节后回昆明走贵阳。

1月25日，我们正式开启了这次远距离自驾车之行。早上6点30分从住地启程，中午1点到达昭通，一路上天气不错，只是在昭通路段的车流密集，车行速度慢，很长一段路只能开20码。到宜宾时已是黄昏，由于第一次走这条路，只能按车载导航行驶，本不该在宜宾下高速，直接绕城就可上宜泸高速。最后我们却被没有升级的导航坑了，让我们在宜宾城折腾了差不多2个小时，最后到达泸州时已是晚上9点了。好在这么长时间的不停顿驾车，我同妻子和姐夫共同完成，否则一个人真吃不消。

姐夫同他女儿前几天来昆明的，在我家待了三天，也没带他们出去玩玩，就又一同坐车回重庆了，有点遗憾。或许姐夫就是想来开开车的，我们本计划沿途边走边玩，可姐夫要赶在26日回重庆为他二叔庆生,时间这么紧张,他来昆明就有点搞笑了。26日上午我们开车送姐夫到江津的农村老家时正赶上中午，终于了却了他的心愿,我甚感欣慰。因为姐夫这个人太重亲情了,我极力劝他不用赶这顿饭局,只要钱到就行,可他就是不听,执意要回江津当面道贺。好在我这个妹夫让他心想事成了,不然我的罪过就大了。然后我们又开车返回了泸州,在泸州同弟弟一家和父母待了三天。28日下午开车回重庆,晚上7点钟到达岳父母家。

在重庆待了近两周,用了两天时间去南川金佛山小玩了一下,因为我原先在重庆工作时,没曾去过,这次有车了,借此带着家人去弥补一下缺憾。我在重庆工作期间,重庆的许多景点我都去过,比如仙女山、四面山、长寿湖、芙蓉洞等。本以为金佛山有多么好玩,结果到了才知道除了山就没什么更多的惊喜了,唯有印象深刻的是上山的路又窄又崎岖,索道又短又贵,最记得的一句广告用语是“山即是佛、佛即是山”。

2月11日,我们启程返回昆明,早上7点30分从重庆出发,晚上10点顺利到达昆明,近15个小时的连续战斗,人倦马乏,好在妻子开了一半的路程，否则我真不知道能否坚持到终点。由于天冷,车窗紧闭,车内空气极其稀薄,时间长了,就明显感觉到头痛。妻子不愧为“女中豪杰、半边天”,在她的鼎力相助下,我们一路马不停蹄地回到了短暂分别的家。回到家里,绷紧的神经突然一下子松弛了,我感到无比困乏,好像人快要死了似的,一个劲地后悔不该这么匆忙赶路。车行路上的沿途,我们不停地发短信给岳父,告诉他我们到了什么地方,因为出门前,他老人家再三叮嘱,要求我们不定期汇报,毕竟这是我们三口之家的第一次自驾远行,也不枉老人家的一片疼爱之心。

通过这次长途自驾后，我的第一个感觉是开车太累，如果再有下次开车回重庆，我一定要边走边玩。

"六一节"之乐

"六一"儿童节是孩子们的节日,几十年前我过的儿童节,已经记忆不起来了,或许是因为在我的童年生活中,由于物质的极度匮乏,记忆中只有"吃"的景象;或许是因为父母的成天忙碌,没有闲暇时间来陪我们一起"乐"。

现在的我,已为人父。小孩 8 岁了,可记忆中的"快乐儿童节"屈指可数,要么是太简单了,要么是自己太没把这个节日当回事。以至于有时候反省自己,觉得愧疚小孩,今年的儿童节终于可以弥补一下孩子缺失的父爱之情了。

几周前,我们就同另一家约定带小孩一起去水上乐园玩一天,我女儿和他家的孩子是同班同学,且玩得比较好。也正因为小孩间的亲密无间,才有了我们家长间的接触和了解。正值"六一"这天,我们一起驱车来到了昆明福保的温泉度假村, 正式开启了我难忘的"儿童节"之乐。

在水上乐园里,我们穿上泳衣,穿梭在多个游乐项目中,一会儿坐皮划艇,一会儿水上冲浪,一会儿游泳,一会儿泡澡,时间不知不觉就到了午餐时间。于是,我们四位家长齐心协力地打饭菜,两个小孩负责占位,其乐融融,尽观全园中吃饭的人,都是穿着泳衣、露着肌肉、展示着"三围",甚为壮观。吃完饭,休息了一会儿,我们又接着继续同水亲近，重复着上午的节目也丝毫没有感觉到疲倦和乏味,或许是因为小孩们的灿烂笑脸,或许是因为自己突然找回了失去多年的童年,或许是父爱和母爱的伟大。环境造就人,在这里几乎是清一色的家庭聚会,除了父母带小孩来玩的,还有祖孙三辈的,其最终目的都是为了小孩的快乐成长。

一天的“泡澡运动”很快就结束了,而过程中透露出来的父爱和母爱却永远留在了小孩心目中,定格在了这个特殊的“六一”里,但愿今后我有更多的机会与小孩一起过难忘的“儿童节”。

一次短暂的快乐出行

自从有车后,一家人出行的次数明显增多了,但许多时候都没有在记忆中留下比较深刻的印象,究其原因,可能是因为车技不太娴熟,我必须将主要精力集中在了车与道路上,忽略了身边人的言行。

今天下午,我们一家三口又相约出去寻找用于做实验的水葫芦,女儿提议到去年曾经去过的一个地方看看。虽然那个地方离我们家不远,但由于时隔一年,并且当时是搭乘朋友的车去的,因此记不清具体的线路了,只知道在艺术学院附近。

出行前,我还办了一件人生中值得回忆的事情。事情的缘由是昨天下午我的手机突然收到100元的话费充值,当时接到这条短信的第一个反应就是怀疑有人把充值电话号码搞错了,错将钱充到了我的手机上,由于无法查询到充值人,随着时间的过去我就把这件事丢到了脑后。今天中午突然接到一个陌生人的电话,她说:“昨天本给自己的母亲充话费,结果把号码写错了,误充到了我的手机上,问我能否退还给她。”本就不属于我的钱,退还给别人天经地义,我没有丝毫的犹豫,鉴于她与我不在同一个地方,于是我说找时间充到她的手机上。今天下午出门前就专程把这件事给办了,可是过了几个小时也没有收到回音,我有些纳闷。难道好心当作驴肝肺了？最后在我的主动问询下，她才回短信说收到了，找了个没带手机的理由敷衍我，不管怎样，终于物归原主了。

几经周折，我们终于找到了去年曾经去过的那个地方，只是遗憾池塘里面不再有水葫芦了。后来我们只能改道去滇池碰碰运气，十分钟的路程，我们就来到了滇池边，运气还不错，在滇池附近的池塘中找到了日思夜想的水葫芦。在采水葫芦的过程中，女儿非要让我去帮她摘一朵水葫芦花，好一阵冒险也只是采到了花尖部分，不过女儿还是挺高兴的，因为她感受到了我这个艰辛的“父爱”过程。采完水葫芦后，我就到旁边的水渠中清洗它们，女儿看到我弯着腰、蹲在水渠边洗这些可爱的水葫芦，她也来了兴致，执意要帮我洗，最后实在犟不过她，就告诉她站在我旁边将我洗净的水葫芦放进塑料桶中，她母亲生怕她不小心掉进水渠，劝她不要“多此一举”，她很响亮地回答，“我在跟爸爸做科学实验呀！”事后，我想，做父母的或许不经意间的一个小小行为就可能给儿女带来一次鲜活的教育，我认为这种教育方式比刻意追求的那种不知要强多少倍，但愿我这个不太称职的父亲在以后的岁月中能有更多、更好地教育女儿的身边事。

开车回家的路上，我打了一个大大的喷嚏，在打喷嚏前，女儿正在车上问她妈妈，明天是不是母亲节，她说她要送给妈妈一件礼物，没想到，我的喷嚏打断了她们的对话。她妈妈说，“你平时动作快点就是给妈妈最好的礼物，刚才你爸爸已经把你的礼物打断了，”她回答说，“爸爸把我的爱打断了。”我坐在驾驶位置上听到这段对话，为女儿这个无多思考的回答点赞。同时，我也为有这样一个思维敏捷、活泼可爱的女儿感到无比的骄傲与自豪，小小年纪，居然懂得“爱”的深意，真是后辈更有人才出呀！

云南丽江之行

云南是中国的旅游大省，遍布全省的旅游景点数不胜数，多民族聚居的人文特色更是一绝。身居云南6年了，却很少去感受云南的秀美山川和人文景观，不能不说有些遗憾。于是今年早早地就计划了暑假出去走一趟，可当正式放假时，又遇到相约之人临时变卦，起程时间一拖再拖，最后才敲定8月初出行。

盼星星、盼月亮，我们在8月3日等来了从重庆远道而来的大姐与姐夫，可女儿昨晚发烧，时间不得不再推迟，一天的吃药和观察后，我们终于在8月5日起程了。首站是大理的鸡足山。鸡足山前列三峰，后拖一岭，形如鸡足，故得名"鸡足山"。它是除了五台山、峨眉山、普陀山和九华山之外最著名的中国佛教名山，在中国和东南亚国家享有盛名，同时又是著名的风景名胜区。鸡足山远看山体巍峨雄奇，气势磅礴，近观林壑幽深，原始森林遮天蔽日，塔庙寺庵点缀于危崖高岗，形成了自然景观和人文景观相映增辉的奇景。据单位同事介绍，鸡足山的香火旺、许愿灵验，我倒不是完全相信这些，只是希望能感受一番古刹的幽静，顺便祈福一下家人的平安。

早上我们一行5人从昆明出发，驱车6个小时后，来到了鸡足山脚下，初看植物茂盛的山体，并没有多少异样，因为云南丰富的植被处处是美景。由于时间已是下午3点了,我们只好在山脚下找个地方住下,明天再买票进入景区。6日早上10点,经过一段盘山路,我们将车停在了停车场,然后徒步向山顶进发。沿途参观了玉龙瀑布、祝圣寺、迦叶殿、金顶寺等。据说,鸡足山寺庙中最负盛名、保存最好的寺是祝圣寺,它是清代高僧虚云和尚得到慈禧资助而建盖的,光绪皇帝赐名为"护国祝圣禅寺"。而迦叶殿是目前修复规模最大的寺,殿有四重,殿中供奉香檀木雕迦叶坐像,高3.3米,重1.6吨。金顶寺是海拔最高的寺,位于鸡足山主峰天柱峰顶,寺内的楞严塔是公元1929年云南省主席龙云登山游览时应僧人请求,拨巨资兴建的,龙云题词:法相庄严。

经过4个小时的崎岖山路跋涉,我们终于来到了金顶寺。沿路上让我记忆深刻的是一段长梯,共计477级台阶,颇为壮观。在此路段上,我们偶遇了一位修行的女孩,虽然没有直接交谈,但通过她对我们的微笑可以看出来友善,当我大声唱"我要飞得更高"、小孩接话"你要摔得更惨"时,她也没有表露出更多的反感。在金顶寺,我第一次看到了免费烧香,或许是因为与众多寺庙的不同,或许是"不烧白不烧"的心态,我完成了人生第一次在寺庙中烧香许愿的经历。

第二站,即大理。从鸡足山坐索道、乘观光车回到停车场已是下午5点钟了,我们马不停蹄地驱车向大理进发。晚上7点来到洱海边,在晚霞的映衬下,洱海的景色格外迷人,一阵阵相机的咔嚓声记录下了我们的光辉形象,最后找到住宿时已是晚上9点了。8月7日,我们参加了大理一日游,包括大理民居、鱼鹰表演、苍山索道等。民居简单得让我窒息,不足百米的胡同中,除了商铺,仅此一家四合院供参观，品茶、看表演总共花费不足2小时就结束了这个景点之游，商业化程度让我咋舌。品尝的四道茶冠名“风花雪月”，即下关的风、上关的花、苍山的雪、洱海的月，大理的许多商品名称均与此有关，我不知道这是现代人的精明，还是古代人的智慧。晚上的古城游玩，商业气氛更加浓烈，一间间商铺陈列着各式各样的商品，喧闹嘈杂的人群穿梭其中，我恍惚想起了大理王国时的繁华。我们胡乱地瞎逛了几条街就结束了行程，包括著名的“洋人街”，最后大家几乎是空手而归，没有特色的商品没能勾引起我购物的兴趣。

第三站，即丽江。在大理到丽江的高速路上，透过车窗，我们看到的是一个接着一个的绚丽广告，“殉情谷”“丽江情”等词汇充斥眼球、挑战神经。两个小时的车程，我们来到了丽江束河古镇，经同事介绍，丽江有大研古镇和束河古镇，但大研古镇商业化程度高，束河古镇更原始一些，因此我们本打算住在束河古镇，可束河古镇的住宿实在不敢恭维，环境不好且价格昂贵，最后我们临时决定住大研古镇。由于第一次来丽江，不熟悉环境，只能盲目寻找，沿路不停地搜寻快捷酒店，终于有一家“风帆假日酒店”的广告牌映入眼帘，详细问询后，觉得环境和价格均适宜，于是就立马安顿下来了。一问老板，我们才知道大研古镇近在咫尺。

简单地休整了一下，我们就开始闲逛古镇，从下午4点一直逛到晚上10点，走在古镇的石板路上，看着街道两边各具特色的小商品和聆听着原创的音乐，真是别有一番情趣。差不多两个小时后，我们来到了古镇的中心地带——四方街，这里的酒吧比比皆是，少男少女们更是大饱眼福，丽江不愧为“一夜情之都”，可惜我已过了而立之年，且拖妻带女，否则一定去感受一下这番异样的“情”调。虽然我不能亲临酒吧感受“多情”的丽江,但极具特色的小饰品引起了我的兴致,让我这个吝啬之人慷慨解囊实属不易,这充分说明了丽江的文化特色独具匠心。第二天，我们又来到束河古镇,走在古镇的街道上,商业氛围明显小于大研古镇,受昨天我所购小商品的感染,小孩的“淘宝”兴趣大增,我又情不自禁地慷慨了几回。中午,坐在古镇的餐馆里,听着音乐吃饭,别有一番情趣。走在街道上,看到一些人喝着一杯清茶或者咖啡,悠闲的神态,我无比羡慕,不知何时我也能真正如此放松一次自己,等下次再来丽江吧!

丽江古镇,古朴如画,城山相融,山水一体,街巷幽深,道旁河畔,垂柳拂水……我只是简单地体会了一下,虽然不能全面地概括出我当时的复杂心情,但喜欢之情难以言表,古朴的石板路、古老的木屋、潺潺的溪水、原创的音乐声等让我思绪万千,真不愧为“艳遇、发呆、聊天、做梦”的好地方。纳西族人民长期以来创造并延续保持下来的东巴文化,不愧为世界民族文化的一枝璀璨的奇葩。

8 月 10 日,我们在丽江参加了旅行社的“一日游”,游览的项目是中虎跳峡。早上 7 点,我们早早地等候在上车地点,7 点 40 分向目的地出发。第一个景点是长江第一湾,据导游介绍,金沙江、澜沧江、怒江并肩在滇西北青藏高原南延的横断山脉纵谷地区奔流,其中澜沧江与金沙江最短直线距离为 66 公里,澜沧江与怒江的最短直线距离不到 19 公里。唯有金沙江在此突然来了个 140 度的急转弯,形成了罕见的“V”字形大弯,这也哺育了悠久的华夏文明。在江边简单拍照后,我们自费参加了漂流过第一湾项目,正如一句广告语,“漂过长江第一湾,人生从此无险滩”,但愿我的后半生能就此更加顺畅。10公里漂流后,我们上岸坐上了俗称“宝马”的拖拉机,徒步走过一段幽静小路,再坐上俗称“奔驰”的货车,来到了长江第一湾观景台。全面看清第一湾的全貌后,我不得不感叹上天的鬼斧神工,这就是自然的神奇美。

接下来,我们重新坐上旅游大巴向虎跳峡进军,沿途是高耸的山脉和幽深的峡谷,坐在大巴上向下看,让人毛骨悚然。路过上虎跳峡时,我已经深深地体会到了江面的狭窄和江水的湍急,心想实地近距离体会中虎跳峡的壮观一定十分惬意。大概两个小时的车程,我们来到了中虎跳峡景区,由于中虎跳峡景区没有完全开发,因此徒步的小路只是简单地用石块搭成的一步步人踏阶梯。“先下、直行、后上”的路线设计,让我们体会了一次美丽的探险之旅。望着近乎90度的天梯,我心里直打退堂鼓,没想到8岁女儿的勇敢激发了我的斗志,最终我也完成了这个本想放弃的动作。4个小时的徒步行程,我们在规定的时间内完成了,女儿的顽强,让我刮目相看,她也赢得了许多同行人的赞誉。又累又惊喜的“一日游”随着夜幕的降临而结束了,回到旅馆后,我们都已经筋疲力尽,简单地洗漱后,大家就进入了梦乡。

丽江之行,七天六晚,简便而不简单,累并快乐着,我与大自然又一次亲密地接触了。一行中不仅感受到了自然风光和人文景观的魅力,更增进了家庭的和睦,但愿在今后的岁月中,我能有更多这样的游行。

中秋有感

一年一度的中秋节，代表了喜庆、团圆。但花好月圆之际，仍有一些让人不尽满意和遗憾的地方，比如在国家厉行节约的大背景下，我所在单位多年给职工送月饼的惯例被取消了。另外，自从2008年我调入云南工作以来，就远离了亲朋好友，每年的中秋节皆有独守空房之感，电话上简短的互致问候也是流于形式，无法减缓相思之苦、相见之痛。

今年是我进入教育行业的第六个年头，回顾自己的得失，总有“失”大于“得”的感觉。或许是人到中年的我对人性的思考多了一些；或许是外部环境的变化及变革的节奏快了一些，让我不太适应和难以跟上步伐；或许……我不知道这样的感受是不是仅我一人独有，但愿更多的人活得快乐、潇洒、滋润。一篇《国人为什么这么累》的文章引起了我的思考。作者讲述的现实是有良知的中国人都无法回避和否认的事实。“面朝黄土背朝天，农民很辛苦；加班加点流水线，工人很辛苦；听完报告读报纸，学完理论写体会，机关干部也辛苦。大街上的贩夫走卒，终日为衣食奔忙，就更辛苦。看到西方人一年有几十天甚至几个月去海边休假，还带一条宠物犬，大家羡慕得心都要流血。”为什么我们的生活与西方人的差距如此之大呢？是观念问题，还是制度问题，或是人性问题，我无法找到答案，或许三者兼而有之吧！

中国改革开放三十年以来，经济社会得到了长足的发展，国民生产总值上升到了全球第二。这个举世瞩目的伟大成就归功于生产方式的改变、制度的变革、中华民族的勤劳等多因素的叠加效应，但这种化学反应会持续吗？回归现实，表面上的一片欣欣向荣难以掩盖极端事件的屡屡发生。平静的水面下是暗流涌动、波涛汹涌，我们身处的现实中国的社会矛盾不断尖锐，经济结构严重畸形，房价高烧不退，股市低迷不减，底层人民步履艰难，未来中国还能勇往直前吗？

有些国家穷，穷得坦然；有些国家富，富得悠闲，我们国家的广大普通民众却穷得辛苦。社会制度不公，权贵阶层寻租，贫富差距巨大，名人与草根的天壤之别，让我无法想象。国家倡导的“英雄不问出处，创业不分先后，践行中国梦不分年龄”，这些美好愿景有现实土壤吗？近期，看到一些大型公益事业(最美乡村医生、最美乡村教师等)中的优秀底层人民，我由衷地敬佩，发自内心的感动，真不知道社会的大厦是由精英们组成，还是由大众们构成？随着年龄的虚长，我越来越相信后者的巨大能量，特别是大众中那些为人正直、正派、善良的人们才是社会发展的涓涓细流，才是社会公平正义的化身，才是社会道德理想的楷模。

总之，当今社会，我们的物质世界太丰富，精神世界太贫乏。变革、竞争、物欲、生存等词汇充满了我们整个社会的旮旮旯旯，在一个劣币驱逐良币的环境中，我们难以自拔、难以自省。何时才能真正做到物质与精神的统一，做到人与社会、人与自然的和谐？但愿我的有生之年能有此殊荣目睹这种空前盛世。

2014年国庆节的出游

国庆节，国家每年都会举行各种各样的庆典活动，“十一”歌舞晚会就是隆重的节目。但作为普通民众，最大的诉求是它在中国的节假日中属于一个难得的长假期，一般为七天，因此长年工作的亲戚朋友可以结伴远行，享受一下大自然美和人情乐。

由于我现在的职业性质决定了一年中有两个假期，再有国庆节旅游景点人满为患，路上塞车严重。因此，国庆节我几乎都是待在家里或者市区内逛逛，不敢也不愿去凑这个热闹，美其名曰为和谐社会做点力所能及的贡献，实则最大的原因是没有合适的人结伴而行。几个月前，我们与小孩同一个班上玩得好的伙伴的家长建立起了良好的关系，因此想借机去升华一下这种友谊和感受一下国庆节的另类惬意，于是就有了这次难得的国庆节出行记忆。

计划出行前，我们做了些功课，紧俏热门的景点肯定不在规划之列，筛选了几条线路后，最后选定了东川红土地和寻甸之行，初步预定3天的行程。为了避开高速路上的高峰期，我们选择了10月2日正式出发。

第一站目的地是东川红土地。“东川红土地”位于昆明市以北偏东方向，属昆明市东川区管辖下的新田乡。这里方圆近百里的区域是云南红土高原上最集中、最典型、最具特色的红土地。从昆明到达景点中心行程约250公里车程，主要景点在海拔1800至2600之间。每年9至12月，一部分红土地翻根待种，另一部分红土地已经种上绿绿的青稞或小麦和其他农作物，远远看去，就像上天涂抹的色块，色彩绚丽斑斓，衬以蓝天、白云和那变幻莫测的光束，构成了红土地壮观的景色。

我们足足用了一整天折腾下来发现“红土地”并不是想象的那么壮观，大部分时间我们都是在车上度过的，真正在目的地驻足的时间不足1小时。早知是这样的景象，我们就不该慕名而来了，看到一些川A和渝A等外地车牌照，我不知道他们这些远道而来的游客作何感想，如果不是摄影爱好者，我想同我的感受应该区别不大，当然人情也是景就是另一番说辞了。

接下来，我们马不停蹄地驱车前往寻甸住宿，但愿寻甸的石板河旅游景区和北大营草山没有太多的失落感。晚上9点我们才在寻甸县城找好住宿安顿下来，由于时间比较晚，许多餐馆开始打烊了，最后我们好不容易找到了一家烧烤店来解决肚皮的饥饿问题。虽然烧烤的内容普通，但形式不错，两家人边烤边吃的场景其乐融融，两个小孩更是乐得欢，这无形中弥补了我们一天的劳累奔波和心情黯淡。

10月3日，上午的石板河旅游景区和下午的北大营草山还算将就。石板河旅游景区以山青、水秀、林密、清凉而闻名，在全长4公里内的峡谷中，植被丰茂，绝壁高耸，怪石嶙峋，花香四季，瀑布成群。石板河到处都是涓涓溪流，五彩潭、珍珠瀑布群、情人瀑布、仙女池等各具特色的景色尽收眼底。

北大营草山距寻甸县城以东30公里，是全县最大的人工草山，海拔2100米，面积两万余亩，草山周围是挺拔的青松。到了北大营，给人一种心胸开阔的感受，我不由自主地联想到了蒙古大草原，“天苍苍、野茫茫，风吹草低见牛羊”的塞外风光。南方人很少能见到大草原，记得在重庆工作时，不止一次去过的仙女山草场，屁大一块草地也叫草原，我真不知道这是景点吸引眼球的夸大其词还是南方人想象力狭小的缘故。在北大营草山，我家小孩要骑马，我们不同意，她就又哭又闹，耍小性子。据说平时20元一圈的骑马现在涨价到了100元，最后我们在多次讨价还价下用50元满足了小孩的这个小小心愿。一匹马上坐上两个小孩再紧跟着一匹小马驹悠闲地在草地上来回走动，两个小孩不停地换姿势，我们紧跟着的不停照相，倒是一道美的风景线。然后我们就在一小摊前落座吃了点烧烤土豆、红薯和玉米之类的杂粮，还别说，在这个宽阔的草地上悠闲地吃东西还很惬意。

下午4点，我们结束了北大营草山的逗留，打道回府，主要目的是希望品尝一下寻甸的羊肉美食。还真别说，这个羊肉做得非常不错，至少是我来云南几年以来最好的一次羊肉汤锅。

10月4日上午，我们驱车来到了钟灵山国家级森林公园。据网上介绍，钟灵山地势险要，森林茂密，空气湿润纯净，是一座天然氧吧。钟灵山山上的钟灵寺始建于元代，曾经是西南八大名寺之一，现存39座塔林，曾被誉为“滇东第一佛地”。可是我们好不容易徒步登上了山顶，结果除了丰富的植被和树木什么都没有，传说中的塔林更是不见踪影。盲目在山上瞎转了两小时，我们不得不扫兴而归，倒是猛吸了不少新鲜氧气，也算不虚此行吧。

回顾这次的国庆出行,要说一点收获都没有也不全是,但性价比确实不高。唯有庆幸的是两个同龄小孩在车上一路不停地闲聊充满了情趣和童心。

母亲的走失

2015年7月，父亲要回攀枝花办事情，鉴于父亲已是80岁高龄了，我建议母亲一同回攀，相互好有个照应。

7月初，妻子给父母买好火车票送他们上了车，我则忙于出期末试卷。父母离开昆明的第三天(周五)，我们一家三口驱车到攀枝花接他们，一件让人匪夷所思的事情发生了。

我们早上9点从昆明出发，大概下午1点到达攀枝花，可在电话里面得知母亲走失的消息，我大为惊讶和冒火。事情经过是这样的，父母同一位远房亲戚(幺外婆)相约去一位老朋友家叙旧，母亲执意去超市买点礼品，母亲让父亲和幺外婆在竹湖园等，她一个人独自去超市购物，且把电话留给了父亲，结果从9点钟分手一直到中午都不见母亲的影子。我们开车到达父母住的地方时，先去租赁户敲门，问是否母亲独自一人到了这里，结果大失所望，后来，我们又来到竹湖园，只见到父亲与幺外婆在那里焦急等待。由于他们分开的时间已经长达几个小时，我开始有点着急了，一个大活人怎么说不见就不见了呢?

我们总得想点办法找找吧，一会儿父亲说母亲去了华联超市，一会儿父亲说是不是去打戒指了，我们就像无头的苍蝇东一榔头西一棒子，就这样，又过了两个小时仍无下落。随着时间的流逝，我越发担心起了母亲，一是怕她出车祸或者路上摔倒，二是怕她被人骗走了。我在华联超市问询的时候，还请一位服务员到女卫生间帮我看看是否有一位70多岁的老人晕倒。虽然母亲身体还比较硬朗，但老人突发疾病是常有的事，我不得不防。后来妻子和幺外婆的女儿一起又去超市的监控室查看是否有位70多岁的老人进超市买牛奶，她们看了很长一段录像，仍不见母亲的踪影。然后我们又咨询交警是否当天有交通事故发生，当得知没有的时候，我只能向曾经在附近医院工作过的弟弟求救，让他问一下医院的同事是否当天收到了一位没有家属陪护的老人，最后反馈的信息是否定的，我不得不做最坏的打算。

我们只能选择到附近的派出所报案这条路了，于是我同父亲来到派出所，详细地将经过向民警同志说了一番，民警问我母亲是否有智障或者同父亲吵架了，在得到我们完全否认的情况下，民警劝我们不要着急，既然母亲在这个地方常住了多年，非常熟悉这里的地理环境，就不应该有问题，民警让我们回家等消息，他们会留意这个事情。

后来，我们想到现在各个城市都在搞天网行动，或许调看一下附近的监控视频能有帮助，至少知道母亲在什么地点消失的或者向什么方向走了。于是我们就准备再去一趟派出所，如果这个办法还是没有结果，我们就再也没辙了。正当我们走在去派出所的路上，幺外婆的女儿接到幺外婆的一个电话，说我母亲找到了，在电话里面，幺外婆的讲话有些哽咽，喜极而泣呀！因为幺外婆也是70多岁的人了，陪父亲从早上一直到下午，连午饭都没吃，且她有严重的心脏病。让如此一位老人陪着我们也不是事，于是就建议她先回家休息，我们继续找。结果她在回家的公共汽车上见到了我母亲，真是“踏破铁鞋无觅处，得来全不费工夫”。这下我们大家都松了一口气，父母到朋友家的事情也不得不就此作罢，好在母亲的走失有惊无险，否则那位朋友也肯定有些难过，好心邀请却换来这么一个天大的玩笑。

回到幺外婆家，我们相互之间免不了一阵责怪，特别是父母之间更是多了一份猜忌和不满。父亲怪母亲不听劝，非要买礼物，母亲怪父亲移动了位置……母亲提着礼品来回折腾，甚是辛苦，她觉得自己很委屈。其实，平心而论，我认为这次的板子应该打在母亲身上，母亲的委屈是自找的。虽然电话没在母亲手上，可是她兜里面有父亲写的电话本呀，随便打一个人的电话，事情就迎刃而解了。可母亲先入为主地认为电话本上的号码已经变了，后来妻子拿出她的电话本，上面的电话基本都没变，第一个就是我的电话号码。

母亲比父亲小近 9 岁，所以在某些事情上总认为父亲有些糊涂，自己喜欢擅作主张，特别是思维上更是可以跳跃好几个台阶。后来才知道母亲根本没去华联超市，她就在竹湖园附近的超市买了一箱牛奶和一些水果，买好后就回到分手的地方找父亲，结果不见父亲身影，就想当然地以为父亲和幺外婆先去了朋友家，于是自己也坐公共汽车往朋友家赶，结果朋友家搬家了，只能又坐车回到幺外婆家。就这样，她在公共汽车上来回折腾了几个小时，还好，母亲也算聪明，中午独自去吃了一碗米线。可是母亲这个行为却害苦了另外两位老人，父亲和幺外婆只是移动了一下位置，可并没有离开竹湖园，为什么母亲不死等呢，父亲和幺外婆可是一直在这里死等呀，并且连吃中午饭的心情都没有。母亲倒好，独自一人坐车玩，悠哉游哉，可笑又可悲，有我这样的奇葩母亲，我也只能摇头苦笑了。

母亲给我们开的这次玩笑实在是太大了，老人家为什么就不能让儿女们省点心呢。父亲虽然年龄大了，但在大是大非面前保持的定力和清醒让我佩服，或许这是男女思维上的差异吧，或许与个体的行为更有关系。我母亲是个典型的“马大哈”，跳跃性思维突出，记得女儿很小的时候，母亲带她出去玩，妻子极其不放心，因为母亲的眼睛经常从小孩身上移开，一旦同老太婆闲聊上，就把小孩之事忘记了。另外，母亲自认为自己很能干，且热情大方，常常对父亲的吝啬嗤之以鼻。我觉得针对不同事情和不同对象，有时候需要区别对待，任何时候都要把度把握好，否则就会闹出牵强之情和尴尬之举。

当然，母亲年龄也大了，改变某些性格方面的不足已非易事，且没有多少时间价值，因此我也只能接受和认命。只是希望母亲能好好地总结这次教训，以免犯类似的错误。家庭和谐就如此之难，我想和谐社会的构建更是一个长远的行动。

2015年北海之行

大海，对于内陆省份的人来说，充满了诸多的神奇和向往。这次暑假我们邀约了昆明理工大学的一家人一起前往北海看海。广西北海是离云南最近的出海口，比较方便，也值得一去。

这次北海之行是很早以前就计划好的，我们两家的小孩属同班同学，且关系密切，相约出行就成了顺理成章之事。我们本可以驾车出行的，由于另一家的小孩没有坐过火车出远门，于是我们就选择了火车旅行，如果自驾车，我想至少可以节约经费2000元。不过，两家人坐火车旅行也别有一番情趣。

8月2日正式开启了我们的北海之行，下午1点从住地出发，3点40分的火车，到达南宁时是第二天的凌晨5点，然后转乘6点30分从南宁到北海的动车，到达北海时正好是早上8点。当时北海的天气是多云，不冷也不热，正是游玩的好时节。而前几天的北海则阴雨连绵，海风不断，长时间的潮湿阴冷让北海本地人都极为不习惯，据当地人说，前段时间的天气也是他们多年不见的鬼天气，好在我们与之擦肩而过了。

第一天到北海，我们选择了一家自助旅馆安顿下来后就迫不及待地下海了，凉飕飕的海水让我们开始都不敢下水，稍许矜持后，在小孩的勇敢带动下，我们几个大人也不约而同地与海水亲近了。两个小孩是第一次看大海和与海水嬉戏,我想海水的宽广与雄壮及苦涩一定会在她们幼小的心灵中留下难忘的记忆。

一天,二天,三天,四天,天天下海戏水是我们必修的课程,大人的疲惫与偶有的思想动摇都被小孩们的热情感化了。看着她们乐此不疲地穿梭在海浪间和被海水浸泡了的小脸蛋,我由衷地感到高兴,不知这种亲子游戏在我的人生中还有多少回。因为随着小孩的不断长大,自我意识强化后,慢慢地自然就会同父母疏远,这是无法改变的自然规律,代沟是我们不得不承认的现实。

我们在北海除了“玩海”之外,还去逛了一下北海老街。第一次见到老街,看到老式的建筑和墙上布满的青苔,我产生了怀旧之情。中国城市的变迁与兴衰在这里可以找到答案。走在老街的道路上,琳琅满目的特色商品让我眼花缭乱、应接不暇。我饶有兴趣地挑选了几件海螺,我想摆放在家里应该别有一番情调吧!

旅行还有一样必不可少的收获,那就是“吃”。北海的“吃”肯定少不了海鲜,只可惜我们内陆人不敢天天吃海鲜,怕有身体不适,尝一尝倒也新鲜。好在另一家人他们对海鲜的腥味有天然的缘分(少数民族),看着他们大口的吃相,我只能在一旁细细咀嚼和欣赏了。

再有就是带小孩去看了一下北海的海洋之窗,内容不怎么样,费用倒不便宜,但愿小孩是另一番感受。在海洋之窗,让我记忆深刻的是美人鱼和王子之恋的海底表演,其余的都是走马观花似的浏览了一下,倒是品种齐全的海螺和珊瑚让我饱了眼福。参观结束之际,另一家小孩的母亲提议让小孩去看看4D电影,每人25元的票价仅看了15分钟,性价比着实不高呀!

8月6日，我们临时改变了计划，因为老待在一个地方进行相同行为有点烦。经大家商议后一致同意到南宁去休整一天，毕竟南宁是广西的省会，城市的面貌和人文的不同都是吸引我们眼球的理由，难得路过此地，驻足停留一下也理所当然。好在我们昨天的动车改签成功，否则就只有带着遗憾回昆明了，美中不足的是改签的车票是晚上10点30分最后一班，到南宁就是子夜了，住宿问题成了悬在我们头上的定时炸弹。

8月6日晚12点，我们准时到达南宁，在火车站附近找到了一家商务宾馆，价格和条件还算不错，然后简单地在马路边上的小摊上吃了点炒饭就洗漱睡觉了。8月7日的早饭与午饭是一起吃的，吃完后，我们就按计划坐公共汽车去了南宁动物园。动物园是小孩的最爱，两个小孩听说去动物园，兴奋之情跃然脸上。火车站到动物园几乎横跨了半个南宁城，我们有幸目睹了城市的面貌，南宁同昆明差不多，老旧是主调，或许这是西南边陲城市的共性吧！差不多一个小时的车程，我们来到了目的地。购票时我们发现门票是大人每人50元人民币，小孩每人25元人民币，有点不便宜哟。拿到票后才知道是误解了，因为这个门票费中包含了众多的游乐项目，如太空梭、神龙过山车、大摆锤、魔术风车、疯狂滑车、碰碰车、摇头飞椅、小天鹅、自控飞机、儿童爬山车、儿童观光车、击浪旋转车、豪华转马、儿童淘气堡、4D影院。当然这些项目中有些适合大人的，有些适合少年儿童的，有些适合婴幼儿的。由于时间仓促和人满为患，我们只能选择性地参与，最终参与了击浪旋转车和摇头飞椅。虽然大人的项目排队的人数不是很多，还有些机会，由于我们都心虚，只能望而却步了。另外，回想起在北海花费25元专程看4D电影就极其不划算了，早知就今天去免费一把了。

动物园本是小孩亲近动物和学习知识的好地方，结果我们的大部分时间都浪费在了游乐项目的排队上，好在有个免费的海豚表演，否则这次的南宁动物园之行就要大打折扣了。当然，全国的动物园大同小异，只是心中的属地情结难解而已。

北海外加南宁之行，共计七天六晚，随着晚点 3 个小时的火车徐徐开进昆明站才正式结束。回顾此次我们的行程和内容，虽有遗憾，但更多的是喜悦，特别是小孩几天亲近大海的经历非常难得，当然这还得感谢天公作美，无风无雨无太阳的戏水难能可贵，不是时时都能遇上的。记得 8 月 7 日我们临走之时，北海的上空就呈现出了火辣辣的太阳，如果下海，我想也只能选择傍晚了。

我想，这次暑期的北海之行，最大的收获应该是我们两家的小孩，她们之间亲密无间的交流和童心的碰撞是一生的记忆和财富，我们大人则是这场友谊的见证者与陪衬者，但愿她们多年后能回想起这次同学及老少间的愉快之旅。

二十年同学聚会记事

从1995年大学毕业到现在，已经二十年了。对于大多数人来说,二十年在人生历程中应该能占据到四分之一的席位。因此,我对这个富有特殊纪念意义的日子非常重视及想念。

早早地知道我们会在二十年之际举办同学会,重返母校,重游山城,我心想应该是一次非常惬意的事情吧！可是具体时间一直定不下来,8月、9月,甚至10月,都有人建议,如此下来,我真担心这次的聚会之事会否打水漂。虽然我每年春节都回重庆,但此景此人的不同,我格外激动和向往。

回想起我们的同学聚会,几乎很难尽善尽美,十年聚会只有几个人响应,最后不得不草率收场,我真担心这次的二十年聚会重蹈覆辙。再有纪念意义的日子也离不开人的参与呀！如果同学们不响应,或者响应者寥寥无几,我想最终只能以遗憾结束了。

当得知这次的同学聚会绝大部分同学都能参与时，我激动的心情很久才有些平静，二十年了，真想借此机会看看同学们的变化。脸上是否写满了岁月的痕迹,行为是否更加成熟,豪情是否不减当年,这些都是我想知道的答案。

随着聚会日期的临近,我得到的消息变得越来越糟糕,一些先前承诺的同学变得模棱两可了,甚至一些同学干脆说不参加了。或许他们真有急事，或许他们还在只争朝夕，或许他们有难言之隐，或许……

8月13日，我带着家人坐火车抵达重庆，14日下午到学校报到，在报到的这段短时间、短距离内居然发生了一个小插曲，匪夷所思。坐轻轨在北碚天生桥站下车后，我看到墙上写着1号出口是西南大学1号门，3号出口是西南大学1号门和3号门，在我的印象中，1号门肯定是原西南师范大学正门，难道3号门是原西南农业大学正门，带着疑问，我不由自主地走向了3号出口，后来被工作人员截住，说此路不通，我只好折回重走1号出口。走出1号出口后，我自然而然地沿反方向走，大约走了100米，发现有些不对劲，于是急忙询问路人，路人指出继续向前，可是越走越让我没信心，后来看到一个公共汽车站的站牌，仔细查看后，才知道南辕北辙了，于是坐上2站的公交后才来到原西南农业大学的正门(现更名为2号门)。西南大学的门牌号真是神奇，我不知道1号门与2号门之间的门命名为几号门，这就是中国社会与人文环境下的特殊现象，国际友人肯定是无法理解的。

走进熟悉的校园，我直奔干分院，可到了时，发现又不对劲，于是电话求助承办的肖同学，才知道我又错了，现在的干分院已经不再是我当年学习时的小样了，变成了贵妇。我们同学聚会的下榻地在进校门左边50米处的那栋楼，也叫干分院，它们现在已经合并成了一家人。

没想到在我身上会发生如此离奇的事情，这无形中增添了我人生记忆的素材，我为有这样的小插曲感到庆幸，无巧不成书嘛！

安顿下来后，我才发现我是第二个到场的同学，还好有人捷足先登，否则我就有点激情过度了。14号晚上陆续到了一些人，最后统计下来仅12位同学，有点寒酸与失落，好在有我二十年没见过的同学，否则我这趟重庆之行就有点冤屈了。

15号上午我们同学与在校的部分老师举行了一个座谈会，首先院长介绍了一下学院的发展情况，其次各位同学分别讲述了自己的人生经历及现状，最后老师做了总结性发言。2个多小时的座谈，最值得我记忆的是同学们的发言，通过这些介绍，我大致知道了同学们在这二十年间的事态变迁和现实情况，有从事本专业的，有跨行做管理的，有安于现状的，有畅想未来的。虽然每个人的经历不同，但与命运抗争的事实殊途同归，我有理由相信，只要同学们踏实在本职岗位上尽职尽责，一定会有收获和成就感。

傍晚，我们相约来到风景秀丽的缙云山，下榻在缙云宾馆。安顿下来后，我们一起雨中登上了狮子峰，一路上的交流与拍照留影，仿佛就是当年的再现。记得我们全班集体第一次上缙云山时是进校第一学期的冬天，下着大雪，还是工干(课程实习)，那时候的我们青春年少，脸上不时透露出稚气与腼腆，男女同学间的交流更是屈指可数，偶有大胆的男同学主动向女生搭讪，也会引来一阵起哄。现在虽然时过境迁，物是人非，可同学们的交流仍然显得那么地真诚与直白，我为有这样纯真可爱的同学骄傲与自豪，不知再过二十年，是否依然还能保持这样纯洁的情感、真挚的情怀。

晚上，同学们举杯畅饮时，说得最多的是欢迎到各自的工作地做客和游玩。由于中午我贪杯了，晚上只能坐在一旁观战，好在我的偷懒得到了同学们的谅解。虽然我当时没有喝酒，但豪言没少，有同学倡议二十五年同学聚会移师昆明，我非常欢迎，更希望我有能力买单，但愿后面的这句不是酒话。

虽然这次聚会的同学集体倡议五年后再聚，但静下心来，我对这个提议深表怀疑，试想二十年的聚会就是这样的惨状，再过五年可行吗？我不敢奢望，如果三十年或者四十年能聚齐80%，我就得要感谢上苍的恩赐了。

对于未来同学聚会的悲观情绪，我不知道是否只属于我个人的专利，但据我的观察与体会，我觉得悲观可能更有现实基础。一是大学时同学间的友谊比较淡薄、集体精神有些缺失，这可能与我们的性格、班主任的外专业和更换有些渊源；二是成家立业后的我们有更多的工作与生活烦恼；三是好面子的传统观念让我们无脸见江东父老。但愿我的这种担心是多余的，但愿我们同学有健康的身心与骄人的业绩，更愿五年后的同学聚会真能成行。

16号，随着同学们的陆续离开，聚会之事画上了句号。两天的行程，紧张又紧凑，辛苦筹备和张罗此事的重庆同学了，没有他们的积极联络与热情接待，我想这次的“半聚会”可能会更加地不尽如人意。再者，也非常感谢匆忙远道而来的同学，没有他们的积极参与，难有这次值得记忆的二十年同学聚会，也就没有我这段文字的表述。但愿在我以后的人生历程中有更多的憨人趣事，有更多情感记忆的亮点。

同导师的一次简短交谈

自从博士毕业后，我就基本没同导师联系了，不是忘记了他的恩情，也不是不感恩，只是个人的性格使然，没事的寒暄不是我的个性，且我的灰色成绩单也无脸在他面前晃悠。

这次能见到导师并同他有过简短的交谈，纯属巧合与无赖。大学毕业二十年同学聚会母校，我不得不硬着头皮与导师见上一面，否则我就真有点不尊敬他老人家了。好在，导师见我依然如故，没有过多的诧异和不爽，于是我在他面前的谈话也就没有了过多的生疏和拘束。首先，我简单地谈了一下我的工作，虽然尽是灰色的记忆，但我也没有太多的忌讳，一股脑地和盘托出了，不是不努力，是慧根浅、悟性不高，加之时运不济，最终在专业上一无所获。副教授的名分或许将伴随我工作生涯的终点，我虽然对此不甘心，但也无能为力，只能得过且过了。

我也畅想过自己的未来，希望在教育战线上好好耕耘，可是几年下来的结果却让我不得不怀疑自己当初的选择。很想为这个社会尽忠，可残酷的现实把我的梦想击得粉碎，我不知道如何才能更好地打发自己的余生。学术这条道路看来注定不适合我了，可是还有更好的道路可走吗？我还有机会再次选择吗？我是一脸的茫然。导师听了我的一番诉苦后，说我三心二意，不踏实，当年在重庆工作时为什么就不能多忍忍，真以为老子天下第一，不得了了，最后还不是灰溜溜地远走他乡。对于我的奇思异想他更是不以为然，认为做好本职工作就是在对社会尽责和做贡献。按我现在工作没有起色的逻辑推断，如果我再换工作，也未必顺心、顺利。他的话句句如针刺，虽然有些不好受，但也算是苦口良言吧。我的一些想法在他眼里，就是好高骛远，“假大空”。

当我谈到今年经历了财富“得而失”的巨变时，他对我突然多了点亲近感，500 变成 100，他说在重庆可以买一套好的别墅了，没想到我这个曾经在他眼里的学术人才还有点歪才。记得当年读书的时候，我曾经有一次当着他和他夫人的面说起过我在玩股票的事，他夫人本想跟我讨教一番的，可惜在他的严厉阻止下戛然而止了，以至于后来我从来没有在他面前谈起过股票投资方面的话题。这次在他面前重又谈起这个敏感话题，也只是想证明我另类的价值，没想到时隔多年后，他也经不住诱惑，成了股市同道之人。

导师说他拿了 10 万元来玩，今年最高时变成了 20 万元，现在又回到了起点，还算不错，本金没有损失。他曾经买了中国一重这只股票，本可以赚大钱的，只可惜赚了点小钱就出局了。说起中国一重，我太熟悉不过了，因为我几年前就曾经买过它，2014 年它的最低价是 1.85 元，2015 年最高价是 21.37 元，大牛股呀，可惜导师没这个命，我更没这个命，我是眼睁睁地看着它步步登天的。

既然导师也参与了股市的游戏，我想我们之间可能更有共同语言了，可是他对于我对股市的说道完全不屑一顾，因为他对股市的理解就两个字——赌博。我本想借我多年对股市的研究和感悟，好好地给予他支持，没想到他直接给我来了一句，“咨询个鬼，炒股就如同打麻将。”

后来,我多次品味了导师对股市理解的这句话,总觉得有些不妥或者危险,“炒股如同打麻将”的定义未免肤浅了点吧!中国股市确如赌场,但要长期生存下来却比赌场更艰难,不然,叶檀也不会说,在中国股市活着比猫的命还要好,猫可有九条命呀!既然导师毫不留情地拒绝了我的好意,我也就没必要在他面前自讨没趣了,毕竟他是师,我是徒,我学业的不成已经让他够难堪的了。况且,我也刚刚受到了股市的重创,信心还在恢复中,但愿他的运气比我好,多年后赚得盆满钵满。

一件不和谐的小事引起的思考

有个星期天的下午，我照例开车送小孩去学跳舞，正好这天的天气不错，于是带上父母到跳舞地点附近的洛龙公园散散心。

我先将父母放在公园门口，让两位老人自己在公园里面转悠，然后再将小孩送到目的地。随后妻子提议我们也去公园散步，没同老人一起是因为妻子说老人走得慢，并且年轻人与老年人有不同的世界。于是我同妻子就在公园外沿人行道上快步行走，边走边闲聊一些日常琐事。突然一辆山地车出现在我与妻子的中间，悄无声息，差点儿就撞上我们了。我们扭过头质问骑车者为什么不按铃铛提示一下，就这么一句简单话，激怒了骑行者，他把单车停下来，怒斥我们为什么要并排走，这下把我与妻子搞蒙了，他反而还有理了，于是我们就同他理论，首先这是人行道，其次我们脑袋后面又没长眼睛。就这样几句话，更加引起了他的不满，于是他用手指着我说，你再说试试，鉴于他至少一米八的个头和话语中的颤抖，我顿时哑口无言了，只是妻子还是振振有词地继续理论。或许是因为我的主动示弱，他就没有进一步逞凶，最后骑在车上边走边骂了一阵消失了。

今天出门真是遇见鬼了，我们本希望他能说声对不起就算完事，结果差点酿成极端事件。事后妻子说对方的强势是因为我的瘦小,并且强调他已经心虚了,埋怨我突然熄火。或许是因为妻子的颜面扫地,心有不甘;或许是重庆女性的刚烈遇到了一个不争气的丈夫,心有怨言。妻子直接给我来了一句,说我没有安全感,她说的话不无道理,对于我的体型,有时候我自己都觉得没有安全感,有点难为妻子找了我这样的小男人。后来,我同妻子瞎掰这件事情,说出了我示弱的原因。在人高马达的强权面前,我只能委曲求全,说实在的,当时的我真没有底气,想到一起出来时候车上的老与小,我不敢有坚强的决心。何况真发生肢体接触,吃亏的肯定是我,我打他十下,赶不上他打我一下,并且在离我们不到50米远处就有治安亭,这个人还这么嚣张与强势,让我不得不思考更多,毕竟我们是外地人。对于妻子通过对方语无伦次的语言判断为心虚,我也很不认同,因为这很有可能是歇斯底里的表现,更容易发展成流血事件。综合多方因素来看,我的主动示弱应该是最明智的选择。

虽然这件事情已经过去了,但却引起了我的思考。社会的复杂性不经意间让我领略到了它的残酷性,特别是人思想素质的糟糕让我不寒而栗。"有理走遍天下"的说辞在现实生活中变得是多么地渺小和无助,和谐社会的构建任重道远呀!反思了再反思,我最后总结出来了一条不成文的经验,如果再有同类事件发生,我应该主动向对方说声对不起,但愿今后不再碰上这样蛮不讲理的对象。同时,我对妻子仅从人的外表找寻安全感颇有微词,一个人内心世界的强大才是真正的安全。

家庭和谐、人与人的和谐才能构成社会的和谐。我想,家庭和谐易,人与人的和谐也不难,但人与心的和谐就太难了。

我的姐夫和妹夫

这里的姐夫和妹夫是我妻子的姐姐和妹妹的丈夫，站在小孩的角度叫大姨父和小姨父，在重庆，我们之间的关系叫“老挑”。

鉴于他们俩同我的关系亲疏不好界定，我本不该在此妄加评论，但由于接触时间多了，对他们的性格和行为也有些感触，遂写下这段文字以表纪念，或许文中的某些看法有失偏颇，就当一种文字乐吧！

姐夫，为人纯朴、憨实，重亲情，乐于助人。他作为他家庭中的老大，从小吃过不少苦，在农村是绝对的劳动主力，高中毕业后就外出新疆等地打工。后来，姐夫母亲听说他还想继续读书，就又让他复读了一年，结果考上了重庆师范大学，从打工一段时间后再拾起书本走进教室这点来看，姐夫绝对是聪明的主，知识改变命运呀！姐夫大学毕业后就分配到了重庆一所中职学校（现升格为高职院校），兢兢业业工作了几十年，2014 年终于修成正果，成功竞聘学院系主任职位（副处级），人到中年的他有此殊荣，实属不易，至少对他自己的人生有一个比较满意的交待了。

我与姐夫的日常交往比较多，或许是因为某些性格的臭味相投，或许是我们有些共同语言，或许是我们需要对方作为调味剂。我这个人天生性格中有些霸道的成分，语言上经常表现出来强词夺理、咄咄逼人，当然这得棋逢对手，否则就无法将戏进行下去了。姐夫有时候表现出来的固执正合我的胃口，也就有了我们之间的唇枪舌剑、针锋相对。好在，姐夫与我都不是小肚鸡肠之人，否则我们之间不知道会有多少次的绝交。姐夫的固执可以说天下一绝，明显的不合常理或者错误，他都坚持自己是正确的，有时候真让人觉得不可理喻。

发生在我与姐夫之间的这种不愉快的事情太多了，我就不一一列举了，仅拿炒股和丽江行这两件事来加以说明吧。姐夫是多年的老股民，由于我对股票的情有独钟，所以我们之间经常讨论股票投资这个话题。我感觉最明显的是他很难听进我的合理化建议，但如果我反复在他面前唠叨，随着时间的延长，他就开始慢慢接受我的思想和逻辑了，或许真有那么一天他就突然转向，变成了我的同盟军，同我站在一个战壕里面并肩战斗了。虽然他慢了半拍，但终归我们思想和行为达成了一致，可事情又来了，当我跳出这个思维圈时，他又死守不动了，想要把他从原先的思维中拉出来，又是一件让我伤透脑筋的事情，以至于我不知道对投资标的物的解读是告诉他好还是不告诉他好。本想让我的研究成果与他分享，共同致富嘛，可真担心弄巧成拙、得不偿失。

丽江行时，当时我们正在去大理的高速路上，姐夫开车，我坐在副驾驶位置，突然右边的一辆车想快速进入行车道，这时候姐夫采取的方式是稍向超车道偏离后加大油门冲过去了。对于姐夫的这种操作方式，我与车上的妻子和大姐提出了严重质疑，为什么不减速避让呢？好在超车道上没车，好在我们的车速超过了对方，否则后果不堪设想，可姐夫固执地认为他的加速通过是对的。在正常情况下，我们是无法知道对方开车人怎么想的，加速通过的唯一胜算是我们的车速比对方快，万一对方同姐夫的想法一致，悲剧可能就发生了，且一定是惨剧，因为速度是交通事故发生惨烈程度的重要因素，而我则将首当其冲，想起都觉得后怕。当然，这次发生惊险的责任方完全是对方，因为对方并道的安全距离不够且速度快，但我认为合理避让是每位司机不得不思考的问题，即使我们是正常行驶，也得时刻小心奇葩驾车人的错误驾车行为。同时，我的仗义执言只是希望通过总结这件事情为以后遇到类似情况寻求更科学的处理方法，可姐夫对我的直言完全不接受，搞得我们都很尴尬，鉴于我与姐夫在这个问题上僵持不下，最后我不得不说也许他是对的才平息了我们之间无休止的争论。为什么姐夫就不能说出同样的话给我下台阶呢？哪怕我的观点只有1%的正确性。人都是好要面子的，给别人台阶下实际上也是给自己解围，何况在现实生活中绝对的事情少之又少。由此可知，姐夫的固执程度可见一斑，算个人物吧！

另外，姐夫虽然是家中的老大，但角色的担当有点不相称，以至于许多事情的看法我都不敢苟同。在中国，一个大家庭的和睦很大程度来自于老大的所作所为，俗话说“长哥为父、长嫂为母”，这个古有的观点在现实社会中仍然有它的存在价值。在我眼里，家庭中的长子一定需要有主见和担当，是非分明，敢言敢做。当然，家家都有一本难念的经，各家有各家的具体情况，或许姐夫的行为本身没错，只是我从局外人来看，总觉得在某些事情的处理上有些不妥，因此也在姐夫面前仗义执言了不少，但愿姐夫没记恨，至少我的出发点是好的。

接下来，说说我的妹夫。妹夫身高一米八，绝对的帅哥形象，平时少言寡语，偶尔的一句话就可能是经典。虽然妹夫的文化程度不高，但诚实守信堪称楷模，在工人的岗位上一干就是几十年。或许是因为工作性质的原因，或许是文化程度的差异，我们之间的沟通很少，偶有的交谈，也基本上是迎合和应付。由于性格的原因，与妹夫根本谈不上争吵，在我的记忆中从来都没有过，倒是他经常旁观我与姐夫间的大声喧哗、面红耳赤。妹夫心地善良不用说，只是他不善于表达，以至于有时候感觉他清高、木讷似的。当然，至于他的内心世界到底怎样，我还真有点说不清楚，在此就不多妄言了。

说到了姐夫和妹夫，不得不顺带说说大姐和小妹。大姐从小学习认真，在三姐妹中的学历最高，可惜她的带头表率作用不明显，否则后面的两个双胞胎妹妹也不至于学习上不能迎头赶上了。大姐大学毕业后就一直在一所中职学校任教，工作是任劳任怨，一丝不苟，深得领导的器重和同学们的爱戴，只可惜目前的官衔就到了课程组长。因此，长期在我姐夫的眼里就属于"憨"的角色，工作的投入远甚于家庭。大姐思维单一性重，有点马大哈的嫌疑，由于做事情的效率低，因此给人的印象就是长年累月扑在工作上，完全同姐夫不在一个档次，以至于某些时候姐夫在言行上表现出来对大姐的不满和嗤之以鼻。"笨鸟先飞"嘛，只能牺牲大量的业余时间和卸下家庭的累赘了。

小妹属于三姐妹中最小的，性格中有更多柔弱的一面，虽然只比妻子晚生出来一点点时间，但她们俩的性格迥然不同，妻子明显铿锵有力一些，主见性更强一些。虽然小妹的工作不是很让人放心，但她勤劳善良，操持家务绝对一流，因此我相信她一定会有美好的明天。

我与姐夫和妹夫均在家庭中排行老大，“顶天立地、忍辱负重”是我们共同的属性。相对于姐夫和妹夫来说，我自认为我这个老大的成就感更强，“敢怒敢言、敢做敢当”是我成功扮演这个角色的特质，由此我深深地体会到了性格决定命运这句话的现实意义。

以上就是我对姐夫和妹夫的点滴记忆，或许我们性格中都有缺陷，以至于经常发生些不愉快的事情，但愿随着年龄的增长，我们之间有更多的理解和友善。只要三姐妹的关系融洽始终，我与姐夫和妹夫相处的日子就还长，记忆的东西也会更多，但愿和谐是主旋律。

第三部分　情感篇

有一种牵手叫情感

儿时的“艳遇”

说起儿时的“艳遇”,也许很多人看到它会感到吃惊和纳闷,其实我在此说的“艳遇”也不过是儿时的异性玩伴吧。偶尔有一点男人的幻想和情欲,那也是绝对的“纯情”。或许当时的我虽然在生理上没有发育完全,但思想上可能比一般同龄人成熟,这也直接产生了我儿时的一些美好回忆。

时光隧道把我带回到了那个朦朦胧胧的童年时代。记得那时我才 7 岁,刚读小学一年级。我就读的是一所农村学校,虽然它身处偏远的山村,但在当时也算得上一所比较完整的学校,从小学一年级到五年级,每个年级有 3~4 个班,每个班有学生 50 人左右。在周围方圆几十里范围内就只有它一所学校，学校的校舍在当地也算最好的建筑,是一所解放前的大祠堂。对我来说,还有一个最大的好处就是离家近,大概 20 分钟的徒步路程,这在农村也算是一种幸运了。记得开学没多久,班上转来一个城里女孩,因为她的外婆居住在这里。我们这些农村的孩子,鼠头鼠脑的,对她的到来就像看猴子似的稀奇，因为她的打扮和穿着远甚于农村女孩的灰头灰脸和朴素。还好,她有一个同村的女孩也在班上,据说她俩还是亲戚关系,很快她就同我们变得熟悉了。全班女孩大概占一半,但就数她俩穿得干净整洁,并且还穿些花衣裳,在班上就成了一片蓝灰中的红,很让人喜欢和引人注目。当时的我虽然也生活在农村,但由于父亲在外地工作,母亲是外婆的唯一女儿,所以在当地的家庭条件方面还算得上中等水平,因此穿得也比较整洁。记得儿时的我从来没穿过补疤的衣服,也许就是这等原因,导致我同她俩关系非常要好,一起上学,一起放学回家(她俩家比我家离学校稍远,回家必须经过我家门口),一起玩,日子过得天天像吃了蜜糖似的。别人都说儿时厌学情绪重,可我一点也没有体会到,我是天天盼着上学,因为有漂亮女孩来家门口叫我,很是觉得风光。我母亲是个热心肠,她俩来我家叫我时,时不时地准备些好吃的招待她们,估计这也是她俩喜欢来约我一起上学的重要原因吧。说不定母亲看上了她俩其中的一位,为我长大后娶到媳妇做点准备和铺垫呢。

儿时的记忆现在已经变得非常模糊了,但有两件事却让我终生难忘,这也算是对我儿时“艳遇”的一种佐证吧。记得那是一个冬天,天气变得非常暖和,太阳高高地挂在天上,这天上午的最后一节课是体育课。我们做完各种活动已经变得很热了,老师让我们自由活动,于是她俩就来追逐我,城里的这个女孩还把花棉袄脱下来往我头上抛。记得当时的我还有点不好意思,躲得远远的,抛了好几次,她俩也没得逞,可把她俩乐坏了。我这个人也许心里面有些朦胧的冲动,但却不喜欢在这么多同学面前献丑,完全把我当成了一个玩物似的——极其不爽。记得后来我对她俩还真生气了,中午放学也没同她俩一起走,自己独自回家了。现在每每想起这事,就觉得有种让人舒心的笑,这件事就像古代版的“抛绣球”,只是儿时太小,不可能有这些高深的想法,也只能把它当作人生记忆的一个亮点吧。现在我的这两位儿时的玩伴也成了人之妻和人之母,不知她们能不能有我这种对儿时的记忆，将此事牢牢地记在心田，我时不时回忆起来感觉一阵莫名的快意。

还有件事就是同学间玩烟盒游戏，就是将纸烟盒折成一个三角形，放在地上，谁将它用手扇翻，就归谁。游戏非常简单，但很好玩，在我儿时那个年代，也就只有这些娱乐之事了，不像现在的小伙伴们玩的都是一些高级的玩具、模型、变形金刚等等。当然，想玩我说的那种游戏，前提是得有纸烟盒。我父亲长年在外，并且他不抽烟，就不太容易收集到此物。我所玩的烟盒基本上就是她俩提供的，边玩她们俩还在一旁加油，挺有一点男人的自豪感。男人出征，有女人相伴，其中的滋味肯定美不胜收。有时她俩拿给我的纸烟盒连见都没见过，这时我就常常忽悠我的小伙伴们，说这是最贵的，一个抵三个。没办法，谁叫我有这种天赐的福气呢，当然不得不感谢她俩的鼎力相助，嘿嘿！读到小学二年级时我就转学随父亲到攀枝花待了一年，春节回家时，我母亲给我开了个玩笑，说我不好好学习，今后找不到老婆，要打光棍。结果我一下子就将儿时她俩的名字脱口而出，过了一年还能记住别人的名字，可见我这个“色胆”不一般吧，这下可把母亲乐坏了，想不到我是一个人小鬼大之人。后来听说，我转学离开后不久，城里来的那个女孩也回城里读书去了。另一个女孩上学路上遇到母亲在田里做农活时，还经常叫阿姨好，并问过我什么时候从攀枝花回来。在攀枝花待了一年，我回到老家就直接转学到离家很远的外婆那里读书了，从此就几乎再也没见到过她俩。城里的那个女孩是一次面也没见过，读中学时我又从外婆那里转学到母亲所在地的镇上读书，另一个女孩在这个中学见过一面，不过连招呼也没打过。儿时的第一次“艳遇”就这样草草收场,也许我这辈子也见不到她们了,但从心里面祝愿她们都有一个美好的归宿和精彩的人生。

儿时的另一次“艳遇”是发生在外婆家的时候。我外婆是一名退休乡干部,刚解放时,当过乡长和书记,也算革命功臣了。外婆是一个极其闲不住的人,退休后组织上安排她负责一个敬老院的工作,算是为国家建设发挥余热吧。我从3岁起就一直跟着外婆生活,第一个小学一年级是随父亲在攀枝花度过的,回到母亲身边又重新开始了一个小学一年级,小学三年级从攀枝花回来就直接来到外婆这边读书了。外婆虽然年纪比较大,但很有活力。外婆说母亲做农活时勤奋得经常忘记吃饭的时间,不愿意同母亲生活在一起,自己一个人清闲。虽也负责一个敬老院工作,但对于能干的外婆来说就是小菜一碟,不足挂齿。回想起自己的整个童年生活,同外婆生活的这段时间是我人生中最幸福的时光,一天除了上学就是同院子里面的小伙伴们玩,无忧无虑,吃得也算不错,每天早上保证一个芙蓉蛋,只要有新鲜水果上市,外婆肯定会买给我和弟弟吃,在20世纪70年代和80年代初,这种生活水平至少算得上一个解放前的小地主吧。记得当时的我,太贪玩了,外婆为了我们的学习,订了三种杂志,分别是《红领巾》《儿童时代》《少年文艺》,但我和弟弟最多看看书中的画,几乎一点文字也没读过,如果当时有看书的习惯和兴趣,也许现在的我又是另外的一条人生道路。虽谈不上成为一个文学家之类的,但至少也不会太厌倦文科,而像现在完全进入一个理科领域。

说起这次“艳遇”之事,估计也是自己少年单相思的一种体现吧。事情发生在我读初中一年级的时候,我小学成绩不太好,考初中没考上。记得当时毕业时老师还专门为我们几个学习成绩好的开了小灶，可我还是没有成为幸运儿，于是通过我的一个远亲舅妈的关系，作为插班生开始了我的中学生涯。外婆院子里有个比我大两岁的女孩，学习成绩非常好，先前就考入了我所在的中学，我比她低一个年级，由于是近邻的关系，我同她又在同一个中学上学，有亲近之情就很正常了。

我上的中学离外婆家有 12 里路程，所以必须住读，周末才能回家，刚开始上中学时，母亲担心我小，不能自理，就让我住到镇上一个银行单位里面。这个银行(当时叫营业所，属于县银行的分支机构，负责下面几个乡的信用社)的负责人是我的一个远亲舅舅，他有个小孩也读初中一年级，也就是我的表哥，他比我大一岁，成绩比较好，分在一班。我由于靠关系进来的，就在三班(最差的班)，于是平时三餐就在银行吃，吃得倒很好，并且同表哥一起住。我虽然情感成熟得早，但生理成熟晚，有些事情根本不懂，表哥经常拿我同外婆院子里的她开玩笑。因为有几次表哥看到下雨我同她共用一把伞的情形，由于这个女孩比我大，外婆交代她照顾我，于是在上学的路上或学校里经常受到她的呵护和关心，我也欣然接受。但经常在晚上同表哥睡觉闲聊时，表哥经常拿她来开玩笑，时间长了，耳濡目染，也慢慢变得对她多情起来。时间就这样很快过了一学期，我给母亲说我要到学校去住，主要是银行煮饭的阿姨经常给我脸色看，我觉得不舒服，我又没少交钱，只是经常中午放学比较晚她得将我和表哥的饭菜打好温热一下而已。在学校吃，我想吃就吃，不想吃就不吃，还自由点，说不定还能省点钱呢。

后来，母亲也同意了，于是我就成了一名正式的住读生。这个时候就更感觉到了她在我心中存在的意义和价值，有时打饭排队就让她代劳，洗衣服也请她帮忙，时间长了，晚上还真做一些同她在一起的黄色美梦。记得最尴尬的一次是一天上午中间的广播体操结束后，我居然傻傻地站在那里看着她走过来，在她走到我跟前拍了我一下，我才回过神来。当时为自己的失态都觉得可笑，还好，没同学注意此事。还有一次印象非常深刻的是一个夏天的周末，我在外婆院子里乘凉，手里拿着一本课外书，坐在一个藤椅上，她走过来，抱上我，我们一起看这本书。这也是我同她最亲密的一次肌肤接触，但没有半点儿女私情，我们都觉得很自然随和，院子里面的其他人也没觉得有什么不妥，也许年龄的差距让我同她的感情就像一个大姐姐和小弟弟一样纯真。时隔多年，每每想起这些往事，让我回味无穷，有次我大学期间回老家，本想借此机会去看望一下她，不知什么原因，近在咫尺却没有成行，不知她在他乡还好吗？但愿过得幸福快乐。

曾经心仪的女孩

文中的女孩是我的一个大学同班同学，为什么她是我心仪的女孩？因为大学四年我的浪漫爱情因她而平淡，情感历程因她而富有。

思绪的闸门将我带回到了刚迈进大学的那个时候。怀着激动而好奇的心情，我来到了美丽的大学校园。同许多刚跨入大学的学子们一样，新鲜而又富于想象。这里留下了我学业的足迹，也积淀了我人生最丰富的感情世界。憧憬甜蜜的爱情是大学生的梦想，也是大学经历的选修课。只可叹我所在的大学是一所农业院校，女性少得就像中国的熊猫——国宝级。由于我遗传基因的缺陷，身高只有162厘米，因此爱情对我来说只能是可望不可及的奢侈品。但作为男人原始的冲动却从来没有丢失过，也梦想着能得到上帝的眷恋，给我一次美丽浪漫的爱情故事。

还没正式上课的时候，就听说我们班上只有5位女性，身为20位男性中的一员，只能用兔子不吃窝边草来自欺欺人了。一天正在宿舍收拾东西，看到走道上有两位女孩，后来她们进我的宿舍来了，有位室友很热情地招呼她俩坐，原来她们是我的四川籍同班同学，其中一位女孩长得还秀色可餐，于是我就直直地盯着她看了好半天才回过神来，有点尴尬和失礼。后来才知道，这位女孩来自四川西昌，这可把我高兴坏了，我来自相邻的攀枝花，说不定攀点老乡情,还有点希望,经常晚上就构思着这个美梦如何实现及实现后的美景。刚进入大学那段时间,也不懂得怎么谈恋爱,于是有事无事就在学校操场或教室转悠,研究情侣们的仪态举止和交谈话语。天天晚上熄灯后同室友们总会有一段时间讨论女性的话题。渐渐地我也掌握了一些要领,于是就跃跃欲试,开始物色猎物了。

有一天,我们宿舍邀请那两位四川籍的女同学参加聚餐,因为我们宿舍住的全是四川人,大家初次相识,容易玩到一起。其实每个室友都心怀叵测,只是心照不宣而已。结果邀请的两位女士不赏脸,最后我们几个室友还是热闹了一番,只是缺少点花朵的点缀而感到遗憾。吃完饭后,那两位女同学说到我们宿舍来坐一会儿,沉寂了一阵的宿舍又开始生龙活虎了,大家一会儿整理床上衣物,一会儿摆凳子,很是有点像接待贵宾的感觉。这也是和尚多的大学的一种特有现象吧,一旦女生到男生宿舍,绝对是新闻加新奇。由于狼多肉少, 并且感觉漂亮的那位女同学对我不理不睬, 特清高似的,我这个人骨子里有一种傲气,不就是一个脸蛋长得漂亮点的女性而已吗,有什么了不起的,于是我待了一会儿,就独自离开了。后来时间长了, 也就对女孩失去了才开始进大学时的那种激动和仰慕,大学生活过得平淡无味、乏善可陈。随着时间的不断推移,我的这位女同学的优势越来越明显了, 不仅人长得漂亮, 学习成绩一流,体育成绩也不错,短跑健将,别看她人不高(估计最多 155 厘米),还是校篮球队的队员呢(投球极准),在学院学生会也担任干部, 几乎成了一个完美主义的化身。当然在这些美丽光环的照耀下,引来不少采花蝶也就太正常不过了。偶然的一次中午我居然在学校的后山坡碰见她同一个高个子帅男在一起,肯定是谈朋友了,想不到也成了别人的囊中之物，真是应了一句老话，“哪个少女不怀春”。既然自己没本事，也怪不了别人，萝卜白菜各有所爱，剃头的挑夫一头热——没用，还是做个自由潇洒的单身汉吧。就这样，她在我的思想中慢慢退去了不少温度，我又重新找回了自我，过着神仙般快乐的日子。

长期一个班一起上课，看着她那美丽的背影，关闭的感情闸门又慢慢开启，特别是同学间茶余饭后谈起对她那种仰慕的神态又把我慢慢拉回到了现实中，耳濡目染她的种种优秀之处，内心的爱慕之情重新点燃。后来听说她没有谈朋友(估计是同我见到的那个人散伙了)，不过有许多追求者，我本不想加入此行列的，因为同她相比，我就是一个典型的癞蛤蟆想吃天鹅肉——不可能。可是人有时就这么怪，明知山有虎，却偏向虎山行。特别是男人，喜欢富有挑战性和冒险精神，总想证明自己比别人更行，这也许是臭男人的劣根性吧。当然，我自认为是比较有思想的人，也不是人云亦云的角色，主要是她的一些行为深深地吸引了我，不给任何男人献媚的机会，独来独往，就像一个冰清玉洁的少女似的，让人远远望去，是一朵天际的彩云或地平线上的一道彩虹。有人送的电影票她直接送给室友，有人写的信有时连看也不看就撕掉，真不愧为女中圣洁，心想要是能找个这样的女人做老婆，那可是对男人绝对地忠贞，我喜欢这样的女性，也可能与我“守业”的自信心不强有关吧。

大一结束之际，我厚着脸皮给她写了封情书，这也是我人生中的第一封。现在已经不能记起写的是什么内容了，估计也没什么过人之处，论文笔和思想，那时的我都只能是初级水平，说不定字里行间跳出让人捧腹大笑的前言不搭后语和错别字呢。别看我这种小男人平时默默无闻,有时还真能做出点惊人之举。更让人高兴的是,居然,我收到了她的回信,这下可把我这个臭男人乐坏了,虽然信中内容不尽如人意,但也算小有所获,总比石沉大海强吧。她说大学期间不谈恋爱,以学业为重。其实大学谈恋爱同学业影响没有直接的因果关系,也许这只是一个借口或者托辞,看来今生我就只能远望她那美丽的音容笑貌、言谈举止了。后来的事实证明,她确实再没谈恋爱,年年学业成绩优,年年拿一等奖学金,真是巾帼不让须眉,女中豪杰呀,这也更增加了我对她的崇敬和爱慕之情。于是经常我就用心灵的窗户——眼神注目她,开始她也偶尔回目一下,时间长了,她也久久地用眼神注视着我。我俩就这样用眼神交流直到大学毕业,这种方式唯一的好处是减少了同学的嫉妒和猜疑之心,我也成了她的一个地下单相思者。临近毕业之际,突然同学间的感情增厚不少,我同她之间的感情也开始慢慢升华和浮出水面,离别是感情最好的催化剂和显色剂,这段时间的经历也是我同她最值得诠释和留恋的时光。

有次我们班几个男生同她们宿舍的女生一起到江边玩,玩得非常开心,一起嬉闹,一起野炊,一起畅谈今后的人生道路,社会责任……在这次的玩耍中,她对我说了一句我永远也不会忘记的话,说我很像她的姐夫,是真的吗?这次开心之聚,唯一遗憾的是没有留下一些珍贵的照片,仅有的几张也有点模糊不清,原因是胶卷时间放长了,曝光不好。特别让我感到终身遗憾的是我同她单独照的那张连模糊的影子也没有,冥冥之中预示着我同她今生注定属于有缘无分的角色。说起同她一起照的这张照片,也纯属不经意中的巧合,因为这次她就只同我单独照了这张照片,本来我是一个人照的，也不知道什么原因，她说她也来偷个影，我俩今生仅有的一次合影就这样产生了，只是到了各自的思想深处，没有物质的载体形式，有些遗憾。

还有一次让我一生都难忘的尴尬之事。班上有位优秀的男同学（毕业直接保送重大研究生）追她很紧，并且已经达到了白热化程度，也是由于这种情况的出现，我对她放弃了我原始的幻想。我是一个知难而退之人，自卑心时常捉弄我，事实摆在那里，也许他们更能让人觉得般配，一个直接考上研究生，一个保送研究生，绝配呀。成人之美之心压住了我情感的本能，我已不再奢求同她之间的那种纯美感情了，我变得越来越理性，现在回想起来，总觉得差点男人的冲动和勇气。但后来，听另一位女同学说，我的那位优秀男同学是不可能有结果的，这又为我增加了点信心和良心的安慰。可毕竟两个男人夹在一个女人中间，撞车之事是迟早的。有一天她突然叫我陪她到江边去玩，既然没有爱情就当友情吧，我乐意接受了她的邀请。一路上我们谈得很愉快，天虽然下着小雨，也一点没有影响我们的心情，我俩共用一把伞，好像多年的老朋友似的，没有一点男女私情。但在回学校的路上发生的一幕却又让我浮想联翩。我这个人最讲究职业道德，既然没有非分之念，就做个本分实在的正人君子吧。于是上车后她直接坐到了最后有两空位的一排，我跟在她后面就坐在前一排的单人座位上。我的屁股刚坐下去还没热乎，她就叫我到后面坐，这样我就顺理成章地坐到了她身边，这也是我大学四年第一次和仅有的一次同她有些肌肤之感。下车后，我打着伞同她一道往学校走，可眼前的一幕让我惊呆了，我的那位优秀同学独自打着伞呆呆地站在了我们的前面，消息灵通还是真有心灵感应？这是我现在也无法知晓的答案。由于我同她也没什么出格的，身正不怕影子歪，我主动上前去叫同学一起走，他却不走，而另外的她独自一个人往前走了一段。这下可把我这个小男人急坏了，我打着伞不知所措，一个担心我的优秀男同学想不开，一个担心她淋雨感冒。可我没有分身术呀，正在犹豫之际，她说话了，叫我走，不用管他，“男人最喜欢听女人的话”，足此可见这句话的真实度。于是我就同她共用一把伞走了，我不时还回头看看那位优秀男同学，可她却一直没回头，由此情景我不由自主地发出内心的感慨，“感情这东西，很多文人墨客所著精诚所至，金石为开之良言，也不是万能钥匙”。这也更加深了我对她的那种倾情之好，不以世俗的眼光屈就自己的情感，难得呀。同时我也窃喜，至少她对我不反感，但究竟她内心的真实想法是什么却是我一直没有读懂的问题，这也是我同她没结秦晋之好的深层次原因。女人是一本很难读懂的书，特别是智慧型女性更是如此，我算真正体会到了这个思想的深意。

还有一次，她宿舍的一位女生邀请我和另外两个男同学（一个是那位优秀的男同学，另一个是优秀男同学的铁哥们）及同寝室女同学去邀请者家玩（这位热情的女孩是重庆本地人）。反正离毕业的日子屈指可数了，也没多少事，玩几天也可增进一下同学间的感情，于是我也同去了。记得最深刻的一件事是晚上睡觉前洗脚，农村洗脚一般用一个比较大的木制脚盆，一盆水倒来，同时几个人一起洗。我这个人一点都不讲客气，水倒好后，就早早地把脚放进去了。这时的女主人（邀请去她家的这位漂亮同学）也把脚放进来了，还戏说，我的脚怎么这么小，我回应人本来就不高，脚小点就太正常不过了，就这样我同“陌生”女孩有了人生第一次足浴，现在我的这位漂亮女同学已经成了一方父母官了。由于她同这个女同学关系甚好，这也是我受邀请的原因。大家一起玩得还是非常开心，只是偶尔我的那位优秀男同学给她来点自讨没趣之事。在这次开心之旅中让我记忆最深的是她对我说的一句话，“看到现在的你能想象到你老时的情形”。

时间像流水一点点地过去，我和她也没有更多地接触，各自回到了属于自己的天地中。忽然有一天晚上，我正在宿舍看同学们打牌——双扣大战，她突然跑到宿舍来，叫我出去一下，有事对我说。我想有什么事直接说了不就得了，还搞得神神秘秘的，外面又下着小雨。奇怪的是，她来找我，居然在场的同学没有一个觉得诧异，也许在同学眼里，我们之间属于正常得不能再正常的同学关系。当时的我，也摆正了自己的心态和位置，即使有非分之想也深埋在了心底，轻易不会流露出来。想也没想到她对我说的是这样的问题，她说有个女教授想让她同她的儿子见见面，她的儿子暑假就要从美国留学回来。她问我是否同教授儿子见面，刚开始我心里面极其不舒服，但很快就镇定下来了，说“见见面很好呀，那可不是一般的家庭，大教授家庭，并且见了面也不一定代表一定同他一见钟情”。其实当时我说出这话是极不情愿的，明显感觉到说话的声音有些颤抖，不知是她感觉出了我的感受，还是早已拿定了主意？这也是我至今无法知道的答案。后来她说不见面了，叫我陪她去同教授说一声谢绝之意，于是我就陪她去了。当然我肯定远远地站在另一个地方，不一会儿，她就出来了，我和她打着一把伞正往回走的路上看到了我的那位优秀男同学，又尴尬了一次。

毕业离校的时间越来越近了,班上正在筹划着一起吃散伙宴,同学们也都忙着写毕业留言。我叫她给我写点,她说,“你让其他人写完了,我最后一个人写”。我也没多想,反正先写后写也没什么,当她最后一个给我写完留言后,我仔细拜读后才真正体会到我在她心中的地位以及她对我入木三分的刻画,让我好生感动。这也直接导致了我在散伙宴上的失态,因为我那位优秀的男同学追求她已经成了家喻户晓的事情,大家敬酒时有好事的同学不免将此事调侃一番,更有一位男同学(优秀男同学的铁哥们)直接挑衅,把她当时气哭后,她饭没吃完就直接回宿舍了。我见此状况,男人的豪气一下子就上来了,于是就同那位男同学拼酒,最后我也不知道是怎么回到宿舍的,只知道有两个男同学架着我的左右。在回宿舍的半路上,我死活不回去,最后不知怎么又叫来一个女同学,后来这位女同学让男同学先走了。也不知道我怎么走到学校的大操场的,躺在地上,也许酒精的作用,我将四年对她的感情全盘向这位女同学倾诉了,我也隐隐感觉到这位女同学同我一起在流泪。后来我才知道这位女同学是谁,当然,这位女同学也是我一生中需要去记忆的一位善良女性。第二天上午,我一直躺在床上没起来,她居然跑到我的宿舍来问候我,难道是昨晚那个女同学将我的伤心哭诉说给她听了?或者她的另一种良知发现?这也是我现在没有解开的谜。不管怎样,经过这个事情后,我同她的感情又深了一层。离校时她叫我同她一起去办理托运和买火车票,她到成都本应直接坐重庆到成都的车,可偏要坐重庆到攀枝花的车,由于攀枝花的车是早上 6 点 30 分开,必须提前一个晚上赶到重庆火车站,她叫我送她,我答应了。记得那天我陪她办理托运之时,她给我打来一份饭菜,里面有一份芙蓉蛋,并亲自喂我吃了几口,后来我觉得大庭广众之下不好意思，就自己吃了，这也是我在她面前享受到的最高待遇了。所有手续办完后,她问我看不看录像,当时不知怎么地,没那个心情,也许大学同学间的离别让人伤感,也许她为了还我大三时,我请她看电影,她没去之情,我不想接受这种情感的补偿,也许……记得大三那次我把电影票给她时，她满口答应了，能得到这个回答,可把我高兴死了。我在宿舍一边洗澡一边哼着小调,就等着同她的一次完美会面。可是好景不长,电影快开始时,她跑到我宿舍的阳台边说不去了,没有任何理由,说完就走了。当时我那种怨气真不知该往哪里发泄,为这次被戏弄,我足足半年没正面看她一眼。

时间很快就来到了她的启程之时，我同她晚上早早吃完饭就坐公共汽车往火车站赶,一路上是有说有笑,没有半点离别伤感和依依不舍之情。也许因为她短暂的假期结束后将重新进入新的学习生涯,而我却留在重庆正式步入社会,踏上工作岗位,角色的完全不同让我没有激情去眷恋和憧憬我和她的未来。我和她的人生就向两条并行的铁轨难以交叉。到了火车站,很快我们就住下了,为了上车方便,我们住的是站内旅馆,条件不是太好,对我们穷学生来说也还算可以。男女各一个大房间,床是上下铺,一个房间里面可同时住很多人。当一切安顿好后,我同她就到火车站附近的两路口溜达了一圈,整个晚上自始至终我同她就像好朋友,没有一点男女授受不亲之事,这也是我今生今世最遗憾的地方,连手都没拉过,大家四年钟情一位女性就是这样的惨痛结局,可悲。大概晚上9点多钟,我同她就回旅馆睡觉了。我睡得正香之时,突然她在我睡的那个房间外面喊我,当然我也不知道她喊了多久我才醒。我穿好衣服开门出去，看表才凌晨三点多。她说她睡不着，问我睡没睡着，我也没多加思考，直接回答说正在做梦呢(事实也是如此)。后来我就陪着她聊天，这时突然下起了大雨，她说送一件东西给我做个纪念。她问我想要什么，我说别送了，我心领了就行了，后来在她的再三坚持下，我也就不再固执了。看着外面下很大的雨，她说送我一把伞，于是这伞就成了她唯一留在我思想外的物质财富(她送给我的一个旧红色塑料桶被单位同事借去搞坏了)。后来，我对她送伞的意义进行了一番仔细捉摸，或许"伞"代表我和她感情的结束？或许"伞"代表她为我撑起一片无雨的天地？这又是一处我不得其解的地方。

毕业后，我们之间偶尔也进行书信往来，但大部分内容都是对一些社会现实的看法及现状的苦恼，信中我也曾经大胆地向她表露过爱慕之情，但收到的回信都是模棱两可的答复和委婉的拒绝，以至于后来就完全失去了信心和耐心。我参加工作一年后的夏天，她来重庆玩，我也就完全没有了非分之想，仅当友谊的再次延续吧。记得她到达重庆的那一天，我的重大同学非常兴奋，衣着打扮焕然一新，皮鞋擦得锃亮。由于我要上班，接车的重任只好交给重大同学了，或许我是有意为之，因为我当时的上班内容就是与同事晒太阳、侃大山。由于我单位离火车站近，且住宿方便，于是她就下榻在了我的寒舍(没装修的两室一厅)。整个下午都是重大同学陪她度过的，晚上我们一起吃完饭后，重大同学就独自回学校宿舍了，我陪她在观音桥附近瞎逛了一下。当我们单独在一起的时候，我才知道她受到了不少委屈，她含着眼泪控诉同学的死缠烂磨，不想继续在重庆待下去了，好好的一次同学聚会，最后只待了不到一天就早早地结束，让我有点始料未及和不知所措。我善意地挽留她多待两天，可她却执意要走，我也没办法。鉴于她与重大同学的不搭调，我调侃似的对她说，“不如这样，反正我找老婆也困难，就嫁给我吧。”听到我的戏言，她回敬道，“水到渠成你不懂呀！”其实，当初的表达是我内心的真言，只是碍于面子及自卑情节，我不敢郑重地许下爱的誓言，不得以只能用这种吊儿郎当的形式展现出来。

晚上，虽然我们同居一室，但不同居一间，并且我叫她把门闩扣上，避免引起误会，我还想维护好谦谦君子的声誉和身份。现在想来，我真不愧为“矮小而伟大”的男人，面对心仪多年的女孩，不敢也不想越雷池一步。第二天，我和重大同学一起送她走了，在回单位的公车上，重大同学很是郁闷，我担心他想不通做出一些极端不理智的行为或者举动出来，于是极力劝慰他，“天涯何处无芳草，何必在一棵树上吊死呢！”回到我的家中，我将我与她之间的通信和她给我的个人相片当着同学的面全部撕碎了，并且豪言，如果我有勇气追她，可能胜算更大，只是我确实没有自信的基石呀。或许她就是我们远望的那朵美丽的玫瑰，永远不得靠近和采摘。

虽然这次毕业后的重庆相见不欢而散，我为了“成人之美”“治病救人”完全对她断了念想，但她的音容笑貌在我的脑海中同大学时一样美丽动人，只是我把这份情义深深地埋在了心底，不愿再去掀开它。

这就是我曾经日思夜想的那个女孩，虽然我没有读懂她的内心世界和精神思想，但她给我带来的情感往事却成了我一生的财富。过去的永远留在了记忆中，希望未来的她依然美丽、耐人寻味。

我的初恋

初恋是人生情感中最值得回味的，而我的初恋却来得简单、平淡无奇，准确地说应该只是一个初吻。因为我进入大学后就一直心仪一个女孩，可那个女孩迟迟不给我机会，但我心又不死，这种状态导致我一直没有机会选修爱情课，也不情愿给其他女孩有这个选修课的机会。

记得那是大学一年级下学期的时候，给我初吻的这个女孩有些主动，本来我不想搭理她的，因为确实心里面没有那种感觉，另一个原因是在上学期时她同班上另一个男孩走得非常近，也许是初恋了一回后，女孩有更高的追求，不愿继续那段恋情。我这个人还是比较有职业道德的，在确知她同那个男同学分手后，她的热情才逐渐被我接受。当时反正想，今后都得过爱情这关，不如趁此机会选修一次，积累点经验，至于能不能及格，也没多想。回想起我同她的整个恋爱过程，短暂而又隐蔽，如果我不说，连我最好的朋友也不知道有这回事。当然，现在说出来，也许很多同学持怀疑态度，说我瞎编，有些事情真亦假，假亦真，就让大家瞎猜去吧。我估计第一学期同她在一起的那个男同学会相信，因为他跟踪过好几次，估计看到了点什么吧。以至于参加工作多年，同学聚会时，他欲言又止的情形让我略知一二。还好，我同她之间的短暂恋情在无声无息中就结束了，不然我可真有点对不住同学了——“夺人所爱”。

在此，我也得感谢经常跟我在一起的同学，完全在不知不觉中当了回电灯泡，并且自己还全然不知，每每想起这件事来我就觉得有点滑稽可笑。也许女孩当初亲近我是为了摆脱他人的追求，也许这个女孩真的喜欢我。反正自始至终我都是一个被动者或者旁观者，好像完全没把她当回事似的，从来没有单独找过她一次，倒是她经常来找我。开始我们一起出去玩时，我一般都得叫上一个男同学，主要基于两方面的原因，一是我没有这个贼心，二是我怕别人说闲话。说实在的，也不是次次都能找到掩护者。一旦孤男寡女单独在一起时，发生点肌肤之亲就太属正常了，特别是在女性主动投怀的情况下，思想再坚固的男人也难以抵挡，何况我们当时正处在青春萌动期。记得那是一个风和日丽的周末，她约我到江边去玩，长期同我一起的那个男同学这天也开始“猎物”去了，这下就没办法了，只好一个人独自接受她的邀请赴会。当时单纯的我也没想到会发生后来的事情，只是觉得一起玩很正常，在江边，我们边走边聊，也没感觉到有什么不妥或怪异，只是走了很长一段路后，她说累了，休息一会儿，我就陪她远远地坐在那里。突然她叫我坐近点，我也就紧挨着她重又坐下，这时她靠在了我身上，这一刹那把我搞蒙了。说实在的，我一点经验都没有，从来没有经历谈恋爱的我怎么能应付得了这个突然的举动，于是赶快向四周扫视了一遍，当发现没有其他人时，这下男人的本能就体现出来了。于是就发生了我人生中的第一个男女之吻，后来直到结婚前也再没有发生过这等好事了。

初吻过后，我们又恢复了原貌，没有缠绵，没有承诺，好像什么事情都没有发生似的。我又重新变得镇定自若,与她间隔一定距离一起回到了学校。自从发生了这次初吻后,我也开始慢慢地接受她在我心目中的既成事实,当时的我也是一个比较容易接受现实的人,细想也许我的生命情感中注定是这样,自己爱的人不属于自己,自己不爱的人却来到了身边。当然我也不愿意把我的这个心思透露给她,我同她仍然保持着一种若即若离的状态直到这学期结束。可是暑假结束后回到学校,世道变了,她身边又有了一位男孩,并且出入成双成对,这也太离谱了吧。虽然看到此景的我有些气愤和不可理解,但很快就重新调整好了心态,继续自己单身快乐的大学生活。仔细想想也值得庆幸,心里本来就没有那个感觉,如果真是长期在一起,也不一定心里好受。于是自嘲,我终于解脱了,还白白占了个小便宜。

再后来,我同她一直保持着好朋友的状态直到毕业。记得大学毕业的那次离别宴上,我酒后失态还是她来到我身边宽慰我,真是一位好女孩,只是我实在心里面没有那种感觉,让她失望于我。毕业后时隔多年,虽然我们少有联系,但我仍能感觉到她对我的好,在此祝愿她能笑口常开,生活幸福美满。

值得一生珍藏的邂逅

邂逅，这个让青年男女永远憧憬的画面，却不经意地出现在了我的身边，可喜又可笑，因为时隔多年，才知道它的价值和在生命中的意义。

1994 年的那个暑假，快放假了，老乡相约一起买火车票回家，听说有个美女老乡一起，着实让我高兴了一阵。由于我们的火车是早上 6 点 30 分的，所以老乡们包了一个公共汽车早上 4 点从北碚出发，这也是我大学四年唯一享受的一次温暖老乡情。起来太早，眼睛还朦朦胧胧地，上完汽车后发现美女还真不少，暗暗窃喜，男人心中的惬意之情也涌入心田，要是坐火车能紧挨着美女就更爽了。眼眯着，想着想着就到火车站了，上了火车找到自己的座位时，发现已经有两位美女坐在靠窗边的位置，看来我这次艳福不浅呢，不知是老乡刻意安排我这个单身之人的艳遇，还是老天爷冥冥之中对我这个小帅哥的眷顾，心中那种喜悦之情难以言表，只是有位漂亮的女孩没见过，估计不是老乡，但看上去她们俩很熟悉。

安顿下来后，我美丽的故事就开始了。由于我下学期就将进入大四，脸皮早就不再是从前刚刚进校的腼腆了，侃侃而谈已不在话下。于是我就主动同她们俩搭讪，开始的时候，她们还比较矜持，因为我的老乡属于典型的冷美人，美人绝对不假，身高比我还高，后来听说参加过学校的时装模特表演。反正火车上坐着也无聊，在我口若悬河似的引诱下，她们也慢慢地开始放松，话也多了起来。我的座位同我的美女老乡紧挨着，于是我正对着就是另一位漂亮的小女孩。不打望不可能，男人都好色，我也不例外。仔细端详对面的女孩，眉目清秀，五官端正，脸蛋白里透红，活生生的一个小美人。她属于活泼型人物，一会儿工夫就混得比较熟了，原来她同我的老乡同属一个班，正读大学一年级，感情非常好，家住四川峨嵋，也坐重庆到攀枝花的这趟火车。同这个小女孩交流，感觉她的谈吐之间透着一种知识女性的风韵，让人好生敬佩，同我这个万金油也不相上下。后来我们一起打扑克，一起吃水果，甚是高兴，让同车厢的其他老乡好生羡慕和嫉妒。有了这个活泼型人物，我的冷美人老乡也同我拉近了不少距离，时不时也插上一二句话。后来这个小女孩要求同我的老乡换座位，不会是我老看着她的脸，露出了一些“歹意”，我可是堂堂的正人君子，绝没有半点龌龊之想。正纳闷之际，小女孩一下就坐到我旁边了，时不时还有点肌肤之感，因为我属于典型的有贼心没贼胆之人，同我老乡坐在一起，两肩间至少有一寸的距离，这个小女孩胆子挺大的，是不是对我有点意思？一见钟情？说实在的，我对这个小女孩的印象非常好，活泼可爱型是我梦中的伊人，只可叹还有位冷美人也在我的视野范围内，这也就酿成了我日后的尴尬和遗憾，这次邂逅成了名副其实的珍藏版。男人骨子里面就希望妻妾成群，儿孙满堂，看着身边的两位漂亮妹妹，一位像林黛玉似的含蓄优雅，一位像薛宝钗似的聪慧大方，舍谁我都不忍心，也不情愿。就这样，守着两位漂亮妹妹度过了人生中最美好的火车之旅。

暑假很快就结束了，回到学校又恢复到了从前——快乐的单身汉。有时也偶尔想起火车上的邂逅之事，让我回味无穷。猛然有一天，我同班上同学站在宿舍阳台上打望美女（这是我们大学的必修课），发现那个小女孩正从远处走过来，于是纵身一跳就出了阳台（大三和大四住一楼），也就随便问问什么时候回学校的，假期过得如何之类的套话。其实主要目的是一方面表示做大哥的关心；另一方面做给我那帮同学看的，男人总喜欢表现自己，艳遇之事就更喜欢拿出来在臭男人面前炫耀了。结果她说整个假期都有我的影子在脑海中，问我到成都去没去，我说没去，她说在成都看到一个人的背影很像我。我的天，难道寻寻觅觅多年的爱情，真的就在眼前，真不敢相信自己的眼睛和耳朵。后来，回到宿舍我问那帮色迷迷的同学，这个女孩怎么样？他们说很不错，漂亮，只是人长得矮了点，我还调侃他们，配我正合适，最后大家一笑了之。

时间稍长，暑期的邂逅之事就慢慢淡化了，只是有时晚上睡觉前将那小女孩对我说的话细细品味一番，心里美滋滋的，很快就进入了梦乡。实属无聊之极，也想去找她玩，但很久也没下定决心，后来才知道这个小女孩是食品学院的学生会主席，果然一个知识女性的代表，这也是我迟迟没去找她的一个原因。因为我是一个典型自信而又自卑的人，我心仪的女同学毕业给我的留言，对我的评价入木三分。她是这样写的，“一个自信而略带自卑的人，自信而狂妄，自卑而洒脱，我喜欢一个自信而略带自卑的人”。也许就是那点自卑让我裹足不前，也许我更倾向于心仪的那位女孩，也许……

有一天周末晚上，同学们都各自离去了，我一个人待在宿舍无聊，总得找点精神寄托吧，想来想去，想起了我在老家读书时的高中同学，听说就在附近的学校（西南师范大学）就读，是不是去找一下？但一个人去又觉得没意思，总想找个伴一起去吧。找谁呢？火车上见到的那个小女孩？当时的我心里也没有底，一是担心找不到人；二是担心人找到了，别人不愿意去，又平添一些失落感。管他的，豁出去了，最后还是鼓起勇气去找那个小女孩了。站在女生宿舍下面，心里面总不是滋味，这可是我大学第一次也是唯一的一次晚上等女孩啊。还好，她在宿舍，见到这个小女孩，我将事情简要地交代了一下，问她愿不愿意陪我去，结果她愿意。心想，小帅哥不出马，一出马即马到成功，又有一番在同学们面前炫耀的本钱了，哈哈。一路上边走边聊，感觉很是投缘，好像前世见过似的，不会是《红楼梦》的新版本在我身上体现了吧。不一会儿，我们就到达了目的地，经过一番打听，知道了我同学住的宿舍，可一到宿舍才知道他回家了。没办法，只好打道回府。刚没走几步，突然下起雨来，并且雨越来越大，一种怜香惜玉之情涌上心头，于是我对小女孩说，“我把衣服脱下来让你顶在头上”，她说，“要淋大家一起淋”，还真有点同甘共苦之心或者侠女之意。走出这个学校的大门时，雨下得实在是太大了，于是我俩就到一屋檐下躲一躲。走近屋檐一看，发现有一对情人正倚靠在角落，进行人类爱情的亲吻大赛，看到这一幕，我俩都低下了头，尴尬了好一阵。雨又开始变得小了，我对小女孩说，我们走吧，做个乐善好施、成人之美之徒是我与生俱来的本能。就这样，我们一直沿着公路走，为什么选择公路，可能是出于安全考虑，也可能是君子胸怀坦荡，不乘人之危。当我们走到“五一”研究所的大门时，小女孩对我说，直接从所里面走，听到这话，我先是愣了一下，后来也情不自禁地跟着她去了。“五一”研究所环境优雅,绿树成荫,实属谈情说爱的好地方。但一般不允许外人进来,因为它属于中国人民解放军总参部的单位,有点半军事化的性质。说来也奇怪,我们这次就这么大摇大摆地进来了,难道是老天故意安排我这次人生难得的记忆。一路上我们之间也没说更多话,只感觉她离我很近,有时也偶尔用肩碰我一下,也许当时的我对于这种突然而来的艳遇没有心理准备,也许我就是一个道貌岸然的伪君子,也许我就一个傻得出奇的臭男人,也许……我居然说出这么一句话,“爱情不仅是甜蜜”,真他大爷的,我还是不是人哟,好像我是爱情专家似的,可我正儿八百谈恋爱的经历一次都没有呀。人的一生有时就容易犯糊涂,糊涂得幼稚可笑,不可思议。就这么一句简单实在的话,成为了我一生的负疚。说完这句话,我明显感觉到了她对我的愤怒和不解。

再后来,有次我看到她在一个教室上晚自习,我也坐在这个教室里。她一看到我坐在这个教室,提着书包就走了,也许我的那句不经意的话真伤透了她的心。“可是我也有苦衷呀,我心中美丽的女孩,你知道吗?我一个大四即将毕业的学生,我能负担得起这份感情的责任吗?你才大二,美丽的人生才刚刚开始,不是当哥哥的不解男女风情,只是你在我心目中是一个活泼可爱的完美化身,我不愿意由于我的不思进取,或者俗气而破坏了心中那份纯美,也许你永远不知道这个谜底。说实在话,我也动过老乡的念头(主要源于同处一个城市,毕业分配后可能在一起的机率大点),但经过深入地接触,虽然我也知道她的好,但发自内心地说她不是我心中理想的伴侣。再后来,始料未及的是我毕业留在了重庆,于是那份对你的爱又从心底浮出,可是你却再也没有给我机会,哪怕是给我一点点自信,我也会勇往直前的。也许我就是一个市井小人,不值得你去思量,人生情感历程中注定了我俩的相遇只是一个彻头彻尾的邂逅。

美丽的广州之行

广州，中国南方最大的城市，没去过之前总想去看一看，不仅仅是因为羊城的开放和美丽，更重要的是那里有我的大学同学，曾经心仪的女孩。

说到这里，绝对没有什么旧情没了之事，只是希望有个机会能到那个城市出差，顺道目睹一下她的风采是否依然。毕竟我和她都是已进入围城之人，虽然关门人各有不同，但目前还各得其所，相安无事，也就没有更多心意去打乱互相宁静的生活。虽然我的婚姻来得有点意外，但我对它还比较满意，男女之间组建一个家庭不易，只要没有原则性问题，在生命进程中相互理解和磨合，幸福的生活也能唾手可得，至少目前我的家庭是这样。虽然我这个人比较容易接受西方思想，但真正去实践它却非常困难，因为孔夫子的传统观念在我的大脑中根深蒂固，时不时地蹿出来指导实践。同时，我认为男人的世界是属于社会的，更多有意义的事情需要男人去实现，情感在男人的血液中仅是部分，而非全部。“爱江山更爱美人”这句唱响大江南北的歌词在我的理念中没有更多的实际意义，我认为作为普通大众的一员，男人的江山可能更多来自于家庭，只有家庭的大厦完整了，男人才能更加从容自如地去创造精彩的未来和勾画绚丽的人生。

"家"才是男人永远的依靠和停留的港湾，所以我非常珍惜现在拥有的家庭。虽然有时也有点疾风暴雨，但那只是家庭长期稳固的缓冲剂，同时我也尊重和极力维护别人家庭的完整性，家庭如果是由于内因而解体，我觉得很能理解，但如果是由于外因导致的，很大程度上应该归因于社会的败落和传统价值观的衰退。即使男女间还有些本能的情感，就让它深深藏在心底吧，精神上的虚幻享受也许比婚姻上的实体来得更有价值。错过了，一定别再去后悔，就当它是一道风景线只能远观不可近看，永远地去遐想和回味。另外的原因可能同我做事的思维观念有关，我不喜欢留有余地，说半句话又吞回去，特别是对待感情，尤其如此。我最担心的是时隔多年再来后悔自己当初的畏缩，那可才是真正的人生悲哀，特别是对于顶天立地的男子汉更是如此。所以对待我人生历程中心仪的女孩（当然是结婚前），我从来没有后悔过，因为我做到了一个男人应有的真诚和直率。

自从我结婚后，就同她再也没有联系过，当然心里还是希望有机会出差到广州去看看她，毕竟曾经我们之间有段难忘的同学情。2000年，单位新买了一台日立的原子吸收仪，有两个去广州学习的名额，这下把我可乐坏了，11月份广州的培训班开班，培训时间一周，于是我就同领导申请去广州培训，领导很快同意了，这时我才找同学要她的电话。记得那天到广州的飞机是一个星期天的晚上，飞机降落到广州白云机场时天已经漆黑了，坐上出租车就直奔培训地点——中山大学。住宿安顿下来吃完饭后独自一个人待在房间里看电视，几天以来，虽然有她的电话，也没有打，想了一下，还是培训结束时给她打个电话吧。就这样，星期四培训结束，星期五培训单位组织学员玩一天，回程的飞机票我也让培训单位订好了，是星期天上午的。一切安排妥当后，我在星期四晚上给她挂了个电话。现在想起来，还真有点意思，拿起电话时犹豫了很久，心里面一直在挣扎，打还是不打？打了万一别人不愿意见面，多尴尬呀。最后还是鼓起勇气打了，但明显感觉到自己声音有些颤抖，我本意是晚上抽个空闲时间大家见见面，因为星期五白天她还得上班，结果她说，她有假，星期五陪我一天，并说早上来找我。挂完电话有此收获，心里还是挺高兴的，只是有点遗憾的是自己电话中的表现太差劲，居然说话还有点结舌，可笑。

星期五早上见面前我心想是不是来个西方式的拥抱，可真正见面时所有的激情都烟消云散了，这就是人具有社会属性的缘故吧。我们就像老朋友见面，自然得体，连熟人见面时礼仪性的握手也没有，也许这就是情到真意时处处真吧。记得见面时，她的第一句话是“我现在皮肤有点黑了，因为广州日照强；脸上有几颗豆豆是这段时间上火的原因；衣服穿得随便，是因为广州人不怎么讲究穿着，我也习惯了”。我应承道，“自然更是一种让人赏心悦目的美。”说实在的，我还没想这么多，几年没见了，乍一见面也不好意思去欣赏和琢磨这些，她倒好，来了个“恶人先告状”，将自己不尽完美之处全找了个托辞。其实男人对女人的欣赏在开始接触之初，可能外在的形象占有的比重大，一旦有了感情基础，可能内在的气质和行为才是真正让男人倾心之处。我知道她的用意是想在我心中保持一种永远美丽可爱的形象，估计天下所有的女人都这样吧。但现在的我们都已经是为人之妻和为人之夫了，变化是难免的，也是客观的，特别是女性，随着年龄的增长，变化来得更快。她问我想到哪里玩，我说第一次来广州也不熟悉，客随主便，最后她建议我们到越秀公园。

在公园里，我们走走停停，一起回忆起当年的大学生活和大学同学，甚是惬意和愉快。我也能感觉到她同我在一起的快乐和纯情，但现实中的我们又不得不变得理智，不敢越雷池半步。通过她的话语，我能明显感觉到她自责自己过去的天真，流露出没有珍惜那份感情的失落和无助。我的言语和行为始终保持比较理性，因为我也有个来之不易的家庭（每每想起刚大学毕业时，单位有位老大姐说我找老婆困难的话，就太知足了）。生命中有遗憾才是真实的生活，生活中有残缺才是真实的人生，就让这种遗憾和残缺变成永远回味无穷的美丽吧。后来我们又一起参观了中山堂，看了一场介绍孙中山先生的录像。最后，我们参观了广州有名的陈家祠。记得在陈家祠的大院里，我看到墙上一幅精美的裸体画，叫她过来看，反正我们都是已婚之人，应该也没有什么少女的羞涩之情了吧，她过来看后望我淡淡地笑了一下。

就这样，时间很快就到了下午5点钟，也该结束今天愉快而有些感伤的行程了，于是我们开始回中山大学。在回程的途中，路过一个大型商场，她问我愿不愿意陪她去逛衣服，我犹豫片刻后，说“时间不早了，就不去了吧”。也许听到这话她内心有种不舒服的感觉，但表面上我也没看出什么不愉快的表情，她马上回答说“好，不去了”。为什么我没有陪她去买衣服，主要是因为我担心谁出钱的问题，我出钱送给她一件也花不了多少钱，并且我也不是出不起这个钱，只是觉得她不接受怎么办，或者她接受了，拿回家，老公一问，她说是同学买的，引起老公心里的不畅，与其有这么多的担心，不如就不去招惹这种事，大家都乐得轻松。坐车回到中山大学已经是晚上 7 点钟了，她问我想吃点什么，我说简单点，别浪费钱。最后我们俩在中山大学附近的一个四川小饭馆吃的。记得印象最深的是，她说我参加工作 5 年了，还是大学时那样瘦，叫我多吃点，并且将自己的一碗饭又分了一半给我，在饭桌上她对我表现出来的那种情真意切让我终生难忘，看来我大学期间对她的一厢情愿时隔多年还有所回报，也不枉过去对她的一片痴情。虽然由于时空的阴差阳错或者个性的使然，我同她最终没有走进婚姻的殿堂，但作为男人的我能享受到她的礼遇很是知足了。吃完饭，她调侃说，“看不看电影。”我知道她是说着玩的，就回敬道，“是不是真的哟，不怕我把你吃了。”临近分手时，我说，“明天是星期六，把老公叫上一起去东莞看望一下其他几位大学同学。”她说，“老公不熟悉我们同学，一起去没有共同语言，也很无趣。”这倒也是，只是我希望能见一见她老公。据说她老公是她的研究生同学，湖南人，个子很高很帅气。后来想，要不去她家坐坐也可以，可是她说现在的住房小，不方便，既然要金屋藏娇，我也没办法了。其实，我见与不见她老公对我来说没多大实际意义，更多的是出于礼节吧。

第二天早上，我见到她时，给人眼前一亮，穿着非常得体，只是略显单薄。这几天广州天气虽然阳光明媚，但毕竟已进初冬，早上还是比较凉爽，阵阵晨风吹来，更觉凉意。我见她有点感觉冷，就说“我脱一件衣服让你披上”。她说“不用”，我也没再坚持，这也是我的个性，不喜欢做事黏糊。转乘一次公共汽车就来到了去东莞的始发站，我们并排坐在车上，一路上有说有笑，时间很快就过去了。在一位东莞的同学家里，我见到了其他两位在此打工的大学同学。虽然大家五年没见面了，但仍然是一见如故，聊得非常开心，她由于是女性也就没有过多地参与男人间的话题，独自帮厨去了。侃大山是我的本事，大部分时间是同学们在听我讲。记得有位同学说，五年了，我居然还是这样有棱有角，没怎么变化，她也跟着附和地称赞了一句，也许这就是我的伟大可爱之处吧。不是人人都能得到她的褒奖的，这也许是她对我最能欣赏的地方。刚见到同学们时，仅从外观上看变化也不大，但聊天后才明显感觉到思想的差距，不是因为我优秀，是因为他们变得世俗和平庸了。以前大学时的意气风发和朝气蓬勃在他们身上已经荡然无存，此时的我有一种说不出的惋惜和感慨。吃完中午饭，我同她与同学们道别后就坐上了回城的车，因为明天我上午的飞机。记得在回程的车上，我拿出了妻子的相片给她看，她说，“挺不错吗，比我漂亮多了，你真有福。”我没说更多，只是相视一笑。也许人的情感注定了不喜欢离别，一路上我们没有更多的话语，只是望着窗外一排排不断后移的行道树和偶尔一辆疾驰而过的车发呆。我们各自都沉浸在思考的领域，也许是在回想过去美好的片断，也许是在面对现实伤感的场景，也许是在展望未来迷茫的天空。人生就这样，一个美丽的错误能产生无限的遐想和结局，我深深体会到了文人对于情感的种种描述的神奇，因为它本身就是生活的真实再现，只是通过文字的编排变得更加耐人寻味和可读性吧。

回到广州，首先是找宾馆住宿，时间已经快到晚上 7 点钟了。她带着我在火车站附近转悠，因为这里离机场近，宾馆也比较多，最后相中一家三星级的宾馆，价格比较合理，一标间一晚上打折后 160 元。我说，“就住这里了”，于是我俩一同去看房间，服务员把门打开后，我环视了一下房间还算满意，就上了个厕所。她独自坐在床角边，没说多少话，基本上是我问她，她才回答。这时她的电话响了，原来是她老公问她是否回去吃饭，她只简单说了一句，“不回家吃”，“很快就回来了”，就没再多说。通过对她这些细微的观察，我更加坚信我是一个在她心目中永远也忘不了的男人。紧接着，我们就下楼去吃饭，她问我吃什么，也许中午在同学家吃得太好，也许这时的心情太沉重，最后我说，就吃面条吧。吃完面条已经 8 点多了，离别时她给了我一张可打长途的 10 元磁卡，并且说这是电信搞活动时免费发放的，让我给老婆挂个电话。最后送她上了公共汽车，目送她远去后，我才回宾馆房间休息。磁卡我没用，睡觉前也没给她挂个电话，因为我没有留下她的电话，来广州找到她的电话也是单位的。我不是不想留，是因为在越秀公园的时候，我说留个电话，她说现在的电话是个小灵通，以后要换，直到最后分手时我也就没再提起电话之事。其实有没有电话都一样，我这个人不喜欢打电话，只是有点遗憾的是，当天晚上应该问候一下她是否平安到家。

第二天中午我就回到了重庆，也没有向她报个平安，直到今天写这篇文章时，我也没有与她联系过一次，只是有时偶尔想起那一年那一次的广州之行，让我突生一种快感，美好的片断就让它留在记忆的深处慢慢品味吧。

进入围城的曲折过程

婚姻是人生三个重要里程碑事件之一，其余的两个我定义为升学和升级——做爸爸。回想起我的婚姻，过程虽然非常艰辛，结果却全然不费功夫。记得在大学那个爱情患难的年代，只要自己愿意，也不是一个女孩都不可能成为我的猎物的。因为当时的我还算得上一个仪表堂堂的俊俏小生，只是人的海拔矮了点，这也没办法，先天遗传基因所决定的，要怪也只能怪我的父母了。虽然有这个高度的缺憾，但我五官搭配还算比较协调，所以也没有过多地担心找不到生命中的另一半，时常用“天涯何处无芳草”来自慰，总幻想跨出校门进入社会的万花筒会有更多让我选择的目标。

就这样，我带着美好的梦想离开大学来到了满是美女的重庆工作。还依稀能记得当时离校时，班上许多男同学投来的羡慕目光，也有同学留言道，“你可是身处万花丛中的一片绿，会美死你的”。其实在重庆读大学四年，也耳濡目染了重庆的美女堪称世间一绝，白净的皮肤、苗条的身材……每每想起我将在这个城市一显身手时，那心里高兴的滋味就美不胜收了。可是这种幻想并没有持续多少时间，就被单位一位老大姐的一席话给无情打击了，我就像个泄气的皮球似的，再也没有多少男人的激情了。这位老大姐的话让我一辈子也无法忘记，她说了我三点，一是皮肤黑，二是人矮，三是家不在重庆，最后得出的结论是找老婆困难。我的天呀，如果真是这样，也太对不起养我生我的父母了，父亲 37 岁和母亲 29 岁时才有我，我是父母的第一个孩子，多不容易啊，没想到在我身上却要失去血脉的延续，我能负得起这等重责吗？开始参加工作时，人还算年轻，也就没太在意这位大姐的话，可毕业两年过去了，我还是孤苦一生，就真有点着急了。记得当时单位有位热心的大姐给我出馊主意，叫我经常去坐公共汽车，踩女孩的脚等之类的事情，我这不完全成了一个街头小流氓了吗。不行，这样做也太对不起伟大祖国对我的培养了。于是就厚着脸皮让单位的大姐们介绍，最后也有好事之人帮我介绍了一些，只是觉得第一次见面印象太差，后来也就没有再联系了。当时我的想法简单，只要是女性，就见上一面，从机率的角度说，总有一个相对称心如意的，基于这种观点，我也发动我“下河”时认识的朋友，他们也加入了这个选秀的游戏。记得有位甚好的哥们，把他的一个还在读技校的表妹也介绍给了我，可想当时的我完全是饥不择食了，连在校的技校生也看得上，太失水准了吧。同那个年龄相差甚远的技校女孩接触没几天，就自动放弃了，因为在一起时，那种思想的差距真不是一般人所能形容的，好歹我也是重点大学毕业的本科生呀，至少也有点理想抱负吧。同时，在那位好哥们的鼓动下，我还走进了婚姻介绍所。回想起这事，心里面觉得是莫大的耻辱，就这件事情本身来说也没什么可厚非的，只是见过的那两个女孩让我有一种说不出的心酸和茫然。后来，婚介所的电话我一概不接，哪怕光棍一辈子也值。说到这里，我也奉劝那些有我同样处境的少男们，如果你还有点起码的自尊，就千万别进婚介所。现在回想起我整个的婚姻过程，有些不堪回首，但它是人生进程中的一个过程，一笔财富，虽可悲，还可忆。

另一个比较中意的女孩是一次成都出差回来。单位有个好哥们说，到他家去玩，顺便让我认识一位漂亮女孩。我听说还是一个漂亮的女孩，就来劲了，兴致勃勃地来到他家。后来我们就一起去了他的前任女朋友那里，原来那个女孩是他前任女朋友的大学同学，初一见面，脸蛋和身材还算标致，男人的贼心又开始从我心底升起。大家在一起玩了一天，还算愉快，但却不知她对我的印象如何。回到单位，在哥们的怂恿下，我开始试着给这个女孩挂电话，第一次电话时她说有事。我想女孩矜持一点很正常，过了一个星期，时逢周末，我又拿起电话约她到我曾经待过的大学去玩，结果她说她要陪她妈。就这么两次，我再也没给她挂电话了。我这个人从来不愿强人所难，也许是自卑反衬自信的结果，后来听哥们说那女孩还问起过我，只要当时我再继续邀请一次，就没问题了，这些话是我结婚后才知道的，也许这就是缘分吧。大概过了一个月，有个朋友就介绍我认识了现在的妻子。同她开始接触刚一周的时间，单位有个年龄比我大一岁的大姐给我介绍一个成都科大毕业的女孩，据说父亲是一个副厅级干部，家里就一个独生女儿，在大学期间也没有谈过男朋友，这倒是好事，可来得也有点太不巧了。于是我回绝道："我现在刚认识一个，感觉还不错，就让她留给后来的兄弟们吧。"这位大姐还好言相劝说："你才认识一周时间，这个女孩你也见见面，到时再选择。"等了两年，终于有了选择权，倒挺高兴的，但我不能一只脚踏两只船呀。就这样，我再也没有见到这位大姐说所说的那个女孩。后来心想家庭条件好，又没谈过朋友，估计可能人的长相一般吧，没见也不算遗憾。

我同我现在的妻子从第一次认识到结婚总共加起来的有效时间不过4个月。1998年元旦认识，四月底领结婚证，中间还有个春节我回攀枝花待了10天，北京出差用去了一周。同我妻子第一次认识也差点就没戏了，因为我的朋友向她介绍说我身高170cm，有一套两室一厅的房，单位属于事业单位，效益很好。我的朋友有点言过其实了，特别是身高那是差之千里。后来我听说妻子有161cm，这下我心里面就开始打鼓了，我只比她高一点点，是去见还是不去？最后还是脸皮战胜了自卑心，这也成就了我现在幸福美满的婚姻。记得第一次见面是个晚上，我拉上了一个好哥们一起去，在朋友家里也没敢正面多看妻子几眼，只觉得她的身材还匀称，倒是我的两个朋友左右逢源，免去了我的心虚和胆怯。初次见面结束后，我同妻子连问候的语言都没有。坐车回家刚下车，那个介绍的朋友就打电话过来问我实际年龄多大，原来妻子一定要找个比她年龄小的，哪怕小一天也行。还好，我比妻子大一个月，总算有惊无险。第二天是周末，我就挂电话约她出去玩，她很爽快地接受了我的邀请。我说在她下车的地方等，等了一会儿，也没发现人，心里面开始担心起来了，因为我根本记不清她长什么样，昨天晚上几乎没正眼看过她。还好，她把我认出来了，简单的寒暄后，我们开始坐车到目的地——珊瑚公园。我花了二十块钱门票一起进入公园简单溜达了一圈，也没看什么，后来几乎一个下午就坐在一个石桌旁聊天，具体内容我也记不清了，估计是对社会现象的一些看法等等。主要是我在那里滔滔不绝地神侃，反正侃大山是我的拿手好戏，也不用花钱，只是费点神而已。正因我们对面坐着，我才有机会仔细看了看她，脸蛋长得还不差，谈吐也可以，整体形象还不错。时间很快到了傍晚5点钟，我们开始回家，在我单位附近的车站下车后，我请她吃饺子和面条，她欣然接受了。吃完饭，我送她上了车后就独自回家了。后来我同妻子调侃，“一顿面条就把你俘获了”，真是应了一句古话：“踏破铁鞋无觅处，得来全不费工夫。”春节回攀枝花，我同父母说了一下我认识的这个女孩，母亲说：“怎么没带回来让我们看看”，我回答母亲，“才认识一个多月，你儿子没那个本事把她带回家，再说好不好得上还说不准”。母亲笑笑说，“你觉得行就行，反正距离远，做父母的管不了，自己好好把握吧。”

当母亲真正见到她媳妇时，已经是1998年的国庆节了，这时生米已经煮成了熟饭，符合国家法定程序，说不好也没用了，母亲只有默认了。由此看来，我个人的决断能力也不错吧，婚姻大事也没让父母操心，一个人拍板就定了。记得向妻子提出结婚之事时，我心里根本没有多少底，一是觉得年龄差不多了，二是结婚后慢慢了解吧。实在不行再换，我完全是把婚姻当成了一个既定任务似的，现在想来是有那么一点点草率。妻子为什么也爽快地接受了我的求婚。估计也基于二点，一是年龄大了，二是我有套房子，并且离她上班的地方比较近，不用天天早起。这叫做供需达到了平衡，结果也就顺理成章了。

结婚后，妻子还说出了我同她刚认识一周后，她的同学又给她介绍了一个男孩，见面比较后，觉得我略胜一筹，就选择了我。我听到此事，调侃地对她说，“我也有一次这样的机会，但我放弃了，算你欠我一次感情债哟”。做男人能做到我这个份，也不愧为一个诚实信用的男人吧。

游黄山的艳遇

“看了黄山，天下无山”这句广告词深入千家万户，也勾起了我无限的向往。有一次单独到合肥出差，由于天气炎热，没成行，但心中的牵挂却时常有之。

时间到了2005年年底，单位组织外出旅游。当时我正在学校读博士，导师不给假，既然这样，就不去了，反正人生的路还很长，有的是机会。可是单位领导不同意，集体活动要求每个人必须参加。这就是领导意志，虽然我不去能为单位节约3000元人民币，但领导不在乎。最后只好求导师放行，才有了我这次的华东五省游。现在想来还真得感谢领导，不然我的黄山之情可能就遥遥无期了。

游完杭州西湖和千岛湖，我们的小型旅行车一路向黄山奔去。六个多小时的车程，到达黄山脚下已经是晚上9点多钟了。在这个长途车程中，还差点发生一次车毁人亡事故，最终是有惊无险。晚上吃饭的时候，导游询问每个人需不需要准备一双手套和棉衣，我觉得没必要，当我表达了观点后，一位同行的漂亮女同事说手套有必要。“手脏点有什么嘛，娇滴滴的。”我说道。也许我的话刺伤了那位漂亮女同事，她直接回绝我说，“女人和男人不同，你知道什么。”好男不跟女斗，我无语了。虽有这次小小的摩擦，也没影响我游黄山的兴致。第二天早上我们几个同事有说有笑地向黄山最高峰挺进。快到山顶时,遇到了另一个旅行团,这个旅行团全是女的,其中也有两位年轻漂亮的女孩。经过打听,才知道她们来自四川宜宾计生所,原来还是半个老乡,挺有缘分的。

本不想去招惹那两位漂亮女孩,我的一个好事的同事邀约我一同去同女孩搭讪,我想借此机会锻炼一下自己的口才,何乐而不为。于是我们就主动同那两位女孩套近乎了,不知什么原因,我那个同事真正到了上战场时却有点畏缩,后来我也没兴趣了。我们一行的一位领导还开玩笑的说,守着身边的美女不动心,却望着远处的美女跃跃欲试,真搞不懂现在的年轻人怎么想的。也许这是男人的劣根性吧,“吃着碗里的,看着锅里的”。

下山的时候,我看到那两个女孩走在我们前面去了,就同我的那个同事商量我们走快点,追上去闲聊一会儿。我们一起的女同事听说我们快点走的目的是追那两位漂亮女孩,就很不高兴地边走边休息,说走累了。单位这些女同事也真娇气,这点累算什么,同是女孩,为什么别人走得快,又很有精神,估计是嫉妒之心在作怪吧。后来我拿上两个女同事的包就独自一人走前面了,一路上是哼着小调大步向前。背上两个女士的挎包,真有点像铁道游击队里面的队员挎了两把枪似的,就算作我抚平女同事创伤之心的举措吧。我一个人最先下到山脚,在出山门口时遇到了那两个女孩也在此处休息,就上前闲聊了一会儿,并且还骗了一颗糖吃。从黄山下来后,导游将我们带到了一个卖茶叶点欣赏黄山毛峰,其实质就是希望我们购买点茶叶。在这里我们又同那两个女孩遇上了,那位身高矮点的女孩进房间后就坐在了我的旁边,我还绅士地为她倒了一杯茶。近观后发现女孩五官不错,实属一个标致的美人,但她用宜宾话同另外的同事交流后，心中的美感突然消失殆尽，方言太难听了。最后从上海回重庆的飞机上我们两个团队又碰到了一起，我们开玩笑说，重庆的火锅很出名，下飞机后请吃火锅，她们还回应是不是真的。由于飞机晚上 12 点到达重庆江北机场，我们下飞机后就直接回家了。

最后，邀请之事变成了“白话”，吃火锅成了四川人地地道道的“假打”。一次简单的出游艳遇就这样无声无息地结束了。时间长了，我已经不能完全回忆起那两位漂亮女孩的面容了，但愿她们有个快乐的人生。

兄弟情

我有一个小我两岁的弟弟，我们一起在父母翅膀的呵护下生活了二十余年。回想起我们在一起的时光,有许多值得留恋和记忆的地方。

很小的时候,弟弟就像个跟屁虫似的,天天跟着我一起玩。有时偶尔我也欺负他，于是他就哭着向母亲告状，其实我只是逗他玩,从来没有真正重拳打过他。在我眼里,弟弟太奶气了,动不动就喜欢告状，并且在母亲面前大肆宣扬，所以有时也想狠狠揍他一次,让他吸取点教训,长点记性。但这种想法在我的脑海中只是一闪而过,最终没有付诸实践。后来,他稍微大了点,就知道还击了,并且是不计后果的那种,最后是我怕他,不敢惹他了。

记得读小学的时候,有个同学经常欺负他,他告诉了我,我去跟那个同学交涉后他仍不悔改。于是有次我同那个同学在学校战斗了一个回合,最后我赢了,这下我就不怕了,一定得好好为弟弟出口恶气。有次放学回家,在公路上,我追着那个同学狠狠地揍。回到家不久,那个同学被父亲领着来向外婆告状,看着那个同学鼻青脸肿的,我们可高兴了,当然外婆替我们道了歉,说了不少好话,并且赔了点药酒才算平息。后来那个同学每次见到我哥俩时,就躲得远远的,从此再也没发现有人欺负弟弟了。

在我读第一个初中一年级，弟弟读小学四年级的那年，有次外婆外出吃喜酒没有回来，而我由于住读，星期天下午必须回到学校。也许弟弟一个人太小有点害怕，舍不得我走，送了我很远，他也不愿意回去，看着他嚎啕大哭、依依不舍的情形，我也忍不住哭了，最后我俩抱在一起痛哭了一场。一边安慰他一边同他分手，那个感动的分别场景，我现在都记忆犹新。

后来我们同母亲生活在一起，农忙时节也干些力所能及的体力活，大部分时候是我和母亲干。我挑水、插秧、洗衣、做饭……他最多烧一下火，或者扫扫地。当然有时他也觉得好奇，参与一些他能胜任的农活。记得有次我和母亲到农地里挑稻草，他也要试试，就拿了一个小竹竿，一头挑一个还洋洋自得，有点滑稽可笑。有次暑假，母亲去县城治病，住在亲戚家，我和他在家守屋，大概一个月时间都是我俩在一起，我挑水、做饭、洗衣、喂猪，他主要负责烧火，一整天的脸都是黑乎乎的，像个唱花脸的。有时我还逗他开心，拿他开涮。每天晚上睡觉，我都让他睡床的里面，怕他摔下床。但有时我逗他说里面有老鼠，他一听说后马上从我身上翻到床的外面来，并且把我抱得紧紧的。有一天早上，我起来去掐南瓜叶做猪食，两个手臂被小花蚊咬得全是小疙瘩，密密麻麻的。他看到后挺心痛的，非让我涂点清凉油，其实也没什么，谁叫我是哥哥呢。一个月下来，我们俩居然没打一次架，母亲治完病后回到家，看到家里面拾掇得干干净净，猪也长得胖胖的，直夸我们俩能干。

但在吃穿方面，我却全然不像一个哥哥。从小到大我尽占弟弟的小便宜，现在我已为人父了，每每想起这些事，总觉得亏欠他，很对不起他，因为这也太失兄长应有的素质和表现了。记得每次外婆或母亲为我们蒸的芙蓉蛋，一人一半，可我总是先把我的那一半吃完，弟弟慢条斯理地细细咀嚼全然不知我的存在。可他知道吗，身边有个馋猫一直在盯着他呢，最后在我可怜的哀求下，他又把他剩下的分一半给我，现在想起来觉得我的行为既可笑又可耻，居然去骗弟弟的吃。说来也怪，相处这么多年，我的这种不光彩行为，长辈们看在眼里也不制止一下。也许在父母眼里，手心手背都是肉，我们俩就像周瑜打黄盖，一个愿打一个愿挨，只要相安无事，就睁一只眼闭一只眼不管了。穿衣服就更没辙了，在家庭财力有限的情况下，他捡一些哥哥没穿烂的也很正常，并且中国人传统的节约思想也注定了是这种模式，谁叫他是弟弟呢。

高三那年，我从老家转学到了攀枝花，我们又在一个学校就读了。平时我们都由于学习忙，少有往来，只是我是毕业年级，学习更紧张。于是他就主动承担了打饭和洗衣服的工作，我也因此过了一年半的太子生活。记得那个时候食堂的一份荤菜里面既有肥肉也有瘦肉，因为我从小不喜欢吃肥肉，于是他主动将碗里面的瘦肉给我，把肥肉给他，这一点点小小的举动体现出来的是多么伟大的兄弟情啊！时隔多年，回想起这一幕幕让我永生难忘的场景时，情不自禁地眼眶里面含着泪水。洗衣服他就太差劲了，感觉他只是将我的衣服放在水里泡了一下就又提起来似的，基本没怎么洗干净，由于学习压力大，也顾不上这么多了，还是照样穿在身上走过了那段紧张忙碌的岁月。现在想来，衣服不能洗干净也可以理解，他那时才 16 岁，人也小个的，一个小手怎么能把一件大衣服洗干净呢，并且从小他也没有经受过锻炼，有我在家的时候，大部分时间是我帮家里面洗衣服。

还有一件事是让做哥哥的我永远觉得亏欠他。因为他是学医的，大学读了五年，我也因此比他早两年毕业，可是毕业参加工作后，我拿到工资却从来没有寄给他一分钱，我也不知道当时我是怎么想的，也许工资太少，也许觉得父母给了他钱，也许是出于自私，也许……每每想起这事，心里面就觉得非常内疚，经常反问自己，我还是人吗？我是他的亲哥哥吗？过去的事永远定格在了过去，世上没有后悔药，真希望现在的我能为他做点什么，可是又碍于我们俩都有了自己的家庭。我和他已经不再是原来那个在父母臂膀下同呼吸、共快乐的兄弟了。

也许经过许多年后，我们俩都步入夕阳的年龄时，会重又拾起那段逝去的纯真兄弟情，希望这个梦想能变成现实。

伟大的父爱和母爱

我享受到的父爱和母爱在其他文章中可能有所触及，在这里单独拿出来说，只是希望从另一个视角来展示这种爱的伟大。通过我对自己走过的半生回想，我体会到了“可怜天下父母心”这句简单而朴实的话所蕴涵的哲理。

我生长在一个非常普通的家庭，父亲是一个普通的国家干部，母亲是一个普通的农民。虽然后来我家农转非成了城市人，但由于母亲没有工作，父亲一个人的收入不仅需要支撑起家庭的日常开支，还要供我和弟弟上学，经济拮据可想而知了。虽然家里面经济窘迫，但基本上还能应付过去，这里面不仅包含了父母的勤劳，更包含了父亲的“抠门”和外婆的接济。我父亲是一个典型的“守财奴”形象，在涉及到钱方面做出的很多事情，让我们做子女的很难理解，难道是他长期从事财会工作养成的？或者是性格缺陷？我不知道答案。唯有在对待我和弟弟上学和母亲生病看医生这些方面，父亲才表现出落落大方。父亲虽然从事财务工作多年，但他没有一点理财的观念，只知道放在银行死存钱，直到现在仍然是存钱，总觉得好像他的心中有一个宏伟数字目标似的，一生一定要存钱到多少才算终结和圆满，以至于经常引来我们作子女的一片斥责和不可理喻。

记得在 80 年代末，我家存款就有近万元，那个时候应该算得上有钱人家了。可是一旦看到父母穿的衣服和吃的饭菜等，很多人永远也不可能相信这句话是真的，在我眼里，父母的日常生活比乞丐好不了多少。父亲长年累月就两套蓝布衣服，洗得都已经发白了，还照样穿在身上，亏他还是国家干部。父亲也有毛料衣服，但经常放在箱子里面舍不得穿，高三那年我从老家到攀枝花时，在成都被小偷偷走的那件毛料一次也没有穿过。家里面也没有一件值钱的家具和家电。由此这个假象导致在90年代初我考上大学后，时隔一年弟弟也考上大学时，父亲单位的同事戏语道，别看他两个儿子读书还可以，但根据他家里那个条件，两个人同时上大学，肯定有一个人要休学，或者只能借钱上学。其实当时父亲已经将我和弟弟整个上大学的钱都准备好了。我和弟弟考上大学，父亲为了节约路费，就只送我们到了攀枝花火车站，让我们自己去大学报到。这也造成弟弟在报到的那天，由于在火车上没吃东西，在学校排队抽血体检时晕倒了的尴尬事件。当然这也不能全怪父亲，弟弟在节俭方面特别像父亲，有钱放在口袋里，也舍不得拿出来买点东西吃。每次开学前，父亲为了节约那一点点邮寄费，就给我和弟弟准备好一学期的生活费费，我记得开始每人每学期800元，后来涨到了1000元。有时候放假前我钱用完了，就要求父亲给我寄点回家的路费，不然我就回不了家。可是弟弟每学期结束回到家还剩钱，交给父亲，父亲下学期开学前只是给弟弟满上到我一样的标准。每次大学放假回到家里，父亲天天都要到集市上买肉，说学校可能伙食不好，在家里补一补，这也是父母一年吃得最好的两个月。据邻居们说，我和弟弟没回家的那段时候，父母经常吃咸菜下饭，连小菜也舍不得买。

父亲在大事面前从不含糊，只要是为了我和弟弟的学习和身体,他都舍得花钱。弟弟从小就是一个非常爱学习之人,很有志气。他读高中二年级时,对母亲说,“哥哥补习了一年才考上大学,如果我第一年考不上,我也要补习一年。”父亲知道这事后,明确表态支持弟弟的想法,最后弟弟晚我一年直接考上了大学,也为父亲节约了一笔开支,从父亲的表情上,我明显感觉到了喜悦之情。父亲的“抠门”是出了名的,要让父亲出钱买点礼品送人,那比上刀山下火海还难。在重大的事情上他也不是不愿意,只是担心钱花了事情没办成,所以不敢做出那个先花钱的举动。记得弟弟大学毕业时,在成都的舅妈让父亲出钱,她去找关系将弟弟留在成都。父亲说事情办好了再给钱,当今社会这怎么可能,最后弟弟就遗憾地分配回了攀枝花。还好,进攀枝花的一个市级医院时,父亲找了一个以前的老领导,没花钱也把事情办成了,不然,弟弟如果单位找得不好,不恨父亲一辈子才怪呢。也许是因为我大学毕业分配时想进攀钢,花了几百块钱的礼品,连水泡都没冒一个,让父亲失望了。这也可理解,像父亲这样“抠门”的人能一次性拿出几百块钱来送礼也实属不易,不生气郁闷才怪呢。还好,我没花一分钱就顺利地留在了重庆,这让父亲着实自豪和高兴。

我参加工作半年后,分到了一套 60 平方米的二居室,一年后国家开始进行福利分房。由于我参加工作时间不长,并且一个月工资才 420 元,肯定没钱买房了,只好向父母求救,父亲二话没说,直接把定期存款提前支取出来 2 万块钱给我寄过来了（父亲喜欢存五年定期,他说利息高）。于是我也就成了中国的第一批福利购房户,也是大学同学中第一个有产者。1998 年结婚时,父亲再给了我

3 万块钱,他说给我和弟弟每人结婚出 5 万块钱,表示对我和弟弟的支持和祝贺。前些日子,父亲还说他现在存的钱一方面为母亲准备点，另一方面给我和弟弟的小孩准备点，完全是钻到钱眼里面了,自己不好好享受晚年生活,现在我们做子女的都已经成家挣钱了,他还想着我们的下一代,何苦呢。

我同父亲生活在一起的时间很短，但我能感受到父亲对我的那份执著的爱。我小的时候来攀枝花同父亲共同生活了两次,每次一年,时间是 20 世纪 70 年代中后期和 80 年代初期,生活物质条件相当匮乏,但我小时候有个挑食的毛病,很多菜不吃,没有下饭的菜就不吃饭。记得印象最深的是第一次来攀枝花的时候,是毛老人家去世的那年。一天吃晚饭,我看到桌上没有我钟情的菜,就直接把筷子放在桌上对父亲说不吃了,父亲对我大发雷霆,让我滚出去。我说滚就滚,于是转身就向门口的方向走去,刚到门边,父亲又叫我站住,并叫我回来。后来他一个人出去到一个小餐馆炒了一小点肉端回来,我才把饭吃完。也许就这么一次让父亲领教了我吃饭的任性，以至于后来父亲要么一次多打点肉以备食堂没肉卖时所需(食堂两天卖一次肉,仅限中午),要么直接在外面餐馆炒点肉以解我的馋嘴。后来稍稍长大了点,我还同母亲说把父亲给收拾得服服帖帖,母亲听说此话后感到好笑。现在想起这个往事,才知道当时我的那种任性是多么的不懂事，同时无形中也感受到了伟大的父爱之情。2008 年,我刚来到昆明工作不久,攀枝花发生地震,我打电话通知父母来昆明,父母没来。国庆节我回攀枝花看望了一下他们,才知道父母为什么没来我这里,父亲说我刚到一个新单位,工作压力大,他们不愿意让我分心去照顾他们,多么淳朴的父爱啊!

说起我享受的母爱，虽然没有父爱那样“高大上”，但却不乏女性的温柔和善良，让我也一生值得回味。我同母亲生活在一起的时间相对父亲要多，这也导致了我性格中的缺陷——胆小怕事、多愁善感。母亲由于生活在农村，长期忙于在农田里劳作，也没有更多时间关心我和弟弟，小时候我们更多的是同外婆生活在一起，母亲在记忆中的次数甚少。当我上初中时，外婆去成都舅舅家了，我和弟弟才不得不同母亲生活在一起，于是才有了更多的母爱记忆。记得每次母亲上街赶集，中午都要叫我到餐馆去饱餐一顿，小时候我最喜欢吃羊肉格格，每当菜端上来，母亲就坐在旁边看着我吃。有时也偶尔把脏衣服换了让母亲带回去洗，听说母亲年轻的时候很漂亮，梳着两个长长的辫子，现在我却一点也回想不起来她美丽的面容了，也许是当小孩的我专注贪吃好玩去了。

小时候，我在母亲眼中不是一个听话的孩子，但母亲打我时，我知道跑得远远的，这点比弟弟强多了。弟弟就是不走，还经常对母亲说，“打死算了”，并用脏话乱骂母亲，由此弟弟也挨了不少打。在我的记忆中，我就一次挨打特别深刻，母亲用绳子把我绑在砖柱上，使劲打我的两只脚。据说是因为母亲有事，我非要撵脚。每次在母亲面前提起这事，母亲还开玩笑说，“你还记得起小时候这事，是不是想报仇呀?”怎么会呢。

还有两次惹母亲生气之事记忆深刻。一次是在外婆那里读小学四年级，过春节的时候，母亲也从老家来了，本来是高兴的事。可是有天晚上有个比较远的地方放电影，母亲不让我去，说天气冷，我执意要去，晚饭也没吃，就同院子里的伙伴走了。看完电影回到家已经是晚上 11 点钟了，母亲已经睡觉了，见我回来，她也没起床,并说饭在灶上热着的,叫我自己去吃。也不知道出于什么原因,我听到这话极不高兴,要求母亲起来陪我吃饭,由于天气比较冷,母亲不愿意起来,于是我既不吃饭也不上床睡觉。这下把母亲气得不行,她披上衣服就来打我,我也不示弱,举起了小拳头,见到我的犯上反抗之举,母亲哭了,伤心了一个晚上。第二天早上,母亲就把我的书包拿出来,书全部倒在地上,边倒边大声说,“你读的什么书,还想犯上,不让你读了”,在邻居和外婆的劝阻下,事情才算平息。

另一次就更玄乎了,差点让母亲不想活了。记得那是1986年,外婆刚刚去世,把外婆的丧事办完几天后就是春节。农村春节时小孩都要穿新衣服,而这年我和弟弟都没有新衣服,于是我就对母亲闹,母亲给我讲了道理,我仍然不依不饶,母亲说我不理事,就要打我。我那时读第二个初中一年级,人也比较大了,就更不怕了,握紧拳头,跃跃欲试,心里面还嘀咕道,“打就打,谁怕谁”。这下可闯大祸了,母亲也不打我了,独自伤心流泪地哭,口中说,“带儿子没用,这么小就知道打母亲了”。也许想到我刚刚去世的外婆,更是气上加气,母亲一个人独自躺到床上越哭越伤心,居然说出了活着没意思的话。后来在二叔的劝导下,我跪在母亲床前道歉后才算完事。现在想来,母亲也太小气了,当时的我真打也不一定打得过,只是吓唬一下,没想到母亲是只纸老虎,在孩子面前太失长辈之风范了。也许这是我记忆中母亲对我另类的爱吧。

现在我已身为人父了,通过小孩的言行中,我依稀能感觉到自己小时候的身影,遗传基因太强大了,不可思议,连细节都能体现出来。但愿通过小孩这些小的不端行为能激发出我更多对母亲的关爱之情。

姐弟情

这里说的姐姐是我以前单位的一位同事，她比我大五岁。在我的血缘关系中没有姐姐，这也是一个非常大的遗憾，因为我不适合在家庭中做老大的位置，内心的脆弱让我难以承受家庭责任的重压。因此从小就梦想着有个善解人意、聪明伶俐的姐姐。虽然现在这个姐姐离我想象的距离甚远，但她在我的人生历程中却给了我不少力量和关爱，也许这种关爱会持续很久，也许这种关爱就此结束。

记得初次认识她的时候是在1998年，她由于丈夫两年前调动到重庆市一个单位做领导，为了解决夫妻分居调动到我以前工作的那个单位。开始她就被分到我所在的科室并跟我学习仪器分析，那个时候我是一个副科长，由于工作关系，我们开始慢慢变得熟悉起来。毕竟在原单位我是正宗学这个专业的，从事起专业工作来肯定比她强多了，这也是我唯一能帮助她的地方。当然，该付给我的报酬，她一点也不含糊，其实我是发生内心的帮助她，报酬我压根儿都没想过，但在她的执意下我也欣然地接受了。当年的我比较年轻，有思想抱负和远大理想，做事踏实认真，乐于助人，也许这些方方面面得到了她的认同和同情，我们之间的关系也因此变得非常要好，也许在她的眼里我还算一个正派血性的男人吧。后来，通过她的引见，我也认识了她的丈夫——一个仕途无量的人，这也是我目前在官场上认识并且熟悉的最高级别领导了。虽然有这层关系，我还是在原单位按部就班地原地踏步，到 2000 年凭借自己的工作能力当上了科长，可这个科长一干就是 8 年，再也没有前进一步，直到我灰溜溜地离开重庆为止。

很早她就想把我引入仕途的领域，这倒是好事。在当今中国的社会，谁不想做官，我也是凡夫俗子，也想光宗耀祖、出人头地。既然有这个良机，我就像抓住了一根救命稻草似的，永远也不想松手。可是以后的事情却由不得我，最终事与愿违地离开了那个我梦寐以求的人生道路。回想起自己走过的路，我确实不是当官的材料，我骨子里面的那种傲气是任何人也无法理解的，有时表现出来的行为让我自己也觉得不可思议。有次她说她丈夫晚上请了一些朋友一起吃饭，都是些领导，让我一同去，也认识一下，我也接受了这次邀请。可是在饭桌上，当她丈夫向其他领导介绍我工作非常能干，是某某科长时，其他人要理不理的样子，我真恨不得地下有个洞钻进去，一顿饭吃下来，一个领导也不认识，最后就这样悻悻地离开了。经过了这次尴尬的场面，后来我就直接对她说，这种事情肯定没有下次了，心里太难受了。中国的官场上讲究的是级别对等，哪管你有什么能力。我怎么能同他们相提并论、同日而语呢。以至到后来，我同她也仅仅是单位工作上的好同事、好搭档，生活上的好姐弟。

回想起自己失败的工作历程，最值得留恋的还是她对我的那份情意和工作上的支持。但我同她相处这么些年，伤害她最深的一次也是在那里，并且是为了单位工作上的事。也许观念的差异，也许个性的差异，也许……居然，我把她气得伤心落泪，在办公室里面又是丢笔又是扔书，全然没有一位大姐的风范。当然主要是我的错，我不应该在大庭广众之下不给她面子，给她难堪，想想她可是未来的领导呀，祖国建设的生力军。我也真是的，毕竟她对我的关心和帮助不少，怎么突然就变得六亲不认，这样绝情和洒脱呢？我也为我的冒失忏悔过，可事情已经发生了，说什么也于事无补了。后来，在我主动下台阶给她赔礼道歉的前提下，她才大人不计小人过，一笑了之。通过这件事，我已经明显感觉到我同她的感情不再是那样的纯洁和美好了。虽然有什么事情我也经常找她帮忙，但已经大不如从前。后来，由于她自己的勤奋考上博士并在她丈夫的光环照耀下顺利地当上了副处长、处长，这更增加了我和她之间的感情距离。特别是她调动到另一个单位去当领导后，我几乎电话也很少打给她，究其原因，可能是我内心的自卑感让我不得不放弃那份不是姐弟胜似姐弟的情感。毕竟我们是身居两个完全不同生态位的人，工作上的交流再也没有必要了。也许是我思虑太多，也许是她有了更高的目标和理想去实现，没有更多的精力涉足我的世界，也许……

我喜欢把自己的心里话向她倾诉，包括家庭中的一些琐事和对社会现象的一些看法。因为在我的心目中，一直以来她都是一位善良可信的“亲姐姐”。记得很小的时候，父亲就算命说我三十岁后，有贵人相助，冥冥之中是不是指的就是她，我不敢确定。虽然她在我身处人生的十字路口徘徊时，在需要做出重大决策时，也没有给我太多的明灯，但她的一些宽慰话和物质上的支持还是让我感激不尽。

人生的道路最终需要自己去选择和把握，能同她走过相识、相知的路，我已经非常知足了，再好的朋友和情感也只是一杯清茶，一颗浓香的巧克力，只能慢慢品尝才能感觉到它的香甜和美丽，但愿这种情感的甜美能让我品尝一辈子。

结婚后独自回攀

春节是中国人隆重的传统节日，出门在外的儿女们想方设法都想回家过年，因此在结婚前我每次春节都同父母一起过这个浓重的传统节日。结婚后待在父母身边过春节的时候就少多了，也不是自己不孝敬父母，由于同父母没有生活在一个城市，总有些理由让自己解脱。有次春节联欢晚会上的一首歌对我触动很大——《常回家看看》，听到这首脍炙人口的歌曲，我不由得想起我远方的父母伤心落泪。虽然现在我已经成家立业，但没有父母含辛茹苦地养育，我肯定没有今天舒适的生活环境，我爱我的父母，真希望能天天待在他们身边，为他们年迈的身躯提供更多的保障。

两年没有见到父母了，我想念他们，值此又一个春节的到来，我早早地做好了回攀枝花同父母一起过除夕的打算。开始经过我的劝说，妻子同意跟我一起去看我的父母，可是真正到买车票的时候，妻子却不愿意去了，在百般劝说无效的情况下，我坚持一个人回去。妻子给我买好车票后，临近我上火车的前夕，我内心都希望妻子说不回去仅是一句玩笑话，当我真正一个人背起行囊向火车站走去才知道现实的残酷，背对着妻子，我流下了伤心的泪水。

带着伤感的心情、迈着沉重的脚步回到父母身边时，面对母亲诧异的眼神和质问，我只能将内心的情感掩埋起来，微笑着对母亲说妻子需要上班不能同行。我的谎言得到了父母的理解和支持，并且母亲还责怪我，既然妻子不能一同回来，我就不应该独自回攀枝花。在我临走时，母亲还特别地嘱咐我给妻子的父母带些土特产，并带向他们两位老人问好。每当想起母亲的这些言行，我就感慨万千，父母的伟大不仅体现在对孩子的教育培养和生活养育，平凡琐事也尽显这种爱的真切和淳朴，我爱我的父母。但愿天下所有的父母都如我的父母一样纯洁、善良，天下所有的儿女都能时常挂念起自己的父母，为他们健康的身体和愉快的晚年祝福。

“可怜天下父母心，可喜天下儿女情”，祝愿每一个家庭都能生活美满、和睦幸福，夫妻之间、父子之间、母女之间多一份理解和深邃的爱。

给朋友的一封邮件

×××:

你好!

我是李其林,不知是否还有印象?

我现在刚从重庆市农业局调到云南师范大学化学化工学院工作。作为同行的新手,如能得到你的帮助和指点,将不胜感激。这么多年没有联系,不知近来可好?

作为关心你的学长,时常惦记着你。由于以前工作性质的大相径庭,也可能是个人的习惯使然,从没与你联系,敬请谅解。

工作10余年后忽然改行从事教育工作,多有不适。但既然选择了,也只有坚持走下去,如果哪天确实觉得步履艰难,再另谋打算。为了不辱没老师的称谓,现各路寻求良方,以使“教者轻、学者乐”。获悉你在化学与生物系,或许同我有相似之处,不妨多多赐教,因为我所学专业为农业环境保护,化学虽有知晓,但时间久远,且当初学业不精,肯定有不少地方难以理解,到时免不了麻烦各位学业前辈们。值得庆幸的是,我主要从事分析化学教学工作,估计能勉强应付,但科研工作却是心头之痛。有人云:“大学需要学者型人物,不需要教书匠。”反观我等小流之辈、市井之人谈何容易,本想来此避风港残喘余生,没想到却进了人生黑洞,悲哉!现在文章倒发表了一些，但纯属垃圾之类，不能登大雅之堂，叹哉！当今文章流行 SCI，可我那有那般能耐，英文水平之拙劣，难以言表，困哉！哈哈，唯有人还健在世间，乐哉！

好了，说了这么多废话，不外乎一句，多联系、共发展。

欢迎来昆明指导工作。

祝一切顺利。

如果这一刻我就走了

亲爱的宝贝女儿：

真对不起，爸爸要到很远的地方工作去了。今后再也不能同你一起玩（其实也很少同你玩，即使同你玩，也是敷衍你，现在想起来真后悔），不能聆听你咿呀的学语声和清脆的"爸爸"声，如果时间能倒转那该多好呀。

回想同你一起走过的一年多时间，就像放电影似的一幕幕闪现在爸爸的眼前，特别是你那可爱、滑稽的一举一动，每每想起它，爸爸禁不住会心一笑。此时此刻，爸爸真舍不得离开你，因为你太小了，太需要爸爸的关爱和帮助了（爸爸真想做你一生的朋友）。

虽然你的爸爸没有陪你在人生的道路上多走一程，没有更多地扫清你成长道路上的障碍，没有在你最需要帮助时出现在你的面前。但在那遥远的地方，你的爸爸会默默地注视着你，为你平安的一生祈祷，为你努力的征程加油，为你美丽的人生喝彩。

虽然你的爸爸不是一个最优秀的爸爸，但你的爸爸也有你值得自豪和骄傲的地方，由于时间和精力的关系，在此爸爸就不自夸了，你长大了自然就会知道的。

也许在你的记忆中，爸爸仅有一个模糊的轮廓，没有留下一丝记忆的烙印，爸爸能理解和原谅你，当你真正懂事时，我想你的妈妈会告诉你有一个怎样的爸爸。

我最可爱的女儿,虽然爸爸对你有许多眷恋之情和负疚之感,但爸爸会安详地启程,因为你有一个世界上最好的妈妈。

爱你的爸爸

寄语琪琪妹妹

琪琪，是女儿你的小名，你的学名叫李博雅。

亲爱的宝贝女儿，爸爸由于换了一个新的工作单位，现独自一人生活在昆明，但很快你和你妈妈也将来到爸爸身边一起生活。几个月没见面了，不知你是否长高了，或者更调皮了，每每想到你，爸爸就情不自禁地在电脑上翻看你的相片。

虽然爸爸暂时没在你身边，挂念之情却时常有之。你要知道，爸爸也是在为家庭的美好未来奋斗，希望你能理解爸爸的初衷。有时爸爸也在想，一个父亲在女儿面前应该树立怎样的形象才算完美，也许一个奋斗不止的父亲能在你心目中树立起伟岸高大的榜样，这或许是爸爸不远千里来到昆明的又一个原因吧。

女儿，你的出生，了却了爸爸心中最大的心愿。因为爸爸是一个比较传统的男人，生命的延续是爸爸人生的一个追求，也是爸爸前进的原动力，结婚生子才是普通正常人的完美轨迹。女儿，你没出生时，爸爸经常同你妈妈探讨人活着为了什么的问题，也许是金钱、地位、名誉，但所有的这些总得有能以传承的载体，也许有个小孩是一种很好的方式。从爸爸思想的本位出发，哪怕是抱养一个也值，至少用爸爸的言传身教能为人类社会的生生不息做点力所能及的贡献。一位作者说，“优秀的男人希望优秀的基因能得到传承”,爸爸比较赞同这个观点。虽然爸爸算不上非常优秀的男人,但至少爸爸能用勤劳的双手去创造一片美好晴朗的天空，让你能经常沐浴到阳光的温暖,茁壮成长。“长江后浪推前浪,一代新人换旧人”,爸爸相信在爸爸的教育和影响下,你一定能踏着爸爸的足迹走得更远。女儿你的到来使爸爸看到了更多的希望和生命奋斗不息的理由,你让爸爸觉得超越生命的价值更有意义,所以爸爸得感谢女儿你的降临。

说起女儿你的出生,也是经过了不少曲折。早在10年前同你妈妈结婚起,爸爸就梦想着有自己血脉相承的孩子来到人世间。但有时希望越大,失望越大,前几个爸爸生命中的种子在你妈妈肚子里不是1个月就是2个月就停止了发育，这些没有发育完全就流产的生命元素是你爸爸心中永远的伤痛。难道爸爸的生命中注定没有思想的继承者?爸爸彷徨地仰望苍天,显得苍白无力,父亲角色的扮演对于爸爸来说就这么难?还好,经过多次的失败后在完全没有信心的条件下,又一个小生命诞生了——那就是女儿你。记得你这个小生命种子在你妈妈肚子里安营扎寨时，爸爸和你妈妈一点思想准备都没有,当时爸爸正在为博士入学考试作最后的冲刺,没想到你却悄悄地来了爸爸和妈妈中间。但也没想到的是你刚在你妈妈肚子里面不到一个月就给爸爸妈妈来了个不小的恐吓或者玩笑,你妈妈又有点先兆流产的迹象。这次你妈妈吸取了前几次的教训,赶紧回到外婆家卧床静养,三个月的危险期终于度过去了,这时爸爸和妈妈才真正松了口气。看着你妈妈肚子一天天长大,就知道你稳稳当当地安营扎寨了。

第一次看到你在你妈妈肚子里的照片时你才四个月大，你像一个小猩猩静静地躺在那里，可难看了。那段时间，你爸爸正在学校读书，只是周末回到你外婆家看看你妈妈及肚子里的你。记得有次陪你妈妈散步时，看到了一个也是大肚子的阿姨，还互相问候了一下。可是第二周爸爸回来时，那个阿姨肚子里的小宝宝就没有了，这又让爸爸和妈妈担心起你来，还好，你终于平安无事，在2006年2月2日健康地降临到了这个美丽人世间。接生的阿姨说你是个双眼皮的千金，爸爸可高兴坏了，真不容易啊，爸爸还同医生阿姨说，你是我们家老四了，可想而知，你的到来在爸爸心目中是多么的重要。

记得第一天你来到人世间，就在小被窝里面睡了一整天，估计你还以为在你妈妈的肚子里，看着你的小脸睡得是那么甜蜜，爸爸也没打扰你。半夜的时候，你突然哇哇大叫，爸爸赶快为你准备粮食，没吃多少，你又开始睡觉了。就这样，你睡了又吃，吃了又睡，在医院待了五天，你就同你妈妈一起出院回家了。在家里，你得到了无微不至的关怀和照料，在爸爸和妈妈的精心呵护下像风一样的长大，从躺着到开始翻身，从坐着到慢慢爬行，从步履艰难到直立行走，从简单的微笑表情到咿呀学语，这里面不知包含了妈妈多少心血。你妈妈为你的付出让爸爸为之感动，你有一个这样的好妈妈真应该感到自豪和满足。

印象中爸爸对你狠心的一次是你还不能坐起来的时候，你不愿意吃奶嘴，爸爸就让你哭了一个下午，最后你也开始吃奶嘴了。不是爸爸绝情，是为了你的身体需要爸爸才不得不这样做，因为你妈妈的奶水到后来几乎是清水了，没有什么营养价值。后来，你长到2岁多的时候，爸爸也打过你几次，那都是因为你不听话，爸爸不得已而为之，打过你后，爸爸也非常心痛和懊悔。为了杜绝今后这种事情的再次发生，你可要听爸爸和妈妈的话，做爸爸和妈妈心中的乖女儿，如此这般爸爸怎么舍得打你，喜欢你还来不及呢。

爸爸同你最快乐的时间是你 2 岁多的时候，那时你也开始有自己的行为和喜好了。因为那段时间爷爷奶奶回攀枝花了，你妈妈上班的时候，就是爸爸一个人带着你，陪你玩，陪你做游戏。记得你经常要求爸爸像你一样在地上跪着走，还说爸爸的姿势不对，你要知道，爸爸已经是大人了，跪到地上走是根本不可能的，膝盖很痛。还有就是你要求爸爸同你一起跳舞，并且需要用手牵着衣角。爸爸只要一打开电脑，你就闹着说，"我要听歌"。爸爸刚刚坐在电脑前，你马上跑过来坐在椅子上说，"我要打电脑"，电脑你怎么会，只是一阵乱敲键盘。有次我正在同一个阿姨说话，最后只得向阿姨解释是你在电脑上捣蛋。有时你要求爸爸抱上你举高高，一次不行两次，多次后你还要求来最后一次。让你帮爸爸拿鞋，你拿到一半的路程就扔在地上，这么小你就是一个自我意识极强的女孩，爸爸是又气又好笑，希望你长大后也能自尊、自重、自爱。总之，同你在一起的那段时间有许多让爸爸回忆的琐事，也是爸爸感到最快乐的时光，恍惚你又把爸爸带到了爸爸小时候的那个时空隧道里面，天真无邪。

爸爸对你最大的期望是你能健康快乐地生活和成长，做一个正派和对社会有用的人。你知道为什么给你取名"博雅"吗？因为你妈妈怀上你时，爸爸正在考博士，后来考上了，是你给爸爸带来了好运。同时，也希望爸爸的智慧能遗传点给你，因此你的名字中就用了这个"博"字。为什么又取名"雅"，是因为你是女孩，希望你今后变得文雅或者儒雅。“博雅”连在一起的字面意思是渊博，爸爸希望你今后拥有渊博的知识，成为一位漂亮儒雅的知识女性。

也许爸爸对你的期望太大了，你也别担心，因为你有一个好爸爸做你的坚强后盾，相信自己就相信了美好的未来，只要你努力并坚持不懈，你一定会实现爸爸心中为你勾勒的宏伟蓝图。

我和妻子间的一次危机

我和妻子间的感情甚好，虽谈不上相濡以沫，但相互理解之情时常有之，这也是我的婚姻能平安地度过8年危险期的重要原因。

回想起自己的十年婚姻过程，仅有一次比较大的感情危机。那是发生在刚结婚不久，我父母来重庆同我们一起生活。春节期间，我说给领导拜年，同妻子商量好后就一家人晚上到家乐福超市购置礼品。一家人出门还比较高兴，可是来到家乐福我就慢慢感觉气氛有点不对劲。我要求买稍微贵一点的酒，毕竟是送给领导，太便宜了拿不出手。可是妻子坚持买便宜一点的酒，这样我同妻子就在超市里面闹僵起来，当时父母没说什么，也无法开口，因为小两口闹点别扭太正常了。我这个人有时脾气有点倔，妻子越坚持，我越不信邪。当我买了贵的酒后，妻子极其不悦，一个人出了超市也不说话，并且径直往前走，不管我们了。我也没说什么，就拿着买的东西，陪父母一起回家。刚走到一个小巷子转角处，母亲不小心一只脚踩空了，摔到了沟里。我当时手里面提着东西，并在后面要照顾父亲，所以没来得及扶上母亲一把。因为在我眼里父亲年龄比较大，照顾父亲的时候多点，没想到母亲却出了这个纰漏。母亲脚受伤严重，已经无法直立行走，我只好背着母亲回家了。

回到家里，我的火气非常大，但也没同妻子吵，只顾给母亲说好话，帮母亲用酒精擦和热水敷。后来才知道这种处理方法不对，不能马上用热水敷，应该让母亲休息一阵后再进行处理，结果母亲的脚肿得越来越大。看到这种情形，我就开始找妻子的茬，因为在我的思维中，如果妻子不闹别扭，搀扶着或者提醒着母亲也不会发生这件事。也许当时妻子已经明显察觉到了理亏，虽然没说话，但也跟着帮忙打热水之类的。但我有点不依不饶了，要求妻子向母亲道歉，不然这个日子没法过。刚结婚还不到一年，就出这种事，今后还要长期生活在一起，不知还有多少事要出。我认为尊敬双方的父母是原则性问题，我一点也不能让步，大不了就一辈子光棍。在我的眼里，母亲在感情方面比较小气。小的时候，母亲经常同我和弟弟说还是应该带个女儿，因为儿子结婚后就不认娘的事情司空见惯，当时我和弟弟还振振有词地反驳母亲这种事情不会发生在我们身上。

记得我同妻子经人介绍正式接触后，我就多次透露过对长辈的尊敬之情，我甚至直言不讳地对妻子说，对我有看法我能理解，但一定得对我的父母好。因为父母含辛茹苦把我和弟弟养大并接受高等教育不容易，我相信天下的父母同我父母一样，省吃俭用的唯一目的就是能为下一代创造良好的生活和学习环境。同时，另一个思想也长期固守在我的思维中，父母毕竟年龄大了，同我们生活在一起的日子会越来越短，做子女的为什么就不能让父母有一个愉快温馨的晚年呢。并且，我对妻子的父母也有同样的感受，我希望爱我的妻子也能爱我的父母，哪怕爱我的父母更多，我也能接受，因为我们年青人在一起的日子从常理上来说肯定会更长一些。晚上睡在床上，妻子为母亲受伤之事也哭诉着说是她不好，但我寸步不让，要求妻子必须当面给母亲道歉。"要么道歉，要么离婚，你自己选择，反正现在也没小孩，分开容易"，这是当晚我丢给妻子最后的绝情话。当时婚姻对我来说，也就是个形式而已。不然我也不会同妻子认识四个多月就结婚了，这么短的时间感情从何谈起，大家都心知肚明。只是我们相互都觉得年龄大了，该到结婚的年龄而已。

在我的思想中，婚姻就是一种赌注，错了重新下赌就是，没什么大不了的。这也是在我结婚前的感情世界中，为什么永远没有追随感情而活着的原因。在我的情感世界里，爱情、亲情、友情同等是我生命的一部分。有时我经常自嘲，像我这样的人不会为了爱一个人而去死，也许可能很多人认为我"自私"或者"博爱"。每个人都有不同的人生哲学观，只是我的更大众或更另类一些吧。整个晚上我同妻子都辗转反侧，难以入眠。第二天妻子到我母亲床前道歉后，这件事才算平息。

虽然我与妻子一起走过婚姻十年，也有些磕磕碰碰之事，但都是些搔痒之举，不足挂齿。俗话说，牙齿和舌头这么好，有时也要沾一下，更何况不同思想的两个人一起组成的家庭。现在想来，我要求妻子的道歉纯属无中生有、无病呻吟，或许是对妻子某些行为不满的一种借题发挥更合乎逻辑，由此可见婚姻有时候真的很脆弱。假设妻子当初坚持不给我下台阶，我们的婚姻会延续吗？我不敢想，也不愿想。

说到这里，我还想说一点的就是关于夫妻之间发生争吵后，如果妻子跑回娘家，我很难接受，好在妻子从来没有这样的举动。夫妻之间的事最好解决在小家庭之内，如果使之扩大化，很容易导致婚姻走向破裂的边缘。

但愿更多想步入婚姻围城的年轻人能把握好原则性与灵活性这两个方面,使自己的婚姻少一些危机,多一些温馨。也愿天下所有已经进入围城的人能善待身边的人和事，让和谐美满的婚姻相伴终身。

理想的婚姻是什么

人到中年的我为什么会突然想起这个话题，主要源于近段时间我和妻子经常为一些琐碎小事而发生争执和不快，虽然没有伤筋动骨，但生些闷气却时而有之，以致于睡觉也在想什么样的状态才是理想的婚姻。

从上帝造人开始，婚姻就伴随着人类的历史长河不断演变。如原始社会的父系氏族、母系氏族到奴隶社会的妻妾殉葬，封建社会的男尊女卑到近现代社会的男女平等，这些变化无不体现了人类社会的进步和婚姻制度的形成和道德观念的进化。因此从宏观上讲理想的婚姻至少包含男女平等的基本思想，但从家庭微观角度审视婚姻却发现理想的婚姻相距我们甚为遥远。

我认为当今社会上的婚姻主体至少包含三个层次。第一个层次也是基础层次，就是广大落后农村纯朴人们间的为了婚姻而结婚，他们没有多少知识和文化，更没有理想和抱负，结婚只是为了完成上帝造人的旨意，繁衍社会、生生不息。他们在家庭的角色扮演中相对分工明细，男耕女织，日出而作、日落而息，年复一年、日复一日，日子过得还算美满幸福，虽然夫妻双方偶尔也有些小疾，为生计发愁，但绝对不会影响情感纽带，因为他们对感情因素没有更多的概念和领会，全部精力都放在了一日三餐、遮风避雨上，这种婚姻我将之称作近似“原始状态的理想婚姻”。

第二个层次就是家庭物质基础达到一定条件后，夫妻双方不再经常为生计发愁，闲暇之余也想追求思想层面的沟通和默契，但由于他们受教育程度不足或者思想成熟度不够，对感情的理解只是停留在世俗观念上，男欢女爱更多的是因为“取悦”“取性”。特别是物质基础极大改观的家庭更容易出现婚姻危机，这也是为什么会出现夫妻“创业易、守业难”的社会现象。“贫贱夫妻百年恩，荣华富贵一日长”，春秋美梦让许多男人忘记了糟糠之妻，混迹江湖到处炫耀男人的大度和豪气，社会上流行的“一夜情”“二奶”等就是其现实写照。

第三个层次就是高级层次，家庭物质基础相对丰裕、工作环境稳定，夫妻双方都受过良好的教育，对男欢女爱有更多思想上的追求和理解，此种婚姻也是受大众羡慕和追寻的对象，但正因为他们思想都得到了提高和升华，夫妻间的矛盾也可能随之而来，思想观念的差异、事件看法的不同造成在日常生活中磕磕绊绊，为情所困的现象屡见不鲜。这也是追求婚姻自由的现代社会离婚率不断上升的根源，因为思想上要达到默契，做到一生相濡以沫谈何容易，一旦发生口角、战争，如果一方不够冷静都将导致婚姻的解体、家庭的破裂。

离婚已不再是难以启齿的话题，慢慢地被社会所接受甚至推崇，仔细一想也不无道理。组成婚姻的双方当事人不仅有来自于各自家庭环境的影响，工作环境的潜移默化，社会价值观的耳濡目染，这些都会导致夫妻间思想观念的差异，而解决思想问题却不是一朝一夕的事情，也许一生的婚姻调和也没有结果，与其拉拉扯扯勉强相处一生，还不如快刀斩乱麻，劳燕分飞、各奔东西，至少又多了一次幸福婚姻的机会。

纵观我的十年婚姻，虽然没有大碍，但真正要做到两小无猜、情投意合却极其困难，否则就是虚伪之表、违心之词了。一件小事、一句话的不和谐让我产生了对理想婚姻的向往和现实婚姻的无奈。本应高兴的节假之日，我却同妻子间经常发生摩擦，以致于让我有些“恐假之症”，也许这就是普通人婚姻的隔靴搔痒、不痒不痛吧。

理想的婚姻之所以冠以“理想”二字，可见其实现的难度，就好比共产主义社会的实现虽有其理论依据，但要达到意识形态的统一却不知需要多少岁月的洗礼，更何况短短的几十年婚姻生活呢？在我的思维观念中，夫妻双方真正在思想上做到良师益友仅是一种精神寄托而已，维妇教子是我应尽的职责和本分。据研究表明中国家庭的婚姻70%属于凑合的婚姻，既然大部分家庭如此，一介草民的我也不能例外，只是希望能凑合得更和谐，“一日夫妻百日恩”嘛，多一份理解、多一份善意，也许婚姻能奏出更多美妙悦耳的音符。

知识分子的婚姻

婚姻是人生中的大事，婚姻中的社会现象越来越引起人们的重视，其原因是人们对婚姻的态度随着时代的进步发生了根本性的变化。婚姻开始由传统的延续香火向精神享受转变，幸福婚姻的内涵变得更加丰富和回归人性本能。虽然追求更好质量的婚姻生活是我们每个人的愿望，但现实社会中的婚姻或多或少会受到世俗观念的影响，这也是目前转型社会中出现的婚姻矛盾。

知识分子的婚姻问题更具有代表性，因为婚姻质量的优劣与文化程度有直接的关系，知识分子更容易接受新事物和追求婚姻的完美，这也是知识分子的婚姻容易出现问题的症结所在，真正社会底层的劳苦大众的婚姻反而相对牢固，因为劳苦大众长年还在为生计发愁，没有更多的精力和能力思考婚姻所带来的精神层面的享受。

虽然我以前工作的环境中知识分子也比较多，但婚姻出现问题的却不多见，只是发现新进的研究生女孩处对象困难，可能是女孩学历高眼光高、单位小机会少等原因。当我走进象牙塔这个知识分子成堆的地方，才发现知识分子婚姻问题的严重性不容小视，在我身边的中年女性同事中有离婚的、独身的。至于个中原由不得而知，但通过这个现象我感到了婚姻在现实生活中的脆弱性，也为身边这些优秀的女性感到叹惜，一个家庭没有男性角色的渲染是残缺的,生活也可能是艰辛的。

具有高学历的知识性女性,社会角色赋予了更多的内容,实现自身价值也必须付出更多的心智，同时传统女性的价值观念又不能在人们的头脑中改变多少，这时候的女性更需要用睿智来处理好社会和家庭角色间的矛盾和转换,如果稍有不慎,就会出现劳燕分飞的局面。当然但凡出现问题的婚姻都不是单方面的原因,仔细分析知识分子的家庭不外乎这几种。

一种是男女双方都是高级知识分子，这种家庭在社会上最受到人们的尊敬和羡慕。记得以前工作单位有位同事的家庭,男性是博士且职级处长,女性是硕士,据说他们是大学同班同学,这样的家庭应该说是非常和谐和美满的了，曾经大家开玩笑说,“你们今后生出的小孩一定非常聪明”,大概小孩两岁左右时,他们离婚了,小孩由保姆抚养，一个聪明的小孩可能就此由于后天家庭环境的改变而变得平凡或者平庸。传出他们离婚的原因有多个版本,但据我所了解,女性的角色扮演有些失职,男性抵御美色诱惑的能力较弱,最终才导致了婚姻的解体。

一种是男方为高级知识分子,女方为一般女性,我认为这种家庭是比较牢固的。因为它符合社会角色的分配和传统理念,男主外女主内。但这种婚姻需要一位伟大的女性,甘愿默默奉献、做无名英雄,真正做到相夫教子、孝礼并举。

一种是女方为高级知识分子,男方为一般男性,这种家庭解体的风险比较大，除非真正有一位贤德、不计名利和得失的风度男士。为什么说风险大呢?因为男性是好面子、争强好胜的主,暂时的委曲求全掩盖不了内心的狂热，婚姻时间稍长，男人的劣根性就暴露无疑，最后是男人长期在外享受花前月下的生活，女性天天在家以泪洗面。这也是为什么许多男性对高学历女性望而却步的原因，何必明知山有虎偏向虎山行。当今高学历女性难以成家最流行的调侃语就是最真实的写照，“大专生是赵敏、本科生是黄蓉、研究生是李莫愁、博士生是灭绝师太、博士后是东方不败”。如果真要使这种家庭在风雨飘摇的婚姻进程中稳固，女性必须既是事业上的女强人，又是家庭生活中的贤内助，细想一下这样的女性在现实生活中又有多少呢？女性能做得一时的双面手，却很难做到一世的“不糊涂”。因此，这样的女性在成家前一定得睁大眼睛，找一个能一辈子真心实意、脚踏实地为你牺牲的男人，否则到头来忍受不了男人龌龊的行为而自伤身体、自讨没趣，还不如落得一生寡悠哉游哉呢。

一种是男女双方均为一般人士，学历般配，有共同语言基础，这样的家庭也比较稳定。因为他们没有更多的崇高理想和远大目标，只是希望能平淡度过一生，辛劳奔波、共同承担起抚养下代、赡养老人的家庭义务。

以上几种知识分子的婚姻仅是从“文化程度”的角度进行的一点剖析，真正的婚姻幸福却还有许多因素左右，特别是男女双方的伦理道德、兴趣爱好、处世哲学等。幸福的婚姻有幸福的理由，不幸的婚姻有不幸的曲直，只能婚姻双方当事人自己去体会和把握，但愿知识分子的婚姻都能美满幸福。

男女之爱的感悟

男女之爱是文人墨客和市井小民最喜欢的话题，为什么能得到如此热烈地追捧，我认为它更多体现在了“情”字上。俗话说得好，“情生万物”，没有情的一切事物都将变得毫无生机、苍白无力。但凡成年人间的男女之爱主要包括三种，一是夫妻之爱，二是红颜知己，三是蓝颜知己。夫妻之爱是基石，随之才有后两者，试想如果男女之爱没有夫妻恩爱之实，红颜知己和蓝颜知己就会转变成为夫妻之名。中国乃至世界大多数国家实行的“一夫一妻制”是男女之爱呈现多种情形的制度因素，因为人的感情随着人生经历会发生变化，谁也不能保证人的一生中不会遇到另外思想情趣极其相投的异性，只不过作为人的社会属性禁锢了许多人思想中的原始本能，让我们把男女之间的相互爱慕之情深深地埋藏在了心底，也有人将这种感情处理得非常好，这就是后来称之为红颜或蓝颜知己的缘故吧。

常言道：“人生得一知己足矣”，可见知己在每个人心目中的重要性及其稀缺性，当然能得一异性知己就更是难于上青天了。还有就是真正得到了，也不一定能长期保持下去，毕竟男女之情太微妙，稍不留神就滑向了深渊，成为陈世美或者西门庆之类让人唾弃嘲笑的人物。但凡能保持这种关系的成功者，我认为他们必须具备两点，一是男女双方都能以家庭责任为己任，二是对自己的动物本能有相当惊人的约束力。真正能做到以上两点的人虽然谈不上是人类怪物，但至少也是人类极品，我对这种人发自内心的敬重与羡慕。“一夫一妻制”是人类社会进步的产物，但我不完全认同这个制度一点都没有遗憾和缺失，还好，中国离婚手续的简单化和中国人对传统婚姻观念的转变又让我看到了在这种制度下男女之爱的一些曙光。

为什么男性荷尔蒙在下降？许多专家将此事件直接指向了自然环境的恶劣，诚然环境污染是罪魁祸首，我不否认它是重要的原因，但难道我们生活的社会环境就没有一点责任吗？纵观动物世界，雌性远远多于雄性，“一夫多妻制”比比皆是，从物质的相生相克原理来看，动物界正是这种现状才导致了雄性的不断强大。反观人类，男性却在没有竞争的状态下慢慢失去了他的本来面目，这估计也是男性荷尔蒙下降的一个原因吧。因此在我的观念中，男性的偶尔放纵一下自己也不全是坏事，要知道，男性毕竟承担了繁衍社会的重要“源”，女性仅仅起到了“汇”的作用，只有“源”和“汇”的交融才能更好地发展和提升人类。当然，作为优秀的男人，你必须具备两点重要的基本素质，一是责任感，二是上进心。责任感又具体表现在两个方面，即社会责任和家庭责任。

在此，我想对那些在围城外面徘徊的女性，如果你想找到真正能从思想层面上达成共识的男性，可能很难，因为你的一生时间是有限的，而思想是无限变化的，也许你在茫茫人海中寻觅一生最后还是两手空空，因此我奉劝那些没有坚毅和执著之心的女人，遵照以上两点找男人，一定不会让你有太多的失望。在我的思维中，婚姻是一种赌注，只有在相互磨合和理解的过程中，才能评价这种赌注的正确与否。现实生活中的男人和女人太能掩盖自己的缺点和非分之想，因为我扮演的角色不同，无法更深入地去了解女性，在此就不妄加言论。但对于男性，我还是能说上一二，男人内心深处都有肮脏的一面，除非不食人间烟火的泥菩萨。我作为一个男人，也不例外，只是我的社会属性更多点而已。所以女性对男人外表形式上的坏，也不必太在意，只要男人的心没坏，就称得上是一个好男人，当然女性也得需要强化自我的保护意识，不然最后受伤的总是自己。

为什么在此我要站在女性的角度来考虑，因为我认为当今社会仍然是一个男权社会，这也是社会前进的必然，我比较推崇它。也许我有点大男子主义，但在这里我更多考虑的是整个人类社会的发展，所以有点这种思想也实属正常。其实我也非常同情作为弱者的女性，因此才提出了女性要编织一张让自己没有太多窘迫的安全网。因为女性毕竟承担了很大部分抚育后代的责任，女性要变得更现实主义一点，不能毫无节制地倾心于男人的花言巧语。要么女性变得更自强，要么女性要求爱你的男人有些书面承诺。很多事情没有发生时大家都相安无事，一旦发生了，你才知道什么是真正爱你的男人。以前我也对男人爱女人的物质体现仅仅停留在日常的吃饱穿暖，或许有些节余钱粮贮备就足矣。但通过我从事保险行业后，我才真正体会到了什么才是最可贵的男人，如果一个男人愿意用自己的生命做标的为一个女人筑起一座永不倒塌的大厦，这才是真正的男人。回想起同很多男人交心时，我才真正体会到了世界上作为女人的可怜，看似非常恩爱的夫妻，男人却对我说，“我死了，老婆和小孩都是别人的，管那么多干什么"，"我的受益人写我的父母"……当然，还有更多臭男人的糟糕表演，在此就不一一揭丑了。这些臭男人中也有不少是我非常要好的朋友，我替他们的女人感到揪心和悲哀。我也是一个臭男人，只是臭的方式有点另类而已。

记得有比较好的哥们，为了照顾我的情绪想买一份保单，被我回绝了，纯粹为了人情做这件事，我难以接受，我也不愿一生背负这种情债。风险毕竟是小概率事件，买了保险，我也真心希望我的朋友不要有得到赔付的机会，因为生命才是最重要的。后来，我对这些哥们说，"你们什么时候思想上想通了再买，目前我不卖给你们"，这也是我刚强个性的一种体现吧。我从进入保险行业的那天起也没想过在这个行业长期待下去，我只是想利用这个难得的机会扮演一次上帝的角色，去拯救那些真正需要保障的家庭，当然从内心来说我也希望我身边的朋友能享受到这份用另类智商带给他们的礼物。很遗憾，别看我身边朋友不乏高学历的知识分子，真正能体会到这份真挚的爱的人寥寥无几，我真不知道这是社会的悲哀，还是女性的悲哀，或者我朋友家庭的悲哀——无语。

我认为男人对女人的爱用婚姻来保障只是一个简单的存在形式，而没有实质的内容，在这种婚姻形式没有解体之前，男人用自己的生命做抵押而采取的防患措施才是真正体现男人的伟大之举。其实，男人的这种伟大行为也不仅仅完全是为了家庭，有时也可能是在为自己，当风险真正发生时，至少能解燃眉之急，减轻家人的负担，更能得到良心的宽慰，同时更是一种社会大爱的体现。

目前，我已经为我的家庭建立起了一张抗拒风险的网，它是用我另类的智商解读了保险和保障的内涵后的一项成果，虽不能说极其完备，但至少在有限的财力条件下能解决一些家庭的后顾之忧。在这里,我不敢说我是一个优秀的男人,但至少也不是一个平庸的男人。有时同男性朋友在一起聊起这个话题时,我常说,设想如果夫妻双方真有一方躺在病床上需要长年累月的照顾时，扪心自问，有多少人能做到坚持不懈。至少现在的我不敢说绝对没问题,我也不能保证爱我的妻子能做到,这是一个无法证伪的命题,我希望永远没有,但愿天下所有的恩爱夫妻都能白头偕老、健康快乐一生。

婚姻赌注论

初一听到这个话题，你会觉得惊讶和不可理喻，神圣的婚姻怎么就成了一场赌注？有时我想婚姻真是一种神奇的事情，两个完全陌生的人经过相识、相知，最后走到一起组成家庭生儿育女，其过程的复杂性和特殊性是很多事情都无法比拟的，这也注定了婚姻的偶遇性和坎坷性。

人生苦苦等待和寻觅的那一半就像大海中的一滴水，地表上的一粒土，单从机率的角度上来说几乎为零，并且即便你真正遇到了，你又能保证随着岁月的蹉跎还能心心相印如初吗？因此我认为婚姻是人生游戏中的一场赌注，赌注双方相处一生能在世俗的观念中耦合，相互尊重、相互理解，将不调和的风险降低到最低程度，从而最终到达相濡以沫、白头偕老的理想状态。

我的婚姻实践也证明了这种理论存在的现实基础。回忆过去，在我美好的大学时光中，也有一些心中追求的对象，后来由于种种原因，都成了萍水相逢的同学或校友。参加工作后由于生活圈子的宿小，再也没有遇到心仪的女孩，后来也只有通过中国几千年传统的媒妁之言走进婚姻的殿堂，这也算我作为一个现代人的悲哀吧。结婚前通过介绍的方式我也大概同十几位女性有过一面之缘，但绝大多数没有继续交往就草草收场了，不是我看不上对方，就是对方看不上我，因为介绍的这种方式没有转弯抹角、直奔主题，我是一个没有认真体会初恋过程的人，善良的我对于这种见面方式还心存戒备之心，担心多接触几次就忽略了起码的审美标准而违心地走在一起。由于这种心态的存在，一个个女孩就像走马灯似的从身边溜过，其实我的审美标准也不高，只需要女孩不太矮、五官端正、心地善良就行了，至于学历、家庭背景、工作单位均不在我考虑的范围。时间过得很快，从采取这种认识女孩的方式开始也已经半年了，还是没有见到称心如意的女性，直到 1998 年元旦才认识了我现在的妻子，拍拖几个月就正式在上帝面前宣誓了。由于结婚前我同妻子相处时间短暂，结婚后有一些矛盾就不难理解，但最终都被我们的理智化解了，随着婚姻时间的延长，我们相处得也越来越融洽和默契，2006 年我们又有了一个可爱的女儿，家庭大厦得到了更加的稳固。

后来我知道了妻子选择我的重要原因之一就是我的人品好，因为妻子特别信任介绍人，在介绍人的人格保证下认识并接纳了我。从我们当初相互选择对方的标准来看，都是一些非感情因素，接下来的相处了解也谈不上爱得死去活来，只是双方觉得年龄都大了，该到谈婚论嫁的时候了，于是我也没有征得父母的同意就领取了法律意义上的婚姻执照，过程简单而平淡，根本不像电视剧中表现出来的求婚仪式和感情考验。回想起自己短暂的结婚前奏曲，冒险的成分不少，但当我看到身边许多同事和朋友经过婚前的轰轰烈烈恋爱，最后还是劳燕分飞时，不免为我的冒险精神折服，婚姻也许本来就是一场赌注，只是不同的人在婚姻过程中的赌资和贪婪程度不同而已。

婚姻的解体更能体现赌注论蕴含的哲理。据观察现在离婚的家庭绝大部分属于人到中年阶段，财富和社会地位都有所收获的季节，特别是男人身上体现得更明显，这也是为什么离婚的家庭更多是属于男人出现了问题，感情不和只是为了掩盖真实目的的一种托辞。我认为大多数婚姻都是撮合的，想离婚的人只是希望自己有另一种凑合，在茫茫人海中真正想寻找到生命中的另一半可以说比登天还难，就算真的找到了，又有谁能保证随着时间的推移相互之间不会产生差距呢，其实很多时候，男人和女人都在做同一件事情——自欺欺人。记得有离婚的同事对我说，现在离婚后的女性不好找，事实确实如此，可是为什么会出现这种现象呢？因为女性害怕婚姻的再次失败，总想找一个各方面都心仪的男人，而男人的态度就不同了，这个不好就重新换一个，没什么损失，也许还能在朋友面前自擂一番。

关于婚姻，我有两次经典的预言。一次是单位一个哥们的婚姻，另一次是我高中一个同学的婚姻。

单位的这位哥们人长得标致，家庭条件也不差，学历也不低，性格也比较温驯，在许多男人眼里都是羡慕的对象，更何况在女性眼里。大学期间有位女孩对此哥们爱得死去活来，可这哥们参加工作后就离弃了人家，虽然我对这个哥们的那位女朋友没有更多的了解，但通过我这个局外人的几次观察，可以肯定女孩虽然人长得稍微逊色点，但作为妻子绝对值得信赖。不同的人其想法有时很难理解，我这位哥们居然同她相恋多年也不上心，可惜女孩的一片痴心被搁在了山梁上。后来我这个哥们在父母亲自的撮合下，同其母亲过去同学的女儿结婚了，结婚前和结婚后前几年的甜蜜让我们又羡慕又嫉妒，因为女孩家境非常优越，是一个高干子弟，每年父母出钱让他们小两口出去旅游，婚后三年又有了一个非常可爱的男孩，日子应该过得舒坦吧。偶尔也听这个哥们说起长期住在岳父母家里没有地位和自由，很想搬出来单独住，但由于女孩不同意，也一直没有成行，有时我也劝这个哥们在岳父母家里要嘴甜手快，但我这个哥们天生就是慢半拍，什么事情落在他身上都会变得慢条斯理、漫不经心，并且很少言语，除非关系特别好的同事才张开金口调侃一阵子。也听说女孩的父亲对他很好，而女孩的母亲有些意见，估计同哥们内向的性格有关，至于女孩对哥们的父母不怎么喜欢之事，我也只听得一面之词，不好妄加评论，隐隐约约也觉得有这种可能性，因为女孩的家庭物质条件明显高于这个哥们，但哥们是典型的“高知”家庭，我不知道这算不算“门当户对”。同这个哥们的几次出差，我发现了一个奇特的现象，哥们的电话不断，并且一旦通话至少达半个小时之长，我还以为哥们另有新欢了，原来是同妻子聊天，由于我同这个哥们的关系比较好，就好奇地问哥们，难道你们小两口平时在一起的时候不说话，非得通过空中传情才有妙语，这不完全是钱多了没地方消遣嘛，通过这种方式来支持电信事业有点可笑。我对哥们直言道，“你们长此下去，婚姻一定会出问题”，结果真被我言中了，哥们结婚五年后就离婚了，原配妻子在离婚后半年同其单位的上司结婚了，听说又育有一小孩，我这个哥们在离婚二年后也再婚了，并且现在结婚的这个女孩是单位的一位未婚漂亮同事，还是女孩主动追求的，失去的婚姻换来了另一段姻缘，但愿我的这位哥们这一场婚姻赌注下对了时间和地点。

我的这位高中同学婚姻的解体我也是时隔多年后才听说的，

是女方主动提出来的，回想起同他们的几次交往，我也不觉得震惊，因为在他们结婚前的交往中我就感觉到了女孩的心气高和不满。女孩是我这位同学的大学同学，学中文的，他们属于自由恋爱的方式走到一起的，由于毕业分配到同一座城市但又有些距离，周末才有时间和机会见面，有次我的这位同学买了一双新的旅游鞋，为了在女朋友面前展示一下就穿在脚上周末约会了，但遗憾的是同学上面穿了一套西服，因为我的这位同学是学数学的，可能对搭配有些忽略，情有可原。但同学这么出场着实让女孩的颜面扫地，一件高兴的约会变成了女孩的埋怨，更没想到的是事件过去很长时间了，女孩仍然对此事耿耿于怀，居然将此件不光彩的事情告诉我，当然还有些对我同学有看法的琐碎事我也记不太清了。总之，感觉女孩对我的这位同学的某些行为有些反感，当时我就觉得这不是一个好现象，因为男女之间结婚后会相处一辈子的，其行为会经常在视线范围内出现，如果一个人从心里面不能接受对方的一些有失常理的举止，他们能白头偕老吗？我又一次婚姻经典的乌鸦嘴实现了。

婚姻的存在和解体有很多种方式，个中缘由自有它理论上的道理，我们不必去深究，但我相信只要婚姻的主体双方相互之间多一份理解和尊重，美满的婚姻也是可期的。真心希望每一位走进婚姻殿堂的人一定想清楚这个婚姻赌注是否下得恰到好处，因为它是一生幸福的赌注，下注的筹码有点大。

弟弟我想对你说

说出这番话，写下这段文字，没有别的目的，只是反思自己，使之行为更加完善。

我想对你说，我的弟弟。

在我的记忆中，你善良，勤学，上进……优点我就不展开了，因为说多了，就有恭维之嫌。我想说说你的不足，在此直言，或许你不喜欢，甚至厌恶，但身为兄长，我不得不说，其目的是希望你的人生更加顺畅、更加精彩。

首先，你执著，有种不到黄河心不死的韧劲。这种性格具有两面性，正面的作用促成了你现在的成就，负面的作用是你走了一些弯路。比如当年你上大学时对专业的不满意，另外学习了计算机；工作后你对单位人际环境的不满意，想自己创业；……我记得每次在电话上同你交流，我们都少不了一番激烈的争吵，我曾经反复说，既然命中注定了这个你不喜欢的专业和工作，你也只能继续向前，如果重新选择，你的青春就白白浪费了，不知你还能不能回想起我的这些只言片语、肺腑之言。

再有，你的婚姻，父亲是坚决反对的；你们买房，我不止一次地表达了我的观点，后来你们还是按照了自己的意愿办事了。当然，说这些过去的事，没有多少意义，道路是自己选择的，决定是自己下的，我们每个人都必须对自己的行为负责，哪怕这种行为没有得到最好的结果，我们也无法后悔。在这里，我说出来的目的是希望你能思考与总结，或许这对你今后的行为有所参考与警示，使之达到更理想的状态。

其次，你不善于说出心里话，包括我们之间，或许是因为你不想伤害我们的感情，但这种不直言的方式容易产生误会。在中国人眼里，直言有诸多世俗的问题，但我认为它是人与人之间真诚交流的基础，如果人人都阿谀奉承，我们的行为如何才能得到改进。“只有否定自己，才能更加进步”，因为别人对自己的真实看法可能更客观、更有价值。

就拿最近我们之间的误会来说，对父母的赡养是我们应尽的义务，可是我压根儿没想到你把父母接到你们身边是因为父母想跟儿子住在一起，是因为你们对父母的担心。或许母亲真有这个同儿子住在一起的想法，但我敢保证父亲的真实想法未必。我不能理解的是你为什么事先不同我好好沟通一下，试想，他们刚从泸州离开几个月时间，又急急忙忙到你们那里，难道你们那里真是他们梦寐以求的世外桃源吗？我记得同母亲通电话的时候，她还执意不去你们那里，我在电话上好好地劝说了一番，母亲的善良，你是知道的，我真的以为你们需要帮助。可这次的泸州之行，我才知道我大错特错了，或许是因为我想得更多的缘故吧！但如果你静下心来，站在我的立场想一想，或许你就能理解我的初衷了。

试想，你的岳父刚刚检查出来癌症，你们电话急催着要父母到你们那里，只要是正常人，都会想到你们需要帮助，何况你们难道不需要腾出更多的时间陪陪即将逝去的老人吗？说实在的，对于你媳妇的一些行为，我很难理解。她善于表达，喜欢吹捧，可许多想法都太肤浅，逻辑性不强。一个人的行为，更多的落脚点应该在行动上，言行一致，方能让人敬佩。记得13年我同你媳妇在北京去长城的大巴上交谈，我们谈论到“感恩”话题，作为兄长，我发自内心地希望她能善待她的父母，可实际给我的表观印象并不好，一个人不在于你说了什么，更应该在于你做了什么。她说小的时候，父母非常疼爱她，父亲从很远的地方来给她送水果……既然父母的恩情历历在目，为什么我们就不能用更多的感恩来回馈老人呢？至少在把父母分开这件事情上，我永远都无法理解，为了自己的清闲和私利，不顾父亲一个人在农村操持家务，让母亲来到自己身边服务。试想，如果她母亲能一直同父亲生活在一起，是否她父亲就不会生病呢？是否她父亲就能及时看医生呢？……

当然，现在说这些都没有意义了，但我希望你们能多一点时间思考，至少希望避免悲剧的再次发生，为活着的人带去更多的友爱与关怀。

再有，你发毛了就不计后果。我不知道这点你自己有多深的认识，至少我体会比较深刻。记得小时候，我偶尔欺负你，一旦把你惹火了，你会捡起地上的石头往我头上砸，所以有时候我反而怕你，怕你不计后果的极端行为。

在这里，我想详细说说多年前你们对父亲的一次伤害。父母在重庆同我们一起生活，可父亲执意要回攀，当然有生活中的一些不愉快，但其根源是不放心他的钱。我不知道你了解父亲多少，但我自认为对人性的理解超出许多人。父亲对钱的看重，是许多人都无法接受的，谁要是打他钱的主竟，他会拼命的。但他对他的两个儿子的大方也超乎想象，所以在我心目中，虽然父亲有太多的人格缺陷，但我始终认为他是伟大的父亲。当然，对于当年发生的具体情况我了解不多，也许我在这里说的是片面之词，望你谅解。但有一点，我坚持认为你们的行为一定有问题或者不妥，一个巴掌拍不响嘛！我记得你们当时要求两条，要么母亲回攀，要么父亲滚出去，我作为家里面的长子，听到这话，很是震惊和愕然。鉴于如此糟糕的情况，母亲问我怎么办，我只能选择让母亲回攀，总得救一头吧！这也导致了你嫂子对我的这个决定耿耿于怀多年，同时她对父亲的行为也产生了较大的看法和不满。

有时候，我想一个人为什么活着，活着究竟为了谁，不同的人对于这个命题有不同的回答。我觉得大部分时间都不是在为自己，而是在为别人活。或许你觉得我虚伪，或许你认为我高尚，但不管怎么，我对“大爱”的理解比许多人强。你和你媳妇的想法代表了大多数人的想法，以满足自己的欲望为中心。我记得亚玲说过，你们有钱了就周游世界、请多个保姆，普通人的这个想法无可厚非，但我想的是能否在自己的有生之年回馈社会更多。我们常说“感恩”两字，可总不能长期停留在嘴上吧！社会的进步与和谐需要一些奇葩似的人物，我希望我就是这样的另类。我的梦想是有生之年能创办一家慈善基金，帮助那些真正需要帮助的人，或许这个梦想永远都是空想，或许你觉得我是在打诳语，但不管怎么，我至少有梦，这也是我努力活着的重要原因之一。

回想自己小时候的行为，我真有些汗颜，因为我老欺负你，占你的便宜，可已经既成的事实，我无法改变，也从不否认。“过去无法纠正，现实可以弥补。”这也是我接管你们股票账户的重要原因，我希望未来更有超预期的回报，我只能通过这种方式来平衡你我之间的感情了，假设你都不在人世了，我也就没必要枉费心机了。

说起我们是亲兄弟，不应该计较情感的得失，但现在我们已经各自有家。作为男人，我们必须承担起养家糊口的责任，因此想继续保持我们童年时的纯真感情，我想基本上是不可能了，只能在各自的人生道路上互勉吧！站在我们家族的角度看，我们这个同宗同族的大家庭有许多让我难以接受的感情事情。比如这次听父亲说大姑去世了，我本想父亲回老家能在大姑那里多待一段时间，毕竟他们是亲姐弟，何况父亲与大姑的感情不错。可现实的状况是，父亲已经同他的姐姐阴阳相望了。这么重大的事情，父亲居然不知道，有点可笑吧！并且我听父亲说，二叔和幺叔竟然都没有去吊唁一下，俗话说，“死者为大，逝者安息”，可是生者的行为着实让我难过、恶心，我也不知道父亲作为长子，对此事作何感想。这就是我们这个大家庭的人情世故，我真的是无语面对，或许我们血液里面就没有更多亲情的基因吧！

说起我们同父母的情感，我相信你不会否认我们同母亲的感情更深，因为父亲常年在外工作。在我的眼里，你同母亲更甚，我想这与你的地位及母亲的善良有很大关系，因为在母亲的眼里，从小你就属于被保护的对象。相对而言，同父亲的感情，我自认为比你更深一些，因为我是长子，在父亲眼里，我被寄托着更多的希望与担当。曾经你跟我说过，母亲更愿意同你们生活在一起，我很能理解，一是你与母亲的感情深厚，二是母亲胆小、怕死，她觉得有你这个医生在身边，有一种天然的安全感。可你不能将父母分开呀！虽然现在父亲对母亲的某些行为让我们难以理解，但在我的记忆中，母亲曾经也非常强势，父亲在母亲面前唯唯诺诺的情形仍依稀可见。

在这里，我过多地评价父母明显有些不妥，但客观公正地看待他们之间的行为是我们作子女应该具备的基本素养。我认为父亲与母亲是两种不同世界观的人，他们能走在一起完全是历史的错误，但在现实面前，我们也只能默认和祝福了。希望他们之间能有更多的相互搀扶，走完人生的最后一段历程。

关于你嫂子对我们父母的关爱与尊重，是有些欠缺，这不难理解，因为婆媳关系是中国乃至世界难解的课题，我们同事间常在一起调侃，如果谁能解决好婆媳关系，那么就可以得诺贝尔奖了，虽然这种说法有点夸张，但婆媳关系确实是比较严重的社会问题。因此，我们不能要求女性太多，只要在大的原则问题上一致就OK了。你嫂子有个性，对我们父母言语的关心远不及你媳妇，但她用实际行动表达了这种关爱，我相信这也是父母能体会到的。在这里，我不想过多地说你嫂子的缺点，因为人无完人嘛！我想在此简单说说她的优点。说真心的，你嫂子为我们的这个家庭付出了不少，虽然她不及你媳妇优秀，但在我眼里，她是一位勤俭持家的好老婆。没有你嫂子的默默支持与付出，我不可能有现在的“隐性”成就感，许多东西的积累是需要大量时间的。

随着我们年龄的增长和阅历的丰富，我们需要更多地反思自己的言行及看到对方的优点，有时候我同你嫂子拌嘴，我只要想到她的优点，心中的怨恨就很快消失了。更何况在我的眼里，夫妻之间的争论并不是什么坏事，许多事情只能在思想的交锋中才能越辩越明。曾经不止一位同事亲口对我说，我太有福气了，找到了一位如此漂亮与贤惠的妻子。当然,我的这些同事看到的只是外表现象,我也有非常优秀的一面,只是有些成绩无法广而告之吧！一个人的简单行为能折射出他的伟大，你嫂子长年累月地做家务带小孩很难得，哪怕我们吵架了，她依然早早地起床为我和小孩做早餐，这让我为之又感动又自责。或许是因为我的理想主义情结太重,追求完美,或许是因为我有时的不太理性,导致了我对你嫂子的过分要求,进而时常产生一些小的矛盾与摩擦,静下心来,我反思自己,得出的结论是我负主要责任。因此,我希望在以后的行事中,有更多的理解与包容,偶尔做做家务、洗洗碗,替你嫂子分担一下体力劳动也是不错的锻炼与精神解压嘛!

再说亚琳和你嫂子,她们两个人是没办法走在一起的,因为性格的截然不同。亚琳的自信与骄横,我无法理解,也很难认同,或许在你眼里,这是一种优秀品格。我时常想起外婆三姐妹的融洽,从内心来说,我也希望我们两兄弟老了能从回童年时代,可现实的状况让我不敢有这种奢望。或许这就是我们的宿命吧！我从小到大,几乎没有真正意义上的哥们,随着年龄的增长,我越发觉得这是我人生的一大遗憾,但愿你嫂子她们三姐妹能再现外婆那时的美景。

亚琳说我对自己父母没有对嫂子父母好,你媳妇真能说,也敢说,难道她对我们的父母就非常好吗？难道她对自己的父母也无可挑剔吗？我只能摇头苦笑了。关于自己的父母与对方的父母,我是这样看的,自己的父母更能沟通和取得谅解,而对方的父母只能通过自己的行为来得到褒奖。

每年春节我都回重庆,表面上看好像我对你嫂子父母更好,其实并非这样。一年才一次陪老人不容易,何况她母亲过一年就是一年，说不定哪年就没机会回重庆了。我这个人喜欢直言，在亲人面前更是不忌讳，记得我曾经当着大姐和小妹的面表达过，如果老人都不在了，我们年年回重庆不是有病吗，所以每次姐夫倡议春节开车出去玩，我都婉言拒绝了，因为多陪陪老人才是我回重庆的目的和任务呀！对于我的这个行为，有人说我伟大，有人说我不孝，我都付之一笑。作为男人，连这点委屈和担当都不能承受，我觉得有失男人的尊严。当然，从另一个角度讲，我同她父母之间的那种情感是许多人都无法拥有的，特别是她父亲的伟大让我折服，与她父亲相处的点点滴滴都成了我一生的美好记忆。

细节更能体现情感的价值和真实性，我在与她父亲的日常接触交流中感受到了这种感情的自然流露。因此，我常常豪言，在三个女婿中，我在她父母心中的分量最重。当然，说这些，并不是想在你面前炫耀，只是觉得感情是相互的，一份付出才有一份收获。

关于你在电话上提醒我注意说话的环境与方式，在这里，我对你的善意表示感谢。但我对你的看法持保留意见，或许是因为我作为一名普通老师，有更多自由的氛围，不需要太多的顾及。当然，你身处的环境就同我大不一样了，你的谨小慎微和中庸的思想及行为我非常认同，也衷心地祝愿你在这条道路上越走越宽广，在仕途上为我们这个家族争得荣耀。

其实，对于事物的看法及个人的行为方式，我们之间有差异，这实乃是一件再正常不过的事情。试想，如果在这个社会上的人的性格都具有趋同性，那是多少可怕的一件的事情呀！我记得有位名人说过这样一句话，“如果这个世界具有趋同性，我宁愿不来到这个世界上。”正因为事物的多样化和人性格的多样性，我们的社会才有进步的源泉,我们生活的世界才能多姿多彩。

曾经的我也很想在仕途上有所作为，可残酷的现实将我这个梦想击得粉碎。我不得不另辟蹊径,重新审视自己的人生及选择合适的道路。当前的政治环境与官场土壤,真有些不适合我的性格,我只能感叹自己身处的时代不够理想,从我内心来说,我很想在为人民服务的同时光宗耀祖。“指点江山,激扬文字”,这是每一位有血性的男儿的梦想,看来我只能退而求其次了。

2008 年是我人生方向的重大转折点，我灰溜溜地来到了云南这个边疆地区,重新开始我的另一半人生之路。回顾六年的大学教师生涯,工作上基本都是灰色的记忆,没有什么让我值得骄傲和自豪的地方,这也是我经常在语言上表露出自卑的原因。但我内心的强大,是许多人无法知晓的,因为我在“不务正业”的道路上发现了自己非凡的能力和超强的自信。

身处象牙塔中,我少去了许多应酬和人情世故,有了更多的时间来学习与思考,6 年的知识积累超乎我的想象。“因祸得福、因福得祸”,或许这就是老天爷的故意安排,让我的智慧在投资市场上生根发芽,特别是刚刚过去的 14 年,不管是思想意识层面还是财富数字方面,我都有了一个质的飞跃,我对我的未来有了更大的憧憬。遥想几十年后,我是否真有超凡的能力回馈社会呢?虽然现在看来我的这个梦想还只是一种奢望,但偶尔的“点石成金”让我的自信心得到了无比的加强。华尔街有句至理名言,“如果一个人在投资市场上待上 10 年,他一定有深刻的体会;如果一个人在投资市场上待上 20 年,他的观点一定有参考价值;如果一个人在投资市场上待上 30 年,他会衣食无忧。”我已经从事股票投资近 20 年了，我相信只要我在这条道路上勤于思考、小心求证、稳扎稳打，资本的复利一定会让我的梦想不是“空想”。

简单剖析我们哥俩的成长经历，我认为人生轨迹正如股市，有高峰也有低谷。小时候的你聪明、智慧、刚毅，从小你学习成绩优异，反观我的学习，却举步维艰。后来，我的运气比你好点，大学毕业后留在了重庆工作。可现在，你在事业上的成就又远在我之上，我是既羡慕又欢喜。有时候，我在同事和学生面前谈起我的家庭，我都觉得脸上无比有光，因为我有一个非常优秀的弟弟。上帝是公平的，虽然我的工作成绩远不如你，但我对投资的多年耕耘与理解，我自认为不比许多经济界的专业人士差多少。特别是在股票市场上的体会与收获远超出了我的想象。虽然我已人到中年，可记忆力并没有减退多少，反而在某些方面有所加强，或许是老天爷对我年少时的愚笨的一种补偿吧！如果我到了人生终点的那一天，真能实现心中的伟大梦想，我可能真要怀疑自己的前世是否是人类基因了。

关于我们的父母，在这里，我还想多说几句。母亲的伟大，自不用说，虽然她没有过高的文凭，但善良、勤劳、质朴等中国人的传统美德，在母亲身上体现得淋漓尽致，同时她思想领域的与时俱进也让我叹服。相对于母亲的优秀，父亲简直没法比，甚至有时候我对父亲的行为感到厌恶和不屑。但在这里，我想更多地强调父亲优秀的一面，或许这种优秀只是很少的一点点。前段时间，我同一位比我小几岁的“海龟”聊天时，他说有人经常在他面前说毛老人家时代的好，可他极不赞同这个观点，因为在他的中学时代，他经常吃不饱饭，他实在是不愿再回到那个所谓的“好时代”。我身为“土鳖”,非常赞同他的观点,虽然毛老人家的时代有不少让人怀念的东西,如社会秩序、门不闭户等等,但生存都有问题的体制,难道不是人类社会的悲哀吗？通过这件小事,我联想到我们的童年时代,我为出生在这个家庭感到满足与欣慰，因为我们从来没有衣食的担忧,且外婆给我们提供的学习条件也堪比豪华,只是我们没有充分利用好这些优势,输在了起跑线上。

我们生活的这些物质条件的创造虽然离不开外婆的慷慨给予,但更离不开父亲的默默奉献。外婆去世后,我们的生活质量并没有下降,刚到攀枝花的那几年,母亲病重,家庭的重担全压在了父亲身上,可他没有过多的怨言,一边照顾母亲一边工作,同时还得为我们的学习操心。我现在还能清晰地记得父亲当年进货时,中午不吃饭,扛着大包徒步很远,厚着脸皮到老乡家借宿的情景。为了我们这个家，他的付出与忍耐让我永远有种说不出的酸楚与崇敬。试想,如果我们家没有“农转非”,我们的母亲还能健康活在世上吗?我们能顺利考上大学吗?试想,父亲车祸后命归黄泉了,我们这个家还能有现在的幸福吗？……

“以铜为镜,可以正衣冠;以史为镜,可以知兴替;以人为镜,可以明得失。”历史是一面镜子,有了这面镜子,我们才能更加正视自己的行为,更好地服务于未来。有哲人说,这个时代是不思的时代,物欲横流,自私透顶,在车水马龙中,人们时常忘却了存在,迷失了生命。那么,就让我们将历史这面明镜供奉在心中,时时规劝自己的行为和正视自己的过去,使之度过一个无悔的人生吧!

“身体发肤,受之父母。”这次在重庆,看到父亲蹒跚的脚步,苍老的面孔,我真有一种想哭的冲动。父亲真的老了,我真不知道未来还能陪他多少时间。这次父母来昆居住生活，你一点不用担心，因为我有太多无聊的时间，我有条件与精力多陪陪他们。虽然有时候，我也有工作的压力和家庭的烦恼，但在照顾家庭与赡养父母之间取舍，我更倾向于后者，因为从正常的自然演替讲，我们陪父母的时间将会越来越短。“尽人事，听天命”，但愿父母同我们相处的时光和谐、美满、久远。

拉拉杂杂，说了这么多，就到此为止吧！祝愿我们都健康幸福快乐。

有感二十年同学聚会

二十年，弹指一挥间，那些曾经熟悉的人和事都成了我们永恒的记忆。大学毕业二十年后，同学们重聚在美丽的校园环境里，百感交集，物是人非。

走过了二十年的人生历程，重新回到出发点，我仿佛置身于那个峥嵘的岁月，感慨万千。站在校园中，一草一木都是那么的眼熟，鸟叫蝉鸣都是那么的悦耳，可是面对慈祥的师长和沧桑的同学，我有一种说不出的感怀，岁月催人呀！

想当年，我们意气风发地唱着励志的歌曲，梦想着在祖国的大地上书写出华丽的篇章，如今这些都成了过去式，成了历史的回忆。充满想象的翅膀在残酷的现实面前，我们不得不臣服于后者，因为我们需要基础的生存意识和生活保障，上有老下有小是我们每位同学都必须面对的现实。当我仔细聆听了每位同学毕业后的人生轨迹时，我总有一种说不出的感慨，或许是我太多愁善感了，或许是我的期望值太高了。

一个个曾经年轻气盛的学子们如今都已半百人生，成了孩子他爹和他妈。每个人的自述都是一本书，充满了艰难与辛酸，喜悦与自豪。但每个人同命运抗争的故事如出一辙，深深地打动了我的心灵，我为有这样的大学同学感到无比地骄傲。历史注定了我们这一代是不平凡的一代，踏着改革开放的步伐，在汹涌澎湃的市场经济浪潮中搏击，有人沉寂了，有人登高望远了，有人安于现状，有人仍在憧憬梦想……

现在回过头来看，虽然我们的成就大小不一，经历曲折有别，但肩负起的家庭与社会责任一样都不少，且继续在各条战线上奉献着自己的青春与年华，无怨无悔。我的大学同学，虽然没有显赫的地位和殷实的财富，但整体思想的纯洁堪称一绝。在此我想，和谐社会的构建一定离不开我们这些平凡、普通而伟大的同学。

唯有遗憾的是25位曾经朝夕相处的同学中，已经有2位做了故人，早早地步入了天堂，不知他们的在天之灵是否也能感知我们这次的20年聚会。还有让我难以理解的是仅有的23位同学，只来了12位，刚过半数，不知没来的同学近况如何，也不知他们是怎么想的，或许二十年的记忆不够厚重，或许他们真的太忙，或许他们不敢坦诚面对自己的过去与未来，或许……遥想再过二十年，我们都垂垂老矣时，是否会有更多的感触，是否仍能想起这次难得的二十年同学聚会。

回想起二十年前的大学生活，既悠闲又无聊，同学间的交流片断如一张张幻灯片呈现在我的眼前，重提曾经发生在我们身边的一件件不经意的小事，我们之间总有说不完的笑谈与默契，偶有的一件恶作剧居然成了我们今生美好的记忆，回味无穷。

通过与同学们短短两天时间的相处，我总能从他们的言谈举止中找到当年的影子，包括我自己除了面相有些苍老外，性格基本没有多少变化，说话依然激扬、张狂，梦想依然热烈与执著，忧国忧民的思想不减当年。俗话说，“江山易改、本性难移”，这就是人性吧！正因为人性的多样性，才构成了我们社会的多姿多彩、生活的多姿多味呀！

一段路游，一场象棋对垒，一番唇枪舌剑，无不是当年的重现，可友谊却在此时得到了全面的升华，或许这就是情感的历史厚重感吧！它需要时间的积累和沉淀。

人到中年的我现在喜欢追忆过去，对情感的重视越来越强烈，不知是不是因为我真的老了，还是因为身处象牙塔里面的我有更多的闲暇时间胡思乱想的缘故。我不知有多少同学有我同样的想法和认知感，更不知道他们对过去的记忆是否依然清晰可见。

四年的大学生涯是我知识积累和思想成熟的重要环节，也是我情感的重要驿站。因为大学以前除了简单的应试学习外没有更多的情感表达，大学之后的再学习更难有感情记忆的亮点，成人成家成熟的我需要有更多的自重与矜持。而大学期间，年龄特征的阶段性注定了它是我人生记忆中的精华。在这里，有我情窦初开的懵懂，有我天真幼稚的幻想，有我青春年少的追忆。虽然我的某些拙劣表演纯属哗众取宠、自取其辱，但现在回想起来，却总有一种温馨甜蜜的感觉。

大学的四年期间，我也有过大胆的情感表露，梦想着抱得美人归，但“三心二意”的努力终归付之东流，我的感情只是开花，没有结果，或许根本就没有开花之说，只是种下了一些情感记忆的花絮而已。现在回想起来，我没有丝毫的遗憾和后悔，因为美好的东西需要有朦胧感，没有结局的情感才最值得珍藏和记忆。我为我当年的那种玩世不恭的状态暗自庆幸，因为“博爱”更能体现生命的时间价值。

生命就是一个过程，在这个过程中，有人觉得空空荡荡，有人觉得殷实富足。对于我来说，我把发生在我身上的每一件小事都看作一笔难得的财富，不管是坏的还是好的，不管是伤心的还是欢喜的，不管是幼稚的还是成熟的，它们都是我成长的真实足迹，是我情感的自然流露，我无法回避，更不能逃脱，一串串看似无逻辑的事情演绎出的是一幅完整的人生画卷。正是有了这些不经意的生命元素，我的人生才值得炫耀，我的生命才更有意义。

相比同学们的二十年经历，我自认为充满了更多的坎坷与神奇，财富在我身上的体现更是具有戏剧性。回归现实，我无怨无悔我的过去，或许生命的精彩就需要跌宕起伏的人生，昨天的得到为今天的失去埋下了伏笔，今天的失去可能是为了明天更好的得到。一件小事会折射出一个大道理，一个不起眼的想法或行动可能孕育着重要的人生哲理及方向。在同学们座谈时，我自诩当年辅修"现代经济管理专业"的高明，因为它铸就了我思想的高度，拓展了我行动的视野，让我有幸涉足到了更多的领域，"杂家"当之无愧。

第四部分　诗词篇

有一种远方叫诗

有一种自嘲叫词

同学情

同窗四年间之少，
离别瞬间方知好；
各奔前程遍地跑，
拓展未来梦萦绕。

前仆后继

学海无涯路远途，
策马加鞭饱经书；
天之骄子何其殊，
历史辈有人才出。

空思路

天生我才无用处，
暂居此处空思路；
人生得志何处求，
把酒含笑啖名禄。

游黄果瀑布

八月烈日当头照，
黄果瀑布天工造；
怀抱美女引人嘲，
男人豪气满地凿。

征黄山

秋高气爽聚欢颜，
路途慢慢征黄山；
苍松翠柏喜迎宾，
心旷神怡览美景。

览太湖

擂鼓声声现旧场，
英雄豪气冲天堂；
朦胧太湖会貂蝉，
思绪万千梦玉环。

游苏州

雨雾朦胧游水乡，
灯光闪闪赏周庄；
才子佳人配耦园，
江南风情醉小船。

战上海

丝风细雨衬威龙，
东方明珠刺苍穹；
霓虹灯光映江中，
城市风貌尽显同。
南京路上人攒动，
满目商品耀眼痛；
千里寻书串胡同，
百米书目苦难从。

山间小溪

飞流直下三千尺，
一道彩月挂瀑底；
细雨飘飞润心怡，
佳人美景映眼堤。

摘苹果

车溜青山绿水过，
欢声笑语脸苹果；
驻目硕果映山红，
登高长叹人不同。

剪葡萄

葡萄路边诱人谗，
手持剪刀园中窜；
狗叫声声把心颤，
两只蝈蝈地上欢。

网络人生

网络世界像盘菜，
搜索查找无不在；
思想对话心情改，
人生有你真精彩。

忆两位亡故同学

同窗手足四年情，
今闻君要去远行；
无语面对背影散，
只觉泪满挂腮前。

天若无情人有情，
捉襟见肘衣渐宽；
地有天寒物尽暖，
听说此景碗难端。

人到中年肩两情，
一厢难了两厢情；
白发人送黑发人，

人间悲情时时成。

偏偏却有同学人，
一个不足两个行；
试问苍天为哪般，
妻离子散才尽缘？

欲望

欲望即给人力量
又让人痛苦
没有欲望的人
行如僵尸走兽
欲望就如窗外的阳光
即绚丽多彩
又耀眼夺目

人的一生
就是一个欲望的过程
没有得到的欲望
是一种痛苦
得到的欲望
又倍感无聊

佛经上说
无欲则刚
但凡普通人
难达此高深境界
因为我们的社会环境
不断地施加莫名的压力

人活一世
绝大多数时间
不是为了自己
而是为了别人
真想回到远古时代
吃穿为第一要物
没有世俗的偏见
没有精神枷锁的困扰

当今社会
人和物的关系基本解决
人和人的关系正在解决
但人和心的关系不知何时何人能跨越
为什么世上多数人处于亚健康
罪魁祸首就是欲望从中作梗
如果一个人能把握好欲望的度
我想此人不是圣人

也非我等普通人

欲望是生存生活生命之间的连线
欲望也是道德邪恶的源泉
放眼大千世界
几乎所有人都生活在欲望的漩涡中
挣扎徘徊
痛不欲生
也许只有叩开上帝的门
才能真正超脱欲望的羁绊
重活一回精神洒脱的人
只是不知是否真的有另一个极乐世界
更无法知晓天堂是否欲望不再
只有人死了才最终明白

写给2011年

2011年
难忘灰暗的一年
事业一事无成
财富缩水一半
物质的损失仅是表象

精神的打击才是深渊

人具有物质和精神的双重性
物质容易弥补和找回
精神的沟壑却难以填平
为什么受伤的总是我
百思不得其解
好不容易恢复的一点自信
在这一年消失殆尽

一次接着一次的打击
让我无颜江东父老
也许开始就是一种错误
过高地估计了自己
过多地理解了公平的真意
过分地依赖了人的直觉

江湖险恶
处处有急流险滩
事事有阴差阳错
水至清则无鱼
林至静则无鹊
这才是社会的真实

究其失败的根源
只怨自己的坎坷经历还不够极致
世间万物的理解还不够精准
人面兽心
口是心非
皆人之常情
用一颗平常的心去看待周遭的是是非非
也许有另一番心得和体会

天生我材无用处
只缘身在此山中
再阿 Q 一回
只是不想仅有的一点自信被击得粉碎
人生的路还有很长一段需要蹒跚爬行
该还的亲情和友情需要用力支付
应尽的赡养与抚养义务需要努力完成

记住和记不住的人和事都是人生的过程
结果只是记忆的瞬间
过程才是人生的永恒
但愿感伤的 2011 年
随着 2012 年新年钟声的敲响
慢慢远去
希望失意的自我

能在 2012 年慢慢恢复
以至改变

男人 40

40岁的男人
有 40 岁的梦想
也有 40 岁的无奈
花开花落春常在
人间悲喜时境迁
有人在此意气风发
有人在此消沉失落

谁说世间公平在
只是沧桑无人提
残景无人忆
感伤无人怀
把酒问青天
五味繁杂
思绪紊乱

命运何不同
只怨慧根浅
加之时运不济

伯乐难遇
最终流落市井街头
借酒消愁
怨天尤人

虽正当中年
知识阅历丰厚
关系处理得游刃有余
尺度把握得分毫不差
但在年轻化的大趋势下
倍感年龄虚长
青春不再
妄想时间倒流
重回 30 岁的年轻
憧憬着主宰世界的豪放与霸气
可时间不停留
思想与行为的成熟不同步

望眼另一个 40 年
只有只争朝夕
好好装扮余年
不能也无法尽忠社会
善待亲情与友情不失为现实之举
人生一辈子

权力与荣誉都是过眼烟云
我本普通不能再普通的凡人
奢求与妄想都不在慧根之列
平淡一生
傻乐一世
才是人本清源

昆明印象

昆明
西南高原明珠
蓝天白云
鲜花绿树
四季如春
生机盎然

中国气候宜人的省会城市
优越的自然环境
难掩城市建设的落后
道路狭窄
建筑物布局混乱
交通设置别具匠心
公共汽车行驶道路中央
立交转盘出口六十度转向

……

城中村
村中城
一道独特的风景
让春城黯然失色
城市硬环境的改变非一朝一夕
但软环境的现状更让我难以释怀
管理者思想落后
居住者素质不高
有目共睹
感同身受

六十岁享用爱心卡
公园收费
入厕交钱
……
折射出的是人与自然的矛盾
反映出的是现实与理想的差距

我们常说
经济发展水平要与城市人文建设相协调
五年昆明人的我
没有体会到这种和谐画面

无法理解政府与市民的行为
政策与制度的超前与落后
总找不到落脚点
真有些怀疑昆明人的智慧
或许是因我思想的另类

长此以往
我真能融入到这个城市吗
隔岸观火
旁观者清
如果真有一天
我成了真正意义上的昆明人
我还能独树一帜
有自己独特的眼光和思维吗
随着岁月的蹉跎
事事的潜移默化
一切皆有可能
……

中国梦——我的梦

遥想二十多年前
我的梦想
幼稚

单纯
跳农门
有工作
是我生命中的全部

接着我梦想
做官
挣钱
磕磕绊绊十余年
官渐行渐远
钱时多时少
一梦醒来
发现
梦已死
人还在

四十不惑之际
耳边响起了中国梦
望天长叹
感慨生不逢时
空悲切
泪满行
我还有梦吗
能为人类的进步和社会的和谐贡献力量吗

能给自己的人生过程交一个满意的答卷吗

……

几个为什么

把我带进了梦乡

云里雾里

找不到答案

梦醒时分

镜前洗面

镜中迷糊的我

额前沟壑纵横

两鬓白染

表观的现象后面是

蹉跎的岁月

苍白的人生

正衣冠

睁亮眼

回归现实

青春不再

唯有平淡的生活是真实

人未死

梦犹存

什么样的梦最现实

或许是
家人的幸福与平安
自己的傻乐与健康

财富与梦想

每个人都有梦想
只是实现梦想的途径千差万别
但结果一定殊途同归
要么是物质财富的殷实
要么是精神财富的丰满
或许两者的统一
更是完美的结局

随着我年龄的虚长
我越发思考人活着的本性
究竟是需要小爱还是大爱
小爱自得益情
大爱自找忧扰
估计天下有思想的男人均会在此二者之间
进退维谷
举棋不定
若想两者兼顾
宛如鱼与熊掌兼得

非圣人不可

常言道
大爱无疆
大爱无痕
可作为凡夫俗子的我
无法悟透这些高深的道理
只能肤浅地联想到物质财富的增长
梦想财富积累到一定程度
就能将大爱化作有形
真正造福人类社会

基于上述俗套的观念作祟
我反复思考和寻找实现财富增长的途径
走实业资本之路
踏实稳妥
可仔细掂量自身的条件
又几乎没有实现的可能
一无贵族血统
二无宽广人脉
更何况已经青春不再
或许最现实的是走虚拟资本之路
虽然虚拟投资属于高风险领域
但高风险对应的是高收益

一旦成功
不仅能大大缩短财富积累的时间
更能做到以小博大与事半功倍

近二十年的股票投资实践
让我对这条艰险之路不再畏惧与胆怯
华尔街有则经典的定律
即用了 20 年积累的财富
后面同样的增长只需 10 年
不知这条准则能否在我身上再现
如果得到的是正面答案
那么我心中的大爱就能实现
精神世界与物质世界就能同步升华
财富与梦想就能完美统一

教育感悟

春夏秋冬
教学监考
没完没了
何时才是头

对视不动脑筋的学子
更多的是无语

面对不守秩序的考生
更多的是失望

反思了再反思
总也理不出头绪
是教学方法
还是教学理念
总也找不到答案

学生想逃
老师想回避
不是不尽责
只是希望和谐

财富的得与失

财富就是数字游戏
变化只在瞬间
得多了就欲望膨胀
天真地以为可以主宰世界
漫无边际地畅想理想与抱负
可一旦从天堂掉落地狱
就心灰意冷

万念俱灰

财富的得与失
在我身上已经重演多次
为什么单单这次
耿耿于怀
或许是因为时间太快
损失太惨
恍若隔世幽梦

恍恍惚惚一阵子
浑浑噩噩一段时间
重回现实
才发现世态的安逸
人情的价值
理性的珍贵
活着真好

为什么我就不能超凡脱俗
打破财富得而失的宿命
思来想去
还是觉得理性不足
贪心有余
或许是家国情怀太重

逃过了熊市
回避了牛市
毁在了救市
把国家的忽悠
想象成了中国梦
理所当然地成了炮灰

重新正视自己
思考未来
虽然现实世界残酷
但总有解决的办法
只要思想还在
行动还有能力
一切都只是时间
时间会抚平创伤
时间能绽放玫瑰

资本市场能承载中国梦吗

2015 年的中国资本市场
跌宕起伏
血雨腥风
千股跌停

千股涨停
千股高挂免战牌
让我终生难忘

身处其中的我
有活过一世的幡然醒悟
有饱经沧桑的万千感慨
管理层的急功近利
媒体人的大肆蛊惑
投资者的盲从心理
演绎出了一部经典浓缩剧

在这部短片中
有人悲
有人喜
有人忧
有人愁
表情各异
人性直白
宛如一幅精美的人物画卷

股价短时间内大幅波动
跳动的不仅仅是数字
更是广大民众的心率

这场博弈宛如世纪战争
有人财富瞬间消失
有人财富快速膨胀
有人退出战场
有人越战越勇

透过现象看到本质的洞察力
让我错失了机会
贻误了战机
投资与投机
冷静与狂热
倚重后者过重
让我失去了正确的判断力和决策力
最终导致财富严重缩水
信心受到重大打击

资本市场能承载中国梦吗
我找不到答案
既彷徨
又犹豫
沉浸资本市场多年的我
居然想缴械投降
彻底远离这个无硝烟的战场
是害怕了

还是无心恋战
我不知道缘由
或许是对管理层无能的失望
或许是因为自己信心的重创

哀莫大于心死
人死亦次之
信心受到巨大打击
思想发生空前裂变
我不得不重新审视自己
是否需要另辟蹊径
重塑中国梦
我的梦